HEYNE <

Das Buch
Die Stimmung im Nationalen Krisencenter ist auf dem Tiefpunkt. Das OP-Center muss Budgetkürzungen verkraften, und Mike Rodgers leidet noch unter dem Debakel, das die Strikers in Kaschmir erlebt haben. Der Kongressausschuss für die Überwachung der Geheimdienste untersagt einen Neuaufbau des militärischen Personals und alle paramilitärischen Aktivitäten. Paul Hood, der Direktor des OP-Centers, will sich nur noch auf Aktionen verlegen, die durch die Statuten des OP-Centers gedeckt sind und die nicht mehr vom Kongress genehmigt werden müssen. Durch einen Zeitungsartikel wird General Rodgers auf die Entführung eines weißen Priesters in Botswana aufmerksam. Durch einen Mittelsmann kontaktiert der Vatikan das OP-Center und bittet um Hilfe in einem Fall, der schnell zu einem Flächenbrand im unruhigen Afrika eskalieren kann.

Die Autoren
Tom Clancy wurde durch den Weltbestseller *Jagd auf Roter Oktober* international berühmt. Es folgten zehn weitere Romane (fast alle mit der Hauptfigur Jack Ryan), die ein Millionenpublikum fanden. Zuletzt erschienen *Im Zeichen des Drachen* und *Red Rabbit*. Außerdem schrieb Tom Clancy mehrere Sachbücher zum Thema Militärtechnik und – zusammen mit Steve Pieczenik und Martin Greenberg – die erfolgreichen Taschenbuchserien *OP-Center*, *Power Plays* und *Net Force*. Tom Clancy lebt in Maryland.

Steve Pieczenik ist von Beruf Psychiater. Er arbeitete während der Amtszeiten von Henry Kissinger, Cyrus Vance und James Baker als Vermittler bei Geiselnahmen und als Krisenmanager.

TOM CLANCY UND STEVE PIECZENIK

Tom Clancy's OP-Center 9 Sturmangriff

Roman

entworfen von
Tom Clancy und Steve Pieczenik
geschrieben von Jeff Rovin

Aus dem Amerikanischen
von Bernhard Liesen

WILHELM HEYNE VERLAG
MÜNCHEN

HEYNE ALLGEMEINE REIHE
Band Nr. 01/13297

Die Originalausgabe
TOM CLANCY'S OP-CENTER
MISSION OF HONOR
erschien 2002 bei Berkley Books, New York

Umwelthinweis:
Dieses Buch wurde auf
chlor- und säurefreiem Papier gedruckt.

Redaktion: Verlagsbüro Oliver Neumann

Deutsche Erstausgabe 4/2003

Der Wilhelm Heyne Verlag ist ein Verlag der
Ullstein Heyne List GmbH & Co. KG
Printed in Germany 2003
Umschlagillustration: Matthew Holmes
Umschlaggestaltung: Nele Schütz Design, München
Satz: hanseatenSatz-bremen, Bremen
Druck und Bindung: Elsnerdruck, Berlin

ISBN: 3-453-86529-4

http://www.heyne.de

Danksagung

Wir möchten uns bei Martin H. Greenberg, Larry Segriff und Robert Youdelman, Esq., für ihre wertvolle Unterstützung bedanken, außerdem bei Joel Gotler und Alan Nevins von der Artists Management Group sowie bei Tom Colgan, unserem Lektor bei Berkley Books. Am wichtigsten aber ist uns, dass Sie, verehrter Leser, entscheiden, wie erfolgreich unsere gemeinsamen Bestrebungen gewesen sind.

Tom Clancy und Steve Pieczenik

1

Maun, Botswana – Montag, 4 Uhr 53

Über der scheinbar endlosen Ebene ging rasch die Sonne auf.

Seit ›Prinz‹ Leon Seronga zum ersten Mal hierher gekommen war, hatte sich die Landschaft verändert. Der hinter ihm und seinen Männern liegende Fluss Khwai war seichter als früher, und die vertraute Felsbrocken und Mulden überwuchernden Gräser waren zwar kürzer als damals, wuchsen dafür aber dichter. Trotzdem hatte der ehemalige Armeeoffizier keine Probleme, den Ort wiederzuerkennen oder ihn mit jenen Veränderungen in Verbindung zu bringen, die hier einst ihren Ausgang genommen hatten.

Zunächst war da seine persönliche Veränderung.

Zweitens, als Resultat dieses individuellen Reifeprozesses, die Geburt einer neuen Nation.

Und die dritte Veränderung? Er hoffte, dass diese durch seinen heutigen Besuch in einem bisher nicht erahnbaren Ausmaß in Gang gesetzt werden würde.

Ein neuer Tag dämmerte, und der einen Meter neunzig große Seronga beobachtete, wie der eben noch pechschwarze Himmel förmlich Feuer zu fangen schien. Zunächst nur an einer Stelle, dann entlang des ganzen Horizonts, als hätte man eine brennende Flüssigkeit vergossen. Das Licht der Sterne, vor ein paar Augenblicken noch strahlend hell, wurde trüber und erlosch dann wie das ausgebrannter Feuerwerkskörper. Auch das Licht des Halbmonds verlor innerhalb von Sekunden an Intensität. Überall um Seronga herum erwachte die schlafende

Erde zu neuem Leben. Wind kam auf, und schon erhoben sich hoch fliegende Bussarde und kleine Goldhähnchen in die Lüfte. Über Leon Serongas Militärstiefel krabbelten Fliegen, Feldmäuse schossen durch die Gräser in Richtung Norden.

Das ist Macht – die Macht der Natur, dachte der schlanke Mann mit den Dreadlocks.

Die Sonne ging auf, und durch das bloße Öffnen des Auges gelang es ihr, die anderen Himmelslichter in die Flucht zu schlagen und die Erde zu neuem Leben zu erwecken. Der pensionierte Offizier der Armee von Botswana fragte sich, ob Dhamballa, wenn er morgens aufwachte, wohl einen Anflug des gleichen Machtgefühls verspürte. Bis jetzt steckte die Entwicklung seiner Bewegung noch in den Kinderschuhen, und es war zu früh, um sich schon ein abschließendes Urteil bilden zu können. Und dennoch – wenn ein Führer eine geborene Führungspersönlichkeit sein wollte, musste er etwas von der flammenden Intensität, der Hitze und der Stärke der Sonne in sich tragen.

Während über der Ebene der neue Tag anbrach, schoss die Temperatur schnell in die Höhe. Das rote Licht der Sonne färbte sich erst orange, dann gelblich, und schließlich wandelte sich das tiefe Blau des Himmels zum sanften Azur des strahlend hellen Tages. Unter den Achseln, am Hals und an den Unterschenkeln begann Seronga der Schweiß auszubrechen, und auch auf seinen hohen Backenknochen, unter seiner Nase und entlang seines Haaransatzes standen Schweißperlen. Leon hatte nichts gegen das Schwitzen, weil sein Fleisch unter der gnadenlosen Sonne dadurch nicht zu brennen begann. Außerdem verhinderte die Transpiration, dass er sich durch seine Jeans oder die hohen Stiefel Oberschenkel und Knöchel wund rieb. Es war schon erstaunlich – der Körper konnte bestens auf sich selbst aufpassen.

Obwohl sich das Naturschauspiel grandios entfaltete wie eh und je, hatte dieser Morgen trotzdem etwas Spezielles. Dabei handelte es sich nicht nur um das, was Seronga zu tun im Begriff stand – auch wenn das schon spektakulär genug war. Ohne sich dessen bewusst zu sein, hatte er mehr als vierzig Jahre lang auf diesen Augenblick gewartet. Hinter dem ehemaligen Oberst der Armee von Botswana marschierten in zwei Kolonnen zweiundfünfzig Männer, die Seronga persönlich heimlich ausgebildet und in deren Fähigkeiten er vollstes Vertrauen hatte. Ihre Lastwagen hatten sie am Fluss abgestellt, mehr als eine Viertelmeile von ihrem Ziel entfernt. Folglich würde sie niemand hören oder sehen.

Für eine kurze Zeitspanne rissen die Natureindrücke und die Gefühle den sechsundfünfzigjährigen, in Botswana geborenen Seronga wieder in jene ferne Vergangenheit zurück, als er zum ersten Mal in der beeindruckenden Landschaft der Flussniederung den Tagesanbruch erlebt hatte.

Es war ein extrem schwüler Augustmorgen im Jahr 1958 gewesen. Leon war elf Jahre alt, und in diesem Alter galt man beim kleinen Stamm der Batawana bereits als Mann. Aber obgleich man Leon erzählte, er sei jetzt ein Mann, fühlte er sich noch nicht als Erwachsener.

Er erinnerte sich deutlich, wie er zwischen seinem Vater und seinem Onkel ging. Beide waren große, kräftige Männer, und hinter ihnen schritten zwei weitere Stammesangehörige aus dem Dorf, die genauso muskulös und ausdauernd waren. Für Leon waren alle vier Musterexemplare starker und aufrechter Männer. Noch hatte er keine klare Vorstellung von den inneren Qualitäten, die einen wirklichen Mann ausmachen: Selbstbewusstsein und Stolz, Loyalität und Liebe, Tapferkeit und Patriotismus. Diese Charakterzüge erwarb man sich erst später.

Damals wusste Leon bereits, dass er über die Willenskraft und die Fähigkeit verfügte, Tiere zu schlachten, die später verspeist wurden. Doch noch hatte er nicht begriffen, dass es das Vorrecht – und oft auch die Pflicht – eines Mannes war, aus Gründen der Ehre oder der Vaterlandsliebe Menschen zu töten.

Sowohl Leons Vater als auch sein Onkel waren erfahrene Jäger und Spurenleser. Bis zu diesem Morgen hatte Leon immer nur harmlose Tiere wie Hasen oder Feldmäuse gefangen. Zwar marschierte er jetzt zwischen diesen Männern, doch ihm war klar, dass er bisher noch nicht als Gleichberechtigter in ihre Mitte aufgenommen worden war.

Noch nicht.

An diesem Tag, der mittlerweile fast ein halbes Jahrhundert zurücklag, hatten sich die fünf Männer vor der mit Stroh gedeckten Hütte der Serongas versammelt. Es war die Zeit vor Sonnenaufgang, in der nur die Neugeborenen und die Hühner nicht schliefen. Bevor sie aufbrachen, stärkten sich die Männer mit Apfelscheiben und Pfefferminzblättern in warmem Honig, mit ungesäuertem Brot und Ziegenmilch. Obwohl es Leons erste Jagd war, erschien seine Mutter nicht, um ihren Sohn zu verabschieden. Dieser Tag gehörte ganz den Männern des Stammes, die, wie Leons Vater gesagt hatte, zu den traditionsreichsten Jägern der Menschheitsgeschichte gehörten.

An jenem Morgen war niemand mit einem Fusil Automatique-Sturmgewehr bewaffnet, wie Leon Seronga es jetzt bei sich trug. Sie hatten damals lange Messer dabei, die in Scheiden aus Giraffenhaut steckten, außerdem Speere mit Metallspitzen. Über der linken Schulter trug jeder ein aufgerolltes Seil, der rechte Arm war frei. Nur mit einem Lendenschurz und Sandalen bekleidet, wanderten die Männer ohne Eile am östlichen Rand der

Flussniederung des Khwai entlang. Elf Meilen weiter nördlich und dreizehn Meilen weiter südlich lagen die Dörfer Calasara und Tamindar, und direkt vor ihnen, in östlicher Richtung, warteten die wilden Tiere.

Um ihre Kräfte zu schonen, gingen die Männer nur langsam. Nie zuvor hatte sich Leon so weit von seinem Dorf entfernt. Weiter als bis zum Khwai hatte er es nie geschafft, und den hatten sie heute schon nach einer Stunde überquert. Um giftigen Nattern und Vipern auszuweichen, die in den frühen Morgenstunden besonders aggressiv waren, hielten sie sich von den hohen Gräsern fern, die Leon fast bis zu den schmalen Schultern reichten. Doch bis zum heutigen Tag erinnerte er sich noch lebhaft an das Geräusch der sich sanft in der Morgenbrise wiegenden Gräser. Es ließ ihn an den durch die Baumkronen prasselnden Regen denken, der sich so oft ihrem Dorf näherte. Es war eines jener Geräusche, die nicht von einem Ort auszugehen, sondern aus allen Richtungen gleichzeitig zu kommen schienen.

Darüber hinaus erinnerte er sich an den schwach nach Moschus riechenden Duft, den die Morgenbrise aus dem Südosten zu ihnen herübertrug. Damals erzählte ihm sein Vater Maurice, dies sei der Geruch schlafender Zebras. Aber die Männer würden keine Zebras jagen, da diese ein äußerst sensibles Hörvermögen hatten. Die Tiere hätten sie bemerkt, wären in Panik geraten und hätten durch ihr Wiehern und das Getrappel ihrer Hufe die Löwen auf den Plan gerufen.

»Und Löwen bringen Fliegen mit«, fügte der ältere Seronga schnell hinzu. Selbst damals begriff Leon, dass sein Vater bemüht war, ihm etwas von der Angst zu nehmen, die seine folgenden Worte auslösen würden.

Der ältere Seronga erklärte seinem Sohn, Löwen seien die Könige der Steppe und hätten als solche das Recht, jeden Morgen länger zu schlafen. Wenn sie aufgewacht seien, gegähnt und sich geputzt hätten, gingen sie auf Zebra- und Antilopenjagd, denn diese Tiere hätten genug Fleisch auf den Rippen, um eine schwierige Jagd lohnenswert erscheinen zu lassen. Maurice versicherte Leon, Löwen ignorierten Menschen, solange diese ihnen nicht in die Quere kämen. In diesem Fall würden sie aber ohne Zögern angreifen.

»Ein Imbiss für ihre Jungen«, sagte Leons Vater grinsend.

Leon nahm diese Warnung sehr, sehr ernst. Einst hatte er ein Stück Hanfseil über dem Kopf eines kleinen Hundes baumeln lassen, der sofort in die Höhe gesprungen war und Leon gebissen hatte. Die zugleich brennende und stechende Wunde verursachte fürchterliche Schmerzen, die er bis in die Zehenspitzen spürte. Folglich konnte er sich nicht vorstellen, was für eine Qual es wohl sein musste, wenn man von Löwen fortgeschleift und gebissen wurde. Trotzdem war er zuversichtlich, dass es nicht so weit kommen würde. Sein Vater und die anderen Männer würden ihn beschützen, wie das Erwachsene und Anführer eben taten, wenn es um jüngere Familien- oder Stammesmitglieder ging.

Oder um noch nicht ganz ausgewachsene Männer wie Leon.

An diesem großartigen und legendären Morgen hatten es die Jäger aus Moremi auf riesige Wildschweine abgesehen, Pflanzenfresser mit schwarz-bräunlichen Borsten, die im Grenzgebiet zwischen Wald und Grasland lebten, wo es mit Schilf gesäumte Tümpel gab, die sie besonders zu schätzen wussten. Am Vortag hatte einer der Männer eine Familie dieser Tiere entdeckt. In der Regel setzten sich die Wildschweine in kleinen Gruppen kurz nach Tagesanbruch in Bewegung, wenn die Raubtiere noch nicht auf den Beinen waren. Leons Vater hatte seinem Sohn erzählt, es sei entscheidend, die Wildschweine dann zu fangen, wenn sie gerade mit der Nahrungssuche begannen. Da sie wüssten, dass die Löwen noch nicht wach seien, konzentrierten sie sich primär auf ihr Futter, ohne an potenzielle Gefahren zu denken.

An diesem Morgen wurden die Mühen der Männer belohnt. Sie töteten ein fettes altes Wildschwein, das sich von der Gruppe entfernt hatte. Vielleicht war es aber auch andersherum gewesen, und die Gruppe hatte das Wildschwein als eine Art Opfer für Raubtiere zurückgelassen. Leons Onkel, der von hinten an das Tier herangeschlichen und dann losgesprungen war, erledigte das Wildschwein, das ihm bis zu den Knien reichte, mit einem Stoß seines Speers. Noch immer glaubte Leon die von Schmerz und Verwirrung kündenden Schreie des Wildschweins zu hören, noch immer sah er vor seinem geistigen Auge die erste Blutfontäne aus der Wunde spritzen. Es war die bis dahin aufregendste Erfahrung seines Lebens.

Leons Vater eilte dem Onkel zur Hilfe, und das sterbende Tier wurde auf die Seite gerollt, bevor seine Artgenossen auch nur eine Ahnung hatten, dass überhaupt etwas passiert war. Aber das Wildschwein gab sich erst in dem Augenblick endgültig geschlagen, als Maurice auf seinem Körper kniete und ihm die Kehle durchschnitt. Die Wunde wurde schnell mit einem der Seile abgebunden, damit das Tier nicht weiter blutete und Aasfresser wie Schakale auf den Plan rief. Außerdem würde das Blut das Fleisch feucht halten, wenn sie das schwere Tier unter der sengenden Sonne ins Dorf zurückbrachten.

Während Maurice und sein Bruder die Blutung stillten, suchten der Junge und die anderen Männer nach zwei langen Ästen. Nachdem die Zweige mit den Messern abgeschnitten worden waren, konnten die Äste als Tragebalken dienen. Bevor das tote Wildschwein festgebunden wurde, nahm Maurice sich einen Augenblick Zeit, um seinem Sohn einem blutigen Finger in den

Mund zu schieben. Dann brachte er sein Gesicht dicht vor das Leons, damit dieser die in seinem Blick funkelnde Entschlossenheit erkennen konnte.

»Erinnere dich an diesen Augenblick, mein Sohn«, sagte er leise. »Erinnere dich an diesen Geschmack. Ohne Blutvergießen kann unser Volk nicht überleben. Wir müssen Risiken eingehen.«

Die Männer waren noch keine vier Stunden unterwegs, als das lose zwischen den Ästen baumelnde Wildschwein auch schon zurückgetragen wurde. Leon ging neben den Männern, die das erlegte Tier trugen. Er musste nur das Ende des Seils halten, mit dem die Wunde abgebunden worden war, und dafür Sorge tragen, dass es gestrafft blieb. Als sie schließlich mit der Beute im Dorf eintrafen, war Leon so stolz wie noch nie zuvor in seinem Leben.

Das Tier war groß genug, um zwei Tage lang das ganze Dorf zu ernähren. Kaum war das Fleisch verzehrt, wurde aus den Knochen des Wildschweins schon Schmuck für gelegentlich vorbeikommenden Touristen fabriziert, und dann brach eine andere Gruppe zur Jagd auf. Weil er bereits daran dachte, einmal ein Zebra, eine Gazelle oder gar einen Löwen zu erlegen, war Leon traurig, weil er diesmal nicht an der Jagd teilnehmen durfte. Seiner Mutter gegenüber gestand er seinen Traum, den König unter den Tieren zu töten – und bei dieser Gelegenheit bekam er seinen Spitznamen. Bertrice Seronga erzählte ihrem Sohn, nur ein *Prinz* könne dicht genug an den König herankommen, um diesen zu töten.

»Bist du ein Prinz?«

»Wer weiß, vielleicht«, antwortete Leon, dessen Mutter lächelte und ihn von nun an »Prinz Leon« nannte.

Während der nächsten fünf Jahre ging Leon fast dreihundertmal auf die Jagd. Mit dreizehn war er bereits Anführer eigener Gruppen, und da ein Sohn seinem Vater keine Befehle erteilen konnte, zog sich Maurice stolz zurück, damit Leon seine Führungsqualitäten erweitern konnte. Während dieser Zeit tötete Leon die meisten Tiere selbst, aber ein Löwe war nicht darunter. Doch er gelangte zu der Meinung, dass das nicht seine Schuld war, sondern auf das Verhalten der Löwen zurückzuführen war. Der König der Tiere war viel zu intelligent, um sich freiwillig seinem Speer auszusetzen.

Damals fragte sich Seronga, wer den Löwen überhaupt erlegen konnte, wenn dieser so stark und so clever war. Die Antwort lautete natürlich: der Tod. Dieser brachte den Löwen genauso zur Strecke wie die mächtigsten Männer. Dennoch überlegte Leon, ob ein Löwe vielleicht stark genug war, um den Tod hinauszuzögern. Einmal hatte er beobachtet, wie eine Löwin verendet war, nachdem sie – eine Seltenheit – ganz allein eine Antilope gejagt und getötet hatte. Er stellte sich die Frage, ob die Löwin sich bei der Jagd völlig verausgabt oder, um ihren baldigen Tod wissend, diesen aus eigener Kraft hinausgezögert hatte, um die letzte Jagd noch einmal richtig zu genießen.

Im Jahr 1963 vollzogen sich entscheidende Veränderungen, und Leons Gedanken beschäftigten sich nicht mehr mit den Gewohnheiten der Tiere, sondern mit denen der Menschen.

Mit der Jagd war es schwieriger geworden, da die Männer des Batawana-Stamms sich immer weiter von ihrem Dorf entfernen mussten, um überhaupt noch Beute zu finden. Zunächst glaubten sie, die Gewohnheiten der Tiere hätten sich verändert. Blitze hatten Brände und damit Veränderungen der Landschaft ausgelöst. Pflanzenfresser mussten sich an den Gräsern orientieren und Fleischfresser ihrer Beute folgen. Aber im Jahr 1962 brachte ein Flugzeug Männer aus der Hauptstadt Gaborone und aus London in das kleine Dorf.

Zu dieser Zeit war Botswana, seit 1885 britisches Protektorat, unter dem Namen Betschuanaland bekannt. Leon hatte man erklärt, das Land werde vor südafrikanischen Buren und anderen Aggressoren beschützt – deshalb ›Protektorat‹. Die Weißen aus Gaborone und London erzählten den Mitgliedern des Batawana-Stammes, die Jagd gefährde den Bestand der Tierarten. Wenn der Stamm überleben wolle, müsse er seinen Lebensstil ändern.

Die Männer aus Gaborone und London hatten einen Plan.

Mit dem Segen der Stammesältesten der Gegend verwandelte die Regierung die Flussebene und riesige angrenzende Gebiete in einen Nationalpark namens Moremi Wildlife Reserve. In Zukunft sollten die in der Region lebenden Menschen nicht mehr von der Jagd, sondern vom Tourismus leben.

Jede Familie erhielt ein hübsches Sümmchen Geld. Drei Wochen später kamen mit Lastwagen und Flugzeugen Bauarbeiter angerückt, die das alte Dorf dem Erdboden gleichmachten und Holzhäuser mit Blechdächern aus dem Boden stampften. Weiter draußen, wo es bisher keinerlei Anzeichen menschlicher Zivilisation gegeben hatte, errichteten sie, diesmal aus Stein, das Ferienhotel Khwai River Lodge, das jede Woche mit Lebensmitteln beliefert wurde, die auch von den Dorfbewohnern gekauft werden konnten. Schulen wurden gebaut, und die Missionen, die sich bisher vornehmlich um die Erziehung und die medizinische Versorgung gekümmert hatten, spielten jetzt auch bei der Organisation des Lebens in den Dörfern eine aktivere Rolle. Die alten Götter – Götter der Jagd und der Naturgewalten – fielen bald der Vergessenheit anheim, und die Tradition des Geschichtenerzählens wurde erst durch Radios, später durch das Fernsehen verdrängt. Jetzt waren Kleider, Schmuck und Häuser im europäischen Stil die allseits bewunderten Objekte der Begierde, und das Leben wurde weniger anstrengend.

Aber auch weniger aufregend.

Der in der Flussniederung lebende Tierbestand wurde durch diese Maßnahmen gerettet, und die Mitglieder des Batawana-Stammes erfuhren, mit ihrem Leben und ihren unsterblichen Seelen verhalte es sich nicht anders.

Leon hatte all das nie überzeugt. Was seine Leute an Sicherheit gewonnen hatten, war ihnen an Unabhängigkeit verloren gegangen. An die Stelle traditioneller Weisheit war bloßes Wissen getreten, an die althergebrachter Religion importierter christlicher Glaube. Zwar war die Existenz gesichert, aber das eigentliche Leben hatte man aufgegeben.

Mit achtzehn Jahren verließ er das Dorf. Er hatte etwas über einen in Gaborone lebenden Mann namens Sir Seretse Khama gelesen, dessen Botswana Democratic Party die Nation von der Kontrolle durch die Briten befreien wollte. Leon verpflichtete sich bei Khamas Democratic Army, einer friedfertigen Organisation von nahezu dreitausend Mann, deren Aufgabe darin bestand, Flugblätter zu verteilen und die persönliche Sicherheit ihres Anführers zu gewährleisten. Doch diese Arbeit machte Leon keinen Spaß. Schließlich war er ein Jäger. Gemeinsam mit fünf Gleichgesinnten bildete er eine Splittergruppe namens Brush Vipers, die im Untergrund Informationen über hohe britische Offizielle sammelte. Unter anderem deckten sie eine Verschwörung auf, bei der Sir Khama der falsche Verdacht angehängt werden sollte, Gelder seiner Partei veruntreut zu haben.

Innerhalb weniger Tage war der Chef der Verschwörer von der Bildfläche verschwunden. Sir Khama sollte nie etwas davon erfahren – weder von der Intrige noch von der Gegenmaßnahme. Aber Leon hatte zweifelsfrei sichergestellt, dass die Briten im Bilde waren. Trotz diskreter Anfragen des Außenministeriums wurde der Engländer nie gefunden. Nur wenige Ortsunkundige, die lebend im Okavangobecken verschwanden, tauchten jemals wieder auf – aber Männer, denen in den Sümpfen die Kehle durchgeschnitten worden war, wurden nie gefunden. Allerdings überreichte Leon dem höchsten örtlichen Repräsentanten des Außenministeriums die Uhr des Vermissten. Dabei versicherte er dem ausländischen Offiziellen, er habe keinerlei Absicht, sich eine Sammlung britischer Uhren zuzulegen.

Der Brite verstand die Botschaft.

Ein Jahr später entließen die Briten das Land in die Unabhängigkeit, und aus Betschuanaland wurde die Republik Botswana, deren erster Präsident Khama war. Trotzdem wurden die noch von den Briten eingeleiteten Veränderungen nicht rückgängig gemacht. An den Waren aus Europa und Amerika hatten die Menschen Gefallen gefunden, aber Präsident Khama erschwerte es anderen Interessierten, seine Landsleute mit neuen Ablenkungen zu beglücken oder sie gar mit fremden Ideen zu infizieren.

Erst zu diesem Zeitpunkt begriffen Leon und seine jungen Kameraden, was für eine schwere Verantwortung auf ihren Schultern lastete. Jetzt waren sie nicht mehr nur für die Sicherheit eines einzelnen Mannes verantwortlich.

Wie Khama ging es auch ihnen um das Wohl der jungen Nation. Auf einem von uralten Stammesrivalitäten und Kriegen um Land, Wasser und wertvolle Bodenschätze zerrissenen Kontinent war es plötzlich ihre Aufgabe, die Sicherheit von fast einer halben Million Menschen zu gewährleisten. Auch ihre eigenen Familien waren auf ihre Wachsamkeit angewiesen.

Leon bekam sein Patent als Leutnant und trat in die

Armee von Botswana ein, wo er in einer im Norden des Landes stationierten Eliteeinheit diente, die unter anderem auch für die Flussniederungen bei Maun zuständig war. Er half mit, die Sicherheit an der Grenze zum vom Kolonialkrieg heimgesuchten Angola zu gewährleisten. Zudem unterwies er gebürtige Angolaner in Techniken konspirativer Untergrundarbeit, die diese sich bei ihrem Widerstand gegen die Portugiesen zunutze machen konnten. Wie seinen Brüdern in Botswana und Südafrika ging es auch Seronga darum, dass die Europäer vom afrikanischen Kontinent verschwanden.

Doch trotz aller Anstrengungen, die nicht nur Leon, sondern auch der Präsident persönlich auf sich nahmen, war der Wandel des Landes nicht aufzuhalten. Seronga musste mit ansehen, wie seine Landsleute fett und nachlässig wurden. Wie die Wildschweine, die Leon einst mit seinem Vater gejagt hatte, wurden nun auch seine Landsleute zur Beute von Jägern – Männern aus Europa, die das Land jetzt durch ihre finanzielle Macht kontrollieren wollten. Die Botswaner verkauften ihre mit so viel Mühe zurückeroberten Kohlengruben, ihre Kupfer- und Diamantminen. Nachdem sie sich der politischen Fremdherrschaft entledigt hatten, ergaben sie sich nun der Macht ausländischen Kapitals. Die Revolution war vergeblich gewesen.

Während dieser Zeit war seine Familie Leons größte Freude. Als er in den Norden des Landes zurückkehrte, hatte Leutnant Seronga seine Frau geheiratet, die ihm vier Söhne schenkte. Mittlerweile hatte er schon Enkel.

Ihretwegen verließ Seronga schließlich die Armee, und eine Zeit lang lebte er von seiner Pension. Doch dann geschah etwas. Er fand ein neues Ziel, für das zu kämpfen sich lohnte, und eine neue Armee, die er führen konnte.

Jetzt umgingen Leon und seine Männer ein mit hohen

Gräsern bewachsenes Stück Land. Einige von Serongas alten Soldaten hatten sich ihm erneut angeschlossen und die Vorarbeit für diesen Kreuzzug erledigt, indem sie Missionsdiakone ausfindig gemacht und beobachtet hatten. Es waren noch junge, idealistische Kämpfer, wie etwa Donald Pavant, Leons rechte Hand. Zwar war Pavant ein bisschen sehr extremistisch gesinnt, doch das ging schon in Ordnung. Seine Jugend und Impulsivität wurde durch Serongas Alter und Weisheit ausgeglichen. Weitere Männer waren zu ihnen gestoßen, darunter auch eine Hand voll Weißer aus Gaborone, die an ihre Sache glaubten – vielleicht auch nur an das Geld, dass ihnen die Vertreibung der Ausländer einbringen würde. Wie auch immer, sie waren dabei.

Seronga und seine Einheit erreichten ein Leon vertrautes Wasserloch, das nicht mehr so groß war wie einst. Künstliche Bewässerung hatte die Landschaft der Flussniederungen verändert, und die Wildschweine waren umgesiedelt worden. Nur noch die Feldmäuse und flugunfähige Vögel kamen hierher. Dennoch war es ohne jeden Zweifel der Tümpel, wo einst jene Entwicklung begonnen hatte, die Leon zum Mann machte. Im Licht der aufgehenden Sonne stellte er sich vor, die langen Schatten seines Vaters und der anderen Männer zu sehen. Auch jetzt glaubte er noch das Blut des Wildschweins auf seinen Lippen schmecken zu können.

Und da war noch etwas. Sein innerer Blick sah die dunklen Augen seines Vaters, und Leon hörte seine Worte: *»Ohne Blutvergießen kann unser Volk nicht überleben. Wir müssen Risiken eingehen.«*

Glücklicherweise dachten die anderen Mitglieder von Leons alter Brush-Vipers-Einheit genauso wie ihr früherer Kommandeur. Im Laufe der Jahre hatten die Männer den Kontakt nie abreißen lassen. Als einer von ihnen eine Rede Dhamballas gehört hatte, schien sich eine Gelegenheit zu bieten, die Fehler der Vergangenheit rückgängig zu machen. In Machaneng, einem in östlicher Richtung gelegenen Dorf, erlebte Seronga Dhamballa bei einer Rede. Er war fasziniert von dem, was er hörte. Noch beeindruckender fand er, was er sah: einen Führer.

Erneut mussten sie sich mit Europäern beschäftigen, doch diesmal würden sie alles richtig machen und sich zurückholen, was damals verloren gegangen war.

Jetzt tauchten in der Ferne, hinter den sich im Wind wiegenden, hohen Gräsern, sechs mit Ziegeln gedeckte Holzhäuser auf. Auf einer weißen Satellitenschüssel, die auf einer Lichtung stand, funkelte das Sonnenlicht, genau wie auf den verchromten Autos und Wohnwagen, die auf einem nicht asphaltierten Parkplatz abgestellt waren.

Leon gab seinen Männern ein Zeichen, sich in Deckung zu halten. Ihm war klar, dass sie besser in der Dunkelheit hergekommen wären, aber es war ihm wichtig gewesen, den Sonnenaufgang zu erleben. Außerdem waren die Touristen in dem Feriendorf bestimmt noch nicht aufgestanden. Die Kundschafter hatten berichtet, die Fensterläden würden immer erst um kurz vor acht geöffnet. Diese Fremden wussten Schlaf zu schätzen.

Einfach würde es bestimmt nicht werden, das Land zu retten, und ohne Blutvergießen würde es dabei auch nicht abgehen. Aber das war zu erwarten gewesen.

Revolutionen verliefen nur selten unblutig.

2

Maun, Botswana – Montag, 5 Uhr 19

Pater Powys Bradbury hatte gerade die Augen aufgeschlagen, als auch schon der erste Sonnenstrahl durchs Fenster fiel. Lächelnd beobachtete der Priester, wie das helle Sonnenlicht die weiß gestrichenen Wände und die Decke erstrahlen ließ. Es war ein gutes Gefühl, wieder hier zu sein.

In der Regel stand der in Südafrika geborene Geistliche mit dem ersten Tageslicht auf. Mittlerweile war er seit dreiundvierzig Jahren Priester, und während dieser Zeit war er nie seiner Gewohnheit untreu geworden, direkt nach Tagesanbruch sein Morgengebet zu verrichten, durch das er seinen Tag dem heiligen Herzen Jesu widmete. Es schien nur recht und billig, das Gebet direkt bei Tagesbeginn zu sprechen, nicht erst später, wenn es einem gerade passte oder bequem war.

Weiterhin lächelnd, blieb der kleine, schmächtige Mann noch etwas in seinem schmalen Bett liegen, das in einer Ecke des weiß getünchten Raums stand. Ansonsten war das Zimmer nur mit einem Nachttisch, einer am Fußende des Betts angebrachten Garderobe und einem Schreibtisch möbliert, auf dem ein Laptop stand, den Pater Bradbury hauptsächlich für das Senden und Empfangen von E-Mails benutzte. Um den Computer herum waren Bücher und Zeitschriften aufgetürmt, die sich zudem auch auf dem Fußboden stapelten. Weil er sich sehr dafür interessierte, wie andere Afrikaner dachten, hatte Pater Bradbury Zeitungen und Zeitschriften aus den verschiedensten Ländern des Kontinents abonniert.

Bradburys Garderobe bestand aus zwei Priestergewändern, einem weißen Bademantel und einer dicken Windjacke für kühle Winterabende, außerdem aus einer

Jeans sowie einem Sweatshirt mit dem Wappen von Kapstadt. Die Jeans und das Sweatshirt trug der Pater immer dann, wenn er mit seinen sportlicheren Gemeindemitgliedern Fußball spielte. Sah man einmal von dem Pyjama mit den kurzen Hosen ab, den er jetzt trug, besaß der Priester keine anderen Kleidungsstücke. Er glaubte aus ganzem Herzen an Psalm 119,37: ›Wende meine Augen ab von eitlen Dingen, durch dein Wort belebe mich!‹

Pater Bradburys einziger Luxus war ein auf einem Regal über dem Schreibtisch stehender CD-Player. Wenn er schrieb oder las, liebte er es, dabei gregorianische Choräle zu hören.

Obwohl niemand im benachbarten Zimmer war, streckte Pater Bradbury seine Glieder, ohne dabei laute Geräusche zu verursachen. Die sieben Missionare, sämtlich Diakone, die ebenfalls zur Heiligkreuz-Kirche gehörten, arbeiteten weiter draußen vor Ort. Pater Bradbury liebte die Stille. Das ging auf seinen Aufenthalt im St. Ignatius-Priesterseminar in Kapstadt zurück, wo, von den Gebeten natürlich abgesehen, Schweigen obligatorisch war. In seinen Augen war das Schweigen ein Zeichen zivilisierten Verhaltens, das Menschen von wiehernden und schreienden afrikanischen Tieren unterschied. Noch nie hatte er der Ansicht beigepflichtet, laute, überbevölkerte Städte seien der Gipfel zivilisatorischer Errungenschaften. Was zivilisiertes Verhalten betraf, war Intellektualismus für ihn weniger wichtig als das liebevolle Zusammenleben mit anderen Menschen.

Schon in ein paar Sekunden würde der weißhaarige Priester seine Energie in den Dienst Gottes stellen und sich dem Wohl der Menschen in den umliegenden Dörfern zuwenden. Jetzt nahm sich Pater Bradbury noch einen Augenblick Zeit, um einige der raren Minuten des Tages zu genießen, die nur ihm allein gehörten.

Am Abend zuvor war Bradbury von einem fünftägigen Besuch seiner Erzdiözese in Kapstadt zurückgekehrt. Seine Zusammenkünfte mit Erzbischof Patrick und anderen Missionspriestern waren für ihn immer eine große Freude. Die Kathedrale war aus glänzenden weißen Steinen erbaut – ein optischer Genuss und eine Inspiration für die Arbeit. Neben dem großen Eingangsportal standen zwei hohe Glockentürme, deren Geläut in der ganzen Stadt zu hören war. Aber auch Erzbischof Patrick selbst war eine Inspiration. Stets hatte er anregende Ideen, wie man das Wort Christi auch den Menschen nahe bringen konnte, die mit der Kirche und ihren Lehren nur wenig vertraut waren. Tatsächlich war es sehr amüsant gewesen, als die sieben Männer in den Veritas-Produktionsstudios Audiokassetten aufgenommen hatten, weil sie mit Lesungen und Bibelkommentaren die Wahrheit der Evangelien auf diese Weise unter die Leute bringen wollten. Diese Bänder würden dazu beitragen, den im südlichen Afrika in den Missionen tätigen Priestern neue Gläubige zuzuführen. Im Gegensatz zu Pater Bradbury, der immer in seiner Gemeinde blieb, arbeiteten die Missionsdiakone vor Ort in den abgelegenen Regionen und Dörfern, die von Armut, Krankheiten und Hunger heimgesucht wurden.

Bradbury atmete tief die trockene, heiße Luft ein und genoss die wunderbare Stille, die sonst gelegentlich durch sich nähernde Paviane gestört wurde, die gefüttert werden wollten. Gräser, Insekten und Früchte, wie es sie hier in Hülle und Fülle gab, reichten ihnen offensichtlich nicht – die stumpfnasigen Affen gehörten zu Gottes faulsten Geschöpfen und wollten auch noch gefüttert werden.

Aber heute waren keine Affen da. Außer dem Wind rührte sich nichts, und das war eine absolut wunderbare Erfahrung.

In Pater Bradburys Heimatstadt war die Luft staubig und feucht, und in den lärmenden Straßen fand man selbst nachts keine Ruhe. Mittlerweile lebte der Geistliche seit elf Jahren in Botswana; sieben davon war er Missionsdiakon gewesen, wovon die Hornhaut unter seinen Füßen und sein sonnengegerbtes Gesicht noch immer Zeugnis ablegten. Seit vier Jahren war er Gemeindepriester der siebenundvierzig Jahre alten Heiligkreuz-Kirche, die auch für die benachbarten Landgemeinden Maun und Moremi zuständig war. Wann immer Pater Bradbury nicht hier war, vermisste er seine Kirche ganz fürchterlich. Dann fehlten ihm die Ruhe, die Gemeinde und besonders deren einzelne Mitglieder, von denen so viele ihre Zeit und Energie geopfert hatten, damit aus der Kirchengemeinde eine große Familie wurde. Der Priester liebte es, zu ihrem täglichen Leben zu gehören und in ihren Gedanken und für ihren Glauben eine Rolle zu spielen.

Aber Pater Bradbury vermisste auch die Touristen, wenn er seine Gemeinde eine Zeit lang verlassen musste. Erzbischof Patrick hatte dem Bau des Feriendorfs neben der Kirche nur zugestimmt, weil er auf Neubekehrte hoffte. Jede Woche trafen etwa fünfzig Touristen ein, die aus Europa, Nordamerika, dem Nahen Osten oder aus Asien anreisten. Ihnen wurde hier großer Komfort geboten: luxuriöse Badewannen, Teakholz-Parkett, Mahagonibetten, Korbsessel mit bequemen Kissen, prächtige Teppiche aus einheimischer Produktion, Silberbesteck mit Horngriffen und Kupferteller. Die Wände bestanden aus unbehauenen Eichenbalken. Die Betten der Gäste waren mit teuren Baumwolllaken bezogen, die Tafeln mit schweren Damast-Tischdecken gedeckt. Für die Touristen war das Feriendorf der Ausgangspunkt für Wandertouren und Fotosafaris. Viele der Besucher waren jung, und Religion spielte in ihrem Leben keine große Rolle. Erzbischof Patrick hoffte, der idyllische Ort würde die Besucher vielleicht ihrem Schöpfer näher kommen lassen. Pater Bradbury verdankte den Touristen eine zwar profanere, aber ebenfalls wichtige Erfahrung: Wenn die Gäste mit ehrfürchtigem Blick die Landschaft auf sich wirken ließen, verstärkte das des Priesters eigenes Gefühl für das Wunder und seinen Stolz auf die Region.

Der Geistliche schlug das leichte obere Laken zurück. Selbst in dieser Entfernung vom Fluss kam Pater Bradbury nicht ohne Moskitonetz aus. Seine Mutter hatte immer gesagt, er habe ›zuckersüßes Blut‹. Die Moskitos liebten ihn einfach. Und genauso wie er den wunden Füßen nicht nachtrauerte, konnte er gut auf die Stiche der Moskitos oder der Stech- und Grasmücken verzichten, die ihn in den Jahren begleitet hatten, als er noch Gottes Wort in den entlegenen Dörfern verbreitete. Hier gab es zwar Flöhe, aber die konnten wenigstens nicht fliegen. Eine Dusche pro Tag, bei der er sich mit einer speziellen Seife wusch, reichte völlig aus, damit die Flöhe jegliches Interesse an ihm verloren.

Pater Bradbury stand auf, kniete kurz vor dem über dem Bett hängenden Kreuz nieder und ging dann zu dem kleinen Badezimmer, das zwischen seinem Zimmer und den Quartieren der Diakone lag. Mit den Touristen waren auch Installateure gekommen, und die von ihnen verlegten Wasserleitungen hatten den Komfort des Pfarrhauses stark verbessert.

Nach dem Duschen kleidete Pater Bradbury sich an. Dann trat er in den warmen Morgen hinaus. Ein schmaler Weg führte vom Pfarrhaus zur Kirche, hinter der sich, nur teilweise sichtbar, das Feriendorf befand, dessen Bau seinerzeit von der Regierung genehmigt worden war. Es bestand aus Bungalows, einem Bürogebäude, einem Bau mit Lobby und Speisesaal sowie einem Parkplatz. Pater Bradbury nahm sich einen Moment Zeit, um über die einen Meter achtzig hohe Mauer einen Blick auf die aufgehenden Sonne zu werfen. Die Mauer war als Schutz gegen Tiere gebaut worden, die sich verirrt hatten. Bei

Dürre oder Hochwasser geschah das etwa zweimal im Jahr, doch dann kamen stets Wildhüter, die die Tiere auf sicheres Gebiet in der Nähe von Maun brachten. Dabei war Eile geboten, weil desorientierte Pflanzenfresser hungrige Raubtiere anzogen, die wiederum auf mit Kameras bewaffnete Touristen eine magnetische Wirkung ausübten.

Allmählich färbte sich der tiefblaue Himmel heller. Wolken waren nirgends zu sehen, doch hoch am nördlichen Horizont stand der blasse Halbmond. Es war ein schöner Morgen in einem gut eingerichteten Leben.

Ein paar Sekunden später war der Morgen nicht mehr schön, und in Pater Bradburys Leben änderte sich alles schlagartig.

Der Priester hörte ein paar laute, krachende Geräusche, die nicht von jenseits der Mauer zu kommen schienen. Zuerst glaubte er, dass einige der an den Dächern der Ferienhäuser baumelnden Keramik-Blumentöpfe heruntergekracht wären, doch dann hörte er eindeutig Schüsse, die die friedliche Stille des Morgens zerrissen.

Der Priester rannte um die Kirche herum, wobei seine Sandalen laut auf den gepflasterten Weg klatschten. An der Vorderseite der Kirche befand sich ein Rosengarten, den er selbst angelegt hatte. Die Stelle hatte er deshalb gewählt, weil die Rosen hier zwar von der frühmorgendlichen, nicht aber von der Sonne des späten Vormittags beschienen wurden, vor der sie durch die Kirche geschützt waren.

Pater Bradbury erreichte den Hof gegenüber dem Feriendorf. Dessen dreiundsechzigjähriger Verwalter, der einheimische Maunan Tswana Ndebele stand bereits draußen, allerdings in Unterwäsche. Er hatte einen wütenden Gesichtsausdruck und seine Arme bis in Ohrhöhe gehoben. Ungefähr drei Meter hinter ihm standen ein Reiseführer und mehrere Touristen direkt vor der Tür des Büros. Sie alle blickten auf das offene Tor und hatten ebenfalls die Hände oben. Niemand rührte sich.

Jetzt fielen dem Priester in dem Türrahmen aus Eichenholz mehrere Einschusslöcher auf. Auch er wandte sich dem Tor zu.

Das Tor bestand aus Eisenstäben, die den Speeren der Batawana nachgebildet waren, und war nach innen aufgestoßen worden. An der inneren Seite der Mauer bezogen etwa fünfzig bewaffnete Männer Position, die Tarnanzüge und schwarze Barette trugen. Von Rangabzeichen war nichts zu sehen – Soldaten der regulären Armee waren das jedenfalls nicht.

»Bitte nicht«, murmelte Pater Bradbury. »Nicht hier.«

Die Gruppe erinnerte ihn nur zu sehr an die kleinen, gut organisierten Milizverbände, über die er in seinen Zeitungen gelesen hatte und die im letzten Jahrzehnt in Somalia, Nigeria, Äthiopien, im Sudan und anderen afrikanischen Ländern Umwälzungen herbeigeführt hatten. Aber in diesem Land hatte es schon seit den Sechzigerjahren keine Probleme mehr mit Rebellen gegeben, weil sie einfach überflüssig waren. Die Regierung war demokratisch gewählt, die Mehrheit der Menschen zufrieden.

Die Soldaten waren noch gut fünfzig Meter entfernt. Der Priester ging auf sie zu.

»Tun Sie das nicht, Pater!«, warnte Ndebele.

Aber der Geistliche ignorierte ihn. Diese Aktion war einfach unerhört. Das Land wurde von einer rechtmäßig gewählten Regierung geführt, und außerdem war dies hier heiliger Boden, auf dem seine Kirche stand. Ein Ort des Friedens.

Jetzt hatten die Milizionäre ihre Stellungen bezogen, von den geparkten Autos an der westlichen Seite der Zufahrt bis zur Satellitenschüssel im Osten reichten. Ein großer, schlanker Mann mit langen Dreadlocks und entschlossener Miene trat vor. Über seiner rechten Schulter hing ein Gewehr, und er trug einen Munitionsgurt mit Reservepatronen. Außerdem hatte er ein Jagdmesser und ein Funkgerät dabei. Offensichtlich war er der Anführer der Einheit. Diesen Eindruck vermittelte weniger seine Ausrüstung, als die Art und Weise seines Auftretens. Seine dunklen Augen glänzten stärker als die von der Sonne beleuchteten Schweißperlen auf seiner Stirn und seinen Wangen. Er ging auf den Fußballen, mit nur leicht angewinkelten Knien, und schritt lautlos über die trockene Erde des Parkplatzes.

»Ich bin Pater Powys Bradbury«, sagte der Priester leise, aber mit fester Stimme. Die beiden Männer gingen weiter aufeinander zu. »Was haben bewaffnete Männer auf unserem Grundstück zu suchen?«

»Wir sind gekommen, um Sie mitzunehmen«, erwiderte der Anführer der Milizionäre.

»Mich?«, fragte der Priester, der erst dicht vor dem größeren Mann stehen blieb. »Warum? Was habe ich denn getan?«

»Sie sind ein Eindringling. Sie und alle anderen von Ihrem Schlag werden aus diesem Land vertrieben.«

»Von meinem Schlag? Ich bin kein Eindringling. Seit elf Jahren lebe ich hier, und ...«

Der Anführer gab den Männern hinter ihm mit einer scharfen Handbewegung ein Zeichen, und drei Soldaten stürmten los. Zwei packten Pater Bradburys Unterarme. Tswana Ndebele machte eine Bewegung, als wollte er protestieren, aber das unverkennbare Klicken eines Schlagbolzens gebot ihm sofort Einhalt.

»Tut, was er sagt«, rief Pater Bradbury, der sich nicht wehrte, aber weiter den Anführer anblickte. »Ich versichere Ihnen, dass Sie sich für den falschen Mann entschieden haben.«

Der Milizenchef antwortete nicht. Die beiden Männer hielten den Priester weiterhin fest.

»So sagen Sie doch wenigstens, warum Sie mich mitnehmen wollen«, bat der weißhaarige Geistliche in beschwörendem Tonfall.

Jetzt tauchte hinter dem Priester der dritte Milizionär auf, der Pater Bradbury eine schwarze Kapuze über den Kopf stülpte, die er schließlich am Hals so fest zuzog, dass sein Opfer kaum noch Luft bekam.

»Bitte, tun Sie ihm nichts!«, schrie Ndebele.

Pater Bradbury wollte dem Verwalter des Feriendorfs zu verstehen geben, es werde alles wieder gut, aber er konnte sich nicht umdrehen und auch nicht schreien. Unter der fest zugezurrten, erstickenden Maske konnte er gerade noch mit Mühe atmen.

»Das ist nicht nötig«, keuchte der Priester. »Ich komme freiwillig mit.«

Der Geistliche wurde unsanft gegen die Schulter gestoßen und stolperte los. Hätten die Milizionäre nicht seine Arme fest gehalten, wäre er mit Sicherheit gestürzt.

Während die Männer ihn vor sich hertrieben, sagte Pater Bradbury nichts mehr, weil er vollauf damit beschäftigt war, nach Luft zu schnappen. Die Hitze war fürchterlich, die Finsternis enervierend. Aber er wollte vor diesen Männern nicht zeigen, dass er Angst hatte.

Doch vor Gott konnte Pater Powys Bradbury seine Angst nicht verbergen, und zu ihm sprach er im Stillen, während er unter Zwang das Grundstück verließ. Nachdem er seine Morgengebete verrichtet hatte, betete er für sich selbst. Er bat Gott nicht darum, dass er ihn retten, sondern darum, dass er ihm Kraft geben möge. Außerdem betete er dafür, dass seinen zurückgebliebenen Freunden nichts geschehe, und schließlich schloss er das Seelenheil seiner Entführer in sein Gebet ein.

Sein letztes Gebet galt dem Land, das er zu lieben gelernt hatte.

3

Washington, D. C. – Dienstag, 7 Uhr 54

Es war ein dunkler, regnerischer Morgen, und folglich war DiMaggio's Joe nicht so gut besucht wie sonst. General Mike Rodgers passte das gut. Wegen des schlechten Wetters hatte er direkt vor dem Café einen Parkplatz gefunden, und drinnen fiel ihm sofort ein freier Tisch in einer Ecke auf. Er durchquerte den Raum, schlug die Regentropfen von seiner feuchten Kopfbedeckung und seinem Exemplar der *Washington Post* und stellte sich dann vor der Theke an.

Dort ging es schnell voran, und zu Rodgers Überraschung war genau das im Angebot, worauf er heute Appetit hatte. Nachdem er sein riesiges Muffin und einen nicht minder riesigen Becher Kaffee bezahlt hatte, kehrte er zu seinem Tisch zurück. Von dort blickte er auf die hintere Wand des Cafés und ließ seine Gedanken in die Vergangenheit schweifen. Er musste sich daran erinnern, warum er seinerzeit Berufssoldat geworden war, und dies war exakt der richtige Ort dafür.

Das legendäre DiMaggio's Joe lag in Georgetown, direkt an der Ecke M-Street und Wisconsin Avenue. Das Café, früher ein einfacher Coffeeshop, gab es seit 1966. Es war von einem zugezogenen New Yorker namens Bronx Taylor gegründet worden, einem großen Fan der New York Yankees, die in der guten alten Zeit, wo man in Coffeeshops noch rauchen durfte, direkte Konkurrenten der Washington Senators gewesen waren. Der Witwer Taylor hatte sich zur Ruhe gesetzt und war nach Washington gezogen, weil er in der Nähe seiner Tochter und seines Schwiegersohns wohnen wollte. Da er aber doch irgendetwas tun musste, entschloss er sich zu einer kleinen Provokation und eröffnete den Coffeeshop DiMaggio's

Joe. Die Provokation zeigte Wirkung. Fans der Washington Senators kamen in das Lokal, um Taylor anzupöbeln. Sie waren sämtlich einfache Arbeiter – Reinigungskräfte der Georgetown-Universität, Busfahrer, Frisöre oder Butler und Gärtner, die in vornehmen alten Häusern beschäftigt waren. Bei Saft, Wurst und nicht lang genug gekochten Eiern verhöhnten sie die New York Yankees. Bei anderen Gelegenheiten standen Kaffee und Kuchen auf dem Programm, doch gelästert wurde trotzdem. Anschließend wurden ein oder zwei Zigaretten geraucht, dann neuer Kaffee geordert. Es war nur ein kleines Lokal, aber Taylor machte ein Vermögen.

Nachdem Bronx Taylor vor vier Jahren gestorben war, hatte seine Tochter Alexandra den Coffeeshop übernommen, den sie anschließend gründlich renovierte, um das Renommee zu heben. Die mit Ketschup-Flecken übersäten weißen Wandkacheln wurden durch eine Holztäfelung ersetzt, Resopaltische und Nischen abgeschafft. Mittlerweile gab es Holzstühle und nicht besonders standfeste Metalltischchen. Außerdem wurde nicht länger nur eine Sorte Kaffee serviert. Jetzt standen auf der Getränkekarte verschiedenste Kaffeespezialitäten mit wohlklingenden Namen, und der unvermeidliche Akzent auf dem ›e‹ war obligatorisch. Was Rodgers gleichwohl nicht davon abhielt, weiterhin gewöhnlichen schwarzen Kaffee zu bestellen. Allerdings schmeckte der, als wäre er aus mehreren unterschiedlichen Sorten zusammengebraut worden.

Außer dem Namen des Lokals hatte Alexandra noch etwas nicht geändert. Zu Taylors Zeiten hingen an allen vier Wänden Bilderrahmen mit betagten Fotos und verblichenen Titelseiten alter Zeitungen. Die Bilder zeigten das Stadion der Yankees und deren Baseball-Stars aus den Vierziger- und Fünfzigerjahren. Die verblassten Schlagzeilen kündeten lauthals von gewonnenen Spielen, nationalen Meisterschaften und Weltmeisterschaften. Alexandra hatte die Bilder alle an der hinteren Wand aufgehängt, und diese Fotos, die ihn an die Sommer seiner Jugendzeit erinnerten, waren der einzige Grund, warum Rodgers das Lokal auch weiterhin aufsuchte.

Aufgewachsen war Rodgers in Hartford in Connecticut, das näher bei Boston als bei New York lag. Trotzdem war er ein Fan der New York Yankees. Die ›Bronx Bombers‹ hatten Spielwitz, Selbstvertrauen und Biss, und sie waren zum großen Teil dafür verantwortlich, dass Mike Rodgers Soldat geworden war. Einen Baseball konnte er nicht anständig treffen, und sein alter Freund Colonel Brett August, mit dem Rodgers als Jugendlicher in einer Mannschaft gespielt hatte, ließ selten eine Gelegenheit aus, ihn daran zu erinnern. Zwar hatte Rodgers ein gutes Auge, doch ihm fehlte die Kraft in den Armen. Dafür konnte er schießen. Angefangen hatte es damit, dass er aus dem Holz von Orangenkisten Pistolen mit stramm gespannten Gummibändern baute, deren Munition kleine Pappstückchen waren. Die Waffen funktionierten überraschend gut. Er machte Fortschritte, und das Resultat waren Daisy BB-Luftgewehre, deren Erstes das elegante Modell 26 mit dem Namen ›Spittin' Image‹ war. Schließlich kaufte Rodgers' Vater seinem Sohn ein Remington-Fieldmaster-Schrotgewehr Kaliber 22, mit dem er kleine Tiere jagen konnte. Rodgers erlegte Eichhörnchen, Vögel und Kaninchen, die seine Mitschüler dann im Biologieunterricht sezierten. Heutzutage wäre ein solches Verhalten vermutlich nicht mehr so angesagt gewesen, doch in den frühen Sechzigerjahren trug es Rodgers ein Lob des Schuldirektors ein. Sein jugendliches Interesse für Handfeuerwaffen führte dazu, dass er Geschichte studierte, und bis auf den heutigen Tag waren Waffen und die Historie seine großen Passionen geblieben.

Und natürlich die New York Yankees, dachte er, während er auf die verblichenen Fotos von Mickey Mantle und Roger Maris blickte, die ihre Baseballschläger lässig auf die Schulter gelegt hatten.

Schließlich waren die Yankees auch für Rodgers' Idee verantwortlich gewesen, das Tragen einer Uniform mit der Zugehörigkeit zu einem Elite-Team zu verbinden. Die Yankees brauchten keine Scharfschützen – es sei denn, die Fans aus Boston fielen gerade in die Stadt ein. Also nahm Rodgers das andere große Team ins Visier, bei dem Mannschaftskleidung getragen wurde – die Armee der Vereinigten Staaten. Ausgedehnte Aufenthalte in Vietnam und sein intensiver Einsatz für das Militär führten dazu, dass Rodgers keine dauerhaften Beziehungen einging, doch wenn man davon einmal absah, hatte es der siebenundvierzigjährige General nie bereut, sich für dieses Leben entschieden zu haben.

Zumindest bis zu jenem Tag vor gut vier Monaten.

Nachdem Rodgers seinen Kaffee ausgetrunken hatte, blickte er auf die Uhr. Bis zu seinem Termin im Op-Center blieb ihm noch reichlich Zeit. Also beschloss er, sich erneut an der Theke anzustellen, um einen weiteren Kaffee zu bestellen.

Während er geduldig vor der Theke wartete, ließ er seinen Blick über die anderen Gäste schweifen, bei denen es sich zumeist um junge College-Studenten zu handeln schien, unter die sich hier und da Journalisten und Kongressmitglieder gemischt hatten. Beide erkannte Rodgers auf den ersten Blick. Die Politiker suchten in Zeitungen nach ihren Namen, die Reporter beobachteten, mit wem die Politiker an einem Tisch saßen oder wen sie ignorierten, die Studenten diskutierten die Weltereignisse.

Zukünftige Soldaten glaubte Rodgers unter den vielen Studenten nicht zu entdecken. Ihre lebhaften Blicke verrieten, dass sie sich zu sehr mit Fragen und Antworten beschäftigten. Hingegen kam es für einen Soldaten nur darauf an, Befehle zu befolgen. Exakt so, wie es die Strikers getan hatten.

Die Strikers waren eine Eliteeinheit, die schnelle Eingreiftruppe der militärischen Abteilung des National Crisis Management Center, des Nationalen Krisenzentrums, kurz NCMC. Mike Rodgers war stellvertretender Direktor des NCMC, das man eher unter dem Namen Op-Center kannte. Der General war kurz nach dessen Gründung zum Op-Center gestoßen und hatte die Eliteeinheit zusammengestellt und ausgebildet.

Vor etwas mehr als vier Monaten, als sie mit Fallschirmen über dem Himalaja abgesprungen waren, hatten General Rodgers und Colonel August hilflos mit ansehen müssen, wie bis auf ein einziges Mitglied der Eliteeinheit alle anderen Strikers abgeschossen wurden. Auch in Vietnam hatte Rodgers enge Freunde und Kameraden unter den Soldaten verloren. Beim ersten Auslandseinsatz der Strikers hatte er den Männern geholfen, den Tod von Private Bass Moore zu verkraften; kurz darauf fiel ihm nach dem Tod ihres ursprünglichen Kommandeurs im Feld, Lieutenant Colonel Charlie Squires, noch einmal eine ähnliche Aufgabe zu. Aber so etwas wie im Himalaja hatte Rodgers noch nie erlebt.

Schlimmer als das Ausmaß des Gemetzels war die Erfahrung der Hilflosigkeit gewesen. Rodgers hatte nur zuschauen können. Diese jungen Soldaten hatten auf seine Urteilskraft und seine Führungsqualitäten vertraut. Ohne jedes Zögern waren sie mit ihm aus dem Flugzeug abgesprungen, einer AN-12-Maschine der indischen Luftstreitkräfte. Und er war dafür verantwortlich, dass die Fallschirmspringer in einen Hinterhalt geraten waren. Zwar wusste Rodgers, dass nichts sicher war, wenn es um Leben oder Tod ging, aber auch das erlöste ihn nicht von dem schrecklichen Gefühl, die Strikers im Stich gelassen zu haben.

Liz Gordon, die Psychologin des Op-Centers, erzählte Rodgers später, er leide an einem für Überlebende einer Katastrophe typischen Trauma, einer speziellen Variante des posttraumatischen Stresssyndroms. Dass er dem Tod entkommen war, der die anderen ereilt hatte, hatte bei ihm Lethargie und Depressivität zur Folge.

Aus medizinischer Sicht mochte diese Diagnose stimmig sein, doch am stärksten litt Rodgers an Zweifeln, die den Glauben an seine Aufgabe betrafen. Er hatte versagt. Als Soldat riskierte man immer sein Leben, doch Rodgers hatte sich und seine Leute einer offensichtlich gefährlichen Situation ausgesetzt, ohne diese Gefahren richtig einzuschätzen. In seinen Augen hatte er sich deshalb seiner Uniform nicht als würdig erwiesen.

Doch in einem Punkt hatte Liz Gordon mit Sicherheit Recht: Wenn Rodgers sich weiterhin so intensiv mit den Fehlern der Vergangenheit beschäftigte, würde er künftig für Paul Hood, den Direktor des Op-Centers, von keinem großen Nutzen mehr sein. Und jetzt brauchten ihn sowohl die Strikers als auch Paul Hood. Die Elitetruppe musste neu aufgebaut werden, und Hood benötigte Unterstützung, da er sich weiterhin mit Budgetkürzungen herumschlagen musste.

Genug!, dachte der General. Es war an der Zeit, die Vergangenheit auf sich beruhen zu lassen.

Also vergaß er auch die Wand mit den alten Fotos und Zeitungsausschnitten. Nachdem er sich wieder gesetzt hatte, faltete er die Zeitung auseinander, um die Titelseite zu überfliegen. Rodgers gehörte zu den wenigen Mitgliedern des Op-Centers, die noch eine gedruckte Zeitung lasen. Paul Hood, Bob Herbert, der Leiter der Aufklärungsabteilung, Darrel McCaskey, der Verbindungsmann des Op-Centers zum FBI, und Lowell Coffey III., ihr Experte für internationales Recht, lasen die Nachrichten nur noch online. Für Rodgers war das wie Cybersex, wo man vielleicht auch ans Ziel kam, aber eben nichts in der Hand hielt.

Ironischerweise wurden ausgerechnet heute die New York Yankees in der *Washington Post* erwähnt, in einem Artikel auf der unteren Hälfte der Titelseite. In dem Bericht ging es um einen spektakulären Spielertransfer, und für Rodgers hörte es sich ganz so an, als würden die Baltimore Orioles bei dem Deal besser abschneiden. Heutzutage waren selbst die Yankees nicht mehr so clever wie früher.

Aber natürlich stirbt auch niemand, wenn die Yankees eine Fehlentscheidung treffen, dachte Rodgers, der seinen Blick bereits über die anderen Überschriften gleiten ließ.

Der Artikel, der seine Aufmerksamkeit erregte, stand neben dem über die Yankees. Er handelte von einem Zwischenfall in Botswana, wo offenbar eine paramilitärische Organisation aktiv geworden war. Dieses Land tauchte in den morgendlichen Berichten mit nachrichtendienstlichen Erkenntnissen nur selten auf. Die Regierung in Gaborone saß fest im Sattel, und die Bürger waren relativ zufrieden.

Am überraschendsten waren die Aussagen der Augenzeugen, die den Zwischenfall beobachtet hatten. Etwa fünfzig bewaffnete Männer hatten sich Zugang zum Grundstück eines Feriendorfs verschafft und dann nach ein paar Warnschüssen den katholischen Priester der benachbarten Kirche entführt, der sehr beliebt war und offenbar keine Feinde hatte. Lösegeld hatten die Entführer nicht verlangt.

Zuerst schoss Rodgers der Gedanke durch den Kopf, dass die Bewaffneten den Priester vielleicht zur Brechung des Beichtgeheimnisses zwingen und so an Informationen herankommen wollten. Aber warum war dann eine kleine Armee erforderlich, um einen einzigen Mann zu entführen? Und warum hatte der Überfall nicht nachts, sondern am frühen Morgen stattgefunden? Wollten die Paramilitärs etwa *gesehen* werden?

Rodgers würde sich erkundigen, ob Bob Herbert irgendwelche Informationen über die Entführung hatte. Selbst wenn er in einer persönlich schwierigen Lage war, konnte Mike Rodgers nicht anders, als sich über militärische Fragen Gedanken zu machen. Die Beschäftigung mit militärischen Fragen war eben nicht nur sein Beruf, sondern auch sein Hobby.

Während er seinen zweiten Kaffee trank, las Rodgers die restlichen Artikel auf der Titelseite. Dann faltete er die Zeitung zusammen und schob sie sich unter den Arm, damit sie draußen nicht nass wurde. Er bahnte sich durch die dicht beieinander stehenden Tische einen Weg zur Tür. Dann setzte er seine Kappe auf und trat auf den nassen Bürgersteig hinaus.

Es regnete stark, aber Rodgers war das egal. Der graue Morgen passte zu seiner Stimmung, und obwohl die Feuchtigkeit eigentlich unangenehm war, stellte er überrascht fest, dass er sich gut fühlte. Die Fotografien in dem Café hatten ihn an seinen alten Traum erinnert, und jeder einzelne Regentropfen machte ihm bewusst, dass er – im Gegensatz zu seinen ehemaligen Kameraden – noch am Leben war.

Und solange Mike Rodgers lebte, würde er weiterhin das tun, was ihm von jeher als das einzig Wichtige erschienen war.

Er würde versuchen, sich seiner Uniform als würdig zu erweisen.

4

Washington, D. C. – Dienstag, 8 Uhr 33

Das Op-Center war in einem unauffälligen, elfenbeinfarbenen Gebäude in der Nähe der Andrews Air Force Base untergebracht, in dem sich zu Zeiten des Kalten Kriegs eine von zwei Crews bereitgehalten hatte, die bei einem Nuklearschlag sofort reagiert hätten und kurz NuRRDs genannt wurden – Nuclear Rapid-Response Divisions. Wäre die Hauptstadt Washington Ziel eines Atomangriffs gewesen, hätte ihr Job darin bestanden, wichtige Persönlichkeiten zu evakuieren. Hohe Kongressmitglieder, das gesamte Kabinett sowie Offiziere und Logistikexperten aus dem Pentagon wären zu den Geheimbunkern in den Blue Ridge Mountains in Maryland geflogen worden. Die Aufgabe dieser Crew wäre es gewesen, den Nahrungs- und Materialfluss an die Armee, die Polizei und die Bürger nicht abreißen zu lassen – in dieser Reihenfolge. Außerdem hätte sie alles versucht, so viele Kommunikationswege wie möglich offen zu halten. Der Präsident, der Vizepräsident, ihre höchsten militärischen Berater und medizinisches Personal hätten sich ständig an Bord von Air Force One und Air Force Two befunden, wobei die beiden Maschinen in einem Abstand von mindestens fünfhundert Meilen geflogen wären. Aufgetankt worden wären sie in der Luft, im Schutz einer Kampfjet-Eskorte der NuRRDs. So hätten der Oberbefehlshaber und der Vizepräsident nie mit einem Schlag gleichzeitig ausgeschaltet werden können.

Nach dem Zusammenbruch der Sowjetunion wurden die schnellen Eingreiftruppen der Airforce für den nuklearen Ernstfall zahlenmäßig abgespeckt und das für die Notfallevakuierung erforderliche Personal an der Langley Air Force Base in Virginia zusammengezogen. Das nunmehr leer stehende Gebäude nahe der Andrews Air Force Base wurde dem neu gegründeten Nationalen Krisenzentrum übergeben.

In den Büros der beiden überirdischen Stockwerke des Gebäudes wurden die Aufgaben des NCMC abgewickelt, die nicht der Geheimhaltung unterlagen: Finanzen, Personalfragen, die Durchforstung der frei zugänglichen Informationen nach Berichten über potenzielle Krisenherde. Dabei ging es um scheinbar harmlose Vorfälle, die dennoch Krisen auslösen konnten: Regierungen der Dritten Welt bezahlten ihre Soldaten nicht, ein amerikanisches Unterseeboot rammte ein ausländisches Fischerboot oder eine Yacht, eine große Menge Drogen wurde konfisziert und andere scheinbar isolierte Vorfälle. Aber isolierte Vorfälle gab es eigentlich nie. Unzufriedene Militärs konnten einen Staatsstreich organisieren, das gesunkene Schiff hatte womöglich offensiven oder nachrichtendienstlichen Zwecken gedient, und die Beschlagnahme der Drogen führte vielleicht zu gewalttätigen Auseinandersetzungen, weil andere Dealer die Lücke ausfüllen wollten. Auch solche Vorfälle gehörten zum Zuständigkeitsbereich des Op-Centers.

Das Kellergeschoss des Gebäudes, aus dem die Crews der NuRRDs ausgezogen waren, war vollständig renoviert und neu ausgestattet worden. Hier wurden die taktischen Entscheidungen des Op-Centers gefällt und die Auswertung nachrichtendienstlicher Informationen vorgenommen. Dieses Untergeschoss, in dem Paul Hood, Mike Rodgers, Bob Herbert und die anderen Entscheidungsträger des Op-Centers ihre Büros hatten, war nur mit einem einzigen Aufzug zu erreichen. Die Büros waren kreisförmig an der Außenwand des Kellers angeordnet, und in der Mitte dieses Kreises befanden sich offene Büros mit Trennwänden aus Holz, in denen die Assistenten der Führungskräfte und jene Spezialisten des Op-

Centers arbeiteten, die nachrichtendienstliche Erkenntnisse sammelten und aufbereiteten. Gegenüber dem Aufzug lag ein Konferenzraum – gemeinhin unter dem Namen ›Tank‹ bekannt –, der von Wänden elektronischer Wellen umgeben war, die jeden nur Störgeräusche hören ließen, der durch Wanzen oder externe Parabolantennen Gespräche abhören wollte.

Bob Herbert fuhr in seinem Rollstuhl den ovalen Korridor hinab. Sein Mantel war nass, seine Ohren waren kalt, aber dennoch war er glücklich, heute hier zu sein. Dies war ein wichtiger Tag.

Herbert hatte den Korridor nach dem Autorennen auf den Spitznamen ›Indy 600‹ getauft, denn der Meilenzähler an seinem Rollstuhl gab die Länge des Gangs mit exakt 600 Yards an. Fenster gab es hier unten nicht, und die Büros waren auch nicht gerade geräumig. Der ganze Ort erinnerte Herbert eher an ein Unterseeboot als an das Hauptquartier einer Organisation mit den Aufgaben des Op-Centers. Aber das Gebäude war sicher. Wie auch immer, Herbert hatte noch nie an den Unsinn geglaubt, der Mensch brauche Sonne, damit sich seine Stimmung aufhelle. Der neununddreißigjährige Leiter der Aufklärungsabteilung des Op-Centers benötigte für sein Glück nur zweierlei. Zunächst war da sein motorisierter Rollstuhl, an den das Geheimdienst-Genie, dessen Haar sich allmählich zu lichten begann, seit 1983 gefesselt war, nachdem ihn ein Bombenanschlag auf die Botschaft in Beirut zum Invaliden gemacht hatte. Nur dem beherzten Eingreifen von Dr. Alison Carter, einer für das Auswärtige Amt tätigen Ärztin, hatte Herbert es zu verdanken, dass er damals mit dem Leben davongekommen war. Aber der Rollstuhl war nicht nur ein Fortbewegungsmittel. Er war mit einem Computer ausgestattet, der aus der Armlehne ausgeklappt werden konnte, wie das Tischchen bei einem Flugzeugsessel. Durch ein drahtloses Modem ließ sich jede nur erdenkliche Verbindung herstellen, unter anderem auch die zu dem einen oder anderen Pizza-Service, bei dem man via E-Mail bestellen konnte. Herbert hatte alles in Reichweite. Matt Stoll, der Technikexperte des Op-Centers, hatte sogar an einen Anschluss für eine Satellitenantenne gedacht.

Aber Herbert brauchte noch etwas zu seinem Glück, nämlich dass man ihn und seine Mitarbeiter in Ruhe ihren Job tun ließ. Während der Anfangszeit des Op-Centers hatte ihnen niemand viel Aufmerksamkeit geschenkt. Ob sie das Space Shuttle vor Sabotageakten geschützt oder Japan vor einem Nuklearschlag bewahrt hatten – immer war alles unter Ausschluss der Öffentlichkeit abgelaufen. Weder die Medien noch die meisten ausländischen Geheimdienste hatten etwas davon mitgebekommen. Im Stillen knüpften sie die Verbindungen, die ihnen wichtig waren – zu Interpol, dem russischen Op-Center und anderen Organisationen.

Unglücklicherweise änderte sich das alles dramatisch, nachdem Paul Hood persönlich eine Geiselnahme bei den Vereinten Nationen beendet hatte, die in den Medien ein großes Echo hervorrief. Ausländische Regierungen ließen das Weiße Haus wissen, dass sie mit Hoods nicht genehmigter militärischer Aktion auf neutralem Boden nicht einverstanden waren. Die CIA, die National Security Agency und selbst das Außenministerium beschwerten sich bei dem für die Überwachung der Geheimdienste zuständigen Ausschuss des Kongresses. Paul Hood wurde beschuldigt, widerrechtlich Personal und Verantwortlichkeiten von CIA und NSA an sich gerissen zu haben. Das Pentagon behauptete, das Op-Center habe die Spionagesatelliten des National Reconnaissance Office praktisch für sich beschlagnahmt.

Zwar stimmte das alles, aber auch die Wahrheit enthüllte nicht immer die ganze Geschichte. All das war nicht geschehen, um den Ruhm Paul Hoods oder des Op-Centers zu mehren. Unter Hood lief im Op-Center alles so, dass die Effektivität der anderen Sicherheitsbehörden nicht unterminiert wurde: ohne übermäßige Bürokratie, ohne Intrigen und ohne Ego-Trips, die der Zusammenarbeit nicht förderlich waren. Das trug dazu bei, dass das Op-Center sein Ziel erreicht hatte: Menschenleben zu retten und amerikanische Interessen zu schützen.

Aus politischen Gründen, die mit der Effektivität oder einer sinnvollen Finanzplanung des Op-Centers rein gar nichts zu tun hatten, hatte der Kongressausschuss Paul Hood Budgetkürzungen verordnet. Heute Morgen sollte der Direktor des Op-Centers erfahren, zu welchem Ergebnis der für Finanzen zuständige Unterausschuss des Kongressausschusses für die Überwachung der Geheimdienste gelangt war. Hood, Herbert und Rodgers hofften, dass sich die Gemüter während der letzten vier Monate wieder etwas beruhigt hatten. Am Vortag hatten sie eine schriftliche Petition eingereicht, durch die sie einige Budgetkürzungen rückgängig zu machen hofften. Unter anderem würde speziell der Aufbau einer neuen Strikers-Truppe zusätzliche Geldmittel erfordern. Hood war optimistisch, Rodgers pessimistisch, und Herbert hatte sich für neutral erklärt.

»So neutral wie Schweden«, hatte Dr. Alison Carter gescherzt, als ihr ehemaliger Patient sie am vergangenen Abend zum Essen ausführte. Die Ärztin hatte gerade einen geheimen Job für das Außenministerium erledigt, und auch wenn sie es nicht explizit sagte, glaubte Herbert doch verstanden zu haben, dass sie in einen politischen Mord verwickelt gewesen war. Offiziell tolerierte die Regierung der Vereinigten Staaten solche Taten natürlich nicht, doch unter der Hand zog sie medizinische Spezialisten hinzu, um sie durchzuziehen.

Während ihres Auftrags hatte Dr. Carter publik gemacht, dass das angeblich neutrale Schweden während des Zweiten Weltkriegs in bisher ungeahntem Ausmaß mit dem nationalsozialistischen Deutschland kollaboriert hatte. Sie war stolz auf ihre Entdeckungen und behauptete, noch nie daran geglaubt zu haben, dass irgendeine Nation oder ein Individuum sich jemals wirklich völlig neutral verhalten könne.

Dennoch pflichtete ihr Herbert nicht bei und insistierte darauf, Neutralität wahren zu müssen. Vielleicht hatte er schon ein Glas Wein zu viel getrunken.

Dr. Alison Carter stöhnte gequält auf und ließ ihn die Rechnung bezahlen. »Neutralität«, sagte sie, »das klingt wie Leerlauf bei einem Rollstuhl.«

Herbert erklärte ihr, bei seinem Rollstuhl gebe es nur einen Vorwärts- und einen Rückwärtsgang.

»Genau das meine ich.«

Herbert kam an Paul Hoods Büro vorbei, dessen Tür offen stand. Seit Hood sich von seiner Frau Sharon getrennt hatte, kam er immer früher ins Büro. Soweit Herbert wusste, hatte sein Boss schon häufiger hier geschlafen, statt in die neue Wohnung zurückzukehren.

Doch das spielte keine Rolle. Wegen seiner Arbeit hatte Hood den Mut nicht verloren, und der Leiter der Aufklärungsabteilung verstand das nur zu gut, da er selbst seine Frau bei dem Bombenanschlag verloren hatte, dessentwegen er an den Rollstuhl gefesselt war. Nach ihrem Tod hatte sich Herbert auf die Arbeit gestürzt. Er musste geistig in Bewegung bleiben und sich auf eine konstruktive Aufgabe konzentrieren. Hätte er ständig über seinen Verlust nachgedacht, wäre geistige Stagnation die Folge gewesen, die ihn nur immer tiefer herabgezogen hätte.

Wahrscheinlich nennen die Psychologen es deshalb den ›Abgrund‹ Depression, dachte Herbert jetzt.

Hood starrte auf den Monitor seines Computers, und Herbert klopfte leise gegen den Türrahmen.

»Guten Morgen«, sagte er.

Hood warf einen Blick zur Tür herüber. Er wirkte müde. »Guten Morgen, Bob.«

Der Direktor sprach mit leiser und ausdrucksloser Stimme. Obwohl der Tag gerade erst begonnen hatte, stimmte bereits etwas nicht.

»Ist Mike schon da?«, fragte Hood.

»Bisher habe ich ihn noch nicht gesehen«, antwortete Herbert, der seinen Rollstuhl wendete. »Was ist los?«

Hood zögerte. »Nur das Übliche«, murmelte er leise.

Das verriet Herbert einiges. »Okay. Lassen Sie es mich wissen, wenn ich etwas für Sie tun kann.«

»Da wird mir schon was einfallen«, versicherte Hood, ohne ins Detail zu gehen.

Herbert lächelte gezwungen. Einen Augenblick lang dachte er darüber nach, Hood zum Reden zu bewegen, doch dann überlegte er es sich anders.

Nachdem er seinen Rollstuhl gewendet hatte, fuhr er weiter den Korridor hinab. Liz Gordon, die Psychologin des Op-Centers, war bereits an der Arbeit, genau wie Kevin Custer, der Spezialist für elektronische Kommunikation. Herbert winkte beiden im Vorüberfahren zu, und sie erwiderten seinen Gruß, was ihm das angenehme Gefühl vermittelte, dass alles seinen normalen Gang nahm.

Da Herbert ein intelligenter Mann war, versuchte er erst gar nicht, irgendwelche Spekulationen darüber anzustellen, was Hood Rodgers mitzuteilen hatte. Dafür hatte er einfach zu wenig Informationen.

Dennoch wusste er zweierlei. Zunächst, dass es sich um schwer wiegende Neuigkeiten handeln musste.

Vor seiner Zeit beim Op-Center war Paul Hood Bürgermeister von Los Angeles gewesen, also Politiker. Sein Schweigen hatte nichts mit Geheimniskrämerei zu tun, sonder wies darauf hin, dass er sich an gewisse Usancen hielt. Sein Tonfall hatte Herbert verraten, dass es sich um schlechte Neuigkeiten handelte, und die Tatsache, dass Hood sie ihm nicht zuerst mitteilen wollte, auch wenn er immerhin Nummer drei in der Hierarchie war, wies eindeutig darauf hin, dass Mike Rodgers vor ihm an der Reihe war. Und das wiederum verriet Herbert, dass es sich um etwas Persönliches handelte.

Zweitens wusste Herbert, dass Alison Carter Recht hatte: Neutralität war eine Fiktion.

Aber Herbert war ein Optimist. Worum es sich auch handeln mochte, er würde seinen Kollegen helfen, die Aufgabe zu bewältigen.

5

Okavangobecken, Botswana – Dienstag, 14 Uhr 35

Der Okavango ist der viertlängste Fluss im südlichen Afrika. Er entspringt unter dem Namen Kubango in Zentralangola und endet nach etwa tausendachthundert Kilometern in einem riesigen Delta, dem so genannten Okavangobecken. Der britische Afrikaforscher David Livingstone war der erste Europäer gewesen, der im Jahr 1849 die Region bereiste, und er beschrieb das Sumpfgebiet als einen riesigen, feuchten und unangenehmen Landstrich, in dem es alle nur erdenklichen stechenden Insekten gebe.

Die Charakterisierung ›riesig‹ ist allerdings noch untertrieben.

Das dreieckige Delta nimmt eine Fläche von etwa 15.000 Quadratkilometern ein. Während der Regenzeit steht ein großer Teil davon knapp einen Meter unter Wasser. Für den Rest des Jahres ist etwas mehr als die Hälfte des Sumpfgebiets genauso trocken wie die umliegenden

Ebenen. Amphibien wie Frösche oder Salamander reproduzieren sich so, dass ihre Nachkömmlinge sich gegen Ende der Regenzeit den gewandelten meteorologischen Verhältnissen angepasst haben. Andere Tiere, etwa Lungenfische oder Schildkröten, vergraben sich im Schlamm und halten einen Sommerschlaf, um zu überleben.

Die Moremi Wildlife Reserve liegt jenseits der nordöstlichen Ecke des Okavangobeckens. Der riesige, fast zweitausend Quadratkilometer große Nationalpark, ein einzigartiges Ökosystem, offenbart dem Besucher eine völlig andersartige Welt als in dem Sumpfgebiet. Hier gibt es Löwen und Geparden, Wildschweine und Gnus, Flusspferde und Krokodile, Storche und Silberreiher, Gänse und Wachteln. In den Flüssen wimmelte es von Hechten und Tigerfischen.

Doch es gibt nur ein Geschöpf, das sich in beiden Regionen aufhält – den Menschen. Und gerade jetzt bahnte sich eine Gruppe von Männern den Weg durch dieses Terrain.

Nachdem die Einheit das Feriendorf bei Maun verlassen hatte, geleitete Leon Seronga seine aus vier Fahrzeugen bestehende Wagenkolonne durch den Nationalpark. Sie fuhren Mercedes vom Typ Sprinter, eine Spende jenes Belgiers, den Leon im kleinen Kreis immer nur ›das notwendige Übel‹ nannte. In jedem der vier Transporter saßen vierzehn Männer. Die Fahrzeuge waren zu dem privaten belgischen Flugplatz Kehutu in der Wüste Kalahari gebracht worden, wo man sie khakifarben gespritzt hatte – wie die Wagen der Aufseher der Moremi Wildlife Reserve. Bevor sie mit ihrem Gefangenen den Nationalpark durchquerten, hatten Seronga und seine Männer die olivgrünen Uniformen der Aufseher angelegt. Sollten sie von echten Aufsehern oder von Patrouillen der Armee von Botswana angehalten werden, würden sie einfach behaupten, auf der Suche nach jener paramilitärischen Einheit zu sein, die den Priester entführt hatte. Wer auch immer sie anhalten mochte – Leons Truppe hatte die richtigen Papiere dabei, die ebenfalls der Belgier besorgt hatte.

Dhamballa kümmerte sich um die religiösen Dinge, für alles andere waren ›das notwendige Übel‹ und seine Leute zuständig. Sie behaupteten, Dhamballas und Serongas Sache zu unterstützen, weil sie damit angeblich die Hoffnung verbanden, von der Rückgabe der Minen an botswanische Eigentümer profitieren zu können. Leon Seronga traute den Europäern nicht, aber wenn irgendetwas schief ging, konnte er sie jederzeit töten. Das war eine halbwegs beruhigende Vorstellung.

Leon saß auf dem hintersten Sitz des zweiten Transporters, sein an Händen und Füßen gefesselter Gefangener lag seitlich auf der kleinen Ladefläche. Noch immer trug Pater Bradbury die Kapuze über dem Kopf, und man konnte deutlich hören, wie er pfeifend den Atem einsog. In dem Transporter war es heiß, unter der Maske noch heißer. Leon hatte sie seinem Gefangenen aus zwei Gründen nicht abgenommen. Zunächst wollte er ihn dehydrieren. Zweitens wollte er ihn zwingen, einen Teil des von ihm ausgeatmeten Kohlendioxids sofort wieder einzuatmen, was unweigerlich Schwindel hervorrufen würde. Beides würde dazu beitragen, dass Pater Bradbury sich deutlich kooperativer zeigen würde, wenn sie erst einmal ihr Ziel erreicht hatten.

Der Priester lag zwischen bis zum Oberschenkel reichenden Gummistiefeln und etlichen Benzinkanistern. Die anderen Transporter waren mit Lebensmitteln, Wasservorräten und Decken beladen, außerdem mit Armeezelten, in denen sie die kommende Nacht verbringen würden.

Nach über zwölfstündiger Fahrt durch den Nationalpark erreichte der Konvoi schließlich den südlichsten

Rand des Okavangobeckens, wo die Luftfeuchtigkeit dramatisch zunahm. Die klimatischen Bedingungen waren einer der Gründe, warum das Sumpfgebiet ausgewählt worden war. Hier gab es jede Menge Insekten, und speziell die Moskitos am Saum des Wassers garantierten mehr Sicherheit als ein ganzes Batallion Soldaten. Und diese speziellen Wachtposten mussten nicht einmal verproviantiert werden.

Die Fahrer parkten ihre Wagen an der südlichen Seite einer Mulde mit hohen, dicken Dattelpalmen. Für einen in drei Tagen anstehenden Einsatz würde man die Fahrzeuge noch benötigen. Dann würde Leon Seronga mit seiner Truppe zur Loyola-Kirche im weiter nördlich gelegenen Shakawe fahren. Damit würde Phase zwei beginnen.

Die dicken Stämme und langen Blätter der Bäume würden verhindern, dass die Sonne die Transporter übermäßig aufheizte, und die zwei Meter hohen Papyrusstauden waren ein guter Sichtschutz.

Weil es bereits dunkel war, schlugen die Milizionäre ihr Lager auf, das von vier Posten bewacht wurde, die jeweils nach einer Stunde abgelöst werden sollten. Bei Tagesanbruch sollte die Reise dann fortgesetzt werden. Am Rande des Wassers war es nachts deutlich lauter als in dem Nationalpark am Abend zuvor. Insekten, Vögel und Kröten summten, sangen und quakten permanent. Wegen der dichten Belaubung drangen diese Geräusche nicht in das Sumpfgebiet. Selbst die Atemgeräusche der schlafenden Milizionäre wirkten laut und schienen Leon aus allernächster Nähe zu kommen. Fast glaubte er, die Geräusche durch Kopfhörer zu hören. Doch sie klangen eher einschläfernd, wie weißes Rauschen, und innerhalb weniger Minuten, nachdem er sich auf seiner Decke zusammengerollte hatte, war der erschöpfte, aber zufriedene Leon Seronga eingeschlafen.

Kurz vor der Morgendämmerung verstummte die Symphonie der Geräusche. Nachdem Seronga sechs Männer ausgewählt hatte, die ihn begleiten sollten, übertrug er Donald Pavant die Verantwortung für das Lager.

Da die Regenzeit gerade erst vorbei war, erstreckten sich die dunklen Gewässer noch bis zum äußersten Rand der Sumpfregion. Während die anderen sechs Männer ihre langen Gummistiefel anzogen, nahm Leon dem Priester die Fesseln ab. Pater Bradbury wurde gewarnt, die Kapuze nicht herunterzuziehen, da man ihn ansonsten durch das Wasser schleifen werde. Außerdem wurde er zum Schweigen aufgefordert, weil Leon nicht wollte, dass seine Männer oder er selbst durch Geplapper oder Gebete abgelenkt wurden. Schließlich hievte sich einer der Männer den geschwächten Priester auf den Rücken. Seronga hatte keine Zeit, den Geistlichen persönlich durch den Sumpf zu tragen.

Die Milizionäre begannen durch das Wasser zu waten. An einem Baum auf einer Insel, etwa vierhundert Meter vom Ufer entfernt, hatten sie zwei Motorboote festgebunden, die im hohen Schilf gut versteckt waren. Allerdings galt Leons Sorge weniger den Aufsehern als den Wilderern. Die Inseln in dem sumpfigen Wasser waren ein ideales Versteck.

Wie an Land bewegten sich die Männer auch hier in zwei ordentlichen Kolonnen voran – Seronga legte auf Disziplin größten Wert. Auf den ersten zweihundertfünfzig Metern waren die Moskitos eine absolute Plage, doch dann waren nur noch Vipern zu fürchten, deren etwa ein Meter langer Körper unter Wasser auf dem schlammigen Boden des Sumpfs lag, während die Köpfe auf höher liegenden Wurzeln oder treibenden Zweigen ruhten. Zwar konnten die Schlangen nicht durch das Gummi der Stiefel beißen, doch wenn das Wasser tiefer wurde, konnten sie aufgescheucht werden und weiter oben angreifen.

Während die Milizionäre in nordöstlicher Richtung gingen, mussten sie sich langsam ihren Weg um hohe Rohrkolben und stämmige, abgestorbene Zypressenbäume herum bahnen, die wie Bowlingkegel auf dem weichen Sumpfboden standen. Sie kamen an trockenen Landzungen vorbei, aber auch an über den Wasserspiegel hinausragenden, verknäuelten Baumwurzeln, auf denen Eidechsen siedelten. Zahllose Generationen von Amphibien wurden geboren, ernährten sich von Insekten und Regenwasser, paarten sich und starben, ohne diese Baumwurzeln jemals verlassen zu haben.

Als sie die beiden Boote erreicht hatten, wurden die Männer in zwei Gruppen aufgeteilt. Seronga kletterte mit dem Priester und zwei der Wachen in ein Boot, die anderen Männer stiegen in das zweite. Die Motoren heulten auf, und sie schossen in dem heller werdenden Tageslicht über das Wasser.

Die Fahrt in Richtung Norden dauerte fast zehn Stunden. Die von Seronga und Dhamballa ausgewählte Operationsbasis lag dicht am nordöstlichen Rand der Sumpfregion. Falls Dhamballa zur Flucht gezwungen sein sollte, konnte er in die im Westen gelegene Barani-Salzpfanne oder die zerklüfteten Tsodilo-Berge ausweichen. Im Norden, nur fünfundfünfzig Meilen entfernt, lag die kaum bewachte Grenze zwischen Botswana und Namibia.

Als die Männer ihr Ziel erreicht hatten, stand die Sonne bereits niedrig am Horizont, und die horizontalen rötlichen Strahlen berührten das dichte grüne Laubdach der Bäume. Das eigentliche Sumpfgebiet lag dagegen schon im Dunkeln, und die Wasseroberfläche erinnerte an einen öligen Spiegel. Die Männer erkannten jetzt etwas, das ihnen bisher auf diesem Terrain noch nicht begegnet war: Aus dem Wasser ragte ein niedriger, baumloser Hügel auf, vermutlich etwa zwölf Morgen groß.

Die schwarze Erde war mit einer Schicht fruchtbarem graubraunem Humus bedeckt. Auf dem Hügel sahen sie fünf strohgedeckte Hütten, deren Seitenwände aus dicken Planken aus Baobahholz bestanden. Unter dem Stroh befand sich mit Schlamm abgedichtetes Wurzelwerk. Durch die Ritzen im Dach der mittleren und größten Hütte sah man elektrisches Licht batteriebetriebener Lampen. In den kleineren Behausungen standen Feldbetten für die hier stationierten Soldaten. Außerdem waren dort Material, zusätzliche Waffen, Kommunikationselektronik, Videokameras und -rekorder sowie andere Ausrüstungsgegenstände gelagert, die der Belgier angeliefert hatte.

Nur eine Behausung auf der Insel unterschied sich grundsätzlich von den anderen – ein länglicher Schuppen, dessen Größe ungefähr der von zwei nebeneinander gestellten Särgen entsprach. Von dem Holzboden abgesehen, bestand die ganze Hütte aus Wellblech. Die Eingangstür konnte mit Metallstäben verrammelt werden und stand offen. Im Inneren der Wellblechhütte war niemand zu sehen.

Das Wasser nördlich und östlich der kleinen Insel war gründlich von Baumstämmen, Sträuchern, Wurzeln und Ästen gesäubert worden. Dieses Material hatte man beim Bau der Hütten benutzt, doch veranlasst worden war die Aktion durch die Notwendigkeit, eine etwa fünfzig Meter lange Landemöglichkeit für das ultraleichte Aventura II 912-Flugzeug des Belgiers zu schaffen. Das kleine weiße, zweisitzige Amphibienflugzeug konnte auf Wasser oder auf festem Boden landen. Im Moment lag das vorne extrem spitz zulaufende Flugzeug reglos auf dem dunklen Wasser. Daneben war das gut fünf Meter lange Kanu aus rotem Zedernholz festgemacht, mit dem Dhamballa die Sumpfregion zu verlassen pflegte. Damit sich nicht irgendwelche Tiere in dem Boot einnisteten, war es mit einer Plane abgedeckt. Das Kanu lag genauso reglos auf der spiegelglatten Wasseroberfläche wie das Flugzeug. Das kleine, dreißig Kilogramm wiegende Boot war an einem in das Ufer der Insel eingehauenen Pfosten befestigt, der ein kleiner, knapp einen Meter hoher Totempfahl aus geschnitztem Zypressenholz war und einen Wirbelwind symbolisierte. Gewidmet war der Totempfahl dem mächtigen Loa Agwe, dem göttlichen Herr des Meere.

Auf der kleinen Insel patrouillierten zwei bewaffnete Wachtposten, die grelle Taschenlampen auf Seronga und seine Männer richteten, als diese sich dem südlichen Ufer näherten. Seronga und sein Gefolge blieben stehen.

»*Bon Dieu*«, sagte Seronga.

»In Ordnung«, erwiderte jemand, während eine der Taschenlampen ausgeschaltet wurde.

Seronga hatte die Parole genannt, den Namen ihres Schutzgottes. Einer der beiden Wachtposten verschwand, um Dhamballa über die Rückkehr von Seronga und dessen Leuten zu informieren.

Die Männer gingen an Land. Während Seronga seine Gummistiefel abstreifte, setzte der Mann, der Pater Bradbury getragen hatte, diesen auf die Erde. Der Oberkörper des Priesters fiel zurück. Sein Atem ging keuchend, und er konnte sich kaum bewegen. Ein Milizionär stand vor dem Geistlichen, während ein anderer ihm die Hände fesselte. Als er fertig war, trat Seronga zu dem Pater, packte ihn unter den Achseln und zog ihn hoch. Die Kleidung des Priesters war völlig durchgeschwitzt.

»Vorwärts«, befahl Seronga.

»Ich kenne Ihre Stimme«, sagte der Priester keuchend.

Seronga zerrte an den dürren Armen seines Gefangenen.

»Sie sind der Anführer.«

»Ich habe gesagt, dass Sie sich in Bewegung setzen sollen.«

Pater Bradbury stolperte los, und Seronga musste ihn halten, damit er nicht stürzte. Als der Priester wieder einigermaßen fest auf den Beinen stand, begannen die beiden Männer langsam über die warme, weiche Erde zu gehen. Seronga führte seinen Gefangenen zu der mittleren Hütte.

»Ich verstehe immer noch nicht, warum Sie das tun«, fuhr Pater Bradbury fort.

Seronga antwortete nicht.

»Wollen Sie mir nicht wenigstens diese Maske abnehmen?«, flehte der Priester mit schwacher Stimme.

»Erst wenn man mir sagt, dass ich es tun soll.«

»Wer soll Ihnen das befehlen? Ich dachte, Sie wären der Anführer.«

»Ja, von diesen Männern hier«, bemerkte Seronga und dachte, dass er besser nicht geantwortet hätte. Zusätzliche Informationen gaben dem Priester Möglichkeiten, dort mit seinen nervigen Fragen anzusetzen.

»Und wen werden wir dann treffen?«, hakte Pater Bradbury nach.

Seronga war so müde, dass er keine Lust mehr hatte, den Priester zum Schweigen aufzufordern. Außerdem hatten sie die Hütte fast erreicht. Zwar taten ihm die Beine weh, doch als er die Hütte sah, gab ihm das neue Kraft. Es ging ihm um mehr als nur das warme, einladende Licht, das durch die Ritzen zwischen den Holzbrettern fiel: Kraft gab ihm das Wissen darum, wer in dieser Hütte auf ihn wartete.

»Denken Sie nicht an mich«, sagte der Priester. »Haben Sie keine Angst vor der Strafe Gottes? Lassen Sie mich wenigstens Ihre Seele retten.«

Seine Seele. Was wusste dieser Mann schon? Nur das, was man ihn gelehrt hatte. Mit Leben und Tod kannte

Seronga sich aus. Er hatte persönlich die Macht des Vodun* erfahren und keinerlei Zweifel an dem, was er hier tat.

»Kümmern Sie sich um *Ihr* Leben und *Ihr* Seelenheil«, riet Seronga seinem Gefangenen.

»Das habe ich heute Abend bereits getan«, antwortete Pater Bradbury. »Ich bin gerettet.«

»Dann ist ja alles in Ordnung«, kommentierte Seronga, als sie vor der Hütte ankamen. »Gleich bekommen Sie die Chance, das Leben anderer zu retten.«

6

Washington, D. C. – Dienstag, 10 Uhr 18

Während des größten Teils seiner militärischen Laufbahn war Mike Rodgers bei Sonnenaufgang aufgestanden. Soldaten mussten ausgebildet, Schlachten geschlagen, Krisen gelöst werden. In letzter Zeit war sein Leben allerdings ruhiger verlaufen. Er hatte Berichte über den Einsatz in Kaschmir schreiben und Dossiers über potenzielle neue Mitglieder der Strikers durcharbeiten müssen. Dazu kamen die endlosen Sitzungen mit Liz Gordon. Einen wirklich triftigen Grund, in aller Frühe auf den Beinen zu sein, gab es seitdem nicht.

Außerdem litt er unter Schlafstörungen, und deshalb fiel es ihm verdammt schwer, genauso zeitig wie früher aufzustehen. Glücklicherweise hatten ihn die alten Fotos und der Kaffee bei DiMaggio's Joe wieder halbwegs zur gewohnten Form auflaufen lassen.

---

* Wörtl. ›Gottheit, Idol‹. Afrikanischer Ursprung des haitianischen Voodoo. (Anm. d. Übers.)

Nachdem Rodgers geparkt hatte, ging er auf das Gebäude zu, das das Nationale Krisenzentrum beherbergte. Mittlerweile hatte der Regen aufgehört. Er schlug mit der zusammengerollten Zeitung gegen den Handteller seiner Linken, und es tat weh. Das erinnerte ihn an seine Grundausbildung, wo man ihm beigebracht hatte, eine Zeitung so fest zusammenzurollen, dass eine Waffe daraus wurde. Bei anderer Gelegenheit hatte ihn sein Ausbilder gelehrt, wie man jemanden mit Hilfe einer zusammengeknüllten Zeitung oder Serviette außer Gefecht setzen konnte. Wenn sich der Nahkampf nicht vermeiden ließ, musste man das Knäuel nur blitzartig zur Seite werfen, was den Gegner immer für einen Sekundenbruchteil ablenkte. Während dieser winzigen Zeitspanne – und mehr brauchte man tatsächlich nicht – konnte man zuschlagen, zustechen oder schießen.

Rodgers betrat die kleine, hell erleuchtete Eingangshalle. Direkt hinter der Tür stand in einer Kabine aus kugelsicherem Glas eine junge Sicherheitsbeamtin, die sofort salutierte.

»Guten Morgen, General.«

»Guten Morgen«, erwiderte Rodgers. Er blieb stehen. »Valentine.«

»Bitte, Sir«, sagte die Frau, während sie auf einen Knopf drückte, der die Tür des Lifts öffnete.

›Valentine‹ war Rodgers' persönliches Password für diesen Tag, das ihm am Abend zuvor auf dem sicheren GovNet-E-Mail-Pager hinterlassen worden war. Ohne das Password, das die Sicherheitsbeamtin auf ihrem Monitor sah, wäre ihm der Zutritt verwehrt worden, obwohl ihn die Soldatin persönlich kannte.

Rodgers fuhr mit dem Lift ins Untergeschoss, wo er Bob Herbert in die Arme lief.

»Robert!«

»Morgen, Mike«, sagte Herbert leise.

»Ich war gerade auf dem Weg zu Ihnen.«

»Wollten Sie ein paar von den geliehenen DVDs zurückbringen?«, fragte Herbert.

»Nein, für Frank-Capra-Filme war ich nicht in der richtigen Stimmung«, antwortete Rodgers, während er Herbert die *Washington Post* reichte. »Haben Sie den Artikel über die Entführung in Botswana gelesen?«

»Ja, oben sind sie auf die Story aufmerksam geworden«, erwiderte Herbert, während er die Zeitung wieder zusammenrollte.

»Was für einen Reim machen Sie sich auf die Geschichte?«, fragte Rodgers.

»Bis jetzt kann man sich noch kein richtiges Urteil bilden.«

»So wie die Augenzeugen die Uniformen beschreiben, scheint es sich bei den Männern nicht um Soldaten der regulären Armee von Botswana gehandelt zu haben«, fuhr Rodgers fort.

»Nein«, stimmte Herbert zu. »Bisher gab es keine Berichte über Aktionen von Paramilitärs in Botswana, aber vielleicht handelt es sich um eine neue Organisation. Möglicherweise will irgendein Warlord das Land in ein neues Somalia verwandeln. Denkbar ist auch, dass die Soldaten aus Angola, Namibia oder einem anderen Land der Region stammen.«

»Aber warum haben sie einen Priester entführt?«, fragte Rodgers, der ungewöhnlich nervös war. Er konnte seinen rechten Fuß nicht ruhig halten und spielte an einem Knopf seiner Uniform herum.

»Vielleicht brauchten sie geistlichen Beistand«, kommentierte Herbert. »Womöglich hat der Priester einer für sie interessanten Person die Beichte abgenommen, und sie wollen ihn zwingen, das Beichtgeheimnis zu verletzen. Warum interessiert Sie die Geschichte so, Mike?«

»Mich irritieren die zahlenmäßige Größe der Gruppe

und der Zeitpunkt der Aktion«, sagte Rodgers. »Warum braucht man so viele Soldaten, um einen unbewaffneten Priester zu entführen? Warum am helllichten Tage? Eine kleine Einheit hätte ihn mitten in der Nacht in ihre Gewalt bringen können.«

»Stimmt«, pflichtete Herbert bei. »Aber Sie haben mir noch nicht erzählt, warum Ihnen dieser Vorfall so wichtig zu sein scheint. Kennen Sie jemanden dort drüben? Kommt Ihnen das Szenario der Entführung bekannt vor?«

»Nein«, musste Rodgers eingestehen. »Aber irgendetwas an der Sache gefällt mir nicht, und ...« Er führte den Gedanken nicht zu Ende.

Herberts Blick fixierte den General, der ruhelos wirkte und dessen Augen unstet umherwanderten. Das war ungewöhnlich. Seine hängenden Mundwinkel verliehen ihm ein unglückliches Aussehen. Er wirkte wie ein Mann, der etwas verlegt hatte und nicht wiederfinden konnte.

Herbert entrollte die Zeitung und warf einen zweiten Blick darauf. »Vielleicht habe ich doch eine Idee. Wenn es sich um eine paramilitärische Einheit handelt, die sich irgendwo in einem Versteck bereitgehalten hat, hat sie sich vielleicht zu dieser Entführung entschlossen, um auf sich aufmerksam zu machen, ohne das Risiko eines Feuergefechts einzugehen. Sollte es sich um eine neue Organisation handeln, wollte sie womöglich ihren Leuten etwas praktische Erfahrung verschaffen. Eventuell haben sie aber auch nur falsch eingeschätzt, wie lange sie bis zu der Kirche brauchen, und sind deshalb bei Tageslicht dort eingetroffen. Ist das George Washington während des Unabhängigkeitskriegs nicht auch passiert?«

»Allerdings«, erwiderte Rodgers. »Er hat länger als erwartet gebraucht, um den Delaware River zu überqueren. Glücklicherweise schliefen die Briten aber noch.«

»Allerdings«, sagte Herbert. »Also könnte sich im südlichen Afrika etwas zusammenbrauen.« Er ließ die Zeitung in der ledernen Seitentasche seines Rollstuhls verschwinden. »Ich werde in unseren Botschaften anrufen und fragen, ob jemand glaubt, dass dort Gefahr im Verzug ist. Und Sie versuchen an zusätzliche Informationen heranzukommen. Übrigens hat Paul mich eben gefragt, ob Sie schon im Haus seien.«

Rodgers' Miene veränderte sich schlagartig. »Hat er etwas vom Ausschuss des Kongresses zur Überwachung der Geheimdienste gehört?«, erkundigte sich der General.

»Keine Ahnung«, antwortete Herbert.

»Wenn es so wäre, hätte er es Ihnen erzählt.«

»Nicht unbedingt«, bemerkte Herbert. »Er muss den zweiten Mann in der Hierarchie zuerst informieren.«

»Nur wenn er sich an unsere betriebsinterne Bibel hält«, bemerkte Rodgers. Beim Nationalen Krisenzentrum gab es ein offizielles Handbuch mit Vorschriften und Verhaltensweisen, das sie ›Die Bibel‹ nannten und das auch fast genauso dick war. Allerdings wurden darin vorbildliche Verhaltensweisen beschrieben, und die hehren Ideale ließen sich in der Realität nicht immer beherzigen.

»Vielleicht hat unser Papst Paul ja nach all diesen Jahren zur Religion und zur Bibel zurückgefunden«, meinte Herbert.

»Es gibt ja einen Weg, das herauszufinden.«

»Dann tun Sie's.«

»Bin schon unterwegs.« Der General umrundete den Rollstuhl. »Danke, dass Sie sich für mich über die Geschichte mit dem entführten Priester kundig machen.«

»Ist mir ein Vergnügen«, sagte Herbert.

Rodgers verabschiedete sich mit einer beiläufigen Geste und ging den Korridor hinab. Es war seltsam, nach so vielen Jahren Paul Hoods alten Spitznamen wieder zu hören. Wegen seiner Selbstlosigkeit hatte Ann Farris, die Pressesprecherin des Op-Centers, Hood ›Papst Paul‹ genannt. Ironischerweise passte der Spitzname aber nicht wirklich, weil Hood in seiner Anfangszeit beim Op-Center von der Treue zur betriebsinternen ›Bibel‹ nichts hatte wissen wollen. Die in dem Handbuch niedergelegten Vorschriften und Regeln widersprachen jeglicher nachrichtendienstlicher Praxis. Eigentlich musste sich ein Widersacher nur ein Exemplar der von der Regierung herausgegebenen ›Bibel‹ besorgen, um genau darüber informiert zu sein, wie sich das Op-Center in einer bestimmten Situation verhalten würde. Und das betraf nicht nur Gegenspieler im Ausland, sondern auch in den anderen nachrichtendienstlichen Organisationen der Vereinigten Staaten. Als Hood seinerzeit die ›Bibel‹ mit dem Verhaltenskodex ad acta gelegt hatte, verschwand auch sein Spitzname in der Versenkung.

Als Rodgers vor dem Büro seines Chefs eintraf, war die Tür geschlossen. Direkt gegenüber der Tür saß Bugs Benet an seinem Schreibtisch, der persönliche Assistent des Direktors, der Rodgers darüber informierte, dass Hood gerade ein privates Telefonat führe.

»Meiner Ansicht nach wird es nicht lange dauern«, sagte Benet.

»Danke für die Auskunft«, erwiderte Rodgers, der sich neben der schalldichten Bürotür aufbaute und wartete.

Wahrscheinlich telefonierte Hood mit seiner Frau Sharon. Kürzlich hatten sich die beiden hinsichtlich der Modalitäten ihrer Scheidung geeinigt, und nach den wenigen Informationen, die Hood Rodgers anvertraut hatte, ging es in erster Linie um die seelische Gesundung ihrer gemeinsamen Tochter Harleigh, die – gemeinsam mit anderen – im Gebäude der Vereinten Nationen von Terroristen als Geisel genommen worden war. Nach fast anderthalb Jahren intensiver Therapie waren jetzt erste

Fortschritte bei der Überwindung des Traumas zu verzeichnen. Unmittelbar im Anschluss an das Geiseldrama hatte sie wochenlang nur geweint oder mit leerem Blick die Wand angestarrt.

Rodgers verstand Harleighs Gefühle. Der General war in einer glücklicheren Lage als das junge Mädchen. Der Unterschied zwischen einem Jugendlichen und einem Erwachsenen – in diesem Fall Rodgers – bestand laut Liz Gordon darin, dass Letzterer schon ein Leben lang eine ›ohnmächtige Wut‹ mit sich herumschleppe. Wenn ein junger Mensch eine emotionale Katastrophe erleide, fühle er sich als Opfer und schalte genauso ab wie Harleigh. Erlebe dagegen ein Erwachsener einen solchen Schrecken, führe das häufig zu unterschwelligem Groll. Rodgers verdrängte nichts, sondern ließ seine Aggression heraus. Zwar besiegte sie das Trauma nicht, aber sie gab ihm Energie zum Weitermachen.

»Er hat gerade aufgelegt, General Rodgers«, sagte Bugs.

Der stellvertretende Chef des Op-Centers nickte. In der oberen linken Ecke des Vorraums befand sich eine kleine Überwachungskamera, und folglich wusste Hood bereits, wer vor seiner Tür wartete.

»Guten Morgen, Mike«, sagte der Direktor.

»Morgen.«

»Nehmen Sie Platz.«

Der General ließ sich in einen der beiden Sessel fallen. Da Hood vorläufig noch schwieg, wusste Rodgers bereits, dass etwas nicht stimmte. Wenn es schlechte Neuigkeiten gab, wollte Paul Hood von morgendlichem Geplauder nichts wissen. Allerdings hatte Rodgers keine Ahnung, ob die Sorgen seines Chefs privater oder beruflicher Natur waren. Falls Letzteres der Fall war, wusste er auch nicht, um wen es ging.

Hood verschwendete keine Zeit und kam sofort zur

Sache. »Heute Morgen hat Senatorin Fox mir eine E-Mail geschickt, Mike«, sagte Hood, der dem General direkt in die Augen blickte. »Der Kongressausschuss für die Überwachung der Geheimdienste hat einstimmig beschlossen, dass das Nationale Krisenzentrum seine militärische Abteilung nicht neu aufbauen darf.«

Rodgers fühlte sich, als hätte ein Baseball mit voller Wucht seinen Unterleib getroffen. »Das ist doch absoluter *Unsinn*!«

»Wie auch immer, die Entscheidung ist endgültig.«

»Wir können also tatsächlich keine neue Strikers-Truppe zusammenstellen?«, fragte Rodgers, der es immer noch nicht glauben wollte.

Hood schlug den Blick nieder. »Nein.«

»Aber die können das doch nicht einfach so verfügen«, protestierte der General.

»Sie haben ...«

»Nein!«, empörte sich Rodgers. »Das Strikers-Team wird uns in der Charta offiziell zugebilligt. Wenn Mrs Fox das ändern will, muss es vom Kongress durch ein Gesetz geregelt werden. Selbst für den Fall, dass wir die Strikers in einen nicht autorisierten Einsatz schicken würden, steht in unseren Statuten in unzweideutigen Formulierungen, dass Disziplinarmaßnahmen nur gegen die Befehlshaber vor Ort oder im Hauptquartier verhängt werden können, aber nicht gegen die Einheit als solche oder gegen einzelne Soldaten. Ich werde sie auf die betreffenden Textstellen aufmerksam machen.«

»Sie haben sich größte Mühe gegeben, mich wissen zu lassen, dass dies keine Disziplinarmaßnahme ist«, sagte Hood.

»Ach nein?«, fragte Rodgers gereizt. Die Senatorin hatte seine Wut angestachelt, und er musste sich alle Mühe geben, sie unter Kontrolle zu halten. »Senatorin Fox und der Kongressausschuss wollen nicht von einer Disziplinarmaßnahme reden, denn wenn sie uns wegen etwas unter die Lupe nähmen, das eine Disziplinarmaßnahme rechtfertigen würde, gäbe es eine öffentliche Anhörung. Dann würden die Medien sie ins Visier nehmen und erledigen. Verdammt, wir haben einen Krieg verhindert, und die wissen das genau. Ihr Grund für diese Maßnahme besteht nur darin, dass andere Sicherheitsbehörden Druck auf sie ausüben, uns den Laden dichtzumachen. Zum Teufel, selbst Mala Chatterjee hat positive Dinge über uns gesagt.«

Die Inderin Mala Chatterjee war Generalsekretärin der Vereinten Nationen. Vor dem Einsatz der Strikers in Kaschmir war sie äußerst unzufrieden damit gewesen, wie Paul Hood sich während der Geiselkrise bei den Vereinten Nationen verhalten hatte.

»Wir haben den Militärs auf die Zehen getreten und der Botschaft in Neu-Delhi das Leben schwer gemacht«, sagte Hood.

»Mir kommen die Tränen«, kommentierte Rodgers. »Wäre denen ein Nuklearschlag lieber gewesen?«

»Was zwischen Pakistan und Indien lief, ging uns offiziell nichts an«, sagte Hood. »Wir sollten dort unten nicht intervenieren, sondern Aufklärungsarbeit leisten. Vom humanitären Standpunkt aus gesehen haben Sie Recht, bedenkt man aber die politischen Konsequenzen, so haben wir ihnen Komplikationen beschert. Deshalb schlagen sie jetzt so hart zu.«

»Die schlagen nicht hart zu, sondern bloß tief«, erwiderte Rodgers. »Sie haben nicht den Mumm, hart zuzuschlagen. Die erinnern mich an meinen verfluchten Onkel Johnny, der zwar keinen Wagen hatte, aber trotzdem gern Auto fuhr. Also rief er Immobilienmakler an und ließ sich zu irgendwelchen Häusern chauffieren. Der Kongressausschuss hat weder Auto noch Geld und braucht uns, um auf seine Kosten zu kommen.«

»Ja, und da geht er sehr unauffällig und effizient vor.«

»Hoffentlich haben Sie ihnen gesagt, dass sie sich ihren hübschen kleinen Brief in den Arsch schieben können.«

»Nein, habe ich nicht«, antwortete Hood.

»Wie bitte?«, fragte Rodgers. Jetzt fühlte er sich, als hätte man ihn mit einem Baseballschläger am Kopf getroffen.

»Ich habe die Senatorin darüber informiert, dass das Nationale Krisenzentrum die Entscheidung akzeptiert.«

»Aber das sind Feiglinge, Paul!«, schrie Rodgers. »Das ist ein Kotau vor einer Herde von Schafen!«

Hood schwieg, und Rodgers atmete erst einmal tief in. Er musste sich beherrschen. Es machte keinen Sinn, wenn er seine Wut an Paul Hood abreagierte.

»Also gut«, sagte Hood schließlich. »Sie sind Feiglinge und Schafe. Aber eines muss man ihnen lassen.«

»Was denn?«, fragte Rodgers.

»Sie haben etwas getan, das wir nicht geschafft haben. Sie haben alles völlig *legal* abgewickelt.« Hood öffnete eine Computerdatei und drehte den Monitor zu Rodgers herum. »Sehen Sie sich das mal an.«

Zögernd beugte sich der General vor. Er brauchte etwas Zeit, bis er sich wieder beruhigt hatte. Dann blickte er auf den Bildschirm, auf dem Paragraf 24, Absatz 8 des Handbuchs mit den Vorschriften zu sehen war. Selbst während Rodgers sich auf den Text zu konzentrieren versuchte, konnte er immer noch nicht glauben, dass dies alles tatsächlich wahr sein sollte. Was den Strikers widerfahren war, war schon niederschmetternd genug gewesen, aber wenigstens waren sie im Einsatz gefallen. Doch dass eine Bande von verweichlichten, eigennützigen Politikern ihnen auf diese Weise teilweise den Laden dichtmachen wollte, das war unerträglich.

»Die Rekrutierung neuer Soldaten bei den verschiedenen Waffengattungen der Armee fällt unter die Überschrift ›Inländische militärische Aktivitäten‹«, fuhr Hood fort. »Das kann der Kongressausschuss ignorieren, und bisher hat er es vorsorglich auch getan. Doch damit ist es jetzt vorbei. Außerdem nehmen sie uns zusätzlich die Möglichkeit, aus dem aktiven Dienst ausgeschiedene Soldaten anzuheuern, die uns allenfalls noch als Berater dienen dürfen. Hier berufen sie sich auf Paragraf 90-9, Abschnitt 5.«

Hood ließ die entsprechende Passage des Handbuchs auf dem Monitor erscheinen, wo darauf hingewiesen wurde, dass neu eingestelltes Personal sich einer praktischen Ausbildung in Quantico unterziehen musste, wo auch die Strikers stationiert gewesen waren. Laut Handbuch war das als militärische Aktivität zu definieren, die vom Kongressausschuss genehmigt werden musste.

Mike Rodgers lehnte sich zurück. Hood hatte Recht. Fast hätte er die Senatorin und ihre Kollegen bewundert, die ihnen jetzt in den Rücken fielen. Es war ihnen nicht nur gelungen, Hood und Rodgers durch Berufung auf die Vorschriften Einhalt zu gebieten, sondern sie hatten es auch geschafft, keinerlei Staub aufzuwirbeln. Rodgers fragte sich, ob sie womöglich hofften, dass er seinen Rücktritt einreichen würde.

Vielleicht war es so. Zwar hatte er nicht die Absicht, ihnen diese Genugtuung zu gönnen, aber andererseits hatte er auch keine Geduld mehr, die bürokratische Gängelei weiter zu ertragen.

Hood schwenkte den Monitor wieder herum, beugte sich in seinem Stuhl vor und legte die Hände zusammen.

»Tut mir Leid, dass ich mich so aufgeregt habe«, sagte Rodgers.

»Sie brauchen sich nicht zu entschuldigen«, erwiderte Hood.

»Ich tu's aber.«

»Ich weiß, dass dies ein harter Schlag ist, Mike«, fuhr

Hood fort. »Aber ich habe unsere Vorschriften genauestens studiert. Es muss kein K.o.-Schlag sein.«

Jetzt beugte Rodgers sich gespannt vor. »Was wollen Sie damit sagen?«

Hood gab etwas auf seiner Tastatur ein. »Ich werde Ihnen mal ein paar Namen vorlesen.«

»Ich höre.«

»Maria Corneja, Aideen Marley, Falah Shibli, David Battat, Harold Moore und Zack Bemler. Was haben sie gemeinsam?«

»Es sind Agenten, die im Laufe der Jahre mit uns zusammengearbeitet haben«, antwortete Rodgers.

»Aber sie haben noch etwas gemeinsam.«

»Mir fällt nichts ein.«

»Von Aideen einmal abgesehen, war niemand von ihnen jemals beim Militär«, erklärte Hood. »Und auch jetzt arbeitet keiner bei der Armee.«

»Ich kann Ihnen immer noch nicht ganz folgen«, sagte Rodgers in einem entschuldigenden Tonfall.

»Die Entscheidung des Kongressausschusses oder die einengenden Vorschriften unseres Regelwerks betreffen diese Leute nicht«, fuhr Rodgers fort. »Damit will ich Folgendes sagen: Zwar werden wir weiter vor Ort arbeiten, aber nicht mit einem Team von Soldaten. Wir werden die Strikers-Truppe nicht neu aufbauen.«

»Infiltration«, sagte Rodgers. Jetzt hatte er begriffen. »Wir entschärfen Krisensituationen nicht von außen, sondern von innen, indem wir bestimmte Gruppen unterwandern.«

»Exakt.«

Rodgers lehnte sich zurück. Er schämte sich etwas, weil er so langsam geschaltet hatte. »Das ist eine verdammt gute Idee.«

»Danke für das Kompliment«, sagte Hood. »Es ist eins unserer verbrieften Rechte, nachrichtendienstlich relevante Informationen zu sammeln, und das wird vom Kongressausschuss nicht kontrolliert. Also werden wir verdeckt arbeiten, und außer mir, Ihnen, Bob Herbert und ein oder zwei anderen weiß niemand etwas davon. Unsere Leute werden zwar unter Tarnidentitäten arbeiten, aber mit normalen Linienmaschinen fliegen und im hellen Tageslicht agieren.«

»Sie verstecken sich also in der Öffentlichkeit«, stellte Rodgers fest.

»Genau«, antwortete Hood. »Eine gute, altmodische Human-Intelligence-Operation mit verdeckten Ermittlern vor Ort.«

Rodgers nickte. Er war verärgert, dass er nicht auf seinen Boss gesetzt hatte. Aber dies war eine bisher unbekannte Seite Paul Hoods. Ein einsamer Wolf, der sich als unauffälliger Mannschaftsspieler verkleidete.

Rodgers gefiel die Idee.

»Fällt Ihnen noch irgendetwas dazu ein?«, fragte Hood.

»Im Augenblick nicht«, antwortete der General.

»Noch Fragen?«

»Nur eine.«

»Ich weiß, welche«, sagte Hood lächelnd. »Und die Antwort darauf lautet: Sie können sofort loslegen.«

7

Okavangobecken, Botswana – Dienstag, 17 Uhr 36

Wie gut es tat, wieder frei atmen zu können!

Während des ersten Akts seines Martyriums wäre Pater Bradbury fast in Panik geraten. Wegen der Kapuze konnte der Geistliche weder frei atmen noch irgendetwas sehen. Er hörte sein mühsames Keuchen, aber alle anderen Geräusche wurden durch die Kapuze gedämpft, die vom Schweiß und seinen Atem feucht geworden war. Verlassen konnte er sich nur auf seinen Tastsinn. In dem Fahrzeug war es erstickend heiß, wie in einem Ofen, und wann immer der Transporter durch ein Schlagloch rumpelte oder um eine scharfe Kurve bog, nahm Pater Bradbury die Stöße und das Schlingern mit doppelter Intensität wahr.

Nachdem er eine lange Zeit auf der Ladefläche gelegen hatte, zwang sich der Priester, sich über seine Angst und seine Qualen hinwegzusetzen. Er konzentrierte sich ganz auf seine Atmung, bis er sich etwas entspannte und sein Geist in eine andere Wirklichkeit entschwebte. Ganz in seine Träumerei versunken, schien sich Pater Bradburys Geist von seinem geschwächten Körper zu lösen. Er hatte das Gefühl, in einer unermesslichen, dunklen Leere dahinzutreiben.

Der Priester fragte sich, ob sein Tod unmittelbar bevorstand.

Außerdem dachte er darüber nach, ob die christlichen Märtyrer wohl eine ähnliche Erfahrung gemacht hatten, diese Erfahrung einer Rettung der Seele, während das Fleisch schon kaum noch fühlbar war. Zwar wollte Pater Bradbury nicht vorzeitig aufgeben, aber es war ein angenehmes Gefühl, sich in Gesellschaft der Heiligen zu wissen.

Als das Fahrzeug plötzlich bremste, wurde der Priester unsanft aus seiner Träumerei gerissen. Er hörte Leute aussteigen und wartete darauf, dass er von der Ladefläche gezerrt wurde, doch es geschah nichts. Irgendjemand stieg in den Transporter. Pater Bradburys Kapuze wurde unten leicht angehoben, und jemand fütterte ihn mit etwas Brot und flößte ihm Wasser ein. Dann wurde sie wieder fest zugezogen, woran sich im Laufe der Nacht auch nichts mehr änderte. Wenngleich der Priester gelegentlich einnickte, wachte er doch immer wieder dadurch auf, dass er beim Einatmen den Stoff in seinen Mund sog und würgen musste. Manchmal ließ ihn sein erkalteter Schweiß frösteln.

Am Morgen wurde er dann aus dem Wagen gezogen, und jemand hievte ihn sich auf den Rücken. Offensichtlich ging der Marsch durch ein Sumpfgebiet. Pater Bradbury spürte seinen Körper wieder sehr deutlich. Eine Zeit lang wurde er von Moskitos und anderen stechenden Insekten belästigt. Hier war die Luftfeuchtigkeit deutlich höher als in der Ebene, und das Atmen fiel ihm sogar noch schwerer als am Vortag. Schweißtropfen rannen ihm in den ausgedörrten Mund, sein Hals schwoll an, und das Schlucken wurde zu einer Tortur. Erneut wurde der Priester von tödlicher Verzweiflung niedergedrückt, doch er war zu schwach, um sich noch irgendwie dagegen zu wehren. Er ließ einfach alles mit sich geschehen.

Wenn er jetzt die Augen öffnete, sah er statt der Schwärze dunkel-orangefarbenes Licht. Die Sonne war aufgegangen, und die Luftfeuchtigkeit nahm noch einmal zu. Durch Dehydration geschwächt, konnte sich der Priester nur noch mit Mühe wach halten. Er fürchtete, das Bewusstsein zu verlieren und es nicht mehr wiederzugewinnen. Irgendwann wurde er doch ohnmächtig, aber er kam wieder zu sich, als sein Träger innehielt.

Jetzt schien die Sonne schon deutlich niedriger am Himmel zu stehen. Doch ganz sicher war er sich nicht, weil man ihm auch auf dem langen Weg durch das Sumpfgebiet nie die Maske abgenommen hatte. Niemand sagte ihm, warum er eigentlich entführt worden war. Erst als man ihn in eine Behausung brachte, hörte er ein paar Worte.

Unglücklicherweise schienen sich seine Entführer aber

meistens durch Zeichen zu verständigen. Ermutigend war das alles nicht.

Er wurde zu einer Stelle geführt, wo er einen Teppich unter seinen Füßen spürte. Man befahl ihm, stehen zu bleiben, und ließ ihn los. Durch die Maske sah der Priester direkt vor sich undeutlich Licht.

»Kann ich etwas zu trinken haben?«, krächzte er.

Direkt hinter sich hörte er ein hohes Schwirren, dem einen Augenblick später ein scharfes, klatschendes Geräusch folgte. Ein sengender Schmerz schoss durch seine Kniekehlen, der dann auch in die Oberschenkel und in die Fußknöchel hinab ausstrahlte wie ein elektrischer Schlag. Pater Bradbury schnappte nach Luft, und im gleichen Moment gaben seine Beine nach, und er fiel auf die Knie. Als die Luft schließlich wieder aus seinen Lungen entwich, gab er ein Mitleid erregendes Stöhnen von sich.

Während er am Boden lag, wurde das Brennen noch schlimmer. Ihm war klar, dass man ihn mit einer Peitsche geschlagen hatte.

Nach ein paar Augenblicken wurde er unsanft wieder in die Höhe gerissen. Irgendjemand versuchte, durch einen Schlag gegen seine Schläfe seine Aufmerksamkeit zu gewinnen.

»Schweigen Sie«, befahl eine Stimme.

Der Mann mit der sanften, aber äußerst entschlossen klingenden Stimme stand nur ein oder zwei Schritte vor dem Priester, dessen Ohren noch von dem Fausthieb klingelten. Er wandte das Gesicht dem Mann zu, der gerade gesprochen hatte. Die Stimme hatte etwas Faszinierendes.

»Die Erde dieser Insel wurde durch Hühnerblut und Tänze geweiht«, fuhr der Mann fort. »Ein Priester, der nicht zu uns gehört, darf seine Stimme nur erheben, wenn er zu unserem Glauben übertreten oder unsere Sache fördern will.«

Diese Worte ergaben einen Sinn, aber Pater Bradbury hatte Schwierigkeiten, sich darauf zu konzentrieren. Er schwankte kraftlos, dann stürzte er erneut.

»Helft ihm«, sagte die Stimme des Mannes vor ihm.

Starke Hände packten den Priester unter den Achseln und hoben ihn von dem Teppich hoch. Diesmal hielt man ihn fest, um einen weiteren Sturz zu verhindern. Der Atem des Geistlichen ging unregelmäßig, in seinen Kniekehlen spürte er einen regelmäßigen, pochenden Schmerz. Sein Kopf sank auf die Brust, und er lechzte nach Wasser. Nach einem Augenblick ließen ihn die Hände los. Wieder geriet der Priester ins Taumeln, aber diesmal schaffte er es, sich auf den Beinen zu halten.

Außer seinen Atemzügen hörte der Priester keinerlei andere Geräusche. Dann, nach ein oder zwei Minuten, redete der Mann weiter. Jetzt stand er offenbar noch dichter bei Pater Bradbury, und obwohl seine Stimme kaum lauter als ein Flüstern war, klang sie tief und magnetisierend.

»Jetzt wissen Sie Bescheid, und ich möchte, dass Sie etwas tun.«

»Wer ... Wer sind Sie?«, fragte der Entführte in flehendem Tonfall. Seine Stimme klang brüchig und kam ihm selbst fremd vor.

Kurz darauf hörte er wieder das entsetzliche Schwirren. Er schrie auf, als er die Peitsche auf seiner Haut spürte. Diesmal traf ihn der Hieb etwas höher, an der Rückseite seiner Oberschenkel. Der Schmerz war so groß, dass er ein paar Schritte nach vorn hüpfte, bevor er schließlich zusammenbrach. Keuchend und wimmernd lag er auf der nackten Erde. Urplötzlich erinnerte er sich daran, wie sein Vater ihn als Kind mit einem Gürtel geschlagen hatte. Damals hatte er auch so gewimmert. Sich windend lag er auf dem Bauch, unfähig, seine Schmerzensschreie zu unterdrücken. Seine gefesselten Hände zerrten an den

Stricken, aber er gab sich nicht der Illusion hin, sich befreien zu können. Damit sein Körper überhaupt noch etwas anderes empfand als Schmerz, musste er sich einfach bewegen.

»Man hat Ihnen befohlen zu schweigen!«, bellte jemand hinter ihm. Das klang nicht nach der Stimme des Mannes, der ihn hergebracht hatte. Dies musste ein anderer Peiniger sein. Vielleicht hatte man extra jemanden kommen lassen, der mit einer Peitsche umzugehen wusste. In vielen Dörfern gab es solche Experten in der Kunst körperlicher Züchtigung. »Nicken Sie, wenn Sie verstanden haben.«

Pater Bradbury wurde auf die Seite gerollt. Er nickte. Mittlerweile wusste er kaum noch, was er tat. Sein Körper schmerzte, sein Kopf war benommen, sein Mund ausgetrocknet. Sein Gesicht und seine Haare dagegen waren völlig verschwitzt. Obwohl er verzweifelt mit seinen Fesseln kämpfte, hatte er sich noch nie so schwach gefühlt.

Lediglich der Verstand des Priesters, geschärft und geschult durch eine über zweijährige Klausur, während der er lediglich nachgedacht, gelesen und gebetet hatte, war noch voll funktionsfähig, und jetzt brauchte er ihn dringend, um innerlich stark zu bleiben.

Als die Peitsche sanft seine gefesselten Hände berührte, schrie Pater Bradbury auf und hielt sie still. Er bereute vor Gott, dass er seinerzeit im Katechismusunterricht unruhigen kleinen Jungen auf die Fingerknöchel geschlagen hatte. Wieder half man ihm unsanft auf die Beine. Seine Knie knickten ein, aber er stürzte nicht, da zwei kräftige Hände ihn aufrecht hielten.

»Sie müssen mir eines glauben«, sagte der Mann mit der sanften Stimme, der sich so dicht zu dem Priester vorbeugte, dass seine Worte noch mitfühlender klangen. »Ich möchte Ihnen nichts antun. Bei meiner Seele, ich möchte es nicht. Wenn man Schmerzen hervorruft, ist das eine schlimme Tat. Sie erleiden Schmerz, und das erregt die Aufmerksamkeit böser Geister, die uns beobachten. Sie nähren sich am Bösen, und das macht sie stärker. Dann versuchen sie Einfluss auf uns zu nehmen, und das will ich nicht. Aber wegen des Wohls meines Volkes bin ich auf Ihre Kooperation angewiesen. Nur bleibt uns keine Zeit, jetzt darüber zu diskutieren.«

Pater Bradbury hatte keine Ahnung, was der Mann da eigentlich redete. Überall um ihn herum herrschte jetzt große Aufregung.

»Also«, sagte die Stimme, während der Mann zurücktrat. »Man wird Sie jetzt zu einem Telefon führen. Wir haben Ihre sieben Missionsdiakone ausgekundschaftet und kennen ihre Handynummern. Sie werden sie anrufen und auffordern, dieses Land zu verlassen. Wenn wir sicher sein können, dass sie tatsächlich abgereist sind, dürfen Sie unser Lager verlassen und werden ebenfalls aus Botswana ausreisen. Sie und all die anderen Priester, die einem falschen Gott dienen.«

»Ich diene keinem falschen Gott«, erwiderte Pater Bradbury.

Der Geistliche machte sich auf den nächsten Peitschenhieb gefasst, aber er blieb aus. Doch gerade in dem Moment, wo er sich etwas entspannte, schlug sein Peiniger wieder zu. Diesmal traf der Hieb seinen unteren Rücken, und der Schmerz schoss sofort bis in sein Genick hoch. Außer seinem lauten Klagen war nichts zu hören. Da er die Regeln kannte, war jedes Wort überflüssig.

Jetzt wurde er zusätzlich von zwei weiteren Händen gepackt. Die beiden Männer zerrten ihren Gefangenen, der jegliche Kontrolle über seine schmerzenden Beine verloren hatte, quer durch den Raum. Seine Glieder taten höllisch weh, doch er konnte nichts dagegen tun. Der pochende Kopfschmerz ging nicht nur auf die Schläge, sondern auch auf Hunger und Durst zurück. Man stieß ihn auf einen Stuhl, dessen Kante ihm Schmerzen verursachte, weil einer der Hiebe seine Oberschenkel getroffen hatte. Er wollte zurückrutschen, doch seine Peiniger ließen es nicht zu. Ein weiterer Mann löste das Band der Kapuze, die gerade bis zu seiner Oberlippe angehoben wurde. So warm der Abend auch sein mochte, die Luft auf seiner Gesichtshaut erschien dem Pfarrer wunderbar kühl.

»Direkt vor Ihnen steht ein Telefon mit Freisprechanlage«, sagte jemand dicht neben ihm. Der Mann, der ihn gefangen genommen hatte. »Zuerst rufen wir bei Diakon Jones an.«

Jetzt wurde der Geistliche nicht mehr fest gehalten. Sein Oberkörper sackte etwas nach vorn, aber er rutschte nicht von dem Stuhl. Seine Beine waren weit gespreizt, die Hände noch immer hinter seinem Rücken gefesselt. Durch eine Gewichtsverlagerung konnte er den Sturz gerade noch verhindern. Tränen traten ihm in die Augen, seine trockenen Lippen zitterten. Er fühlte sich geschunden und von allen vergessen. Doch da gab es etwas, das ihm weder Schmerzen noch Versprechungen nehmen konnten.

»Sie werden ihm sagen, dass er zur Kirche zurückkehren, seine Sachen packen und dann in seine Heimat verschwinden soll«, befahl sein Entführer. »Sollten Sie darüber hinaus noch etwas sagen, trennen wir die Verbindung, und Sie werden wieder geschlagen.«

»Ich ... Ich bin ein Bürger Botswanas, genau wie Diakon Jones«, krächzte Pater Bradbury. »Und ich werde ihn nicht auffordern, das Land zu verlassen.«

Sofort traf ein weiterer schmerzhafter Peitschenhieb die schmalen Schultern des Priesters, dessen Oberkörper sich aufbäumte. Obwohl sein Mund offen stand, gab er kein Geräusch von sich. Durch den Schmerz waren seine

Stimmbänder und Lungen wie paralysiert. Erstarrt saß er da, den Oberkörper nach hinten gebogen, als wollte er Distanz zu dem Telefon gewinnen. Nach ein paar Augenblicken entwich die Luft mit einem pfeifenden Geräusch aus seinen Lungen. Langsam begannen sich seine Schultern wieder zu entspannen, sein Kopf sank nach vorn, und der Nachhall des Schmerzes äußerte sich in einem mittlerweile vertrauten Hitzegefühl.

»Muss ich die Anweisungen erst wiederholen?«, fragte der Mann.

Energisch schüttelte Pater Bradbury den Kopf. Die Bewegung half ihm, die Nachwirkungen des Hiebs etwas zu lindern.

»Ich werde jetzt die Nummer wählen«, fuhr der Folterknecht fort. »Sollten Sie nicht mit dem Diakon reden wollen, bleibt uns keine andere Wahl, als ihn zu töten. Haben wir uns verstanden?«

Der Geistliche nickte. »Trotzdem ... werde ich nicht sagen, was Sie von mir verlangen«, erwiderte er.

Er wartete auf den nächsten Peitschenhieb. Mittlerweile konnte er nichts mehr gegen das Zittern tun, und er hatte keine Kraft mehr, sich innerlich für den nächsten Schlag zu rüsten. Doch der Hieb blieb aus. Stattdessen zog jemand das Band der Kapuze unter seinem Kinn wieder zu. Er wurde von dem Stuhl gerissen. Seine Beine wollten ihm nicht mehr gehorchen, und er drohte erneut zu stürzen. Mit einem brutalen Griff packte der Mann seine Oberarme. Das tat zwar weh, aber der Rest seines Körpers schmerzte noch mehr.

Der Priester wurde wieder nach draußen gezerrt und schließlich unsanft in ein anderes Gebäude gestoßen. Da Pater Bradburys Hände noch immer hinter seinem Rücken gefesselt waren, presste er den Kopf gegen die Brust, um ihn bei einem Sturz zu schützen. Aber er fiel nicht, weil er gegen eine Wand aus Wellblech stieß und dann gleich gegen eine Stahltür prallte, die blitzartig wieder verschlossen worden war. Noch immer stand er auf wackeligen Beinen, doch es spielte keine Rolle mehr. In dem engen Raum konnte er sich nicht zur Seite bewegen und folglich auch nicht stürzen. Die Wände berührten seine schmerzenden Schultern.

»Guter Gott«, murmelte Pater Bradbury vor sich hin, als er begriff, dass er sich in einer Art Gefängniszelle befand – einer so winzigen Zelle, dass er sich nicht einmal hinsetzen, geschweige denn schlafen legen konnte.

Er geriet in Panik und begann hektisch zu atmen. Verängstigt presste er eine Wange gegen die Stahltür. Um sich zu beruhigen, musste er sich gedanklich von seiner aussichtslosen Lage und seinen Schmerzen lösen. Er sagte sich, dass der Organisator dieser Entführung, der Mann in der Hütte, kein schlechter Mensch war. Das fühlte er. Seine Stimme hat es ihm verraten, doch zugleich hatte darin äußerste Entschlossenheit mitgeklungen, die jegliche Vernunft ausschalten konnte.

Trotz der Fesseln schaffte er es, die Hände zu falten.

»Gegrüßet seist du, Maria, voll der Gnade, der Herr ist mit dir ...«, murmelte er in den feuchten Stoff der Kapuze.

Letztlich würde ja nur sein Körper sterben. Er würde seine Seele nicht beflecken, um sie zu retten. Doch das änderte nichts daran, dass er um das Leben der Diakone fürchtete, das zu opfern er kein Recht hatte.

Aber er sorgte sich auch um das Schicksal seiner Wahlheimat Botswana. Nur ein Glaube sprach von weißer und schwarzer Magie. Ein Glaube, so alt wie die Zivilisation selbst. Wer um das Unglück wusste, das schwarze Magie anrichten konnte, musste den Gedanken daran beängstigend finden. Nicht nur den an übernatürliche Magie, sondern auch den an finstere, sehr weltliche Taten: Opfer unter Drogen setzen, Folter, Mord.

Ein Glaube, der mächtig genug war, nicht nur Botswana, sondern den ganzen Kontinent zu destabilisieren. Und dann vielleicht sogar die Welt.

8

Washington, D. C. – Dienstag, 17 Uhr 55

In Bob Herberts Büro informierte Mike Rodgers den Leiter der Aufklärungsabteilung über seinen Besuch bei Paul Hood und dessen Vorschlag, eine neue, verdeckt arbeitende Einheit zu bilden. Dann verschwand der General, um Kontakt zu Leuten aufzunehmen, auf deren Mitarbeit in seinem neuen Team er hoffte.

Obwohl Bob Herbert sich ziemlich sicher war, warum Paul Hood sich so entschieden hatte, nahm er die Neuigkeiten nicht gerade begeistert zur Kenntnis. Rodgers hatte die Strikers gleich zweimal verloren – einmal in Kaschmir und ein zweites Mal durch eine politische Entscheidung, die in einem holzgetäfelten Büro auf dem Capitol Hill gefällt worden war. Irgendwie musste der General wieder aus seinem Stimmungstief herausgeholt werden, und offensichtlich hatte Hood das dadurch geschafft, dass er seinem Stellvertreter ein neues – wenn auch andersartiges – Team in Aussicht gestellt hatte. Während Rodgers' Besuch in Herberts Büro war nicht zu übersehen gewesen, dass seine Laune sich deutlich gebessert hatte.

Aber der Leiter der Aufklärungsarbeit war *er*, und deshalb hätte Hood ihn konsultieren sollen. Zumindest hätte er ihn gleichzeitig mit Mike Rodgers über den Aufbau eines neuen Human-Intelligence-Teams informieren sollen.

Doch der Direktor des Op-Centers sprach erst mit Herbert, nachdem die routinemäßige, jeden Nachmittag um siebzehn Uhr stattfindende Besprechung beendet war. Das erste Treffen des Tages, bei dem wegen der Zeitverschiebung zunächst die Ereignisse in Europa und im Nahen Osten auf der Tagesordnung standen, wurde um neun Uhr morgens abgehalten. Bei der zweiten Besprechung wurden dann die nachrichtendienstlichen Aktivitäten des Op-Centers und das Geschehen im Fernen Osten diskutiert.

Nach der viertelstündigen Sitzung blickte Hood den aus Mississippi stammenden Leiter der Aufklärungsabteilung an. »Sie sind verärgert, stimmt's?«, fragte er.

»Allerdings«, erwiderte Herbert.

»Wegen Mikes neuer Aufgabe?«

»Genau. Seit wann ist meine Meinung nicht mehr gefragt?«

»Sie täuschen sich«, versicherte Hood.

»Und warum müssen wir auf Mikes Selbstwertgefühl so viel Rücksicht nehmen?«, wollte Herbert wissen.

»Es ging nicht darum, Mike selbstständig etwas auf die Beine stellen zu lassen, Bob«, versicherte Hood.

»Worum dann?«

»Ich wollte Sie schützen.«

»Wovor?«, fragte Herbert, für den diese Antwort völlig überraschend kam.

»Vor dem Kongressausschuss«, antwortete Hood. »Dessen gestrige Entscheidung habe ich so interpretiert, dass man Mike zum Rücktritt drängen wollte. Öffentliche Anhörungen können sich Senatorin Fox und ihre Verbündeten nicht leisten, aber sie wollen Mike loswerden. In ihren Augen ist er ein unberechenbarer Einzelkämpfer, der alles auf eigene Faust erledigt, und dafür gibt es im Weltbild dieser Bürokraten keinen Platz. Ihre Lösung sieht so aus, dass sie ihm seine wichtigste Verantwortung entziehen, indem der Wiederaufbau der Strikers abgelehnt wird. Damit haben sie ihm einen kräftigen Tritt in den Hintern verpasst, und ihm bleibt nicht mehr viel zu tun.«

»Okay, so weit, so gut«, sagte Herbert.

»Also musste ich Mike ein neues Betätigungsfeld zuweisen«, sagte Hood. »Hätte ich ihm einen Job in der Aufklärungsabteilung gegeben, wäre das ein Ansatzpunkt für neue Attacken des Kongressausschusses gewesen. Dann hätten sie sich ihr Budget und ihren Personalbestand vorknöpfen können. Folglich musste ich ihm einen Job geben, der mit der Entscheidung des Kongressausschusses vereinbar ist, aber auch seinen beruflichen Fähigkeiten und Aufgaben entspricht. Sollte die Senatorin mit meiner Entscheidung unzufrieden sein und Sie danach fragen, können Sie ihr in aller Aufrichtigkeit mitteilen, dass Sie nichts mit der Geschichte zu tun hatten. Damit sind Sie und Ihre Leute aus der Schusslinie.«

Herbert war immer noch erbost, doch jetzt ärgerte er sich über sich selbst. Eigentlich hätte ihm klar sein sollen, dass Hoods Entscheidung wohlbegründet war. Er hätte die Sache nicht persönlich nehmen dürfen.

Nachdem er Hood für die Erklärung gedankt hatte, kehrte er in sein Büro zurück. Es war besser, etwas Konstruktives zu tun, statt weiter über Problemen zu brüten, die sich so nicht stellen. Schließlich wurde qualifizierten Geheimdienstlern schon früh beigebracht, Emotionen aus dem Spiel zu lassen, weil diese einem nur das Gehirn vernebelten und die Effizienz der Arbeit beeinträchtigten. Seit er einen Bürojob hatte, vergaß Herbert das oft. Bevor er als Mitarbeiter des Op-Centers eingestellt worden war, hatte Hood ihm eine gute Frage gestellt. Zur Zeit des Bombenanschlags auf die Botschaft in Beirut hatten Herbert und seine Frau für die CIA gearbeitet. Hood wollte wissen, ob Herbert mit jenen Terroristen, die seine Frau getötet und ihn zu einem an den Rollstuhl gefesselten Invaliden gemacht hatten, Informationen austauschen würde.

Herbert bejahte, doch dann fügte er hinzu: »Wenn ich sie nicht vorher umgelegt habe.«

Bei genauerem Nachdenken hätte Herbert begriffen, dass Hood, der ein Profi war und sich um seine Leute kümmerte, heute versucht hatte, ihn und seine Abteilung zu schützen.

Herbert war gerade erst wieder in seinem Büro, als auch schon das Telefon auf seinem Schreibtisch piepte. Sein Assistent Stacey berichtete, Edgar Kline sei am Apparat. Herbert war überrascht, diesen Namen zu hören. In den frühen Achtzigerjahren hatten die beiden Männer zusammengearbeitet. Damals war der in Johannesburg geborene Kline beim südafrikanischen Geheimdienst eingestiegen. Zu dieser Zeit tauschten die beiden Informationen über terroristische Ausbildungslager an der ostafrikanischen Küste aus. Der südafrikanische Geheimdienst war für die Beschaffung und Auswertung das Ausland betreffender nachrichtendienstlicher Informationen zuständig, allerdings nicht für den militärischen Bereich. Nachdem Kline im Jahr 1987 die Organisation verlassen hatte, fand er heraus, dass der südafrikanische Geheimdienst auch im Ausland aktive Apartheid-Gegner ausspionierte. Als überzeugter Katholik war Kline ein Gegner jeglicher Rassentrennung und einer Regierungsform, die bestimmte Teile der Bevölkerung von politischer Mitverantwortung ausschloss. Kline zog nach Rom und stieß dort zum Sicherheitsdienst des Vatikans. Damals verlor Herbert den Kontakt zu Kline, der ein ehrenwerter Mann und ein ausgebuffter Profi war. Aber auch ein sehr schwer zu durchschauender Mann, der einem immer nur das erzählte, was er einen auch wissen lassen wollte. Doch solange man auf seiner

Seite stand, war alles in Ordnung. Kline ließ einen nie im Regen stehen.

Herbert manövrierte seinen Rollstuhl hinter den Schreibtisch und griff zum Telefon. »Gunther Center for World Studies«, sagte er.

»Robert?«

»Ja«, antwortete Herbert. »Spricht dort wirklich der Zeremonienmeister?«

»Allerdings«, antwortete der Anrufer.

Seinerzeit war ›Zeremonienmeister‹ Edgar Klines Codename gewesen. Die CIA hatte ihn dem damals Dreiundzwanzigjährigen verpasst, als dieser an der Küste von Mosambik arbeitete, und Kline benutzte ihn, wenn er im Gunther Center for World Studies anrief. In diesem von Bob Herbert gegründeten Think Tank wurden nachrichtendienstliche Informationen aufbereitet. Benannt worden war die Einrichtung nach John Gunther, dem Autor des Buches *Afrika von innen* und anderer Werke, die Herbert als junger Mann gelesen hatte.

»Ich habe ja schon immer gesagt, dass man den Tag am besten damit beginnt, sich von einem neuen Freund zu verabschieden«, sagte Herbert. »Noch besser natürlich von einer neuen Freundin. Der beste Weg, einen Tag zu *beschließen*, besteht definitiv darin, einen alten Freund zu begrüßen. Wie geht's Ihnen?«

»Sehr gut«, antwortete Kline. »Und wie sieht's bei Ihnen aus?«

Es war schlechthin unmöglich, Edgar Kline mit einem anderen Profi aus dem Milieu der Nachrichtendienste zu verwechseln. Noch immer sprach er mit einem schweren Afrikaans-Akzent, der das niederländische Erbe dieser Sprache und seine Herkunft verriet.

»Ich kehre immer noch die Scherbenhaufen zusammen, die mir irgendwelche geschwätzigen Diplomaten hinterlassen. Von wo rufen Sie an?«

»Im Augenblick sitze ich in einer Linienmaschine nach Washington«, sagte Kline.

»Im Ernst? Heißt das, dass wir uns sehen werden?«

»Viel Bedenkzeit gebe ich Ihnen nicht, aber ich frage trotzdem, ob Sie vielleicht Zeit haben, mit mir Abend zu essen.«

»Heute?«

»Ja.«

»Selbst wenn ich keine Zeit hätte, würde ich sie mir nehmen.«

»Großartig«, sagte Kline. »Es tut mir Leid, dass ich mich erst auf den letzten Drücker melde, aber in meiner augenblicklichen Situation war die Planung etwas schwierig.«

»Machen Sie sich darüber keine Gedanken«, antwortete Herbert. »Arbeiten Sie noch für dieselbe Firma?«

Da Kline ihn darauf hingewiesen hatte, dass er in einer ganz normalen Linienmaschine saß, musste Herbert sich möglichst unverfänglich ausdrücken. Ihr Gespräch konnte mitgehört werden.

»Genau. Sie offensichtlich auch.«

»Ja, und ich liebe meinen Job«, sagte Herbert. »Die müssten mich hier schon auch rausbomben.«

Herberts Gesprächspartner stöhnte kurz auf. »Ich kann's kaum glauben, das aus Ihrem Mund zu hören, Robert.«

»Warum? So bin ich schließlich meinen Job bei der CIA losgeworden.«

»Ich weiß. Aber trotzdem ...«

»Sie haben zu viel Zeit mit den falschen Leuten verbracht. Wenn man nicht über sich selbst lachen kann, müsste man in meinem Fall heulen. Also, wo sollen wir uns treffen?«

»Ich steige im Watergate-Hotel ab«, antwortete Kline. »Um acht müsste ich dort sein.«

»Großartig. Dann treffen wir uns dort in der Bar. Wird Zeit, dass wir die Förmlichkeiten mal wieder vergessen.«

»Würde es Ihnen etwas ausmachen, wenn wir uns in meinem Zimmer unterhalten?«, fragte der Südafrikaner, dessen Tonfall plötzlich deutlich ernster klang.

»Nein, kein Problem«, antwortete Herbert.

»Ich werde im selben Zimmer wohnen wie am 22. Februar 1984. Erinnern Sie sich?«

»Ja. Sie haben offenbar nostalgische Anwandlungen.«

»Allerdings. Wir werden unsere Bestellung beim Zimmerservice aufgeben.«

»Wenn Sie die Rechnung bezahlen, soll's mir recht sein.«

»Natürlich. Der Herrgott sorgt für seine Schäfchen.«

»Ich werde kommen«, versicherte Herbert. »Und keine Sorge, Zeremonienmeister. Was es auch sein mag, wir werden das Problem schon lösen.«

»Darauf zähle ich«, sagte Kline.

Herbert legte auf. Aus Gewohnheit blickte er auf die Uhr, doch weil er über Kline nachdachte, vergaß er die Zeit gleich wieder.

Kline war 1984 nicht im Watergate abgestiegen. Er hatte eben eine Methode benutzt, mit der sie sich früher über die Zimmer- oder Hausnummern von Terroristen verständigt hatten. Das Datum gab die Nummer an. Kline hatte vom 22. Februar gesprochen. Folglich würde er in Zimmer 222 wohnen. Offensichtlich wollte er nicht, dass Herbert an der Rezeption nach ihm fragte, und das hieß, dass er nicht unter seinem richtigen Namen reiste.

Edgar Kline hatte also kein Interesse daran, dass sein Aufenthalt in Washington irgendwo aktenkundig wurde. Deshalb wohnte er auch nicht in den Räumlichkeiten, die der Vatikan in der Georgetown-Universität gemietet hatte. In diesem Fall wäre er von den auf dem Campus installierten Überwachungskameras gefilmt worden. Außerdem bestand dann die Möglichkeit, dass er von jemandem erkannt wurde, mit dem er früher einmal zusammengearbeitet hatte.

Herbert fragte sich, warum Kline wohl zu solchen Vorsichtsmaßnahmen griff. Er loggte sich in die Datenbank des Weißen Hauses ein, wo er sich über die Reisen führender internationaler Persönlichkeiten informieren konnte. Der Papst plante in naher Zukunft keine Auslandsreisen. Vielleicht führte ja jemand etwas gegen den Vatikan selbst im Schilde.

Was es auch sein mochte, das Problem musste sehr plötzlich aufgetreten sein. Ansonsten hätte Kline Herbert rechtzeitig über seine Ankunft in Washington informiert.

Wie auch immer, ein bisschen Abwechslung konnte er jetzt gut gebrauchen. Die Geschichte mit dem Kongressausschuss hatte ihn frustriert, und es wäre schön, wenn er jetzt einem alten Freund und Kollegen helfen konnte.

Während Herbert weiter über den Anruf nachdachte, blickte er zufällig auf die rechte Seitentasche seines Rollstuhls. Weil er den größten Teil des Tages über abgelenkt oder verärgert gewesen war, hatte er etwas vergessen.

Etwas, das vielleicht die Antwort auf seine Frage enthielt.

9

Okavangobecken, Botswana – Mittwoch, 1 Uhr 40

In der Hütte war es finster wie in einem Grab, und die Luft war genauso muffig und stickig. Jetzt strahlte der Sumpf die Hitze ab, die er im Laufe des Tages gespeichert hatte. Zwar war es nicht mehr so brütend heiß wie tagsüber, doch die Luftfeuchtigkeit war noch immer hoch, speziell in der kleinen Hütte. Doch so heiß es auch sein mochte, eines wusste Henry Genet mit Sicherheit – dieser halsstarrige Priester namens Bradbury schwitzte noch mehr.

Der glatzköpfige, etwa einen Meter achtzig große Genet trug nur Unterhosen. Er setzte sich auf sein schmales Feldbett und zog dann ein schweres weißes Moskitonetz aus Nylon zu, das an einem Schirm aus Bambusholz befestigt war und bis auf den Holzfußboden reichte. Dann machte er es sich auf dem Feldbett mit der Schaumstoffmatratze und dem Kopfkissen bequem. Er hatte einen Sonnenbrand auf dem Rücken – es war zu heiß gewesen, um das Hemd anzubehalten. Auch das dichte Laubdach des Dschungels hatte ihn nicht ausreichend vor der Sonne geschützt. Das hier war zwar nicht gerade das luxuriöse Bett, an das er gewöhnt war, doch es war trotzdem überraschend bequem. Aber vielleicht empfand er das auch nur so, weil er hundemüde war.

Für den Belgier war dies eine fremde Welt – die einsame Sumpfregion, das abgelegene Land, der riesige Kontinent. Aber der Dreiundfünfzigjährige genoss die abenteuerliche Erfahrung.

Ganz abgesehen davon gefiel ihm das, was er hier tat.

Genet war der Sohn eines Diamantenhändlers und hatte den größten Teil seines Lebens in oder in der unmittelbaren Nähe von Antwerpen verbracht. An der viel befahrenen Schelde gelegen, war Antwerpen Mitte des sechzehnten Jahrhunderts Europas wichtigster Handelsplatz gewesen. Nachdem die Stadt im November 1576 von den Spaniern geplündert und die Schelde für die Schifffahrt gesperrt worden war, verlor Antwerpen an Bedeutung. Sein Wiederaufstieg begann im Jahr 1863, als König Leopold I. und kurz nach ihm auch Leopold II. die Industrialisierung der Stadt massiv förderten und eine Modernisierung des Hafens veranlassten. Heute ist Antwerpen eine sehr moderne Stadt – ein Zentrum der Finanzwelt, der Industrie und des Diamantenhandels.

Dennoch vermisste Henry Genet die Stadt nicht.

Trotz seiner Geschichte, Kultur und Annehmlichkeiten war Antwerpen ein bedeutendes Finanzzentrum, wo in erster Linie das Geld im Vordergrund stand. Aber das war heutzutage in Europa fast überall so, und auch in Genets Leben hatte sich bisher alles ums Geld gedreht. Obwohl er das Geldverdienen liebte, war es mittlerweile keine Herausforderung mehr für ihn. Deshalb hatte er die Gruppe zusammengestellt, deren andere Mitglieder genauso gelangweilt waren wie er. Und die Langeweile war einer der Gründe, warum sie jetzt in Afrika waren.

In Botswana hatte man es mit einer völlig anderen Mentalität zu tun als in Antwerpen. Zunächst wurde das Alter von allem in Afrika nicht in Jahrhunderten, sondern in Äonen gemessen. Die Sonne war Zeuge des Werdens und Vergehens von Bergen und Ebenen, nicht der Modernisierung von Häusern und Straßen. Die Sterne blickten auf den langsamen Prozess der Evolution hinunter, nicht auf die Lebensdauer von Zivilisationen. Und die Menschen hatten eine grenzenlose Geduld, die in Europa völlig unbekannt war.

Hier beschäftigten Genet grundsätzlichere Gedanken, allerdings ohne dass er deshalb seine europäische Ungeduld abgeschüttelt hätte.

Es war eine uralte Welt, die zugleich in gewisser Hinsicht erfrischend unkompliziert schien. Zweideutigkeiten gab es nicht. Für die hiesigen Menschen zählte nur eines – überleben oder sterben. Das Raubtier musste seine Beute töten, das schwächere Tier versuchte zu entkommen. Diese simple Spielregel gefiel auch Genets Partner Beaudin. Im Gegensatz zu dem komfortablen Leben in Europa, wo man im Notfall durch Rechtsanwälte oder Bankguthaben geschützt war, hatte man es hier mit großen, gleichwohl faszinierenden Risiken zu tun.

Genet war vor zwei Tagen eingetroffen, um die Entwicklung des Projekts zu überwachen. Er hatte festgestellt, dass hier selbst der Schlaf eine Herausforderung war. Die Geräusche, die Hitze, die Moskitos über den seichten Gewässern am Ufer ihrer kleinen Insel ... Aber Genet liebte Herausforderungen.

Besonders dann, wenn ihm klar war, dass er sich – falls notwendig – sofort aus dem Staub machen konnte. Nur ein paar Meter weiter weg wartete seine Aventura II, die ihn sofort in die westliche Welt zurückbringen konnte. Er suchte das erregende Risiko, war aber keinesfalls realitätsfremd.

Und damit eben völlig anders als der Idealist Dhamballa. Idealisten waren ihrer Natur nach nun mal keine Realisten.

Nachdem er sich mit dem Kopfkissen den Schweiß von der Stirn gewischt hatte, rollte er sich auf den Bauch. Dann dachte er über Dhamballa nach und musste lächeln. Von der Konzeption bis zur Ausführung hätte diese ganze Aktion gar nicht komplikationsloser verlaufen können. Und trotz Dhamballas Ideen, trotz seines Wissens über den Glauben und die menschliche Natur, hatte er keine Ahnung, worum es bei dieser ganzen Geschichte überhaupt ging.

Vor acht Monaten hatte Genet Dhamballa unter völlig anderen Umständen als hier kennen gelernt. Damals war der dreiunddreißigjährige botswanische Staatsbürger noch unter dem Namen Thomas Burton bekannt gewesen. Er arbeitete als Sieber in einer Mine, die Genet einmal im Monat besuchte, um Diamanten zu kaufen. Die Sieber standen neben den hölzernen Wasserrinnen, die an jenen Stellen der Minen untergebracht waren, wo eine dauerhafte künstliche Beleuchtung installiert werden konnte. In unterschiedlichen Abständen waren Siebe angebracht, durch die das Wasser hindurchfließen konnte, in denen kleine Steine oder Erdklumpen aber hängen blieben. Wenn die Arbeiter keine Diamanten sahen, bewegten sie die Siebe zur Seite, so dass der Detritus weggespült wurde. Die Siebe entlang der Rinne wurden immer engmaschiger, und die Arbeiter konnten immer kleinere Diamanten entdecken. Für Wissenschaftler und Industrielle war selbst Diamantstaub wertvoll, der in der Mikrotechnologie für Prismen, Schneideflächen und extrem dünne Schalteinheiten im Nanobereich verwendet wurde. Ein Arbeiter mit einem Gebläse trennte den feinen, puderartigen Diamantstaub von den deutlich schwereren Sandkörnern.

Thomas arbeitete ganz am Ende der hölzernen Rinne, und sein lautes Organ war trotz des rauschenden Wassers und des summenden Gebläses überall deutlich zu verstehen. Jeden Tag Punkt vierzehn Uhr – Genet hatte es selbst miterlebt – sprach Thomas über die uralten Lehren des *Vous Deux*. Ohne seine Arbeit zu vernachlässigen, erzählte er aus dem Stegreif über die Schönheit von Leben und Tod und ihre Verbindung zum Universum.

Er sprach über die Einzigartigkeit der Schlange, die ihre Haut abwarf und, ohne zu sterben, starb. Dann erklärte er, dass auch die Menschen den Tod abschütteln könnten, wenn sie sich die Zeit nähmen, ihre ›zweite Haut‹ zu entdecken.

Die anderen Sieber hörten Thomas gern zu, und die Betreiber der Mine ließen ihn gewähren, da die Arbeiter nach den inspirierenden, zehn- bis fünfzehnminütigen Reden stets deutlich motivierter ihren Job erledigten. Bei einem seiner Besuche hörte auch Genet den Prediger, der über die Götter sprach, die immer auf der Seite der Fleißigen stünden. Er sprach über die ›weißen Künste‹, das Vollbringen guter Taten, und darüber, wie dies helles

Licht auf diejenigen werfe, die der Schöpfer liebe. Und er verbreitete sich über die Kraft und Charakterstärke der Menschen aus Botswana. Seine Ausführungen waren höchst allgemein gehalten, bauten die Zuhörer aber stets auf. Aus Genets Sicht hätten Thomas Burtons Worte auch christliche, hinduistische oder islamische Botschaften sein können.

Erst nach seiner Rückkehr nach Antwerpen erfuhr Henry Genet durch einen Zufall, was es mit Thomas Burtons Reden wirklich auf sich hatte – wer er war und für was er stand.

Während Genet jetzt langsam in den Schlaf hinüberglitt, erinnerte er sich an das Abendessen mit fünf anderen Geschäftsleuten, bei dem über Burtons Reden diskutiert worden war. Nachdem Genet seine Geschichte erzählt hatte, lehnte sich einer der anderen Männer lächelnd zurück – Albert Beaudin, ein siebzigjähriger französischer Industrieller, der bei etlichen Geschäften seine Finger im Spiel hatte. In verschiedene seiner Unternehmungen hatte Genets Vater große Summen investiert.

»Haben Sie eine Ahnung, was Sie da miterlebt haben?«, fragte Beaudin.

»Was meinen Sie?«, erkundigte sich Genet.

»Sie haben in Botswana einen Papa gesehen, der über seinen Bon Dieu gepredigt hat«, erklärte der Industrielle.

»Bitte was?«, schaltete sich Richard Bequette ein, einer der anderen Geschäftsmänner.

»Ein Papa ist ein Priester, der Bon Dieu sein höchster Gott«, präzisierte Beaudin.

»Ich kann immer noch nicht folgen«, sagte Genet.

»Sie haben einer Demonstration des Vodun beigewohnt, der Religion der weiß- und schwarzmagischen Riten«, erklärte Beaudin. »Der Magie des Guten und der des Bösen. Im *National Geographic* habe ich einen Artikel darüber gelesen.«

Plötzlich verstand Genet. Vertrauter als *Vous Deux* war der in der englischsprachigen Welt verbreitete Name *Voodoo*.

Doch Henry Genet und die anderen Anwesenden begriffen auch noch etwas anderes. Mit dem Erlebnis des Belgiers verhielt es sich wie mit den Minen, die er regelmäßig besuchte. Der Voodoo-Glaube war tiefer, älter und reicher, als die meisten Menschen annahmen. Man brauchte nur jemanden, der diesen Reichtum anzapfte. Jemanden, der traditionelle Anhänger dieser Religion genauso ansprach wie potenzielle Konvertiten.

Der ihre Macht entfesselte.

10

Washington, D. C. – Dienstag, 20 Uhr 00

Das Watergate war Bob Herberts Lieblingshotel, und zwar nicht nur in Washington, sondern auf der ganzen Welt.

Das lag nicht nur an der geschichtlichen Bedeutung des Hotels, das durch den Watergate-Skandal in Verruf geraten war. Im Jahr 1972 waren Mitarbeiter Richard Nixons zwecks Installation von Abhörgeräten in die Räume des demokratischen Präsidentschaftskandidaten George McGovern eingebrochen und dabei gefasst worden, was sich zu einem der größten innenpolitischen Skandale in den Vereinigten Staaten ausgewachsen hatte. Tatsächlich empfand Herbert sogar etwas Mitleid für Nixon. Praktisch jeder Kandidat veranlasste etwas Ähnliches wie das, was seine Mitarbeiter da getan hatten. Glücklicherweise – oder unglücklicherweise – war er ertappt worden. Das war schlimm genug. Am meisten bedrückte Bob

Herbert, dass dieser kluge Mann zu spät begriffen hatte, dass die neu entstehende politische Kunst darin bestand, durch geschickte mediale Manipulationen die öffentliche Meinung zu beeinflussen und zu kontrollieren.

Nein, Bob Herbert verband persönlichere Erinnerungen mit dem Hotel, die auf das Jahr 1983 zurückgingen. Damals musste er sich noch an das Leben ohne seine Frau gewöhnen – und an das Leben im Rollstuhl. Die Rehabilitationsklinik war nur ein paar Häuser von dem Hotel entfernt, und nach einer frustrierenden Sitzung mit seinem Therapeuten entschloss sich Herbert, im Watergate Abend zu essen. Es war das erste Mal, dass er allein ausging.

Damals wurde weder in dem Hotel noch sonst wo schon auf eine behindertengerechte Umwelt geachtet, und Herbert hatte es schwer, sich mit seinem Rollstuhl einigermaßen frei bewegen zu können. Noch schwieriger wurde seine Lage dadurch, dass er fest davon überzeugt war, von allen mit mitleidigen Blicken bedacht zu werden. Als ehemaliger CIA-Agent war er es gewöhnt, sich immer möglichst unauffällig zu verhalten.

Schließlich schaffte er es doch, in das Hotel zu gelangen und einen Tisch im Restaurant zu ergattern. Fast sofort verstrickten ihn die Gäste am Nachbartisch in ein Gespräch, und nach ein paar Minuten luden sie Herbert ein, sich zu ihnen zu setzen.

Die Gäste am Nachbartisch waren der spätere Präsidentschaftskandidat Bob Dole und seine Frau Elizabeth.

Sie sprachen nicht über körperliche Behinderungen, sondern darüber, wie wichtig es sein kann, auf dem Land aufzuwachsen. Sie diskutierten über das Essen, über Fernsehsendungen, Filme und Romane. Es war einer jener schicksalhaften Momente, dessen Bedeutung weit über eine banale Einladung hinausging. Durch das Zusammensein mit den Doles fühlte Herbert sich wieder als ganzer Mensch.

Später kam er oft hierher. Für ihn wurde das Watergate-Hotel zu einem Ort, der ihm immer wieder ins Gedächtnis rief, dass der Wert eines Mannes nichts mit seiner körperlichen Unversehrtheit zu tun hat, sondern mit seiner inneren Einstellung.

Und natürlich schadete es auch nicht, dass später Rampen für Rollstuhlfahrer installiert worden waren.

Jetzt fuhr Herbert nicht direkt zu den Aufzügen, sondern zu den Haustelefonen, wo er den Laptop aus der Armlehne seines Rollstuhls hervorzauberte und eine drahtlose Internet-Verbindung herstellte. Sobald er online war, rief er in Zimmer 222 an. Geheimdienstler machten sich Feinde, von denen sich einige raffinierte Tricks ausdachten, um an ihren Widersachern Rache zu üben. Deshalb wollte Herbert sich vergewissern, dass er tatsächlich von Edgar Kline angerufen worden war und nicht von jemandem, der ihn in einen Hinterhalt zu locken versuchte.

»Hallo?« Es war Kline.

»Ich wollte nur sichergehen, dass Sie schon oben sind«, sagte Herbert.

»Seit fünf Minuten«, antwortete Kline.

»Welche Luftfahrtgesellschaft, welcher Flug?«

Wenn Kline gegen seinen Willen festgehalten wurde, würde er Herbert vielleicht falsche Informationen geben, um ihm so zu signalisieren, dass er nicht nach oben kommen sollte.

»Lufthansa 418«, erwiderte Kline.

Herbert suchte im Internet nach den Flugplänen der Lufthansa. »Was für eine Maschine?«, fragte er, während er wartete.

»Boeing 747. Sitz 1 B. Ich habe das Filet bestellt.«

Herbert lächelte. Einen Augenblick später konnte er sich auf der Website der Lufthansa vergewissern, dass Klines Angaben stimmten. Eigentlich hatte die Maschine bereits um 15 Uhr 45 landen sollen, aber es hatte eine Verspätung gegeben. »Bin gleich oben«, sagte er.

Drei Minuten später klopfte er an die Tür von Zimmer 222. Eine großer, hohlwangiger Mann mit kurz geschnittenem blondem Haar öffnete. Keine Frage, das war Edgar Kline. Ein bisschen rundlicher, ein paar mehr Falten um die Augenwinkel als früher, aber bei wem war das nicht so?

Lächelnd streckte Kline die Hand aus. Herbert rollte in die Diele und schloss die Tür. Während er sich schnell umblickte, sah er auf dem Bett einen offenen Koffer. Über der Lehne eines Stuhls hing eine Tweedjacke, darüber eine Krawatte. Am Fußende des Betts standen Klines Schuhe. Dies waren die ersten Sachen, die ein Mann nach einem langen Flug auspackte. Mit Klines Ankunft schien alles in Ordnung zu sein, und es sah nicht so aus, als hätte er Herbert eine falsche Geschichte aufzutischen versucht.

Jetzt wandte sich Herbert dem Vertreter des Vatikans zu, um ihm endlich die Hand zu schütteln.

»Schön, Sie wieder mal zu sehen, Robert.« Kline sprach in demselben reservierten Tonfall, an den Herbert sich so gut erinnerte, und obwohl er lächelte, war es die Art von Lächeln, mit dem ein professioneller Spieler auf einen Newcomer oder eine schnodderige Bemerkung während einer Pokerpartie reagierte: höflich und routiniert. Ein Lächeln, das nicht falsch, aber auch nicht besonders ausdrucksvoll war.

»Ganz meinerseits«, antwortete Herbert. »Seit ich Beirut verlassen habe, ist dies unser erstes Wiedersehen, stimmt's?«

»Ja.«

»Und was halten Sie von dem Rollstuhlfahrer?«

»Was Ihnen dort zugestoßen ist, hat Ihren professionellen Elan offensichtlich nicht bremsen können«, bemerkte Kline.

»Hatten Sie damit gerechnet?«

»Nein.« Kline wies mit einer Kopfbewegung auf den Rollstuhl. »Ist das Ding mit Nachbrennern ausgestattet?«

Statt eine Antwort zu geben, hielt Herbert seine kräftigen Hände hoch.

Höflich lächelnd wies Kline auf das Zimmer. Dieses Lächeln störte Herbert jetzt mehr als früher. Womöglich lag das aber nur daran, dass der Leiter der Aufklärungsabteilung des Op-Centers mittlerweile älter und zynischer war. Vielleicht aber auch an etwas anderem – hatte die spezialisierte Antenne des erfahrenen Spions irgendetwas aufgeschnappt?

Oder vielleicht leidest du mittlerweile auch schlicht und einfach an Verfolgungswahn, dachte Herbert.

»Möchten Sie etwas trinken?«, fragte Kline.

»Eine Cola wäre nicht schlecht«, sagte Herbert, während er seinen Rollstuhl in den Raum manövrierte. Jetzt war er zum ersten Mal in einem der Zimmer des Watergate. Er bremste neben dem Bett und beobachtete, wie Kline zur Minibar hinüberging, den Schlüssel herumdrehte und eine Dose herausholte.

»Kann ich Ihnen sonst noch etwas anbieten?«

»Nein, danke«, antwortete Herbert. »Die Cola und ein aktueller Lagebericht reichen mir vollkommen.«

»Ich habe Ihnen ein Abendessen versprochen. Soll ich es auf dem Zimmer servieren lassen?«

»Im Moment fehlt's mir an nichts, und Sie haben ja bereits im Flugzeug gegessen.«

»Da haben Sie auch wieder Recht.«

»Also dann«, sagte Herbert. »Weshalb sind Sie hier?«

»Um in Washington mit Kardinal Zavala und in New York mit Kardinal Murrieta zu sprechen«, antwortete Kline, während er Herbert die Dose reichte. »Im südlichen Afrika brauchen wir mehr amerikanische Missionare für die Arbeit vor Ort.«

»Und zwar schnell, nehme ich an?«

Kline nickte. Dann schien seine Stimmung umzuschlagen. Seine strahlend blauen Augen verloren ein bisschen von ihrem Glanz, und er presste die Lippen fest zusammen. »Wir stehen in Afrika einer potenziell explosiven Situation gegenüber, Robert«, sagte er bedächtig. »Und damit meine ich nicht nur den Vatikan.«

»Sie sprechen von dem gestrigen Vorfall mit Pater Bradbury«, bemerkte Herbert.

»Ja«, gestand Kline, dessen Pokerface kurz einen Anflug von Überraschung erkennen ließ. »Was wissen Sie darüber?«

»Zuerst sind Sie dran«, sagte Herbert, der seine Cola-Dose hob. »Mein Mund ist völlig ausgetrocknet.«

Kline nickte wissend.

Bob Herbert redete nie als Erster, weil es immer gut war, mehr Informationen als der andere zu haben. Selbst dann, wenn es ein Verbündeter war. Die Verbündeten von heute konnten die Feinde von morgen sein.

»Pater Powys Bradbury wurde von Milizionären verschleppt, deren Anführer unserer Meinung nach Leon Seronga ist«, erläuterte Kline. »Sagt Ihnen der Name etwas?«

»Gar nichts.«

»Seronga ist ein ehemaliger Soldat der Armee von Botswana, der seinerzeit mit anderen die Brush Vipers organisiert hat«, sagte Kline. »Das war eine sehr effektive, verdeckt arbeitende Gruppierung, die wesentlich dazu beigetragen hat, dass das ehemalige britische Protektorat zur unabhängigen Republik Botswana wurde.«

»Über die Brush Vipers weiß ich Bescheid«, bemerkte Herbert besorgt. Wenn die Brush Vipers wieder aus der Versenkung aufgetaucht waren und nicht nur der Name an die alte Gruppe erinnerte, dann hieß das wahrscheinlich, dass es sich bei der Entführung nicht um einen unbedeutenden, isolierten Vorfall gehandelt hatte.

»Vor zwei Wochen wurde Seronga in einem kleinen botswanischen Dorf namens Machaneng gesichtet«, fuhr Kline fort. »Dort besuchte er eine Versammlung eines religiösen Führers namens Dhamballa.«

»Ist das sein richtiger Name?«, fragte Herbert, während er den Laptop aufklappte. »Oder ein Vorname, ein Stammesname oder ein Ehrentitel?«

»Es ist der etwas anders geschriebene Name des Vodun-Gottes Damballah«, erläuterte Kline. »Mehr wissen wir nicht. Wir kommen nicht an ihn heran. Ein Bild von ihm haben wir auch nicht.«

»Zumindest nicht unter dem Namen«, sagte Herbert.

»Stimmt.«

»Aber Sie haben die Versammlung wegen diesem Dhamballa beobachten lassen?«

»Ja.«

Herbert bat Kline, den Namen zu buchstabieren, und notierte ihn dann in einer neu erstellten Computerdatei.

»Wir beobachten routinemäßig alle religiösen Bewegungen in Afrika«, fuhr Kline fort. »Das gehört zu den apostolischen Praktiken.«

»Sie sammeln also Informationen über die Konkurrenz?«

»Man weiß nie wirklich, wer seine Rivalen sind ...«

»... oder wem sie vielleicht als Fassade dienen«, ergänzte Herbert. Oft versteckten sich politische Aktivisten hinter einer neuen religiösen Bewegung, weil man den Massen die politische Botschaft so besser unterjubeln konnte.

»Ganz genau«, bestätigte Kline. »Bei Veranstaltungen wie dieser schießen wir Digitalfotos, die dann in unserer Datenbank gespeichert werden. Wir wissen gern, ob religiöse Bewegungen wirklich an der Basis oder anderswo entstanden sind. Echte religiöse Bewegungen haben in der Regel irgendwann den Höhepunkt ihrer Wirkung erreicht und verschwinden dann wieder mehr oder weniger im Untergrund. Sekten, die der Tarnung politischer Ziele dienen, werden dagegen meistens gut finanziert, häufig aus dem Ausland. Gewöhnlich verschwinden sie nicht so schnell wieder von der Bildfläche.«

»Weshalb sie auch eine größere Bedrohung darstellen«, warf Herbert ein.

»Ja, aber nicht nur für die Ziele der Kirche«, sagte Kline. »Sie bedrohen die politische Stabilität auf dem afrikanischen Kontinent. Wir nehmen großen Anteil an den Lebensumständen, der Gesundheit und dem Wohlbefinden der Menschen, um die wir uns kümmern. Uns geht's nicht nur um das Heil ihrer unsterblichen Seelen.«

»Verstehe«, kommentierte Herbert.

»Nachdem wir diesen Seronga identifiziert hatten, haben wir die Fotos von früheren Versammlungen Dhamballas überprüft und dann ...«

»Waren das große oder kleine Veranstaltungen?«, unterbrach Herbert.

»Zuerst kleine, mit nur etwa einem Dutzend Teilnehmern«, antwortete Kline. »Zunächst fanden sie bei der Diamantmine statt. Später, als auch Familienmitglieder der Arbeiter hinzukamen, wurden die Veranstaltungen auf Dorfplätzen und Feldern abgehalten.«

»Und was war der Inhalt der Reden?«

»Zunächst derselbe wie bei den Minen ...«

»Schon verstanden. Tut mir Leid, wenn ich Sie unterbreche, aber Sie haben doch gesagt, dass dieser Leon Seronga ...«

Jetzt fiel ihm Kline ins Wort: »... nicht das einzige Mitglied der früheren Brush Vipers war, das an diesen Treffen teilnahm.«

»Verstehe«, sagte Herbert. »Und das ist auch der wahre Grund für Ihren Aufenthalt in Washington. Sollte dies der Auftakt einer neuen politischen Aktion im südlichen Afrika sein, dann wäre es in Ihrem Interesse, wenn die

Amerikaner mithelfen würden, die Sache unter Kontrolle zu bekommen.«

»Lassen Sie es mich einmal so ausdrücken: Mir wäre es schon lieb, wenn sie sich daran beteiligen würden, die Gefahr einzudämmen. Diese Mitarbeit kann sich auf unterschiedliche Art und Weise gestalten, aber im Moment brauche ich nachrichtendienstliche Informationen.«

Dieses Eingeständnis schien Kline etwas zu beschämen, doch das war überflüssig. Aufrichtigkeit wusste Herbert durchaus zu schätzen. Schließlich wollte jeder, dass die Amerikaner bei der Bewältigung internationaler Krisen halfen. Die USA stärkten Freunde und schwächten Feinde.

»Haben Sie irgendeine Idee, warum die Wahl ausgerechnet auf Pater Bradbury gefallen ist, Edgar?«, fragte Herbert.

»Eigentlich nicht«, antwortete Kline. »Wie ich bereits sagte, uns fehlen Informationen.«

»Hatte er als Geistlicher irgendeine spezielle Funktion?«

»Pater Bradbury hatte die Aufsicht über ... Pardon, ich meine, er *hat* die Aufsicht über die größte Anzahl von Missionsdiakonen in Botswana.« Kopfschüttelnd biss sich Kline auf die Unterlippe. »Ich kann gar nicht glauben, dass ich das gesagt habe.«

»Ein ganz normaler Lapsus«, bemerkte Herbert. »Wahrscheinlich habe ich unzählige Male denselben Fehler gemacht. Nur war ich nicht clever genug, es zu bemerken.« Er schwieg einen Augenblick. »Sie halten doch keine Informationen zurück?«

»Nein«, antwortete Kline. »Wenn wir mehr wüssten, würde ich es Ihnen erzählen.«

»Also gut. Dann lassen Sie uns auf diesen offiziell immer noch seines Amtes waltenden Pater Bradbury zurückkommen. Wer kommt nach ihm, was die Zahl der unterstellten Missionare anbetrifft?«

»Es gibt noch zehn andere Gemeindepriester, denen jeweils etwa drei oder vier Missionsdiakone unterstehen«, sagte Kline. »Sie werden alle beobachtet.«

»Von wem?«

»Von einheimischen Polizisten und von verdeckt arbeitenden Kräften der Armee von Botswana.«

»Gut«, sagte Herbert. »Und ich nehme an, dass im Vatikan keine Lösegeldforderung eingegangen ist.«

Kline schüttelte den Kopf.

»Das bedeutet dann, dass die Entführer Pater Bradbury brauchen«, folgerte Herbert. »Wenn Entführer kein Geld verlangen, heißt das stets, dass das Opfer etwas für sie tun soll. Der Gefangene soll etwas unterschreiben, eine Radio- oder Fernsehsendung aufnehmen oder sich von einer politischen Richtlinie oder einer Idee lossagen. Vielleicht wollen sie ihn sogar töten, um Konvertiten oder Priester zu verängstigen. Haben Sie irgendeine Idee, wohin die Entführer Pater Bradbury verschleppt haben könnten?«

»Auch da muss ich passen«, antwortete Kline. »Aber es ist alles in Bewegung gesetzt worden. Innerhalb einer Stunde haben die Aufseher des Moremi-Nationalparks damit begonnen, vor Ort nach den Entführern zu suchen. Nach zwei Stunden hat das Militär die Gegend aus der Luft beobachtet. Niemand hat irgendetwas entdeckt. Unglücklicherweise haben sie es aber auch mit einem riesigen Terrain zu tun. Die Entführer könnten sich getrennt, sich versteckt oder sich als Safaritruppe getarnt haben, von denen dort hunderte unterwegs sind.«

»Hat irgendjemand mit Lastwagenfahrern oder Amateurfunkern gesprochen?«

»Ja. Die Polizei befragt noch immer CB-Funker, denen aber nichts aufgefallen ist. Dies war eine gut geplante Operation, aber wir haben keinerlei Vorstellung, was dadurch bezweckt werden soll.« Der Mann vom Sicherheitsdienst des Vatikan war im Zimmer auf- und abgegangen, aber jetzt blieb er stehen, um Herbert direkt in die Augen zu blicken. »Mehr weiß ich wirklich nicht.«

»Stimmt ziemlich mit dem überein, was ich von anderen politisch motivierten Entführungen kenne«, sagte Herbert.

»Ganz meine Meinung. Die Geschichte lässt tatsächlich eher auf Rebellen als auf religiöse Gefolgsmänner schließen.«

»Ich kann mir nicht vorstellen, dass die Regierung von Botswana etwas mit dieser Miliz zu tun haben könnte«, bemerkte Herbert. »Das Land hat eine starke Wirtschaft, die Regierung ist stabil. Sie hätte bei dieser Geschichte nichts zu gewinnen.«

»Wiederum ganz meine Meinung. Also, was folgern wir daraus? Haben wir es mit irgendeiner religiös-militärischen Zwitterorganisation zu tun? Der Kampf der Brush Vipers galt der Unabhängigkeit des Landes, und Botswana ist längst eine unabhängige Republik. Warum sollten sie mit Leuten liiert sein, die das Land destabilisieren wollen?«

»Weiß ich auch nicht«, räumte Herbert ein. »Aber ich stimme mit der Meinung meines Kollegen General Mike Rodgers überein, der mich heute Morgen auf diesen Vorfall aufmerksam gemacht hat. Ich glaube, dass damit eine Botschaft übermittelt werden sollte. Deshalb ist Leon Seronga tagsüber in das Feriendorf eingedrungen. Die bewaffneten Milizionäre hätten auch ein Massaker anrichten können, haben es aber nicht getan.«

»Und was für eine Botschaft wollten sie Ihrer Meinung nach übermitteln?«, fragte Kline, der ratlos nach einer Antwort zu suchen schien.

Da es einstweilen um reine Spekulation ging, hatte Herbert diesmal nichts dagegen, sich als Erster zu äußern.

»Da gibt es jede Menge Möglichkeiten. Vielleicht haben sie sich für dieses Vorgehen entschieden, um die Regierung zu beschwichtigen. So haben sie zwar demonstriert, dass sie Waffen haben, doch sie haben sie vorerst nicht benutzt. Wahrscheinlich wird Gaborone deshalb nur moderat reagieren.«

»Sie meinen, dass die Regierung zunächst einmal abwarten wird?«

»Genau.«

»Obwohl ein botswanischer Staatsbürger entführt wurde?«

»Vermutlich hat das Wort ›Staatsbürger‹ in Botswana nicht dieselbe Bedeutung wie in der westlichen Welt«, vermutete Herbert. »Für die meisten Einwohner von Botswana ist man das wahrscheinlich dann, wenn man hier schon vor hunderten oder gar tausenden Jahren Vorfahren hatte.«

»In Ordnung, das klingt plausibel«, sagte Kline. »Was könnte uns die Vorgehensweise der Entführer noch verraten?«

»Vielleicht, dass Dhamballa noch nicht stark genug ist, um eine militärische Aktion zu starten, dass er es aber tun wird, wenn er sich dazu gezwungen fühlt«, sagte Herbert. »Dadurch könnte die Reaktion der Regierung vorerst moderat ausfallen, denn sie bildet sich etwas darauf ein, eine der stabilsten auf dem afrikanischen Kontinent zu sein. Wahrscheinlich wird Gaborone versuchen, dass Ganze als einen isolierten, nicht weiter wichtigen Vorfall zu präsentieren, mit dem man schon fertig wird. Vielleicht will die Regierung erst abwarten, ob noch etwas passiert, bevor sie unnötig Staub aufwirbelt.«

»Aber ab einem bestimmten Punkt wird das Militär reagieren müssen«, vermutete Kline.

»Nicht, wenn Dhamballa keine allzu großen Ambitionen hat«, erwiderte Herbert. »Und wir wissen ja noch nicht einmal, ob Dhamballa hinter der Geschichte steckt. Außerdem wissen wir auch nicht, was für ein größerer Plan sich dahinter verbirgt. Aber ich habe vor meinem Besuch bei Ihnen in einigen unserer Datenbanken recherchiert. Die Brush Vipers waren eine von vier in dieser Region Botswanas aktiven paramilitärischen Organisationen. Wissen Sie zufällig, woher sie ihre Waffen haben?«

»Doch wohl hoffentlich nicht von der Armee Botswanas.«

»Nein, schlimmer«, sagte Herbert. »Die Waffen liefert jemand, mit dem wir uns vor Jahren schon einmal herumschlagen mussten.«

»Von wem reden Sie?«

»Dem Musketier«, antwortete Herbert. »Albert Beaudin.«

11

Paris, Frankreich – Mittwoch, 3 Uhr 35

Albert Beaudin hatte immer bis tief in die Nacht gearbeitet. Schon damals, in jungen Jahren, im von den Deutschen besetzten Frankreich.

Er saß auf der Terrasse seiner Pariser Wohnung, von wo aus er auf die Champ-de-Mars sah. Die Nachtluft war kühl, aber durchaus angenehm. Dünne, niedrig dahinziehende Wölkchen nahmen durch die Lichter des nächtlichen Paris eine dunkel-orangene Färbung an. Zu seiner Linken blinkten die für die Flugzeuge bestimmten Warnlichter des Eiffelturms, dessen Spitze die vorbeiziehenden Wolken zu berühren schien.

Auch in seinen ältesten Erinnerungen an den Eiffelturm sah Beaudin das Monument nachts. Damals, nach dem Einmarsch der Alliierten in Paris, hatten Beaudin und sein Vater sich endlich nach Paris trauen können, ohne um ihre Sicherheit fürchten zu müssen. Und was für eine Nacht das seinerzeit gewesen war. Fast zwanzig Stunden waren sie ohne Unterbrechung durchgefahren, sein Vater auf dem gestohlenen Motorrad der Wehrmacht, der kleine Albert im Beiwagen.

Ja, Albert war daran gewöhnt, nachts auf den Beinen zu sein. Einen Großteil seiner Arbeit hatte er immer in der Dunkelheit erledigt. Aber jene Nacht damals war eine ganz spezielle gewesen. Noch immer glaubte Albert den Dieselgestank riechen und die französischen Volkslieder hören zu können, die er und sein Vater während der Fahrt gesungen hatten. Als sie in Paris ankamen, waren beide völlig heiser. Und Albert tat von der unbequemen Fahrt in dem Beiwagen der Hintern weh.

Doch das war völlig egal gewesen. Was für eine Reise hatten sie hinter sich gebracht, was für eine Kindheit hatte er durchlebt!

Und was für einen großartigen Sieg hatten sie errungen.

Maurice Beaudin hatte mit Jean LeBeques zusammengearbeitet, dem legendären *Conducteur de Train de la Résistance,* dem ›Lokführer der Résistance‹. LeBeques fuhr eine zwischen Paris und Lyon verkehrende Lokomotive. In Lyon wurden Ersatzteile für die Eisenbahn produziert. Wegen der zentralen Lage der Stadt und ihrer relativen Nähe zur Schweiz war die französische Widerstandsbewegung auch dort präsent. Von hier aus konnten Leute schnell in andere Landesteile entsandt oder in die neutrale Schweiz geschleust werden.

Die Deutschen ließen immer ein größeres Truppenkontingent bei LeBeques mitfahren, um sicherzugehen, dass der Nachschub nicht in die Hände der Résistance geriet, über die sie sich zwar lustig machten, die sie aber nicht unterschätzten. Von der Kapitulation Frankreichs im Juni 1940 bis zum Kriegsende sabotierte die Résistance ohne Unterlass die Aktivitäten der Deutschen, die deshalb gezwungen waren, anderswo dringend benötigte Soldaten und unentbehrliches Material in Frankreich zu belassen.

Albert und sein Vater gehörten zu den ersten Mitgliedern der Résistance. Maurice Beaudin war Witwer. Er besaß eine kleine Fabrik, in der Schienenlaschen für die Eisenbahnverbindungen hergestellt wurden. Maurice und LeBeques kannten sich schon seit fast dreißig Jahren. Beide waren am 8. März 1883 geboren worden. Eines Abends schenkte LeBeques seinem Freund einen Kuchen, unter dem sich ein Zierdeckchen aus Papier befand. Darauf hatte LeBeques die Frage gekritzelt, ob der Beschenkte willens sei, für ein freies Frankreich zu kämpfen. Wenn ja, solle er eine X-förmige Kerbe in die obere linke Ecke der ersten Lattenkiste ritzen, die er in seinen Zug stellte. Maurice tat es. Von diesem Tag an fanden die beiden Männer Möglichkeiten, in den von LeBeques gesteuerten Zügen Munition, Ersatzteile für Radios und Menschen für den Widerstand zu schmuggeln. Wie durch ein Wunder gelang es beiden, den Krieg unversehrt zu überstehen, doch ironischerweise fand LeBeques im ausgehenden Jahr 1945 bei einem Zugunglück sein tragisches Ende. Damals war er damit beschäftigt, ehemalige Résistance-Kämpfer wieder in die Heimat zu bringen.

Zu dieser Zeit war Albert erst sechs Jahre alt. Bis zwei Uhr mittags besuchte er die Schule, und dann ging er in die kleine Fabrik, um dort den Boden zu fegen. Da Eisen knapp war, mussten jeden Tag die Metallspäne zusammengekehrt und später wieder eingeschmolzen werden. Bis auf den heutigen Tag wurde Albert Beaudin stets an seine Jugend erinnert, wenn ihm in einer seiner Munitionsfabriken der Geruch frisch geölten Metalls in die Nase stieg.

An seine jungen Jahre dachte er auch später, als ihm die Idee kam, mit anderen entschlossenen Individuen bei einer paramilitärischen Aktion zusammenzuarbeiten.

Maurice hatte seinerzeit keinen Augenblick gezögert, seinen Sohn in die Aktivitäten der Résistance hineinzuziehen.

War es nicht sinnlos, fragte sich Maurice Beaudin damals, in einem versklavten Frankreich alt zu werden?

Manchmal musste der junge Albert deutsche Soldaten ablenken, indem er sich mit einem anderen Jungen prügelte oder einem Mädchen nachstellte. Bei anderen Gelegenheiten musste er Material in den Zug schmuggeln, während die Erwachsenen die Ablenkungsmanöver übernahmen. Seit dieser Zeit war er nie in der Lage gewesen, anderen verständlich zu machen, warum es so erregend war, sein Leben zu riskieren. Er hatte miterlebt, wie andere unter Sabotageverdacht stehende Franzosen ermordet wurden, darunter auch sein vierzehnjähriger Cousin Samuel. Er hatte beobachtet, wie vor Backsteinmauern geschleifte Männern und Frauen erschossen oder wie andere an Bäumen oder Laternenpfählen gehängt wurden. Wieder andere waren sogar an Traktoren gekettet und mit Bajonetten gemartert worden. All das hätte auch Albert zustoßen können, der schon damals lernte, die Gefahr als Bestandteil des Lebens zu akzeptieren – aber auch das Risiko als Teil einer Belohnung. Daran änderte sich nach dem Krieg nichts, und seine Furchtlosigkeit kam ihm zugute, als das Unternehmen seines Vaters unter seiner Führung immer stärker expandierte. In den Fünfzigerjahren stieg Albert ins Flugzeuggeschäft ein, in den frühen Sechzigern in die Munitionsproduktion.

Mit Mitte dreißig war Albert Beaudin ein sehr wohlhabender Mann, der allerdings zwei Dinge bedauerte. Zunächst stimmte es ihn etwas traurig, dass sein Vater zu früh gestorben war, um den kometenhaften Aufstieg des Familienunternehmens miterleben zu können. Zweitens bedauerte er, dass Frankreich es nicht geschafft hatte, eine wirklich bedeutende militärische und politische Macht zu werden. Durch die Niederlagen in Indochina 1954 und in Algerien 1962 war die stärkste freie Nation auf dem europäischen Kontinent militärisch und politisch geschwächt worden. In der Hoffnung, das Prestige des Landes auf der internationalen Bühne wiederherstellen zu können, wählten die Franzosen den ehemaligen Résistance-Führer Charles de Gaulle zum Präsidenten, für den unter anderem die militärische Unabhängigkeit von den Vereinigten Staaten und von der NATO Priorität hatte. Unglücklicherweise spielte Frankreich im Kalten Krieg dadurch praktisch keine Rolle. Da Frankreich sich nicht von einer der beiden Großmächte umarmen lassen wollte, setzte es sich mit seinem Unabhängigkeitsbedürfnis dem Misstrauen der Vereinigten Staaten und der Sowjetunion aus. Den sich in den Sechziger- und Siebzigerjahren vollziehenden Aufstieg Westdeutschlands und Japans zu ökonomischen Großmächten hatte Frankreich ebenfalls nicht vorausgesehen. Damit blieb der Ruhm der Franzosen im späten 20. Jahrhundert auf ihre Weine, ihre Filme und die Poster mit dem Eiffelturm beschränkt.

So endete das Jahrhundert, aber Albert Beaudin war noch lange nicht am Ende. Seine frühen Erfahrungen als Widerstandskämpfer hatten ihn gelehrt, sich nie vor etwas zu ängstigen und keine Niederlage zu akzeptieren. Außerdem hatte er Erfahrungen gesammelt, wie man aus einer Hand voll entschlossener Männer eine schlagkräftige Organisation formte.

Jetzt blickte Albert zum Himmel auf, weil er ein Flugzeug gehört hatte. Die niedrig fliegende Maschine sandte über den Wolken weiße Lichtstrahlen aus. Im Süden musste es ernsthafte Stürme geben. Gewöhnlich flogen die Maschinen um diese Uhrzeit nicht so dicht über den Häusern der Stadt.

Albert lauschte, bis der Lärm der Triebwerke verebbt war. Dann ließ er seine grünen Augen über die nächtliche Pariser Skyline schweifen.

Im Süden herrschten tatsächlich Stürme. Schwere Stürme, die über die ganze Welt hinwegfegen würden. Jetzt, an diesem frühen Morgen, dachte Albert noch einmal über das Drama, die Risiken und die Faszination dieses letzten Kriegs nach, den er für sein Vaterland ausfocht.

Die Resultate würden andersartig sein als bei früheren Kriegen. In diesem Krieg würden keine Franzosen sterben. Er würde in einem fremden Land stattfinden. Und er würde der Welt demonstrieren, was man durch Einfallsreichtum und konsequente Arbeit im Verborgenen zustande bringen konnte.

Außerdem würde dieser Krieg noch etwas anderes bewirken: Er würde die Macht über die Welt einer Hand voll kriegslüsterner Nationen entwinden und sie einer Hand voll Männer übergeben.

Männern, die ihrem Heimatland wieder jene Bedeutung verschaffen würden, die es vor über zwei Jahrhunderten einmal gehabt hatte.

12

Washington, D. C. – Dienstag, 21 Uhr 49

Nach seinem Treffen mit Paul Hood informierte Mike Rodgers zunächst Bob Herbert. Dann kehrte der General in sein Büro zurück. Zum ersten Mal seit Wochen hatte er das Gefühl, als wären in ihm neue Energien freigesetzt worden.

Schon vor über einem Jahr hatte General Rodgers mit Hood über ein Human-Intelligence-Team diskutiert, das nicht nur nachrichtendienstliche Informationen für das Op-Center sammeln, sondern auch in der Lage sein sollte, feindliche Organisationen zu unterwandern, falls dies notwendig sein sollte. Seinerzeit waren sie durch aktuelle Ereignisse gezwungen worden, den Plan auf Eis zu legen. Jetzt war Rodgers glücklich, dass er erneut zur Diskussion stand. Ihm war klar, dass ihm seine Führungsrolle bei der Gründung einer HUMINT-Einheit den Verlust der Strikers nicht einfacher machen und ihn auch nicht von dem bedrückenden Gefühl befreien würde, bei der Operation im Himalaja teilweise falsche Entscheidungen getroffen zu haben. Aber auch ein neues Strikers-Team hätte ihn von diesem Gefühl nicht befreien können. Hoods beherzte Entscheidung erinnerte Rodgers jedoch daran, dass Zögerlichkeit bei einem General keine gute Eigenschaft war.

Genauso wenig wie Selbstmitleid.

Zuerst studierte Rodgers die Computerdateien über die Agenten, die in dem Gespräch mit Hood erwähnt worden waren. Das Op-Center behielt alle im Auge, die mit der Organisation zusammengearbeitet hatten, doch die Betroffenen waren sich der elektronischen Überwachung nicht bewusst. Patricia Arroyo, eine im Büro des Logistikoffiziers Matt Stoll arbeitende, erfahrene Computerspezialistin, verfolgte alles – vom Zahlungsverkehr per Kreditkarte bis hin zu den Telefonrechnungen. Dafür gab es zwei Gründe. Zunächst musste das Op-Center im Notfall jederzeit Kontakt zu den nicht fest an die Organisation gebundenen Agenten aufnehmen können. Verdeckt arbeitende Ermittler hängten ihren Job häufig frühzeitig an den Nagel und verschwanden dann von der Bildfläche. Sie wechselten ihre Wohnsitze, und manchmal lebten sie auch unter einem anderen Namen. Doch selbst wenn sich die Nummern der Kreditkarten geändert hatten, gab es immer noch unveränderte Einkaufsgewohnheiten und dieselben Bekannten, mit denen Telefongespräche geführt wurden. Diese Verhaltensmuster waren einfach zu entdecken und konnten den neuen Kreditkarten- oder Telefonnummern zugeordnet werden.

Der zweite Grund für die Überwachung früherer Partner bestand darin, dass man sich beim Op-Center vergewissern wollte, ob sie mittlerweile mit potenziellen Gegnern kooperierten. Besonders beachtet wurde es, wenn sie auf dem Handy angerufen wurden. Patricia hatte eine spezielle Software entwickelt, dank derer man sofort feststellen konnte, ob diese Anrufe von bekannten Telefonen von Botschaftsmitarbeitern getätigt worden waren. Beinahe vierzig Prozent aller Mitarbeiter diplomatischer Dienste beschafften nachrichtendienstlich relevante Informationen. Die Überprüfung von Steuerunterlagen und Bankkonten sollte den Vergleich von Geldbeträgen ermöglichen. Auch über Familienmitglieder wurden Informationen gesammelt. Wann immer möglich, wurden Passwords geknackt und E-Mails gelesen.

Selbst erfahrene Agenten mit guten Absichten konnten ausgetrickst, verführt, bestochen oder erpresst werden.

Rodgers hatte keinerlei Probleme, sich über Maria Corneja, David Battat und Aideen Marley zu informieren.

Die achtunddreißigjährige Maria Corneja, eine spanische Interpol-Beamtin, hatte kürzlich Darrell McCaskey geheiratet, den Verbindungsmann des Op-Centers zu verschiedenen inländischen und ausländischen Geheimdiensten. Während Maria in Madrid alles regelte, war McCaskey bereits nach Washington zurückgekehrt; in einer Woche würde seine Frau hier zu ihm stoßen.

Der dreiundvierzigjährige David Battat war früher Chef einer New Yorker CIA-Außenstelle gewesen und dann, nachdem er das Op-Center dabei unterstützt hatte, einen Terroristen in Aserbaidschan an einem Sabotageakt gegen die Ölindustrie zu hindern, nach Manhattan zurückgekehrt.

Die vierunddreißigjährige Aideen Marley lebte noch in Washington. Vor zwei Jahren hatte es die frühere Mitarbeiterin des Foreign Service gemeinsam mit Maria Corneja geschafft, in Spanien den Ausbruch eines Bürgerkriegs zu verhindern. Jetzt arbeitete sie als politische Beraterin für das Op-Center und das Außenministerium.

Die anderen Kandidaten für das neue Team lebten in verschiedenen Teilen der Welt. Der achtundzwanzigjährige Falah Shibli arbeitete immer noch als Polizist in der im nördlichen Israel gelegenen Stadt Kiryat Shmona. Sieben Jahre lang hatte er in Israels Elite-Aufklärungseinheit Sayeret Ha'Druzim gedient; der im Libanon geborene Israeli hatte das Op-Center bei seiner Operation im Bekaa-Tal unterstützt.

Harry Moore lebte abwechselnd in London und Tokio. Der Neunundvierzigjährige war ein ehemaliger FBI-Beamter, den McCaskey in der Frühzeit des Op-Centers angeheuert hatte, um beim Aufspüren und der Entschärfung einer Bombe zu helfen, die Terroristen an Bord des Space Shuttle *Atlantis* platziert hatten. Da er sich in professioneller Hinsicht nicht hinreichend respektiert fühlte, hatte er sich für eine frühzeitige Pensionierung entschieden. Jetzt arbeitete er freiberuflich als Berater für die Antiterroreinheit von Scotland Yard und für die nachrichtendienstliche Abteilung des japanischen Außenministeriums.

Der in New York lebende, neunundzwanzigjährige Zack Bemler hatte an der zur Princeton-Universität gehörenden Woodrow Wilson School of Public and International Affairs mit einer Arbeit über internationale Sicherheit promoviert, die mit der Note magna cum laude bewertet worden war. Obwohl der junge Mann von der CIA und vom FBI umworben worden war, arbeitete er jetzt für World Financial Consultants, eine international tätige Investmentfirma. Nachdem das Op-Center seinerzeit zu allem entschlossene Generäle daran gehindert hatte, die legitime russische Regierung zu stürzen, hatte Martha Mackall, die damalige Chefin des Büros für Politik und Wirtschaft, zu Bemler Kontakt aufgenommen, der zu Studentenzeiten mit Marthas jüngerer Schwester Christine zusammen gewesen war. Gemeinsam hatten Martha und Bemler dann die Bankkonten der Generäle in der Schweiz und auf den Cayman-Inseln geplündert. Die Summe von fünfundzwanzig Millionen Dollar wurde in die Zusammenarbeit zwischen Paul Hood und Sergej Orlows russischem Op-Center investiert.

Rodgers wusste, wie er die von ihm favorisierten Mitarbeiter kontaktieren konnte, und er hatte auch genug Geld, um sie für das Op-Center anzuheuern. Dennoch blieben etliche Fragen offen. Sollte er diese erfahrenen Profis mit frischem Personal zusammenarbeiten lassen und so alte Ideen mit neuen kombinieren? Würden die Betreffenden, wenn sie überhaupt zusagten, ernsthaft über eine ausschließliche Arbeit für das Op-Center nachdenken? Wo würden sie stationiert werden? War es möglich, nur mit freiberuflichen Agenten zu arbeiten? Und dann waren da noch die logistischen Probleme. Mit einem Truppentransporter der Army konnte die Einheit schwerlich fliegen, da diese Maschinen sowohl vom Boden aus als auch durch Satelliten routinemäßig beobachtet wurden. Schon bei der Landung auf einem Flugplatz würde man sie entdecken und verfolgen. Aber es wäre genauso wenig ratsam, alle in einer einzigen Linienmaschine fliegen zu lassen. Wenn einer identifiziert wurde, konnten vielleicht alle auffliegen.

Außerdem musste Rodgers sich darüber klar werden, wie er diese Einheit führen sollte. Verdeckt arbeitende

Agenten glichen eher Künstlern als Soldaten. Als kreative Individualisten mochten sie es gar nicht, in Gruppen oder nach Vorschrift Dienst leisten zu müssen.

Der General benötigte Informationen von Herbert, von dem er aber auch wissen wollte, wie er die Neuigkeit aufgenommen hatte. Nach seinem Treffen mit Hood hatte Rodgers nur noch an sein neues Team denken können. Erst ein paar Sunden später kam ihm der Gedanke, dass Herbert wahrscheinlich aufgebracht war, weil er sich übergangen fühlte. Als ehemaliger Spion konnte Herbert ein perfektes Pokerface aufsetzen. Vielleicht hatte er sich Rodgers gegenüber seine Enttäuschung nicht anmerken lassen wollen. Aber Herbert war auch ein Mannschaftsspieler, dem nichts daran lag, Rodgers' Enthusiasmus zu bremsen.

Unglücklicherweise war Herbert fast den ganzen Tag über sehr beschäftigt gewesen. Unterdessen vertrieb sich Rodgers mit Personalakten und anderen Aufgaben die Zeit. Dazu gehörte auch die Lektüre militärischer Berichte, die aus der ganzen Welt eingingen. Rodgers interessierte es, die Wege ehemaliger Verbündeter und potenzieller Feinde zu verfolgen. Wenn man es ständig mit Krisenmanagement zu tun hatte, wusste man nie, wann man eine Gruppe um Beistand bitten oder eine andere bekämpfen musste.

Um achtzehn Uhr trafen die Mitarbeiter der Nachtschicht ein, und deshalb hatte Rodgers jetzt Gelegenheit, sich weiter mit seinem neuen Team zu beschäftigen. Und mit dem Gedanken, wo man seine Einsatzbereitschaft möglicherweise testen konnte. Bis er konkrete Vorschläge machte, wollte er noch nicht mit einem der potenziell in Betracht kommenden Agenten reden.

Als Bob Herbert endlich zurückrief, war es bereits kurz nach zehn.

»Sie hatten Recht«, meldete sich Herbert.

»Immer schön, das zu hören, aber wovon reden Sie?«, erkundigte sich Rodgers.

»In Botswana stimmt was nicht.«

Rodgers kam es wie eine Ewigkeit vor, seit er Herbert heute Morgen die Zeitung in die Hand gedrückt hatte. Aber es war auch ein langer Tag gewesen.

Herbert unterrichtete den General über sein Treffen mit Edgar Kline. Zunächst hörte sich alles nach nur einem regional bedeutsamen Scharmützel an – bis der Name Albert Beaudins fiel, der in Geheimdienstkreisen ›Musketier‹ genant wurde.

»Was hat der denn damit zu tun?«, fragte Rodgers.

»Ich bin mir noch nicht mal sicher, ob er überhaupt was damit zu tun hat«, antwortete Herbert. »Aber es gibt eine Verbindung zwischen ihm und den Brush Vipers von vor über dreißig Jahren.«

Das beunruhigte Rodgers, aber es machte ihn auch neugierig. Beaudin war ein mächtiger Mann, über den man nie wirklich Bescheid gewusst hatte. Seit den frühen Sechzigerjahren stand er im Verdacht, ein weltweit aktives Netz von Waffenhändlern zu unterhalten, das Rebellen und Schurkenstaaten belieferte und in der Dritten Welt immer beide in einen Konflikt verstrickte Seiten. Beaudin hatte seine Leute in Zollbehörden, Polizeistationen, Schifffahrtbüros und Fabriken, und das ermöglichte es ihm, Waffenembargos zu umgehen. Er lieferte an mittel- und südamerikanische Rebellen, afrikanische Warlords und die Länder des Nahen Osten. Dass er in den Achtzigerjahren billige Waffen sowohl an den Iran als auch an den Irak verkauft hatte, war einer der Gründe dafür, dass sich der Krieg zwischen diesen beiden Ländern über acht Jahre lang hingezogen hatte. Während er bei den Waffenverkäufen gerade einmal keinen Verlust erwirtschaftete, verdiente er am Verkauf von Munition und Ersatzteilen Unsummen. Weil Rebellengruppen und kleinere Länder auf seine Waffen angewiesen waren, fanden sie sich nie bereit, den Vereinten Nationen, Interpol oder anderen international tätigen Organisationen dabei zu helfen, Beaudins Machenschaften aufzudecken. Da Beaudin großen Einfluss auf französische Politiker und Militärs hatte, waren diese ebenfalls nicht zur Kooperation bereit. Im Op-Center hatte man schon immer vermutet, dass Beaudin einer der Geldgeber der Neuen Jakobiner war, einer fremdenfeindlichen Terrororganisation, gegen die sie vor ein paar Jahren in Toulouse gekämpft hatten.

»Wenn Beaudin etwas mit der Sache zu tun hat, besteht die Möglichkeit, dass wir es nicht mit einem unbedeutenden Vorfall zu tun haben«, sagte Herbert.

»Und auch nicht mit einer Geschichte, die schnell bereinigt sein wird«, fügte Rodgers hinzu. »Wer auch immer hinter dieser Sache steckt, muss gewusst haben, dass der Vatikan hineingezogen wird.«

»Offensichtlich haben sie gerade darauf gezählt«, sagte Herbert. »Die Kirche wird ihre Positionen nicht räumen. Für den Fall, dass dies keine isolierte Aktion war, befürchtet Kline, dass vielleicht jemand eine Spaltung herbeizuführen sucht.«

»Zwischen wem?«

»Zwischen den Katholiken und den Anhängern von afrikanischen Naturreligionen. Wenn jemand Religionen gegeneinander aufstachelt, haben wir es mit einer brandgefährlichen Angelegenheit zu tun, die auch in der westlichen Welt Konsequenzen haben und den Waffenverkauf in ganz Afrika, dem Nahen Osten und in Zentralasien anheizen könnte ...«

»Womit sich für Beaudin ein wahrlich grenzenloser Markt für seine Produkte öffnen würde.«

»Genau. Natürlich nur, wenn wir annehmen, dass Beaudin tatsächlich in diese Geschichte verwickelt ist. Hinter der Entführung könnten auch andere international aktive Leute stehen, die wir bisher noch nicht in Betracht gezogen haben.«

»Mir scheint es auch noch etwas gewagt zu sein, von der Entführung Pater Bradburys gleich auf den Ausbruch eines regionalen Kriegs zu schließen«, gab Rodgers zu bedenken.

»Da haben Sie Recht.«

»Außerdem ist ein kurzer Konflikt für einen Mann wie Beaudin doch gar nicht lukrativ genug.«

»Alle Kriegssimulationen bezüglich dieser Region lassen verschiedene isolierte Brandherde erkennen, was sich aber durchaus zu einem Flächenbrand ausweiten könnte«, sagte Herbert. »Vielleicht können wir Muster einer möglichen Ausweitung erst erkennen, wenn eine der dortigen Regierungen versagt. Ein religiös motivierter Krieg in Botswana könnte der Auslöser für verschiedene Aufstände der Armen sein.«

»Die Simulationen zeigen aber auch, dass die Großmächte gezwungen sein werden, diese Unruhen unter Kontrolle zu bringen«, bemerkte Rodgers. »Etwa so, wie wir es in Kaschmir getan haben. Zu viele Nationen verfügen über extrem gefährliche Waffen, und wir können es uns nicht leisten, dass diese auch eingesetzt werden.«

»Das Gute daran ist, dass Beaudin es sich auch nicht leisten kann, falls er in die Geschichte involviert sein sollte«, sagte Herbert. »Mit seinen Waffen kann er dann keinen Profit mehr machen. Deshalb müssen wir in Erfahrung bringen, ob uns noch wichtige Teile des Puzzles fehlen.«

»Was hat Kline denn vor?«, fragte Rodgers.

»Ich habe noch mal mit ihm telefoniert und ihm gesagt, dass es keinen Sinn macht, auf die Mitarbeit der Franzosen zu rechnen, wenn es um die Überprüfung von Beaudins Aktivitäten geht«, sagte Herbert. »Die haben mich schon damals hängen lassen, als ich ihn mit diesen Verrückten in Toulouse in Verbindung zu bringen versucht habe.«

»Vielleicht findet die Kirche ein paar mehr Verbündete als wir«, bemerkte Rodgers. »Wenn ich mich nicht irre, sind ungefähr neunzig Prozent der Franzosen Katholiken.«

»Stimmt, aber sie sind auch überzeugte Nationalisten«, erwiderte Herbert. »Kline will nicht durchblicken lassen, dass ein Franzose etwas mit der Entführung eines katholischen Priesters zu tun haben könnte.«

»Selbst wenn es so wäre.«

»Sollte Beaudin etwas mit der Geschichte zu tun haben, werden wir es auf andere Weise herausfinden müssen. Wenn das durchsickert und wir falsch liegen, hat der Vatikan fünfundvierzig Millionen sehr unglückliche Schäfchen.«

Während Herbert sprach, gab Rodgers in Patricia Arroyos Datenbank den Namen ›Ballon, Colonel Bernard Benjamin‹ ein. Colonel Ballon, etwa Mitte vierzig und ein erfahrener, abgebrühter Offizier, gehörte zur französischen Groupe d'Intervention de la Gendarmerie Nationale, die rassistisch motivierte Verbrechen verfolgte und mit dem Op-Center zusammengearbeitet hatte, um die Neuen Jakobiner von Morden an algerischen und marokkanischen Einwanderern abzuhalten. Wenn Ballon ihnen half, ließ sich vielleicht vermeiden, dass die Geschichte im nationalbewussten Frankreich zu einem brisanten Thema wurde.

»Mein Gefühl sagt mir, dass wir versuchen müssen, auf irgendeine andere Weise an Beaudin heranzukommen«, fuhr Herbert fort. »Wir – oder der Sicherheitsdienst des Vatikans – sollten so schnell wie möglich jemanden dort hinunterschicken. Während wir diese religiöse Gruppe aus der Nähe beobachten, können wir gleichzeitig darauf achten, ob sich irgendwelche Hinweise dafür ergeben, dass Beaudin in die Sache verstrickt ist.«

»Glauben Sie, dass Paul mit diesem Vorschlag einverstanden sein wird?«, fragte Rodgers. »Damit meine ich weniger die Idee an sich, als vielmehr das schnelle Vorgehen, das Sie offensichtlich favorisieren.«

»Ich denke schon«, antwortete Herbert. »Wenn er auch nicht aus humanitären Gründen zustimmt, dann doch, weil er schlicht und einfach Informationen braucht. Noch beschäftigt sich niemand sonst mit dieser Angelegenheit, und wir haben es mit einer potenziell explosiven Situation zu tun.«

»Vielleicht ist ihm die Sache aber doch zu heiß«, gab Rodgers zu bedenken. »Besonders jetzt, wo wir den Ärger mit Senatorin Fox und dem Kongressausschuss haben.«

»Vielleicht bleibt uns gar keine andere Wahl. Die Ereignisse nehmen ihren Lauf, und man hat uns um Hilfe gebeten. Gut möglich, dass der Vatikan kein Interesse daran hat, dass die CIA oder der Nationale Sicherheitsrat in die Geschichte hineingezogen werden. Unsere Regierung mag keine Kriege, die etwas mit Religion oder Minderheitenproblemen zu tun haben. Paul wird sich für ein Ja oder ein Nein entscheiden müssen.«

Angesichts dieser Alternative war Rodgers klar, wie ›Papst Pauls‹ Antwort ausfallen würde. Am liebsten war er immer einen Schritt schneller als die Politiker. Doch Rodgers war schon viel zu lange in diesem Geschäft, als dass ihm nicht klar gewesen wäre, dass selbst eine erfolgreiche Operation Schaden anrichten konnte. Anstatt zu beweisen, wie unverzichtbar das Op-Center war, konnte alles auch darauf hinauslaufen, dass sie es sich mit allen anderen nachrichtendienstlichen Organisationen verscherzten, die keinen direkten Draht zum Vatikan hatten.

Vielleicht ärgerte sich die Konkurrenz auch darüber, dass ihnen selbst die Bedeutung des Artikels in der *Washington Post* entgangen war. Oder man gönnte dem Op-Center keinerlei Erfolge.

»Wenn wir uns mit dieser Entführung beschäftigen«, fuhr Herbert fort, »ergibt sich dadurch für Sie zumindest die Chance, ihr neues Team im Einsatz vor Ort zu testen.«

»Stimmt«, antwortete Rodgers. »Bob, ich wollte sowieso mit Ihnen über dieses neue Team ...«

»Da gibt's nichts zu reden«, unterbrach Herbert.

»Ich denke schon. Paul hat heute Morgen die Idee eines HUMINT-Teams ins Spiel gebracht, und ich war sofort Feuer und Flamme.«

»Genau das wird von Ihnen auch erwartet.«

»Ja, aber über Leichen gehen wollte ich dabei eigentlich nicht.«

Herbert lächelte. »Ich habe weder die Zeit noch die Erfahrung oder das Temperament, vor Ort eine solche Truppe zu führen«, sagte der Leiter der Aufklärungsabteilung. »Außerdem dürfte das im Rollstuhl etwas schwierig sein. Dagegen bringen Sie alle Voraussetzungen mit. Wir haben Wichtigeres zu tun, als uns um Rivalitäten zu kümmern. Außerdem sind wir doch gute Freunde.«

Rodgers wollte nicht glauben, dass Herbert das alles so gleichgültig hinnahm, wie es den Anschein hatte, aber er dankte ihm trotzdem.

Als Herbert gerade bei Hood anrufen wollte, um ihn auf den letzten Stand zu bringen, wurde auf dem Bildschirm die Datei über Colonel Ballon geöffnet.

»Warten Sie noch einen Augenblick«, sagte Rodgers. »Ich bekomme gerade die Unterlagen über einen Mann eingeblendet, der uns vielleicht helfen könnte.«

»Wen meinen Sie?«

»Colonel Ballon.«

»Gute Idee. Er ist ein harter Bursche.«

»Deshalb wollte ich ja auch zu ihm Kontakt aufnehmen. Unglücklicherweise haben wir seine Spur verloren.«

»Wollen Sie damit sagen, dass Patricia nicht weiß, wo er ist?«, fragte Herber.

»Nein«, antwortete Rodgers, der die Datei bekümmert studierte. »Ich meine damit, dass Ballon spurlos verschwunden ist. In den Unterlagen der Groupe d'Intervention de la Gendarmerie Nationale steht, dass er vor fast zwei Jahren irgendwann nicht mehr zur Arbeit erschienen ist. Seitdem fehlt jede Spur von ihm.«

»Vielleicht arbeitet er als Undercover-Agent.«

»Möglicherweise.«

Denkbar war allerdings auch, dass Colonel Ballon einem persönlichen Feind über den Weg gelaufen war, weil er kurz nach der Auseinandersetzung mit den Neuen Jakobinern von der Bildfläche verschwunden war. Allerdings schien Rodgers dieser Zusammenhang im Moment noch etwas weit hergeholt zu sein. Dennoch konnte man die Möglichkeit nicht ignorieren.

»Ich werde Darrell bitten, die Sache zu überprüfen«, sagte Rodgers, der schon eine E-Mail an den ehemaligen FBI-Beamten zu tippen begann. »Vielleicht kann er sich durch eine unserer europäischen Kontaktpersonen auf den neuesten Stand bringen lassen.«

Herbert telefonierte mit Hood und versicherte dann abschließend, er werde Rodgers wissen lassen, wie der Direktor des Op-Centers über die Angelegenheit denke. Dann legte der Leiter der Aufklärungsabteilung den Hörer auf.

Unterdessen wandte sich Rodgers wieder der Liste mit seinen potenziellen Agenten zu. Er glaubte nicht, dass Hood das Op-Center aus dieser Sache heraushalten würde. Bitten des Vatikans schmetterte man nicht einfach so ab, nicht einmal inoffizielle. Und das hieß, dass Rodgers vielleicht schneller als erwartet ein Team vor Ort haben musste.

Plötzlich erinnerte er sich an den Augenblick, als er erfahren hatte, dass er sein noch unerfahrenes Strikers-Team in den Einsatz schicken musste, um den Anschlag auf das Space Shuttle *Atlantis* zu verhindern. Seinerzeit hatte der General an demselben Schreibtisch gesessen wie jetzt, und Hoods Anruf war ungefähr um dieselbe Uhrzeit gekommen.

»Können Sie und Ihre Leute um 23 Uhr einsatzbereit sein?«

»Kein Problem«, hatte Rodgers damals geantwortet, und die Strikers hatten sich in dieser Nacht vorbildlich verhalten.

So wie sie immer vorbildlich agiert hatten.

Rodgers' Augen wurden feucht, doch diesmal lag es nicht an seiner Trauer, sondern daran, dass er stolz auf seine Truppe war. Zum ersten Mal seit Wochen lächelte er. Dann wandte er sich wieder seinen Dateien und seiner neuen Aufgabe zu.

13

Okavangobecken, Botswana – Mittwoch, 5 Uhr 58

Die ersten paar Stunden lang hatte Pater Bradbury noch der Versuchung widerstanden, die feuchte Innenseite der Kapuze abzulecken.

Während der Reise zu der kleinen Insel hatten sich die Haare, die Kapuze und die Kleidungsstücke des Priesters mit dreckigem Sumpfwasser voll gesogen. Da nachts die Temperatur fiel, trennte sich das Wasser von der dickflüssigeren Masse. Die zurückbleibende Paste wurde hart, und das Wasser tröpfelte an der Innenseite der Kapuze hinunter.

Zunächst weigerte sich der Priester, seinem Verlangen nachzugeben, doch da ihn Durst und Erschöpfung weiter schwächten, wurde ihm schwindelig. Jetzt war es schwierig, sich weiter auf das Gebet zu konzentrieren, da der Geistliche fast nur noch an seine schmerzenden Beine und an seinen Durst denken konnte. Bald war jedes vernünftige Nachdenken unmöglich – und Pater Bradbury saugte den Stoff der Kapuze in seinen Mund. Er biss darauf, um die Flüssigkeit herauszupressen, die ranzig und säuerlich schmeckte. Wahrscheinlich war es zum größten Teil sein eigener Schweiß. Gegen seinen Durst konnte er so nichts ausrichten, und dennoch war sein Körper glücklich, überhaupt etwas Flüssigkeit hinunterschlucken zu können.

Wahrscheinlich standen Mühe und Energieaufwand in keinem vernünftigen Verhältnis zum Resultat, doch jetzt konnte Pater Bradbury allmählich die Verzweiflung von Schiffbrüchigen verstehen, die Salzwasser tranken. Das war zwar eher schädlich, aber der nach Flüssigkeit lechzende Körper ließ einem keine andere Wahl. Der Überlebenstrieb paralysierte jegliche Vernunft.

Da Pater Bradbury sich in seiner engen Zelle nicht setzen konnte, lehnte er die ganze Nacht an der Wand der Wellblechhütte, gegen die er manchmal die Wange und manchmal die Stirn presste. Seine müden Augen brannten, und er hielt sie geschlossen. Er versuchte sich vorzustellen, irgendwo anders zu sein. Die Schmerzen in seinen Beinen erinnerten ihn daran, dass er nicht sehr oft zu Fuß gegangen war. In der weitläufigen Flussniederung musste man praktisch immer fahren. Falls es eine Rückkehr gab, würde er das ändern. Vielleicht würde er dann den Motorroller, mit dem er zum Einkaufen nach Maun fuhr, gegen ein Fahrrad eintauschen. Er dachte an die ökumenische Kirche in Maun und daran, wie schön es wäre, jetzt mit den Priestern, die dort Gottesdienste abhielten, über die Bibel, den Glauben und das Dogma zu diskutieren.

Einen Augenblick lang lächelte der Priester, doch dann begann er zu schluchzen. Er sehnte sich nach seiner Gemeinde. Als er sein bisheriges Leben Revue passieren ließ, war er nicht sicher, ob er alles in seiner Macht Stehende getan hatte, um seine Treue zu Gott unter Beweis zu stellen. Soweit er sich erinnern konnte, war er keinem Risiko aus dem Weg gegangen, und er hatte auch nie an seinem Glauben gezweifelt. Aber reichte das? Hätte er noch mehr tun können?

Auch auf die Frage, ob er die Missionsdiakone jetzt fortschicken sollte, wusste Pater Bradbury keine Antwort. Musste er dafür Sorge tragen, dass Gottes Wort weiter verbreitet wurde, oder musste er diejenigen schützen, deren Aufgabe es war, das zu tun?

Er beschloss, dass dies nicht der richtige Zeitpunkt war, um über die eigene Unzulänglichkeit nachzudenken. Das würde ihm den Rest an Stärke und Entschlossenheit rauben, der ihm noch geblieben war, und offensichtlich hatte man ihn gerade deshalb hier eingesperrt. Sie wollten unbedingt, dass er die Diakone anrief.

Hin und wieder versuchte der Priester, seine Hände frei zu bekommen, aber da diese auf seinem Rücken gefesselt waren, hatte er nicht viel Spielraum, um sie in die eine oder andere Richtung zu bewegen. Als der Strick die Haut an seinen Handgelenken wund zu scheuern begann, gab er es auf, um erneut ein stummes Gebet zu sprechen. Die Wellblechhütte war so eng, dass er nicht einmal zu Boden sinken konnte. An Schlaf war da nicht zu denken. Mit ärgerlicher Regelmäßigkeit tröpfelte in

Rinnsalen Schweiß an seinem Körper hinab. Nach mehreren Stunden – zumindest schien es ihm so – begannen ihn Krämpfe in den Beinen zu quälen. Dazu kam der Mangel an Sauerstoff, der jede Entspannung unmöglich machte.

Auch sein Verstand ermüdete zusehends, und die Angst kehrte zurück. Ohne etwas dagegen tun zu können, musste er immer wieder an kühles Wasser, Essen, Früchte und Schlaf denken. Je mehr er darüber nachdachte, desto mehr vermisste er das alles. Und selbst wenn er es schaffte, wieder zu beten, lenkte ihn das immer weniger von den anderen Gedanken ab.

Als man ihn am Morgen holte, fühlte Pater Bradbury sich völlig benommen. Es kam ihm vor, als hätte man ihm Watte in die Ohren, die Wangen und unter die Augenlider gesteckt. Außerdem mussten seine Peiniger ihn von der Wand losreißen. Der an der Kapuze und an seinen Kleidungsstücken hängende Schlamm aus dem Sumpf war etwas getrocknet, so dass der Priester förmlich an der Wellblechhütte klebte. Während man ihn nach draußen brachte, versuchte er, sich auf den Beinen zu halten, aber seine Kniegelenke fühlten sich an, als hätte jemand Nägel hineingehämmert. Nur unter immensen Schmerzen vermochten seine Beine kurzzeitig sein Gewicht zu tragen, dann gaben sie nach. Doch Pater Bradbury fiel nicht, da er an der Taille und den Oberarmen fest gehalten wurde. Willenlos seinen Entführern ausgeliefert, musste er sich dorthin bringen lassen, wo sie ihn haben wollten. Das bisschen Sonnenlicht und frische Luft, die durch den Stoff der Kapuze drangen, waren eine einzige Verlockung. Wirklich tief einatmen konnte er durch die Kapuze allerdings nicht.

Erneut wurde Pater Bradbury in irgendeine Behausung geschleppt, vielleicht in dieselbe wie am Vortag. Es gab keine Möglichkeit, das herauszufinden. Man erlaubte ihm nicht, sich zu setzen, die Männer hielten ihn weiterhin fest. Einer packte seine gefesselten Hände und riss sie nach oben. Sofort spürte er ein heftiges Ziehen im oberen Teil seines Rückens. Ein Artikel über die Foltermethoden der Inquisition, den er einmal gelesen hatte, fiel ihm ein. Das Opfer wurde gefesselt, so wie er jetzt, dann an einem Strick in die Höhe gezogen und wieder fallen gelassen. Allerdings nur den halben Weg. Der brutale Ruck kugelte dem Gefolterten die Schultergelenke aus.

Obwohl es warm war und Pater Bradbury bereits wieder schwitzte, begann er zu zittern.

Der Gedanke an Folter war beängstigend, doch der, dass man ihn wegen seines Glaubens foltern würde, war noch beängstigender. Die Glaubensgewissheit eines Märtyrers ging ihm ab.

»Bringt ihn näher zu mir«, sagte jemand vor dem Priester. Das war die sanfte Stimme des Mannes, mit dem er am Abend zuvor gesprochen hatte. Jetzt klang sie noch sanfter. Der Priester fragte sich, ob es die Stimme eines Mannes war, der ebenfalls gerade ein Morgengebet verrichtet hatte.

Als Pater Bradbury nach vorn geschubst wurde, musste er wieder mühsam versuchen, sich auf den Beinen zu halten. Wenn er seinem Inquisitor gegenüberstand, wollte er es wenigstens in aufrechter Haltung tun. Es gelang ihm nicht. Er schwitzte so stark, dass der Stoff der Kapuze den Schweiß gar nicht so schnell aufsaugen konnte. Er hoffte, dass sie ihm zumindest die Kapuze abnehmen würden.

»Haben Sie Ihre Meinung geändert?«, fragte die Stimme.

Ohne nachzudenken, antwortete Pater Bradbury gleichsam aus dem Bauch. »Nein«, flüsterte er heiser.

Der Priester hörte, wie jemand von vorn auf ihn zukam, aber er wusste nicht, ob er mit Worten oder mit Schlägen rechnen musste. Erneut betete er still, dass Gott ihm Kraft schenken möge.

»Entspannen Sie sich«, sagte die sanfte Stimme. »Heute werde ich Sie nicht auspeitschen lassen. Es muss ein Gleichgewicht zwischen Zorn und Gnade geben, da sonst beide bedeutungslos sind.«

»Danke«, sagte der Priester.

»Außerdem weigern sich manche Menschen, Dinge zu tun, zu denen sie *gezwungen* werden«, fuhr die Stimme fort. »Selbst wenn es sich um Dinge handeln sollte, die sie bei anderer Gelegenheit gern tun würden.«

Jetzt befand sich der Sprecher direkt vor Pater Bradbury. Heute klang seine Stimme noch besänftigender und angenehmer als am Vorabend. Außerdem schien es die Stimme eines noch jungen Mannes zu sein, in der Pater Bradbury nun zum ersten Mal einen Anflug von Unschuld wahrzunehmen glaubte.

»Ich würde niemals Missionare zurückrufen, die Gottes Werk verrichten«, keuchte der Priester heiser.

»Niemals?«

Pater Bradbury war zu müde und zu verwirrt, um sich zu erinnern. Hatte er jemals so etwas getan? Er glaubte es nicht. Würde er es jemals tun? Er konnte die Frage nicht beantworten.

»Ich bin sicher, dass Sie Ihre Diakone vor einem bevorstehenden Hochwasser oder einem aufziehenden Wirbelsturm warnen würden«, fuhr der Mann fort.

»Ja«, stimmte Pater Bradbury zu. »Aber so würden sie anderen Menschen helfen und nicht sich selbst retten.«

»Aber Sie würden nicht wollen, dass sie bleiben und ums Leben kommen.«

»Nein.«

»Sie würden Ihre Missionare zur Flucht auffordern, wenn es um deren Leben ginge. Nun, ihre Leute schweben tatsächlich in Gefahr. Die Götter wollen, dass dieses Land wieder ihnen gehört und dass ihre Untertanen keine fremden Gotteshäuser mehr aufsuchen. Und ich werde den Göttern ihren Wunsch erfüllen.«

»Und was ist mit den Wünschen meiner Leute?«, fragte Pater Bradbury.

»Sie nehmen ihnen doch die Beichte ab und wissen, was sie wünschen. Sie wünschen zu sündigen. Sie wünschen sich ein bequemes Leben. Den Vorboten der Götter ist es aufgetragen, ihnen einen besseren Weg zu weisen.«

»Nicht jeder ist daran interessiert.«

»Das können Sie nicht wissen.«

»Ich kenne meine Gemeinde ...«

»Aber nicht meine«, antwortete der Mann rasch. »Sie müssen nur entscheiden, ob Sie und Ihre Missionare überleben und anderswo weiterpredigen wollen. Lassen Sie sich bei Ihrem Handeln nicht von Ihrem Stolz, sondern von Weisheit leiten. Aber tun Sie es schnell.«

Pater Bradbury konnte nicht anders, als an Vers 18 aus dem 16. Kapitel der Sprüche Salomos zu denken: ›Wer zu Grunde gehen soll, der wird zuvor stolz; und Hochmut kommt vor dem Fall.‹

Vielleicht war es sogar die Absicht des Mannes, ihn an diese Worte zu erinnern, damit er an sich selbst zu zweifeln begann. Seit er entführt worden war, wurde er zunehmend verwirrter. Doch auch wenn ihm das bewusst war, machte es die Methoden seiner Gegner nicht weniger effektiv, und es änderte auch nichts daran, dass der Mann die Wahrheit sagte. Pater Bradbury hatte kein Recht, jemanden in Gefahr zu bringen. Und was war mit seiner eigenen Seele, von seinem Leben ganz zu schweigen? Er stellte sich dieselbe Frage wie in der letzten Nacht: Wie würde Gott über einen Mann denken, der wusste, dass andere in Gefahr waren, aber nichts tat, um sie zu retten? Jetzt schien sich die Antwort klarer abzuzeichnen. Vielleicht hatte seine Widerstandskraft abgenommen. Aber man verlangte ja nicht von ihm, dass er seinem Glauben abschwor, sonder nur, dass er Leben rettete.

Plötzlich überkam den Priester ein Gefühl der Wut. Wer waren diese Leute eigentlich, dass sie verlangten, er und die anderen Geistlichen sollten ihre Wahlheimat verlassen? Wer waren sie, dass sie forderten, das Wort Gottes des Allmächtigen solle verstummen? Doch die Entrüstung ließ schnell nach, als er sich die Frage stellte, ob er das Recht hatte, diese Entscheidung für die Missionare oder für Gott zu fällen.

Er benötigte Zeit, doch er hatte keine. Wie sehnte er sich danach, die Kapuze abnehmen, ein Glas Wasser trinken und frische Luft atmen zu dürfen! Er wollte sich setzen, sich hinlegen, schlafen. Er wollte alles in Ruhe durchdenken können und fragte sich, ob er darum bitten sollte, dass man ihm seine Wünsche erfüllte.

»Ich kann nicht mehr klar denken«, murmelte er.

»Ihr Denken ist auch nicht gefragt«, antwortete der Mann kalt. »Rufen Sie an, dann können Sie etwas essen und schlafen. Wenn Sie sich erholt haben, werden Sie begreifen, dass Sie eine kluge Entscheidung gefällt haben. Sie werden Leben retten.«

»Meine Aufgabe ist es, *Seelen* zu retten.«

»Dann leben Sie weiter, und retten Sie Ihre Seelen – aber in einem anderen Land.«

Selbst wenn Pater Bradbury noch Kampfesmut gehabt hätte, wäre er sich nicht mehr ganz sicher gewesen, wofür er überhaupt kämpfte – oder wogegen. Oder ob er für die richtige Sache kämpfte. Alles war so verwirrend. Er brauchte einen klareren Kopf und Zeit. Und da gab es nur einen Weg.

»In Ordnung«, sagte er. »Ich werde tun, was Sie verlangen.«

Der Priester fühlte Finger an seinem Hals und wartete

ungeduldig darauf, dass ihm die Kapuze abgenommen wurde. Aber sie wurde nur ein Stück weit nach oben geschoben, bis zur Oberlippe und an der rechten Seite bis über sein Ohr. Die kühle Luft wirkte wie ein Geschenk des Himmels. Er wurde ein Stück nach vorn geschoben und dann sanft auf die Knie hinabgelassen. Pater Bradbury wusste diesen kleinen Akt der Güte zu schätzen. Man flößte ihm einen kleinen Schluck warmes Wasser aus einer Feldflasche ein, und auch das kam ihm wie ein Geschenk Gottes vor.

»Zuerst rufen Sie Diakon Jones an«, sagte ein anderer Mann. Pater Bradbury erkannte die schroffe Stimme des Mannes, der ihn in der vergangenen Nacht in die Wellblechhütte gebracht hatte.

Während jemand die Nummer wählte, wurde der Priester an den Schultern fest gehalten. Er erinnerte sich daran, dass am Abend zuvor von einem Telefon mit Freisprechanlage die Rede gewesen war.

Er wurde instruiert, den Diakonen am anderen Ende mitzuteilen, man kümmere sich gut um ihn. Dann sollte er den Geistlichen die Anweisungen geben und jedem Missionar versichern, man werde sich bald in der Diözese in Kapstadt wiedersehen. Darüber hinaus durfte er kein Wort sagen.

Als Diakon Jones den Hörer abnahm, war der junge Mann erfreut und erleichtert, von Pater Bradbury zu hören. Mit so klarer und fester Stimme wie eben möglich wies dieser den Missionar an, sofort aus seiner Gemeinde zur Kirche zurückzukehren, seine Sachen zu packen und nach Kapstadt zu fahren.

»Was ist denn los?«, fragte Diakon Jones.

»Das werde ich Ihnen erklären, wenn wir uns sehen«, antwortete der Priester. Jemand drückte seine Schulter, als wollte er ihm zu verstehen geben, dass er seine Sache gut gemacht hatte.

»Ganz wie Sie wünschen«, antwortete Diakon Jones.

Noch nie hatte der Missionar Pater Bradburys Anweisungen in Zweifel gezogen. Auch Diakon March tat das nicht. Genauso wenig wie einer der anderen Diakone, die anschließend angerufen wurden.

Als Pater Bradbury die Telefonate hinter sich gebracht hatte, führte man ihm zu einem Korbsessel. Seine Beine waren steif, sein unterer Rücken verspannt. Er konnte kaum sitzen und fuhr wieder hoch, als die Stuhlkante seine Kniekehlen an der Stelle berührte, wo ihn am Vortag die Peitsche getroffen hatte. Er wartete darauf, dass man ihm die Kapuze abnahm und seine Fesseln löste. Stattdessen wurde ein weiterer Korbsessel neben seinen geschoben.

»Man wird Ihnen jetzt etwas zu trinken und zu essen geben«, sagte der Mann, der die meiste Zeit mit ihm geredet hatte. »Dann dürfen Sie schlafen.«

»Einen Augenblick!«, rief der Priester. »Sie haben mir versprochen, mich freizulassen ...«

»Sie werden freigelassen, wenn Sie Ihre Aufgabe erledigt haben.«

»Aber ich habe getan, was Sie von mir verlangt haben!«, protestierte der Geistliche.

»Zumindest fürs Erste. Wir werden noch mehr von Ihnen verlangen.«

Pater Bradbury hörte, wie eine Tür zufiel. Er wollte schreien, aber mittlerweile fehlten ihm Kraft und Energie. Er fühlte sich betrogen, kam sich wie ein Narr vor.

Wieder wurde eine Feldflasche gegen seine Lippen gepresst.

»Trinken Sie, bevor ich's tue«, sagte der Mann mit der barschen Stimme neben ihm. »Ich hab noch was anderes zu tun.«

Pater Bradbury schloss seine Lippen um das warme Blech und trank so langsam, wie es einem durstigen

Mann möglich ist. Dann fütterte man ihn mit Bananen-, Papaya- und Melonenstückchen.

Als er wieder etwas zu Kräften gekommen war, konnte er auch wieder klar denken. Während er die Ereignisse dieses Morgens Revue passieren ließ, begann er sich unbehaglich zu fühlen, weil er begriff, dass er womöglich den größten Fehler seines Lebens gemacht hatte.

Vielleicht hatte man ihn benutzt, um eine Flutwelle auszulösen, die über ganz Botswana hinwegschwappen würde.

14

Washington, D. C. – Mittwoch, 6 Uhr 00

Als Bob Herbert anrief, rasierte Paul Hood sich gerade. Der Leiter der Aufklärungsabteilung war bereits im Op-Center. Nur ein paar Stunden zuvor hatten sie über Edgar Kline gesprochen, und Hood hatte Herbert die Anweisung gegeben, den Vertreter des Vatikans in jeder Hinsicht zu unterstützen.

»Habe ich Sie gestört?«, fragte Herbert.

»War nur gerade beim Rasieren«, antwortete Hood, der die Prozedur fast hinter sich gebracht hatte. »Was gibt's denn?«

Der Direktor des Op-Centers zog das Handtuch von seinen nackten Schultern und wischte sich Wangen und Kinn ab. Plötzlich musste er an die Zeit zurückdenken, als sein junger Sohn Alexander ihm beim Rasieren zugesehen hatte, und diese Erinnerung stimmte ihn traurig. Wenn Alexander so alt war, dass er sich selbst rasieren musste, würde er nicht dabei sein. Wie zum Teufel hatte es mit seiner Ehe nur so weit kommen können?

Eine Stimme mit leichtem Südstaaten-Akzent katapultierte Hood in die Gegenwart zurück.

»Gerade hat Edgar Kline angerufen«, sagte Herbert. »Powys Bradbury hat fleißig telefoniert.«

»Dieser Priester?«, fragte Hood.

»Genau. Pater Bradbury.«

»Ist er in Ordnung?«

»Sie wissen es nicht«, sagte Herbert. »Er hat jeden seiner Missionsdiakone angerufen, seine Geistlichen vor Ort, und sie aufgefordert, ihre Sachen zu packen und in die Diözese nach Kapstadt zurückzukehren.«

»Sind sie sicher, dass der Anrufer wirklich Bradbury war?«, fragte Hood.

»Ja. Einer der Diakone fragte ihn nach einer Unterhaltung, die sie vor ein paar Wochen geführt hatten. Der Anrufer wusste, wovon er sprach.«

»Hat Bradbury einen Grund dafür angegeben, warum er seine Diakone zurückbeordert hat?«

»Nein«, antwortete Herbert. »Er hat lediglich gesagt, dass es ihm gut gehe und dass man sich bald in Kapstadt treffen werde. Kein Wort über seinen Aufenthaltsort oder darüber, wie es weitergehen wird. Kline hat eine Liste der Anrufe an die Funktelefone der Missionare.«

»Und weiter?«

»Nichts. Den Anrufen konnte keine Nummer zugeordnet werden. Matt Stoll zufolge hat sich wahrscheinlich ein Hacker in den örtlichen Computer eingeloggt, um die Nummer sofort wieder zu löschen. Oder der Anrufer hat dafür gesorgt, dass man das Telefonat nicht zurückverfolgen konnte. So wie bei unseren TAC-SATs.«

»Das bedeutet entweder, dass diese Leute technisch versiert sind oder dass ihnen jemand hilft«, sagte Hood.

»Stimmt genau«, antwortete Herbert. »Bevor wir weitere Schritte einleiten können, müssen wir erst einmal warten, bis dieser Dhamballa wieder auftaucht. In der

Zwischenzeit habe ich zweierlei vor. Zunächst sollten wir Leute nach Botswana schicken. Ohne Informationsbeschaffung vor Ort wird's nicht gehen. Und zweitens würde ich mich gern etwas genauer mit den Hintergründen von Beaudins letztem großem Coup beschäftigen – nur für den Fall, dass er tatsächlich involviert ist.«

»Und wie wollen Sie das machen?«

»Alle Revolutionen haben eines gemeinsam.«

»Man braucht Waffen und Geld«, sagte Hood.

»Genau«, stimmte der Leiter der Aufklärungsabteilung zu. »Deshalb müssen wir herausfinden, ob eines von Beaudins Unternehmen Geld nach Botswana transferiert.«

»Ganz meine Meinung.« Einen Augenblick lang dachte der Direktor des Op-Centers nach. »Es gibt da eine ehemalige Kollegin von der Wall Street, die uns vielleicht weiterhelfen könnte«, fuhr Hood fort. »Ich werde sie gleich anrufen.«

»Mir war klar, dass uns die Jahre noch einmal zugute kommen würden, die Sie in der aufregenden Welt des großen Geldes verbracht haben«, witzelte Herbert.

»Meinem Aktiendepot hat's nichts genutzt«, antwortete Hood, während er in sein Schlafzimmer ging. Er blickte auf die Uhr. Als Emmy Feroche noch mit Hood für Silber Sacks gearbeitet hatte, war sie immer schon um vier Uhr morgens ins Büro gekommen, um sich über die Börsenstände in Tokio und Hongkong zu informieren. Mittlerweile arbeitete sie als Expertin für Wirtschaftskriminalität beim FBI. Zwar hatte Hood seit einem Jahr nicht mehr mit ihr gesprochen, aber trotzdem hätte er darauf gewettet, dass sie immer noch eine Frühaufsteherin war.

»Tun Sie mir einen Gefallen?«, fragte er Herbert.

»Sicher.«

»Dann rufen Sie doch bitte bei Darrell an, und sagen

Sie ihm, dass ich eine Freundin vom FBI kontaktiere. Ich möchte ihn nicht verärgern. Eigentlich ist er ja unser Verbindungsmann zum FBI. Ich spiele nur ungern in seinem Sandkasten.«

»Ja, das sollten Sie wirklich besser lassen«, bemerkte Herbert belustigt.

Hood versicherte, er werde sofort nach seinem Gespräch mit Emmy zurückrufen, doch bevor er auflegte, kam Herbert noch auf einen letzten Punkt zu sprechen.

»Als ich heute Morgen ins Op-Center kam, wartete eine Voicemail von Shigeo Fujima auf mich.«

»Der Name kommt mir irgendwie bekannt vor«, sagte Hood.

»Das ist der Chef der nachrichtendienstlichen Abteilung des Gaimusho, des japanischen Außenministeriums«, sagte Herbert. »Nach unserer Operation in Nordkorea hat Fujima von Japan aus die Situation dort weiter beobachtet.«

»Ja, ich erinnere mich.«

»Fujima wollte wissen, ob wir irgendwelche Informationen über einen Mann namens Henry Genet haben«, sagte Herbert.

»Und wer soll das sein?«

»Ein Aufsichtsratsmitglied von Beaudin International Industries. Aber das ist nicht sein einziger Zeitvertreib. Einen Großteil seiner Zeit verbringt Genet in Afrika, wo er seinem eigentlichen Geschäft nachgeht.«

»Und das wäre?«, fragte Hood.

»Diamantenhandel.«

15

Washington, D. C. – Donnerstag, 8 Uhr 00

Das DiMaggio's Joe war hell erleuchtet, gut besucht, laut und noch dazu von Kameras überwacht und deshalb definitiv nicht der typische Treffpunkt für Spione.

Genau aus diesem Grund hatte Mike Rodgers Aideen Marley, David Battat und Darrell McCaskey gebeten, sich hier mit ihm zu treffen. Junge Hochschulabsolventen auf Jobsuche oder in die Politik vernarrte Zeitgenossen würden sich ganz auf die Kongressmitglieder, die Mitarbeiter aus dem Außenministerium oder andere Prominente konzentrieren, die ebenfalls dieses Café frequentierten. Wenn Spione auf der Suche nach Informationen waren, besuchten sie in der Regel Bars, wo es nicht nur dunkel war, sondern wo auch Alkohol getrunken wurde, der die Zunge löste. Dort kam man häufig an Informationen, speziell dann, wenn kostenlose Drinks oder Sex als Köder dienten. Aber niemand verkaufte seine Regierung für ein Tässchen Mokka.

Von den Leuten, die nicht in Washington wohnten, hatte nur David Battat sein sofortiges Kommen zugesagt. Der ehemalige CIA-Mann hatte versprochen, am Donnerstagmorgen in La Guardia die erste Maschine zu nehmen und dann mit dem Taxi zum DiMaggio's Joe zu kommen.

Rodgers traf als Erster in dem Café ein. Nachdem er einen Kaffee und ein Blätterteiggebäck bestellt hatte, setzte er sich an einen Ecktisch, direkt gegenüber der Eingangstür. Ein paar Minuten später traf Darrell ein. Der kleine, drahtige und vor der Zeit ergraute ehemalige FBI-Beamte wirkte müde. Sein faltiges Gesicht war bleich, seine blauen Augen waren blutunterlaufen.

»Sie sehen aus, als hätten Sie nicht geschlafen«, bemerkte Rodgers.

McCaskey bestellte zwei doppelte Espressi und zwei Rosinenbiskuits. »Auf jeden Fall nicht lange«, sagte er. »Den größten Teil der Nacht über habe ich versucht, etwas über das Verschwinden Ihres Freunds herauszufinden.«

»Ballon?«, fragte Rodgers leise.

McCaskey nickte und beugte sich vor. »Ich habe mit meinen Kontaktpersonen in Frankreich und bei Interpol telefoniert«, sagte er. »Sie schwören, dass der Colonel nicht als Undercover-Agent arbeitet. Vor zwei Jahren hat er sein Haus verlassen, um ein Buch in die Bibliothek zurückzubringen. Von diesem Ausflug ist er nie zurückgekehrt.«

»Glauben Sie das?«, fragte Rodgers.

»Bisher haben mich diese Leute noch nie angelogen«, antwortete McCaskey.

Rodgers nickte. Diese Nachricht stimmte ihn sehr traurig. Ein Mann wie Ballon machte sich durch seine Arbeit viele Feinde, und jemand wie Beaudin hatte genug Macht, um sich an ihm zu rächen.

»Das ist alles, was wir wissen«, sagte McCaskey. »Ich habe Interpol nach Geldüberweisungen, Einkäufen per Kreditkarte und Telefonaten mit Angehörigen oder Freunden forschen lassen – ohne jedes Resultat.«

»Mist«, sagte Rodgers.

»Sie sagen es«, stimmte McCaskey zu.

»Trotzdem vielen Dank, Darrell.«

McCaskey trank einen Schluck aus der ersten Espressotasse. »Dann ist da noch die Sache mit Maria«, sagte er dann.

»Was für eine Sache?«

»Sie ist besorgt.«

»Weil sie jetzt mit Ihnen verheiratet ist, oder weil sie in die Vereinigten Staaten kommen soll?«, fragte Rodgers.

»Keine Ahnung, vermutlich beides«, antwortete McCaskey mürrisch.

»Machen Sie sich deswegen keine Gedanken«, sagte Rodgers. »Bei frisch verheirateten Paaren gibt's direkt nach den Flitterwochen immer eine schwierige Phase. Das ist ganz normal.«

»Wollen Sie mich auf den Arm nehmen?«, fragte McCaskey.

»Nein, ich schwöre, dass es wahr ist. Ich habe dieses Phänomen bei Familienmitgliedern, Freunden und Soldaten beobachtet. Man kommt von den Bahamas, aus Tahiti oder von sonst wo zurück und sagt sich: ›Mist, jetzt ist es mit den Dates vorbei. Ich hab mir selbst lebenslänglich verordnet.‹«

»Verstehe.« McCaskey biss in eines seiner Biskuits und trank dann einen weiteren kleinen Schluck Espresso. »Na, wahrscheinlich haben Sie zum Teil Recht. Aber meiner Ansicht nach ist das nicht alles. Maria hat Angst, dass es für sie schwer werden wird, sich an das Leben in einer Vorstadt von Washington zu gewöhnen und einen interessanten Lebensinhalt zu finden, wenn sie sich erst mal psychologisch von der Arbeit für Interpol verabschiedet hat.«

»Ich dachte, sie wäre bereit, einen Schlussstrich zu ziehen«, sagte Rodgers.

»Das habe ich auch gedacht«, antwortete McCaskey.

»Hat sie irgendetwas veranlasst, ihre Meinung zu ändern?«

»Ja. Heute Morgen hat Bob Herbert in aller Frühe bei ihr angerufen.«

»Bob hat mit Maria telefoniert?«

McCaskey nickte.

Das behagte Rodgers gar nicht. Maria Corneja stand auf seiner kurzen Liste potenzieller Kandidaten für sein neues Team, und Herbert wusste das. Aber Bob Herbert war ein Mannschaftsspieler. Dort drüben musste irgendetwas passiert sein, sonst hätte er nicht bei ihr angerufen. Weil Rodgers' Handy nicht abhörsicher war, musste er bis zu seiner Rückkehr ins Op-Center warten, bis er der Sache auf den Grund gehen konnte.

»Was wollte er denn?«

»Maria soll im Außenministerium irgendetwas für ihn herausfinden.«

»Haben Sie eine Idee, warum es sich handeln könnte?«

»Keine Ahnung«, antwortete McCaskey. »Aber für Maria hat das auch keine Rolle gespielt. Schon die bloße Aussicht, wieder etwas zu tun, eine wichtige Aufgabe zu haben, hat sie total aufgemöbelt. Sie hat mich aus ihrem alten Büro angerufen und wirkte wie aufgeputscht, weil sie genau wusste, mit welchen Leuten aus dem Ministerium sie reden musste. Sie kannte sich aus und wusste, worauf sie achten musste. Es war, als fühlte sie sich endlich wieder an etwas angekoppelt.«

»Immerhin hat sie damit ihr halbes Leben verbracht«, bemerkte Rodgers. »Es ist immer eine harte Erfahrung, wenn man kurz vor der Abreise in ein fremdes Land noch einmal nach Hause zurückkehrt.«

»Ich weiß, aber schließlich ist sie kein Kind mehr«, sagte McCaskey. »Wir haben das alles durchgesprochen. Ihr war klar, dass nach ihrem Umzug hierher alles anders werden würde. Es gibt jede Menge Dinge, von denen man glaubt, dass sie einem gefallen werden. Aber dann, wenn man sich gebunden hat, beginnt man über all die Dinge nachzudenken, die einem *fehlen* werden. Sie haben es ja eben selbst gesagt.«

»Man leidet praktisch an Entzugserscheinungen«, sagte Rodgers.

»Sie treffen den Nagel auf den Kopf«, antwortete McCaskey. »Genau das hat Maria durchgemacht. Zumindest hat sie bis heute Morgen an diesen Entzugserscheinungen gelitten. Bis Vier Uhr dreißig unserer Zeit, als sie mich durch ihren Anruf geweckt und etwa Folgendes gesagt hat: ›Vielleicht habe ich einen Fehler gemacht,

Darrell. Ich bin mir nicht sicher, ob ich dieses Leben hier aufgeben kann.‹«

»Das tut mir Leid«, sagte Rodgers.

»Besten Dank, ich weiß es zu schätzen.«

Rodgers trank einen Schluck Kaffee. Er war sich nicht sicher, ob dies ein geeigneter oder aber der denkbar ungeeignetste Moment war, das Thema anzuschneiden, ob Maria in das neue Team aufgenommen werden sollte.

Angesichts der Lage in Botswana entschied er aber, dass ihm keine andere Wahl blieb. Vielleicht würde es McCaskey auch aufmuntern.

»Was werden Sie tun, wenn sie wieder aktiv werden will?«, fragte Rodgers.

»Keine Ahnung«, antwortete McCaskey. »Die Frage ist wahrscheinlich, wer ihr eine Gelegenheit bietet, in ihren Job zurückzukehren.« Wieder beugte er sich vor. »Im Klub kursierte gestern das Gerücht, Sie würden bald eine neue HUMINT-Operation leiten. Stimmt das?«

Rodgers nickte. Herbert musste McCaskey eingeweiht haben. Der Leiter der Aufklärungsabteilung hasste es, einen engen Verbündeten im Unklaren zu lassen.

McCaskey lehnte sich zurück. »Verdammt, Mike, ich hätte eine Art Vorabinformation durchaus zu schätzen gewusst.«

»Sie hätten ja jetzt gleich alles erfahren«, sagte Rodgers. »Deshalb wollte ich, dass wir uns heute Morgen hier treffen. Mein Gott, Paul hat mich mit der Idee dieser neuen Aufgabe völlig überrascht.«

McCaskey blickte finster drein.

»Was Maria angeht, ich habe keine Ahnung, warum Bob sie angerufen hat«, fuhr Rodgers fort. »Das neue Team ist meine Sache, nicht seine. Wenn Ihnen das das Leben schwer machen sollte, werde ich Maria nicht fragen, ob sie der neuen Truppe angehören will.«

Schlagartig war sich Rodgers der Tatsache bewusst,

dass er das besser nicht gesagt hätte, denn unter Umständen stand ihm in Europa sonst niemand zur Verfügung, auf den er wirklich zählen konnte. Wie auch immer, vielleicht gab es ja eine Lösung.

»Ich weiß nicht, Mike«, sagte McCaskey. »Ich liebe Maria, habe sie immer geliebt. Eher würde ich sie gleich ganz aufgeben, als mir Sorgen darum machen zu müssen, sie im Einsatz vor Ort zu verlieren. Wenn so ein Satz überhaupt einen Sinn ergibt.«

»Tut er durchaus«, versicherte Rodgers.

»Aber nach unserem Telefongespräch heute Morgen weiß ich, dass sie nicht glücklich sein wird, wenn sie von neun Uhr morgens bis fünf Uhr nachmittags im Büro arbeiten muss. Nicht einmal im Op-Center.«

»Wenn die Ladies erst einmal in Paris waren, kann man sie schlecht auf einer Farm einsperren.«

»Ja, so ungefähr«, kommentierte McCaskey.

»Vielleicht muss sie das ja gar nicht«, sagte Rodgers.

»Wovon reden Sie?«

»Eventuell können wir ein Arrangement finden, bei dem Maria nur einen Teil ihrer Zeit im Einsatz vor Ort verbringen würde. Und in diesem Fall würden wir sie nicht in Rote Zonen schicken.«

›Rote Zonen‹ waren Gebiete, die mit einem hohen Risiko verbunden waren. Das war etwa bei einem Einsatz hinter den feindlichen Linien bei einer kriegerischen Auseinandersetzung der Fall. War ein Einsatz mit dem Begriff ›Weiße Zone‹ charakterisiert, ging es um die Unterwanderung nicht-militärischer feindlicher Gruppen. Ein Einsatz in einer ›Grünen Zone‹ entsprach dem, was Maria im Augenblick tat – sie suchte in einem befreundeten Land nach Informationen.

»Das könnte funktionieren«, sagte McCaskey. »Zum Teufel, ich will Maria ja nicht kontrollieren.«

»Als ob Sie das überhaupt könnten«, bemerkte Rodgers.

»Da haben Sie Recht. Ich möchte nur nicht, dass sie bei einem Einsatz ums Leben kommt.«

Rodgers blickte auf die Wanduhr. »Hören Sie, Darrell, darüber können wir auch später noch einmal reden. Ich wollte Sie heute nicht treffen, um mit Ihnen über die eventuelle Aufnahme Marias in meine Truppe zu diskutieren. Tatsächlich habe ich Sie hergebeten, um mit Ihnen generell über das neue HUMINT-Team zu sprechen. Vielleicht werde ich die Hilfe von einigen Ihrer Kontaktpersonen in Washington oder im Ausland in Anspruch nehmen müssen.«

»Warum treffen wir uns dann hier statt in Ihrem Büro?«, fragte McCaskey.

»Weil gleich noch zwei Personen zu uns stoßen werden«, sagte Rodgers. »Ich will sehen, wie sie sich in der Öffentlichkeit verhalten.«

»Sie meinen, ob sie sich unauffällig verhalten.«

»Sie haben den Nagel auf den Kopf getroffen.«

In diesem Augenblick betrat wie aufs Stichwort Aideen Marley das Café. Zuerst fiel Rodgers das leuchtend rote Haar der jungen Frau auf. Seiner Erinnerung nach hatte sie es früher nicht so lang getragen. Ihr Gesicht schien schmaler geworden zu sein. Sie trug einen eleganten, rehbraunen Hosenanzug und wirkte irgendwie größer. Vielleicht hatte sie die Arbeit in den Korridoren der Macht ja verändert. Manche Leute gewannen dadurch Selbstvertrauen, andere zerbrachen daran. Zufrieden sah Rodgers, dass die Arbeit als politische Beraterin offensichtlich bewirkt hatte, dass die Sechsunddreißigjährige durch ein sicheres Auftreten überzeugte.

Rodgers winkte ihr zu, und die beiden Männer erhoben sich. Aideen erwiderte den Gruß mit einem aufrichtigen Lächeln, und schon das war in Washington eine Seltenheit.

An ihrem Tisch abgekommen, begrüßte sie den General mit einer warmherzigen Umarmung. »Wie geht es Ihnen?«, fragte sie.

»Nicht schlecht«, antwortete Rodgers. »Sie sehen großartig aus.«

»Danke für das Kompliment.« Dann wandte sie sich McCaskey zu und streckte ihm die Hand entgegen. »Wie ich höre, haben Sie geheiratet. Meinen Glückwunsch. Maria ist eine ganz wunderbare Frau.«

»Ja, das ist sie«, sagte McCaskey.

Aideen hatte eng mit Maria und McCaskey zusammengearbeitet, als sie gemeinsam die Neuauflage eines spanischen Bürgerkriegs verhindert hatten.

McCaskey fragte Aideen, ob er ihr etwas von der Theke holen solle, und sie antwortete, wenn es ihm nichts ausmache, hätte sie gern einen entkoffeinierten Kaffee und ein Croissant. Mit einer seiner Espressotassen in der Hand verschwand McCaskey.

Rodgers blickte Aideen Marley an. »Entkoffeinierter Kaffee?«, fragte er.

»Ich habe zu Hause schon drei Tassen Kaffee und dann noch eine unterwegs getrunken«, antwortete sie, während sie sich setzte. Ihre Umhängetasche stellte sie auf dem Boden zwischen ihren Beinen ab. »Ich stehe auf und erledige den Großteil meiner Arbeit, während es draußen noch dunkel ist. Dann kann man sich besser konzentrieren, weil die grauen Zellen noch nicht ermüdet sind. Ich recherchiere und schreibe meine Artikel für das *Moore-Cook Journal*, anschließend kommen die täglichen Besprechungen an die Reihe.«

Das *Moore-Cook Journal* war eine Vierteljahrsschrift, in der der Einfluss internationaler Ereignisse auf die Innenpolitik erörtert wurde. Herausgegeben wurde sie von einer kleinen, konservativ und isolationistisch gesinnten Denkfabrik. Die Publikation wurde auch im Milieu der Geheimdienste viel gelesen.

»Mögen Sie die Arbeit als politische Beraterin?«

»Man muss viele Überstunden machen, aber die Bezahlung ist in Ordnung«, antwortete Aideen. »Mit der Krankenversicherung sieht's allerdings beschissen aus. Trotzdem mag ich es, jeden Tag neue Gesichter zu sehen und etwas Neues zu lernen. Der Trick besteht darin, mehr zu wissen als andere und die Leute dann dazu zu bringen, einen anzuheuern.«

»Ihre Versicherung ist also Ihr Informationsvorsprung«, sagte Rodgers.

»So ungefähr. Es wäre schon ganz nett, wieder eine feste Anstellung zu haben, aber ich bin etwas aus der Reihe getanzt, als ich das Op-Center verlassen habe, und irgendwo anders möchte ich auch gar keinen Neubeginn machen.«

In ihrer Stimme schien ein Anflug von Bitterkeit zu liegen. Nach der Ermordung ihrer Mentorin Martha Mackall hatte Aideen eine Auszeit nehmen müssen – eine längere Auszeit, als das Op-Center ihr gewähren konnte.

Schnell schnitt sie ein anderes Thema an. »Auf dem Weg hierher habe ich darüber nachgedacht, dass wir uns seit über einem Jahr nicht mehr gesehen haben. Wie geht's Ihnen denn so?«

»So weit alles in Ordnung«, sagte Rodgers. »Von dem Ärger in Kaschmir haben Sie ja vermutlich gehört.«

Aideen Marley nickte knapp. »Hat mich ziemlich mitgenommen, davon zu hören. Wie geht es Colonel August?«

»Gut«, sagte Rodgers. »Für diesen Einsatz war ich verantwortlich, ich habe jetzt den dunklen Fleck auf der weißen Weste. Überdies gehört August zu den Leuten, die immer in die Zukunft blicken.«

»Während Sie sich mit der Vergangenheit beschäftigen.«

»Was soll ich dazu sagen? Geschichte ist nun mal mein Hobby.«

»Sie könnten sich beispielsweise sagen, dass Sie in Zukunft die aus der Vergangenheit gezogenen Lehren beherzigen werden«, antwortete Aideen. »Worin sollte sonst der Sinn des Lernens liegen?«

»Ja. Da haben Sie wohl Recht.«

»Und wie geht's Paul und Bob?«

Sie macht das wirklich gut, dachte Rodgers. Sie ließ keinen wunden Punkt unberührt, äußerte ihre Meinung und ging dann zum nächsten Thema über.

»So wie immer, alles unverändert«, antwortete er. »Vermutlich haben Sie gehört, dass Ann Farris das Op-Center verlassen hat.«

»Ja. Hoffentlich waren natürliche Gründe dafür verantwortlich.« Normalerweise waren die ›natürlichen Gründe‹ eine Umschreibung dafür, dass jemand durch seinen Job aufgerieben worden war oder einen besseren gefunden hatte. Aideen wollte mit dem Ausdruck aber speziell ihrer Hoffnung Ausdruck verleihen, dass Ann aus beruflichen Gründen ausgestiegen war und nicht etwa wegen ihrer Beziehung zu Paul Hood.

»Ganz so war es nicht«, sagte Rodgers. »Wir mussten mit Budgetkürzungen fertig werden. Deshalb habe ich auch die Strikers verloren.«

»Die ganze Truppe?«

Rodgers nickte.

Das überraschte Aideen. Offensichtlich war die Nachricht noch zu frisch, um schon in der Washingtoner Gerüchteküche zu kursieren.

»Tut mir sehr Leid, Mike«, sagte sie.

»Schon in Ordnung«, antwortete Rodgers. »Es war ein ziemlicher Tritt in den Hintern, aber wir machen weiter. Und damit wären wir schon bei einem der Gründe, warum ich Sie heute hergebeten habe.«

McCaskey kam mit Aideens entkoffeiniertem Kaffee zurück, und sie dankte ihm, ohne ihren Blick von Rodgers zu lösen.

»Ich stelle gerade ein neues Team zusammen«, sagte der General leise. »Verdeckte Ermittlungen, die Art von Job, die Sie von ihrer Zusammenarbeit mit Maria her kennen. Ich habe mich gefragt, ob Sie wohl gern einsteigen würden.«

Aideen blickte erst Rodgers, dann McCaskey an. »Wird Maria wieder mit von der Partie sein?«, fragte sie.

»Ich weiß es noch nicht«, antwortete Rodgers.

»Ich schon«, verkündete McCaskey. »Wenn Mike sie fragt, wird Maria keinen Augenblick zögern. Als ich ihr eine andere Frage gestellt habe, hat sie sich durchaus Zeit gelassen.«

»Bis jetzt steht noch gar nicht fest, ob ich sie überhaupt fragen werde«, bemerkte Rodgers.

Bevor sie die Diskussion über dieses Thema weiter vertiefen konnten, betrat David Battat das Café. Rodgers erkannte ihn wegen des Fotos in seiner Akte und winkte ihn herüber. Da er über Battat nicht mehr wusste, als in dem Dossier stand, hatte er noch keine Erwartungen. Battat war Verbindungsmann der CIA zu den Mudschaheddin in Afghanistan gewesen und hatte sich dann zum Chef einer CIA-Außenstelle in New York hochgearbeitet. Nachdem eine seiner Agentinnen, Annabelle Hampton, Terroristen bei der Attacke gegen den Weltsicherheitsrat der Vereinten Nationen geholfen hatte, schickte man ihn nach Baku in Aserbaidschan, wo er kürzlich gemeinsam mit dem Op-Center einen Krieg am Kaspischen Meer verhindert hatte.

Der frühere CIA-Agent war ein kleiner und streitlustiger Mann ohne jeden militärischen Schliff. Aber die vertraute Zusammenarbeit mit der Army gehörte für General Rodgers ohnehin der Vergangenheit an.

Jetzt stand Battat vor ihrem Tisch. Er trug ein Sweatshirt mit dem Emblem der New York University und hatte die *New York Times* unter einen Arm geklemmt. Außer der Zeitung hatte er nichts dabei. Rodgers mochte Männer, die mit leichtem Gepäck reisten.

Battat fuhr sich mit einer Hand durch sein kurz geschnittenes schwarzes Haar, das sich bereits zu lichten begann. Dann stellte er sich Rodgers und McCaskey vor.

Rodgers seinerseits stellte ihm Aideen vor. Trotz seiner Sonnenbrille sah man, dass Battat die Augenbrauen hob.

»Sie müssen die Aideen Marley sein, die für das *Moore-Cook Journal* schreibt«, sagte Battat.

»Richtig.«

»Ich habe Ihren Artikel über den Einfluss der Medienhysterie auf eine Gesellschaft gelesen, die auf Terrorangriffe vorbereitet sein muss«, sagte Battat. »Darüber müssen wir unbedingt reden.«

»Sind Sie mit meinen Schlussfolgerungen nicht einverstanden?«, fragte Aideen Marley.

»Bis zu einem gewissen Punkt schon«, antwortete Battat, der sich einen Stuhl heranzog und Platz nahm. »Man kann Terroranschläge nicht vorhersagen und ihnen zuvorkommen. Aber die Medien versetzen die Leute nur in Panik, was letztlich schlimmer sein kann als ein Anschlag selbst. Zum Teufel, auch das ist ein Anschlag.«

»Aber kein richtiger.«

»Psychologische Anschläge sind keine Scheinangriffe«, antwortete Battat.

»Nein, aber man kann sich leichter gegen sie verteidigen«, sagte Aideen. »Etwas zu lernen ist immer mühseliger, als sich gleich auf seine Beschränktheit zu verlassen.«

»Hier geht's nicht ums Lernen«, bemerkte Battat verächtlich. »Der Schlüssel ist die Angst. Ein Diktator muss Angst haben, sein kleines Reich zu verlieren, wenn er seinen Expansionsgelüsten nachgibt. Chruschtschow hat seine Raketen auch nicht aus Kuba abgezogen, weil er plötzlich tiefgründig darüber nachgegrübelt hat, was er da eigentlich tut, sondern weil er Angst hatte. Angst davor, dass ein nuklearer Erstschlag die Selbstauslöschung bedeuten würde. Also vergessen Sie's. Außerdem kann man eine Krise nicht durch rechtsstaatliche Mittel lösen, wenn man angegriffen wurde, und genau das legt Ihr Artikel nahe.«

»Was für einen Lösungsvorschlag haben Sie denn anzubieten?«, fragte Aideen.

Rodgers genoss diesen Schlagabtausch. Das Großartige bei Auguren war, dass sie immer Recht und Unrecht zugleich hatten. Eine allgemein gültige Lösung gab es nicht, aber die Debatten waren immer faszinierend.

»Meine Lösung ist eine aggressive Offensivtaktik«, antwortete Battat. »Wenn der Feind ein Gebäude trifft, muss man selbst einen ganzen Häuserblock plattmachen, macht der Gegner einen Häuserblock platt, löscht man eine ganze Stadt aus. Tut er das, legt man das Land in Schutt und Asche.«

»Was soll verkehrt daran sein, wenn man solche Anschläge rechtsstaatlich verfolgt?«

»Weil man diesen Typen damit ein Podium bietet, von dem aus sie ihren Mist verbreiten können«, antwortete Battat. »Wozu soll das gut sein?«

»Damit die Leute Bescheid wissen, dass Terroristen pathologische Individuen sind, auf die man Acht geben muss«, sagte Aideen.

»Wissen Sie was?«, erwiderte Battat. »Sie sitzen immer nur untätig vor der Glotze, mir ist's lieber, wenn unsere Feinde tot sind.«

»Darüber reden wir noch«, sagte Aideen energisch.

Trotz ihres scharfen Tonfalls war sie nach Rodgers' Meinung klug genug gewesen, die Diskussion nicht völlig eskalieren zu lassen. Was Battat anging, so klang er wie jeder Bürger Washingtons, der felsenfest von seiner Meinung überzeugt war. Dadurch fiel er nicht weiter auf, ganz im Gegenteil. Beide wirkten wie ganz normale Leute.

»Kann ich Ihnen irgendwas von der Theke mitbringen, David?«, fragte McCaskey. »Wenn's nicht gerade eine taktische Atomwaffe sein soll.«

»Hab keinen Hunger«, antwortete Battat. »Im Flugzeug gab's Plätzchen.« Er blickte Rodgers an. »Wie ist es Ihnen so ergangen?«

»Ich lebe noch.«

»Ich habe gelesen, was in Übersee passiert ist. Sie haben uns alle Ehre gemacht, den Amerikanern wie den Geheimdienstleuten.«

»Danke«, sagte Rodgers. »Ich habe Miss Marley gerade erzählt, dass wir wegen dieser Ereignisse gezwungen sind, ein paar Veränderungen vorzunehmen.«

»Bei diesen undankbaren, korrupten Bürokraten wundert mich gar nichts«, sagte Battat. »Wie kann ich helfen?«

»Wir werden eine andersartige Mannschaft zusammenstellen, und ich suche gerade nach geeigneten Spielern.«

»Ich bin dabei.«

»Das war's?«, fragte McCaskey.

»Das war's«, antwortete Battat.

»Großartig«, sagte Rodgers, der Aideen anblickte. »Wie sieht's mit Ihnen aus?«

»Ich bin schon sehr interessiert«, antwortete sie nach kurzem Zögern. »Aber ich würde gern noch etwas detaillierter darüber reden.«

»Natürlich«, sagte Rodgers.

Der General wusste nicht, ob ihr Zögern auf ihre Verbitterung über das Op-Center zurückging, auf ihren

Wunsch, ihr eigenes Leben zu führen, oder vielleicht sogar auf ihre Verärgerung über Battat. Möglicherweise spielte alles eine Rolle.

»Dann schlage ich vor, dass wir uns in mein Büro aufmachen und dort Klartext reden«, verkündete Rodgers.

Aideen nickte.

»Nur noch eine Frage«, sagte Battat. »Wann wollen Sie dieses Team in den Einsatz schicken? Nur mal so nebenbei gefragt, damit ich meinen Terminkalender konsultieren kann.«

Rodgers trank seinen Kaffee aus und blickte auf die Uhr. »In ungefähr sechs Stunden.«

16

Washington, D. C. – Donnerstag, 8 Uhr 12

Die Liste von Menschen, denen Bob Herbert vertraute, war kurz, die von Menschen, denen er hundertprozentig vertraute, noch kürzer.

Edgar Kline hatte noch nie auf der sehr kurzen Liste gestanden, doch im Moment war sich der Chef der Aufklärungsabteilung noch nicht einmal sicher, ob er auf der kurzen stand. Auch Kline hatte eigene Interessen zu wahren. Das Wohl des Vatikans und seines innersten Zirkels hatten für ihn absolute Priorität. Herbert verstand und respektierte das, aber auch er selbst musste seine Interessen verfolgen. Und genau deshalb rief er jetzt April Wright an, die gelegentlich für ihn arbeitete.

April war eine professionelle ›Beobachterin‹, von denen in der amerikanischen Hauptstadt tagtäglich hunderte unterwegs waren. Einige wurden von amerikanischen Sicherheitsbehörden angeheuert, damit sie rivalisierende

Nachrichtendienste ausspionierten. Andere sollten Ausländer bespitzeln, die ihrerseits in der Gegenrichtung aktiv waren. Diese Beobachter verkleideten sich als Lieferanten, Touristen, Souvenirverkäufer oder Jogger. Einige arbeiteten in Teams und posierten als Fernsehreporter oder als Studentengruppe, die einen Hochschulfilm drehte. Etliche hatten Taschen mit Kleidern zum Wechseln dabei. Musste ein durch Sicherheitskameras überwachter Bereich ausspioniert werden, war es äußerst ungünstig, den ganzen Tag über in denselben Kleidungsstücken herumzulaufen.

April war früher Schauspielerin gewesen, doch da sie meistens nur auf Provinzbühnen agiert hatte, war ihr Gesicht nicht sonderlich bekannt. Sie war eine enge Freundin von Herberts verstorbener Frau gewesen. Jetzt war sie mit einem Piloten verheiratet, und die beiden hatten eine kleine Tochter. Im Laufe eines Tages agierte sie zuerst als Kindermädchen, dann als spazieren gehende Mutter, schließlich als Obdachlose mit Kind. Aber welche Verkleidung auch gerade an der Reihe sein mochte, ihre Digitalkamera hatte sie immer dabei. Als ›Obdachlose‹ versteckte sie diese in einer jener braunen Packpapiertüten, in die in Amerika Flaschen mit hochprozentigem Alkohol eingewickelt werden. Wenn sie ein Foto schießen musste, tat April einfach so, als nähme sie einen Schluck aus der Flasche. April beherrschte ihren Job und liebte ihn. Ihr Geheimnis teilte sie einzig mit Herbert, dem sie aber nur dann zur Verfügung stand, wenn ihr Mann nicht in Washington war.

Weil Herbert über Klines Kommen und Gehen sowie über mögliche Besuche bei ihm Bescheid wissen wollte, bat er April, das Watergate-Hotel zu überwachen. Um zweiundzwanzig Uhr trug sie sich ins Gästebuch ein und kam dann in ihrer Verkleidung als Kindermädchen wieder nach unten, wo sie sich in der Nähe der Haustelefone postierte. Nachdem sie bis zwei Uhr morgens ihr Baby gewiegt hatte, stand die Rolle der Obdachlosen auf dem Programm, weshalb sie Klines Fenster von draußen beobachtete. Kurz nach dem Morgengrauen spielte sie eine Frühaufsteherin, die sich in der Eingangshalle des Hotels ein bisschen die Beine vertrat. Stets achtete sie darauf, sich in der Nähe der Telefone aufzuhalten. Wenn Kline das Hotel verlassen hätte, wäre sie ihm gefolgt. Aus diesem Grund wartete vor der Tür der Taxifahrer, der sie zum Watergate gebracht hatte.

Herbert hatte für acht Uhr morgens im Op-Center einen Termin mit Kline arrangiert, damit dieser auch Hood informieren konnte. Um zwei Uhr nachts lieferte April telefonisch einen Zwischenbericht ab, um Viertel vor acht dann den Abschlussbericht. Herbert bedankte sich bei ihr und schickte sie nach Hause. In der Zwischenzeit hatte er Matt Stolls Computerexperten damit beauftragt, die Flüge von Spanien nach Botswana zu überprüfen. Es gab da etwas, das er in Erfahrung bringen musste.

Kline kam mit dem Taxi, und Herbert begrüßte seinen alten Freund im Erdgeschoss, um ihn gleich darauf in Hoods Büro zu bringen, wo der Südafrikaner in dem Sessel vor dem Schreibtisch des Direktors Platz nahm. Herbert brachte seinen Rollstuhl hinter der Tür zum Stehen. Nur einen Augenblick nach Herbert und Kline traf Ron Plummer ein, Hoods politischer Berater, ein ehemaliger CIA-Analytiker für Westeuropa, den der Direktor des Op-Centers zusätzlich zu dem Treffen eingeladen hatte. Plummer, ein kleiner Mann mit sich lichtendem, braunem Haar und einer Brille mit dicken Gläsern auf der Hakennase, lehnte sich mit vor der Brust verschränkten Armen gegen die Tür des Büros. Er war immer voll bei der Sache, was sich schon einmal als Glücksfall herausgestellt hatte. Sein Umgang mit der heiklen Situation in Kaschmir hatte entscheidend dazu beigetragen, dass die Lage nicht völlig außer Kontrolle geraten war.

Herbert fragte Kline, ob er einen angenehmen Abend verbracht habe, und der Mann vom Sicherheitsdienst des Vatikans bejahte. Heute habe er sich schon vor der Morgenmesse mit Kardinal Zavala getroffen. Kline berichtete, dass er sich nach dem Ende der Besprechung sofort ins Flugzeug nach New York setzen werde, um dort mit Kardinal Murrieta zu sprechen.

»Und hat der Kardinal Ihren Wünschen entsprochen?«, fragte Herbert.

»Ja«, antwortete Kline. »Wir haben uns darauf geeinigt, dass Bischof Victor Max nach Botswana reisen wird. Vorher fliegt er aber nach New York, um sich dort mit mir zu treffen.«

»Max engagiert sich doch stark für die Wahrung der Menschenrechte, oder?«, fragte Herbert.

»Ja«, bestätigte Kline. »Der Bischof wird Pater Bradburys Platz einnehmen, was eine demonstrative Geste dafür ist, dass wir die Kirche vor Ort nicht im Stich lassen. Nach seiner Landung in Gaborone wird er sich sofort nach Maun begeben. Wir haben zwei Diakone gebeten, das Land nicht zu verlassen und sich dort mit ihm zu treffen.«

»Ihnen ist doch wohl klar, dass das für den Bischof und für die Diakone gefährlich werden könnte«, bemerkte Herbert.

»Natürlich.«

»Wird die Presse sich mit dem Thema befassen?«, fragte Hood.

»Wir werden die Medien mit Sicherheit nicht dazu ermuntern, aber ein Statement abgeben«, antwortete Kline. »Dhamballa soll wissen, dass wir uns nicht verängstigt in die Flucht schlagen lassen. Zwar sind wir uns sicher, dass in Gaborone Journalisten vor Ort sein werden, aber über unser Statement hinaus werden wir keine weiteren Erklärungen abgeben. Pressekonferenzen kommen nicht in Frage. Die Kirche muss auf einem schmalen Grat wandeln, wenn sie einerseits ihre Missionare unterstützten möchte und sich andererseits dem Willen einer einheimischen Splittergruppe widersetzt.«

»Was für Vorsichtsmaßnahmen werden Sie treffen, um die Sicherheit des Bischofs zu gewährleisten?«, fragte Hood.

»Wir arbeiten mit den örtlichen Behörden zusammen«, antwortete Kline.

»Das ist alles?«, erkundigte sich Herbert.

Kline blickte den Leiter der Aufklärungsabteilung an. »Uns stehen noch andere Optionen offen«, sagte er. »Dem Bischof wird nichts passieren.«

»Da habe ich keine Zweifel«, bemerkte Herbert.

»Und warum?«, fragte Kline.

»Weil ich darauf wette, dass Sie sich auf das Abkommen von Madrid berufen haben, um sich fremder Hilfe zu versichern«, erwiderte Herbert.

Jetzt erlebte Herbert zum ersten Mal, dass Edgar Kline wirklich überrascht zu sein schien. »Sie waren ja ziemlich fleißig«, bemerkte der Südafrikaner.

»Das waren wir wohl beide«, gab Herbert zurück.

»Es wäre schön, wenn Sie mich mal einweihen könnten«, warf Hood ein. »Mit dem Abkommen von Madrid kenne ich mich nicht aus.«

»Vor drei Jahren hat der Vatikan ein geheimes Abkommen mit dem Ministerio de Defensa de España unterzeichnet«, erläuterte Herbert. »Als Gegenleistung für massive Unterstützung durch den Vatikan hat das spanische Verteidigungsministerium zugesagt, Bodentruppen zu entsenden, falls die katholische Kirche in Entwicklungsländern bedroht werden sollte.«

Kline machte eine wegwerfende Handbewegung. »Das Abkommen von Madrid ist kein Geheimnis.«

»Darüber kann man sich allenfalls informieren, wenn man Einblick in interne Publikationen hat, die außerhalb der Archive des Vatikans in Rom nicht einzusehen sind, auch nicht online«, bemerkte Herbert. »Oder wenn man zufällig Zugang zu den diesbezüglichen Unterlagen des Außenministeriums in Madrid hat. Ich habe erst um Viertel nach zwei in der vergangenen Nacht von der Existenz dieses Abkommens erfahren, als ich eine unserer Mitarbeiterinnen in Spanien angerufen und sie gebeten habe, nach der Existenz eines solchen Vertrags zu forschen.«

»Und was hat Sie dazu veranlasst?«, fragte Kline.

»Dass Sie sehr früh heute Morgen Besuch von einem gewissen Rodriguez hatten, dem Stellvertreter des spanischen Verteidigungsministers.«

Klines Gesichtsausdruck verfinsterte sich. »Sie haben mich observieren lassen.«

»Stimmt.«

»Das enttäuscht mich sehr, Bob.«

»Auch ich bin enttäuscht«, erwiderte Herbert ruhig. »Sie haben mich um Hilfe gebeten, mir aber nicht alles erzählt.«

»Da gab's nicht viel zu erzählen.«

»Offenbar genug, um damit hinter dem Berg zu halten.«

»Bei uns gibt es gewisse Sicherheitsaspekte, über die ich nichts sage und folglich auch nicht diskutiere«, sagte Kline. »Wenn uns ein anders Land solche Unterstützung zusagt, dann ist das ein Thema, das mit der gegenwärtigen Krise nur bedingt zu tun hat.«

»Hoffentlich bin ich hier der Einzige, der nicht ganz folgen kann, Gentlemen«, mischte sich Paul Hood ein. »Würden Sie mich bitte aufklären, Bob?«

»Ich habe Ihnen so ziemlich alles erzählt, was ich mit Sicherheit weiß, Paul«, sagte Herbert. »Edgar hat uns gebeten, bei der Suche nach Pater Bradbury zu helfen. Also habe ich Mike hinzugezogen, damit er die Dinge in Bewegung setzt, dann aber feststellen müssen, dass hier noch andere mit im Spiel sind. Daraus folgt, dass es sich vielleicht um eine größere Krise handelt, als man uns glauben lassen wollte.«

Von dem interessanten Anruf Shigeo Fujimas wollte Herbert Kline nichts erzählen. Noch war nicht klar, ob es eine Verbindung zu diesem Fall gab. War es doch so, wollte er weiter alleinigen Zugang zu dieser Kontaktperson haben.

Hood blickte zu dem Mann vom Sicherheitsdienst des Vatikans hinüber. »Nun, Mr Kline?«

»Dass die spanische Armee involviert ist, stellt einen sehr delikaten Aspekt dieser ›Krise‹ dar«, erwiderte Kline. »Der Vatikan hat ein Verteidigungsabkommen mit dem spanischen Militär, das aber keineswegs die gesamte Armee betrifft, sondern nur den Grupo del Cuartel General, Unidad Especial del Despliegue.«

»Das ist die spanische Variante der Strikers, eine schnelle Eingreiftruppe, ungefähr zweihundert Mann stark«, erläuterte Herbert. »Sie sind an der Mittelmeerküste stationiert, in Valencia.«

»Korrekt«, bestätigte Kline. »Ursprünglich war vorgesehen, auf den militärischen Beistand dieser Spezialeinheit nur im Falle einer unmittelbaren Bedrohung des Papstes oder des Vatikans zurückzugreifen. Ich habe Ihnen nichts von ihrem Engagement erzählt, weil sie sich natürlich nicht in offizieller Mission in Botswana aufhalten wird.«

»Diese Männer werden sich als Touristen getarnt zu Pater Bradburys Gemeinde in Maun aufmachen«, prophezeite Herbert.

Diesmal wirkte Kline noch überraschter als kurz zuvor. »Wie kommen Sie denn darauf?«, fragte er.

»Es ist naheliegend«, sagte Herbert. »Mir war klar, dass Sie die Soldaten vor der morgigen Ankunft des Bischofs vor Ort haben wollten. Aber da Sie nicht wissen, wer die Brush Vipers unterstützt, konnten Sie es nicht riskieren, die Spezialeinheit mit einer spanischen Militärmaschine einfliegen zu lassen. Ich habe meine Leute die Flüge von Spanien nach Botswana überprüfen lassen. Mehrere Spanier hatten erst einen Flug von Valencia nach Madrid, dann einen von Madrid nach Gaborone gebucht. Die Namen waren Decknamen, aber sie haben über ihre persönlichen Telefonnummern die Tickets gebucht. Diese Daten waren noch in den Computerdateien des Pentagons gespeichert, da im letzten Jahr an der Mittelmeerküste ein Manöver stattgefunden hat, bei dem mit unseren Partnern bestimmte Kriegssituationen durchgespielt wurden. Das Pentagon teilt nun mal keine taktischen Informationen mit Leuten, die hinterher unauffindbar sind. Am auffälligsten war der Name Major José Sanjulian, der zufällig ein Antiterror-Spezialist des Grupo del Cuartel General, Unidad Especial del Despliegue, ist.«

»Dann wissen Sie ja jetzt alles«, sagte Kline. »Tatsächlich wissen Sie sogar mehr als ich.«

In seinem Tonfall schwang Verstimmung mit, und Herbert nahm es betrübt zur Kenntnis. Doch in diesem Geschäft kam die Freundschaft erst an zweiter Stelle, da die nationale Sicherheit und das Wohl der Mitarbeiter Vorrang hatten. Aber Kline war ein Profi, der über Herberts Handlungsweise nachdenken und sich wieder von dem Schock erholen würde. Schließlich war er daran interessiert, dass das Op-Center bei der Suche nach Pater Bradbury half.

»Also, Mr Kline, jetzt liegen die Fakten auf dem Tisch«, sagte Hood. »Was erwarten Sie von uns?«

Kline blickte Herbert an. »Liegen *wirklich* alle Fakten auf dem Tisch, Bob?«

»Meinen Sie, ob ich noch anderweitig herumgeschnüffelt habe?«, fragte Herbert.

»Nein«, antwortete Kline. »Gibt es sonst noch etwas, das ich wissen sollte, wenn wir in Botswana Menschenleben schützen wollen?«

»Im Augenblick nicht.«

Kline machte nicht den Eindruck, als glaubte er Herbert, doch dem war das egal.

»Was wollen Sie von uns, Edgar?«, hakte Hood nach.

»Im Großen und Ganzen könnte man es so formulieren, dass wir jeden unauffälligen nachrichtendienstlichen Beistand zu schätzen wüssten.«

»Ein ziemlich weites Feld«, gab Hood zu bedenken. »Bisher wissen wir gerade mal von der Entführung, und wer vielleicht dahinter stecken könnte. Dann kennen wir noch den Werdegang von Seronga und seinen Verbündeten.«

»Ja, wir haben es mit einem sehr großen und schwer zu fassenden Problem zu tun«, stimmte Kline zu. »Unserer Ansicht nach hat dieses Problem drei Aspekte. Zunächst ist da die Entführung Pater Bradburys, die für uns absolute Priorität hat. Wir wollen ihn wieder in Freiheit sehen. Aber bei seiner Entführung handelt es sich offensichtlich nicht um eine isolierte Aktion. Pater Bradbury wurde gezwungen, seine Missionare zum Verlassen des Landes aufzufordern. Das scheint mir eindeutig nur der Auftakt einer gegen die katholische Kirche gerichteten Kampagne zu sein, die etwas mit den Aktivitäten dieses Dhamballa zu tun haben muss.«

»Dem Anführer des Kults«, sagte Hood.

»Richtig«, erwiderte Kline. »Zweitens: Wenn wir Pater Bradburys Freilassung nicht rasch erreichen, müssen wir in Erfahrung bringen, welche Pläne Dhamballa mit ihm hat.«

»Ich nehme doch an, dass es keine Kontakte zwischen

diesem religiösen Kult und dem Vatikan gegeben hat, oder?«, fragte Hood.

»Absolut keine«, antwortete Kline. »Dhamballa hat weder ein Büro noch eine Art ständiges Gotteshaus, oder wie immer man das in seinem Fall nennen soll. Zumindest wissen wir nichts davon. Wir wissen nicht einmal, wie er vor der Gründung dieser religiösen Bewegung hieß.«

»Und der dritte Aspekt des Problems, Mr Kline?«, fragte Hood.

»Dabei geht es nicht so sehr um ein Thema, das nur den Vatikan betrifft, sondern um ein potenzielles Problem für Botswana und die ganze Region«, antwortete Kline. »Sie haben ja schon auf die Frage hingewiesen, wer hinter Dhamballa stehen könnte. Wir haben keine Ahnung, ob Albert Beaudin etwas mit dieser Bewegung zu tun hat. Falls ja, ist es extrem unwahrscheinlich, dass ihn die Suche nach religiöser Erleuchtung treibt.«

»Er würde allenfalls aus Eigeninteresse Unruhe stiften«, bemerkte Hood.

Kline nickte.

»Wissen wir, ob Beaudin Zugang zu denselben NATO-Daten hat wie wir?«, fragte Hood.

»Wahrscheinlich schon«, sagte Herbert. »Aber wer auch immer hinter dieser Geschichte stecken mag, geht doch wahrscheinlich sowieso nicht davon aus, dass der Bischof dort ohne Schutz sein wird.«

»Was würde der Vatikan riskieren, wenn er die Ereignisse einfach noch ein bisschen ihren Lauf nehmen ließe, Mr Kline?«, erkundigte sich Hood.

»Sehr viel«, antwortete Kline. »Ginge es nur um Pater Bradburys Rückkehr, würde ich Ihnen zustimmen, dass man den Posten des Priesters eine Zeit lang unbesetzt lassen könnte. Aber es geht nicht nur um Pater Bradbury, sondern um die Glaubwürdigkeit des Vatikans und unsere Verpflichtung gegenüber denjenigen, die ihren Glauben buchstäblich in uns gesetzt haben. Nicht nur in Botswana, sondern auf der ganzen Welt. Wir leben in unsicheren, gewalttätigen Zeiten, und die Kirche kann es sich nicht leisten, sich so passiv wie in der Vergangenheit zu verhalten.«

»Betrachten wird die Lage doch einmal aus einer anderen Perspektive«, sagte Hood. »Kann Dhamballa es sich leisten, dass Bischof Max an Pater Bradburys Stelle tritt?«

»Keine Ahnung«, räumte Kline ein. »Wir hoffen, das die Entschlossenheit des Vatikans ihn davon abhalten wird, die Situation weiter eskalieren zu lassen.«

»Etwa dadurch, dass er auch den Bischof ins Visier nimmt?«

Kline nickte.

»Und wenn Dhamballa genau das vorhat?«, warf Herbert ein. »Was ist, wenn er demonstrieren will, wie kühn er die Kirche anzugreifen bereit ist und wie schnell Anhänger seiner religiösen Bewegung auch aus dem Ausland ins Land kommen können?«

»Dann haben wir es mit einer sehr ernst zu nehmenden Situation zu tun«, gab Kline zu. »Die katholische Kirche ist nicht bereit, ihre missionarischen Aktivitäten in Botswana oder sonst wo einfach aufzugeben.«

Jetzt wandte sich Hood seinem politischen Berater zu. »Mit was für Konsequenzen müssten wir rechnen, falls in Botswana ein Bürgerkrieg ausbrechen sollte, Ron?«

»Ein politisch motivierter Krieg wäre schon schlimm genug«, erwiderte Plummer. »Selbst wenn es nur darum ginge, sähen wir uns mit dem Risiko konfrontiert, dass tausende Flüchtlinge sich in Richtung Südafrika aufmachen und an der Grenze gewalttätige Auseinandersetzungen provozieren würden. Aber wenn wir es mit einem religiös motivierten Aufstand zu tun hätten, bei dem Anhänger einer Naturreligion Katholiken angreifen, könnte das die hinduistische oder die moslemische Minderheit in Südafrika ermutigen, sich an den Vorgängen ein Beispiel zu nehmen.«

»Und täuschen Sie sich nicht«, sagte Kline. »Falls es in dieser Region zu einem Konflikt kommen sollte, wäre Südafrika gezwungen, sehr schnell die Grenze dichtzumachen, um seine Bevölkerung und speziell seine Arbeitskräfte zu schützen. Johannesburg kann es sich nicht leisten, auf die Einkünfte aus dem Export zu verzichten. Unruhen in der südafrikanischen Industrie hätten Auswirkungen auf die regionale Versorgung mit Stahl, Korn, Wolle und Metallen. Natürlich auch auf den internationalen Diamantenmarkt.«

Bei der Erwähnung von Diamanten warfen sich Hood und Herbert einen Blick zu, den Kline aber nicht zu bemerken schien.

»Im Falle eines religiös motivierten Kriegs müsste man auch mit potenziell sehr ernsthaften Problemen westlich, östlich und nördlich der Grenzen Botswanas rechnen«, fuhr Plummer fort. »Im Westen liegt Namibia, dessen Bevölkerung zur Hälfte aus Christen, zur anderen Hälfte aus Anhängern traditioneller Naturreligionen besteht.«

»Und das sind genau die Leute, auf die Dhamballa Anziehungskraft ausübt«, sagte Kline. »Auch seine religiöse Bewegung schöpft aus verschiedenen traditionellen Quellen. Noch schlimmer sähe es im Osten aus, in Zimbabwe, wo es doppelt so viele Anhänger von Naturreligionen wie Christen gibt. Und im Norden, in Angola, könnten wir durchaus Zeugen einer offenen Christenverfolgung werden. Die Mehrzahl der dortigen Christen sind Katholiken, wobei allerdings auf einen von ihnen vier Anhänger traditioneller einheimischer Religionen kommen. Das könnte alte Stammesrivalitäten verschärfen, die an sich nichts mit der Religion zu tun haben.«

»Ein geschickt gezündeter Funke, und das Pulverfass

könnte in die Luft gehen und die ganze Region in Mitleidenschaft ziehen«, sagte Plummer. »Und bei der Explosion würde es nicht bleiben. Die politischen, religiösen, ökonomischen und sozialen Veränderungen wären so gravierend, dass man die Region hinterher nicht wiedererkennen würde. Ganz zu schweigen davon, dass man den vorherigen Zustand wiederherstellen könnte.«

»Okay, aber wie wird die Regierung von Botswana mit dieser Krise umgehen?«, fragte Hood. »Welche Reaktion ist wahrscheinlich?«

»Im Augenblick begnügt sie sich damit, die Lage zu beobachten«, sagte Kline. »Man hat die Leute in dem Feriendorf verhört und versucht, die Spur der Entführer aufzunehmen. Aber solange die Regierung nicht mehr über Dhamballa und seine religiöse Bewegung weiß, hat sie nicht die Absicht, die Krise durch eine Überreaktion zu verschärfen.«

»Außerhalb der Städte sind religiöse Fanatiker und Möchtegern-Rebellen in dieser Gegend nichts Ungewöhnliches«, bemerkte Plummer. »Zweifellos hatte es die Regierung schon früher mit ähnlichen Phänomenen zu tun, aber die internationale Gemeinschaft hat keine Notiz davon genommen.«

»Und was ist, wenn die Konfrontation zwischen dem Vatikan und Dhamballa eskaliert, Ron?«, fragte Hood.

»Sollte die Regierung in Gaborone den Eindruck gewinnen, dass Dhamballa seine Machtbasis ausgebaut hat, wird sie ihm wahrscheinlich Verhandlungen anbieten«, antwortete Plummer. »Wie ich bereits sagte, solche religiösen Kulte sind in der Gegend nichts Ungewöhnliches. Der große Unterschied besteht darin, dass in diesem Fall ein katholischer Priester entführt wurde.«

»Wenn man Dhamballa bekämpft, läuft man Gefahr, ihm zusätzliche Legitimität zu verleihen«, sagte Herbert zu Kline.

»Wenn man mit ihm verhandelt aber auch«, antwortete Kline.

»Es gibt verschiedene Verhandlungsebenen, Edgar«, bemerkte Hood. »Gaborone kann einen Dialog beginnen, ohne dadurch seine Aktionen zu legitimieren. Weiß der Präsident von Botswana ... Wie heißt er noch gleich?«

»Butere«, antwortete Kline. »Michael Butere.«

»Weiß Präsident Butere, dass im Fall Dhamballa möglicherweise die Brush Vipers und die Interessen von Ausländern mit im Spiel sind?«, fragte Hood.

»Über die mögliche Beteiligung der ehemaligen Mitglieder der Brush Vipers haben wir ihn informiert«, erwiderte Kline. »Aber da diese früheren Freiheitskämpfer maßgeblich an der Vertreibung der Briten beteiligt waren und für den älteren Teil der Bevölkerung noch immer Helden sind, hat der Präsident bisher nicht die Absicht, sie als Rebellen zu brandmarken. Von Albert Beaudin haben wir ihm bisher noch nichts erzählt.«

»Und warum nicht?«, fragte Herbert. »Da sich die Rebellen letztlich vielleicht gegen die Regierung von Botswana wenden werden, sollte er darüber Bescheid wissen.«

»Wir machen uns mehr Sorgen über die Beziehungen des Vatikans zu Frankreich«, sagte Kline. »Solange wir nicht felsenfest davon überzeugt sind, dass ein führender französischer Industrieller in diese Geschichte verwickelt ist, haben wir definitiv nicht die Absicht, den Franzosen einen Hinweis in dieser Richtung zu geben.«

»Dann lassen Sie die Franzosen wenigstens wissen, dass Sie einen Verdacht hegen«, schlug Herbert vor.

»Das ist keine gute Idee«, bemerkte Plummer. »Nach unseren Informationen sitzen Leute in der Regierung, die Beaudin unterstützen.«

»Genau das haben wir uns auch gedacht«, sagte Kline. »Es liegt nicht in unserem Interesse, dass sich führende

Regierungsmitglieder gegen unsere Vertreter in Frankreich wenden. Wie gesagt, im Augenblick liegt uns vor allem die Sicherheit unserer Priester und Missionare am Herzen.«

»Und genau so sollte es auch sein«, stellte Hood entschieden fest.

Hoods Bemerkung sollte eher Herbert in die Schranken weisen als den Vertreter des Vatikans unterstützen. Und Hood hatte Recht damit, Herbert einen Dämpfer zu verpassen. Ihm war nicht entgangen, dass der Leiter seiner Aufklärungsabteilung sich nicht im erforderlichen Maße unter Kontrolle hatte. Die ganze Zeit über war sein finsterer Blick unstet umhergeirrt. Es ging nicht mehr nur darum, dass Herbert über Kline verärgert war, der ihm nichts von der spanischen Spezialeinheit erzählt hatte. Offensichtlich wünschte Herbert sich auch, die geheimdienstlichen Aspekte dieser Operation ganz an sich zu reißen. Angesichts der Tatsache, dass mehrere Länder in die Geschichte involviert waren und dass es jede Menge brisanter Aspekte gab, war genug Arbeit vorhanden, um alle daran zu beteiligen. Dennoch beneidete Herbert Mike Rodgers darum, dass er sein neues Team in diesen Einsatz schicken konnte.

Hood blickte zu Plummer hinüber. »Irgendwelche Vorschläge, Ron?«

»Zwei«, antwortete Plummer. »Zunächst sollte das Op-Center mit beträchtlicher Vorsicht agieren, da wir sowohl innenpolitische als auch außenpolitische Aspekte zu bedenken haben. Was wir auch unternehmen, es muss möglichst unauffällig geschehen, am besten so, dass niemand etwas davon mitbekommt.«

»Ganz meine Meinung«, stimmte Herbert zu.

»Und dann wäre dazu noch zu sagen«, fuhr Plummer fort, »dass wir es uns absolut nicht leisten können, dass es zur Explosion kommt. Solange wir eine realistische

Möglichkeit sehen, unsere Leute im Ernstfall sicher außer Landes zu bringen, sollten wir Mr Kline hinsichtlich der Informationsbeschaffung jede nur erdenkliche Unterstützung gewähren.«

»Mal vorausgesetzt, wir engagieren uns, wie sähe das schlimmstmögliche Szenario aus, was Komplikationen auf der internationalen Ebene betrifft?«, fragte Hood.

»Diese Frage lässt sich leicht beantworten«, erwiderte Plummer. »Der schlimmste Fall wäre, wenn einer unserer engsten Mitarbeiter wegen Spionageverdachts in Botswana verhaftet würde. Wenn die Vereinigten Staaten einfach mal eben so eine religiöse Bewegung in einem kleinen afrikanischen Land ins Visier nehmen, ist es völlig undenkbar, dass sie unbeschadet aus der Sache hervorgehen werden, falls die Geschichte auffliegen sollte.«

»Und sollten die Franzosen etwas mit Dhamballa zu tun haben, können wir sicher sein, dass uns genau die öffentliche Aufmerksamkeit zuteil wird, auf die wir ganz und gar nicht scharf sind«, sagte Herbert.

Hoods Blick richtete sich auf den Leiter der Aufklärungsabteilung. »Und wie bereiten wir uns auf diesen Fall vor, Bob?«

»Das hängt ganz von Mr Kline ab«, sagte Herbert, der den Mann vom Sicherheitsdienst des Vatikans anblickte. »Idealerweise sollten wir jemanden mit dem Bischof nach Botswana schicken. Am besten jemanden, der sich als Geistlicher ausgibt. Ich befürchte nur, dass seine Identität von einem Journalisten überprüft werden könnte.«

»Vermutlich«, sagte Kline.

»Aber es gibt noch einen anderen Weg«, bemerkte Herbert.

»Welchen?«

»Wir könnten jemanden mit den spanischen ›Touristen‹ ins Land bringen«, erklärte Herbert. »Glauben Sie, dass es da Probleme gäbe, Edgar?«

»Möglicherweise«, räumte Kline ein. »Man hat mich wissen lassen, dass Major José Sanjulian nicht mit anderen zusammenarbeitet.«

»Vielleicht könnte Brett August uns da helfen«, sagte Hood. »Der Colonel hat nach wie vor ein sehr gutes Verhältnis zu Offizieren der meisten NATO-Staaten.«

»Wenn der Kommandeur der spanischen Spezialeinheit keine Einwände hat, bin ich sicher, dass der Vatikan nichts dagegen haben wird«, sagte Kline. »Wer ist denn Ihr Favorit für diesen verdeckten Einsatz?«

»Eine Frau, die gerade ihren Job bei Interpol an den Nagel gehängt und vermutlich Anrecht auf ein paar Wochen Urlaub hat«, antwortete Herbert. »Maria Corneja-McCaskey.«

17

Maun, Botswana – Donnerstag, 16 Uhr 30

Der Bus nach Maun traf um sechzehn Uhr dort ein. Er setzte zweiundvierzig Touristen ab und würde nach einer Stunde wieder zurückfahren. Wer dann nicht pünktlich zur Stelle war, musste sich bis elf Uhr morgens gedulden. Taxis waren teuer, und nach Einbruch der Dunkelheit waren ohnehin nur noch sehr wenige von ihnen unterwegs, da sich das unwegsame Terrain außerhalb der Stadt oder abseits der Landstraße für nächtliche Fahrten ganz und gar nicht eignete. Autovermietungen wurden hauptsächlich von Fremden in Anspruch genommen, die direkt nach Gaborone oder Francistown fuhren.

Der achtunddreißigjährige Diakon Eliot Jones war kurz nach vierzehn Uhr an der Heiligkreuz-Kirche eingetroffen. Für den Weg von dem an der Grenze zu Zimbabwe gelegenen Tonoto hatte er länger als einen Tag benötigt. Zunächst musste er mit dem Fahrrad nach Francistown fahren, um dort einen Überlandbus zu nehmen, der in Richtung Westen fuhr und dabei die Makgadikgadi-Salzpfanne umrundete. Hier musste er im Touristenzentrum an der Salzpfanne auf den Bus nach Maun warten, in Maun auf den nächsten, der ihn schließlich zu dem Feriendorf neben Pater Bradburys Kirche brachte. Dort wollte er sich mit Diakon Canon treffen und gemeinsam mit ihm alle Vorbereitungen für die von oben angeordnete Abreise aus Botswana treffen.

Diese Anordnung passte Diakon Jones gar nicht, da er keinerlei Lust verspürte, seine Gemeinde im Stich zu lassen. Seine Aufgabe bestand darin, Seelen zu retten – nicht seine eigene Haut.

Während seiner Reise hatte er mehrfach versucht, Pater Bradbury telefonisch zu erreichen, doch dieser hatte nie geantwortet. Diakon Jones machte sich große Sorgen um seinen Mentor und alten Freund.

Nur ein paar Minuten, nachdem er endlich bei der Kirche eingetroffen war, erreichte ihn ein Anruf aus der Erzdiözese in Kapstadt. Diakon Jones erfuhr, dass umdisponiert worden war. Er sollte sich am nächsten Nachmittag nach Maun begeben, allerdings nicht, um ein Flugzeug nach Südafrika zu besteigen. Stattdessen sollte er dort den aus Washington kommenden Bischof Victor Max in Empfang nehmen und mit ihm zur Kirche Bradburys zurückkehren. Außerdem gab der aus Kapstadt anrufende persönliche Sekretär von Erzbischof Patrick ihm die Anweisung, auch den anderen Diakon mitzubringen. Patrick wollte nicht, dass der fünfunddreißigjährige Bischof allein blieb, während Jones sein Gepäck holte, Busfahrkarten kaufte oder Lebensmittel besorgte.

Mit Freude nahm Jones zur Kenntnis, dass man die

Kirche nicht einfach aufgeben würde. Vielleicht würde ihm der Bischof ja gestatten, bei ihm zu bleiben. Außerdem war der Diakon gespannt, weil er bisher noch nie einem amerikanischen Bischof begegnet war. Auch wenn die Männer vielleicht nur ein paar Stunden gemeinsam verbringen würden, freute sich Jones darauf. Geistliche aus dem Ausland sahen die Dinge oft aus anderen Perspektiven und hatten andere Ideen. Amerikaner waren im Allgemeinen immer offener und häufig besser informiert. Vielleicht brachte der Bischof ja auch Neuigkeiten über Pater Bradbury mit. Oder Insiderinformationen darüber, was in Botswana überhaupt vor sich ging. Womöglich wusste die Erzdiözese in Kapstadt mehr über die Krise als Jones, aber gesagt hatte man ihm nichts.

Diakon Samuel Holden Canon hatte einen noch weiteren Weg zurückgelegt als Jones. Zu seiner Gemeinde gehörten einige Dörfer in den Tsodilo Hills, einer sagenumwobenen Felsformation, die sich dreihundert Meter hoch aus der Kalahari erhebt und im nordwestlichen Grenzgebiet von Botswana, Namibia und Angola liegt. Begonnen hatte er seine Reise auf dem Rücken eines Maulesels, dann hatten ihn ein Jeep und ein Bus nach Maun gebracht. Wegen seiner späten Ankunft war der zweiunddreißigjährige, in Johannesburg geborene Sam Canon der einzige Diakon, der nicht mit dem Morgenbus nach Kapstadt gefahren war. Jones unterrichtete ihn über die Anweisungen des Erzbischofs, und Canon versicherte, er fühle sich geehrt, den Diakon nach Maun begleiten zu dürfen.

Die beiden Männer suchten die Zimmer auf, in denen die Diakone untergebracht wurden, wenn sie aus ihren entlegenen Gemeinden zur Kirche reisten. Sie legten ihre schmutzigen Soutanen ab und gingen unter die Dusche, um den Staub der Reise abzuspülen. Dann legten sie frisch gewaschene Soutanen an. Während Pater Bradburys Abwesenheit waren sie auch für die Touristen zuständig, falls diese religiösen Beistand benötigen sollten. Nachdem Diakon Jones in der kleinen Küche Tee zubereitet hatte, trat er damit auf die Veranda hinaus. In Korbsesseln sitzend, ließen die beiden Männer den Blick über die weitläufige Flussniederung schweifen. Es war einer jener trockenen, warmen und windstillen Nachmittage, wie man sie hier um diese Jahreszeit erwarten durfte. Am Himmel war kein Wölkchen zu sehen, und die Sonne sank bereits.

»Haben Sie irgendeine Ahnung, was hinter dieser Geschichte stecken könnte?«, fragte Canon.

An Politik war Eliot Jones nie sonderlich interessiert gewesen. Er entstammte der oberen Mittelklasse und war im Londoner Stadtteil Kensington aufgewachsen. Geschichte und Politik interessierten Jones nur, wenn sich ihr Einfluss in der Kunst oder der Religion niederschlug, die seine einzigen großen Interessen waren.

»Ich bin mir nicht sicher«, antwortete er. »Haben Sie jemals etwas über diesen Mahdi aus dem Sudan gelesen?«

»Meinen Sie den Mann, der Ende des 19. Jahrhunderts gegen die Briten gekämpft hat?«, fragte Canon.

»Genau«, bestätigte Jones. »Die Briten unterstanden dem Befehl von General Gordon.«

»Ich habe den Film *Khartoum* mit Charlton Heston gesehen«, sagte Canon etwas beschämt.

»Gibt's den etwa im Videoarchiv der Erzdiözese?«, fragte Jones lächelnd.

Canon nickte.

»Ich habe den Film auch gesehen«, bekannte Jones. »Der Konflikt zwischen den beiden Männern hat mich erstmals beschäftigt, als ich dreizehn war. Gordon war ein sehr religiöser Christ, der im Krimkrieg gekämpft hatte, dann mithalf, den Taipingaufstand niederzuschlagen, und schließlich nach der Arche Noah suchte. Auch ich habe mir immer gewünscht, die Bibel und andere Texte lesen, nach Anhaltspunkten forschen und dann in den Bergen auf die Suche gehen zu können. Mir fiel ein Exemplar der Tagebücher von General Gordon in die Hände, und die Geschichte seiner Suche faszinierte mich. Er musste sie schließlich aufgeben, um die Verteidigungsmaßnahmen der loyalen britischen Untertanen in Khartum zu organisieren. Der Mahdi war Mohammed Ahmed, ein vierzigjähriger muslimischer Religionsführer. Jahrelang predigte Ahmed vor allen, die zuhören wollten, und natürlich waren seine Zuhörer die Hungrigen, die Obdachlosen und die Hoffnungslosen. Im Jahr 1881 proklamierte sich Ahmed zum Mahdi, weil er überzeugt davon war, der von den Schiiten erwartete Heilsbringer zu sein. Nicht minder überzeugt war er davon, dass alle Leiden seines Volkes auf die Anwesenheit von Ungläubigen zurückgingen. Er erklärte den Dschihad, den Heiligen Krieg, und von diesem Augenblick an folterte oder ermordete er jeden, der nicht mit seiner Weltsicht übereinstimmte. Nur General Charles Gordon und ein paar hundert sudanesische Soldaten konnten ihm in Khartum Widerstand leisten. Der Mahdi ließ sie alle abschlachten, dazu tausende Einwohner, die Gordon treu ergeben waren.«

»Der erste radikalislamische Fundamentalist«, kommentierte Canon.

»Nicht wirklich«, antwortete Jones. »Aber er war der erste, der es auf die Titelseite aller englischen Zeitungen brachte.«

»Wollen Sie damit sagen, dass Sie Parallelen zwischen dem damaligen und unserem Konflikt sehen?«, fragte Canon.

»Ja«, bestätigte Jones. »Ich glaube nicht, dass Pater Bradburys Entführung oder die Aufforderung an die Diakone, das Land unverzüglich zu verlassen, etwas mit nationalistischen Motiven zu tun haben. Ganz offensichtlich haben wir es mit religiösen Gründen zu tun.«

»Sie meinen, dass hier gleichsam der Stern eines Mahdi aufgeht?«, fragte Canon.

»Genau das«, antwortete Jones.

»Woher wollen Sie wissen, ob nicht doch die Regierung dahinter steckt?«

»In den Dörfern ist die Kirche nicht nur für die Erziehung und die Gesundheitsfürsorge, sondern teilweise auch für die Ernährung der Bewohner zuständig«, erläuterte Jones. »So etwas fördert das friedliche Zusammenleben. Die Regierung von Botswana gewinnt nichts, wenn sie uns aus dem Land jagt.«

»Wie erklären Sie sich dann, was mir Ndebele, der Verwalter des Feriendorfs, bei meiner Ankunft erzählt hat?«, fragte Canon. »Er hat behauptet, Pater Bradbury sei von Soldaten verschleppt worden.«

»Soldaten kann man anheuern.«

»Aber mit was für einer Art von Loyalität oder Mut kann man dann rechnen?«

»Daran wird's nicht fehlen, wenn es der Sache dient. Besonders dann nicht, wenn man *genügend* Soldaten anheuert. Auch ich habe mit Ndebele gesprochen, und er sagte, Pater Bradbury sei von vierzig bis fünfzig Männern verschleppt worden. Meiner Meinung nach heißt das, dass die Entführer auf diese Weise eine Art Statement abgeben wollten.«

Canon schüttelte bedächtig den Kopf. »Mit solchen Dingen kenne ich mich wirklich nicht aus. Meine Eltern haben zwar immer über Politik geredet, aber ich habe mich da nie hineinziehen lassen. Mir schienen alle Antworten in der Bibel zu liegen, im Wort Gottes.«

Jones lächelte. »Genauso hat General Gordon gedacht. Am Schluss hätte er gut ein paar Patronen mehr gebrauchen können.«

»Was ist aus dem Mahdi geworden?«, fragte Canon.

»Sein Sieg hat ihn das Leben gekostet«, antwortete Jones.

»Wie meinen Sie das?«

»Nachdem seine heiligen Krieger die Verteidiger Khartums abgeschlachtet hatten«, erläuterte Jones, »ließen sie ihre Leichen wochenlang einfach in den Straßen liegen. Das Resultat war eine Typhusepidemie, der der Mahdi nur ein paar Monate nach der Einnahme Khartums zum Opfer fiel.«

»Den Gewalttätigen treffe das Unglück Schlag auf Schlag«, bemerkte Canon.

»Psalm 140,12.«

»Ja«, bestätigte Canon. »Der Mahdi war von dem Augenblick an verdammt, als er sein Schwert gegen andere erhob. Aber es hätte nicht so kommen müssen. Im ersten Brief an die Korinther – 2,15 – steht: ›Der geisterfüllte Mensch urteilt über alles, ihn aber vermag niemand zu beurteilen.‹ Wäre der Mahdi ein wahrhaft geisterfüllter, gottesfürchtiger Mann gewesen, dem der Ruhm nichts bedeutete, hätte er gepredigt, statt zum Schwert zu greifen. Seine Vernichtung war nicht unvermeidlich.«

»Im Gegenteil. Er hätte dann vielleicht einen viel dauerhafteren Einfluss ausgeübt«, sagte Jones. »Bei der Arbeit mit den Menschen hier ist mir eine tiefe Spiritualität aufgefallen. Viele von denen, die nicht zum Christentum übergetreten sind, halten energisch an ihrem traditionellen Glauben fest. Ich bewundere ihre Überzeugung. Der Glaube und die Wahrheit müssen den Wandel herbeiführen. Ansonsten wird das Ergebnis nie von Dauer sein.«

»Hat ihr Glaube sie jemals an Ihrem eigenen zweifeln lassen?«, fragte Canon grinsend.

»Nein, aber diese Menschen haben mich dazu veranlasst, meinen Glauben einer weiteren Überprüfung zu unterziehen. Und wann immer ich das tue, gehe ich gestärkt daraus hervor.«

Die beiden Männer tranken schweigend ihren Tee. Die Sonne ging unter, und die Luft kühlte sich schnell ab, was sehr angenehm war. Stille senkte sich über die weite Ebene.

Diakon Jones' Mobiltelefon klingelte. Das Geräusch ließ ihn erst zusammenzucken, doch dann zog er es schnell aus der Tasche seiner Soutane. Er rechnete mit einem Anruf des Sekretärs des Erzbischofs.

Doch er irrte sich.

Am anderen Ende meldete sich Pater Bradbury und trug eine überraschende Frage vor.

18

Washington, D. C. – Donnerstag, 9 Uhr 55

Das Treffen von Bob Herbert, Ron Plummer, Edgar Kline und Paul Hood endete damit, dass der Leiter der Aufklärungsabteilung den Raum verließ, um Maria Corneja-McCaskey anzurufen. Unterdessen plauderte Kline noch ein paar Minuten mit Hood, wobei die Themen die finanzielle Situation Botswanas und die politische Stabilität des Landes einschlossen. Darüber hinaus musste der Direktor des Op-Centers Kline beschwichtigen, da dieser noch immer entrüstet darüber war, dass man ihn observiert hatte. Hood verhielt sich verständnisvoll, weil das zu seinem Job gehörte. Tatsächlich fühlte er sich ein bisschen wie damals, als er Bürgermeister von Los Angeles gewesen war. Häufig gingen Angestellte der Stadt davon aus, von gewissen Pflichten ausgenommen zu sein. Allein aufgrund ihrer Stellung glaubten sie, nicht für die

Besetzung von Jurys herangezogen werden zu können oder sich vor Freizeitparks oder in überfüllten Restaurants nicht anstellen zu müssen. Aufgrund seiner Stellung und seines Arbeitgebers glaubte auch Kline, über jeden Verdacht erhaben zu sein. Hood war in beiden Fällen gegen jedwede Privilegien. Für ihn zählte nur seine Verantwortung für die Rechte und Sicherheit seiner Bürger.

Als Kline sich schließlich verabschiedete, um nach New York zu fliegen, schien er zufrieden zu sein – wenn auch vielleicht nicht völlig davon überzeugt, dass Bob Herbert einfach nur dem beim Op-Center obligatorischen Prozedere gefolgt war.

Als Herbert in Hoods Büro zurückkam, teilte er seinem Chef mit, dass Maria Corneja bereit sei, die neue Herausforderung anzunehmen.

Hood hatte angeboten, McCaskey sofort nach dessen Eintreffen zu informieren, doch Herbert bat darum, das selbst übernehmen zu dürfen.

»Darrell hat gar nicht gern gehört, dass Sie Kontakt zu einer Freundin vom FBI aufnehmen wollen«, sagte Herbert. »Noch viel unglücklicher wird er sein, wenn er hört, was ich tue.«

»Das befürchte ich auch«, bemerkte Hood trocken.

»Wenn er bei mir in die Luft geht, kann er sich hinterher bei Ihnen beschweren. Wenn er bei *Ihnen* in die Luft geht, würde er uns hinterher vielleicht verlassen, und das wollen wir ja schließlich nicht.«

»Und er *wird* in die Luft gehen«, dachte Hood laut.

»Oh, ja«, bemerkte Herbert. »Es kann sich um eine große Explosion handeln oder um mehrere kleine. Da er aber bestimmt trotzdem im Interesse des Op-Centers handeln will, wird das die große Explosion dämpfen.«

Da Hood auch noch andere Dinge zu erledigen hatte, gab er Herbert grünes Licht. Emmy Feroche, Hoods alte

Kollegin aus der Finanzwelt, war in einer Besprechung gewesen, und er hatte sie durch eine Voicemail gebeten, ihn zurückzurufen. In der Zwischenzeit wollte Hood mit Shigeo Fujima telefonieren.

Sobald Herbert das Büro verlassen hatte, öffnete Hood Fujimas Datei, um auf dem Monitor schnell deren Inhalt zu überfliegen. Fujima war fünfunddreißig, verheiratet und hatte zwei Kinder. Er hatte an der Universität von Tokio Politologie studiert und seinen zweiten Hochschulabschluss, diesmal in Kriminologie, an der juristischen Fakultät in Osaka erworben. Mittlerweile arbeitete er seit sieben Jahren als Chef der nachrichtendienstlichen Abteilung des japanischen Außenministeriums. Offensichtlich war er intelligent und politisch gewieft. Japan war eine streng hierarchisch organisierte Gesellschaft, und wenn man es da in jungen Jahren bereits so weit gebracht hatte, war das sehr beeindruckend.

Nachdem er Fujimas Datei durchgesehen hatte, ließ Hood das Dossier über Henry Genet auf seinem Monitor erscheinen. Genet war ein dreiundfünfzigjähriger, in Antwerpen geborener Diamantenhändler, der gemeinsam mit verschiedenen anderen Größen aus der französischen Geschäfts- und Finanzwelt im Aufsichtsrat von Beaudin International Industries saß.

Hood wählte die Telefonnummer, die Fujima Herbert via Voicemail mitgeteilt hatte. Der Japaner war gerade in einer Besprechung, aber er nahm sich einen Augenblick Zeit, um mit Hood zu sprechen.

»Danke, dass Sie zurückrufen, Mr Hood«, sagte Fujima. »Ich fühle mich sehr geehrt, dass der Direktor des Op-Centers persönlich anruft.«

Seine Stimme klang ruhig, respektvoll und nicht gehetzt, doch das hatte nichts zu bedeuten. Japanische Offizielle waren immer ruhig und schienen nie unter Zeitdruck zu stehen.

Hood beschloss, sofort zur Sache zu kommen. Für den obligatorischen Austausch von Nettigkeiten und unaufrichtigen, süßlichen Komplimenten, die normalerweise die Konversation mit japanischen Offiziellen einleiteten, fehlte ihm im Augenblick die Zeit.

»Ihre Nachricht hat mich persönlich interessiert«, sagte er. »Sie haben sich nach Henry Genet erkundigt.«

»Ja«, bestätigte Fujima.

»Dann wollen wir mal sehen, ob ich Ihnen helfen kann.«

Einen Augenblick lang schwieg Fujima. Innerhalb von Sekunden hatten die beiden Männer die ohnehin schon aufs Unumgängliche verkürzten Präliminarien hinter sich gebracht, und jetzt begann der eher wortkarge Gedankenaustausch zweier Geheimdienstler. In dieser Form war das für Paul Hood eine ganz neue Erfahrung. Wenn dieser Japaner sprach, wägte er seine Worte sorgfältig ab und drückte sich präzise aus.

»Wir haben Mr Genet wegen einiger seiner jüngsten Investitionen und geschäftlichen Aktivitäten beobachtet«, sagte Fujima. »Während der letzten paar Monate hat er verstärkt Personal in Botswana angeheuert. Zumindest geht das aus den Steuerunterlagen aus Gaborone hervor.«

»Aber Sie glauben das nicht?«

»Nein.«

»Was für Leute soll er denn angeblich eingestellt haben?«, fragte Hood.

»Einkäufer für Diamanten, Security-Personal für seine Einkaufstouren, Kundschafter, die neue Einkaufsquellen erschließen sollen und ...«

»Mit anderen Worten: Angestellte, die keinerlei Verdacht erregen.«

»Ja«, stimmte Fujima zu. »Trotzdem haben wir bei unserer Observierung keine Spur von diesen Leuten entdecken können.«

Hood war neugierig, wie die Überwachung durch die Japaner aussehen mochte. Wenn sie gleichfalls mit verdeckten Ermittlern vor Ort arbeiteten, konnte das dem Op-Center zugute kommen. Aber Fujima hätte es Hood auch dann nicht erzählt, wenn dieser danach gefragt hätte. Es machte keinen Sinn, diesen Mann in Verlegenheit zu bringen. Manchmal verschaffte man sich mehr Respekt, wenn man bestimmte Fragen *nicht* stellte. Mit Sicherheit dann, wenn man es mit einem Japaner zu tun hatte.

»Zur selben Zeit hat Genet von Banken in Japan, Taiwan und den Vereinigten Staaten fast einhundert Millionen Dollar abgehoben«, fuhr Fujima fort. »Einen Teil des Geldes hat er dafür verwendet, große Flächen Land zu pachten und in Fabriken in China und Nordkorea zu investieren.«

»Das könnte einfach eine Investitionsentscheidung sein«, gab Hood zu bedenken. »Man geht im Fall von China für die nächsten zwanzig Jahre von einem überdurchschnittlichen Wirtschaftswachstum aus.«

»Eine plausible Annahme«, stimmte Fujima zu. »Allerdings versucht Mr Genet dadurch, dass einige Teile des Geschäftes unter dem Namen von internationalen Dachgesellschaften laufen, sein eigenes Engagement zu verschleiern.«

»Wie heißen diese Holding-Gesellschaften?«, fragte Hood.

»Mit Sicherheit wissen wir nur von einer, die sich Eye At Sea nennt«, antwortete Fujima. »Sie ist in den Niederlanden eingetragen und definiert sich als Risikokapital-Beteiligungsgesellschaft. Unserer Meinung nach gehört auch Mr Albert Beaudin zu dieser Investmentgesellschaft. Er sollte seine Beteiligung eigentlich nicht verschleiern müssen. Schließlich ist es nicht illegal, wenn ein Franzose in China investiert.«

»In welcher Region Chinas hat Genet denn Land gepachtet?«, fragte Hood.

»In Shenyang«, antwortetet Fujima. »Das liegt in der Provinz Liaoning. Sind Sie mit dieser Region vertraut, Mr Hood?«

»Ja. Dort produzieren die Chinesen ihre technisch ausgereiften J-8 II-Kampfjets.«

»Stimmt genau«, bestätigte Fujima. »Und gerade das macht uns Sorgen. Dort gibt es bestens ausgebildete Arbeitskräfte, die aber für niedrige Löhne zu haben sind. Ein international aktiver Munitionsfabrikant könnte eine Menge Geld verdienen, wenn er sich dieser gut qualifizierten Arbeitskräfte bedient. Und natürlich ist das ein Geschäftszweig, den Japan genau im Auge behalten muss.«

»Allerdings«, sagte Hood. »Haben Sie irgendwelche Indizien dafür, dass Albert Beaudin sich am Erwerb des Landes beteiligt hat oder nach China expandieren will?«

»Nein, Mr Hood«, gestand Fujima. »Aber wir können diese Möglichkeit nicht ignorieren.«

»Natürlich nicht.«

Hood öffnete noch einmal die Computerdatei mit den Informationen über Beaudin, um sich die Unternehmensstruktur seines Imperiums anzusehen. Er überflog die Kurzbiografien der Beteiligten, die aber nichts gemeinsam hatten, nicht einmal Herkunft, Alter oder zu vermutende politische Ziele. Nichts wies auf die typische Zusammensetzung einer PIG – Political Intervention Group – hin. Hood hatte das schon immer für eine treffende Abkürzung für Gruppen gehalten, die Terroristen, Rebellen und Staatsstreiche unterstützten.

»Haben die anderen Mitglieder von Beaudins Team irgendwelche bedeutenden finanziellen Transaktionen unternommen?«, fragte Hood.

»Bisher haben wir uns nur um Mr Genet und Mr Beaudin gekümmert«, antwortete Fujima. »Aber Sie haben früher selbst in der Finanzwelt gearbeitet, Mr Hood. Denken Sie doch einmal kurz über die Namen der Leute nach, die in Beaudins Aufsichtsrat sitzen: Richard Bequette, Robert Stiele, Gurney de Sylva, Peter Diffring. Sagen Ihnen diese Namen etwas?«

»Ich höre sie zum ersten Mal«, gab Hood zu.

»Dann haben Sie auch keine Informationen über sie?«, fragte Fujima.

»Meine Informationen sind sehr spärlich«, antwortete Hood. »Wenn diese Geschichte erledigt ist, werde ich die Dossiers auf den neuesten Stand bringen. Sieht ganz so aus, als hätten wir es hier mit französischen, belgischen und deutschen Finanziers zu tun, die sich gern im Hintergrund halten.«

»Diese Gentlemen legen größten Wert darauf, nicht persönlich in Erscheinung zu treten«, bestätigte Fujima. »Auf direktem Weg verfügen sie über fast eine Milliarde Dollar, auf indirektem – durch Partnerschaften und Einzelpersonen, die ihren Investitionsvorgaben folgen – über vier bis fünf Milliarden Dollar.«

Diese Summe war größer als das Bruttosozialprodukt von Botswana.

»Ich bin nicht davon überzeugt, dass wir hier Zeugen der Entfaltung eines groß angelegten Plans sind«, fuhr Fujima fort. »Trotzdem hatte ich gehofft, dass Sie mir mit einigen Informationen über Genet, Beaudin oder ihre Kumpane weiterhelfen könnten. Dass es sich zumindest um einen Anschlag auf die internationalen Wirtschaftssysteme handeln könnte, dürfen wir nicht ignorieren.«

Das Wörtchen ›zumindest‹ signalisierte, worin Fujimas eigentliche Sorge bestand: Offensichtlich befürchtete er, dass europäisches Geld und Beaudins Technologie eingesetzt werden sollten, um die schon jetzt Furcht erregende chinesische Militärmaschinerie noch weiter anwachsen zu lassen. Und diese Befürchtung war durchaus gerechtfertigt.

Hoods Sorge war jedoch eher, dass die Ereignisse in Botswana etwas mit Genets Aktivitäten zu tun hatten. Wenn die Diamantenzufuhr aus dem südlichen Afrika unterbrochen wurde, wäre das für einen Teil der Weltwirtschaft ein signifikantes Problem, aber einen ›finanziellen Anschlag‹ konnte man so wohl kaum starten.

In diesem Augenblick ging auf Hoods Computer eine Eilmeldung von Bugs Benet ein, der ihn darüber informierte, dass Emmy Feroche am Apparat sei. Schnell gab Hood die Antwort ein, in der er Benet auftrug, seine Gesprächspartnerin um einen Augenblick Geduld zu bitten.

»Ich werde mich um die Entwicklungen kümmern«, sagte Hood. »Bob Herbert oder ich werden Sie auf dem Laufenden halten. Ich hoffe, dass Sie das mit uns ebenfalls tun werden.«

»Natürlich«, versprach Fujima.

Nachdem sich der Japaner bedankt und aufgelegt hatte, wies Hood Benet an, die elektronisch gespeicherten Informationen über Beaudins Aufsichtsratsmitglieder an Mr Fujima zu mailen. Dann nahm er den Hörer ab, um mit Emmy zu sprechen.

»Tut mir Leid, dass Sie warten mussten«, sagte Hood.

»Kein Problem, Paul«, antwortete Emmy. »Großartig, mal wieder etwas von Ihnen zu hören! Wie ist es Ihnen denn so ergangen?«

»Es war immer ziemlich turbulent.«

»Ich kann's gar nicht abwarten, bis Sie mir alles erzählen«, sagte Emmy. »Mein Gott, es ist wirklich erstaunlich. Eben hat man sich noch gegenseitig versichert, man wolle in Kontakt bleiben, und dann fragt man sich konsterniert, ob es wirklich schon so lange her ist, seit man zuletzt miteinander gesprochen hat.«

»Ja, so ist das nun mal«, sagte Hood. »Wie sieht's aus in der Welt der Wirtschaftskriminalität?«

»Turbulent geht's hier auch immer zu, aber im Augenblick ist es der komplette Wahnsinn.«

»Warum?«

»Wir überprüfen gerade, ob bei mehreren großen Aktiengeschäften alles mit rechten Dingen zugegangen ist«, antwortete Emmy. »Haben Sie schon einmal etwas von einem deutschen Broker namens Robert Stiele gehört?«

Das ließ Hood aufhorchen. »Zufälligerweise ja«, antwortete er. »Was hat er denn angestellt?«

»Stiele hat heute Morgen in aller Frühe – europäischer Zeit – aus heiterem Himmel ein paar Riesengeschäfte abgewickelt. Dabei hat er Aktien von Blue-Chip-Unternehmen, denen es wirtschaftlich gerade gut geht, im Wert von hundertvierzehn Millionen Dollar zu Geld gemacht. Das hat er dann in drei in Privathand befindliche Gesellschaften gesteckt.«

»Haben Sie die Namen dieser Unternehmen?«

»Ja. VeeBee Ltd., Les Jambes de Venus ...«

»... und Eye At Sea.«

»Genau!« Offensichtlich war Emmy beeindruckt. »Woher wissen Sie das?«

»Kann ich Ihnen nicht sagen.«

»Und was können Sie mir sagen, Sie Teufelskerl?«

»Dass ich Sie bitte, sich mit Albert Beaudin zu beschäftigen«, sagte Hood.

»Warum?«

»Darf ich auch nicht sagen«, antwortete Hood. »Was unternehmen Sie in der Sache?«

»Wie versuchen herauszufinden, ob Mr Stiele Informationen über die Blue Chips hat, die wir nicht haben.«

»Wegen der Blue Chips würde ich mir an Ihrer Stelle keine Gedanken machen«, sagte Hood. »Hier geht's um Stiele, der offensichtlich seine Anlagen zu Geld machen musste.«
»Und warum?«, hakte Emmy nach.
»Das ist eine verdammt gute Frage.«

19

Okavangobecken, Botswana – Donnerstag, 18 Uhr 00

Nachdem die Kidnapper es Pater Bradbury gestattet hatten, etwas zu essen und sich auszuruhen, setzten sie ironischerweise seine eigene Taktik gegen ihn ein.

Der Priester hatte die Anweisungen seiner Entführer befolgt und die Missionare aus ihren Gemeinden abberufen. Anschließend führte man ihn nach draußen. Man hatte ihn nicht wieder gefesselt und auch auf die Kapuze verzichtet. Es war ein seltsames Gefühl, die Morgensonne zu sehen und die frische Luft im Gesicht zu spüren. Pater Bradbury durfte den Außenabort benutzen, aber auch danach wurde er nicht in den ›Käfig‹ zurückgebracht, wie seine Peiniger die winzige Wellblechhütte nannten, in der er die Nacht verbracht hatte. Stattdessen brachte man ihn zu einer kleinen Hütte mit einem Wellblechdach. Der Laden vor dem einzigen Fenster war geschlossen. Die Wände bestanden aus Holzstämmen, der Fußboden aus nacktem Beton. In der Nähe der Decke waren in beide Wände im Abstand von gut fünfzig Zentimetern ein paar Luftlöcher gebohrt worden, durch die ein bisschen Sauerstoff und Tageslicht in die kleine Hütte sickerten. Die Tür wurde von außen verriegelt. Aber an der hinteren Wand stand ein Feldbett, und man hatte Bradbury Brot und Wasser gegeben. Nach einem kurzen Tischgebet machte sich der Priester gierig darüber her.

Die Luft war feucht und extrem heiß. Nach der bescheidenen Mahlzeit stellte sich Pater Bradbury auf das Feldbett, um durch eines der Löcher unter der Decke die noch relativ kühle Morgenluft einzuatmen. Dann wurden seine Augenlider immer schwerer, und er legte sich auf den Bauch. Sein Kopf ruhte auf dem Handtuch, das offensichtlich ein Kopfkissen sein sollte. Er stank nach getrocknetem Schweiß und den Gerüchen des Sumpfs. Auf seinen klebrigen Händen und Wangen ließen sich Fliegen nieder. Doch als der Priester schließlich die Augen schloss, gab es plötzlich keine Hitze, keinen Gestank und keine Insekten mehr. Innerhalb von Sekunden war er eingeschlafen.

Er wachte erst wieder auf, als ihm jemand unsanft auf die Schulter schlug und er eine barsche, unbekannte Stimme vernahm.

»Aufstehen!«

Mittlerweile war es dunkel in der Hütte. Der Priester hatte keine Ahnung, wie lange er geschlafen hatte. Die Stimme schien aus weiter Ferne zu kommen. Er fühlte sich völlig benommen und war sich nicht einmal sicher, ob er überhaupt wach war. Er wollte sich nicht bewegen, geschweige denn aufstehen.

Wieder klatschte eine Hand auf seine Schulter. »Auf geht's!«, sagte die Stimme.

Pater Bradbury versuchte, sich zu dem Mann umzudrehen, aber seine Arme waren eingeschlafen, und es dauerte einen Moment, bis er sich bewegen konnte. Schließlich blickte er zu dem nur undeutlich auszumachenden Mann hinüber.

Jetzt packte der Wachmann Pater Bradburys Oberarm und zerrte heftig daran. Offensichtlich bewegte sich der

Priester nicht schnell genug. Er stemmte sich hoch und stand auf unsicheren Beinen vor dem Feldbett. Ihm war schwindelig, weil er zu schnell aufgestanden war. Der Unbekannte führte ihn durch die offene Tür. Der Himmel war blauschwarz, und sie gingen über die noch warme Erde auf eine etwa dreißig Meter entfernte Hütte zu. Von außen hatte Pater Bradbury Dhamballas Hütte bisher noch nicht gesehen, da er beim letzten Mal die Kapuze getragen hatte. Jetzt sah er die Fußspuren, deren Form darauf hinwies, dass man ihn gewaltsam in diese Richtung geschleift hatte.

Die Insel wirkte verwaist. Im Augenblick sah Pater Bradbury nur den Mann, der ihn zu der Hütte brachte, aber das überraschte ihn nicht. Selbst wenn er sich stärker gefühlt hätte, wohin sollte ein Unbewaffneter hier schon fliehen? Vor allem angesichts der Krokodile in den schlammigen Gewässern und an den von Moos gesäumten Ufern der Insel?

Aber Pater Bradbury dachte auch nicht an Flucht. Manchmal war es besser, wenn man erst einmal die Verhältnisse im Gefängnis selbst zu ändern versuchte.

»Wem verdanke ich es, dass ich essen und schlafen durfte?«, fragte er.

Der Mann schwieg, doch der Priester ließ sich nicht abschrecken.

»Sagen Sie mir Ihren Namen?«

Eine Antwort ließ weiter auf sich warten.

»Ich heiße Powys Sebastian Bradbury ...«

»Halten Sie endlich den Mund!«

»Tut mir Leid.«

Der Priester hatte nicht wirklich mit einer Antwort gerechnet. Dennoch fühlte er sich mittlerweile stark genug, um zu versuchen, diese Leute in ein Gespräch zu verstricken. Wenn er mit seinen Gemeindemitgliedern sprach oder ihnen die Beichte abnahm, hatte er häufig festgestellt, dass ein Vertrauensverhältnis das Resultat eines ursprünglich äußerst banalen Wortwechsels sein konnte. Es war leicht, ein Gespräch zu beginnen. Man fragte nach dem Namen, plauderte über das Wetter, erkundigte sich nach dem Befinden des anderen. Jetzt, wo der Priester ausgeruht war und wieder klarer denken konnte, hatte es Priorität, eine persönliche Beziehung zu seinen Entführern herzustellen. Das war vielleicht keine Garantie für seine Sicherheit oder dafür, dass man ihn freiließ, aber womöglich konnte er einen Anhaltspunkt dafür finden, was diese Leute planten. Vielleicht erfuhr er dann auch, ob ihm in diesem Stück auch weiterhin eine Rolle zugedacht war.

Doch Gespräche konnten einem Drahtseilakt gleichen. Wenn man zu forsch vorging, stürzte man ab.

Der Priester wurde in die Hütte geführt, wo Dhamballa bereits auf ihn wartete. Er saß auf einer Bastmatte an der hinteren Wand und kehrte der Tür den Rücken zu. Vor ihm stand als einzige Lichtquelle in dem Raum eine brennende Kerze, die einen scharfen Geruch verströmte, der an verbranntes Gummi erinnerte. Hinter ihm stand ein Holzeimer, dessen Inhalt Pater Bradbury nicht erkennen konnte.

Der Soldat setzte den Priester auf einen in der Mitte des Raums stehenden Klappstuhl. Nachdem der junge Mann die Tür geschlossen hatte, pflanzte er sich neben dem Stuhl auf. Rechts neben Pater Bradbury stand ein Tablett auf dem Boden, auf dem sich ein Mobiltelefon, ein Teller mit Früchten, eine Kanne mit Wasser und ein Glas befanden.

»Sie können etwas trinken oder essen, wenn Sie wollen«, sagte Dhamballa, ohne sich umzudrehen.

»Danke«, antwortete Pater Bradbury, der sich sofort ein Glas Wasser einschenkte und nach einer Banane griff.

»Sie haben Durst und Hunger«, bemerkte Dhamballa.

»Ja.«

»Aber ich habe Sie vor eine Wahl gestellt.«

Der Priester entschuldigte sich und legte die Banane wieder auf den Teller.

»Dann haben Sie sich also für das Wasser entschieden«, stellte Dhamballa fest.

»Ja.«

»Wissen Sie, warum sich alle Menschen fürs Trinken und nicht fürs Essen entscheiden?«, fragte Dhamballa.

»Vermutlich ist Durst quälender als Hunger«, antwortete der Priester.

»Nein«, erwiderte Dhamballa. »Wasser gehört untrennbar zu Luft, Erde und Feuer. Der Mensch kehrt immer wieder zu den vier Elementen zurück, um sein Leben zu erhalten, die Wahrheit zu finden oder sich selbst zu verstehen.«

»Halten Sie sich so weit hier draußen auf, um nach der Wahrheit zu suchen?«, fragte Pater Bradbury.

»Nein.« Dhamballa blickte sich um. Sein Gesicht war dunkel, aber das orangefarbene Licht der Kerze umgab es mit einer Art Heiligenschein. Er wirkte sehr jung und sehr unschuldig. »Ich habe die Wahrheit bereits gefunden. Jetzt bereite ich mich darauf vor, sie anderen zu vermitteln.«

»Schließt das auch mich ein?«

Jetzt drehte sich Dhamballa ganz um. Dann erhob er sich. Er war über einen Meter achtzig groß, barfuß und trug ein braunes ärmelloses Gewand, das bis zu seinen Fußknöcheln reichte. »Was wissen Sie über Vodun?«

Schon das bloße Wort führte dazu, dass Pater Bradbury sich unrein fühlte. Er blickte auf das Wasserglas hinab, und es erinnerte ihn an Johannes den Täufer. Was dem einen als urtümlich galt, war dem anderen heilig. Bei diesem Gedanken begann er sich etwas besser zu fühlen. Außerdem hatte der Vatikan Richtlinien erlassen, in denen die Missionen zur harmonischen Koexistenz mit den Anhängern traditioneller Naturreligionen aufgefordert wurden. Die wichtigste Richtlinie besagte, dass mit den religiösen Führern dieser Glaubensrichtungen ein Dialog eröffnet werden sollte, damit diese keine mysteriösen, bedrohlichen Geheimnisse blieben.

»Ich weiß nichts über Vodun«, antwortete Pater Bradbury, der sein bescheidenes Wissen über Voodoo und die schwarzen Künste nicht ausplaudern wollte, weil er es nicht riskieren durfte, Dhamballa durch einen verbalen Fehltritt zu beleidigen. Doch solange sie miteinander redeten und sich einander öffneten, hatte der Priester Hoffnung.

»Aber das Wort haben Sie schon häufiger gehört?«, fragte Dhamballa.

»Ja.«

»Wie sieht Ihre Vorstellung von Vodun aus?«

Der Priester erwog seine Worte sorgfältig. »Es handelt sich um uralte religiöse Praktiken. Ich habe gelesen, dass Ihr Glaube in der Natur wurzelt. In den Elementen, wenn Sie so wollen. Bei Ihren Riten kommen angeblich Kräutermischungen zur Anwendung, die den Willen kontrollieren, die Toten auferstehen lassen und andere übernatürliche Phänomene zustande bringen können.«

»Das ist nur *ein* Bestandteil unseres Glaubens«, sagte Dhamballa. »Einige unserer ›Praktiken‹, wie Sie es nennen, sind mindestens achttausend Jahre alt.«

»Ja, Ihre Geschichte ist großartig«, stimmte Pater Bradbury zu.

»Unsere *Geschichte?* Wir sind mehr als eine bloße Akkumulation von Jahren und Ereignissen.«

»Verzeihen Sie mir«, sagte Pater Bradbury sofort. »Ich wollte nicht respektlos sein.«

»Tatsächlich wissen Sie nichts über das *innerste Wesen* meines Glaubens«, fuhr Dhamballa fort.

»Nein«, räumte Pater Bradbury ein.

»Wie könnten Sie auch etwas darüber wissen?«, fragte Dhamballa. »Im fünfzehnten Jahrhundert kamen die Priester Ihres Glaubens nach Afrika, später in die Karibik. Sie haben meine Leute getauft, um sie von einem ›großen Übel‹ zu erlösen. Während meiner Jugend in Machaneng habe ich Ihre Priester kennen gelernt und miterlebt, wie sie den Armen Reichtümer in einem anderen Leben versprochen haben.«

»Dort sind sie auch zu finden«, versicherte Pater Bradbury.

»Nein«, stellte Dhamballa fest. »Die Reichtümer sind *hier*, und ich habe sie gesehen, als ich in der Diamantmine arbeitete, wo gute Christen sie uns geraubt haben. Die Priester haben jedenfalls nichts getan, um ihnen Einhalt zu gebieten.«

»Es ist nicht unsere Aufgabe, die Handlungen anderer zu unterbinden«, sagte Pater Bradbury.

»Ihre Leute haben nicht ihre Stimme erhoben.«

»Warum sollten wir? Diese Menschen haben keine Gesetze gebrochen.«

»Damit wollen Sie wohl sagen, dass sie *Ihre* Gesetze nicht gebrochen haben«, konterte Dhamballa. »Die Gesetze, die die Briten hierher importiert haben und die von den Regierungen nach dem Ende des Protektorats übernommen wurden. Ich erkenne diese Gesetze nicht an.«

Nein, ganz offensichtlich nicht, wollte Pater Bradbury sagen, doch das hätte ihm auch nicht weitergeholfen.

»Ich beurteile alle Menschen nur nach einem Maßstab, und zwar nach dem der Wahrheit«, sagte Dhamballa. »Als ich noch in den Minen arbeitete, habe ich auch die praktische Seite des Vodun kennen gelernt. Ich sah Männer, die die Verletzten, Erschöpften und Verzweifelten durch eine Berührung, ein Gebet oder die Verabreichung eines Tranks heilen konnten.« Er zeigte mit einem Finger auf Pater Bradbury. »Diese Männer haben mir erzählt, sie müssen ihren Glauben im Geheimen praktizieren, da die zu Ihrem Glauben Übergetretenen sie als Verkörperung des Bösen betrachten. Dabei sind dies magische Praktiken, die meine Vorfahren seinerzeit mitgenommen haben, als sie in den Nahen Osten auswanderten. Praktiken, die genauso gut auch Jesus Christus angewandt haben könnte, der Erlöser Ihrer Religion. Weißmagische Praktiken zur Heilung und schwarzmagische Praktiken, die verletzen.«

»Unser Erlöser verfügte über diese Kräfte, weil er der Sohn Gottes ist«, sagte Pater Bradbury.

»Wir sind alle Gottes Kinder«, erwiderte Dhamballa. »Die Frage ist nur: von welchem Gott. Von Jehovah oder Olorun?«

Als Dhamballa langsam näher kam, erkannte Pater Bradbury auf der Rückseite seiner Handgelenke Tätowierungen, die Schlangen darstellten.

»Mein Glaube ist so alt wie die Zivilisation selbst«, sagte Dhamballa. »Er war schon uralt, als Ihre Religion noch gar nicht existierte. Unsere Riten und Gebete sind seit den frühesten Tagen der Menschheit unverändert überliefert worden. Nicht nur die schwarze, sondern auch die weiße Magie, jene Künste, die Ihre Priester nicht zur Kenntnis nehmen wollten, als sie uns auspeitschten und hängten. Wir haben mit Mandragora Schmerzen besiegt, mit Rasseln und Trommeln die Blutzirkulation angeregt und Krankheiten geheilt. Durch den Verzehr von Tieren und das Trinken ihres Bluts haben wir die Funktion der Drüsen stimuliert. Unsere Priester reden nicht nur über Wunder, sie *vollbringen* sie Tag für Tag. Geleitet werden sie von unseren Göttern, von denen es hunderte gibt, darunter Agwe, der Meeresgott, Ayida-Weddo, die Regenbogengöttin, Baron Samedi, der Wächter der Gräber, und Enrile, das Herz des Waldes. Die Glücklichen unter uns werden in Träumen und Visionen erleuchtet. Diese Geister verleihen uns Weisheit und Macht, die Kraft der Zeugung, der Neuerschaffung und der Zerstörung.«

»Gehören Sie zu diesen Glücklichen?«, fragte Pater Bradbury.

»Ich gehöre zu den Auserwählten«, verkündete Dhamballa demütig. »Als Priester des Schlangengottes Damballah erweise ich ihm durch die leicht veränderte Schreibweise meines Namens Reverenz. Meine heilige Aufgabe ist es, dieses Land von den Ungläubigen zu befreien. Schaffe ich das nicht, muss ich dem großen Kriegsgott Ogu Bodagris, der von seiner alten Heimat Besitz ergreifen will, den Weg ebnen.«

Noch vor ein paar Minuten hatte der Gedanke an Johannes den Täufer Pater Bradbury ein Gefühl des Friedens vermittelt. Es war ein beängstigender Gedanke, dass Dhamballa sich genauso sah, denn tatsächlich brachte Johannes Licht und ewige Erlösung, während Dhamballa ein Vorbote von Finsternis und Verdammnis war. Selbst wenn es ihn das Leben kosten sollte, Pater Bradbury durfte es nicht dazu kommen lassen, dass dieser Krieg ausbrach.

Verwende die Sprache so, wie du es auch früher immer getan hast, ermahnte sich der katholische Priester. *Bring ihn so weit, dass er sich dir gegenüber öffnet.* »Es muss doch einen Weg geben, unsere Differenzen ohne Blutvergießen beizulegen«, sagte er.

»Den gibt es allerdings«, erwiderte Dhamballa. »Fordern Sie Ihre Leute auf, das Land zu verlassen. Geben Sie uns unsere Heimat zurück.«

»Aber auch für viele von uns ist Botswana die Heimat«, sagte Pater Bradbury. »Ich bin ein Bürger dieses Landes, genau wie Diakon Jones und viele andere. Wir haben einen großen Teil unseres Lebens in Maun verbracht.«

»Da sie ungefragt hierher gekommen sind, kann dieses Land nicht die Heimat Ihrer Leute sein«, antwortete Dhamballa. »Sie kamen mit dem Ziel, den traditionellen Glauben Botswanas auszurotten. Sie haben uns den Krieg aufgezwungen.« Dhamballa zeigte auf Pater Bradburys Stirn. »Einen Krieg der Ideen. Jetzt werden Ihre Leute dafür bezahlen müssen.«

»Aber Sie reden von einer anderen Zeit und einer anderen Kirche«, versicherte Pater Bradbury. »Wir respektieren andere Religionen und ihre Führer. Unser Ziel ist eine friedliche Koexistenz.«

»Das ist nicht wahr«, widersprach Dhamballa.

»Ich versichere es Ihnen.«

»Nehmen Sie das Telefon«, befahl Dhamballa.

Das kam völlig unerwartet. Pater Bradbury griff nach dem schnurlosen Telefon, das größer war als jedes andere Handy, das er bisher gesehen hatte. Es ähnelte eher einem Walkie-Talkie.

»Rufen Sie in Ihrer Gemeinde an«, sagte Dhamballa. »Sprechen Sie mit dem Diakon, und fragen Sie ihn, wer Ihre Stelle einnehmen wird.«

Der Priester folgte der Anweisung, und am anderen Ende nahm ein überraschter Diakon Jones ab, der hocherfreut war, von Pater Bradbury zu hören.

»Gott sei Dank«, sagte Jones. »Wie geht es Ihnen, Pater?«

Die Stimme des Diakons ertönte auch aus der Rückseite des Hörers, und jetzt begriff Pater Bradbury, dass das riesige Mobiltelefon mit einer Freisprechanlage ausgerüstet war.

»Mir geht es gut«, antwortete der Geistliche. »Sagen Sie, Diakon Jones, ist jemand zu meiner Kirche unterwegs?«

»Ja«, antwortete der Diakon. »Morgen trifft ein Bischof aus Washington ein, der Sie während Ihrer Abwesenheit vertreten wird.«

»Ein Bischof?«, fragte Pater Bradbury.

»Ja, Bischof Victor Max«, antwortete Jones. »Diakon Canon und ich werden ihn in Maun vom Flugzeug abholen. Pater, wo sind Sie? Behandelt man Sie gut?«

»Alles in Ordnung«, antwortete der Priester. »Kommt sonst noch jemand zu meiner Kirche?«

»Nein.«

»Sind Sie sicher?«

»So hat man es mir gesagt.«

Dhamballa streckte eine Hand aus, und Pater Bradbury reichte ihm das Mobiltelefon. Der Vodun-Priester unterbrach die Verbindung.

»Sehen Sie?«, fragte Dhamballa.

»Ich bin sicher, dass dieser Bischof entsandt wird, damit er sich um meine Gemeinde kümmern kann«, erwiderte Pater Bradbury leise. »Für Sie stellt er keine Bedrohung dar.«

Während er auf Dhamballas Antwort wartete, beschlich ihn ein unbehagliches Gefühl. Er hatte Angst, gerade einen furchtbaren Fehler begangen zu haben.

»Keine Bedrohung«, wiederholte der Vodoo-Priester verächtlich, während seine dunklen Augen den katholischen Geistlichen mit einem funkelnden Blick bedachten. »Wie ich vermutet hatte, ersetzen sie einfach einen Priester durch einen anderen.«

»Wie Sie vermutet hatten?«

»Sie haben jemanden geschickt, der in der kirchlichen Hierarchie höher steht und aus einem anderen Land kommt. Das ist eine Provokation, und wir müssen uns dagegen verteidigen.«

»Sie haben mich ausgenutzt«, sagte der katholische Priester wütend. »Sie wussten gar nicht, dass jemand ...«

»Sie fordern mich dazu heraus, mich mit ihm zu beschäftigen«, sagte Dhamballa mehr zu sich selbst als zu Pater Bradbury. »Aber Leon hat damit gerechnet. Wir werden unsere Besuche in den anderen Gemeinden aufschieben und uns zunächst diesen großen Mann aus Amerika vornehmen.« Er blickte den Soldaten an. »Bring den Priester in die Hütte zurück, Grinell.«

Der Soldat packte Pater Bradburys Arm, und der Priester versuchte, sich zu befreien. »Warten Sie!«, rief er. »Was wird jetzt geschehen?«

Aber Dhamballa wandte sich nur wortlos um.

Was bist du doch für ein vertrauensseliger Narr, dachte Pater Bradbury. Der Voodoo-Priester hatte exakt das getan, was der katholische Geistliche sich selbst vorgenommen hatte – sein Gegenüber dazu zu veranlassen, seine Gedanken preiszugeben. Aber in diesem Punkt hatte Dhamballa geschickter agiert. Er hatte es geschafft, dass Pater Bradbury sich ihm gegenüber öffnete, dass er Hoffnung geschöpft hatte und ihm vertraute. Und so hatte Dhamballa ihn dazu gebracht, ihm zu verraten, wo und wie er die nächste Geisel nehmen konnte.

Während Pater Bradbury abgeführt wurde, stieß er verzweifelte Klagelaute aus.

20

Maun, Botswana – Donnerstag, 18 Uhr 46

Er hatte das Gefühl, als wäre keinerlei Zeit vergangen.

Bei den meisten Menschen hat der Körper ein besseres Erinnerungsvermögen als das Bewusstsein. Einmal erlernte Fähigkeiten verschwinden nicht einfach, ob es sich nun darum handeln mag, ein Gewehr zusammenzusetzen, oder darum, einen Bleistift zu halten. Reflexe und Instinkte arbeiten schneller als Gedanken. Selbst wenn die Glieder bereits gealtert sind, können sie sich noch an ihre Fähigkeiten erinnern und viele Aktionen weiterhin ausführen. Und das Bewusstsein? Leon Seronga hätte nicht erklären können, wie man einen Schnürsenkel zuband, aber er konnte es jedem demonstrieren. Er wusste nicht mehr, was er vorgestern zu Abend gegessen hatte, aber seine Fingerspitzen erinnerten sich an das Gewicht des Schnappmessers, das zu benutzen er schon als kleiner Junge gelernt hatte. Wann immer Seronga das alte Messer aus der Tasche zog, konnten seine Hand und sein Arm völlig autonom agieren.

Er saß auf seinem Motorroller und blickte auf das Feriendorf. Seinem Körpergefühl nach hätte man genauso gut auch das Jahr 1966 schreiben können. Seine Sinne waren geschärft, seine durch das Alter kaum mitgenommenen Muskeln gespannt. Gemeinsam mit Donald Pavant war Seronga nach Maun gefahren, wo sie Malaguti F15 RR-Motorroller gemietet hatten. Die beiden trugen blauweiße Dainese-Motorradjacken und taten so, als machten sie in ihrer Freizeit eine kleine Spritztour. Auf ihrem Weg durch die Flussniederung rasten sie übermütig durch Wasserrinnen und über Erdbuckel. Jetzt war es fast finster, und die beiden Männer hatten angehalten, um das Feriendorf im Auge zu behalten. Wenn alles in Ordnung war, würden sie zu den am Rand der Sumpfregion in Stellung gegangenen Männern Kontakt aufnehmen. Dann würden sie zur Loyola-Kirche nach Shakawe weiterfahren, um deren Priester zu entführen. Seronga ging davon aus, dass dieser Geistliche mittlerweile bewacht wurde, wahrscheinlich von der örtlichen Polizei. Vermutlich wollte das Militär hier nicht in Erscheinung treten – noch nicht. Aber wer immer den Personenschutz übernommen hatte, es spielte keine Rolle. Es gab immer einen Weg, sich Zugang zu der Kirche zu verschaffen.

Vorerst wollten Seronga und Pavant aber nur überprüfen, ob an der Kirche irgendwelche heimlichen Veränderungen vor sich gingen. Bei den Brush Vipers fragte man sich, ob die Erzdiözese in Kapstadt – oder der Vatikan – Pater Bradburys Entführung einfach so hinnehmen würde. Würde die Kirche gelassen reagieren oder eine ganze Horde von Priestern entsenden? Vielleicht entschied man sich gar für Nonnen, um zu testen, ob diese auch mit einer Entführung rechnen mussten.

Jetzt piepte das abhörsichere Mobiltelefon, das Genet beschafft hatte. Durch den Belgier erfuhr Seronga die Antwort auf die Fragen, die ihm soeben durch den Kopf gegangen waren.

»Dhamballa hat gerade mit unserem Gast gesprochen«, sagte Genet zum Anführer der Brush Vipers. »Es wird ein Neuankömmling eintreffen, ganz wie wir es vorhergesehen haben. Morgen Nachmittag wird ein Bischof in Maun landen, wo ihn zwei Leute am Flugplatz abholen werden, die sich jetzt ganz in Ihrer Nähe aufhalten.«

»Reist er allein?«, fragte Seronga.

»Zumindest hat man uns das gesagt«, antwortete Genet.

»Woher kommt er?«

»Aus den Vereinigten Staaten.«

»Interessant.«

»Sehr interessant«, bemerkte Genet. »Dadurch wird diese Geschichte zu einer global beachteten Affäre. Sollte etwas passieren, ist das Interesse der internationalen Presse garantiert.«

Jedes Vorgehen gegen den Neuankömmling konnte Amerika in diesen Konflikt hineinziehen. Vielleicht würden sich die Vereinigten Staaten mit intensiven diplomatischen Bemühungen begnügen, aber möglicherweise dachten sie auch über ein militärisches Eingreifen nach. Bei terroristischen Aktionen verstanden die Amerikaner keinen Spaß. Eventuell würden sie sich für eine begrenzte Operation entscheiden, um den Entführten zu finden und zu befreien. Aber der anreisende Geistliche konnte auch ein Köder sein, durch den die Entführer gefasst werden sollten. Womöglich würde die Regierung in Gaborone zu seinem Schutz Soldaten schicken; vielleicht hatte auch der Vatikan selbst Maßnahmen getroffen.

Seronga dankte Genet und unterbrach die Verbindung. Der Belgier musste ihm nicht erst sagen, was zu tun war. Alles war längst abgesprochen. Wenn ein Ersatzmann für Pater Bradbury entsandt wurde, musste dieser ebenfalls gefangen genommen werden, diesmal allerdings ohne Demonstration der eigenen Stärke. Die Entführung Pater Bradburys war so inszeniert worden, um der Welt zu zeigen, dass Dhamballa über Soldaten verfügte, die er nach Belieben einsetzen konnte. Wäre Seronga auch diesmal wieder mit einer kleinen Armee angerückt, hätte der Präsident von Botswana vielleicht befürchtet, dass sich ein Bürgerkrieg anbahnte. Dann wäre ihm keine andere Wahl geblieben, als sich auf seine Armee zu verlassen, und das war ganz und gar nicht in Dhamballas Interesse. Diesmal musste die Entführung anders in Szene gesetzt werden, und zwar äußerst subtil. Die Entführung des Neuankömmlings würde Gaborone demonstrieren, dass es die Regierung nicht mit einem Krieg zu tun hatte, sondern mit einer Auseinandersetzung, die nichts mit Botswana und seinem Volk zu tun hatte – es war eine Konfrontation mit der katholischen Kirche. Erst später, wenn Dhamballas Religion im Volk Zuspruch gefunden hatte und dort fest verankert war, würde dieser versuchen, den Nationalismus anzustacheln und auf die Politik Einfluss zu nehmen.

Seronga informierte Pavant, der mit seinen dreiunddreißig Jahren das jüngste Mitglied der Brush Vipers war – und eines ihrer militantesten. Pavant war in Lobatse an der Grenze zu Südafrika aufgewachsen, wo er Flüchtlinge kennen gelernt hatte, die sich vor dem Apartheid-Regime in Sicherheit bringen wollten. Er glaubte, dass Afrika den Afrikanern und ihren Nachfahren gehörte, und er war einer der ersten Männer gewesen, die auf Dhamballa aufmerksam geworden waren.

Die beiden hatten etwa vierhundert Meter von dem Feriendorf entfernt Position bezogen. Sie saßen auf ihren Motorrollern und waren wegen der Finsternis nicht zu sehen. Während sie schweigend Sandwiches mit Hühnerfleisch aßen, die sie in Maun gekauft hatten, beobachteten sie, ob auf der nicht asphaltierten Straße die Lichter von Scheinwerfern zu sehen waren. Nach fünfstündiger Fahrt auf den lauten Motorrollern genossen sie die Stille.

Um kurz vor neun traf der Bus aus Maun vor dem Tor des Feriendorfs ein. Seronga fragte nach dem Fernglas, und Pavant griff in die Satteltasche seines Motorrollers. Nachdem er das Fernglas aus der Schutzhülle genommen hatte, reichte er es Seronga, der es sofort an die Augen hob.

Bei der neu eingetroffenen Touristengruppe fielen ihm mehrere Dinge auf, die ihm merkwürdig erschienen. Zunächst wunderte ihn ihre Anzahl. Ungefähr fünfundzwanzig Leute – für diese Jahreszeit war das eine große Gruppe, mit der man eher bei kühlerem Wetter gerechnet hätte. Seronga schaute genau hin. Die Feriengäste hatten alle einen Koffer und einen Matchbeutel dabei, die aussahen, als hätten alle gleich viele Kleidungsstücke oder persönliche Gegenstände eingepackt. Bei Individualtouristen war das ungewöhnlich. Außerdem fiel Seronga auf, dass niemand Plastiktüten oder eine jener Kappen trug, die man auf Flughäfen oder in örtlichen Souvenirläden kaufen konnte.

Und dann war da noch etwas, das Seronga als sehr

ungewöhnlich erschien. Bei den Neuankömmlingen handelte es sich zum größten Teil um Männer.

»Ziemlich viele Leute, wenn du mich fragst«, bemerkte Pavant.

»Zu viele«, sagte Seronga, der weiter die Szenerie beobachtete.

Jetzt fielen ihm weitere Dinge auf, die dazu beitrugen, dass er sich zunehmend unbehaglich fühlte.

Genet und Dhamballa hatten strenge Richtlinien ausgegeben, an die sich Seronga und seine Männer zu halten hatten. Bei der Entführung der Geistlichen sollte so wenig Gewalt wie möglich angewendet werden. Keiner durfte den Märtyrertod sterben, selbst wenn das bedeutete, dass eine Operation abgebrochen werden musste. Auch sollte darauf geachtet werden, dass nie Gemeindemitglieder zu Schaden kamen.

Dagegen würde auf militärische oder polizeiliche Aktionen gegen Dhamballa oder die Brush Vipers mit äußerster Härte reagiert werden. Dhamballa mochte keine Morde, weil das die Götter aufbrachte, aber andererseits hatte Seronga nicht genug Soldaten, um sich Verluste leisten zu können. Folglich argumentierte er gegenüber Dhamballa, dass Selbstverteidigung nichts Böses sei. Auch hatte er keinerlei Interesse daran, dass einer von seinen Leuten gefangen genommen wurde. Jeder Häftling, der gefoltert oder einer Gehirnwäsche unterzogen wurde, konnte dazu gebracht werden, so ungefähr alles zu sagen, was man von ihm hören wollte. Dann konnte man versuchen, Dhamballa durch einen Schauprozess zu diskreditieren.

Zögernd hatte Dhamballa zugestimmt, dass Morde unter solchen Umständen unvermeidbar waren. Aber niemand hatte damit gerechnet, dass dieses Stadium so schnell erreicht werden würde.

Noch immer beobachtete Seronga die Ankömmlinge.

Er konnte nicht sagen, ob es sich um echte Touristen oder um als Touristen verkleidete Soldaten handelte. Er konnte nicht einmal erkennen, ob es sich um Menschen mit schwarzer oder weißer Hautfarbe handelte. Vielleicht kamen diese Leute aus Gaborone. Vielleicht hatten die Vereinigten Staaten das hiesige Botschaftspersonal beauftragt, sich um den neu eintreffenden Geistlichen zu kümmern. Aber die Amerikaner hatten auch Soldaten im Land stationiert, und diese Leute hier konnten aus deren Reihen rekrutiert worden sein. Vielleicht würden auch sie sich auf den Weg machen, wenn die Diakone nach Maun aufbrachen, um den Bischof vom Flugzeug abzuholen, und auf alle Anzeichen achten, die für einen Versuch sprachen, dass der Neuankömmling entführt werden sollte. Aber Seronga und seine Männer durften es nicht zulassen, dass der Bischof zur Kirche gelangte und Pater Bradburys Stelle einnahm. In diesem Fall hätten sich andere Priester und Missionare ermutigt fühlen können, weiter in Botswana zu bleiben. Das wollte Dhamballa auf keinen Fall zulassen.

»Wie sieht's mit ihrer Körperhaltung aus?«, fragte Pavant.

»Vorbildlich«, kommentierte Seronga knapp.

»Dann können es keine Touristen sein«, bemerkte Pavant. »Die haben hängende Schultern und einen gebeugten Gang.«

»Einige von denen haben sogar Dehnübungen gemacht, nachdem sie aus dem Bus ausgestiegen sind«, sagte Seronga. »Offensichtlich sind sie an weite Reisen gewöhnt.« Er reichte Pavant das Fernglas. »Sieh dir mal an, was sie jetzt tun.«

Einen Augenblick lang beobachtete Pavant die Touristengruppe. »Sie reichen die Taschen weiter beim Auspacken.«

»Wie Soldaten«, sagte Seronga. »Lassen wir ihnen ein

bisschen Zeit, damit sie sich an ihre neue Umgebung gewöhnen können, und dann statten wir ihnen einen Besuch ab.«

Seronga nahm Pavant das Fernglas aus der Hand und beobachtete den Bus, bis dieser wieder losfuhr. Je länger er die dunklen Gestalten studierte, desto mehr war er davon überzeugt, dass hier etwas im Gange war.

Sollte das zutreffen, würde er es bald erfahren, und wenn es tatsächlich so war, würde er auch wissen, was zu tun war.

21

Washington, D. C. – Donnerstag, 11 Uhr 47

Als Darrell McCaskey das DiMaggio's Joe verließ, blieb Mike Rodgers noch da, um sich mit David Battat und Aideen Marley zu unterhalten. Innerhalb einer halben Stunde hatte der General sie informiert und so weit gebracht, dass sie notfalls auch für ihn gestorben wären. Rodgers' Zielstrebigkeit und die ruhige Eindringlichkeit, mit der er seine Vorstellungen formulierte, machten es ihm leicht, andere für eine Zusammenarbeit zu gewinnen. Mike Rodgers verfügte über die außergewöhnliche Fähigkeit, reserviert zu bleiben, ohne deshalb kalt zu wirken. An neuen Freundschaften hatte er kein Interesse. Wenn andere für ihn arbeiten wollten, ging es ihm darum, dass sie ihre Pflicht taten. Außer Colonel Brett August war ihm nie jemand wirklich nahe gekommen, und auch der hatte dafür eine Ewigkeit benötigt.

Darrell McCaskey hatte ein anderes Naturell. Als er noch für das FBI im Einsatz vor Ort gearbeitet hatte, war er eiskalt gewesen, weil man mit Terroristen, Dealern und Kidnappern nur so umgehen konnte. Er vergaß einfach, das er es mit Menschen, mit Eltern, Geschwistern oder Kindern zu tun hatte. Seine Aufgabe war es, das Gesetz durchzusetzen, und wenn das erforderte, eine allein erziehende Mutter zu verhaften, die den Lebensunterhalt für ihre Kinder durch den Verkauf von Heroin finanzierte, dann tat er es eben.

Im Büro oder zu Hause war McCaskey dagegen ein völlig anderer Mensch, der die Nähe zu Kollegen oder Freunden suchte. Er musste dies einfach tun, damit die Panzerung gegen jedes Mitgefühl nicht chronisch wurde. Dann öffnete er sich gegenüber Vorgesetzten, Untergebenen, Nachbarn, Ladenbesitzern und Frauen, mit denen er ausging.

Während der Fahrt von Georgetown zur Andrews Air Force Base nagte die ganze Zeit über der unangenehme Gedanke an McCaskey, dass Bob Herbert Maria angerufen hatte. Herbert hatte wissen müssen, dass er einen heiklen Punkt berührte, wenn er dieses für das frisch getraute Ehepaar problematische Thema ansprach. Zwar glaubte McCaskey nicht, das Herbert ihn vorsätzlich verletzen wollte, aber sein Freund und Mitarbeiter hatte auch nichts getan, um ihm die unangenehme Erfahrung zu ersparen. Wenn Herbert McCaskey gefragt hätte, wäre es für diesen ein Leichtes gewesen, ihm eine beliebige Anzahl von Interpol-Beamten aus Madrid zu nennen, die Marias Job genauso gut hätten erledigen können. McCaskey konnte sich einfach nicht vorstellen, was sich Herbert dabei gedacht hatte.

Während der Fahrt versuchte er, seine Frau zu erreichen, aber er musste auf ihre Mailbox sprechen. Er bat sie, so schnell wie möglich zurückzurufen; sie meldete sich nicht.

Als McCaskey das Op-Center erreicht hatte, rumorte eine stille Wut in ihm. Er marschierte direkt zu Herberts

Büro. Wahrscheinlich war das keine gute Idee, was ihm auch bewusst war. Aber schließlich war Herbert kein Kind mehr, und folglich musste er eine Standpauke vertragen können. Er hatte keine andere Wahl und musste seinem Ärger Luft machen.

Die Tür von Herberts Büro war verschlossen, und als McCaskey klopfte, öffnete Paul Hood.

»Guten Morgen, Darrell«, sagte der Direktor des Op-Centers.

»Morgen.« McCaskey trat ein, und Hood schloss die Tür hinter ihm. Herbert saß hinter seinem Schreibtisch, Hood blieb stehen. Er hatte die Ärmel seines weißen Oberhemds aufgerollt und den Knoten seiner Krawatte gelockert. Da Paul Hood normalerweise kein Freund lässigen Auftretens war, musste ein harter Vormittag hinter ihm liegen. Vielleicht glaubte er aber auch, dass es noch schlimmer kommen würde.

»Alles in Ordnung?«, fragte Hood.

»Sicher«, antwortete McCaskey, der sich keine Mühe gab, den aggressiven Unterton in seiner Stimme zu kaschieren. Vielleicht war das Hood und Herbert aufgefallen, aber sie sagten nichts. Offensichtlich waren sie mit ihren eigenen Problemen beschäftigt. McCaskey hatte fast drei Jahrzehnte lang für Strafverfolgungsbehörden gearbeitet, und wenn in einem Büro dicke Luft herrschte, entging ihm das nicht.

»Ich war gerade dabei, Bob hinsichtlich der Entwicklungen in Afrika auf den neuesten Stand zu bringen«, sagte Hood. »Wissen Sie, was da drüben los ist? Haben Sie von der Entführung Pater Bradburys gehört?«

»Ich habe die Op-ED-Seite studiert, bevor ich heute Morgen das Haus verlassen habe«, antwortete McCaskey.

»Und dann gab's schlechte Neuigkeiten zum zweiten Frühstück«, sagte Herbert.

»Könnte man so sagen«, bemerkte McCaskey, der den Leiter der Aufklärungsabteilung einen Moment länger anstarrte, als das gemeinhin bei einem gewöhnlichen Gespräch erforderlich war. Jetzt begriff McCaskey erst richtig, wie wütend er auf Herbert war, weil dieser Maria angerufen hatte.

Op-ED war die Abkürzung für Op-Center Executive Dossier, die zweimal pro Tag aktualisierte Intranet-Seite, auf der über die Aktivitäten des Nationalen Krisenzentrums informiert wurde. Die Beiträge wurden von den Abteilungsleitern geschrieben, die tagsüber Dienst hatten. Auf diese Weise konnte man sich immer aktuell darüber informieren, was in den verschieden Abteilungen vor sich ging. Auch die Leute von der Nachtschicht konnten sich so auf dem Laufenden halten. Außerdem beinhaltete das Op-ED-Programm Querverweise zu Namen und Orten in den Datenbanken anderer amerikanischer Nachrichtendienste. Wenn beispielsweise eines von Albert Beaudins Unternehmen von der CIA, dem FBI, der National Security Agency oder dem Militärischen Nachrichtendienst ins Visier genommen wurde, erhielten die Chefs der verschiedenen Abteilungen des Op-Centers automatisch eine diesbezügliche E-Mail.

»Es gibt da ein paar Dinge, über die man sich bisher noch nicht auf der Op-ED-Seite informieren kann«, sagte Hood. »Haben Sie schon mal etwas von einem Diamantenhändler namens Henry Genet gehört?«

»Nein«, antwortete McCaskey.

»Genet hat finanzielle Verbindungen zu Albert Beaudin, dem französischen Industriellen«, sagte Hood.

»Zum Musketier?«, fragte McCaskey.

»Genau«, antwortete Hood. »Bob und ich haben gerade darüber gesprochen, dass der zwingendste Grund für unser Engagement in dieser Sache darin besteht, dass wir herausfinden wollen, was Beaudin mit dieser Geschichte zu tun haben könnte. Nach den Erfahrungen, die wir in Frankreich mit den Neuen Jakobinern gemacht haben, dürfen wir diesen Mann auf keinen Fall unterschätzen.«

»Ganz meine Meinung«, sagte McCaskey.

»Die große Frage ist jetzt, ob diese Leute etwas mit einem gewissen Dhamballa zu tun haben, dem Anführer eines religiösen Kults«, sagte Herbert.

»Und wo ist die Verbindung?«, fragte McCaskey.

»Es gibt da einen Mann namens Leon Seronga«, erwiderte Herbert. »Seronga ist einer der Gründer der Brush Vipers, einer paramilitärischen Organisation, die seinerzeit dazu beigetragen hat, dass Botswana von Großbritannien in die Unabhängigkeit entlassen wurde. Für den Vatikan steht Seronga, der auch auf Kundgebungen Dhamballas gesichtet worden ist, in dringendem Verdacht, diesen Priester entführt zu haben. Die militärische Operation in Maun erinnert an die frühere Vorgehensweise der Brush Vipers. Zuschlagen und verschwinden, mit chirurgischer Präzision, in aller Regel früh morgens, wenn die Leute noch nicht richtig wach sind. Wir haben dem Vatikan versprochen, bei der Aufklärung zu helfen und eventuell auch ein paar Leute nach Botswana zu schicken.«

»Meiner Ansicht nach steht diese Entscheidung schon fest«, bemerkte McCaskey. »Ich war gerade mit Mike, Aideen Marley und David Battat zusammen, die zum sofortigen Aufbruch bereit sind.«

Als Herbert dies vernahm, rief er sofort bei Barbara Crowe an, die die Dokumentenabteilung des Op-Centers leitete. Zwar war dies nicht seine Operation, doch um die penible Beachtung des vorgeschriebenen Prozedere hatte er sich noch nie allzu viele Gedanken gemacht. Schließlich wurden jetzt dringend gefälschte Ausweise, Kreditkarten und Pässe gebraucht. Dabei konnte Barbara Crowe Fotografien aus ihren Dossiers verwenden. Battat war in einem Krankenhaus in Aserbaidschan registriert worden, Marley in einen politischen Mord in Spanien verwickelt gewesen. Die neuen Identitäten würden verhindern, dass ihre Namen bei den Datenbanken von Zollbehörden oder Fluglinien Alarm auslösten.

Während Herbert Barbara mitteilte, welche Dokumente Marley und Battat benötigen würden, fuhr Hood damit fort, McCaskey auf den neuesten Stand zu bringen.

»Aber abgesehen von Beaudin und dem entführten Priester haben wir noch ein weiteres dringendes Anliegen«, sagte er. »Der Vatikan schickt einen Ersatzmann, der Pater Bradburys Kirche in Maun übernehmen soll, und zwar einen Bischof aus Washington, der morgen eintreffen soll.«

»Ist der Vatikan in der Lage, ihn zu schützen?«, fragte McCaskey.

»Ja, und gerade das macht mir Sorgen«, sagte Hood. »Er wird von spanischen Soldaten bewacht, die sich als Touristen verkleiden werden.«

»Was hat Spanien denn mit der Geschichte zu tun?«, fragte McCaskey.

»Das geht auf das Abkommen von Madrid zurück«, schaltete sich Herbert ein, der gerade sein Gespräch mit Barbara Crowe beendet hatte. »Diese Allianz zwischen dem Vatikan und dem spanischen König gibt es noch nicht besonders lange. Ein Dutzend spanischer Elitesoldaten ist nach Botswana geflogen. Wir haben ihre Route ausfindig gemacht. Mittlerweile sind sie gelandet und wahrscheinlich auch schon vor Ort.«

»Und warum macht Ihnen das Sorgen?«, fragte McCaskey den Direktor des Op-Centers.

»Weil jetzt fünf Parteien in diesen Konflikt verstrickt sind«, antwortete Hood. »Die Vereinigten Staaten, durch den Bischof. Diese religiöse Bewegung. Die Regierung von Botswana. Der Vatikan. Und die Spanier.«

»Normalerweise sind Bündnisse etwas Gutes«, sagte Herbert. »Aber in diesem Fall glauben wir, dass der Vatikan vorsichtig agieren und nicht gleich schweres Geschütz auffahren sollte. Vielleicht kann man diese Krise ja auch auf eine andere Weise in den Griff bekommen.«

»Sie meinen, dass *wir* sie in den Griff bekommen sollen«, bemerkte McCaskey.

»Es wäre einen Versuch wert«, sagte Hood.

»Wir sollten Informationen sammeln und herauszufinden versuchen, ob der Priester befreit werden kann«, meinte Herbert. »Das sollte auf jeden Fall zuerst kommen, und zwar noch vor der Entsendung des Bischofs.«

»Soll Maria zu der Gruppe gehören, die vor Ort Informationen sammelt?«, fragte McCaskey geradeheraus.

»Darüber haben Bob und ich gerade gesprochen, Darrell«, erwiderte Hood.

Exakt diesen Eindruck hatte Darrell beim Betreten des Büros auch gewonnen. Und auch den, dass eine frostige Atmosphäre geherrscht hatte.

»Ich habe Maria angerufen, damit sie mir ein paar Informationen aus dem spanischen Verteidigungsministerium besorgt«, sagte Herbert. »Nachdem sie das erledigt hatte, fragte sie, ob sie nicht noch mehr tun könne.«

»Sie haben Maria gebeten, nach Botswana zu fliegen«, sagte McCaskey.

Wieder fixierte McCaskey Herbert für einen langen Augenblick. Irgendetwas in den Augen des Leiters der Aufklärungsabteilung erweckte den Eindruck, als wappnete sich dieser für einen Angriff.

»Nein, stimmt gar nicht«, sagte McCaskey plötzlich. »Sie haben sie schon losgeschickt.«

»Ja«, bestätigte Herbert. »Maria ist bereits unterwegs.«

»Sie rekrutieren also einfach meine Frau, damit sie die Brush Vipers ausspioniert«, sagte McCaskey, als würde das Sprechen ihm helfen, die Neuigkeit zu verdauen. »Sie lassen sie Leute verfolgen, die Botswana besser kennen als wir Washington.«

»Sie wird nicht lange allein bleiben«, sagte Hood. »Außerdem hat sie den ausdrücklichen Befehl mit auf den Weg bekommen, bei der Suche nach Informationen nur weniger gefährliche Quellen anzuzapfen.«

»Als ob meine Frau wüsste, was es heißt, sich zurückzuhalten«, erregte sich McCaskey.

»Lassen Sie uns in Ruhe darüber reden, Darrell«, beschwichtigte Hood.

Doch Darrell schüttelte nur den Kopf. Er wusste nicht mehr, was er tun oder denken sollte. Aber eine Aussprache stand auf seiner Liste erst an dritter Stelle. Lieber wäre es ihm gewesen, zuerst Herbert zu verprügeln und dann einfach das Büro zu verlassen.

»Ich habe den Anruf bei Maria genehmigt, Darrell«, sagte Hood. »Wenn sie vor dem Bischof in Botswana sein soll, musste sie sich sofort auf den Weg machen.«

»Reist sie etwa unter ihrem eigenen Namen?«, fragte McCaskey.

»Nein, unter dem Nachnamen ihres Ehemanns«, antwortete Herbert. »Ich habe mich darum gekümmert, dass sie schon einen neuen Pass hat. Der Name Maria McCaskey wird in ausländischen Datenbanken nicht auftauchen.«

»Trotzdem hätten sie die Liebenswürdigkeit besitzen können, mich zu informieren«, sagte McCaskey.

»Sie waren nicht hier.«

»Ich habe ein Handy ...«

»Dies ist definitiv keine Angelegenheit, über die ich am Telefon mit Ihnen reden möchte, ob abhörsicher oder nicht«, erklärte Herbert. »Am Handy macht man Tischreservierungen oder Zahnarzttermine rückgängig. Diese Sache musste persönlich besprochen werden.«

»Und warum?«, wollte McCaskey wissen. »Woher wussten Sie, dass ich stinksauer sein würde?«

»Weil Sie sich auch mit Maria schon über dieses Thema gestritten haben«, antwortete Herbert. »Zum Teufel, vor ein paar Jahren haben Sie sich deswegen vorübergehend von ihr getrennt. Ich konnte es einfach nicht riskieren, dass Sie unser Gespräch abbrechen und sie anrufen. Ich wollte nicht, dass sie abgelenkt oder aufgebracht ist.«

»Oder dass sie jemand zur Vernunft zu bringen versucht«, ergänzte McCaskey.

»Das war *kein* Thema«, beharrte Herbert.

»Wie auch immer, ich dachte, dies wäre *Mikes* Operation«, fauchte McCaskey. »Mike selbst glaubt das auch. Ich habe gerade mit ihm gefrühstückt.«

»Es wird auch seine Operation sein«, versicherte Hood. »Bob hat Maria lediglich mit einer Aufgabe betraut, durch die sie uns vielleicht helfen könnte. Das ist alles.«

»Sehen Sie, Darrell«, sagte Herbert. »Diese spanische Eliteeinheit hat Erfahrung mit militärischen Aktionen, die schnell über die Bühne gehen müssen. Dagegen hat sie bisher noch nicht den Beweis erbracht, ob sie über einen längeren Zeitraum verdeckte Ermittlungen durchführen kann, und ich brauche jemanden, von dem ich weiß, dass er diesen Job beherrscht. Jemanden, der zum richtigen Zeitpunkt am richtigen Ort ist. Jemanden, der Spanisch spricht und sich mit den Soldaten verständigen kann, falls es notwendig sein sollte.«

McCaskey hörte Herberts Worte, die durchaus einen Sinn ergaben. Aber wenn er rationale Erwägungen beiseite ließ, blieb doch die Tatsache, dass er nicht verwinden konnte, bei dieser ganzen Geschichte nicht eingeweiht worden zu sein. Maria war *seine Frau*, und sie sprachen leichthin darüber, sie einer potenziell gefährlichen Situation aussetzen.

Und genau deshalb hat er so gehandelt, dachte McCaskey. Herbert hatte ja gerade selbst gesagt, dass er es vermeiden wollte, sie in eine solche Debatte hineinzuziehen, weil Maria dann mit ihren Gefühlen konfrontiert gewesen wäre.

Seine Vernunft sagte McCaskey, dass Herbert eigentlich klug und professionell agiert hatte. Menschenleben und nationale Interessen standen auf dem Spiel. Dennoch gab es den Zwiespalt zwischen der persönlichen und der professionellen Sichtweise. McCaskey konnte sich nicht daran erinnern, sich jemals in so einer Lage befunden zu haben.

Noch immer starrte er den Leiter der Aufklärungsabteilung an, und dabei fiel ihm etwas Unerwartetes auf, das ihm Herberts Lage besser einzuschätzen half. Im Blick der lebhaften Augen dieses Mannes aus den Südstaaten spiegelte sich jetzt nicht mehr nur, wie noch vor ein paar Augenblicken, der Ausdruck harter Entschlossenheit wider. Nun lag noch etwas anderes in diesem Blick.

Schmerz.

In diesem Moment wurde McCaskey mit voller Wucht von einer Erkenntnis getroffen, die ihm fast den Atem geraubt hätte.

Bob Herbert durchlebte aufs Neue seine eigenen Ängste, sein eigenes Trauma. Was McCaskey jetzt fühlte, musste Herbert seinerzeit jeden Tag empfunden haben, als er noch mit seiner Frau in Beirut lebte. Aber genau wie heute hatte für ihn auch damals schon sein Land an erster Stelle gestanden. Trotz des hohen persönlichen Tributs hatte er seine Pflicht getan.

Plötzlich ließ McCaskeys Zorn nach. Noch vor einer Minute hatte er sich völlig allein gefühlt. Das war jetzt nicht mehr so.

»Mir gefällt das alles nicht«, sagte er leise. »Aber ich

will noch eines sagen: Sie haben sich mit Sicherheit an eine der besten Undercover-Beamtinnen in diesem Geschäft gewandt.«

Herbert schien sich etwas zu entspannen. »Ja, das habe ich wohl«, sagte er.

Nachdem er tief durchgeatmet hatte, blickte McCaskey erst Herbert, dann Hood an. »Ich habe Mike versprochen, dass ich einige Vorarbeiten übernehme, falls seine Leute nach Afrika fliegen. Ich muss herausfinden, ob es dort jemanden gibt, zu dem sie Kontakt aufnehmen könnten.«

»Großartig«, sagte Hood. »Danke.«

Noch einmal wanderte McCaskeys Blick von Hood zu Herbert, dann verließ er schnell den Raum. Obwohl er sich äußerlich jetzt ruhiger gab, war er von innerem Frieden meilenweit entfernt.

22

Maun, Botswana – Donnerstag, 23 Uhr 01

Die Tür des zur Kirche gehörenden Pfarrhauses hatte kein Schloss, da dies nach Pater Bradburys Meinung überflüssig war. »Löwen können kein Schloss aufschließen«, pflegte der Priester zu sagen, »und menschliche Gäste sind uns stets willkommen.«

Von ihrer langen Anreise erschöpft, hatten sich die Diakone Jones und Canon um zweiundzwanzig Uhr zurückgezogen. Zuvor hatte Jones zwei Stunden lang am Telefon gehangen, um über Pater Bradburys Anruf zu berichten. Zunächst hatte ein Priester aus Kapstadt angerufen, anschließend informierte dieser Erzbischof Patrick, der sich höchstpersönlich an den Apparat bemühte.

Ein paar Minuten später meldete sich dann ein Sicherheitsexperte des Vatikans, und danach rief schließlich aus New York ein Mann namens Kline an. Jetzt war Diakon Jones heilfroh, über Jahre lange Passagen der Heiligen Schrift auswendig gelernt zu haben, denn dies befähigte ihn, am Telefon das Gespräch mit Pater Bradbury wortwörtlich zu wiederholen. Dennoch schien außer dem ersten Priester aus Kapstadt niemand Jones' Freude darüber zu teilen, dass Pater Bradbury von sich hören gelassen hatte. Der Erzbischof – und speziell die beiden Männer vom Sicherheitsdienst des Vatikans – schienen zu glauben, dass Jones mit dem Teufel persönlich gesprochen hatte. Den Grund dafür konnte sich der Diakon beim besten Willen nicht vorstellen, und es kam auch niemand auf die Idee, sich ihm gegenüber zu erklären. Das kurze Gespräch mit Pater Bradbury war Jones denkbar harmlos erschienen.

Die beiden Männer vom Vatikan hatten ihn instruiert, mit niemandem über Bischof Max zu sprechen, und Diakon Jones hatte es versprochen.

Jones ließ sich durch die ganze Konfusion nicht weiter irritieren. Unwissenheit hing davon ab, über wie viele Informationen man verfügte. Ein Gradmesser für Intelligenz oder Charakter war sie nicht. Er war mit sich selbst im Reinen. Nachdem er sich im Bad die Zähne geputzt und seinen Pyjama angezogen hatte, ging er in den Schlafraum hinüber, wo er mit Diakon Canon die Bettwäsche aus dem Schrank holte.

In dem länglichen, nur spärlich möblierten Raum standen vier Betten, zwei davon in der Nähe der Fenster, und diese bezogen die beiden Diakone. Dann öffneten sie die Fenster. Jones nahm das weiter von der Veranda entfernte Bett. Canon hatte einen sehr festen Schlaf. Sollte einer der Touristen einen nächtlichen Spaziergang machen, würde er dadurch nicht geweckt werden.

Jones kniete neben dem Bett nieder und sprach sein Nachtgebet. Dann öffnete er behutsam das feinmaschige Moskitonetz und legte sich ins Bett. Das Fenster befand sich zu seiner Rechten. Die von draußen hereinkommende Luft war warm, aber angenehm. Es war ein gutes Gefühl, mal wieder auf einer Matratze mit einem sauberen weißen Laken zu übernachten. Draußen bei ihren Gemeinden schliefen sie gewöhnlich auf ausgerolltem Bettzeug, Feldbetten oder gleich auf Gras.

Nach kurzer Zeit war Diakon Jones eingeschlafen.

Irgendwann spürte er ein scharfes Stechen an seiner Kehle. Zunächst glaubte er, von einer jener Bremsen gestochen worden zu sein, die das Blut ihres Opfers aus der winzigen Wunde saugen. Jones hatte keine Ahnung, ob er erst seit Minuten oder schon seit Stunden schlief, und er wollte es auch gar nicht wissen. Er war völlig benommen und wollte nur so schnell wie möglich wieder einschlafen. Mit geschlossenen Augen versuchte er, das Insekt zu verscheuchen.

Seine Hand stieß gegen Stahl.

Als er abrupt die Augen aufriss, wurde ihm klar, dass es nicht um ein Insekt ging. Ein großer, in der Dunkelheit kaum zu erkennender Mann, der das Moskitonetz beiseite geschoben hatte, presste ihm direkt unter dem Kinn ein Messer gegen die Kehle. Aus dem Augenwinkel sah Jones, dass die Tür einen Spalt weit offen stand und dass auch vor Diakon Canons Bett ein Mann stand.

»Sind Sie dem amerikanischen Bischof jemals begegnet?«, fragte der Eindringling mit leiser, aber barscher Stimme.

»Nein«, antwortete Jones, dessen Gehirn noch immer wie benebelt war. Warum wollte dieser Mann das wissen?

»Wie heißen Sie und Ihr Kollege?«

»Ich bin Eliot Jones, das ist Samuel Canon«, antwortete Jones. »Wir sind Diakone dieser Kirche. Was ist denn los?«

»Wo ist Ihr Mobiltelefon?«, fragte der Eindringling.

»Warum interessiert Sie das?«, fragte Jones.

Der Eindringling übte ein bisschen mehr Druck auf die Klinge aus, und Jones spürte, wie deren Spitze sein Fleisch anritzte. Blut benetzte sie und sickerte an beiden Seiten von seinem Hals hinunter. Der Diakon spürte das scharfe Metall auf seinem Kehlkopf. Instinktiv wollte er die Hand des Mannes wegschieben, doch der Eindringling drehte die Klinge seitlich. Der Schmerz führte dazu, dass Jones jeden Muskel anspannte, und derselbe Reflex ließ ihn seine Arme zurückreißen.

»Beim nächsten Mal steckt das Messer bis zum Heft drin«, drohte der Eindringling. »Noch einmal, wo ist Ihr Handy?«

»Machen Sie schon, schneiden Sie mir die Kehle durch!«, stieß Jones hervor. »Ich habe keine Angst vor dem Tod.«

»Dann werde ich die Leute aus dem Feriendorf töten«, sagte der Eindringling.

»Diese Sünde müssen Sie vor Gott verantworten«, erwiderte der Diakon. »Was immer Sie ihren Körpern auch antun mögen, ihre Seelen werden bei Gott sein.«

Jetzt zog der Eindringling das Messer zurück, doch sofort darauf spürte der Diakon einen scharfen Stich in seinem Oberschenkel, gefolgt von einem sengenden Schmerz. Als er instinktiv nach Luft schnappte, um einen Schmerzensschrei auszustoßen, presste der Mann die Klinge schon wieder an seine Kehle. Der Diakon brauchte ein bisschen, bis er begriffen hatte, dass ihm das Messer in den Oberschenkel gebohrt worden war. Zuerst wollte er es nicht glauben. Dann kam der Schock, schließlich ein trotziges Aufbegehren.

»Also, wo ist das Handy?«, wiederholte der Fremde. »Spucken Sie's aus, sonst zerlege ich Ihre Seele.«

»Die Seele ist unverwundbar«, wimmerte der Diakon. »›Muss ich auch wandern in finsterer Schlucht ...‹«

Das Messer bohrte sich in seinen Unterarm, und er schrie auf. Wieder drehte der Eindringling die Klinge, die schon in den Knochen eindrang. Dieser Schmerz war anders. Er hörte nicht wieder auf, sondern wanderte immer tiefer in seinen Körper, ganz so, als flösse geschmolzenes Blei in seine Venen. Jones' Kopf zuckte wie wild, und er trat mit den Beinen aus, unfähig, seinen Körper, seine Gedanken oder seinen Willen zu kontrollieren.

»Das Telefon!«, sagte der eindringlich. »Wir haben keine Zeit, und mit ...«

»In der Innentasche meiner Jacke!«, schrie der Diakon. »Sie hängt an der Tür! Mein Gott, hören Sie auf! Nehmen Sie das Telefon mit, *nehmen Sie es!*«

Statt das Messer zurückzuziehen, drückte der Mann noch fester zu. Blut sickerte auf die Laken.

»Wann holen Sie den Bischof aus Amerika ab?«, fragte der Fremde.

Diakon Jones sagte es ihm. Mittlerweile hätte er jede Frage beantwortet. Wie hatte der Heiland die Schmerzen nur ertragen? Es war unbegreiflich.

Der Eindringling zog das Messer aus seinem Unterarm, und der intensivste Schmerz ebbte sofort ab, ganz wie Wellen, die vom Strand zurückwichen.

Einen Augenblick später spürte der Diakon die Klinge wieder an seiner Kehle, und diesmal drückte der Mann fest zu. Von irgendwoher aus der Ferne hörte Jones einen Schrei, doch er konnte ihn nicht selbst abgegeben haben, weil er die Lippen nicht bewegen konnte. Er fühlte einen entsetzlichen Schmerz am Ansatz der Zunge, und einen Augenblick später wurde es noch schlimmer, als der harte Gaumen der Klinge Widerstand zu leisten versuchte.

Noch immer versuchte Jones zu sprechen, doch er gab nur ein gutturales Stöhnen und ein paar erstickte Geräusche von sich. Jetzt hielt der Mann das Messer so, dass sein Daumen auf dem Griff lag, und riss die Waffe nach links, als handelte es sich um einen Brieföffner. Damit war es um Jones' Halsschlagader geschehen. Als der Fremde das Messer dann wieder nach rechts riss, durchtrennte er auch die Jugularvenen.

Jones wurde gleichzeitig von einem ungeheuerlichen Hitze- und Kältegefühl erfasst. Er hörte gurgelnde Geräusche, aber es dauerte etwas, bis er begriffen hatte, dass *er* sie von sich gab. Er versuchte zu atmen. Dann wollte er nach seiner Kehle greifen, doch seine Hände waren zu schwach, und seine Finger zitterten. Er ließ die Arme sinken, und sein Blick suchte den Angreifer. Doch mittlerweile konnte er nichts mehr erkennen. Vor seinen Augen sah er einen schwarzen und roten Wirbel. Sein Kopf fühlte sich leicht an.

Einen Augenblick später sah Jones gar nichts mehr. Hitze und Kälte machten einer sanften Gefühllosigkeit Platz.

Diakon Jones schlief wieder ein.

23

Maun, Botswana – Donnerstag, 23 Uhr 30

Leon Seronga blickte auf den blutenden Körper auf dem Bett hinab. Etwas weiter rechts hatte gerade Donald Pavant dem anderen Diakon die Kehle durchgeschnitten. Diakon Canon hatte nur einen einzigen Schrei ausgestoßen, der aber dadurch gedämpft worden war, dass Pavant ihm eine Hand auf den Mund gepresst hatte.

»Das war's«, sagte Pavant. »Du hattest keine andere Wahl. Wir haben getan, was wir tun mussten.«

Seronga starrte weiterhin auf sein Opfer.

»So hast du es auch früher schon gemacht, Prinz. Manchmal müssen die Dinge so geregelt werden.«

»Ich habe Dhamballa versprochen, dass es diesmal anders laufen würde«, sagte Seronga. »Ohne Morde und schwarze Magie.«

»Der Mann wäre sowieso verblutet«, bemerkte Pavant, der die Klinge seines Messers an der Decke eines anderen Betts abwischte. »Du hast Gnade walten lassen. Hättest du keinen Druck ausgeübt, hätte er uns nicht gesagt, was wir wissen mussten.«

»Was wir wissen *mussten*«, echote Seronga.

»Ja, genau«, sagte Pavant. »Wir dürfen es nicht zulassen, dass der Bischof herkommt. Das würde alles zerstören, und Dhamballa hätte als kleiner, unbedeutender, machtloser Niemand dagestanden. Außerdem braucht niemand etwas von den beiden hier zu wissen.«

»Es *darf* niemand etwas von ihnen wissen«, sagte Seronga.

Der Anführer der Brush Vipers fühlte sich elend. Nur durch die Halsstarrigkeit des Diakons war er zu dieser Reaktion getrieben worden. Alles hätte so viel leichter sein können, wenn der Geistliche sich kooperativ gezeigt hätte. Stattdessen hatte er sich durch seine Worte praktisch sein eigenes Grab geschaufelt. Falls Seronga töte, hatte der Diakon gesagt, müsse er das auf sein Gewissen nehmen. Doch eigentlich gingen die beiden Todesfälle auf die Rechnung des Diakons, da er die Zusammenarbeit verweigert hatte. Hätte er Serongas Fragen gleich beantwortet, wären Jones und Canon gefesselt und hier oder irgendwo draußen versteckt worden, beispielsweise in einer Höhle, wo ihnen die Raubtiere nichts hätten anhaben können. Nach der Entführung hätte Seronga den Behörden dann mitgeteilt, wo die beiden zu finden waren.

Dieser dumme, dumme Mann.

»Ich habe das Handy«, berichtete Pavant von der Tür her.

»Sieh mal nach, ob du irgendwo frische Bettlaken findest«, sagte Seronga.

»Gut«, antwortete Pavant. »Aber ich werde mir nicht weiter anhören, wie du dir Selbstvorwürfe machst. Wir sind Löwen, diese beiden waren unsere Beute. Wir mussten so handeln, und genauso hast du auch schon gehandelt, als du zum ersten Mal dazu beigetragen hast, dieses Land zu befreien.«

»Das war damals eine andere Situation«, widersprach Seronga.

»Nein, war es nicht«, beharrte Pavant. »Du hast gegen ein Empire gekämpft, und wir kämpfen auch heute gegen ein Empire.«

»Es war eine andere Situation«, wiederholte Seronga. »Damals haben wir gegen Soldaten gekämpft.«

»Diese katholischen Priester sind auf ihre Art auch Soldaten. Nur bekämpfen sie uns statt mit Waffen durch ihren hartnäckigen passiven Widerstand.«

Seronga war nicht in der Stimmung, diese Debatte fortzusetzen. Nachdem er das Messer aus der Kehle seines Opfers gezogen hatte, wischte er die Klinge an dem Kopfkissen ab. Dann steckte er das Messer in die große Scheide und beobachtete, wie Donald Pavant sich durch den dunklen Raum tastete, der nur durch das spärliche Licht des Halbmondes erhellt wurde, das durch die halb offene Tür fiel. Aus diesem Grund hatten sie die Tür nicht geschlossen.

»Hier sind die Bettlaken«, sagte Pavant, der neben einem Schrank an der hinteren Seite des Raums stand.

Der jüngere Mann eilte zu Seronga und breitete die

Bettlaken auf dem Boden aus. Nun kümmerten sich die Männer um die beiden Leichen. Mit den Kopfkissenbezügen verbanden sie provisorisch die Wunden, um wenigstens halbwegs die Blutung zu stillen. Dann wickelten sie die Leichen fest in die blutbefleckten Bezüge, die über die Matratzen gespannt waren. Da das Blut schon wieder durch den Stoff zu sickern begann, holten sie weitere Decken aus dem Schrank und legten sie auf den Boden. Nachdem die Toten eingewickelt waren, wurden die Betten neu bezogen.

Seronga beschloss, dass die Leichen in die Flussniederung transportiert, aus den Laken gewickelt und dann, mit Steinen beschwert, im See Mitali versenkt werden sollten. Bei Morgengrauen würde von den beiden Diakonen nicht mehr viel übrig sein. Die Behörden würden auf Mord tippen, ihren Verdacht aber nicht beweisen können. Das weiche Fleisch, durch das sich die Messer gebohrt hatten, hatten dann längst die Krokodile gefressen. Und hier gab es überall Fußabdrücke, unter denen die von Seronga und Pavant nicht weiter auffallen würden. Man würde annehmen, dass die Diakone einen Spaziergang gemacht hatten und von Raubtieren angefallen worden waren. Natürlich würde der Vatikan Zweifel haben, aber auch er würde sie nicht erhärten können. Am wichtigsten war jedoch, dass es keine Märtyrer gab, und solange der andere Geistliche noch in Gefangenschaft war, bestand eine Chance, über den Rückzug zu verhandeln. Zuerst über den Rückzug der Kirche, schließlich über den aller Ausländer. Dann würde Botswana wieder selbst von seinen reichen Vorkommen an Bodenschätzen profitieren können.

Jetzt mussten Seronga und Pavant noch die Soutanen der beiden Diakone finden. Doch der Anführer der Brush Vipers war dagegen, sie gemeinsam mit den Leichen wegzuschaffen, da sie nicht mit Blut befleckt werden sollten. Er würde die Priestergewänder später holen, wenn sie sich der sterblichen Überreste der beiden Geistlichen entledigt hatten.

Während Seronga noch einige Blutflecken aufwischte, überprüfte Pavant die Veranda. Da draußen niemand zu sehen war, hievten sie sich die Toten auf die Schultern. Selbst wenn man den Blutverlust berücksichtigte, waren die Priester leichter, als Seronga geglaubt hätte. Offensichtlich aßen Missionsdiakone nicht besonders gut. Die Körper der Toten waren noch warm. Da er seine Gedanken so schnell wie möglich von den Morden abwenden wollte, fragte sich Seronga, ob Dhamballas uralte magische Kräfte wohl ausreichen würden, um diese beiden wieder zum Leben zu erwecken – Männer, die nicht an natürlichen Ursachen gestorben waren, sondern durch Mord. Seronga wünschte sich, mehr Zeit mit ihrem religiösen Führer verbringen zu können, weil er mehr über die wenigen Wundertaten wissen wollte, die er als Augenzeuge miterlebt hatte. Über die uralte Religion, die ihn zum Glauben geführt hatte.

Wenn die Zeit dafür gekommen ist, dachte er.

Zunächst würde Seronga weiterhin Dinge tun, die ihm nicht passten, aber so hatte Botswana schon einmal seine Freiheit erlangt. Und ob es ihm gefiel oder nicht – nur so konnte seine Heimat ein zweites Mal befreit werden.

24

Washington, D. C. – Donnerstag, 16 Uhr 35

Paul Hood verbrachte einen hektischen Nachmittag, einen jener Nachmittage, an denen die Informationen so schnell eingingen, dass die Fragen sich praktisch von selbst beantworteten. Aber jede Antwort brachte gleich wieder zwei oder drei neue Fragen hervor.

Unglücklicherweise lieferte ihm keine dieser Antworten den Schlüssel, nach dem er suchte.

Dennoch war Hood froh, den Morgen unbeschadet überstanden zu haben. Zum ersten Mal seit über einer Woche hatte Senatorin Fox nicht angerufen, um den täglich erstellten Dienstplan des Op-Centers anzufordern, den der Kongress für die Gewährung von Geldern benötigte. Offenbar war die Senatorin mit den von Hood bereits vorgenommenen Einsparungen zufrieden. Es hatten auch keine anderen Mitglieder des Kongressausschusses für die Überwachung der Geheimdienste angerufen, und das hieß, dass es Mike Rodgers über einen Tag lang gelungen war, seine neue Operation geheim zu halten. Nach der in Washington gültigen Zeitrechnung entsprach das ungefähr einem Jahr.

Selbst die Spannungen zwischen Darrell McCaskey und Bob Herbert waren entschärft, zumindest für den Augenblick. Das einzige noch verbleibende Problem betraf das Op-Center nicht, wenigstens nicht direkt. Dieses heikle Thema war das momentan schwierige Verhältnis zwischen Darrell McCaskey und seiner Frau. Laut Herbert hatte sich Maria Corneja auf den neuen Auftrag gestürzt ›wie ein Pitbull auf gebratene Rippchen‹. Sie wollte nicht darauf verzichten, auch weiterhin als Agentin vor Ort zu arbeiten. Das hatten zwar alle ohnehin vermutet, doch jetzt wussten sie es. Aber die Tatsache, dass Maria diese Entscheidung getroffen hatte, ohne mit ihrem Ehemann darüber zu sprechen, machte die Sache noch schlimmer. Es war schon seltsam. Bei Befragungen oder Konferenzen war McCaskey ein sehr guter Zuhörer, und er war geradezu konkurrenzlos gut, wenn es darum ging, Antworten auf ihren Wahrheitsgehalt hin abzuklopfen oder anhand des Tonfalls eines Verhörten eine viel versprechende Befragungsstrategie zu entwickeln. Aber in seinem Privatleben hatte McCaskey die Neigung, selbst die meiste Zeit zu reden und überhaupt nicht zuzuhören. Das würde sich ändern müssen.

Vielleicht sollte er mal darüber nachdenken, dass dieser Rat aus berufenem Munde kommt, dachte Hood. Er selbst hatte seiner Frau immer zugehört und auch die besten Absichten gehabt, meistens danach zu handeln. Nur hatte er leider nie die Zeit dafür gefunden.

Aber ihm war nicht viel Muße geblieben, weiter über kleine Triumphe oder große verpasste Chancen nachzudenken, denn schon kurz nach Hoods Rückkehr in sein Büro hatte Edgar Kline angerufen. Der Sicherheitsexperte des Vatikans berichtete, Diakon Jones habe von Pater Bradbury gehört. Laut Jones befinde sich der Priester noch in Gefangenschaft.

»Ist er bei guter Gesundheit?«, fragte Hood.

»Offenbar ja«, antwortete Kline.

»Dennoch scheint Sie diese Nachricht nicht allzu glücklich zu machen«, bemerkte Hood.

»Pater Bradbury hat sich nach seiner Gemeinde erkundigt«, fuhr Kline fort. »Unglücklicherweise hat Diakon Jones am Telefon ausgeplaudert, dass ein ›Ersatzmann‹ aus New York unterwegs ist.«

»Mist«, sagte Hood. Offensichtlich hatten die in Afrika lebenden Missionare seit dem Ende des 19. Jahrhunderts einiges an taktischem Fingerspitzengefühl eingebüßt. Zu dieser Zeit hatten die Buren Geistliche benutzt, um Aufenthaltsort, Bewegungen und Stärke von Verbänden der Zulus auszuspionieren. »Das heißt dann wohl, dass Dhamballa vom Eintreffen des Bischofs weiß.«

»Davon werden wir wohl ausgehen müssen«, bestätigte Kline.

»Werden Sie die Reisepläne des Bischofs ändern?«, fragte Hood.

»Das würde Dhamballa den Eindruck vermitteln, dass wir Angst vor ihm haben«, antwortete Kline. »Nein, das werden wir nicht tun.«

»Wie sieht's denn mit Ihren spanischen ›Touristen‹ aus?«, erkundigte sich Hood. »Sind sie schon eingetroffen?«

»Ja«, bestätigte Kline. »Morgen früh wird sich der Kommandeur der Spezialeinheit den beiden Diakonen vorstellen. Mehrere Männer werden auf sie aufpassen und zugleich den Bischof im Auge behalten.«

»Eine gute Idee«, kommentierte Hood.

»Ich würde Ihnen gern eine Datei mit Fotografien mailen, die bei Dhamballas Kundgebungen aufgenommen wurden«, sagte Kline. »Darunter sind auch einige Bilder von Dhamballa. Vielleicht könnten Sie dann Ihre Datenbanken durchforsten, auch wenn nur eine geringe Chance besteht, dass Sie ebenfalls ein Foto oder Informationen haben.«

Hood versprach Kline, ihm die Bitte zu erfüllen. Dann informierte er ihn über Richard Stieles Aktivitäten. Kline schien nicht übermäßig besorgt zu sein, und vermutlich würde sich daran auch nichts ändern. Was immer diese europäischen Geschäftsleute auch tun mochten, der Vatikan war wahrscheinlich nicht direkt davon betroffen. Hood versprach Kline, ihn über alle neuen Entwicklungen auf dem Laufenden zu halten. »Damit Sie immer auf dem neuesten Stand sind«, hob er noch einmal ausdrücklich hervor.

Kline bedankte sich.

Ein paar Minuten nach diesem Telefonat piepte Hoods Computer, wo gerade eine Datei mit der Adresse der vor fremdem Zugriff geschützten Website des Sicherheitsdienstes des Vatikans eingegangen war. Außerdem erhielt Hood ein Password für den Zugang zu den geheimen Informationen über Dhamballa; es lautete *adamas*.

Vier Jahre Lateinunterricht an der Highschool genügten Hood, um sich daran zu erinnern, das *adamas* das lateinische Wort für ›Diamant‹ war. Irgendjemand vom Sicherheitsdienst des Vatikans musste sich mit einem virulenten Problem dieser Region auskennen. Denkbar war aber auch, dass sie mehr wussten, als Kline bisher preisgegeben hatte.

Hood überspielte die Informationen an Stephen Viens, der bis vor kurzer Zeit Supervisor der Abteilung für Spionagesatelliten beim National Reconnaissance Office gewesen war, dem Nationalen Büro für nachrichtendienstliche Aufklärungsarbeit. Als ehemaliger Kommilitone von Matt Stoll hatte Viens den Bitten des Op-Centers immer höchste Priorität eingeräumt. Unter anderem auch aus diesem Grund wurde Viens vorgeworfen, zwei Milliarden Dollar aus den Geldern des NRO in geheime Operationen umgeleitet zu haben. Bob Herbert hatte dazu beigetragen, Viens Unschuld zu beweisen. Im Gegenzug wurde das Op-Center dadurch abgestraft, dass seinen Anliegen kaum noch Beachtung geschenkt wurde. Glücklicherweise hatte Viens, der nicht mehr an seinem alten Arbeitsplatz tätig war, immer noch Freunde beim NRO.

Mittlerweile war Viens Chef der internen Sicherheitsabteilung des Op-Centers. Zu seinen Aufgaben gehörte es unter anderem, für Hood ein spezielles Programm zur Analyse von Fotos zu entwickeln. Die Webadresse des Sicherheitsdienstes des Vatikans mailte Hood zusätzlich auch an Herbert und Rodgers.

Als der Datentransfer beendet war, rief Emmy Feroche an.

»Ihr Tipp mit Albert Beaudin war wirklich großartig, Paul«, sagte sie.

»In welcher Hinsicht?«, fragte Hood.

»Es stellte sich heraus, dass Mr Stiele nicht der Einzige

von Beaudins Geschäftspartnern war, der in den letzten Tagen Anlagen zu Geld gemacht hat.«

»Wer noch?«, erkundigte sich Hood.

»Gurney de Sylva, der ebenfalls in Beaudins Aufsichtsrat sitzt«, antwortete Emmy. »Gestern hat er seine Minderheitsbeteiligung an sechs verschiedenen Diamantminen verkauft.«

»Und wo befinden sich diese Minen?«

»Im südlichen Afrika.«

»Wie viel hat er erhalten?«, fragte Hood.

»Ungefähr neunzig Millionen Dollar«, antwortete Emmy. »Den Großteil des Geldes hat er sofort in Unternehmen gesteckt, die in Russland und Mexiko ins Ölgeschäft investieren.«

»Vielleicht glaubt er, dass das auf lange Sicht die bessere Anlagestrategie ist«, gab Hood zu bedenken.

»Schon möglich«, antwortete Emmy. »Aber einen Teil seines Profits hat er auch in das Unternehmen gesteckt, das für Stiele in China Land gepachtet hat.«

»Dann könnte die Sache mit dem Öl eine Tarnung sein, die verhindern soll, dass sich jemand allzu eingehend mit dem Engagement in China beschäftigt«, sagte Hood.

»Außerdem könnte er seine Investitionen ins Ölgeschäft irgendwann wieder abziehen und das Geld ebenfalls nach China transferieren. Über seine langfristigen Pläne hat er nichts verlauten lassen. Aber er ist auch nicht gerade der mitteilsamste Investor, der mir je untergekommen wäre. Um Kapitalertragssteuern zu sparen, hat er schon einmal Millionen an die Rooftop Angels gespendet, eine Wohltätigkeitsorganisation für Obdachlose.«

»Ist die nicht im Jahr 2001 wegen Geldwäsche aufgelöst worden?«, fragte Hood.

»Ja«, antwortete Emmy. »Für jeden gespendeten Hundert-Dollar-Schein haben die Rooftop Angels achtzig Dollar in bar zurückgezahlt. Das Bargeld wurde über

Schließfächer, Travellerschecks und auf andere Arten verteilt. Wir konnten nie beweisen, ob Stiele etwas von dem angeblich als Almosen verteilten Geld zurückerhalten hat. Auf keinem seiner Konten wurde ein sprunghafter Anstieg registriert.«

»Das heißt nichts«, bemerkte Hood. »Vielleicht liegt das Geld irgendwo in bar herum, und er geht damit einkaufen.«

»Gut möglich«, sagte Emmy. »Aber diese Untersuchung ist noch nicht abgeschlossen, und deshalb waren wir angesichts der jüngsten Aktienverkäufe alarmiert. Bisher haben wir nichts gefunden, was gegen internationale Gesetze verstoßen hätte. Wie auch immer, ich habe zusätzlich noch eine Verbindung zwischen de Sylva und Peter Diffring entdeckt. Offensichtlich sitzen die beiden nicht nur gemeinsam in Beaudins Aufsichtsrat. Mit China hat das allerdings nichts zu tun.«

»Womit dann?«

»Mit mehreren afrikanischen Geschäftsleuten«, erläuterte Emmy. »Diffring ist Mitinhaber einer Baufirma, die geologische Gutachten und Umweltberichte über Grundstücke erstellt hat, wo Hotels gebaut werden sollen. Das Geschäft bedurfte der Registrierung.«

»Wem haben Sie das Land abgekauft?«

»Dem Stamm der Limgadi.«

»Haben sie ihnen zu verstehen gegeben, was mit dem Land geschehen soll?«

»Offiziell haben sie ›Entwicklung der Verkehrsinfrastruktur‹ angegeben.«

»Wie lange ist es her, dass Diffring sich in diese Baufirma eingekauft hat?«, fragte Hood.

»Vier Monate«, antwortete Emmy. »Das Grundbuchamt in Botswana behauptet, Diffrings Firma habe bisher außer einer kleinen Landepiste nichts gebaut. Natürlich kann das alles auch gar nichts zu bedeuten haben, Paul.«

»Ich weiß«, antwortete Hood, obwohl ihm sein Gefühl etwas anderes sagte.

»Es ist nichts Ungewöhnliches, dass man im Hinblick auf Synergieeffekte Firmen in Regionen gründet, deren Infrastruktur man entwickeln will.«

»Natürlich.«

Hier gab es eine riesige Kluft zwischen den Verschwörungstheorien von Hood und Leuten wie ihm und jener Vorstellung von der ganz normalen Ausnutzung geschäftlicher Gewinnmöglichkeiten, die Emmy gerade charakterisiert hatte. Eventuell hatten diese Aktivitäten ja wirklich nichts mit Dhamballa und dessen Gruppe zu tun – vielleicht war alles nur ein Zufall.

Vielleicht aber auch nicht. Paul Hood und sein Team wurden dafür bezahlt, dass sie alles, was an der Oberfläche sichtbar war, nur für eine Fassade hielten. Bei effektivem Krisenmanagement musste Schuld unterstellt werden – nicht Unschuld.

Hood dankte Emmy für ihre Mühen, dann verabredeten sie sich für die nächste Woche zum Abendessen. Vor ein paar Monaten hatte Emmy geheiratet, und jetzt wollte sie Hood ihren Mann vorstellen. Der Direktor des Op-Centers freute sich für seine ehemalige Kollegin, aber zugleich bemitleidete er sich selbst. Nach zwanzig Jahren würde dies das erste Mal sein, dass er bei einem Abendessen im Restaurant das fünfte Rad am Wagen war.

Als er sich gerade von Emmy verabschiedete, trat Rodgers ein. Nachdem Hood seiner Gesprächspartnerin noch einmal gedankt und ihr versichert hatte, später am Tag erneut anzurufen, legte er auf. Rodgers hatte sich bereits gesetzt. Der General sah deutlich besser aus als in den letzten Wochen. Er wirkte energiegeladen, motiviert und konzentriert.

»Wie sieht's mit dem neuen Team aus?«, fragte Hood.

»Aideen Marley und David Battat sind bereit, nach

Afrika zu fliegen, wenn wir sie brauchen«, antwortete Rodgers.

»Kommen sie gut miteinander klar?«

»Zumindest gut genug. Sie werden nicht gerade zum Traualtar stürmen, aber ihren Job miteinander erledigen.«

»Wo ist der Haken bei der Sache?«

»David kennt sein Metier und reibt das auch jedem gleich unter die Nase«, sagte Rodgers. »Aideen hat ein solides Grundwissen, wenn auch etwas weniger Erfahrung. Dafür verfügt sie über entschieden mehr Taktgefühl.«

»Wer wäre der bessere Chef bei dieser Mission?«, fragte Hood.

»In der augenblicklichen Situation? Aideen. Ich habe es ihr bereits gesagt. Mit ganz normalen Menschen kommt sie besser klar als David.«

»Ist Battat damit einverstanden?«

»Dass er wieder vor Ort eingesetzt werden soll? Ja, er ist einverstanden.«

Hood blickte den General an. Militärs sahen die Dinge anders als Zivilisten, und Hood lag daran, dass in seiner Mannschaft eine angenehme Atmosphäre herrschte. Für Rodgers stand immer Effizienz an erster Stelle.

»Machen Sie sich deshalb keine Sorgen, Paul«, sagte Rodgers. »Battat weiß, dass Aideen die Nummer eins ist. Sie werden schon miteinander auskommen.«

Hood hoffte, dass der General Recht hatte. Er hatte nicht damit gerechnet, sein neues Team so schnell in den Einsatz schicken zu müssen, aber das Op-Center war darauf angewiesen, dass seine Agenten an Ort und Stelle ermittelten. Zudem hoffte Hood, dass die unter Zeitdruck zustande gekommene Entscheidung, Rodgers das Oberkommando über diese Truppe zu geben, sich als richtig herausstellen würde. Er respektierte den General sehr und bewunderte seine Fähigkeit, andere zu führen. Aber mit dem Verlust der Strikers hatte Rodgers einen schweren Schicksalsschlag hinnehmen müssen. Psychologisch gesehen wandelten sowohl Hood als auch Rodgers auf unbekanntem Terrain.

Bis vor kurzer Zeit hatte Paul Hood nicht an die Errungenschaften der Psychologie geglaubt. Seiner Ansicht nach entwickelte sich Charakter, wenn man mit seinen eigenen Problemen fertig wurde. Doch dann war Harleigh in dem Drama bei den Vereinten Nationen als Geisel genommen worden. Liz Gordon, die Psychologin des Op-Centers, hatte gemeinsam mit anderen Spezialisten dazu beigetragen, dass das Mädchen die dunkelsten Tage seines Lebens überstand. Sie hatten Harleigh wieder ins Leben geholt und Hood die Tochter zurückgegeben.

Dadurch hatte sich Hoods Haltung der Psychologie gegenüber geändert.

Diese Meinungsänderung veranlasste ihn zu einem bisher beispiellosen Schritt. Er entschloss sich, Liz Gordon in seinen Entscheidungsprozess einzubinden. Ein paar Tage vor seiner Unterredung mit Rodgers, bei der es um das neue Team ging, hatte sich Hood mit der Psychologin über eben dieses Thema unterhalten und sie gefragt, ob sich ein Offizier, der seine Abteilung verloren habe, beim nächsten Einsatz übermäßig vorsichtig oder aggressiver als zuvor verhalten werde. Liz antwortete, das hänge natürlich von dem jeweiligen Offizier ab. Im Fall von Mike Rodgers sei sie der Ansicht, dass der General möglicherweise zögern werde, ein neues Kommando zu übernehmen, da er keine weiteren Menschenleben aufs Spiel setzen wolle. Wenn er den Job annehme, werde er ihrer Meinung nach dadurch, dass er den Rückschlag erneut durchleben und zu einem glücklichen Ende bringen müsse, zu Hypersensibilität neigen.

Aber glücklicherweise ging es nun ja nicht um eine militärische Operation, und Hoods Leute mussten nicht bleiben, bis das Problem gelöst war. Sie sollten so lange Informationen sammeln, bis die Lage zu gefährlich wurde, dann würden sie Botswana wieder verlassen.

»Da alles geregelt zu sein scheint«, fuhr Hood jetzt fort, »wird es wahrscheinlich am besten sein, sie bald nach Botswana zu schicken. Wenn Bischof Max morgen dort eintrifft, wird sich die Lage meiner Meinung nach zuspitzen.«

»Aideen und Battat können sich noch heute ins Flugzeug nach Botswana setzen«, sagte Rodgers. »Ihre Reisedokumente sind bereits in Arbeit. Im Augenblick sitzen die beiden in Matt Stolls Abteilung, um die vorhandenen Unterlagen über den Fall Bradbury zu lesen. Außerdem werden sie sich dort über das Land und Albert Beaudin informieren. Bob hat mir erzählt, dass er und seine Leute vielleicht auch involviert sein werden.«

»Schon möglich«, sagte Hood.

»Auf der Fahrt hierher habe ich mit Falah Shibli telefoniert«, sagte Rodgers.

»Wie geht's ihm denn so?«, fragte Hood. Falah war ein äußerst fähiger und bescheidener Mann, was immer eine gute Kombination war. Bei einem Agenten war sie von unschätzbarem Wert, eine Voraussetzung für unauffälliges Handeln.

»Er arbeitet immer noch als Polizist in Nordisrael, ist aber mittlerweile Chef seiner Abteilung«, sagte Rodgers. »Seinen Worten nach ist er zwar vollauf damit beschäftigt, an der Grenze zum Libanon den Frieden zu sichern, aber andererseits wäre er nur zu glücklich, eine kleine Auszeit zu nehmen, um uns zu unterstützen.«

»Ein Moslem aus dem jüdischen Staat, der der katholischen Kirche hilft«, kommentierte Hood. »Das gefällt mir.«

»Ihm auch«, sagte Rodgers. »Und deshalb haben wir ihm angeboten, mal alles stehen und liegen zu lassen und in unserem Team mitzumachen. Ich habe ihm zugesagt, ihn sofort zu benachrichtigen, falls wir ihn brauchen sollten. Dann habe ich noch mit Zack Bemler in New York und mit Harold Moore in Tokio telefoniert. Für die nächsten paar Tage sind beide unabkömmlich, doch danach würden sie gern mit uns zusammenarbeiten. Aber da Maria schon unterwegs ist und die anderen drei startbereit sind, werden wir schon bald ein starkes Team vor Ort haben.«

Hood war derselben Meinung. Diese vier Agenten verfügten alle über besondere Fähigkeiten. Jetzt musste Hood darauf vertrauen, dass sich auch ihre Bereitschaft zur Zusammenarbeit zeigen würde, wenn diese gefordert war.

Anschließend informierte Hood den General über seine Telefonate mit Edgar Kline und Emmy Feroche; währenddessen rief Stephen Viens an.

»Paul, Sie sollten unbedingt in Matts Büro kommen«, sagte Viens.

»Was gibt's denn?«, fragte Hood.

»Ich glaube, wir haben des fehlende Teil des Puzzles gefunden.«

25

Okavangobecken, Botswana – Freitag, 0 Uhr 05

Für die Anhänger von Dhamballas Vodun-Kult galt Mitternacht als die spirituellste Tageszeit. Zu dieser Stunde war der Körper am schwächsten und die Seele am stärksten.

Noch wichtiger aber war, dass zu diesem Zeitpunkt die tiefste Finsternis herrschte. Die Vodun-Seele scheute das Tageslicht. Der Tag war die Zeit des warmen Fleisches, des Körpers, der arbeiten und sich dadurch erhalten konnte. Die ersten Stunden der Nacht wurden vom Schein der Feuer beherrscht. Dies war die Zeit der Gebete, der Gesänge und der von Trommeln untermalten Tänze, wo zu Ehren der Loa Tiere geopfert wurden. Tänzer baten die Götter, ihnen Gesundheit, Wohlstand und ein glückliches Leben zu schenken. Gelegentlich kam es bei diesen kultischen Feiern zu Geschlechtsakten, denn es galt als heilig, wenn ein Kind während der ekstatischen Riten gezeugt wurde.

Dennoch gehörte all dies noch immer der Sphäre des Fleisches an, und das Fleisch war das Gefängnis der Seele. Auch das Tageslicht verschloss einem bestimmte seelische Bereiche. Dagegen konnte die Seele in der Finsternis einer geheiligten, zutiefst persönlichen Verschmelzung mit der Erde teilhaftig werden, sich von der materiellen Welt lösen und die dunklen Wohnstätten ihrer Vorfahren besuchen. Wie die Seelen der Lebenden wohnten auch die der Toten unter der Oberfläche.

Bevor Dhamballa schlafen ging, nahm er sich jeden Tag um Mitternacht Zeit, um dieser persönlichen Verbindung mit den Stimmen der Vergangenheit teilhaftig zu werden. Auf diesem Weg war er sich zuerst seines Schicksals und seiner Aufgabe bewusst geworden. Ein Vodun-Priester namens Don Glutaa hatte ihn in die Welt der Geister eingeführt. Nicht immer gab es eine Offenbarung, aber diese Reisen durch die Geisterwelt erinnerten Dhamballa stets an den Sinn seines Lebens. Als Sterblicher hatte er eine Brückenfunktion zwischen der Vodun-Vergangenheit und der Zukunft.

Dhamballa lag auf dem Rücken auf einer rauen, geflochtenen Matte, nur mit weißen Shorts bekleidet. Obwohl seine Augen geschlossen waren, schlief er nicht. Die dunkle Hütte wurde nur durch das schwache Licht einer Kerze erhellt, deren aus Binsen bestehender Docht eher wie eine Zigarette glomm als brannte. Außerdem verströmte die kurze, am Boden leicht abgerundete Kerze mehr Rauch als Licht, denn sie bestand nicht aus Wachs, sondern aus Talg. Bevor er in die Sumpfregion aufgebrochen war, hatte Dhamballa die Kerze selbst hergestellt. Auf dem uralten Friedhof von Machaneng hatte er Tollkirschenextrakte und Prisen getrockneten Mutterkorns mit dem verflüssigten Fett einer männlichen Ziege in der Augenhöhle eines Totenschädels vermengt. Diese Kerzen wurden ›Lichter der Loa‹ genannt und waren Wegweiser der Geister. Die Pflanzenextrakte waren erforderlich, damit sich der Körper entspannen und der Geist öffnen konnte; der Talg sollte die Geister der Toten einfangen. Wenn die Kerze brannte, konnten sie Dhamballa durch das Totenreich führen.

Die Kerze stand auf seinem nackten Oberkörper, direkt oberhalb des Brustbeins. Der flüssige Talg sammelte sich unter seinem Kinn und bildete eine neue Form. Dies war wichtig im Vodun. Es zeigte, was geschehen würde: Die Toten würden den Lebenden etwas zukommen lassen, das die Lebenden nutzen würden, um es in etwas Neues zu verwandeln.

Mit jedem Atemzug stieg Dhamballa der gelbliche, intensiv riechende Rauch in die Nase. Sein Atem ging zunehmend langsamer und flacher. Während er den Rauch inhalierte, fühlte er sich immer mehr, als würde er selbst sich in Rauch auflösen, als schwebte er ein kleines Stück über der Matte. Dann, ganz wie Feuer und Luft, wurde sein Geist nach unten gesogen, durch das Flechtwerk der Matte hindurch.

Hinab in die Erde, dachte er, *in das Reich des ewigen Geistes*.

Wie eine Schlange begann sich Dhamballa immer schneller durch das feste Erdreich hinabzuwinden. Wenn die Geister es wünschten, konnten sie in Rissen von Felsbrocken oder unter Steinen auftauchen, um ihm ihr Wissen zukommen zu lassen.

Fast sofort wusste Dhamballa, dass diese Nacht sich von allen anderen unterschied. Die Geister kamen schneller als je zuvor, und das hieß, dass sie ihm etwas Wichtiges mitzuteilen hatten. Damit die Geister ihm nicht folgen mussten, hielt der Vodun-Priester in seinem Abstieg inne. Die Lebenden mussten auf die verehrten Toten warten.

Dhamballa traf keine Auswahl unter den Geistern, mit denen er zu sprechen wünschte, sondern wartete darauf, dass diese sich ihm näherten und ihm alles mitteilten, was er wissen musste. Aber sie sprachen nicht in Worten zu ihm, sondern durch Bilder und Symbole.

Die Geister begannen Dhamballa in die Zukunft einzuweihen. Sie zeigten ihm eine Henne, die sich in einen Hahn verwandelte, dann ein blutiges, zerfetztes Kalb, das aber noch nicht tot war. Die Henne war eine mütterliche Kraft, aus der in Gestalt des Hahns ein potenzieller Rivale wurde, das Kalb symbolisierte ein Kind, das auf die Probe gestellt wurde, bevor es heranreifen konnte.

Die Geister verschwanden.

Der heilige Mann wand sich tiefer und tiefer in die Erde hinunter. Jetzt bewegte er sich durch größere Höhlen und Felsspalten hindurch. Schließlich kam er an ein Loch und beobachtete von dessen Rand aus eine große, gehörnte Schlange, die sich unter ihm zusammengerollt hatte. Nun sprachen die Götter zu ihm, was nur selten vorkam. Dhamballa bewegte sich auf das rostfarbene Reptil zu. Es öffnete seinen Schlund, und Dhamballa schwebte hinein. Außer der roten Zunge der Schlange konnte er in der Finsternis nichts erkennen. Plötzlich verwandelten sich die Giftzähne in weiße Segel, unter ihm stiegen Schwärme von Spatzen in die Höhe. Als die ersten Vögel den Himmel erreichten, verwandelten sie sich in Sterne, und bald gab es tausende von Lichtquellen. Dhamballa sah es mit Freude, doch schon einen Augenblick später, während noch immer Vögel aufstiegen, wurden die Sterne zu Sand, der auf die Erde niederzuregnen begann. Die Körner trafen die Vögel und zerrissen sie in Stücke. Bald entwickelte sich eine endlose Wüste, gesprenkelt mit kleinen Oasen aus Blut und toten Vögeln.

Träume von Größe werden auf die Probe gestellt, dachte Dhamballa. *Und diejenigen, die ihren Träumen folgen, werden ebenfalls auf die Probe gestellt.*

Plötzlich brach aus dem Sand ein Löwe mit einer beeindruckenden Mähne hervor, und Dhamballa erkannte schlagartig den Kriegsgott Ogu Bodagris. Die Fänge und Klauen des Löwen beharkten den verwaisten Himmel, wo neue Sterne erschienen, blutrote und schnell größer werdende Sterne, die sich in Gesichter verwandelten – in vertraute Gesichter. Bald war alles rot gefärbt, und Dhamballa bewegte sich von der roten Flut weg, deren Farbe zu einem stumpfen Orange mutierte. Jetzt hatte Dhamballa die Augen wieder geöffnet und starrte in die Flamme der Kerze.

Über seine Stirn und seinen Hals rannen dicke Schweißperlen hinab. Das lag zum Teil an der Hitze des glimmenden Dochts, aber auch an der feuchten Wärme der tropischen Nacht. Doch die größte Hitze kam von innen, ausgelöst durch seine Angst. Dhamballa hatte keine Angst vor dem Unbekannten. Wollte man trotz der zahllosen Rätsel und der sich daraus ergebenden Probleme überleben, war man auf seinen Glauben, seinen Mut und die magischen Kräfte des Vodun angewiesen. Nein, Dhamballa fürchtete sich nicht vor dem Unbekannten, sondern vor dem Bekannten, besonders vor der Doppelzüngigkeit der Menschen. Aber auch in dieser Hinsicht sorgte er sich nicht um seine eigene Sicherheit. Wenn er starb, würde sein Geist bei seinen Vorfahren sein. Sorgen machte er sich um das Schicksal seiner Nachfolger, von denen viele schon so früh vom rechten Pfad abkommen würden. Außerdem fürchtete er um die, die noch nicht zum Glauben ihres Volkes zurückgekehrt waren.

Dhamballa nahm die Kerze von seiner Brust, was wegen des Schweißes einfach war. Dann setzte er sich langsam auf. Es war ein anstrengender Tag gewesen, und seine Visionen hatten ihn zusätzlich erschöpft.

Meine Verbündeten sind meine Feinde, dachte Dhamballa.

Irgendjemand aus seiner unmittelbaren Nähe würde ihn verraten, aber er wusste nicht, wer. Auch hatte er keine Ahnung, wie und wann es geschehen würde. Es konnte jemand sein, den er bereits kannte, aber auch jemand, dem er bei seiner nächsten Predigt oder seiner nächsten religiösen Zeremonie begegnen würde. Klar war ihm nur, dass es sehr bald passieren würde.

Dhamballa stellte die Kerze in eine Tonschüssel, die auf dem schmalen Fensterbrett stand. Das Rollo aus weißer Leinwand war herabgelassen, und er zog an dem Band aus Hanf, um es nach oben zu ziehen. Der heiße, stickige Luftzug ließ die Kerze kurz aufflackern, dann glomm der Docht wieder wie gewöhnlich. Die nächtliche Brise trug die Geräusche der im Sumpf lebenden Tiere herüber. Die Ochsenfrösche klangen wie traurige Hunde, die Nachtvögel schienen zu lachen oder zu seufzen. Gelegentlich hörte er das ungewöhnlich laut erscheinende Zischen einer Schlange, das alle anderen Geräusche verdrängte. Fast sofort begannen kleine weiße Motten um die Kerze herumzuschwirren. Jenseits der dunklen Baumkronen leuchteten die Sterne.

Schon immer hatte Dhamballa gewusst, dass es zu einem Konflikt kommen würde, und ihm war klar, dass er um die Diamantminen kämpfen musste. Es machte ihm nichts aus, die Edelsteine an Fremde zu verkaufen, umso sein Land aufbauen zu können. Aber die Erde selbst war das Reich der Toten, zu dem nur die Gläubigen Zutritt haben durften.

Trotzdem glaubte Dhamballa nicht, sich schon bald mit diesem Thema beschäftigen zu müssen. Zuerst musste er sicherstellen, dass er Leon Seronga und den Brush Vipers vertrauen konnte. Falls nicht, würde er sich anderswo nach einer bewaffneten Truppe umsehen müssen. Vielleicht würden ihm die Geister den Weg weisen – vielleicht auch nicht.

Plötzlich fühlte er sich sehr allein.

Dhamballa griff nach einer neben der Matte stehenden Keramikkanne und schenkte sich Wasser mit Minzgeschmack ein. Er trank langsam und kaute auf den Minzblättern herum, während er auf den nächtlichen Himmel starrte.

Die Sterne, die er in seiner Vision gesehen hatte, kündeten von der Zukunft, aber die wirklichen Sterne am Himmel erzählten ihm eine andere Geschichte. Sie erinnerten ihn an seine Vorfahren, an jene Männer und Frauen, die zum Himmel aufgeblickt hatten, als die Erde noch jung war. Die Sterne kündeten von einer Zeit, als es erst wenige Geister gab und die Weisheit den Menschen direkt von den Göttern eingegeben wurde.

Die Sterne gaben ihm den Mut, dem Beispiel dieser Menschen zu folgen, den Visionen und den Prophezeiungen zu vertrauen. Und die Kraft, nach Wegen zu suchen, um die Prophezeiungen wahr werden zu lassen.

Dhamballa hatte ein bemerkenswertes Geschenk empfangen, jene Erleuchtung des Vodun, die zugleich ein Segen und ein Fluch war. Ein Segen war, dass er die Ideen und die Führungsqualitäten eines Mannes hatte, der eine Nation inspirieren und ein zerrissenes Volk, das von seinem Weg abgekommen war, wieder vereinen konnte. Der Fluch bestand darin, dass Spiritualität nicht ausreichte, um dieses Volk führen zu können.

Obwohl er ein Mann war, der den Frieden liebte, würde er einen Krieg führen müssen.

Und er befürchtete, dass in diesem Krieg nicht nur weiße Magie zum Zuge kommen würde.

26

Washington, D. C. – Donnerstag, 16 Uhr 47

Auf dem Weg zu Matt Stolls Büro liefen Paul Hood und Mike Rodgers in Liz Gordon. Die Psychologin kaute verbissen auf einem Nikotin-Kaugummi herum. Sie hatte das Rauchen erst vor kurzem aufgegeben, und jetzt machte sie eine harte Zeit durch. Sie bat darum, ein paar Worte mit Paul Hood wechseln zu dürfen.

»Geht's um etwas Persönliches?«, fragte Hood.

»Ja«, antwortete Liz Gordon, deren schneller Gang und energisches Kauen ihr mittellanges braunes Haar hin- und herschwingen ließen.

»Können wir uns im Gehen unterhalten?«, fragte Hood.

»Kein Problem. Es war schon immer meine Stärke, mehrere Dinge auf einmal zu erledigen.«

Hood lächelte. »Was kann ich für Sie tun?«

»Mein Halbbruder Clark arbeitet als Politologe an der Georgetown-Universität«, erwiderte Liz. »Im Moment geht's um aktuelle Probleme in den Großstädten, und da Sie ja mal Bürgermeister von Los Angeles waren, ist er auf die Idee gekommen, Sie zu bitten, einen Vortrag in seinem Seminar zu halten.«

»Und wann?«, fragte Hood. Das war jetzt ein etwas

abrupter Wechsel von der globalen auf die lokale Ebene. Offensichtlich hatte Liz mit dem Umschalten weniger Probleme.

»Könnten Sie es in den nächsten vierzehn Tagen einrichten?«, fragte Liz.

»Klar«, antwortete Hood. »Zu schade, dass nicht alles so einfach zu managen ist.«

»Danke. Reden Sie von dem Vatikan-Problem?«

Hood nickte. »Wollen Sie uns nicht begleiten, falls Sie gerade Zeit haben?«

»Gern.«

Matt Stolls Arbeitsraum unterschied sich von den anderen Büros. Zu Beginn seiner Arbeit für das Op-Center hatte er einen kleinen Konferenzraum verlangt, dessen Möblierung mit Schreibtischen, Regalen und Computern völlig chaotisch wirkte. Als die Computerabteilung aufgerüstet werden musste, blieb die ursprüngliche Unordnung in ihrer Mitte erhalten. Diese Insel erinnerte an eine Baumgruppe alter Eichen, um die herum ein Dorf entstanden war.

Mittlerweile arbeiteten vier Leute in dem rechteckigen Raum. In der Mitte saßen Rücken an Rücken Stoll und Viens. Mae Wons Arbeitsplatz befand sich an der hinteren Wand, der von Jefferson Jefferson in der Nähe der Tür. Als Hood noch Bürgermeister von Los Angeles gewesen war, arbeiteten die Exzentriker unter seinen Bekannten alle im Filmgeschäft. Die Wissenschaftler waren ernsthafte, konservative Menschen. Heutzutage hatten die Leute aus dem Filmgeschäft kurze Haare und ein Verständnis für komplizierte mathematische Fragen, während man die Exzentriker unter den Computerprogrammierern fand. Die in Taipei geborene Mae Won hatte ein Nasenpiercing und orangefarbene Haare, während Jefferson Jefferson – genannt J2 – keine Haare und einen Baum auf seine Glatze tätowiert hatte. War J2 gerade in der richtigen Stimmung, komplettierte er den Baum mit weiteren Zweigen und Blättern.

In den Neunzigerjahren wären solche Individualisten niemals über das erste Bewerbungsgespräch hinausgekommen, falls sie sich um eine Stellung bei einer Regierungsbehörde beworben hätten. Aber mittlerweile konnten es sich die Regierungsbehörden nicht mehr leisten, gewiefte Hightech-Experten an die Privatwirtschaft oder gar an ausländische Arbeitgeber zu verlieren. Das galt besonders für den nachrichtendienstlichen Bereich. Das Aussehen der Leute war weniger wichtig als ihre Fähigkeiten und ihr Können im Bereich der neuen Technologien. In ihrer Freizeit arbeiteten Mae und J2 an etwas, das sie Omni-Tinte nannten. Die Abbildung auf einem mit dieser Tinte getränkten Papier sollte sich, angeregt durch Funksignale von Mikrotransistoren in Pixelgröße, ändern. Die elektronische Information würde die Tinte dazu bringen, ihre Farbe innerhalb von Nanosekunden zu wechseln, so dass ständig Schlagzeilen aktualisiert, Anzeigen geändert und sogar auf Wunsch Hilfestellungen bei Kreuzworträtseln gegeben werden konnten. Hood war sich nicht sicher, ob der Kosename ›Oink‹ der neuen Technologie weiterhelfen würde, aber vielleicht war diese Frage auch irrelevant. Da er die Arbeitsverträge der beiden studiert hatte, wusste er, dass jedwede Patente zwar auf ihren Namen ausgestellt werden würden, die Regierungsbehörden aber das Recht hatten, ihr Produkt weiterzuentwickeln und zu vermarkten. Während Hood in das Büro trat, fragte er sich plötzlich, ob J2 versuchen würde, die Oink-Technologie auf Tätowierungen anzuwenden.

Viens blickte auf, als er Hood, Rodgers und Liz Gordon bemerkte.

»Guten Tag zusammen«, sagte Hood »Was haben Sie für uns, Mr Viens?«

»Ein Ausweisfoto aus der Datenbank des Internationalen Verbandes der Diamantenhändler«, antwortete Viens. »Demnach muss Ihr Mann einen Job gehabt haben, bevor er zum Führer dieses religiösen Kults wurde.«

»Gute Arbeit, Stephen«, lobte Hood.

»Danke«, antwortete Viens. »Wie vom Gesetz vorgeschrieben, war seine Personalakte durch den Internationalen Verband der Diamantenhändler online verfügbar. Laut Computeranalyse handelt es sich bei dem Mann auf diesem drei Jahre alten Foto mit einer Sicherheit von achtundneunzig Prozent um dieselbe Person wie auf dem Bild des Vatikans, das Sie mir zugemailt haben.«

»Falls es derselbe Mann sein sollte, ist er im Gesicht etwas schmaler geworden und hat einen anderen Haarschnitt«, präzisierte Stoll. »Außerdem hatte er in der Zwischenzeit wahrscheinlich mal einen Nasenbruch.«

»Das ist ja schon mal was«, sagte Hood.

»Ja, hört sich gut an«, bestätigte Rodgers.

»Außerdem haben wir die Datenbank der Steuerbehörde in Gaborone geknackt, und auch da hatten wir sofort Glück«, sagte Stoll. »Ihr Mann heißt Thomas Burton. Bis vor vier Monaten hat er in einer Diamantmine in Botswana gearbeitet.«

»Industriediamanten oder Edelsteine?«, fragte Liz Gordon.

Von ihrem Arbeitsplatz aus winkte Mae Won Paul Hood, und der Direktor des Op-Centers lächelte ihr zu.

»Edelsteine«, antwortete Viens.

»Da hätten wir dann die Verbindung zwischen Dhamballa und Henry Genet«, bemerkte Rodgers.

Hood blickte auf Viens Monitor, auf dem der Ausweis mit dem Farbfoto zu sehen war, über dem Bild, das Kline ihm gemailt hatte. »Sind Sie sicher, dass es sich um denselben Mann handelt?«

»Ja, wir sind uns sicher«, warf der untersetzte Stoll ein, der ebenfalls hinter seiner Tastatur saß.

»Ich habe hier den kleinen Zeitungsbericht auf dem Bildschirm, in dem Dhamballa zum ersten Mal erwähnt wurde«, schaltete sich J2 ein. »Er erschien ungefähr zu dem Zeitpunkt, ab dem Burton sein Telefon nicht mehr benutzt hat.«

»Ich habe mir die Unterlagen der Telefongesellschaft angesehen«, verkündete Mae Won stolz.

»Wo hat Burton denn gelebt?«, fraget Rodgers.

»In einem Ort namens Machaneng«, antwortete Viens. »Ein paar Kilometer weiter gibt's eine Diamantmine.«

»Laut Klines Informationen wurde das Foto von der Kundgebung dort geschossen«, bemerkte Stoll.

»Sonst noch was?«, fragte Hood.

»Bisher nicht«, antwortete Viens.

»Wir haben Mr Klines Datei erst eine gute halbe Stunde«, rief Stoll Hood ins Gedächtnis. »Wie Stephen bereits sagte, wir haben Glück gehabt.«

»Nein, Matt, das war kein Glückstreffer«, sagte Hood. »Ihr habt hier ein kleines Wunder zustande gebracht, und ich weiß das zu schätzen.«

J2 und Mae riefen *»Give me five!«* und taten so, als würden sie die Hände quer durch den Raum gegeneinander klatschen.

»Sind Sie in der Lage, an Krankenblätter dieses Mannes heranzukommen?«, fragte Liz Gordon.

»Ja, allerdings nur, wenn sie in einer Computerdatei abgelegt sind und wenn der Computer einen Internetanschluss hat«, antwortete Stoll.

»Was interessiert Sie daran?«, erkundigte sich Hood.

»Ob er in psychologischer Behandlung war«, antwortete Liz. »Laut der letzten Studie der Weltgesundheitsorganisation waren neun von zehn aktenkundigen Führern religiöser Kulte irgendwann mal in psychologischer Behandlung.«

»Und wie viel Prozent von den nicht religiös verdrehten Leuten mussten sich auf die Couch legen?«, fragte Stoll.

»Siebzig.«

»Damit befinden sich die Anführer solcher religiöser Bewegungen nicht eben in einem sehr exklusiven Klub«, bemerkte der Computerexperte.

»Das habe ich auch nicht behauptet«, erwiderte Liz. »Aber vielleicht können wir einige Unterlagen in die Finger bekommen. Unter Umständen ist die Regierung von Botswana daran interessiert mitzuhelfen, diesem Kult den Garaus zu bereiten, bevor er die Massen erreicht.«

»Dieser Mann war nie in psychologischer oder psychiatrischer Behandlung«, verkündete J2.

Die anderen blickten ihn überrascht an.

»In der Personalakte von Mr Burtons Arbeitgeber steht, dass er der Vorarbeiter der Sieber und somit der Letzte war, der die Diamanten zu Gesicht bekommen hat, bevor sie aus der Mine abtransportiert wurden. Gemäß den Richtlinien des Internationalen Verbandes der Diamantenhändler darf man nie mit dem Gesetz in Konflikt gekommen sein, wenn man diesen Job haben will. Nicht mal Familienmitglieder dürfen Vorstrafen haben. Wenn man in psychologischer oder psychiatrischer Behandlung war, kann man sich den Job auch aus dem Kopf schlagen.«

»Außerdem steht in einer Fußnote dieses Textes, dass die Zahl der psychologisch Behandelten in Botswana weit unter dem internationalen Durchschnitt liegt«, fügte Mae hinzu, die weiterhin auf ihren Monitor starrte. »Laut Weltgesundheitsorganisation sind dort drei von zehn Menschen betroffen, von denen die meisten in Büros oder für die Armee arbeiten.«

»Wahrscheinlich können sich viele andere keinen Seelenklempner leisten«, bemerkte Hood.

»Die Kosten werden teilweise vom Staat übernommen«, informierte Mae.

»Vielleicht sollte ich nach Botswana umziehen«, sagte Stoll.

»Trotzdem möchte ich so viele Informationen wie möglich über diesen Dhamballa haben«, sagte Liz Gordon. »Wenn wir ein verlässliches Persönlichkeitsprofil erstellen, werden wir begründetere Vermutungen darüber anstellen können, wie seine nächsten Schritte aussehen werden. Sie werden darauf angewiesen sein, falls sich diese Geschichte in die Länge ziehen sollte.«

»Ganz meine Meinung«, stimmte Hood zu.

»Außerdem müssen wir diese Voodoo-Komponente in Betracht ziehen«, gab Stoll zu bedenken. »Ich habe ein bisschen im Internet recherchiert. 1996 wurde Voodoo in Benin offiziell als Religion anerkannt.« Stoll las die Informationen von seinem Monitor ab. »Eine große Gefolgschaft hat diese Religion in der Dominikanischen Republik, in Haiti, Ghana und Togo, aber auch in diversen Städten der Vereinigten Staaten, darunter New York, New Orleans und Miami. Auch in großen Teilen Südamerikas ist der Kult bekannt. Dort gibt es eine Reihe von verwandten Sekten, die sich Umbanda, Quimbanda oder Candomble nennen.«

»Beeindruckend«, bemerkte Liz.

»Das zeigt wieder mal, wie wenig Wahlmöglichkeiten wir hier in Sachen Religion haben«, bemerkte Hood.

»Sieht man davon ab, dass die Gottheiten einmal im Himmel und einmal in der Erde angesiedelt sind, scheint es zwischen Katholizismus und Voodoo große Gemeinsamkeiten zu geben«, fuhr Stoll fort. »Beide Religionen verehren einen höchsten Gott und glauben an eine spirituelle Hierarchie. Den Heiligen im katholischen Glauben entsprechen im Voodoo die Loa, denen in beiden Fällen einzigartige Eigenschaften zugeschrieben werden. Die

Anhänger beider Religionen glauben an ein Leben nach dem Tode, an die Auferstehung, an den rituellen Verzehr von Fleisch und Blut, an die Heiligkeit der Seele und an fest umrissene Vorstellungen von Gut und Böse, denen im Voodoo die weiße und die schwarze Magie entsprechen.«

»Interessant«, sagte Rodgers. »Und das Ganze ergibt auch einen Sinn.«

»Was meinen Sie damit?«, fragte Hood.

»So kann man sich leichter erklären, warum der Katholizismus im 17. Jahrhundert in den nicht-islamischen Regionen Afrikas Fuß fassen konnte«, erläuterte Rodgers. »Da es keine nationale Voodoo-›Kirche‹ gab, erschien den Afrikanern die Struktur der katholischen Kirche möglicherweise als vertraut.«

»Wahrscheinlich hat es ihrer Sache nicht geschadet, dass die Missionare Brot und Wein mitgebracht haben«, vermutete Stoll.

»So hat man vermutlich die Aufmerksamkeit der Afrikaner gewonnen«, sagte Rodgers. »Aber ich kenne Leute von der Armee, die Soldaten anwerben. Wenn sich jemand wirklich einer Sache verpflichten soll, muss man ihm mehr als Brot und Wein bieten.«

»Dann will Dhamballa jetzt also die Konvertiten zurückholen«, sagte Hood.

»Das könnte sein Ziel sein«, sagte Rodgers. »Die wichtigere Frage ist allerdings, was Beaudin will und was seine Verbündeten Dhamballa versprochen haben.«

»Was sollten sie denn von ihm wollen, das sie jetzt nicht bekommen können?«, fragte Liz.

»Einen Führer, der für sie als Marionette fungiert«, antwortete Hood.

»Vielleicht wollen sie von ihm selbst auch gar nichts«, vermutete Rodgers. »Eventuell geht's ihnen um die Destabilisierung einer für sie interessanten Region.«

»Denkbar wäre das schon«, stimmte Hood zu.

»Außerdem dürfen wir auch die Möglichkeit nicht außer Acht lassen, dass Dhamballa nur einen gut bezahlten Job erledigt«, gab Viens zu bedenken.

»Sozusagen als Voodoo-Variante unserer Fernsehprediger«, kommentierte Stoll, der betrübt den Kopf schüttelte. »Eine ziemlich traurige Vorstellung.«

»Ja, aber mit *der* Idee würde ich nicht zu viel Zeit verschwenden«, sagte Rodgers.

»Warum?«, wollte Hood wissen.

»Lassen Sie uns einmal annehmen, dass Beaudin oder sonst jemand diese Vodun-Bewegung für seine Zwecke einspannen will. Es ist doch ziemlich unwahrscheinlich, dass da jemand einfach losgezogen ist, um die Rolle des religiösen Führers zu besetzen. Immerhin ist es eine ziemlich schwierige und zeitaufwändige Angelegenheit, jemanden in diese Rolle einzuführen und andere davon zu überzeugen, dass er der wahre Prophet ist. Es ist wie beim Sammeln nachrichtendienstlich relevanter Informationen: Besser als Infiltration funktioniert die Methode, ein Individuum zu finden, das bereits ein Insider ist, und Einfluss ausübt. Wahrscheinlicher ist deshalb, dass jemand Dhamballa – oder Burton – entdeckt und ihn predigen gehört hat. Da hat der Betreffende eine Chance gewittert. Anschließend musste dann ein Weg gefunden werden, Dhamballas Glaubenssätze in ein Projekt zu integrieren, das bereits auf den Weg gebracht war.«

»Wenn das zutreffen sollte, weiß Dhamballa vielleicht gar nicht, dass er ausgenutzt wird«, sagte Hood.

»Stimmt«, pflichtete ihm Rodgers bei.

Hood nickte. Dann blickte er Matt und die anderen Mitglieder seines Teams an. »Danke. Sie haben großartige Arbeit geleistet.«

Stephen Viens lächelte, und J2 und Mae Won beglückwünschten sich wieder durch emphatische Gesten. Matt

Stoll ging zu seinem Computer zurück und begann, die Tastatur zu bearbeiten. Ihm musste noch eine Idee gekommen sein. Nur selten war Stoll in Gedanken bei demselben Thema wie die anderen.

Hood wandte sich der Psychologin zu. »Haben Sie im Moment gerade etwas Zeit?«, fragte er.

»Natürlich.«

»Ich möchte, dass Sie noch hier bleiben und weitere Informationen über Dhamballa zu finden versuchen«, sagte Hood. »Über seinen familiären Hintergrund, seine Freunde, Schulkameraden oder Kollegen aus der Diamantmine. Stellen Sie ein Persönlichkeitsprofil zusammen.«

»Hört sich gut an«, sagte Liz Gordon eifrig. Offensichtlich genoss sie es, dass Hood ihrer Profession neuerdings Respekt entgegenbrachte.

Stephen Viens räumte bereits Diskettenboxen und Kabel von der Sitzfläche eines Stuhls und legte sie auf den Boden. Dann rollte er den Stuhl neben seinen Arbeitsplatz. Nachdem Hood sich bei Liz Gordon bedankt hatte, verließ er mit Rodgers den Raum. Die beiden machten sich auf den Rückweg zu Hoods Büro.

»Durch ein Persönlichkeitsprofil von Dhamballa wird uns nicht die zündende Idee kommen, wie diese Krise entschärft werden kann«, bemerkte Rodgers.

»Nein«, stimmte Hood zu.

»Wir müssen ganz in seiner Nähe jemanden unterbringen, dem er Gehör schenkt.«

»Und der ihm einflüstert, dass die Europäer ihn ausnutzen.«

»Zumindest muss man ihm diese Idee in den Kopf setzen, damit er das Vertrauen verliert und vielleicht ein bisschen auf die Bremse tritt«, sagte Rodgers.

»Ganz meine Meinung.«

»Dann werden wir jetzt veranlassen, dass Aideen Marley und David Battat so schnell wie möglich ein Flugzeug nehmen«, sagte Rodgers. »Morgen Abend können sie in Maun sein, ungefähr um sechs Uhr Ortszeit.«

»Gut«, sagte Hood. »Nehmen wir an, dass wir Dhamballa finden und dass es uns gelingt, Leute in seiner Nähe zu platzieren. Aber was unternehmen wir im Fall Pater Bradburys?«

»Meiner Ansicht nach können wir im Augenblick nichts anderes tun, als uns zu bemühen, in Dhamballas unmittelbare Nähe vorzustoßen«, sagte Rodgers.

»Dann ginge es also ausschließlich um Informationsbeschaffung«, sagte Hood. »Sie haben keinerlei Pläne, Pater Bradbury zu befreien?«

»Von Maria einmal abgesehen, hat keiner unserer drei Leute viel Erfahrung mit Entführungen«, sagte Rodgers. »Und allein kann Maria das nicht erledigen. Außerdem möchte ich nicht, dass sie den spanischen Soldaten in die Quere kommt, falls diese eine Befreiungsaktion in die Wege geleitet haben. Es sei denn, Sie glauben das mit Edgar Kline regeln zu können. Und mit Darrell natürlich.«

»Ich weiß nicht, ob Kline uns so weit einweihen wird, wie es erforderlich wäre, wenn wir unsere Aktionen mit der spanischen Spezialeinheit koordinieren wollten«, sagte Hood. »Was Darrell angeht, würde ich vorschlagen, ihn nicht vorschnell zu beunruhigen.«

»Ganz meine Meinung.«

»Ich glaube nicht, dass wir auf große Hilfsbereitschaft der Regierung in Gaborone rechnen können«, sagte Hood. »Bisher scheint sie nicht viel Interesse an der Angelegenheit gezeigt zu haben.«

»Nein, hat sie nicht, und ich habe auch schon darüber nachgedacht«, bemerkte Rodgers. »Wenn es sich bloß um eine religiöse Bewegung aus der Provinz handeln würde, hätte die Regierung vielleicht energischer gehandelt.

Aber sie muss sehr vorsichtig agieren, wenn sie gegen eine zehntausend Jahre alte Religion vorgehen will. Eventuell sitzen sogar Anhänger des Vodun in den Ministerien oder im Parlament von Botswana, und vielleicht wollen die, dass Gaborone diese Religion umarmt. So wie das Römische Reich sich im 4. Jahrhundert dem Christentum zugewandt hat.«

»Das würde dem Vatikan mit Sicherheit nicht gefallen«, kommentierte Hood.

»Absolut nicht, und deshalb werden die Katholiken vermutlich alle Hebel in Bewegung setzen, um Pater Bradbury zu befreien«, sagte Rodgers. »Zumindest wird der Vatikan versuchen, die Regierung zu einem energischen Vorgehen gegen Dhamballa zu zwingen.«

Vor Hoods Büro blieben die beiden Männer stehen.

»Wir werden Maria an vorderster Front einsetzen müssen, stimmt's?«, fragte Hood nachdenklich.

Rodgers nickte. »Schon deshalb, weil Maria Spanisch spricht. Wenn sie es schafft, zu der spanischen Spezialeinheit Kontakt aufzunehmen, kann sie sich mit den Soldaten unterhalten, und die könnten ihr Informationen geben, die wir von Edgar Kline nicht unbedingt bekommen werden.«

»Ich frage mich, ob ich das Darrell beibringen kann«, sagte Hood, der sich umblickte, um sich zu vergewissern, dass der Verbindungsmann zum FBI nicht in der Nähe war.

»Sie meinen, ob Sie ihm die Idee verkaufen können, dass seine Frau nicht mehr als Spionin, sondern als Dolmetscherin unterwegs ist?«, fragte Rodgers.

»Genau.«

»Ich glaube nicht, dass er Ihnen das abkaufen wird.«

»Ich auch nicht«, sagte Hood. »Okay, Mike. Sie sorgen dafür, dass Aideen und Battat sich auf den Weg machen, und ich werde mit Darrell reden.«

Rodgers verschwand, und Hood betrat sein Büro, wo er sich schwerfällig auf den Stuhl hinter seinem Schreibtisch fallen ließ.

Paul Hood war äußerlich und innerlich erschöpft. Auch fühlte er sich seltsam, ohne den genauen Grund dafür zu kennen. Zunächst würde er mit Darrell sprechen, dann zu Hause anrufen, um sich zu vergewissern, dass er irgendwo eine feste Basis hatte. Er würde erfahren, wie Harleigh und Alexander den Tag verbracht hatten, und es würde erholsam sein, von Problemen zu hören, die keine Regierung zu Fall zu bringen drohten.

Zu Hause, dachte Hood. Schon der bloße Gedanke an dieses Wort ließ ihm Tränen in die Augen treten. Und plötzlich begriff er, warum er sich so merkwürdig fühlte. Der Tag endete, wie er begonnen hatte – mit dem Gedanken an die Trennung von seiner Familie.

Wenn Hood an das Haus in Chevy Chase dachte, glaubte er dort immer noch zu Hause zu sein, doch das stimmte nicht. Er lebte dort nicht mehr. Am Wochenende fuhr er lediglich auf der Auffahrt vor, um seine Kinder abzuholen. Sein Zuhause war jetzt eine kleine Wohnung, von der aus man in einer halben Stunde beim Op-Center war. Eine spärlich möblierte Wohnung mit fast kahlen Wänden, in der es nichts Persönliches gab, wenn man von den wenigen Fotos und den gerahmten Briefen absah, die ihm irgendwelche Staatsoberhäupter geschickt hatten, als er Bürgermeister von Los Angeles gewesen war. Solche Erinnerungsstücke hatten keinen wirklichen emotionalen Hintergrund, und gerade den vermisste er schmerzlich. Und zur selben Zeit versuchte er, Dhamballa daran zu hindern, wieder von dessen Zuhause Besitz zu ergreifen, und er beteiligte sich daran, Darrell McCaskey daran zu hindern, mit seiner neuen Frau ein neues Leben zu beginnen.

Als Bürgermeister von Los Angeles und auch an der

Wall Street hatte er geholfen, Dinge aufzubauen: Straßen, Häuser, Unternehmen, Portfolios, Karrieren. Er hatte eine Familie gegründet und sie ernährt. Und was zum Teufel tat er heute?

Ich arbeite für eine Welt, in der andere Familien in Sicherheit leben können, sagte er sich.

Vielleicht, aber vielleicht war das auch nur ein dummer Spruch. Wie auch immer, er musste daran glauben. Es reichte nicht, diesen Gedanken nur zu denken, er musste davon überzeugt sein. Ansonsten wäre er nicht in der Lage, zum Telefon zu greifen und Darrell McCaskey anzurufen. Er wäre nicht in der Lage, ihn um etwas zu bitten, wodurch sich die Lage in einer afrikanischen Flussniederung zuspitzen würde, wo Maria McCaskeys Leben auf dem Spiel stand.

27

Maun, Botswana – Freitag, 8 Uhr 00

Bei Sonnenaufgang waren Leon Seronga und Donald Pavant bereits wach. Um acht Uhr waren sie schon fast drei Stunden auf den Beinen und warteten ungeduldig darauf, den Bus nach Maun zu nehmen. Seronga mochte es nicht, untätig herumzusitzen.

Andererseits gefiel es ihm auch nicht, die Rolle eines Diakons spielen zu müssen. Ihm war klar, dass sie nicht einfach problemlos in die Haut von Diakon Jones und Diakon Canon schlüpfen konnten, da der Verwalter des Feriendorfs diesen beiden mit Sicherheit persönlich begegnet war. Dazu kam, dass der Verwalter Seronga bei der Entführung Pater Bradburys gesehen hatte, wenn auch nur aus größerer Entfernung. Aber vielleicht würde er ihn dennoch erkennen. Für den Notfall hatte sich Seronga eine halbwegs plausible Geschichte einfallen lassen. Trotzdem hoffte er, dass er und Pavant sich bis zur Ankunft des Busses irgendwo außer Sichtweite aufhalten konnten.

Doch es sollte anders kommen.

An diesem Morgen besuchte fast ein Dutzend Touristen die Kirche. Obwohl die Tür nicht verschlossen war, brannten keine Kerzen, und von einem Geistlichen war weit und breit nichts zu sehen. Um kurz nach acht machte sich Tawana Ndebele, der Verwalter des Feriendorfs, auf den Weg zum Wohngebäude. Donald Pavant öffnete in diesem Moment die Tür und trat auf die Veranda hinaus.

Die unerwartete Überraschung schien die Furchen in Ndebeles sonnengegerbtem Gesicht noch tiefer werden zu lassen. »Wer sind Sie?«

»Diakon Tobias Comden von der Allerheiligen-Kirche«, antwortete Pavant. »Und Sie sind ...?«

»Tawana Ndebele, der Verwalter des Feriendorfs.« Ndebele wirkte reserviert und misstrauisch.

»Ich bin glücklich, Ihre Bekanntschaft zu machen«, sagte Pavant mit einer leichten Verbeugung. Die Hand wollte er dem Verwalter nicht geben. Schwielen und Hornhaut entsprachen wahrscheinlich nicht der Vorstellung, die Ndebele von der Hand eines Missionars hatte.

Ndebele zupfte an seinem struppigen weißen Bart herum. »Von einer Allerheiligen-Kirche habe ich noch nie etwas gehört«, stellte er fest.

»Das ist eine sehr kleine Kirche in Sambia«, antwortete Pavant, ohne weiter ins Detail zu gehen. Wenn Ndebele die Kirche suchen wollte, musste er schon viel Zeit und Ausdauer mitbringen. »Wir sind mitten in der Nacht hier eingetroffen.«

»Wir?«, fragte Ndebele.

»Diakon Withal und ich«, erwiderte Pavant und trat zur Seite, damit der Verwalter in den Raum blicken konnte.

Ndebele spähte in das dunkle Zimmer.

Seronga lag auf dem Bett und wandte der Tür den Rücken zu. Für den Fall, dass Ndebele mit ihm plaudern wollte und sich bei dieser Gelegenheit an seine Beteiligung bei der Entführung erinnerte, steckte unter seiner Soutane eine Walther PPK mit Schalldämpfer.

Da Ndebeles Augen noch an das grelle Morgenlicht gewöhnt waren, sah er nicht besonders viel und trat kurz darauf einen Schritt zurück.

»Wie sind Sie denn hierher gekommen, Diakon?«, fragte er.

»Mit dem Jeep«, antwortete Pavant. »Diakon Withal schläft noch, weil er fast die ganze Zeit gefahren ist. Wir sind erst sehr spät hier angekommen.«

»Mir ist kein Jeep aufgefallen«, bemerkte Ndebele misstrauisch.

»Kurz nach unserer Ankunft haben Diakon Jones und Diakon Canon den Jeep übernommen«, antwortete Pavant.

Das überraschte Ndebele offensichtlich. »Sie sollen in der Dunkelheit nach Maun gefahren sein? Dafür kennen sie sich zu gut aus. Hier gibt's weder Straßen noch Straßenlampen.«

Auf dem Bett spürte Seronga, wie sich sein Herzschlag beschleunigte. Das lief ganz und gar nicht gut. Hoffentlich bekam er den Verwalter gut vors Visier. Er hatte absolut kein Interesse daran, dass Ndebele wieder verschwand, ohne von Pavants Geschichte überzeugt zu sein.

»Die Diakone haben gesagt, sie kennen den Weg auswendig«, sagte Pavant. »In unserer Kirche ist man zu der Ansicht gelangt, dass der Bischof besser von vier Diakonen abgeholt werden sollte. Vielleicht beobachten die

Entführer noch alles. Wir werden mit den Touristen den Bus nehmen.«

Seronga lauschte angestrengt. Auf dem Bett zu liegen und sich schlafend zu stellen war schwerer, als er es sich je hätte vorstellen können. Nichts war frustrierender, als wenn das eigene Schicksal in den Händen eines anderen lag.

Nach einer langen Pause nickte Ndebele. »Das ist wahrscheinlich eine gute Idee«, sagte er.

Er wirkte jetzt überzeugt, und Seronga entspannte sich.

»Entschuldigen Sie die Fragen«, bat Ndebele verlegen. »Seit Pater Bradburys Entführung sind wir hier furchtsam wie die Zebras. Alles, was ungewohnt ist, macht uns Angst.«

»Das verstehe ich«, entgegnete Pavant. »Sind Sie aus einem bestimmten Grund zu mir gekommen?«

»Ja. Einige Feriengäste wollen Kerzen anzünden«, sagte Ndebele. »Da wollte ich fragen, ob das in Ordnung ist.«

»Aber natürlich«, versicherte Pavant.

»In der Regel hat Pater Bradbury jeden Morgen die ersten Kerzen angezündet«, sagte Ndebele. »Da ich selbst nicht katholisch bin, weiß ich nicht, ob das so sein muss.«

»Es ist schon in Ordnung, wenn sie die Kerzen anzünden«, antwortet Pavant. »Unglücklicherweise sehe ich mich nicht in der Lage, selbst in die Kirche zu kommen. Wir haben Anweisungen, uns so weit wir irgend möglich im Hintergrund zu halten. Falls die Entführer uns beobachten, haben wir selbstverständlich kein Interesse daran, dass sie etwas gegen uns unternehmen.«

»Natürlich«, antwortete Ndebele. »Übrigens haben zwei Touristen um ein Gespräch mit Ihnen unter vier Augen gebeten.«

»Das ist keine gute Idee«, bemerkte Pavant.

»Ja, ich verstehe«, sagte Ndebele. »Ich werde es ihnen sagen. Die beiden sind Spanier und sehr fromm. Trotzdem werde ich sie bitten, Sie auch im Bus nicht zu belästigen. Vielleicht sage ich ihnen einfach, dass Sie nur Bantu sprechen.«

»Wenn Sie möchten«, antwortete Pavant. »Ich weiß Ihre Hilfe zu schätzen.«

»Ich würde alles tun, um der Kirche von Pater Bradbury zu helfen«, sagte Ndebele.

Der Verwalter verschwand, und Pavant schloss die Tür. Seronga wälzte sich auf die andere Seite und setzte sich dann auf die Bettkante. Während Pavant auf ihn zukam, verschwanden seine freundliche Gelassenheit und sein gutmütiger Gesichtsausdruck.

»Ich bin stolz auf dich«, sagte Seronga. »Du hast die Situation wie ein echter Diplomat gehandhabt.«

»Wie kommst du darauf?«

»Immerhin musste ich ihn nicht erschießen«, antwortete Seronga. Er zog die Waffe unter seiner Soutane hervor und legte sie aufs Bett.

Pavant schüttelte den Kopf. »Ich hasse das Reden. So löst man keine Probleme. Wörter zögern den Augenblick des Handelns nur hinaus.«

»Heute Morgen gab es nicht mehr zu tun, mein Freund«, sagte Seronga.

»Sagst du«, antwortete Pavant. »Dieses ganze sanftmütige Geschwafel über Diakone, Priester und den Bischof macht mich ganz krank. Um der Bedrohung ein für alle Mal ein Ende zu machen, sollten wir hier alles in die Luft jagen.«

»Warum sollen wir unsere Kräfte verschleudern, wenn sowieso bald alles von selbst zusammenfällt?«

»Weil *diese Hände* hier etwas zu tun haben müssen«, entgegnete Pavant, während er die Fäuste schüttelte.

»Ich habe untätig zusehen müssen, wie diese Fremden unseren Leuten und unserer Nation das Herz aus dem Leib reißen. Meine Hände brauchen Arbeit.«

»Bald bekommen sie Arbeit. Aber sie werden nicht zerstören, sondern errichten.«

Während Seronga sprach, zog er mehrere Landkarten aus einem Rucksack, die er anschließend auf dem Bett entfaltete. Dann studierte er mit Pavant die Route, die sie für den Rückweg von Maun ins Camp gewählt hatten. Es war verabredet, dass einer von Dhamballas Anhängern sie am Flugplatz abholen würde.

Den gerunzelten Augenbrauen, den angespannten Gesichtszügen und den barschen, knappen Sätzen Donald Pavants konnte Seronga entnehmen, dass sein Partner noch immer wütend war. Da er in der Flussniederung aufgewachsen war, hatte Seronga in seinem Leben schon alle Arten von Raubtieren gesehen. Er hatte Fleisch fressende Pflanzen beobachtet, Krokodile, Löwen und Hyänen. Auch andere aggressive Tiere kannte er, von Jagdhunden bis hin zu Bienen. Doch im Gegensatz zu vielen Menschen verfügte keine dieser Tierarten über die Fähigkeit zu hassen. Eine Fähigkeit, die der Mensch durch seine Raubtierinstinkte immer wieder nähren musste. Selbst wenn er zum Töten gezwungen gewesen war, hatten Seronga schon immer positive Kräfte angetrieben. Die Sehnsucht, mit seinem Vater auf die Jagd gehen zu dürfen. Die Hoffnung, dass Seretse Khama Präsident eines unabhängigen Botswana werden würde. Das Bedürfnis, die Grenzen seines Landes zu schützen.

Einige Männer werden von ihren Träumen getrieben, während andere vor ihren Albträumen davonlaufen, dachte er.

Wie auch immer, Seronga hatte die große Hoffnung, dass nach dem Ende des Krieges alle Einwohner von Botswana geeint sein würden. Und deshalb betete er darum, dass sie durch etwas angetrieben werden würden, das in ihrem Leben zu viele Jahre gefehlt hatte. Etwas, das größer war als animalische Bedürfnisse.

Dhamballa – oder vielleicht die Götter selbst.

28

Washington, D. C. – Donnerstag, 17 Uhr 30

Das Gespräch mit Darrell McCaskey war eher oberflächlich verlaufen, doch genau das hatte Paul Hood auch erwartet. Da Darrell immer erst alles richtig in sich aufnehmen wollte, ließ er sich mit seinen Reaktionen stets Zeit. Der ehemalige FBI-Beamte saß in seinem Schreibtischsessel und hörte Hood zu. Zu ärgern schien ihn nur, dass *Hood* vorbeigekommen war, um ihn über Marias neue Aufgaben in Botswana zu informieren.

»Das ist Mikes Operation, oder?«, hatte McCaskey gefragt.

»Ja«, bestätigte Hood.

»Dann sollte er auch derjenige sein, der mich auf dem Laufenden hält. Bob hat Maria in Madrid angerufen, und jetzt sitzen Sie hier. Was zum Teufel tut Mike eigentlich?«

»Er bereitet Aideen Marley und David Battat auf ihren Einsatz vor«, sagte Hood, der es nicht zulassen wollte, dass McCaskey seine Verärgerung an Mike Rodgers abreagierte. »Wir haben uns darauf geeinigt, dass ich mit Ihnen rede. Ginge es streng nach den offiziellen Richtlinien, müssten wir Sie überhaupt nicht informieren. Dies ist Marias Job, nicht Ihrer. Ich rede mit Ihnen darüber, weil wir Freunde sind und weil ich glaube, dass Sie eingeweiht werden sollten.«

Das nahm McCaskey den Wind aus den Segeln, und er beruhigte sich ein bisschen. Nachdem er Hood gedankt hatte, befasste er sich wieder mit Beaudins diversen Aktivitäten.

Als Hood in sein Büro zurückgekehrt war, wollte er seine Kinder anrufen, doch die Leitung war besetzt. Wahrscheinlich saß Alexander vor dem Computer. Hood wählte die andere Nummer, und Sharon nahm ab. Sie teilte ihm mit, dass Harleigh im Internet surfte und Alexander noch nicht von einem Fußballspiel zurück war. Dann bat sie ihn, nach zehn noch einmal anzurufen. Da morgen wegen einer Lehrerkonferenz die Schule ausfalle, würden die Kinder heute länger aufbleiben. Hood versprach, sich noch einmal zu melden. Dann fragte er Sharon, wie es ihr ging. Sie antwortete, sie sei nicht in der richtigen Stimmung für eine Unterhaltung. Hood kannte sie gut genug, um zu wissen, wann sie ihre Worte sorgfältig wählte. Vermutlich erwartete sie den Anruf eines Mannes.

Und warum auch nicht?, dachte er. *Niemand sollte allein sein.*

Bevor er aufbrach, um in seiner Wohnung einen einsamen Abend zu verbringen, schaute Paul Hood noch bei Aideen Marley und David Battat vorbei, die in Ron Plummers Büro saßen. Der ehemalige CIA-Analytiker und Experte für internationale Politik hatte für die beiden Material über Botswana zusammengestellt, damit sie sich kundig machen konnten. Offensichtlich fühlte sich Aideen etwas unbehaglich. Plummer hatte die Stelle ihrer früheren Chefin Martha Mackall übernommen. Aideen war dabei gewesen, als Martha ermordet wurde.

Außerdem waren Bob Herbert und Lowell Coffey III. anwesend. Letzterer hatte die beiden Agenten bereits über die politischen Strukturen Botswanas und die Gesetze des Landes unterrichtet. Als Hood eintraf, informierte Bob Herbert sie gerade über die Aktivitäten, die der Vatikan hinsichtlich der Suche nach Pater Bradbury in die Wege geleitet hatte. Battat und Aideen erhielten die Anweisung, nach den spanischen ›Touristen‹ Ausschau zu halten, zu denen sie allerdings so lange keinen Kontakt aufnehmen sollten, bis die Soldaten selbst dies wünschten.

»Wir möchten nicht, dass Sie ihnen womöglich bei einer militärischen Operation in die Quere kommen«, sagte Herbert.

»Und auch nicht, dass man uns die Schuld daran gibt«, fügte Coffey hinzu.

»Oder dass wir ins Kreuzfeuer geraten«, bemerkte Battat.

Dann traf Barbara Crowe ein, die den beiden Agenten ihre neuen Pässe überreichen und sie über ihre neuen Identitäten aufklärte. Battat und Aideen waren Frank und Anne Butler, ein in Washington wohnendes Paar in den Flitterwochen. Zollbeamte und Polizisten, Hotelangestellte und Kellner, aber auch ›normale Bürger‹ waren Neuvermählten gegenüber in der Regel toleranter. Barbara hatte für die beiden Verlobungs- und Eheringe besorgt. Annie war Hausfrau, Frank Filmkritiker. Battat wäre lieber als Angestellter der Regierung oder als Mitarbeiter einer Strafverfolgungsbehörde aufgetreten, weil das seiner tatsächlichen Tätigkeit näher kam. Als Begründung führte er an, er könne dann überzeugender auftreten, wenn er von Mitreisenden nach seinem Beruf gefragt werde. Aber gerade die Erwähnung solcher Jobs konnte bei Zollbeamten die Alarmglocken schrillen lassen. Besonders, wenn jemand in der Warteschlange witzelte: »He, lassen Sie den Typ besser durch, er hat eine Hundemarke!« In Botswana war man auf die politische Stabilität stolz und äußerst unwillig, potenziell staatsgefährdende Subjekte oder Unruhestifter über die Grenze zu lassen.

»Außerdem interessiert sich jeder für amerikanische

Filmstars«, bemerkte Barbara. »Erzählen Sie doch einfach, sie wären mit Julia Roberts ausgegangen und hätten sie außergewöhnlich nett gefunden. Dann sind alle zufrieden.«

Ausgenommen David Battat, und zwar deshalb, weil er seit über einem Jahr nicht mehr im Kino gewesen war und auch keine DVD mehr ausgeliehen hatte. Er hatte gehofft, sich im Flugzeug weiter über Botswana informieren und anschließen ein Nickerchen halten zu können. Jetzt musste er erst die Unterlagen über Botswana studieren, dann das *People-Magazin* lesen und anschließend Filme anschauen. Er sagte, etwas Langweiligeres könne er sich nicht vorstellen.

Bei Paul Hood hätte es nicht anders ausgesehen, doch das spielte jetzt keine Rolle.

Folglich ignorierte Hood Battats schlechte Laune. Schließlich war der ehemalige CIA-Agent ein Profi, der diesen Auftrag akzeptiert hatte. Ob es Battat gefiel oder nicht, es würde ihm nichts anderes übrig bleiben, als alles Notwendige zu tun, um den Job zu Ende zu bringen.

Dagegen war das Zusammensein mit Aideen wie immer eine reine Freude. Sie war glücklich, in dieser wichtigen Angelegenheit um ihre Mitarbeit gebeten worden zu sein. Einmal bezeichnete sie sich und Battat scherzhaft als ›Paladine im Kampf für die Freiheit der Religion‹. Hood gefiel das, und so wurde ›Paladin‹ zum Codename von Rodgers' neuem Team.

Nach dem kurzen, aber intensiven Gespräch kehrten Battat und Aideen nach New York zurück, wo sie noch am Abend an Bord einer Boeing 747 der South African Airlines gehen sollten, die über Johannesburg nach Gaborone flog.

Hood fuhr zu seiner Wohnung. Er beabsichtigte, relativ früh ins Bett zu gehen, weil er am nächsten Morgen schon um halb sieben wieder im Op-Center sein wollte.

Exakt zu diesem Zeitpunkt würde Bischof Max in Gaborone landen. In seiner Wohnung öffnete Hood das Fenster. Die abendlich kühle Luft war wohl tuend. Dann nahm er eine Dose mit Pasta und kleinen Fleischklößchen, kippte den Inhalt auf einen Teller und schob diesen in die Mikrowelle. Während sein Essen erhitzt wurde, ging er zu dem kleinen Schreibtisch am Fenster. Er verwarf den Gedanken, seine Kinder bloß anzurufen, und schaltete den Laptop ein, um vor laufender Webcam mit ihnen zu telefonieren. Das war einer der Vorteile, wenn man einen Kollegen wie Matt Stoll hatte. Das Computergenie des Op-Centers konnte jeden mit jedem verbinden.

Die Leitung war nicht besetzt, und bald erschien der zwölfjährige Alexander auf Hoods Monitor. Überrascht nahm Hood zur Kenntnis, dass sich bei seinem Sohn die ersten Anzeichen von Bartwuchs erkennen ließen. Vielleicht warf aber auch das Licht einen Schatten unter seine Nase und über seine Wangen. Da Alexander noch das Fußballtrikot trug, konnte es sich auch um Dreck handeln. Aber was es auch sein mochte, plötzlich vermisste Hood seinen Sohn sehr. Er wollte seinen Hals berühren, der nicht mehr so dürr wie früher wirkte.

Sie unterhielten sich über das Fußballspiel der Schulmannschaft. Alexanders Team hatte gewonnen. Zwar hatte er kein Tor geschossen, aber ein entscheidendes vorbereitet. Manchmal, versicherte Hood ihm, müsse man sich damit zufrieden geben. Dann sprachen sie über die Schule und eine neue Konsole für Computerspiele, die Alexander gesehen hatte. Über Mädchen sprachen sie nicht. Vielleicht war Alexander dafür noch nicht alt genug.

Noch nicht.

Wie immer war die vierzehnjährige Harleigh weitaus weniger gesprächig als ihr jüngerer Bruder. In den letzten Wochen schien sie ein bisschen zugenommen zu haben, und das war auch gut so. In ihrem langen blonden

Haar fielen Hood ein paar modische grüne Strähnchen auf. Zweifellos steckte ihre Mutter dahinter. Vielleicht hatte Harleigh die Idee gehabt, aber für die Farbe war ihre Mutter verantwortlich. Grün war das Gegenteil der blutroten Tönung, mit der andere Teenager ihre Strähnchen färbten. Harleigh hatte Probleme damit, andere direkt anzuschauen. Liz hatte behauptet, dies sei typisch für Menschen, die einmal als Geisel genommen worden waren. Indem sie die Geiselnehmer nicht anblickten, fühlten sie sich unsichtbar und entsprechend sicher. Und weil das erlebte Trauma Geiseln mit einem Gefühl völliger Ohnmacht und Schutzlosigkeit zurücklasse, vermieden sie auch nach der Befreiung jeden Blickkontakt.

Paul Hood und seine Tochter tauschten ein paar knappe Begrüßungsfloskeln aus.

»Deine Frisur gefällt mir, Honey«, sagte Hood schließlich.

»Wirklich?«, fragte Harleigh, ohne aufzublicken.

»Ja, sehr.«

»Mom fand, dass Grün eine gute Farbe ist.«

»Und was findest du?«

»Das Grün erinnert mich an den Hügel, den ich als kleines Kind runtergerollt bin«, sagte Harleigh.

»Meinst du den in der Nähe von Omas Haus in Silver Spring?«

Harleigh nickte.

»Ich erinnere mich«, sagte Hood. »Haben wir nicht Alexander in einen Pappkarton gesteckt und ihn den Hügel runterrollen lassen?«

»Ich glaube schon«, antwortet Harleigh.

»Ja, habt ihr!«, schrie Alexander, der auf dem Monitor von Hoods Laptop nicht zu sehen war. »Ihr seid an meinem Trauma schuld. Seitdem kann ich mich nicht mehr in kleinen Räumen aufhalten!«

»Halt die Klappe, Alex«, schnappte Harleigh. »Bevor

Mrs Gordon dich aufgeklärt hat, wusstest du doch noch nicht mal, was ein Trauma ist.«

»Deshalb kann ich trotzdem eins haben, Harleigh«, rief Alexander.

»Jetzt ist es gut, Kinder«, sagte Hood. »Schluss damit.« Er hatte kein Interesse daran, dass seine Tochter das Thema weiter vertiefte. »Was gibt's Neues in der Schule, Harl?«

Jetzt kehrte Harleigh wieder zu ihren einsilbigen Antworten zurück. Die Fächer waren ›schön‹, die Mitschüler ›okay‹. Selbst der Titel des Romans, der im Englischunterricht gelesen wurde, bestand nur aus einem Wort: *Emma*. Aber Hood war schon dankbar, dass seine Tochter überhaupt sprach. In den ersten paar Wochen nach der Geiselnahme bei den Vereinten Nationen hatte sie kaum ein Wort gesagt.

»Und wie geht's Mom so?«, fragte Hood, obwohl er nicht sicher war, ob er das überhaupt wissen wollte. Aber Liz Gordon hatte gesagt, es sei wichtig, dass die Kinder glaubten, Hoods interessiere sich weiterhin für *alle* Familienmitglieder.

»Sie ist okay«, erwiderte Harleigh.

Ihrer Stimme konnte Hood entnehmen, dass sie ihm etwas verbarg. Wahrscheinlich hatte Sharon einen Freund. Doch das war in Ordnung. Falls es stimmte, würde es schon zur rechten Zeit angesprochen werden.

Nachdem Hood seiner Tochter geraten hatte, sie solle gut auf sich aufpassen, berührte er mit den Lippen seinen Zeigefinger und blies ihr einen Kuss zu. Dabei achtete er darauf, dass sich sein Finger dicht vor dem Objektiv der Webcam befand. Jetzt blickte ihm seine Tochter doch noch in die Augen und schenkte ihm ein kleines Lächeln. Nachdem sie die Verbindung durch einen Mausklick unterbrochen hatte, erschien wieder das Ausgangsmenü des Programms auf dem Monitor.

Sharon hatte nicht an dem Gespräch teilgenommen, aber Hood hatte auch nicht darum gebeten, mit ihr zu sprechen. Sie hatten sich vollkommen auseinander gelebt. Nachdem sie früher emotional und intellektuell an allem Anteil genommen hatten, was den anderen betraf, herrschte heute eine Neutralität mit aggressivem Unterton vor. Das war ein seltsamer und unnatürlicher Zustand. Dazu kam, dass Hood mit dem Schuldgefühl klarkommen musste, nicht mehr Zeit mit seinen Kindern verbracht zu haben. Anstelle der alten Formel ›Daddy macht Überstunden‹ hieß es jetzt ›Daddy lebt nicht mehr hier‹.

Aber im Verlauf der letzten paar Wochen hatte Hood eines gelernt. Er konnte nicht immer weiter darüber nachgrübeln, was mit seiner Ehe schief gegangen war. Das führte nur zu Selbstvorwürfen. Er musste in die Zukunft blicken.

Nachdem er seine beiden Kissen am Kopfende des Bettes aufgestellt hatte, stellte er den Wecker auf fünf Uhr und zog seine Schuhe aus. Dann legte er sich mit seinem Abendessen auf das Bett und schaltete den kleinen Fernseher auf dem Nachttisch ein. Discovery Channel zeigte einen Dokumentarfilm über Mumien. Discovery Channel zeigte *immer* Dokumentarfilme über Mumien. Trotzdem machte sich Hood nicht die Mühe, den Sender zu wechseln. Wenigstens ging es heute statt um ägyptische Mumien um aztekische Mumien.

Da Hood erschöpft war, wurden ihm schon nach ein paar Minuten die Augenlider schwer. Er stellte den Teller mit der halb aufgegessenen Portion Pasta auf den Nachttisch und schaltete den Fernseher aus. Sein Kopf riet ihm, sich auszuziehen, das Licht auszuschalten und das Fenster zu schließen, da es zu kalt werden könnte. Aber sein Körper wollte sich nicht mehr rühren.

Sein Körper gewann, und nach ein paar weiteren Minuten war Hood eingeschlafen.

29

Maun, Botswana – Freitag, 8 Uhr 21

Bis zur Ankunft des nach Maun fahrenden Busses blieb noch eine gute halbe Stunde Zeit. In der Speisekammer des Pfarrhauses fanden Leon Seronga und Donald Pavant Brot und Erdnussbutter. Beide schmierten sich zwei Brote, die sie auf der Veranda verzehren wollten, dann zwei weitere für unterwegs. Wenn sie erst einmal mit dem Lastwagenfahrer Njo Finn und dem entführten Bischof verschwinden würden, bliebe ihnen keine Zeit mehr, um bei einem Zwischenstopp Lebensmittel einzukaufen.

Glücklicherweise würden sie nicht in den tiefsten Sumpf zurückkehren, und Seronga war dankbar dafür. Selbst wenn es bis zum Herbst, in dem das Malariarisiko am größten war, noch einige Monate hin war, konnte man sich im Okavangobecken jederzeit mit der Krankheit infizieren. Vor ihrem Aufbruch zu dem Feriendorf hatte Seronga einige Anophelesmücken gesehen, die die Krankheit übertrugen. Aber die größten Sorgen machte er sich nicht um sein Leben oder das seiner Leute. Seine vordringlichste Sorge galt Dhamballa, da ein kranker und gebrechlicher Anführer nicht vorzeigbar war.

Die Männer würden sich am südlichen Rand der Sumpfregion mit Dhamballa treffen und dann eine Kundgebung an jener Diamantmine abhalten, in der der Vodun-Priester einst gearbeitet hatte. Anschließend würden sie ihr Camp nach Ghanzi verlegen, einem kleinen Ort nördlich der Wüste Kalahari. Die Gefangenen würden auf der Insel zurückbleiben, bewacht von einem Trupp Soldaten. Dass sie dort gefunden wurden, war relativ unwahrscheinlich. Aus der Luft war wegen dem dichten Laubdach nichts zu sehen, und vom Wasser aus drohte auch keine Gefahr, weil Motorboote schon aus der Ferne zu hören waren. So konnten sofort Gegenmaßnahmen eingeleitet werden. Serongas Leute würden eher Selbstmord begehen, als sich gefangen nehmen zu lassen. Man würde nichts finden, was sie mit Dhamballa in Verbindung bringen konnte: keine Uniformen, keine Ausweise, nichts, was auf Vodun hindeutete.

Und sie würden auch keine Zeugen finden. Für den Fall, dass die Insel eingenommen werden sollte, hatte Seronga angeordnet, dass der Priester umgebracht wurde. Wie im Fall der getöteten Diakone musste diese schwierige Entscheidung von einem erfahrenen Soldaten wie Seronga getroffen werden. Im Gegensatz zu Dhamballa konnte er es sich nicht leisten, sich ausschließlich auf weiße Magie zu verlassen.

Für Ghanzi hatte sich Dhamballa entschieden, weil das Örtchen in der Nähe der Landepiste lag, die Albert Beaudins Leute benutzten, wenn sie nach Botswana kamen. Hier konnten sofort Materialien angeliefert und, falls notwendig, rasch Evakuierungsmaßnahmen eingeleitet werden. In dem Dorf mit seinen vierhundert Einwohnern würde Dhamballa den ersten Vodun-Tempel einweihen, einen so genannten *Honfour*. Zusätzlich zu diesem dauerhaften Gebäude in Ghanzi sollte ein transportabler Pfahl aufgestellt werden – ein *poteau-mitan* –, durch den die Götter und die Geister mit den Gläubigen kommunizieren konnten. Die Zeremonie anlässlich der Einweihung dieses Pfahls würde von großer symbolischer Bedeutung sein, da es seit hunderten von Jahren in Afrika keine öffentliche Vodun-Weihung mehr gegeben hatte. Wenn die ortsansässigen *houngans* und *Mambos*, die Vodun-Priester und -priesterinnen, gute Arbeit geleistet hatten, würden Tausende an dieser Zeremonie teilnehmen. Durch diesen einen demonstrativen Akt würde Dhamballa zu einer Figur von nationaler Bedeutung werden. Nur einen Tag, nachdem sich tausende Menschen öffentlich zu ihrem Glauben bekannt hatten, würden sich zehn- oder gar hunderttausende ermutigt fühlen, der Bewegung beizutreten.

Als Seronga und Pavant gerade ihre Sandwiches zubereitet hatten, tauchten vor der Veranda zwei junge Männer auf. Mit ihren bequemen Khakishorts, den kurzärmligen Hemden, den Sonnenbrillen, den Nike-Sportschuhen und den großen weißen, australischen Sonnenhüten wirkten sie wie beliebige Teilnehmer einer Foto-Safari.

Aber es waren keine Touristen.

Einer der Männer war deutlich über einen Meter achtzig groß, der andere etwa einen Meter siebzig. Letzterer hatte einen deutlich breiteren Körperbau. Beide hatten eine sehr dunkle Gesichtsfarbe und eine kerzengerade Haltung. Sie blieben dicht vor der Veranda stehen. Der größere Mann lüftete seinen Hut und trat einen Schritt vor.

»*Buenas días, diáconos*«, sagte er in einem energischen Tonfall.

Seronga lächelte ihn freundlich an. Er vermutete, dass der Mann ihm einen Guten Morgen gewünscht hatte, aber sicher war er nicht. Und wenn man sich nicht sicher war, was jemand gesagt hatte, war es am besten, gar nicht erst zu antworten.

»*¿Pueblo hablar con usted por un momento, diáconos honrados?*«, fuhr der Mann fort.

Jetzt blieb Seronga nichts anderes übrig, als irgendetwas zu erwidern. »Tut mir Leid, ich verstehe Sie nicht. Sprechen Sie nicht zufällig Englisch oder Setswana?«

Jetzt trat auch der kleinere Mann vor, um ebenfalls seinen Hut zu lüften. »Ich spreche Englisch.« Seine Stimme klang etwas sanfter. »Es tut mir sehr Leid, aber wir waren der Ansicht, Diakone müssten mehrere Sprachen beherrschen.«

»Das ist bestimmt hilfreich, aber nicht zwingend vorgeschrieben«, antwortete Seronga, der keine Ahnung hatte, ob das zutraf. Aber seine Stimme kündete von Autorität, und das reichte den meisten Menschen gewöhnlich, um etwas für wahr zu halten.

»Ich verstehe«, antwortete der Mann. »Könnten wir einen Augenblick mit den verehrten Diakonen sprechen?«

»Wenn's nur ein Augenblick ist, meinetwegen«, antwortete Seronga. »Wir müssen uns für die Fahrt nach Maun fertig machen.«

»Gerade deshalb möchten wir mit Ihnen zu reden.«

Seronga lief es kalt den Rücken hinunter.

»Ich bin Feldwebel Vincente Diamante, das hier ist Hauptmann Antonio Abreo«, fuhr der Mann fort.

Als sein Name genannt wurde, verbeugte Abreo sich leicht.

»Sie sind Soldaten auf Urlaub?«, fragte Seronga.

»Nein«, antwortete Diamante. »Wir und unsere Kameraden sind Soldaten einer Spezialeinheit aus Madrid, des Grupo del Cuartel General, Unidad Especial del Despliegue.«

Pavant warf Seronga einen verstohlenen Blick zu, doch dieser musste ihn nicht anschauen, um zu wissen, welcher Ausdruck in seinen Augen lag. Wahrscheinlich loderte in ihnen das gleiche Feuer wie kürzlich, als er Seronga gedrängt hatte, die Diakone zu töten.

»Soldaten einer Spezialeinheit«, antwortete Seronga, der sich alle Mühe gab, so zu klingen, als wäre er beeindruckt oder fühlte sich gar geehrt. Seine Absicht war, den Mann zum Reden zu bringen. »Rechnen Sie mit einem militärischen Angriff?«

»Wir wissen es nicht«, räumte Diamante ein. »Unsere Einheit ist hierher entsandt worden, weil wir den aus Amerika kommenden Bischof beschützen sollen, und wir werden alles tun, um unseren Auftrag zu erfüllen. Wir wollten Sie darüber informieren, dass wir den Bus für das mögliche Ziel einer Aktion halten.«

»Besten Dank«, sagte Seronga.

»Aber machen Sie sich keine Sorgen«, fuhr Diamante fort. »Zwei von unseren Leuten werden mit Ihnen im Bus sitzen. Für den Fall, dass etwas passieren sollte, möchten wir Sie nur darum bitten, sich aus allem rauszuhalten und uns nicht im Weg zu stehen.«

»Wir werden Ihren Rat beherzigen«, antwortete Seronga. »Haben Sie einen begründeten Verdacht, dass in dem Bus oder irgendwo sonst etwas passieren wird?«

»Konkretes wissen wir nicht«, sagte Diamante. »Aber nach der Entführung Pater Bradburys rechnen wir mit allem. Wir sind bewaffnet und werden alles genau beobachten.«

»Bewaffnet«, murmelte Seronga, dem es wieder kalt den Rücken hinunterlief. »Wir vertrauen dem Herrn. Und Sie? Maschinenpistolen? Messer?« Seronga musste wissen, was sie möglicherweise erwartete.

Der Feldwebel tätschelte zärtlich eine Wölbung unter seinem rechten Arm. »Unsere M-82er werden dem Herrn helfen, Sie zu beschützen.«

»Das ist erfreulich«, kommentierte Seronga. »Wie viele Männer von Ihrer Einheit sind hier?«

»Zwölf«, antwortete Diamante. »Wir haben mit Señor Ndebele vereinbart, dass wir uns einen der Wagen für die Safaris ausleihen dürfen, in dem vier Soldaten dem Bus folgen werden. Die anderen vier werden dafür sorgen, dass hier nichts passiert.«

Seronga legte eine Hand auf seine Brust und neigte dann dankbar sein Haupt. »Obwohl ich hoffe, dass diese Vorsichtsmaßnahmen unnötig sein werden, weiß ich Ihre Mühen zu schätzen.«

Der Feldwebel nickte. »Im Bus werden wir Sie nicht

begrüßen, sondern Ihnen allenfalls wie den anderen Mitreisenden im Vorbeigehen zunicken. Wäre schön, wenn sich Ihre Hoffnung erfüllt, Diakon. Dann wäre alles in Ordnung.«

Nachdem die beiden Männer um die Ecke der Kirche verschwunden waren, erhob sich Pavant von seinem Korbsessel. »Keiner von diesen verdammten Teufeln kapiert's!«, sagte er wütend.

»Ich weiß«, antwortete Seronga ruhig. Einerseits beschäftigten sich seine Gedanken mit Pavants Zorn, zum anderen damit, was in den nächsten drei Stunden zu tun war.

»Sie glauben, noch mehr Fremde ins Land holen zu müssen, die uns niederknüppeln sollen«, sagte Pavant. »Offensichtlich begreifen sie einfach nicht, dass dies unser Land ist.« Er schlug sich mit einer Faust gegen die Brust. »Und auch nicht, dass dies unser Glaube ist und dass wir dafür kämpfen. Für unsere Geschichte und unser Geburtsrecht.«

»Bald werden sie herausfinden, dass sie sich irren«, versicherte Seronga.

»Wir müssen Njo benachrichtigen«, sagte Pavant.

»Ganz meine Meinung«, bestätigte Seronga, der niedergeschlagen zu Boden blickte. Dies war der nächste Schritt, aber mehr wusste er im Augenblick auch nicht.

»Was hast du?«, fragte Pavant. »Stimmt irgendwas nicht?«

»Die Frage ist, was wir Njo erzählen sollen«, gab Seronga zu bedenken. »Es ist eine Sache, die Insel gegen einen Angriff zu verteidigen, der wahrscheinlich gar nicht stattfinden wird. Hier liegen die Dinge anders. Wir müssen entscheiden, wie weit wir diesen Konflikt militärisch eskalieren lassen können.«

»Bleibt uns denn eine Wahl?«, fragte Pavant, doch eigentlich war es keine Frage. »Sobald wir den Bischof zu

Njos Lastwagen schleifen, werden sie ohnehin begreifen, dass was nicht stimmt.«

»Ich weiß.«

»Entweder brauchen wir Verstärkung, die unseren Rückzug aus Maun deckt, oder wir müssen einen Präventivschlag gegen die Spanier führen.«

»Das mit dem Rückzug funktioniert nicht«, sagte Seronga. »Auch wenn wir den Bischof als Geisel haben, werden sie sich nicht davon abhalten lassen, uns zum Camp zu folgen.«

»Dann müssen wir eben angreifen«, sagte Pavant energisch.

»Sprich leiser«, mahnte Seronga, der sich nach allen Seiten umblickte und dann auf die Kirche zeigte, wo die spanischen Soldaten herumstanden und rauchten.

»Tut mir Leid.« Pavant beugte sich zu Seronga vor. »Wir müssen dafür sorgen, dass sie den Busbahnhof nicht verlassen. Sie dürfen uns nicht zu Dhamballa folgen, und deshalb müssen sie getötet werden.«

»Oder wir müssen sie an der Nase herumführen.«

»Aber warum?«, fragte Pavant. »Dhamballa wird schon Verständnis dafür aufbringen müssen, wenn wir ...«

»Ich mache mir nicht nur um Dhamballa Sorgen«, sagte Seronga. »Wenn wir die Soldaten angreifen, wird die spanische Regierung behaupten, dass ihre Leute niemanden provoziert haben. Sie werden sagen, die Soldaten wären Touristen gewesen. Dann werden sie Dhamballa und seine Anhänger als Terroristen brandmarken, und *unsere* Regierung wird sich gezwungen sehen, sich ernsthaft um uns zu kümmern. Schon deshalb, weil sie an die internationalen Beziehungen, die Investitionen und die Einnahmen aus dem Tourismus denken muss.«

Pavant starrte Seronga an, doch mittlerweile war das in seinen Augen lodernde Feuer schwächer geworden. »Was sollen wir dann tun?«, fragte er. »*Hierher* können wir den Bischof nicht bringen. Das würde die ganze Gemeinde aufrütteln, und die Kirche würde gewinnen.«

»Außerdem würden sie herausfinden, dass wir keine echten Diakone sind. Man wird erbarmungslos Jagd auf uns machen.«

»Zur Kirche können wir also nicht zurück, aber wir dürfen auch nicht zulassen, dass uns die spanischen Soldaten zu Dhamballas Camp folgen.« Pavants Tonfall und Blick verrieten, dass sein Zorn wieder aufloderte. »Damit scheinen uns nicht besonders viele Optionen zu bleiben.«

»Nein«, stimmte Seronga zu.

Tatsächlich stand ihnen nur eine Option offen. Wie immer die Konsequenzen auch aussehen würden, sie mussten kämpfen. Seronga beabsichtigte nicht, Dhamballa über den Grund dafür aufzuklären, denn er hatte bereits beschlossen, dass sich die Brush Vipers früher oder später von Dhamballa trennen würden. Der Vodun-Führer wollte als Mann der weißen Magie gesehen werden. Wurde der Tod der beiden Diakone mit den Brush Vipers in Verbindung gebracht, würde Dhamballas Glaubwürdigkeit darunter leiden. Seronga konnte ihm weiterhin helfen, doch war es besser, wenn er mehr im Hintergrund agierte. Er musste an den Nahen Osten denken, wo die Politiker öffentlich radikale militärische Gruppen denunzierten, um insgeheim von ihrer gewalttätigen Aktionen zu profitieren. Unter Umständen konnte es in ein paar Wochen zu dieser Trennung kommen, weil Dhamballa dann hoffentlich so viele Anhänger hatte, dass er vor Übergriffen der Regierung geschützt war. Neben seiner Gemeinde würden ihn auch ausländische Journalisten schützen, die über seine Kundgebungen berichteten. Die mit Dhamballa verbündeten Europäer hatten zugesagt, pünktlich zur ersten großen Kundgebung der Vodun-Bewegung Reporter ins Land zu schaffen.

Der Anführer der Brush Vipers erhob sich. *Irgendwie*

wiederholt sich alles, dachte er. Während seiner langen Jahre bei der Armee war Seronga in diverse kleinere Scharmützel verstrickt gewesen. Mal hatte es Grenzstreitigkeiten gegeben, mal waren sie in einen Hinterhalt gelockt worden. Meistens waren die Brush Vipers die Aggressoren gewesen, manchmal die Zielscheiben. Letzteres würde auch jetzt der Fall sein.

Kleine Kommandoaktionen und Verteidigungsstrategien waren Seronga in Fleisch und Blut übergegangen. Außerdem kannte er die Stelle, wohin der Bus sie bringen würde. Sollte es am Ende auf Selbstverteidigung hinauslaufen, musste er einen Plan parat haben.

Während Pavant an der Tür Wache stand, betrat Seronga das Pfarrhaus. Er ging zum Bett, öffnete den Rucksack und zog sein Handy heraus, um Njo Finn anzurufen. Der Lastwagenfahrer befand sich etwas sechzig Meilen nordwestlich von Maun. Da die Verbindung nicht besonders gut war, fasste Seronga sich so kurz wie möglich. Er informierte Njo über den genauen Treffpunkt und gab ihm dann mit den Codewörtern der Brush Vipers zu verstehen, wie er auf die Ankunft des Busses vorbereitet sein musste.

Vielleicht war dies nicht die brillanteste und am besten vorbereitete Aktion in der langen Geschichte der Brush Vipers, doch das spielte für Seronga keine Rolle. Ihn interessierte nur, dass die Operation erfolgreich verlief.

30

Washington, D. C. – Freitag, 5 Uhr 03

Für Paul Hood war es keine erholsame Nacht.

In seinem Traum versuchte er, die riesigen Buchstaben des *Hollywood-Schriftzugs* aufzurichten, doch das war eine wahre Sisyphusarbeit. Wenn einer der riesigen weißen Buchstaben umzustürzen drohte, rannte er darauf zu, um ihn wieder zu stabilisieren, doch kaum hatte er es geschafft, begann schon der Nächste zu kippen. Zwar fielen die Lettern in einem gleichmäßigen Tempo, aber die Reihenfolge änderte sich ständig, und es gab keine Verschnaufpause. Um halb vier morgens wachte Hood dann auf, schweißgebadet und völlig geschafft. Sah er so sein eigenes Leben? Musste er immer wieder dieselben Dinge aufrichten, Minute für Minute? War sein ganzes Leben oberflächlich wie die Filme aus Hollywood? Oder war der Traum eine Erinnerung an seine Zeit als Bürgermeister von Los Angeles, der ihn mit der bohrenden Frage konfrontierte, ob er vielleicht doch nur als Manager bürokratischer Behörden etwas taugte?

Hood schaltete den Fernseher ein, und diesmal entschied er sich für History Channel, wo ein Dokumentarfilm über den Zweiten Weltkrieg in Europa lief. Offensichtlich gab es für diesen Sender kein anderes Thema. Nachdem Hood eine Weile lustlos auf den Bildschirm gestarrt hatte, gab er es auf. Aber er würde nicht wieder einzuschlafen versuchen. Stattdessen sprang er unter die Dusche. Nachdem er sich angekleidet hatte, brach er zum Op-Center auf.

Die Mitarbeiter der Nachtschicht waren nicht weiter überrascht, Hood um diese Tageszeit hier zu sehen. Seit der Trennung von seiner Frau war er abends oft spät gegangen und morgens früh gekommen. Hood seinerseits war nicht überrascht, Liz Gordon zu sehen, die sich gemeinsam mit J2 und Mae Won in ihrem Büro aufhielt. Die drei hatten um den Schreibtisch der Psychologin herum Platz genommen und arbeiteten an miteinander vernetzten Laptops.

Schon in der Tür empfing Hood der Duft von Kaffee. Er klopfte an den Türpfosten. »Guten Morgen.«

J2 und Mae erwiderten den Gruß, doch Liz machte sich nicht die Mühe, von ihrem Bildschirm aufzublicken. Dafür richtete sie sofort das Wort an Hood. »Allmählich glaube ich, dass Sie es in Botswana mit einem sehr ernsten Problem zu tun haben.«

»Eines, das nicht nur mit dem Problem des Vatikans zu tun hat?«, fragte Hood.

»Allerdings.«

»Klären Sie mich auf«, sagte Hood, während er auf die Psychologin zuging.

Liz saß zusammengesunken vor ihrem Computer. Sie rieb sich die müden Augen und blickte Hood dann an. »In der Geschichte gab es immer wieder Ereignisse, die so genannte ›Massenbewegungen‹ auslösten. Da wären beispielsweise der Amerikanische Unabhängigkeitskrieg, die kommunistische Revolution oder die französische Résistance zur Zeit des Zweiten Weltkriegs zu nennen. Vielleicht sogar die Renaissance, wenngleich deren Ziele weniger eindeutig definiert waren. Solche Ereignisse sind das Resultat, wenn die Vorstellungskraft einer großen Anzahl Menschen durch ein Ereignis oder auch nur eine Idee angeregt wird, die sie dann zur Aktion schreiten lässt.«

»Siehe Harriet Beecher Stowes *Onkel Toms Hütte*«, sagte Hood.

»Oder Upton Sinclairs *Der Dschungel*«, stimmte Liz zu. »Im ersten Fall haben wir es mit einer aufkommenden Emanzipationsbewegung zu tun, im zweiten mit einschneidenden Veränderungen in der Fleisch verarbeitenden Industrie. Die durch eine Idee oder ein Ereignis inspirierten Menschen finden sich in einer Sammlungsbewegung mit einem gemeinsamen Ziel zusammen. Und ihre gemeinsamen Anstrengungen bringen scheinbar unvorstellbare Resultate hervor.«

»Das Ganze ist größer als die Summe der Teile«, bemerkte Hood.

»Genau«, bestätigte Liz. »Meiner Meinung nach haben wir es in Botswana mit einem sehr ähnlichen Phänomen zu tun.«

»Immer mit der Ruhe«, sagte Hood. »Gehe ich recht in der Vermutung, dass Ihre These auf dem von Ihnen erarbeiteten Persönlichkeitsprofil Dhamballas beruht?«

»Ja«, antwortete Liz. »Bei ihm handelt es sich definitiv nicht um einen Mann, der der stereotypen Vorstellung entspricht, die man sich vom Führer eines religiösen Kults macht. Deshalb haben wir es meiner Ansicht nach hier eher mit einem sozialen Phänomen als mit einer bloß absonderlichen Randerscheinung zu tun.«

»Sind Sie sich da sicher?«

»Absolut. J2 und Mae haben es geschafft, die Computer von Morningside Mines Ltd. zu knacken und einen Blick in seine Personalakte zu werfen.«

»Morningside Mines?«, fragte Hood. »Wo sitzt das Unternehmen?«

»In Antwerpen«, schaltete sich J2 ein. »So wie eine Unzahl anderer Unternehmen aus der Diamantenbranche.«

Eventuell konnte Burton durch diese Information mit Henry Genet in Verbindung gebracht werden. Vielleicht aber auch nicht.

»Unser Mann, Thomas Burton, ist dreiunddreißig Jahre alt«, sagte Liz. »Er war nicht nur nie in psychologischer Behandlung, sonder hat sogar eine bemerkenswerte Konzentrationsfähigkeit. Neun Jahre lang hat er in der Diamantmine gearbeitet, und er ist immer schnell und regelmäßig befördert worden. Angefangen hat er damit, die Wände abzuspritzen, um sie für die Bohrungen vorzubereiten, dann hat er selbst zum Bohrer gegriffen, und am Ende war er Vorarbeiter an der Produktionslinie.«

»Wo?«, fragte Hood.

»Das ist eine Wasserrinne, wo die Diamanten gesiebt, aussortiert und gereinigt werden«, erläuterte Mae.

»Dann war er also ein qualifizierter und hart arbeitender Mann«, sagte Hood. »Wann mutierte er zum Führer einer religiösen Bewegung?«

»Da fehlt uns noch das Verbindungsglied«, räumte Liz ein. »Eventuell lag es an jemandem, den er kannte, vielleicht hat er etwas Entscheidendes gelesen. Möglicherweise hatte er auch ein religiöse Offenbarung.«

»Wie bei Moses, als ihm Gott erschien«, sagte Hood.

»Was genau es letztlich war, spielt fast keine Rolle«, sagte Liz. »Burton ist seiner Mission ganz und gar verpflichtet.«

»Könnte das Ganze nicht irgendein Schwindel sein?«, fragte Hood.

»Das ist unwahrscheinlich«, antwortete Liz. »Natürlich könnte ihn jemand benutzen, aber Burton selbst ist ein aufrichtiger Mann. Seine Personalakte enthält vierteljährlich erstellte Berichte über seine Arbeitsleistung. Dort wird er als intelligent, gewissenhaft und absolut vertrauenswürdig beschrieben. Die Minenbesitzer schicken routinemäßig Kontrolleure los, die die an der Produktionslinie arbeitenden Leute beobachten. Dadurch soll sichergestellt werden, dass die Arbeiter keine Diamanten stehlen und sie dann privat verkaufen. So bezahlen diese Kontrolleure beispielsweise Ladenbesitzer oder Kellner dafür, dass sie der zu observierenden Person zu viel Wechselgeld herausgeben.«

»Nur um die Reaktion zu testen«, bemerkte Hood.

»Genau. Unser Mann hat das überzählige Wechselgeld zurückgegeben, und zwar jedes Mal. Es gibt bei Menschen, die später Priester werden, eine gewisse ethische Konsistenz im Verhalten: Haben sie sich Individuen gegenüber untadelig benommen, werden sie das später auch Gruppen gegenüber tun.« Liz zuckte die Achseln. »In beiden Fällen geht es um die Wahrheit. Das soll nicht heißen, dass er nicht vielleicht doch von jemand anders ermutigt und in diese Geschichte hineingezwungen wurde. Doch er selbst glaubt an das, was er tut, da bin ich mir ganz sicher.«

»Wie sieht's mit seiner Familie aus?«, fragte Hood. »Hat es da irgendwelche Krisen oder Fehden gegeben?«

»Burtons Vater ist tot, seine Mutter lebt in einem Pflegeheim in Gaborone«, antwortete Liz.

»Und ihr Sohn bezahlt das?«

»Ja«, meldete sich J2. »Ich habe seine Kontoauszüge überprüft.«

»Wissen wir etwas darüber, wie sein Vater gestorben ist?«, fragte Hood.

»Er starb an Malaria«, antwortete Liz, »und zwar in einem staatlichen Krankenhaus, nicht in einer Missionsklinik. Burton hat keinen persönlichen Grund, die Kirche zu attackieren.«

»Geschwister?«

»Weder Bruder noch Schwestern«, antwortete Liz. »Verheiratet ist er auch nicht.«

»Ist das in Botswana ungewöhnlich?«

»Ja, sehr«, schaltete sich J2 ein. »Ich habe das überprüft.« Er beugte sich vor und studierte seinen Monitor. »Nur vier Prozent aller Männer über achtzehn sind unverheiratet, und diese vier Prozent verteilen sich ziemlich gleichmäßig auf Soldaten, Geistliche, Verwitwete und ein paar andere.«

»Vodun-Priester dürfen heiraten«, fügte Mae hinzu. »Ich habe Unterlagen über diese Religion zusammengestellt.«

»Es gibt noch andere Gründe, weshalb Burton nicht geheiratet haben könnte«, gab Hood zu bedenken. »Einer davon könnte sein, dass er für den Lebensunterhalt seiner Mutter aufkommen muss. Was muss man vorweisen, wenn man Vodun-Priester werden will, Mae?«

»Ein männlicher Priester wird *Houngan* genannt, und wenn man einer werden will, muss man in Anwesenheit eines anderen *Houngan* mit den Geistern in Verbindung treten«, antwortete Mae. »Das ist eine Art religiöse Konferenzschaltung. Weibliche Priester, *Mambos*, müssen in Gegenwart einer älteren Priesterin dasselbe Kunststück vollbringen.«

»Wahrscheinlich soll dadurch festgestellt werden, ob beide Männer dieselben Stimmen hören«, vermutete Liz. »Wenn es nicht darum geht, soll so womöglich sichergestellt werden, dass nur diejenigen in die Reihen der Priester aufgenommen werden, die diesen Priestern auch gefallen.«

»Da läuft's also auch nicht anders als in der Politik«, bemerkte Hood.

»Wohl wahr, aber wir wissen nicht einmal, ob Burton jemals zum *Houngan* ernannt worden ist«, gab Liz zu bedenken.

»Ist das überhaupt denkbar?«, fragte Hood.

»Burton behauptet, die Inkarnation des mächtigen Schlangengottes Damballah zu sein«, sagte Liz. »Wir wissen nicht, ob hier dieselben Kriterien gelten wie beim Aufstieg in den Rang eines Priesters.«

Hood starrte die Psychologin an. »Wollen Sie damit sagen, dass Thomas Burton sich für einen *Schlangengott* hält?«, fragte er geradeheraus.

»Stimmt genau«, antwortete Liz.

Hood schüttelte den Kopf. »Ich weiß nicht, Liz. Könnten Sie sich nicht vorstellen, dass Burton hier nur die Rolle eines Schauspielers übernommen hat und dass die Sache mit dem Schlangengott schlechtes Theater ist? Schließlich war er ein armer Minenarbeiter. Vielleicht wird er dafür bezahlt, dass er im Sinne der politischen Interessen Albert Beaudins und seiner Partner agiert.«

»Er hat nicht mal das überzählige Wechselgeld eingesteckt«, gab Liz zu bedenken. »Warum sollte er dann Geld von Beaudin nehmen?«

»Mütter in Pflegeheimen können teuer sein«, bemerkte Hood.

»Ich hab nachgerechnet«, verkündete J2. »Er hat genug verdient, um das bezahlen zu können.«

»Schon möglich, dass Beaudin und seine Leute ihn ausnutzen, aber für einen Schauspieler halte ich ihn nicht«, sagte Liz.

»Und warum nicht?«, hakte Hood nach.

»Aus zwei Gründen. Erstens kann sich Thomas Burtons Epiphanie nicht in einem Vakuum abgespielt haben. Selbst wenn er keine religiöse Ausbildung genossen haben sollte, hätte er sich doch an jemanden gewandt, bei dem das so war. An jemanden, der ihm seine Gedanken und Gefühle erklären konnte. Offensichtlich war seine Erfahrung so intensiv, dass jeder *Houngan* und jede *Mambo* überzeugt war, dass er zu den Auserwählten gehört. Zumindest hat das niemand angezweifelt oder sich ihm in den Weg gestellt.«

»Wissen wir das mit Sicherheit?«, fragte Hood.

»Wir vermuten es«, antwortete Liz. »Zwischen Burtons Abschied von der Diamantmine und Dhamballas erster kleiner Kundgebung liegen nur ein paar Wochen. Wenn irgendwelche Vodun-Priester ernsthaften Widerstand geleistet haben sollten, hätten sie Monate oder sogar Jahre benötigt, um herauszufinden, ob er ein Scharlatan ist.

Und wahrscheinlich hätte das Ganze damit geendet, dass sie ihm mit schwarzer Magie auf den Leib gerückt wären.«

»Schwarze Magie«, wiederholte Hood. »Reden wir jetzt von Zombies?«

»Mae?«, sagte Liz.

Die junge Frau nickte. »Das tun wir. Nur heißt das Wort tatsächlich *nzumbie,* was ›Geist‹ bedeutet.«

Wieder musste Hood sich der Überheblichkeit erwehren. Die Tatsache, dass hier nicht von seiner Welt oder seinem Glauben die Rede war, durfte nicht dazu führen, dass er alles für null und nichtig hielt. Plötzlich erinnerte er sich an seine Zeit als Bürgermeister von Los Angeles. Einmal war er Gastgeber eines Essens für Leute aus dem Filmgeschäft gewesen und hatte zwischen zwei mächtigen Studiobossen gesessen, die ernsthaft darüber debattierten, welches Studio beim nächsten Trend auf der Welle des Erfolgs reiten würde. Sie diskutierten über Tierfilme oder über Streifen, die die postapokalyptische Ära zum Thema hatten. Hood hatte die Filmleute eingeladen, um mit ihnen über die Einrichtung von Praktikantenstellen für unterprivilegierte Jugendliche zu diskutieren. Ihn konnte man nicht mit der Frage begeistern, ob *Ein Schweinchen namens Babe* oder *Waterworld* das Rennen an der Kinokasse machen würde, aber für die Produzenten, die hunderte Millionen Dollar investiert hatten, spielte das eine wichtige Rolle.

So wie andere Dinge für die Vodun-Religion wichtig waren.

»Die Zombies, von denen wir hier reden, sind nicht die Killer mit den Totenköpfen, die wir aus dem Kino kennen«, fuhr Mae fort. »Nach dem, was ich bisher gelesen habe, sind es sehr kundige und aktive Wesen, die kein Blut trinken, kein Menschenfleisch fressen und auch nicht ohne Sinn und Verstand Chaos anrichten.«

»Aber sie sind trotzdem in gewisser Weise Sklaven ihrer Herren?«, fragte J2.

»Niemand weiß mit Sicherheit, ob sie Sklaven oder willige Objekte sind«, antwortete Mae. »In beiden Fällen aber sind sie dem *Houngan* oder der *Mambo*, die sie erschaffen haben, treu ergeben.«

»Sie könnten auch Opfer eines Schlaftranks oder irgendwelcher Drogen sein, die das Bewusstsein kontrollieren«, fuhr Mae fort. »In den psychiatrischen und medizinischen Fachzeitschriften wird seit fünfzehn bis zwanzig Jahren eine intensive wissenschaftliche Debatte über dieses Thema geführt. Es besteht Konsens darüber, dass sie nicht sterben, sondern künstlich in eine tiefe Narkose versetzt und dann wiedererweckt werden.«

»Drogen, die das Bewusstsein kontrollieren«, wiederholte Hood, glücklich darüber, dass er sich endlich wieder in die Diskussion einschalten konnte. »Wäre es denkbar, dass die Mitglieder der Brush Vipers Opfer einer Gehirnwäsche sind?«

»Das ist zwar möglich, aber eher unwahrscheinlich«, antwortete Liz. »Als Soldat muss man in einer Krisensituation unabhängig agieren können. Und das führt mich zu der Frage zurück, was genau schwarze Magie eigentlich ist. Für einen Anhänger des Vodun hat sie nicht notwendigerweise etwas mit dem Übernatürlichen zu tun. Mit schwarzer Magie ist einfach Blutvergießen gemeint.«

»Und gerade deshalb denken wir nicht, dass Dhamballa daran glaubt«, bemerkte J2. »Wenn die Brush Vipers Gewalt eingesetzt haben sollten, um Dhamballa einen guten Start zu verschaffen, wäre das definitiv in unseren nachrichtendienstlichen Berichten aus der Region aufgetaucht. Ich habe sie überprüft. Bei allen gewalttätigen Auseinandersetzungen, die unsere Leute registriert haben, ging es um Grenzstreitigkeiten, Handelskonflikte oder dergleichen. Mit Religion hatte keiner der Vorfälle etwas zu tun.«

»Vielleicht haben die Brush Vipers für Dhamballa die Leute bei der Stange gehalten«, vermutete Hood.

»Aufgetaucht sind sie jedenfalls erst, nachdem Dhamballa seine erste Kundgebung abgehalten hatte«, bemerkte J2.

»In Ordnung«, sagte Hood. »Burton hatte also diese Offenbarung und hat dann mit einem kleinen Kreis von Ergebenen angefangen, die wahre Lehre zu verbreiten, zuerst vermutlich in seinem Heimatort und vielleicht auch in der Diamantmine.«

»Korrekt«, sagte Liz.

»An diesem Punkt sind vielleicht die Besitzer der Mine und Genet auf ihn aufmerksam geworden«, fuhr Hood fort.

»Ja«, sagte Liz. »Wir sind uns nicht sicher, ob Burton noch in der Mine arbeitete, als er plötzlich zu Dhamballa wurde, oder ob sie ihn beobachtet haben, nachdem er seinen Job geschmissen hatte. Wenn jemand plötzlich seine Arbeit aufgibt, wird er noch eine Zeit lang von den Kontrolleuren observiert, die sichergehen wollen, dass er keine Diamanten geklaut hat.«

»Verstehe«, sagte Hood. »Liz, Sie haben eben noch einen zweiten Grund erwähnt, weshalb Sie Burton nicht für einen Schauspieler halten.«

»Er hängt mit seiner geistigen Gesundheit zusammen. Ein mental instabiler Mann, der sich für einen Gott hält, wird zuallererst das spezifische Bedürfnis verspüren, ein absoluter Herrscher zu sein. Er will Jesus Christus, Napoleon oder ... Wie heißt noch mal der höchste Gott im Vodun, Mae?«

»Olorun.« Mae studierte ihren Monitor. »Das ist ein ferner und unerkennbarer Gott, der sich auf Erden eines

Vermittlers bedient, eines Gottes namens Obatala, der über die Menschen berichtet.«

»Nach dem, was man uns erzählt hat und was wir bisher gelesen haben – so wenig es auch sein mag –, erhebt Burton keinerlei solche Ansprüche«, sagte Liz.

»Nein«, meinte Hood. »Dhamballa hält sich nur für die Inkarnation eines Schlangengottes.«

»Das muss ich schon etwas präzisieren«, bemerkte Liz. »Vodun-Priester halten sich weniger für eine Verkörperung von Göttern als vielmehr für deren Repräsentanten. Für einen Botschafter oder Sprecher, wenn Sie so wollen.«

»Trotzdem hört er irgendwelche Stimmen«, gab Hood zu bedenken. »Halten Sie das etwa für normal?«

»Sie haben Moses erwähnt. Weshalb glauben Sie, Thomas Burton wäre weniger bei klarem Verstand? Woher wollen Sie wissen, dass er kein Schlangengott ist?«

Hood wollte gerade den gesunden Menschenverstand ins Feld führen, aber Liz' Tonfall ließ ihn zögern. Ihre Stimme verriet weniger Kritik an Hood als vielmehr Respekt vor Thomas Burton.

Plötzlich fühlte er sich ein bisschen beschämt. Liz hatte ihre Fragen mit Recht gestellt. Weder Paul Hood noch sonst jemand hatte das Recht, über die Vodun-Religion oder irgendeinen anderen Glaubens zu richten.

»Dann lassen Sie mich noch folgende Frage stellen«, sagte er. »Wenn Burton sich für einen wie auch immer gearteten Gott hält, wofür braucht er dann die Brush Vipers? Würde Olorun ihm nicht zur Hilfe eilen, falls er ihn benötigen sollte?«

»Bei Propheten und messianischen Gestalten sind Zweifel absolut nichts Ungewöhnliches, speziell in der Anfangsphase ihres Wirkens«, antwortete Liz. »Und Unterstützung ist immer hilfreich. Moses hatte Aaron, Jesus die Apostel.«

»Aber Moses und Jesus hatten es auch nicht nötig, Priester zu entführen«, sagte Hood.

»Wenn man darin weniger einen aggressiven Akt als vielmehr eine Art öffentliches Statement sieht, ergibt die Geschichte durchaus Sinn«, sagte Liz. »Was die Brush Vipers getan haben – und es ist fast sicher, dass Burton sein Einverständnis dazu gegeben hat –, war eine Aktion, durch die sie auf Dhamballas Existenz und seine Ziele hinweisen wollten.«

Hood konnte sich des Eindrucks nicht erwehren, dass es bei Liz mehrere Gedankensprünge gab, die zu überbrücken ihr die Fakten fehlten, doch das war ganz in Ordnung. Er musste ja nicht einer Meinung mit ihr sein, und schließlich wurde sie dafür bezahlt, dass sie mögliche Erklärungen überprüfte.

»Verstehe«, sagte er. »Der springende Punkt ist, dass wir es mit einem von seiner Sache überzeugten, aber wahrscheinlich nicht gewalttätigen Mann zu tun haben. Dagegen wissen wir noch nicht, in welchem Ausmaß Dhamballa die Brush Vipers kontrolliert und ob diese tatsächlich an Religion oder schlicht und einfach nur an Macht interessiert sind.«

»Genau«, bestätigte Liz. »Doch das werden Sie vielleicht schon relativ schnell herausfinden. Bei solchen religiösen Figuren ist irgendwann ein Wunder vonnöten. Denken sie an Moses und die von ihm herbeigeführten Plagen oder an Jesus, der die Kranken heilte. Burton weiß, dass er irgendetwas Unverwechselbares zustande bringen muss. Mal abgesehen von göttlichem Eingreifen, zählt er wahrscheinlich vor allem auf eine überwältigende Unterstützung an der Basis. Möglicherweise verbindet er mit seiner Attacke auf die katholische Kirche die Hoffnung, die religiöse Begeisterung seiner Landsleute anzuheizen, von der lange Zeit nichts zu spüren war.«

»Nun, das war eine ziemlich anstrengende Unterrichtsstunde«, sagte Hood nach einer längeren Gesprächspause.

»Für uns alle«, fügte Liz hinzu.

Hood nickte. »Sie alle haben sehr gute Arbeit geleistet, und das auch noch nachts. Vielen Dank.«

Hood hatte schon auf dem Absatz kehrtgemacht, als Liz ihn noch einmal rief. Er drehte sich zu ihr um.

»Denken Sie immer daran, dass diese Menschen sehr stolz auf ihre Traditionen sind, Paul«, sagte Liz. »Wie die Juden in der Diaspora und die frühen Christen im Römischen Reich verfügen auch die Gläubigen der Vodun-Religion über einen großen Vorteil.«

»Und worin besteht der?«, fragte Hood.

»Einen religiösen Glauben kann man durch Drohungen oder Waffengewalt niemals besiegen. Dafür bedarf es schon einer besseren Idee.«

»Oder man schlägt ihn von innen heraus«, sagte Hood. »Das ist sehr viel einfacher.«

31

Maun, Botswana – Freitag, 13 Uhr 30

Für ihren Mann hatte sie die Zigaretten aufgegeben und dem Umzug in die Vereinigten Staaten zugestimmt. Sie liebte ihn und war bereit, viel in Kauf zu nehmen, um mit ihm zusammen sein zu können. Aber Maria Corneja war klar, dass sie eines nicht aufgeben konnte.

Ihren Job, den Einsatz vor Ort.

Sie war von Madrid nach Gaborone geflogen. Bereits zehn Minuten nach der Landung saß sie mit einer Hand voll Touristen in einer zweimotorigen britischen Propellermaschine vom Typ Saab 340, die sie nach Maun bringen sollte. Der Flug dauerte eine halbe Stunde. Die einzige Landepiste des Flugplatzes lag außerhalb von Maun, auf flachem, mit kurzen Gräsern bewachsenem Gelände. Es gab einen modernen, dreistöckigen Tower und einen Holzturm am anderen Ende der Rollbahn, auf dem Scharfschützen darüber wachten, dass keine Tiere auf die Landepiste vordrangen. Wurde eine Herde gesichtet, feuerte der Schütze, um sie zu verscheuchen. In der Regel reichte ein Schuss, damit der Leithammel kehrtmachte und die anderen Tiere ihm folgten. Handelte es sich um ein einzelnes Tier, war es vermutlich alt oder krank, und der Wachtposten feuerte einen Pfeil mit einem einschläfernden Mittel ab. Dann wurde das Tier an einen normalerweise hinter dem Tower geparkten Traktor gekettet, von der Landebahn geschleift und zur Untersuchung in ein örtliches Tierheim gebracht.

Touristen, die mit dem Flugzeug nach Maun kamen, wurden nicht mit Bussen in die Innenstadt gebracht, sondern mussten ein Taxi nehmen.

Das Ministerium für Arbeit, Verkehr und Kommunikation hatte die wirtschaftliche Nutzung dieser Route jener Familie zugesprochen, der das Land gehörte, auf dem der Flugplatz gebaut worden war, und diese Familie hatte ein Taxiunternehmen gegründet. Die Fahrer hatten Zeit, um mit den Neuankömmlingen zu reden. Sie fotografierten die Touristen, wenn sie die Gangway hinunterkamen, verkauften ihnen Souvenirs und boten sich als persönliche Fremdenführer an.

Eigentlich hatte Maria einen Leihwagen mieten wollen, doch letztlich lief es darauf hinaus, dass sie an einem Taxifahrer namens Paris Lebbard hängen blieb. Der Taxistand des Flugplatzes befand sich in der Nähe der Autovermietung, und Lebbard war Maria einfach in den Weg getreten. Er stellte sich mit einem Lächeln und einer Verbeugung vor und behauptete, sein Taxi sei für Maria preiswerter als ein Leihwagen. Zudem versprach er, für ihre Sicherheit zu garantieren und ihr Dinge zu zeigen, die man in den Reiseführern vergeblich suche.

Maria sah sich den Taxifahrer genau an. Paris war ein sehr dunkelhäutiger, schmächtiger Mann Anfang zwanzig, der eine Sonnenbrille, ein kurzärmliges weißes Hemd mit Halstuch, dunkelbraune Shorts und Sandalen trug. Seinen Worten nach beherrschte er Englisch, Französisch und Spanisch. Maria hatte eine Idee und beschloss, den Mann auf die Probe zu stellen. Sie gab ihm ihre Zustimmung für die Fahrt nach Maun. Wenn er sie beeindrucke, erklärte sie, werde sie seine Dienste auch weiter in Anspruch nehmen, enttäusche er sie, müsse er sie umsonst zur Autovermietung am Flugplatz zurückfahren.

Der Taxifahrer nahm das Angebot begeistert an.

»Sie werden mich anstellen«, sagte er. »Durch mich wird Ihre Reise zu einem noch außergewöhnlicheren Erlebnis werden. Außerdem kann ich Fotos machen, auf denen nicht nur die Landschaft und Tiere zu sehen sind, sondern *Sie* vor diesem Hintergrund.«

Während der Fahrt erfuhr Maria, dass Lebbard in eine Missionsschule gegangen und ein Jugendfreund eines Enkels jenes Mannes war, dem das Taxiunternehmen gehörte. Maria konnte den Charakter eines Menschen gut einschätzen. Lebbard schien ein aufrichtiger, hart arbeitender und ehrenhafter Mann zu sein. Während sie sich der Innenstadt von Maun näherten, sagte sie, sie werde sein Angebot annehmen.

Paris war hellauf begeistert und erklärte seinem Fahrgast, sie müsse ihn für mindestens fünf Stunden engagieren, wofür er insgesamt fünfzig amerikanische Dollar berechne. Nachdem Maria zugestimmt hatte, bot Paris an, ihr für weitere fünfzig Dollar den ganzen nächsten Tag zur Verfügung zu stehen. Maria versicherte, sich die Offerte durch den Kopf gehen zu lassen.

Als sie die geschäftige Innenstadt von Maun erreicht hatten, fuhr der glänzende schwarze Wagen an einem Taxistand am Rande des Markts vor. Nachdem die beiden ausgestiegen waren, zog Lebbard ein Handy aus der Tasche. Er konnte es gar nicht abwarten, seinem Fahrdienstleiter mitzuteilen, er habe für diesen und vielleicht auch für den folgenden Tag einen festen Fahrgast.

Während er wählte, versicherte er, Maria werde durch ihn eine Menge lernen und befinde sich in seiner Obhut in absoluter Sicherheit.

»Weder wilde Tiere noch ungestüme einheimische Männer werden Sie belästigen«, sagte er und fuchtelte drohend mit dem Zeigefinger herum. Er habe immer eine 38er im Handschuhfach und ein Gewehr im Kofferraum.

Lebbard telefonierte, und Maria freute sich unbändig darauf, endlich wieder zu arbeiten. Während sie über den Markt schlenderte, wurde ihr bewusst, dass die Maschine mit dem amerikanischen Bischof an Bord erst in neunzig Minuten landen würde. Deshalb wollte sie sich erst einmal mit ihrer Umgebung vertraut machen und herausfinden, wie es mit der Präsenz der Polizei bestellt war. Wie die Straßen aussahen. Ob man leicht mit dem Taxi oder zu Fuß aus der Stadt verschwinden konnte. Ob Hintertüren gewöhnlich verschlossen waren. Wie viele Kinder es hier gab – für den Fall eines Feuergefechts. Ob die Kinder Fahrräder hatten, und ob es auch Fahrräder für Erwachsene gab, falls sie eines brauchen sollte.

Maria Corneja bewegte sich so geschmeidig und kraftvoll wie eine Athletin. Sie war etwas über einen Meter siebzig groß und wirkte wegen ihrer selbstbewussten Kopfhaltung noch größer. Ihr Unterkiefer war immer ein kleines bisschen vorgeschoben. Sie glich einer spanischen Prinzessin, die ihr Reich in Augenschein nimmt. Ihre klaren braunen Augen hatten einen ruhigen Blick.

Sie hatte langes braunes Haar, eine makellose Nase und schmale Lippen. In ihren Jeans, der schwarzen Bluse und der grünen Windjacke fiel sie unter den exotischer gekleideten ausländischen Touristen nicht weiter auf.

Der Markt, von den Einheimischen ›Old-Maun‹ genannt, war eine Touristenattraktion. Die Straßen hatten Kopfsteinpflaster, die Stände waren mit handgemachten Tüchern geschmückt. Der Bazar lag im Herzen der kleinen, aber modernen Stadt und war etwa einhundert Meter breit und knapp dreihundert Meter lang. Vor hunderten Jahren war dies wahrscheinlich ein Rastplatz für Karawanen gewesen, der an einer günstigen Stelle der Handelsstraße lag, einer L-förmigen Biegung des Flusses Thamalakane. Heutzutage wurde der Markt von Einheimischen und Touristen besucht, und es gab auch ein paar herumstreunende Bettler, die Maria an jene Obdachlosen erinnerten, die sie in Kalkutta und Mexiko City gesehen hatte. Aber diese Bettler waren nicht nur arm und ungepflegt, sondern wirkten wie kranke und gebrochene Menschen. Maria ließ ein paar Geldstücke in die Papiertüte einer Frau fallen.

Zudem war der Markt, dessen Stände mit Planen überspannt waren, eine seltsame Mischung aus Tradition und Moderne. Von frischen Lebensmitteln bis hin zu den neuesten elektronischen Geräten konnte man hier alles kaufen. Überall hörte man das leise Klacken der Tastaturen von Laptops, mit denen die Markthändler über ihre Verkäufe und Lagerbestände Buch führten. Jenseits des Marktes standen moderne weiße Häuser mit Wohnungen und Büros, doch dazwischen, in Seitengassen und merkwürdig angeordnet, sah Maria armselige, mit verblichenen und schiefen Schindeln gedeckte Hütten. Doch auch auf einigen der schiefen Dächer waren kleine Satellitenschüsseln zu sehen. Durch die Fenster konnte Maria eingeschaltete Farbfernseher erkennen.

Am hinteren Ende des Marktes befand sich eine von mehreren Konfessionen genutzte Kapelle. Im Moment war sie verwaist, und Maria fragte sich, ob das etwas mit dem Angriff auf die Kirche bei dem Feriendorf zu tun haben mochte. Am gegenüberliegenden Ende sah sie eine Bar, in der nicht viel los zu sein schien. Vielleicht tranken die Einwohner von Maun so früh am Tag keinen Alkohol.

Hier war alles ganz anders als in Madrid. Zum Beispiel die Luft, die sauber und trocken war. Auch das Sonnenlicht auf der Haut fühlte sich anders an. Es gab keinen Smog, den die Sonnenstrahlen erst durchdringen mussten. Maria gefiel ihre neue Umgebung sofort. Sie fühlte sich zugleich frei und integriert. Als stünde sie unter Strom, spürte sie ein Kribbeln unter der Haut, in den Fingerspitzen, am Hals und auf den Wangen. Sicher war ihre Aufregung teilweise darauf zurückzuführen, dass sie an einer wichtigen Operation des Op-Centers beteiligt war. Doch dass sie sich in einem solchen Ausmaß elektrisiert fühlte, ging zum größeren Teil auf etwas anderes zurück. Auf ein Gefühl, das sie schon als vierjähriges Mädchen empfunden hatte, als man sie zum ersten Mal auf den Rücken eines Pferdes gesetzt hatte.

Freude am Risiko.

In ihren achtunddreißig Lebensjahren hatte Maria gelernt, dass zwei Dinge jeden Augenblick besonders lebenswert machten. Da waren zunächst jene Momente, die man allein und ungestört mit dem Geliebten verbrachte. Das hatte sie in zu vielen kurzen Affären häufig erlebt. Mit Darrell McCaskey wiederholten sich diese früher einmaligen Glücksmomente permanent, und die Erfahrung wurde mit jedem Mal intensiver und vielgestaltiger. Von flüchtigen Affären hatte Maria die Nase voll; deshalb hatte sie Darrell geheiratet.

Aber zu den wertvollsten Momenten im Leben zählten

eben auch jene, in denen sie sich ständig der Tatsache bewusst war, dass jeder Augenblick der letzte sein konnte. In diesen Momenten fühlte sie sich ganz und gar lebendig. Schon Tage zuvor spürte sie, wie sich dieses intensive Lebensgefühl aufzubauen begann. Die Sinne, die Erinnerung und der Intellekt waren geschärft, alle physischen und emotionalen Fähigkeiten voll präsent. Als Bob Herbert sie am Vortag anrief, traf Maria eine Entscheidung: Es gab eigentlich keinen Grund dafür, warum die Momente der Intimität und der Gefahr unvereinbar sein sollten. Darrell würde lernen müssen, mit dieser Entscheidung zu leben. Schließlich verlangte er ja auch dasselbe von ihr.

Vielleicht war es gerade das Risiko, das die anderen Momente so wunderbar machte. Kurz bevor sie die Verfolgung einer militanten baskischen Separatistenorganisation aufnahmen, hatte ein ebenfalls für Interpol arbeitender Agent einmal zu ihr gesagt: »Weil wir morgen vielleicht sterben, werden wir heute Nacht miteinander schlafen.« Obwohl Maria nicht in den Mann verliebt gewesen war, blieb ihr diese Nacht als intensive Erfahrung in Erinnerung.

Wenngleich im Augenblick in Maun nichts Spektakuläres passierte, war Maria in Hochstimmung. Schon die bloße Tatsache, an einer großen Operation beteiligt zu sein, war aufregend. Vor ihrer Abreise aus Spanien hatte sie die Interpol-Unterlagen über Botswana studiert. Die Dossiers über die Geschichte und die politischen Führungspersönlichkeiten des Landes hatten sie mit den Umständen vertraut gemacht. Auf diesem von ethnisch bedingten Auseinandersetzungen und habgierigen Warlords geplagten Kontinent war Botswana das selbst ernannte ›Juwel Afrikas‹, ein politisch stabiles, demokratisches Land, das zudem noch auf wirtschaftliches Wachstum verweisen konnte. Bei ihrer Lektüre fielen ihr besonders die strengen Gesetze hinsichtlich der Prostitution auf. Die Behörde gegen Korruption und Wirtschaftsverbrechen zählte Mord, Drogenhandel und Prostitution zu den Verbrechen, bei denen keinerlei Milde geübt werden durfte. Schon beim ersten Verstoß gegen die Prostitutionsgesetze wurde eine obligatorische Gefängnisstrafe von nicht weniger als zwei Jahren verhängt. Die Gesetze gegen die Prostitution und den Drogenhandel gingen nicht nur auf die hier gültigen ethischen Normen zurück. Von den erwachsenen Bürgern waren achtzehn Prozent HIV-positiv. Die rigorosen Gesetze sollten einer weiteren Ausbreitung von Aids Einhalt gebieten.

Maria hatte nicht vor, Zeit zu verschwenden. Ihr Auftrag lautete, den amerikanischen Bischof unauffällig im Auge zu behalten. Vor ihrer Abreise aus Spanien hatte man sie darüber informiert, dass ein Dutzend Elitesoldaten des Grupo del Cuartel General, Unidad Especial del Despliegue, mit der Maschine vor ihr nach Botswana geflogen war. Um das Wohlergehen des Bischofs konnten sich also die spanischen Soldaten kümmern. Maria hatte ein anderes Ziel – sie wollte Pater Bradbury finden. Wenn David Battat und Aideen Marley eintrafen, wollte sie schon ein paar Spuren entdeckt haben.

Als Paris sein Telefonat beendet hatte, machte er sich auf die Suche nach seinem Fahrgast. Er fand Maria vor einem Stand, wo handgemachte Halstücher verkauft wurden, und fragte sie, was sie unternehmen wolle.

»Zunächst möchte ich ins Hotel fahren und mich waschen«, antwortete sie.

»Natürlich«, sagte Paris. »Ich nehme an, dass Sie im Maun Oasis wohnen.«

»Ja.«

»Wusste ich es doch.« Er schnippte mit den Fingern, als wollte er sagen, dass das leicht zu raten war. »Sonst würden Sie in dem Feriendorf wohnen, aber dann hätten

Sie zu einer Touristengruppe gehört. Also, nur damit ich Pläne machen kann: Was haben Sie dann vor?«

Maria blickte ihn lächelnd an. Er erwiderte ihr Lächeln. Aber nur für einen Augenblick, denn ihre Antwort überraschte und verwirrte ihn.

»Ich möchte zum Flughafen zurück.«

32

South African Airways-Flug 7003 – Freitag, 12 Uhr 03

Irgendetwas beunruhigte David Battat, doch er konnte es weder genauer definieren noch aus seinen Gedanken verbannen.

Battat und Aideen Marley saßen in den breiten, weich gepolsterten Sesseln der ersten Klasse einer Boeing 747. Sie hatten die Plätze in der ersten Reihe. Battats Sitz befand sich neben dem Mittelgang. Vor ihnen gab es nur noch eine gepolsterte Wand, und rechts neben Battat befand sich ein fest montierter Serviertisch. Das etwas höher gelegene Cockpit erreichte man über eine Stufe. Die beiden flogen nicht aus Gründen des Komforts erster Klasse, sondern aus Gründen der Sicherheit. Der auf den Bildschirmen ihrer Laptops aufleuchtende Lektürestoff war geheim und nicht für jedermann gedacht. In der ersten Klasse standen die Sessel weiter auseinander, und Battat hatte die Rückenlehne nicht nach hinten geneigt, um es sich bequem zu machen. Deshalb war nur schwer zu erkennen, was die beiden taten. Die über ihm angebrachte Lüftung war ausgeschaltet, damit er jeden hören konnte, der sich ihm von hinten näherte. Sollte es trotzdem jemand versuchen, musste er die Datei auf seinem

Monitor langsam und unauffällig schließen, da er nicht vorhatte, einen Flugbegleiter durch hektische, möglicherweise Verdacht erregende Bewegungen auf sich aufmerksam zu machen.

Die Maschinen des Jets verursachten ein angenehm monotones Geräusch, und Battat hatte keine Probleme, sich auf die Lektüre der Unterlagen zu konzentrieren. In etwas mehr als drei Stunden hatte er die vierhundert Seiten kursorisch durchgesehen, darunter auch die eher kurzen Dossiers über Pater Bradbury, Edgar Kline und das Abkommen von Madrid. Was Letzteres anging, überraschte ihn weniger die Tatsache, dass es ein Vertragswerk zwischen dem Vatikan und Spanien gab, als vielmehr, dass keine anderen Staaten dem Abkommen beigetreten waren. Aber vielleicht stand dahinter auch der weise Entschluss der Kirche, es bei einem Verbündeten zu belassen und der Versuchung der Bildung eines größeren internationalen Bündnisses zu widerstehen. Unter Umständen würde die Weltöffentlichkeit auf die Möglichkeit eines neuen Kreuzzugs nicht eben positiv reagieren.

Battat hatte auch die allgemeinen nachrichtendienstlichen Erkenntnisse über Botswana studiert, außerdem die Dossiers über Maria Corneja und Aideen Marley. Maria war eine erstklassige Interpol-Beamtin, die sich von Überwachung bis Infiltration mit allen möglicherweise anfallenden Aufgaben auskannte. Was Aideen anging, fiel Battat die Tatsache auf, dass sie keine Spezialausbildung für Einsätze vor Ort genossen hatte. Martha Mackall war bei einem gemeinsamen Einsatz der beiden in Madrid ermordet und Aideen somit vor vollendete Tatsachen gestellt worden. Dass die junge Mitarbeiterin des Foreign Office seinerzeit dazu beigetragen hatte, den Ausbruch eines Bürgerkriegs zu verhindern, verdeutlichte, dass sie über außergewöhnliche Fähigkeiten verfügen musste.

Als Battat mit den anderen Dateien fertig war, blieb noch eine Diskette, deren Etikett mit der Abkürzung ›IP‹ beschriftet war, ›Information Pool‹. Sie wurde an alle weitergeleitet, die an einer speziellen Operation teilnahmen. Die darauf gespeicherte Datei enthielt allerlei Kleinigkeiten, die unter Umständen etwas mit der aktuellen Operation zu tun hatten. Sie wurde zweimal am Tag aktualisiert und bestand aus einer Ansammlung von Namen, Orten und Institutionen, die bei Hintergrundrecherchen erwähnt oder detaillierter behandelt worden waren. Wenn man die Datei öffnete, suchte man in der Regel nach Verbindungen, zufälligen Übereinstimmungen oder Anomalien, denen man so nachgehen konnte. Oft konnte sich ein scheinbar zufälliges Detail in den Gedanken eines Agenten in ein wichtiges Bindeglied verwandeln, von dem andere keine Ahnung hatten.

Und das war auch diesmal passiert, nachdem Battat die IP-Datei geöffnet hatte. Der ehemalige CIA-Agent war beunruhigte und frustriert, weil er zwar wusste, *was* nicht stimmte, aber nicht, *warum*.

Im Gegensatz zu den meisten anderen Mitarbeitern des Op-Centers hatte David Battat nicht den größten Teil seiner beruflichen Laufbahn auf einer Militärbasis, in einer Botschaft, einer Denkfabrik oder im Büro einer Regierungsbehörde verbracht. Statt an einem Schreibtisch zu sitzen, war er immer ›auf den Beinen gewesen‹, wie man es beschönigend nannte, wenn jemand ausschließlich vor Ort arbeitete. Er kannte die Menschen, und noch wichtiger war, dass er aus eigener Erfahrung wusste, wie sich Menschen verschiedener Nationalitäten verhielten.

Vor seiner Zeit in der Außenstelle der CIA in New York hatte Battat fast alle Teile dieser Welt gesehen und in Afghanistan, Venezuela, Laos und Russland gearbeitet. Weil er der russischen Sprache mächtig war, hielt er sich sogar einmal vom Frühlingsanfang bis zum Hochsommer vier Monate lang in der Antarktis auf, wo er russische Spione belauschte, die sich als Wissenschaftler ausgaben und ihrerseits dafür sorgen sollten, dass die Amerikaner ihre Forschungsstationen nicht als Militärstützpunkte benutzten.

Ironischerweise gefiel Battat der unwirtliche Südpol, weil er noch nie zuvor an einem so angenehmen Ort gearbeitet hatte. Der so genannte ›Lauschposten‹ war in Wahrheit ein gemütlicher Sessel. Vor ihm hingen etliche Radio- und Funkkonsolen, die von in die Betonwände eingelassenen Haken herabbaumelten. Battat saß in seinem Sessel neben den Lautsprechern und lauschte den ganzen Tag lang. Draußen waren drahtlose Mikrofone im Eis versteckt worden, doch meistens hörte er nur das Pfeifen des Windes. Wenn die Russen ausnahmsweise vor die Tür traten, hörte Battat sie ständig lamentieren, und er begriff, dass die Arbeit am Südpol für sie eine Demütigung war. Ihnen galt die Antarktis als etwas Ähnliches wie Sibirien – Exil und Abstieg. Und wenn Männer sich wie Gefangene fühlten, leisteten sie nicht die beste Arbeit.

Im Grunde war es um die menschliche Natur auf dieser Welt überall gleich bestellt. Doch Battat war sich der Tatsache bewusst, wie groß die Wirkung kultureller Einflüsse war, die bei unterschiedlichen Menschen in unterschiedlichem Ausmaß ganz andersartige Charakterzüge hervorbrachten. Jetzt beunruhigte ihn etwas, das er in Paul Hoods Memorandum gelesen hatte, etwas, das nur flüchtig erwähnt wurde und von allen anderen nicht bemerkt worden zu sein schien.

Der Eintrag hatte etwas mit Shigeo Fujima zu tun, dem Chef der nachrichtendienstlichen Abteilung des japanischen Außenministeriums. Die Japaner lebten in dem Glauben, einen Maulwurf bei der CIA platziert zu haben, eine gewisse Tamara Simsbury. Während die junge Amerikanerin seinerzeit in Tokio Jura und Politologie studiert hatte, war der militärische Geheimdienst Jouhou Honhu an sie herangetreten. Gegen ein großzügiges Jahresgehalt sollte sie nach dem Abschluss ihres Studiums bei der CIA anfangen und einen der japanischen Verbindungsoffiziere mit amerikanischen Informationen über China und Korea versorgen. Zwar ging sie zur CIA, aber sie erzählte dem amerikanischen Auslandsgeheimdienst, was die Japaner von ihr wollten. Die CIA stellte sie ein, und Tamara Simsbury informierte – ohne dass ihre japanischen Verbindungsleute es wussten – ihre amerikanischen Vorgesetzten darüber, was Tokio durch sie in Erfahrung bringen wollte.

Wäre Fujima also an Informationen des amerikanischen Auslandsgeheimdienstes interessiert, hätte er sie auch ohne Nachfrage bei Paul Hood erhalten können.

Nein, dachte Battat, *Shigeo Fujima muss aus einem anderen Grund Kontakt zum Op-Center aufgenommen haben.* Er wollte eine persönliche Beziehung zu Paul Hood aufbauen, irgendetwas, worauf er später zurückgreifen konnte. Und das hieß, dass Fujima mehr wusste, als er preisgegeben hatte. Fujima war klar, dass es ein ›Später‹ geben würde. Ein Später, in das Japan verwickelt sein würde.

Und mit großer Wahrscheinlichkeit auch die Vereinigten Staaten.

33

Maun, Botswana – Freitag, 15 Uhr 00

Leon Seronga stand auf einer offenen Aussichtsplattform am hinteren Ende der Rollbahn. Davor befand sich ein drei Meter breiter Maschendrahtzaun mit einem Holzschild, an den Seiten wurde die Aussichtsplattform von Betonblöcken eingefasst, die auf der Oberseite mit Stacheldraht versehen waren. Außer Seronga waren fünf weitere Leute anwesend. Drei davon waren Kinder, die es gar nicht abwarten konnten, ihren aus Gaborone einfliegenden Großvater zu begrüßen.

Im Augenblick waren allerdings nur zwei kleine Flugzeuge zu sehen, die auf einem asphaltierten Platz auf der anderen Seite der Rollbahn abgestellt waren, ganz in der Nähe des Kontrollturms. Das größere war eine zweimotorige Maschine der Firma SkyRiders, die Seronga mehrfach über dem Okavangobecken gesehen hatte. Touristen, die nicht genug Zeit für einen ausgedehnteren Aufenthalt in Botswana mitgebracht hatten, konnten die landschaftlichen Sehenswürdigkeiten, die sie sich trotzdem nicht entgehen lassen wollten, in dieser Maschine überfliegen. Das andere Flugzeug war eine kleine weiße Cessna Skyhawk, die einem Privatmann gehörte und gerade von ihrem Piloten durchgesehen wurde.

Seronga wünschte sich, er hätte ebenfalls ein kleines Flugzeug zur Verfügung gehabt. Dann wäre es so viel leichter gewesen, den Bischof von hier wegzubringen – die Maschine wäre am Rand der Sumpfregion gelandet. Genet hätte ein Flugzeug besorgen können. Doch er hatte den Brush Vipers nie ein derartiges Angebot gemacht. Seronga vermutete, dass der Diamantenhändler demonstrativ Distanz zu seiner Organisation wahren wollte.

An der Straße auf der anderen Seite des Towers standen noch etwa zwei Dutzend Menschen. In Erdgeschoss des Towers befand sich der bescheidene Terminal des Flugplatzes. Es gab einen kleinen Erfrischungsstand, einen Schalter für den Kauf von Tickets und die Gepäckaufbewahrung. Auf der Straße war außer den Taxis und dem Zubringer-Bus kein anderes Fahrzeug zu sehen. Zur Rollbahn führte nur eine einzige Tür, die von einem von der Fluggesellschaft angeheuerten Sicherheitsbeamten bewacht wurde. Der Mann war mit einer Neun-Millimeter-Pistole bewaffnet und hatte einen mürrischen Gesichtsausdruck.

An dem Erfrischungsstand im Terminal hatte Seronga sich eine Flasche Mineralwasser gekauft, aus der er jetzt einen Schluck nahm. Seine Pistole steckte in einem Schulterhalfter. Er gab sich alle Mühe, weder eingeschüchtert noch unglücklich zu wirken. Sein Ziel war es, die Rolle des Diakons möglichst gut zu spielen, und das war gar nicht so einfach.

Seit er und Pavant vor einer halben Stunde am Flugplatz eingetroffen waren, kämpfte er mit Konzentrationsproblemen. In körperlicher Hinsicht litt er unter den brütend heißen Sonnenstrahlen. Die ungewohnt schwere Soutane ließ ihm am ganzen Leib den Schweiß ausbrechen. Obwohl ein leichter Nordwestwind ging, änderte das nichts an seinem Unwohlsein. Der Wind blies einem lediglich aufgewirbelten Sand und Dreck in die Augen. Aus diesem Grund hatte der Scharfschütze auf dem Beobachtungsturm eine dicke Schutzbrille aufgesetzt. Wenn der Jet schließlich landete, würde es noch schlimmer werden.

Innerlich ging es Seronga noch schlechter. Aus dem Munde eines Amerikaners hatte er einmal gehört, Krieg sei ›die Hölle‹, und der Mann hatte Recht. Aber noch schlimmer als kämpfen war es, wenn man untätig warten musste.

Untätigkeit hinderte einen an positiven Gedanken, und innere Anspannung führte fast nie zu guten neuen Ideen. Stattdessen dachte man daran, was möglicherweise schief gehen konnte.

Seronga war mit einem einfachen Plan nach Maun gekommen. Gemeinsam mit Pavant hatte er den Zubringer-Bus zum Flugplatz genommen, der sie auch wieder nach Maun zurückbringen würde. Doch dann würden sie in Begleitung des amerikanischen Bischofs sein. In Maun würden Seronga und Pavant mit Njo Finn zusammentreffen. So viel stand fest. Aber auch zwei von den Spaniern waren zum Flugplatz mitgefahren. Angeblich wollten sie sich um eine kleine Tasche kümmern, die sie beim Zoll liegen gelassen hatten. Ihre Anwesenheit verkomplizierte die Durchführung des Plans. Was, wenn die Spanier auf die Idee kamen, mit dem Bischof zu plaudern, oder wenn sie sich nach der Ankunft in Maun weiterhin in seiner Nähe aufhalten wollten? Was würde passieren, wenn Seronga oder Pavant ein grober Patzer unterlief, der bei einem echten Diakon unvorstellbar war? Was, wenn der Bischof deshalb Verdacht schöpfte? Oder wenn die Spanier merkten, dass er sich unbehaglich fühlte?

Obwohl Seronga nicht vorab jede theoretische Möglichkeit einkalkulieren konnte, war ihm klar, dass er auf jede vorbereitet sein musste. Das war die Definition von Professionalität. Mit Sicherheit wusste Seronga nur, dass er und Pavant Maun auf jeden Fall in Begleitung des Bischofs verlassen würden. Auf die eine oder andere Weise würde es so kommen.

Doch das Warten war, als dürfte man ein Auto lediglich anlassen, aber nicht losfahren. Seronga ertrug es kaum noch.

Mit zusammengekniffenen Augen blickte er auf die staubige Rollbahn. Neben ihm schaute Pavant zum Tower hinüber. Nach ein paar Minuten tauchte das Flugzeug an dem wolkenlosen Himmel auf. Seronga beobachtete, wie die Maschine mit dem Landeanflug begann und schließlich auf der Piste aufsetzte. Die großen Räder des Jets wirbelten Schmutz auf, und der Wind trug die

Abgaswolken zu den Zuschauern hinüber. Die Mutter der Kinder drückte das Jüngste an sich, um seine Augen zu schützen.

Während das Flugzeug ausrollte, stieß Pavant Seronga sanft den Ellbogen in die Rippen. »Sieh mal«, sagte er.

Seronga blickte sich um. Die beiden spanischen Soldaten, die sich seit der Ankunft des Busses im Terminal aufgehalten hatten, kamen jetzt auf die Aussichtsplattform zu.

»Was glaubst du, was die vorhaben?«, fragte Pavant.

»Sich einen Überblick über die Lage verschaffen«, antwortete Seronga. »Vermutlich haben sie erst mal die Gesichter der Wartenden studiert. Jetzt wollen sie sich vergewissern, ob sie schnell über den Zaun kommen. Der Bischof könnte in Gefahr sein, bevor er den Terminal erreicht.« Seronga zeige auf die hintere Seite des Flugplatzes. »Vielleicht haben sie Angst, dass ihm jemand aus den beiden kleinen Flugzeugen folgt.«

»Daran hatte ich gar nicht gedacht«, gab Pavant zu.

»Ich bis jetzt auch nicht«, sagte Seronga grinsend. »Alles sieht anders aus, wenn man erst mal weiß, wie die Dinge laufen.«

»Sie werden in unserer Nähe bleiben, stimmt's?«, fragte Pavant.

»Das ist sehr wahrscheinlich. Mach dir deshalb keine Gedanken, Donald. Wir schaffen es.«

Die beiden wandten sich wieder der Rollbahn zu, wo gerade die kreischenden Triebwerke des Jets abgestellt wurden. Noch bevor der Staub sich wieder gelegt hatte, stieg bereits das Bodenpersonal die silbrige Gangway hinauf. Am Tower wurde der Motor eines Tanklastwagens angelassen, der sofort auf das Flugzeug zufuhr. Neben dem Tower parkte ein Feuerwehrwagen, auf dessen Tür ein Rotes Kreuz zu sehen war. Wahrscheinlich war der Feuerwehrmann zugleich auch Sanitäter. Weiteres Rettungspersonal gab es am Flugplatz von Maun offenbar nicht.

Die Tür der Kabine öffnete sich, und kurz darauf ging auch die Luke des Laderaums auf. Ein Traktor mit vier angehängten Wagen fuhr darauf zu, und zwei flinke Männer verstauten das Gepäck der Fluggäste. Weiter rechts ging jemand an Bord der Cessna. Offenbar hatte er die Landung des Jets abgewartet, weil er entweder auf einen der Passagiere oder auf die Starterlaubnis wartete. Unterdessen verließen die Passagiere das Flugzeug mit ihrem Handgepäck und stiegen langsam die vom Wind bewegte Gangway hinunter: Familien, Geschäftsleute, Touristen jeden Alters und unterschiedlichster Herkunft.

Der Bischof stieg als einer der Letzten aus. Zumindest glaubte Seronga, dass dies der Bischof war, weil der Mann als einziger Passagier schwarze Hosen und einen schwarzen Pullover mit einem weißen Kragen darunter trug. Wahrscheinlich wurden seine Priestergewänder mit den anderen persönlichen Gegenständen beim Zoll abgefertigt.

Der schwarz gekleidete Mann winkte Seronga zu, und der erwiderte den Gruß.

»Komm«, sagte Seronga.

Pavant packte seinen Arm. »Augenblick«, sagte er. »Mir ist was eingefallen.«

»Was denn?«, fragte Seronga ungeduldig.

»Wie sollen wir den Bischof begrüßen?«, fragte Pavant. »Müssen wir etwa seinen Ring küssen?«

»Keine Ahnung.«

»Besser, wir tun es. Ein Patzer könnte ihn oder die Spanier Verdacht schöpfen lassen.«

»Nein«, entschied Seronga. »Um das Protokoll sollten wir uns jetzt keine Gedanken machen. Für irgendwelche Fehler können wir uns später entschuldigen. Wir erklären ihm, dass wir ihn erst in den sicheren Bus bringen wollten.«

Die beiden verließen die Aussichtsplattform und gingen zur anderen Seite des Towers. Unterwegs kamen die spanischen Soldaten an ihnen vorbei, die in der anderen Richtung unterwegs waren und jeglichen Blickkontakt vermieden. Seronga schaute sich verstohlen um. Die beiden Spanier nahmen den Zaun in Augenschein und wandten sich dann zum Tower um, weil sie mit einer Digitalkamera Fotos schießen wollten. Das war sinnvoll. Sie begnügten sich nicht damit, die Leute zu beobachten und eine womöglich notwendige Flucht zu planen. Sie wollten Fotos der auf die Maschine wartenden Leute haben. Falls etwas passierte, konnten sie die Digitalfotos später in Spanien in den Computer einspielen und mit Fotos aus den Datenbanken vergleichen.

Ohne Eile drehte sich Seronga um. Er nahm einen weiteren Schluck aus der Wasserflasche und fragte sich, ob er wohl in einer dieser Datenbanken erfasst war. Wahrscheinlich nicht. Schließlich hatte er nie etwas getan, was international Aufsehen erregt hätte. Außerdem fragte er sich, wie es die Diakone an ihren Einsatzorten in diesen verdammten Klamotten bloß aushalten konnten. Vielleicht glichen sie den Flagellanten, frühen Katholiken, die sich, wie Seronga gehört hatte, als Form der Strafe die Selbstzüchtigung auferlegten.

Als wäre es nicht schon Strafe genug, ein Mann mit Prinzipien zu sein, dachte er. Ob man Katholik war oder Anhänger des Vodun, Patriot oder Rebell, Jäger oder Naturschützer – wenn man das tat, was man für richtig hielt, notfalls auch gegen alle Vernunft, trug man eine entsetzliche Bürde. Seronga fragte sich flüchtig, ob wohl auch der Bischof so ein Mann sein mochte. Würde er sich ohne Gegenwehr abführen lassen wie Pater Bradbury, oder würde er sich zu wehren versuchen? Auch das war eine der Fragen, die vorläufig noch nicht zu beantworten waren.

Beim Tower angekommen, betraten Seronga und Pavant den von Menschen wimmelnden Terminal, wo sie sofort auf die Tür zur Rollbahn zugingen. Während sie sich ihren Weg durch die Menge bahnten, scherte Seronga irgendwann seitlich aus, um sich durch zwei größere Menschengruppen zu schlängeln. Tatsächlich wollte er sehen, ob die beiden Spanier den Terminal betreten hatten. In der Tat, sie waren da, nur ein paar Schritte hinter ihm. Er fragte sich, ob der Bischof von der Anwesenheit der Soldaten wusste. Nicht, dass das eine Rolle gespielt hätte. Seronga war fest entschlossen, seinen Auftrag auszuführen und in der Wahl seiner Mittel notfalls nicht wählerisch zu sein.

Jetzt befand sich der Bischof nur noch ein paar Meter vor dem Eingang des Terminals. Lächelnd und winkend kam er auf Seronga zu. Doch als er die Schwelle übertrat, wirbelte plötzlich der Sicherheitsbeamte zu dem Bischof herum und presste ihm seine Pistole an den Hinterkopf.

Einen Sekundenbruchteil später drückte er ab.

34

Maun, Botswana – Freitag, 15 Uhr 07

Hilflos musste Seronga mit ansehen, wie Bischof Max starb.

Als der Geistliche nach vorn fiel, riss er ruckartig den Kopf zurück. Zuerst starben seine Augen. Seronga konnte förmlich sehen, wie alles Leben aus ihnen wich. Einen

Sekundenbruchteil später knallte der Bischof mit dem Kopf auf den gekachelten Boden. Aus einem Loch an der Hinterseite seines Schädels strömte Blut. Es war kein schöner Anblick. Der Sicherheitsbeamte hatte seine Pistole so dicht an den Kopf des Geistlichen gepresst, dass das Mündungsfeuer die Haut um die Wunde geschwärzt hatte.

Innerhalb eines Augenblicks verwandelte sich der Terminal in ein Tollhaus.

Wenn unerwartet etwas Dramatisches passiert, reagieren alle Menschen gleich. Direkt nach dem Ereignis tritt ein Moment der Lähmung ein. Wenn die Gefahr vorbei ist – etwa bei einem Autounfall oder einer Explosion –, finden die Menschen in der Regel zu einem klaren Bewusstsein zurück. Ihr Verstand sagt ihnen, dass kein Risiko mehr besteht. Dann versuchen sie, das Geschehene einzuordnen und mit der Verwirrung klarzukommen. Existiert die Gefahr dagegen weiterhin – wie bei Feuer, einer Flut oder einem Sturm –, tritt der Verstand in den Hintergrund. Er hat die Gefahr erkannt und überlässt es jetzt den Instinkten, sich über die Angst hinwegzusetzen. Man strebt danach, in Sicherheit zu kommen. Unterdrückt werden beide Reaktionen nur von professionellen Bodyguards, etwa den Mitgliedern des amerikanischen Secret Service, die so ausgebildet sind, dass sie sich beim ersten Anzeichen von Gefahr zwischen den Schützen und das Opfer werfen.

Schüsse sind nicht dasselbe wie eine Bombenexplosion oder ein Autounfall. Gewöhnlich wird mehrfach geschossen. Nachdem der Sicherheitsbeamte abgedrückt hatte, veranlasste der Instinkt, sich zu schützen, die Menschen in dem Terminal, zu weinen, zu schreien und zu flüchten. Nur drei Leute verloren nicht die Kontrolle über sich.

Die erste Ausnahme war der Sicherheitsbeamte. Nachdem er den Schuss auf Bischof Max abgefeuert hatte, machte der große Mann auf dem Absatz kehrt und rannte auf den Flugplatz hinaus. Das verriet Seronga zweierlei. Zunächst musste es sich um einen unerfahrenen Killer handeln, da er sich nicht einen Moment Zeit genommen hatte, um zwei oder drei weitere Schüsse abzugeben. Gelegentlich kam es vor, dass jemand einen Kopfschuss überlebte. Weitere Schüsse hätten zweifelsfrei sichergestellt, dass der Bischof starb. Die Tatsache, dass nur ein Schuss gefallen war, verriet Seronga auch, dass es gar keine Rolle spielte, ob der Geistliche tatsächlich starb, denn ansonsten hätte man einen Profi für den Job engagiert. Offenbar war nur der brutale Anschlag an sich wichtig.

Das kleine Flugzeug, das sich eben auf den Start vorbereitet hatte, rollte jetzt auf den Terminal zu. Der Sicherheitsbeamte rannte der Cessna entgegen. Auf der Seite des Copiloten wurde die Tür aufgerissen.

Der zweite, der keine Zeit benötigte, um sich von dem Schock zu erholen, war Leon Seronga. Er hatte seine Aufmerksamkeit sofort auf den Killer konzentriert. Nur das hatte ihm die Lähmung des Schocks erspart. Kaum war der Bischof auf dem Boden aufgeschlagen, rannte Seronga auch schon hinter dem Flüchtenden her.

Dabei wusste er gar nicht, warum er ihn verfolgte. Schließlich könnte auch er von einer Kugel getroffen werden. Ihm war klar, dass seine Tarnung als Diakon fast mit Sicherheit auffliegen würde. Aber er musste versuchen, den flüchtenden Killer aufzuhalten, und zwar nicht aus Gründen der Gerechtigkeit. Hier waren persönliche Motive im Spiel. Irgendjemand hatte ihn daran gehindert, den Auftrag zu erfüllen, wegen dem man ihn hergeschickt hatte. Seronga musste den Grund in Erfahrung bringen. Außerdem musste er herausfinden, wer ein Interesse am Tod des amerikanischen Bischofs hatte.

Er stieß die von Panik erfassten Passagiere zur Seite und stürmte auf den Flugplatz hinaus, wo der Killer auf die entgegenkommende Cessna zurannte. In dem Kontrollturm war der für wilde Tiere zuständige Scharfschütze postiert, doch der hatte keine freie Schussbahn, weder auf den Killer noch auf die Cessna. Das große Passagierflugzeug stand im Weg. Seronga bemerkte die Nummer am hinteren Ende des Rumpfs der Cessna. Er wusste, dass ihm das nicht weiterhelfen würde. Die Maschine würde in geringer Höhe fliegen, um nicht vom Radar erfasst zu werden. Wahrscheinlich würde man irgendwo auf einem Feld landen, die Cessna verstecken und ihr einen neuen Anstrich verpassen. Ein Flugzeug mit dieser Nummer würde Seronga im Leben nicht mehr sehen.

Der Flüchtende warf einen Blick über die Schulter. Wegen des röhrenden Motors des Flugzeugs konnte er Serongas Schritte eigentlich nicht gehört haben. Vermutlich war es eine reine Vorsichtsmaßnahme. Der Killer hielt auch nicht inne, als er den hinter ihm herrennenden Seronga sah. Stattdessen feuerte er blindlings ein paarmal über seine linke Schulter.

Seronga ließ sich auf die Rollbahn fallen, hob den Oberkörper leicht an und schob seine Hand unter das weit geschnittene Hemd. Zögernd zog er die Waffe. Er durfte hier nicht sterben. Die Behörden würden herausfinden, wer er wirklich war, und vielleicht stießen sie dann auf die Verbindung zwischen den Brush Vipers und Dhamballa, wodurch die Vodun-Religion Schaden nehmen würde. Wenn ihn die Spanier fragen sollten, würde Seronga einfach antworten, er trage die Waffe bei sich, um sich vor wilden Tieren zu schützen. Vielleicht würden sie ihm ja glauben. Doch das spielte keine Rolle, da er ohnehin nicht zur Kirche zurückkehren würde.

Jetzt wandte sich der Killer wieder ganz dem Flugzeug

zu, und Seronga sprang auf. In diesem Augenblick hörte er zwei gedämpfte Schüsse, die offensichtlich aus der Kabine der Cessna abgegeben worden waren. Der Flüchtende lief langsamer, dann gab sein rechtes Bein nach. Einen Moment später fiel er auf die Knie. Die Rückseite seines weißen Hemds begann sich rot zu färben.

Nein!, schrie Seronga innerlich.

Natürlich hatte man für den Anschlag auf den Bischof einen Amateur angeheuert. Wer auch immer dahinter stecken mochte, er hatte nie die Absicht gehabt, dem Täter zur Flucht zu verhelfen.

Jetzt rannte Seronga auf das Flugzeug zu. Einen Augenblick später hörte er den nächsten Schuss. Der Killer sackte nach rechts und knallte auf den Asphalt. Nun war mitten auf seiner Stirn ein roter Fleck zu sehen. Der Pilot war ein Profi – er hatte sich nicht mit einer Kugel zufrieden gegeben.

Aus dem Cockpit der Cessna quoll schmutzig weißer Rauch, der aber sofort von dem Propeller hinweggetragen wurde. Der Pilot warf den Revolver auf den leeren Sitz neben sich und zog die Tür zu. Seronga konnte seine Gesichtszüge nicht erkennen. Vorhin hatte er ihn nur von hinten gesehen, und offensichtlich hatte der Pilot das beabsichtigt.

Die Cessna drehte auf die Rollbahn ein und gewann schnell an Tempo. Als die Maschine abgehoben hatte, wollte Seronga nicht mehr feuern. Es wäre ein schwieriger Schuss gewesen. Er hätte den Piloten oder die Maschine außer Gefecht setzen müssen, und dann hätte die Cessna leicht gegen den Tower krachen können.

Stattdessen ging er zu der Leiche des Sicherheitsbeamten hinüber und ließ sich neben ihm auf die Knie fallen. Nicht weiter überrascht nahm er zur Kenntnis, dass kein Puls mehr zu fühlen war. Der erste Schuss hatte das Herz getroffen, der zweite den Kopf. Der Tote hatte die Augen aufgerissen, und Seronga strich mit der Hand darüber, um ihm die Lider zu schließen.

Jetzt tauchte Pavant hinter ihm auf und half ihm auf die Beine.

»Alles in Ordnung?«

Seronga nickte und ließ seine Waffe schnell in dem Schulterhalfter verschwinden.

»Wir müssen abhauen«, sagte Pavant. »Man wird uns Fragen stellen, die wir nicht beantworten können.«

»Ich weiß«, antwortete Seronga, dessen linke Hand vom Blut des toten Killers beschmutzt war. Er zerriss sein Hemd und wischte die blutige Hand an seinem Arm ab.

»Was machst du da?«, fragte Pavant.

»Wir sagen, dass ich verletzt wurde und dass du mich zum Arzt nach Maun bringen musst.«

»Gute Idee.«

Pavant legte einen Arm um den ›Verwundeten‹, dann humpelten die beiden auf den Terminal zu. Feldwebel Vincente Diamante und Hauptmann Antonio Abreo kamen auf sie zugerannt. Die beiden spanischen Soldaten hielten M-82er in der Hand, pressten die Waffen aber gegen die Brust, damit sie den Leuten im Terminal nicht sofort ins Auge stachen.

»Was ist passiert?«, fragte Diamante, während er näher kam.

»Der Sicherheitsbeamte hat auf mich geschossen«, sagte Seronga. »Ein Streifschuss am Arm.«

Diamante blieb vor Seronga und Pavant stehen. Hauptmann Abreo lief weiter, um die Leiche in Augenschein zu nehmen.

»Lassen Sie mal sehen«, sagte Diamante und griff nach Serongas blutverschmiertem Arm.

Der Anführer der Brush Vipers drehte den Körper leicht zur Seite. »Es ist wirklich nichts Ernstes.«

»Nur ein Streifschuss, das ist alles«, fügte Pavant hinzu. »Wir nehmen ein Taxi zum Krankenhaus. Unterwegs verbinde ich die Wunde provisorisch.«

»Sind Sie sicher?«, fragte Diamante, während er bereits zu Abreo hinüberblickte, der bei der Leiche angekommen war.

»Ja«, antwortete Seronga. »Sagen Sie, wie steht es um den Bischof?«

Obwohl er so rasch wie möglich fort wollte, glaubte Seronga, diese Frage stellen zu müssen. Jeder echte Diakon hätte das auch getan.

»Der Schuss war tödlich«, sagte Diamante. »Es tut mir sehr Leid. Wir haben versucht, so dicht wie möglich in seiner Nähe zu bleiben ...«

»Ja, das habe ich gesehen«, unterbrach Seronga. »Sie hätten nichts tun können, um es zu verhindern.«

»Lass uns gehen, Seronga«, drängte Pavant.

Die beiden setzten sich wieder in Richtung Terminal in Bewegung. Doch Diamante ließ noch nicht locker.

»Nur noch eins, Diakon«, sagte der Spanier. »Haben Sie zufällig den Piloten gesehen oder sich die Nummer des Flugzeugs merken können?«

»Nein, tut mir Leid«, antwortete Seronga. »Als der Killer auf mich schoss, habe ich meinen Kopf mit den Armen geschützt. Verzeihen Sie mir.«

»Das ist nur zu verständlich«, bemerkte Diamante.

Der Spanier machte sich auf den Weg zu seinem Partner, blieb aber dann noch einmal stehen und drehte sich um. »Señor Diakon!«, rief er.

»Ja?«, fragte Seronga.

»Der Verwalter des Feriendorfs sagte, Ihr Name sei Tobias.«

»So ist es«, antwortete Seronga. Was hatten sie falsch gemacht? Er spürte, wie sich ihm der Magen umzudrehen begann.

»Der Diakon hat Sie gerade ›Seronga‹ genannt«, sagte der Spanier.

Seronga spürte, wie ihm Pavant einen Finger in die Rippen bohrte. Keinem der beiden war sein Lapsus aufgefallen.

»Sie haben sich verhört«, sagte Seronga. »Er hat mich bei meinem Spitznamen genannt – Leon.«

»Ah, verstehe«, sagte Diamante. »Tut mir Leid. *Esté bien*, alles Gute. Wir sehen uns später an der Kirche.«

Die beiden gingen zum Terminal. Seronga war froh, dass Diamante abgelenkt gewesen war. Nur deshalb hatte er ihm die Lüge abgekauft. Und nur deshalb hatte er das Schulterhalfter nicht gesehen, das aus Serongas zerrissenem Hemd hervorlugte. Er zog den Stoff etwas nach oben, um die Waffe zu verdecken.

»Tut mir Leid, dass mir das passieren musste«, murmelte Pavant, als sie die Tür erreicht hatten. »Das war eine unverzeihliche Nachlässigkeit.«

»Wir mussten uns alle schon mal für etwas entschuldigen«, sagte Seronga. »Lass uns einfach abhauen.«

Die Leiche des Bischofs war mit einem großen Tuch bedeckt, dessen Stoff sich mit dem Blut des Toten voll gesogen hatte. Das Tuch war mit dem schwarzweißen Zickzackmuster des Kava-Stammes aus dem Nordosten Botswanas bedruckt, dessen Mitglieder zum großen Teil Vodun-Anhänger waren.

Im Terminal war niemand mehr derselbe Mensch wie noch vor ein paar Minuten, und niemand würde je wieder so sein wie zuvor. Nie wieder würde einer der Anwesenden diesen verhängnisvollen Augenblick, den Schock, den Anblick, die Gerüche und die Geräusche vergessen.

Die Menschen in dem Terminal waren entweder verstummt oder über die Maßen aufgekratzt. Keiner der Ausländer hatte sich der Tragödie entziehen können. Einige wirkten verängstigt, andere schienen mittlerweile erleichtert zu sein. Nur wenige redeten. Andere standen schweigend und reglos da. Manche umarmten die Neuankömmlinge mit Tränen in den Augen. Wieder andere versuchten, einen Blick auf die Leiche zu erhaschen. Doch der kleine schlaksige Mann vom Ticketschalter tat sein Bestes, um die Schaulustigen von der Leiche des Bischofs fern zu halten, wobei ihn die stattliche Frau vom Erfrischungsstand tatkräftig unterstützte. Einer der spanischen Soldaten fragte Seronga, ob er helfen könne, doch dieser wiederholte, es sei nur ein harmloser Streifschuss und nicht weiter schlimm. Seronga und Pavant schafften es, den Terminal unbehelligt zu verlassen.

Doch sie blieben nicht unbeobachtet.

35

Maun, Botswana – Freitag, 15 Uhr 18

Als der Schuss auf den Bischof abgefeuert wurde, hatte noch eine dritte Person sofort reagiert.

Maria Corneja.

Sie hatte Paris Lebbard in seinem Taxi am Bordstein warten lassen und war in den Terminal gegangen, wo sie Augenzeuge des Zwischenfalls geworden war. Ein Mordanschlag in einem geschlossenen Raum, wo etliche andere Augenzeugen den Täter gesehen hatten – das konnte nur ein Amateur gewesen sein. Dann sah Maria den Diakon auf den Flugplatz hinausstürmen, dicht gefolgt von zwei kräftigen Männern. Alle drei bewegten sich wie Soldaten. Maria brauchte keine Besetzungsliste, um zu wissen, wer hier welche Rolle spielte.

Sie folgte den Spaniern, doch noch bevor sie den Flugplatz erreicht hatte, war die Maschine schon in der Luft. Statt zur Rollbahn zu rennen, lief sie zum Taxi zurück, wo sie nach ihrer Kamera griff und ein paar Digitalfotos von der fliegenden Maschine schoss.

Lebbard war sofort aus dem Taxi gesprungen, als er den ersten Schuss gehört hatte.

»Was ist passiert?«, fragte er Maria.

»Ein Passagier wurde erschossen«, antwortete sie. »Setzen Sie sich wieder ins Taxi, das ist sicherer.«

»Und was ist mit Ihnen?«

»Ich werde in einer Minute zurück sein. Setzen Sie sich ins Auto!«

Lebbard befolgte ihren Befehl, während Maria im Terminal wartete und aufs Geratewohl ein paar Gesprächsfetzen aufschnappte. Der Täter hatte als Sicherheitsbeamter auf dem Flugplatz gearbeitet. Nicht weiter überrascht nahm sie zur Kenntnis, dass er mittlerweile selbst tot war. Wäre er nicht auf der Rollbahn erschossen worden, hätte Maria damit gerechnet, dass seine Leiche aus dem Flugzeug geworfen worden wäre. Ein Amateur war nicht nur entbehrlich, sondern eine Belastung. Sie war sicher, dass die hiesigen Behörden auf ein Schließfach mit Bargeld stoßen würden, wenn sie sie sich mit dem Täter beschäftigten. Eine Vorauszahlung für Mord, wahrscheinlich in amerikanischen Dollars. Obwohl sie mit den hier geltenden Gesetzen nicht vertraut war, hätte Maria darauf gewettet, dass die Untersuchungsbeamten das Geld beschlagnahmten und dass es dann mit der Zeit in anderen Schließfächern landete.

Sie bezog neben der Eingangstür Posten und beobachtete, wie die beiden Diakone den Terminal verließen. Dabei fielen ihr zwei Dinge auf. Zunächst wurde ihr klar, dass der Mann mit dem blutverschmierten Arm ein schlechter Schauspieler war. Eine Schussverletzung wirkte sich immer auf die gesamte Körperhaltung und den

Gesichtsausdruck des Opfers aus und spiegelte sich auch in den besorgten Minen anderer wider. Die angeblichen Schmerzen dieses Mannes schlugen sich aber in seinem Blick nicht nieder, und sein Begleiter gab sich auch keine besondere Mühe, um dem vermeintlich Verletzten zu helfen. Tatsächlich schien er an nichts anderes als an Flucht zu denken. Und dann glaubte Maria eine Wölbung unter der linken Achselhöhle des »Verletzten« zu erkennen, wo sich normalerweise das Schulterhalfter eines Rechtshänders befand.

Beiläufig neben den beiden hergehend, hustete Maria einmal, um die Aufmerksamkeit des blutverschmierten Mannes auf sich zu ziehen. Tatsächlich warf er ihr einen flüchtigen Blick zu. Keine Frage, dieses Gesicht hatte sie schon auf Fotos gesehen.

Der Mann war Leon Seronga.

Auf dem Rückweg zum Taxi beobachtete sie, dass Seronga und sein Partner ein anderes Taxi nahmen. Sie stieg in Lebbards Wagen ein.

»Sehen Sie den weißen Wagen ganz vorn in der Reihe, Paris?«, fragte sie.

»Klar, das ist Emanuels Taxi.«

»Folgen Sie ihm.«

»Folgen?«

»Genau«, bestätigte Maria. »Wenn es möglich ist, achten Sie bitte darauf, dass ein oder zwei Autos zwischen uns und ihnen fahren.«

»Kann sein, dass hier gar keine anderen Autos unterwegs sind«, bemerkte Paris.

»Dann halten Sie eben Abstand. Es soll nicht so aussehen, als würden wir sie verfolgen.«

»Verstehe. Und die Person, die sie hier treffen wollten?«

»Sitzt in dem Taxi da vorn.«

»Meinen Sie den blutenden Mann?«

»Ja.«

»Und er soll nicht wissen, dass Sie hier sind?«

»Genau. Außerdem glaube ich nicht, dass er wirklich verletzt ist.«

»Ich bin etwas verwirrt«, bemerkte Paris. »Sie sind hierher gekommen, um jemanden zu treffen, den Sie eigentlich nicht treffen möchten. Und obwohl er blutet, halten Sie ihn für einen Simulanten.«

»Fahren Sie einfach«, sagte Maria. »Das macht es uns beiden leichter.«

»Natürlich. Ich tue alles, worum Sie mich bitten.« Paris umklammerte das Lenkrad. Offenbar war er etwas besorgt, dass seine Fragen und seine Verwirrung den Anschein seiner Professionalität ramponiert hatten.

Serongas Taxi bog auf die Straße ein, und einen Augenblick später gab auch Paris Lebbard Gas.

»Ich kann Emanuel jederzeit anrufen und ihn fragen, wo die Reise hingeht«, sagte er hilfsbereit, während er mit einer Hand sein Funktelefon hob.

»Sollte Emanuel antworten, könnten das seine letzten Worte gewesen sein«, erwiderte Maria.

»Verstehe.« Lebbard sackte etwas in sich zusammen und verstummte. Schon wieder verplappert.

Maria dagegen war in ihrem Element. Am liebsten hätte sie sich selbst hinters Steuer gesetzt. Noch lieber allerdings auf ein Motorrad. Oder auf ein Pferd. Sie sehnte sich danach, sich frei bewegen und verausgaben zu können.

Für den Augenblick musste sie ihre Energien allerdings noch bändigen. Dafür hatte sie etwas zu erledigen, das sie mit Genugtuung einer anderen Art erfüllen würde.

Sie würde im Op-Center anrufen und von den neuesten Entwicklungen berichten.

36

Washington, D. C. – Freitag, 8 Uhr 40

Seit dem Debakel der Strikers in Kaschmir hatte Mike Rodgers sich nicht besonders häufig mit Colonel Brett August unterhalten, und auch dann nur am Telefon oder online. Einer persönlichen Begegnung waren die beiden Männer ausgewichen, weil sie sich nicht in die Augen blicken wollten. Doch darüber war nie ein Wort verloren worden, weil das überflüssig war. Sie kannten sich schon zu lange und zu gut.

Auch der Tod fast aller Strikers wurde nie erwähnt. Zwar war das Risiko zu sterben untrennbar mit dem Tragen einer Uniform verbunden. Aber in diesem Fall lag die Verantwortung für die Todesfälle definitiv bei den hochrangigen Vorgesetzten. Offiziell war niemandem die Schuld für das Fiasko gegeben worden, denn offiziell hatte es diesen Einsatz nie gegeben. Was blieb, waren die Schuldgefühle. Obwohl die beiden Männer in die Zukunft blicken mussten, tat der schwere Verlust immer noch weh. In jedem Augenblick, in dem sie sich nicht durch Arbeit ablenkten, dachten sie daran. Sie wussten, dass sich das nicht ändern würde, solange sie irgendetwas empfinden konnten.

Ironischerweise führte gerade die Vermeidung des Themas dazu, dass sich die beiden Männer umso mehr damit befassen mussten. Stets musste bedacht werden, was gesagt werden konnte und was auf keinen Fall gesagt werden durfte. Dadurch waren der Verlust und das Gefühl, versagt zu haben, für Rodgers und August noch schwerer zu ertragen. Sie bemühten sich, allein damit fertig zu werden, um dem anderen Leid zu ersparen.

Colonel August hatte eine zeitweilige Versetzung ins Pentagon akzeptiert, wo er im zweiten unterirdischen

Geschoss für eine SATKA genannte Spezialabteilung arbeitete – Surveillance, Acquisition, Tracking and Kill Assessment. Er fungierte als Verbindungsoffizier zwischen dem Pentagon und seinen ehemaligen Mitarbeitern bei der NATO. Dafür studierte er aus Krisenregionen eingehende Informationen und versuchte dann mit anderen zu entscheiden, ob militärische Interventionen nötig waren, um eventuell ausbrechende Kämpfe einzudämmen oder niederzuschlagen. Ob eine militärische Reaktion aber wünschenswert war, wurde von Augusts Vorgesetzten entschieden. Dies war kein Job, den August sich selbst ausgesucht hätte, aber er hatte eben eine nicht autorisierte Geheimoperation in Kaschmir geleitet. Auch wenn er und Rodgers einen drohenden Nuklearkrieg zwischen Indien und Pakistan verhindert hatten, musste jemand die Konsequenzen dafür tragen, dass sie ihre Kompetenzen überschritten hatten und zu weit gegangen waren. Das Pentagon hatte sich August als Schuldigen ausgesucht. Es hätte sich genauso gut für Rodgers entscheiden können.

August hätte diesen Job ablehnen und eine Versetzung zur NATO beantragen können, aber seine Stellung beim Pentagon enthielt ein Versprechen. Wenn Colonel August mindestens ein Jahr lang nicht unangenehm auffiel, würden seine Aktionen in Kaschmir weder von der Armee noch von einem Kongressausschuss untersucht werden.

Die Mitglieder aller Eliteeinheiten gingen bei ihrer Arbeit außergewöhnliche Risiken ein. In Ländern wie dem Iran oder Kuba waren sie nicht nur die ersten, sondern häufig auch die einzigen Soldaten auf feindlichem Territorium. Einheiten wie die Strikers befassten sich mit Aufklärung, Sabotage, schnellen, chirurgisch präzisen Schlägen sowie Such- und Rettungsaktionen. Die Armee konnte es sich einfach nicht leisten, die Moral solcher

Abteilungen zu unterminieren. Vor den Augen der Medien verborgen, waren sie auf sich allein gestellt.

In einem unterirdischen Bunker Daten auszuwerten war definitiv nicht Augusts Traumjob. Deshalb hatte er Mike Rodgers angerufen. Er wollte nicht lamentieren, sondern mit dem General in Verbindung bleiben und mit jemandem reden, der an einem Ort arbeitete, wo nicht immer nur diskutiert wurde, sondern wo tatsächlich etwas passierte. August war sicher, dass sein alter Freund das verstehen würde.

Die beiden Männer plauderten über ihre Arbeit und über gemeinsame Bekannte. August erzählte Rodgers, er habe Colonel Anna Vasseri zufällig getroffen, die jetzt für das Intelligence Oversight Board des Präsidenten arbeite. Vor langen Jahren, in Vietnam, hatte sich August einen inoffiziellen Verweis eingehandelt, weil er einen neuen Text für den Klassiker ›The Anniversary Waltz‹ geschrieben und das Stück in ›The Anna Vasseri Waltz‹ umgetauft hatte. Vasseri, damals noch im Rang eines Private, schrieb seinerzeit für *Stars and Stripes*. In seinem Songtext spekulierte August darüber, was in jener Nacht geschehen sein mochte, die Anna mit einem männlichen Private, der ebenfalls für die Zeitung arbeitete, außerhalb Saigons verbracht hatte. Wegen eines Sturms und einer plötzlichen Überschwemmung mussten die beiden auf einem Hügel Zuflucht suchen. Als sie am nächsten Morgen gerettet wurden, hatten sie nur noch zwei Decken und eine Flasche Jack Daniels bei sich.

»Hat sie dir verziehen?«, fragte Rodgers.

»Nein«, antwortete August. »Aber das hat mich auch nicht weiter überrascht. So wie sie aussieht, war das wahrscheinlich das letzte Mal, dass sie ihre Uniform ausgezogen hat. Wie hieß noch mal diese Katzenmumie, die wir im British Museum gesehen haben?«

»Bast«, antwortete Rodgers, der nicht die geringste

Ahnung hatte, in welchem Winkel seines Gedächtnisses dieser Name gespeichert gewesen sein mochte. Aber er war ihm spontan eingefallen.

»Stimmt«, bestätigte August. »Na, diese Frau ist genauso fest in ihre Uniform eingewickelt wie eine Mumie in ihre Bandagen.«

Rodgers quittierte diese Bemerkung mit einem anerkennenden Pfeifen. Es tat gut, sich an unbeschwertere Zeiten zu erinnern. An Zeiten, in denen einen Fehler noch nicht so verdammt teuer zu stehen kamen.

Dann erzählte Rodgers ein bisschen über sein neues Team, wobei er allerdings nicht erwähnte, dass er bereits drei Leute nach Afrika entsandt hatte. August hätte das nicht gutgeheißen. Erfahrene einsame Wölfe konnten füreinander gefährlicher werden als unerfahrene Mannschaftsspieler. Aber nicht immer ließen einem die Umstände die Qual der Wahl, und so hatten Rodgers und Paul Hood – unter Einbeziehung der Agenten – diese Entscheidung getroffen.

Auf einer anderen Leitung ging ein Anruf ein. Rodgers versprach August, sich in den nächsten Tagen zu melden. Vielleicht konnten sie sich dann für das längst überfällige gemeinsame Abendessen verabreden.

Er drückte einen Knopf, um auf die andere Telefonleitung umzuschalten. »General Rodgers.«

»Hier spricht Maria, General«, sagte die Spanierin, die ihren Nachnamen wegen der nicht abhörsicheren Verbindung nicht erwähnte. »Gerade wurde der amerikanische Bischof ermordet.«

»Wie ist es passiert?«, fragte Rodgers.

Der General musste gegen eine erste Reaktion ankämpfen, die auf die Erzählungen seines Großvaters über vom Unglück verfolgte Platoons im Ersten Weltkrieg zurückging. Geschichten, in denen ausgerechnet der neue Lieutenant starb oder der Soldat, der in Kürze ausgemustert werden sollte, oder der Sergeant, der gerade Vater geworden war. Trotzdem wollte Rodgers nicht glauben, dass das Op-Center verflucht und vom Pech verfolgt war.

»Es geschah gleich nach der Landung des Flugzeugs«, antwortete Maria. »Als der Bischof den Terminal betrat, schoss ihm der Sicherheitsbeamte des Flugplatzes in den Hinterkopf. Dann rannte der Killer auf eine Cessna zu, aber der Pilot öffnete die Tür und erschoss ihn. Der Sicherheitsbeamte starb noch auf der Rollbahn, die Maschine hob ab. Allerdings konnte ich ein paar Digitalfotos schießen, auf denen die Nummer der Cessna zu erkennen sein müsste.«

»Können Sie die Daten überspielen?«, fragte Rodgers.

»Sobald ich an einen Computer herankomme«, antwortete Maria. »Im Moment sitze ich im Taxi.«

»Kam sonst noch jemand zu Schaden?«

»Nein. Die meisten Leute in dem Terminal haben hinter Stühlen und Theken Zuflucht gesucht. Deshalb konnte ich auch gut beobachten, was dann passierte.«

»Und?«

»Der Bischof wurde von zwei Diakonen erwartet. Einer ist hinter dem Killer hergerannt und hat ihn aufzuhalten versucht. Er war bewaffnet.«

»War es einer von den Spaniern?«

»Nein. Die beiden Diakone waren Schwarze.«

Da Rodgers die Datei über die Unidad Especial del Despliegue studiert hatte, wusste er eigentlich, dass keiner der Soldaten ein Schwarzer war.

»Ich bin mir fast sicher, einen der Diakone auf einem Ihrer Fotos gesehen zu haben«, sagte Maria.

Außer dem Bild Dhamballas gab es in der Datei nur noch ein weiteres Foto eines Schwarzen – das Leon Serongas. »Ist Ihnen Seronga auch vor die Linse gelaufen?«, fragte Rodgers.

»Ja, aber das Foto ist bestimmt nicht besonders gut. Er hat in die andere Richtung geschaut.«

»Ist den Diakonen etwas zugestoßen?«, fragte Rodgers.

»Der flüchtende Killer hat auf einen von ihnen geschossen«, antwortete Maria. »Der Diakon wurde nicht getroffen, tat aber so, als wäre er verletzt.«

»Sind Sie sicher?«

»Ziemlich. Die beiden Männer behaupteten, ins Krankenhaus fahren zu wollen. Dann haben sie sich in das Taxi gesetzt, dem ich gerade folge.«

»Wie haben die Spanier reagiert?«

»Sie sind auf dem Flugplatz geblieben. Meiner Ansicht nach haben sie die beiden tatsächlich für Diakone gehalten.«

»Waren Polizisten auf dem Flugplatz?«

»Mir sind keine aufgefallen.«

Rodgers öffnete die Computerdatei mit der Landkarte und studierte die Umgebung des Flugplatzes von Maun. Da sich das nächste Polizeirevier in Maun befand, hätten die Beamten mindestens eine halbe Stunde bis zum Flugplatz benötigt. Jeder zufällig oder vorsätzlich in das Geschehen Verwickelte hätte jede Menge Zeit gehabt, den Flugplatz zu verlassen, und sich zudem für unterschiedliche Routen entscheiden können.

»Auf welcher Straße sind Sie gerade?«, fragte Rodgers.

Der General hörte, wie sich die Spanierin bei ihrem Chauffeur erkundigte.

»Auf der Nata Road«, antwortete Maria.

»Die Polizei wird auf dem Central Highway anrücken, was den Diakonen offensichtlich bekannt ist«, bemerkte Rodgers.

»Glaube ich auch. Andererseits ist auch denkbar, dass sie gar nicht nach Maun wollen.«

»Sie haben Recht.« Daran hätte Rodgers eigentlich

selbst denken müssen. Er warf einen Blick auf die Zeitanzeige des Computers. »In etwa drei Stunden sollten Ihre Mitarbeiter aus Washington in Maun eintreffen. Können Sie das Taxi länger mieten?«

»Ich habe den Fahrer für den ganzen Tag angeheuert. Er ist in Ordnung.«

»Gut. Ich werde dafür sorgen, dass die anderen Kontakt zu Ihnen aufnehmen. Noch etwas, Maria.«

»Ja?«

»Passen Sie gut auf sich auf. Und vielen Dank.«

Maria bedankte sich ihrerseits dafür, dass Rodgers ihr diesen Job gegeben hatte. Dann unterbrach sie die Verbindung, während der General den Hörer gar nicht erst aus der Hand legte, sondern sofort bei Paul Hood anrief. Es kam ihm so vor, als hätte Maria bereits Vollgas gegeben. Während Bugs Benet den Anruf durchstellte, sammelte Rodgers seine Gedanken.

Ein amerikanischer Geistlicher war ermordet worden, und das hieß, dass nicht nur Edgar Kline informiert werden musste, sondern auch der Präsident. Dasselbe galt für Aideen Marley und David Battat.

Dann warteten zwei Aufgaben auf das Op-Center. Zuerst mussten sie herausfinden, wer ein Interesse daran hatte, dass die Situation außer Kontrolle geriet. Und dann mussten sie verhindern, dass es zu einer solchen Eskalation kam.

37

Maun, Botswana – Freitag, 15 Uhr 44

Sobald die beiden ›Diakone‹ im Taxi saßen, bat Seronga den Fahrer, zuerst die Nata Road zu nehmen und anschließend über die Landstraße nach Orapa zu fahren. Der Chauffeur startete den Motor und rief dann seinen Fahrdienstleiter in Maun an.

Seronga hörte nichts von dem, was der Fahrer sagte. Unter dem Armaturenbrett lärmte eine Klimaanlage, unter der Karosserie klapperte der Auspufftopf. Doch auch das hörte Seronga nicht. Er war von dem Schock über den Mordanschlag auf den Bischof wie benommen und nahm nichts anderes wahr. Noch nie hatte ihn etwas so mitgenommen. Auch früher schon hatte er miterlebt, wie Männer getötet wurden. Aber nie zuvor war er so von dem Ereignis überrascht worden. Und er hatte noch nie einer so schweren Krise gegenübergestanden.

Offensichtlich will irgendjemand Dhamballa etwas anhängen oder ihn vielleicht auch aus der Deckung hervorlocken, damit er sich verteidigen muss, dachte Seronga. Bis zu diesem Augenblick war ihm nicht bewusst gewesen, wie verletzlich Dhamballa war. Nicht unbedingt in physischer Hinsicht, sondern in dem Sinne, dass man seine Mission untergraben konnte. Sie konnte vorbei sein, bevor sie wirklich begonnen hatte.

Mit der Zeit würde die Unterstützung für den Vodun-Führer sprunghaft zunehmen, und wenn es so weit war, wollte Dhamballa unüberhörbar öffentlich Stellung beziehen. Er würde sich über den beherrschenden Einfluss von Ausländern auf Religion, Kultur und Wirtschaft des Landes äußern. Aber bis dahin würden noch viele Monate ins Land gehen. Im Augenblick war Dhamballa noch nicht bekannt genug, um ein Märtyrer für die Interessen

Botswanas werden zu können. Wenn er mit den Angriffen gegen die katholische Kirche in Verbindung gebracht wurde oder wenn man ihm gar die Schuld an der Ermordung des Bischofs gab, würde seine Sache unwiderruflich verloren sein.

Aber Dhamballa während der nächsten paar Stunden und Tage zu schützen war nur ein Teil des Problems. Sie mussten herausfinden, wer für den Mord an dem Geistlichen verantwortlich war. Aus Serongas Sicht hätten Agenten der Regierung, die spanischen Soldaten und der Vatikan selbst einen Grund gehabt, den Bischof zu töten. Wer auch dahinter stecken mochte, das Resultat blieb gleich. Die öffentliche Meinung im Land würde eine aggressive Reaktion fordern. Die Regierung, die unter Beweis stellen musste, dass sie die Lage im Griff hatte, war gezwungen, ihre Bemühungen zu verdoppeln, einerseits Pater Bradbury zu finden und andererseits die Vodun-Bewegung zu vernichten. Beides mussten die Brush Vipers verhindern. Sie mussten der Regierung Einhalt gebieten, die wahren Täter finden und Dhamballa beschützen.

Und dann war da noch die Frage, wie sie mit Bradbury verfahren sollten. Ließen sie den Priester frei, wäre das geradezu eine Einladung an die Polizei, sie unnachgiebig zu jagen. Außerdem würden dann unweigerlich die anderen Missionare zurückkehren. Ihre ganze Arbeit wäre umsonst gewesen, die Gegenseite gestärkt. Gut möglich, dass Pater Bradbury auf dieselbe Weise aus dem Weg geräumt werden musste wie die beiden Diakone.

Dhamballa war es immer um Ideen und nationale Selbstachtung gegangen, nicht um Blutvergießen. Seronga hatte gehofft, dass seine Ziele erreichbar waren. Sein Herz sagte ihm, dass Frieden und Loyalität gegenüber dem eigenen Stamm unvereinbar seien, und zwar unabhängig davon, ob es um afrikanische Stämme oder internationale Koalitionen ging. Dennoch hatte er gehofft, dass es Dhamballa gelingen möge, das Volk Botswanas unter dem Dach der Vodun-Religion zu einen. Diese Einigung der Nation sollte auf Stolz gründen, nicht auf wirtschaftlicher Notwendigkeit oder Angst vor militärischen Repressalien.

Das alte Taxi bog auf die verwaiste, in der Sonne flirrende Landstraße ein. Während der Fahrer beschleunigte, betrachtete er im Rückspiegel seine Kunden. »Darf ich Ihnen eine Frage stellen?«, erkundigte er sich.

Als Seronga nicht antwortete, stieß ihm Pavant sanft in die Rippen. Seronga blickte seinen Partner an, der mit einer leichten Kopfbewegung auf den Fahrer wies. Im Rückspiegel sah Seronga den fragenden Blick des Taxifahrers. offensichtlich hatte der Mann ihm eine Frage gestellt.

»Entschuldigung, ich habe nicht verstanden«, sagte Seronga. »Würde es ihnen etwas ausmachen, Ihre Worte zu wiederholen?«

»Ich habe gesagt, dass ich Sie gern etwas fragen würde, Hochwürden«, erwiderte der Taxifahrer laut.

»Aber natürlich, fragen Sie«, antwortete Seronga.

»Brauchen Sie einen Arzt?«

»Wie bitte?«

»Ob Sie einen Arzt brauchen. Ich frage nur, weil mir das Blut auf Ihrem Ärmel aufgefallen ist.«

»Nein danke, das wird nicht nötig sein.«

»Aber wenn Sie verletzt sind ... Ich habe einen Verbandskasten im Kofferraum.«

»Das ist nicht mein Blut«, sagte Seronga. »Ein Sicherheitsbeamter hat auf einen Fluggast geschossen. Ich habe versucht, ihm zu helfen.«

»Auf einen Passagier?«, fragte der Taxifahrer. »Ist er ernsthaft verletzt?«

»Er ist tot.«

»Ah. Ich habe mich schon gewundert, warum all die Menschen aus dem Terminal herausgerannt kamen. Sie können sich ja vorstellen, dass ich in diesem Wagen nicht viel höre.«

»Allerdings, bei der Klimaanlage.«

»Kannten Sie das Opfer?«

»Nein.«

»In was für einer traurigen Welt leben wir nur«, meinte der Taxifahrer kopfschüttelnd, bevor er sich wieder ganz auf die Straße konzentrierte.

»Wie könnte man sie Ihrer Meinung nach verbessern?«, fragte Seronga.

»Keine Ahnung«, antwortete der Taxifahrer. »Vielleicht sollten alle Leute Kinder haben. Möglicherweise würden sie dann aufhören, aufeinander zu schießen. Oder vielleicht sollten sie sich mehr darum kümmern, Kinder zu *machen*. Dann wären sie zu beschäftigt, um in der Gegend herumzuballern.« Er warf einen Blick in den Rückspiegel. »Tut mir Leid, Hochwürden. Ihnen ist das natürlich nicht erlaubt. Aber Sie gehören ja auch nicht zu denen, denen man die Friedfertigkeit erst beibringen muss.«

Wenn der wüsste, dachte Seronga. Der Fahrer schwieg, und Seronga hing weiter seinen eigenen Gedanken nach.

Im Verlauf der letzten Wochen hatte er häufig mit Dhamballa gesprochen und dabei viel über Vodun gelernt. Nun ging Seronga auf, dass er Zeuge des *Vévé*, eines Ideals des Vodun-Kults, geworden war. Es war die perfekte Symmetrie. Mit dem Tod hinein, mit dem Tod hinaus. Dank des vergossenen Blutes der Diakone hatten Seronga und Pavant den Anschlag miterlebt, und Blut hatte ihnen den Vorwand geliefert, den Flughafen rasch zu verlassen.

Ich konnte verschwinden – und was jetzt?, dachte Seronga.

Das war die entscheidende Frage. Die geplante Entführung des amerikanischen Bischofs hatte in einem Desaster geendet. Weder Seronga, noch Dhamballa, noch einer seiner Berater hatten diesen Ausgang vorhergesehen. Ein Entführer rechnete nicht damit, dass ein Killer sich zum selben Zeitpunkt dasselbe Opfer aussuchte.

Noch nie zuvor hatte Seronga in einer entscheidenden Situation versagt, und das Gefühl gefiel ihm überhaupt nicht. Ein Versager erlitt eine Art inneren Zusammenbruch, der ein Gefühl des Stillstands ausstrahlte und den ganzen Körper betraf. Die Haut fühlte sich wie abgestorben an, der Herzschlag verlangsamte sich, die Transpiration ließ nach. Der Mund war geschlossen, der Unterkiefer kraftlos. Das Gehirn war wie gelähmt und unfähig, sich über das Ereignis hinwegzusetzen. Nichts bewegte sich oder wollte sich bewegen.

Aber das Gehirn muss in Bewegung bleiben, dachte Seronga. Es gab zu viel zu tun, zum Zaudern blieb keine Zeit.

Durch das Seitenfenster starrte Seronga auf die weite, im prallen Sonnenschein liegende Graslandschaft hinaus, die sich bis zu den fernen Bergen erstreckte. Alles schien jetzt in weiter Ferne zu liegen. Vor einer halben Stunde wollte er noch den Druck auf die katholische Kirche erhöhen, doch jetzt hatte sich alles geändert. Er wollte mit Dhamballa reden, konnte aber nicht mit ihm telefonieren, da die Distanz zu groß war. Im Grunde war es auch nicht wichtig, denn Louis Foote verfolgte in ihrem Camp im Okavangobecken die Radiosendungen aus Gaborone. Schon sehr bald würde er von den Ereignissen hören und Dhamballa informieren. Hoffentlich würden die Belgier dazu beitragen, dass ein Aktionsplan entwickelt wurde. Trotzdem hätte er Dhamballa gern persönlich von dem Attentat erzählt.

Kurzzeitig dachte Seronga darüber nach, ob er nicht Njo telefonisch informieren sollte, zumindest darüber, dass sie ohne den Bischof kommen würden. Doch dann entschied er sich dagegen, da von Anfang an geplant war, dass Njo sie so schnell wie möglich aus Maun wegbringen sollte. Geändert hatte sich nur, dass sie jetzt ohne Gefangenen kamen. Und sie flohen nicht. Zumindest nicht vor jemandem, von dem sie wussten.

Jetzt strömten von allen Seiten Gedanken auf Seronga ein. Zuerst beschäftigte er sich mit der Cessna, die auf dem Flugplatz gestartet war. Wohin war die Maschine unterwegs? Wem gehörte sie? Dann dachte er darüber nach, zum Feriendorf zurückzukehren und mit den Spaniern zu reden. Vielleicht verfügten sie mittlerweile über zusätzliche Informationen. Aber das wäre zu riskant, da immerhin die, wenn auch unwahrscheinliche, Möglichkeit bestand, dass die Leichen der beiden Diakone gefunden und identifiziert worden waren. Vielleicht hatte sich auch jemand im Krankenhaus von Maun erkundigt und herausgefunden, dass er nie dort aufgekreuzt war.

Nein, entschied er. *Es ist am besten, zu Dhamballa zu fahren.*

Der neben Seronga sitzende Pavant war einfach nur wütend. Er atmete lautstark durch die Nase, die Hände in seinem Schoß waren zu Fäusten geballt. Offensichtlich hatte er einiges zu sagen, wollte es aber nicht in Anwesenheit des Taxifahrers tun.

Nachdem sie an der Ausfahrt zur Polizeikaserne von Maun vorbei waren, bat Seronga den Fahrer, auf den Central Highway zu wechseln.

»Sind Sie sicher, Hochwürden?«, fragte der Taxifahrer. Er war ein älterer Mann mit weißem Haar und sonnengegerbter Haut.

»Ja«, antwortete Seronga knapp.

»Da geht's aber nicht nach Orapa, sondern nach Maun, Tsau und Shakawe.«

»Ich weiß. Ich habe meine Meinung geändert und möchte gern zur Kirche in Maun.«

»Ah, verstehe«, sagte der Fahrer kleinlaut. »Natürlich bringe ich Sie zur Kirche. Aber das sind dann zwei Zonen, und ich muss einen höheren Preis berechnen, Hochwürden.«

»Keine Sorge, wir zahlen«, versicherte Seronga. »Fahren Sie uns nur hin.«

»Selbstverständlich.« Der Chauffeur rief seinen Fahrdienstleiter an, um ihn über Serongas Meinungsänderung zu informieren.

Nach ein paar Meilen fiel Seronga auf, dass der Taxifahrer wiederholt in den Rückspiegel blickte. Dann griff er nach seinem Handy. Seronga beugte sich ein bisschen vor. Der Fahrer wählte und unterhielt sich dann auf Setswana, einer Sprache, in der man sich in Botswana vorzugsweise mit langjährigen Freunden unterhält. Ansonsten wurde Englisch gesprochen, wie es der Taxifahrer auch mit Seronga tat.

»Was treibst du denn so, Paris?«, fragte der Chauffeur.

Die Antwort konnte Seronga nicht verstehen.

»Dass du arbeitest, sehe ich«, fuhr der Taxifahrer fort. »Aber warum nimmst du diese Strecke?«

Seronga wandte sich beiläufig um und warf einen Blick durch das Rückfenster. Hinter ihnen fuhr ein weiteres Taxi. Es war eines von drei Autos auf der ansonsten verwaisten Straße.

»Oh«, sagte der Fahrer. Dann lächelte er. »Ich dachte schon, du folgst mir.«

Das gefiel Seronga ganz und gar nicht.

Nachdem der Fahrer noch ein paar Augenblicke mit seinem Freund geplaudert hatte, unterbrach er die Verbindung. Seronga beugte sich vor.

»Darf ich fragen, warum Sie Ihren Kollegen angerufen haben?«

»Paris Lebbard ist an derselben Stelle von der Okavanga Road abgebogen wie wir. Es ist ungewöhnlich, dass zwei Leute gleichzeitig diese Route nach Maun nehmen. Ich habe Paris nach dem Grund gefragt.«

»Und was hat er geantwortet?«, erkundigte sich Seronga.

»Er sagt, jemand hat ihn angeheuert, damit er ihm den ganzen Tag lang die Gegend zeigt. Er hält dies wohl für eine landschaftlich attraktive Route, aber das ist sie nicht. Vielleicht versucht Paris nur, ein paar zusätzliche Meilen herauszuschinden.«

»Hat Mr Lebbard auch gesagt, wer sein Fahrgast ist?«

»Eine Spanierin.«

Auch das gefiel Seronga nicht. »Hat er sonst noch etwas gesagt?«

»Nein, Hochwürden«, erwiderte der Fahrer, dessen Stimme allmählich etwas besorgt zu klingen begann. Als hätte er etwas falsch gemacht. »Möchten Sie, dass ich noch mal anrufe und versuche, mehr herauszufinden?«

»Nein«, antwortete Seronga, der nicht riskieren wollte, dass die Spanierin in den Besitz irgendwelcher Informationen gelangte. »Machen Sie sich keine Gedanken. Fahren Sie einfach weiter.«

»Ja, Hochwürden.«

Seronga lehnte sich zurück. Das Blut auf seinem Arm begann zu trocknen, und Seronga fiel auf, dass er dieses Gefühl so nie empfunden hatte. Wenn Männer in einer kriegerischen Auseinandersetzung fielen, wurden sie entweder schnell weggeschafft oder liegen gelassen. Letzteres führte unvermeidlich dazu, dass sie von wilden Tieren gefressen wurden. Es war schon seltsam, dass es immer noch Erfahrungen gab, die ein Soldat nach langen Jahren nicht kannte.

Er wandte sich wieder dem vordringlichen Problem zu. *Eine Spanierin*, dachte er. Vielleicht hatte das nichts zu bedeuten. Möglicherweise war sie nur eine Touristin. Aber sie konnte auch zu der militärischen Spezialeinheit gehören, die in dem Feriendorf aufgekreuzt war. Vielleicht kamen Seronga und Pavant doch nicht so sauber aus der Sache heraus, wie sie sich das vorgestellt hatten.

Offensichtlich ging Pavant derselbe Gedanke durch den Kopf. Der jüngere Mann beugte sich zu Seronga hinüber. Wegen der lauten Klimaanlage und des klappernden Auspufftopfs würde der Fahrer ihren Wortwechsel nicht verstehen.

»Wir sollten anhalten und das andere Taxi vorbeilassen«, flüsterte Pavant.

»Nein«, erwiderte Seronga.

»Und was ist, wenn sie uns folgen?«

»Wir können sie besser beobachten, wenn es ihnen nicht bewusst ist.«

»Wir können sie besser beobachten, wenn sie *vor* uns fahren.«

»Wir werden tun, was ich sage«, beharrte Seronga. »Falls sie uns folgen, werden sie auch in Maun anhalten. Dann werden wir uns dort um sie kümmern.«

Seronga machte es sich auf der Rückbank bequem. Der Rücken seines schwarzen Hemds war völlig durchgeschwitzt und klebte an dem Kunststoffsitz fest. Er spürte, wie die Kühle an seinen Armen und an seinem Rücken hinaufkroch. Allmählich kehrte wieder Leben in seinen Körper zurück. Aber er fühlte sich auch noch aus einem anderen Grund belebt und ermutigt. Jetzt hatte er möglicherweise wieder jemanden, an den er sich halten konnte. Ein potenzielles Verbindungsglied zu demjenigen, der hinter dieser Geschichte stand. Wer immer das auch sein mochte.

Wenn es so war, gab es einen weiteren Job, der erledigt werden musste.

Und diesmal würde er nicht versagen.

38

Washington, D. C. – Freitag, 9 Uhr 00

Mike Rodgers' Anruf war ein Schock.

Bevor sie die Nachricht von dem Mord erhielten, hatten Bob Herbert, eine sehr müde Liz Gordon und Ron Plummer fast eine Stunde lang mit Paul Hood in dessen Büro diskutiert. Gesprächsthema war die bevorstehende Ankunft des amerikanischen Bischofs in Maun. Auch Darrell McCaskey sollte eigentlich an dem Treffen teilnehmen, doch er war noch vollauf damit beschäftigt, mit seinen in Südafrika aktiven Bekannten von Interpol zu telefonieren. Allerdings hatte er zugesagt, sofort nach seinen Gesprächen zu den anderen zu stoßen.

Die Mitglieder des Op-Center-Braintrusts stimmten darin überein, dass es irgendeine Aktion gegen den Bischof geben würde. Allerdings war Hood der Ansicht, dass die Brush Vipers sich mindestens noch zwei bis drei Tage Zeit lassen würden. Seiner Meinung nach würden sie warten, bis der Bischof sich eingelebt und zu einer gewissen täglichen Routine gefunden hatte. Eine sauber durchgeführte, erfolgreiche Entführung setzte voraus, dass die Täter die Gewohnheiten ihres Opfers studierten. Dabei konnte man zugleich herausfinden, ob Vorsichtsmaßnahmen zum Schutz der Zielperson getroffen worden waren.

»Das ergibt Sinn, aber nicht jeder geht so vorsichtig und sorgfältig vor, wie Sie es tun würden, Paul«, bemerkte Plummer.

Hood musste einräumen, dass der Einwand seine Berechtigung hatte.

Herbert und Plummer glaubten, dass die Brush Vipers unverzüglich erneut zuschlagen würden. Ihrer Meinung nach musste die Organisation demonstrieren, dass sie sich im eigenen Land ungehindert bewegen konnte. Außerdem dürfe man es aus der Sicht der Brush Vipers nicht zulassen, dass der Bischof in Maun Präsenz zeigen könne. In diesem Fall wäre seine Entsendung als erfolgreiche Aktion betrachtet worden, als trotzige Rückkehr der katholischen Kirche nach Botswana.

Eine völlig andere Meinung vertrat Liz Gordon, die die Situation nicht aus der politischen Perspektive sah. Für sie mussten die Brush Vipers eine ›möglichst dramatische Inszenierung‹ bieten.

»Sie können nicht zweimal nach dem gleichen Drehbuch vorgehen«, gab sie zu bedenken. »Psychologisch gesehen käme es einer Art Stillstand gleich, wenn sie einfach nur den nächsten Geistlichen entführen würden. Das wäre nur eine schale Neuauflage der ersten Aufführung.«

»Und damit ein bisschen monoton«, warf Plummer ein.

»Genau«, bestätigte Liz.

»Vielleicht erschießen sie ihn«, bemerkte Herbert.

»Das glaube ich nicht«, widersprach Liz.

»Beziehen Sie sich auf das, was sie uns über weiße Magie erzählt haben?«, fragte Hood.

Liz nickte.

»Was spielt die Methode denn für eine Rolle, wenn sie nur ihrem Ziel näher kommen, die katholische Kirche aus dem Land zu vertreiben?«, fragte Herbert.

»Sie spielt für ihr Selbstwertgefühl eine Rolle«, erwiderte Liz.

»Ja – vorausgesetzt, dass diese Leute das Problem genauso durchdenken wie Sie«, gab Herbert zu bedenken.

»Da muss man nicht unbedingt lange nachdenken«, sagte Liz. »Man tut es einfach. Bisher haben sich Dhamballa und seine Leute in psychologischer Hinsicht sehr klug verhalten. Vergessen Sie auch nicht, dass zu ihrer

Religion die über zehntausend Jahre verfeinerte Kunst gehört, über andere Macht auszuüben. Sollte es sich um echte Vodun-Gläubige handeln, wissen sie sehr viel über die menschliche Natur.«

»Wenn Sie Recht haben, müssten die Brush Vipers zuschlagen, bevor der Bischof an der Kirche eintrifft.«

Dieser Gedanke stand noch im Raum, als das Telefon klingelte. Am Apparat war Mike Rodgers, und Hood schaltete die Freisprechanlage ein. Der General unterrichtete Hood über den Mord an dem Bischof, von dem er selbst gerade erst durch Maria erfahren hatte. Dann berichtete er über Marias Pläne.

»Das ist jetzt Ihre Operation, Mike«, sagte Hood. »Werden Sie mit Darrell reden?«

»Ja«, antwortete Rodgers. »Vorher steht aber noch ein anderer Anruf auf dem Programm. Inzwischen sollten Sie Lowell Coffey auf dem Laufenden halten. Für den Fall, dass es dort Überwachungskameras gegeben haben sollte, möchte ich nicht, dass Maria Corneja Probleme mit den Behörden bekommt, weil sie sich unerlaubt vom Tatort entfernt und Leon Seronga verfolgt hat.«

»Gut mitgedacht«, bemerkte Hood. Dann informierte er Rodgers, dass er Edgar Kline in New York anrufen werde.

Außer Liz Gordon und Bob Herbert hatte die Nachricht von dem Mord alle kalt erwischt.

»War das dramatisch genug?«, fragte Herbert die Psychologin.

Die Antwort erübrigte sich.

Damit Hood ungestört mit Kline telefonieren konnte, verließen die anderen das Büro. Während Bugs Benet die Verbindung herstellte, war Hood zutiefst frustriert. Was den nächsten Schritt anging, hatten sie sich alle geirrt.

Oder etwa doch nicht?

Hood und Liz hatten in der Annahme übereingestimmt, dass die Brush Vipers wahrscheinlich nicht in den Mordanschlag verwickelt waren. Nach Marias Darstellung hatte nicht Seronga den Bischof erschossen. Vielleicht war es ja jemand gewesen, der keine Verbindung zu den Vodun-Anhängern hatte. Doch diesen Gedanken fand Hood noch beunruhigender. Wenn der wahre Feind woanders saß, wäre es die reinste Zeitverschwendung und ein überflüssiger Kraftaufwand, die Brush Vipers zu verfolgen. Vielleicht hatte ihr Widersacher etwas mit Beaudin und Genet zu tun.

Aber warum sollten die Europäer Dhamballa dann bis jetzt unterstützt haben?, fragte sich Hood. Um sicherzustellen, dass ihm die Schuld an dem Mord gegeben würde? Auf welche Weise konnte Beaudin davon profitieren?

Hood hoffte, dass Edgar Kline ihm weiterhelfen konnte. Da die Verbindung immer noch nicht stand, fragte er sich, ob Kline mit einem Hinterhalt gerechnet hatte. Und dann war da noch die Frage, ob vielleicht der Vatikan selbst auf irgendeine Weise von dem Vorfall profitierte. Die Situation in Botswana hatte äußerlich gesehen mit Religion zu tun, schien aber tatsächlich eher einen politischen Hintergrund zu haben. Dies war ein Kampf um die Seele der Nation. Im politischen Geschäft war auch Mord ein Mittel wie jedes andere. Ein Märtyrer konnte die Rückkehr der Kirche nach Botswana erleichtern. Vielleicht glaubte der Vatikan auch, dass die Vereinigten Staaten auf seiner Seite in die Auseinandersetzung hineingezogen werden würden, wenn die Brush Vipers einen Amerikaner attackierten.

Es gab so viele denkbare Interpretationen, aber unglücklicherweise nicht genug Informationen, die sie hätten stützen können.

Edgar Kline hielt sich im Büro des Beobachters des Heiligen Stuhls bei den Vereinten Nationen in New York auf. Nicht weiter überrascht nahm Hood zur Kenntnis, dass er bereits von dem Vorfall auf dem Flugplatz von Maun erfahren hatte. Kline berichtete, der Chef der spanischen Spezialeinheit habe ihn informiert. Er fügte hinzu, er sei gerade ihm Begriff gewesen, Bob Herbert anzurufen.

»Ich habe die Nachricht von dem Mord äußerst betrübt zur Kenntnis genommen«, sagte Hood.

»Sie hat uns alle kalt erwischt«, meinte Kline. »Niemand hatte erwartet, dass die Entführer so schnell zu übleren Methoden greifen würden. Jetzt müssen wir damit rechnen, dass sie vielleicht auch Pater Bradbury ermordet haben.«

»Nicht unbedingt«, bemerkte Hood. »Von uns hat niemand daran geglaubt, dass die Brush Vipers Bischof Max umbringen würden. Auch ich bin nicht überzeugt davon, dass sie hinter dem Mord stecken.«

»Wer könnte es sonst sein?«, fragte Kline.

»Keine Ahnung«, räumte Hood ein. »Deshalb sollten wir darüber reden.«

»Was Sicherheitsrisiken angeht, hat bisher noch nie jemand Botswana auf seiner Liste gehabt«, stellte Kline fest. »Die Regierung ist stolz auf die politische Stabilität im Land. Wer arbeiten will, hat auch einen Job.«

»Offensichtlich glauben Dhamballa und seine Anhänger aber, dass es Spielraum für eine Veränderung gibt«, sagte Hood.

»Hier maskieren sich wirtschaftliche Interessen durch eine religiöse Fassade«, behauptete Kline.

»Wie meinen Sie das?«

»Botswanas größte Einkommensquelle sind seine Diamanten«, erläuterte Kline. »Die bringen jedes Jahr zweihundert Millionen Dollar. Aber deswegen würde keine ausländische Gruppe dort Unruhe stiften. Für die wäre allenfalls etwas interessant, das Milliarden bringt, etwa Drogen oder waffenfähiges Uran.«

»Weshalb glauben Sie denn, dass es Dhamballa und den Brush Vipers um die Diamantminen geht?«, fragte Hood.

»Irgendjemand muss auf die Steine scharf sein. Ansonsten hätte Dhamballa seinen Kreuzzug besser in einem Land starten können, wo es mehr Anhänger von Naturreligionen gibt, etwa in Mosambik. In Angola sind zwar die Hälfte der Einwohner Christen, aber selbst dort gibt es weniger römisch-katholische Gläubige als in Botswana. Tatsache ist, dass niemand Interesse daran hat, den Cashewnuss- oder Bananenmarkt an sich zu reißen.«

Irgendwie ergaben Klines Argumente einen Sinn. Aber Hood konnte nicht von dem Gedanken ablassen, dass es um mehr als nur um Diamanten ging. Außerdem war er nicht der Einzige, der so dachte. Im japanischen Außenministerium sah man die Dinge nicht anders.

»Waren die spanischen Soldaten vor Ort?«, fragte Hood.

»Ja, aber sie haben sich im Hintergrund gehalten.«

»Konnten sie Ihnen Näheres berichten?«

»Nein. Da sie in einer ziemlichen Entfernung von der Rollbahn ihre Positionen eingenommen hatten, haben sie nicht viel gesehen. Sie wollten nicht wie Bodyguards wirken und sollten auch nicht die ganze Zeit über hautnah bei dem Bischof sein.«

Was ihn möglicherweise das Leben gekostet hat, dachte Hood, der sich zudem fragte, ob die spanischen Soldaten vielleicht selbst in den Mord verwickelt gewesen waren oder zumindest davon gewusst hatten.

»Wo sind die Soldaten im Augenblick?«, erkundigte sich Hood.

»Diejenigen, die am Flugplatz waren, sind auch jetzt noch dort«, antwortete Kline.

»Inkognito?«

»Nein. Wir waren an der Leiche interessiert, um anhand der Kugel eventuell Anhaltspunkte gewinnen zu können. Die Soldaten haben sich als Spezialeinheit des Vatikans zu erkennen gegeben und reden gegenwärtig mit der lokalen Polizei, um Informationen über den toten Sicherheitsbeamten zu bekommen. Außerdem besteht einige Verwirrung hinsichtlich der Identität der beiden Diakone, die auf dem Flugplatz auf den Bischof gewartet haben. Offensichtlich waren es zwei Schwarze. Aber Pater Bradburys schwarze Mitarbeiter hatten Botswana bereits verlassen und halten sich gegenwärtig in Kapstadt auf. Wie sieht's eigentlich mit Ihren Leuten aus? War von denen jemand am Tatort?«

»Ja, Maria Corneja.«

»Wo genau war sie?«, fragte Kline.

»Dicht genug am Ort des Geschehens, um einen dieser ›Diakone‹ zu identifizieren, wenn auch noch nicht mit letzter Sicherheit«, antwortete Hood. »Aber sie glaubt doch, den Anführer der Brush Vipers erkannt zu haben.«

»Leon Seronga?«

»Ja.«

»Was hat sie sonst noch erzählt?«, fragte Kline. »Weiß sie, wohin Seronga verschwunden ist?«

»Sie verfolgt ihn in einem Taxi«, antwortete Hood. »Ich hatte gehofft, dass einige Ihrer Leute auf sie aufpassen könnten. Sie ist allein drüben.«

»Ich werde mich sofort darum kümmern. Haben Sie Kontakt zu ihr?«

»Ja.«

»Wo ist sie gerade?«

»Auf dem Weg nach Maun.«

»In einem Taxi, sagen Sie?«

»Richtig.«

»Vielleicht können die Soldaten am Flugplatz einen Helikopter mieten und sie suchen«, sagte Kline. »Wahrscheinlich hat auch die örtliche Polizei ein kleines Flugzeug, das sie benutzen können.«

»Ich möchte nicht, dass Sie das veranlassen«, sagte Hood.

»Warum nicht?«

»Wenn die ›Diakone‹ zu den Brush Vipers gehören oder einigermaßen fähige Kämpfer sind, wird es ihnen nicht entgehen, wenn sie verfolgt werden«, sagte Hood.

»Spielt das denn eine Rolle?«

»Allerdings. Zumindest dann, wenn Sie Pater Bradbury finden wollen.«

»Vorausgesetzt, dass er noch lebt.«

»Er lebt noch«, stellte Hood zuversichtlich fest. »Wenn die Brush Vipers hinter dem Mord stecken, muss ihnen klar gewesen sein, dass sie eine Geisel brauchen. Stecken sie nicht dahinter, besteht auch kein Grund, ihn umzubringen.«

Kline schwieg lange, und Hood glaubte schon, die Verbindung wäre unterbrochen.

»In Ordnung, das klingt vernünftig«, sagte Kline schließlich.

»Falls die Brush Vipers glauben, dass ihnen jemand im Nacken sitzt, werden sie meiner Meinung nach versuchen, das Flugzeug oder den Helikopter in die Finger zu bekommen, und zwar mitsamt dem Piloten.« Hood studierte die Karte auf seinem Monitor. »Sollte ihnen das gelingen, wird es sehr schwierig sein, sie wiederzufinden. Vielleicht können wir die südafrikanische Radarüberwachung in Anspruch nehmen, aber wenn sie in geringer Höhe über das Okavangobecken fliegen, werden wir sie wohl trotzdem nicht entdecken.«

»Da könnten Sie Recht haben, Paul, aber die Verfolgung der Brush Vipers liegt ohnehin nicht in meiner Kompetenz«, sagte Kline. »Jetzt haben sie einen Mann ermordet, und nach den Worten des Chefs der spanischen Spezialeinheit setzt sowohl die örtliche als auch die Nationale Polizei alles in Bewegung, um die Täter zu finden.«

Hood stieß einen Fluch aus.

»Nach dem, was er mir über seine Gespräche mit Vertretern der botswanischen Behörden berichtet hat, scheint die Nationale Polizei den Fall an sich gerissen zu haben«, fuhr Kline fort. »Offensichtlich ist die automatisch zuständig, wenn ein ausländischer Bürger ums Leben kommt.«

Auf dem Monitor seines Computers bemerkte Hood Mike Rodgers' Nachricht bezüglich der Kirche.

»Noch eine Frage, Edgar«, sagte Hood. »Gibt es in Maun selbst eine Kirche?«

»Eine Kapelle, die von mehreren Konfessionen genutzt wird«, antwortete Kline. »Früher war das mal eine katholische Kirche, aber nachdem wir die Heiligkreuz-Kirche bei dem Feriendorf gebaut hatten, haben wir die Pforten der Kapelle auch für andere Religionen geöffnet. Als eine Geste des guten Willens.«

»Wissen Sie zufällig, ob das Gotteshaus einen Internetzugang hat?«, fragte Hood.

»Das kann ich herausfinden«, antwortete Kline. »Warum fragen Sie?«

»Wenn die Polizei anrückt, brauchen wir vielleicht einen Ort, wo Daten übermittelt werden können, ohne dass uns gleich alle über die Schulter schauen«, sagte Hood, der nicht die Absicht hatte, Kline von Marias Fotos zu erzählen. Vielleicht wollte die Polizei die Kamera beschlagnahmen.

»Einen Moment, ich suche gerade«, sagte Kline.

»Können Sie mir trotzdem sagen, wie der tote Sicherheitsbeamte hieß?«, fragte Hood.

»Festus Mogami.«

»Sind Sie sicher, dass das sein richtiger Name ist?«

»Ziemlich sicher«, antwortete Kline. »Einer der Ticketverkäufer behauptet, er habe schon mindestens zwei Jahre auf dem Flugplatz gearbeitet.«

Hood mailte den Namen an Bob Herbert. Oberflächlich betrachtet erinnerte die Geschichte an jene Auftragsmorde, die er aus seiner Zeit als Bürgermeister von Los Angeles kannte. In solchen Fällen wurde ein Nobody angeheuert, der eine wichtige Person ermorden sollte. Anschließend wurde er selbst von den im Hintergrund lauernden Killern umgelegt, die ihm eigentlich bei der Flucht helfen sollten.

»Die Kirche in Maun hat eine E-Mail-Adresse und folglich auch einen Internetzugang«, sagte Kline. Nachdem er Hood die E-Mail-Adresse buchstabiert hatte, las er ihm die aktuelle Liste der Geistlichen vor, die in der Kapelle Gottesdienste abhielten. Auch diese Informationen leitete Hood sofort an Herbert weiter.

»Können Sie mir sonst noch etwas erzählen?«, fragte Hood.

»Was brauchen Sie?«

»Details über den Mord oder irgendwelche Informationen, was unsere Leute dort drüben erwartet«, antwortete Hood. »Mittlerweile *sind* wir in diesen Fall involviert. Nicht nur das Op-Center, sondern die Vereinigten Staaten. Zwar glaube ich eher, dass der Präsident es bei einer öffentlichen Verurteilung des Mordes belassen wird, aber man kann ja nie wissen.«

»So Leid es mir tut, aber im Moment habe ich keine weiteren Informationen, Paul.«

»Können wir uns mit dem Chef der spanischen Spezialeinheit in Verbindung setzen?«, fragte Hood.

»Das werde ich herausfinden«, antwortete Kline. »Ihre Agentin in Maun ist doch Spanierin, oder?«

»Ja.«

»Dann könnte es wichtig sein, aus welcher Region Spaniens sie stammt«, stellte Kline fest. »Diese Soldaten sind überzeugte Gegner jeglicher Autonomiebestrebungen.«

»Maria ist keine Separatistin, falls Sie das meinen«, sagte Hood. »Sie hat jahrelang für Interpol gearbeitet.«

»Das spricht für sie«, sagte Kline. »Ich werde dort anrufen. Vielleicht wollen die Spanier sofort Kontakt zu ihr aufnehmen. Ich werde Sie so bald wie möglich auf dem Laufenden halten.«

Hood glaubte, dass Kline die Spanier nachdrücklich zur Kooperation drängen würde, weil auch er an jeder erdenklichen Unterstützung interessiert war.

»Bevor wir auflegen, würde ich Ihnen gern noch eine letzte Frage stellen«, sagte Hood. »Glaubt die katholische Kirche daran, dass die Ereignisse in Botswana dem Willen Gottes entsprechen?«

»Das ist eine seltsame Frage«, antwortete Kline.

»Nicht, wenn sie von einem doktrinären Mitglied der Episkopalkirche gestellt wird«, sagte Hood. »Wir glauben daran, dass Gott überall seine Hand im Spiel hat.«

»Katholiken glauben an den freien Willen«, entgegnete Kline. »Ein intelligentes Wesen kann sich frei entscheiden, ob es etwas tun oder unterlassen will. Einen Zwang von außen gibt es nicht. Weder die Entführung noch der Mord waren gottgewollt. Die Verantwortlichen hatten die Wahl.«

»Und Gott hätte nicht eingegriffen, um diese Vorfälle zu verhindern?«

»Nein. Schließlich hat er auch seinen eigenen Sohn nicht gerettet, und Mord ist ...«

Plötzlich unterbrach sich Kline. »Hier geht gerade ein anderer Anruf ein«, sagte er dann. Mit einem Mal klang er kurz angebunden und angespannt.

»Alles in Ordnung?«, erkundigte sich Hood.

»Ich weiß es nicht.«

»Dann sprechen wir ein andermal weiter.«

»Nein, ich rufe Sie gleich zurück«, sagte Kline.
»Warum, was ist denn los?«, fragte Hood.
»Es gibt offenbar Neuigkeiten von Pater Bradbury«, antwortete Kline.

39

Washington, D. C. – Freitag, 9 Uhr 00

Bevor er Darrell McCaskey anrief, musste Mike Rodgers erst noch mit seinem im Pentagon arbeitenden Freund Lieutenant Colonel Matt Mazer telefonieren. Dieser sollte sich mit dem Flughafen von Gaborone in Verbindung setzen. Rodgers wollte sicherstellen, dass der Flughafen und die Maschine mit Aideen Marley und David Battat an Bord einer gründlichen Sicherheitsüberprüfung unterzogen wurden. Vielleicht hatte es sich bei dem Vorfall in Maun um einen gezielten Mordanschlag auf den Bischof gehandelt. Vielleicht war aber auch jemand unterwegs, der wahllos auf Amerikaner feuerte. Rodgers wollte den bestmöglichen Schutz für Aideen und Battat.

Als er gerade aufgelegt hatte, betrat Darrell McCaskey sein Büro.

»Macht's Ihnen was aus, wenn ich reinkommen?«, fragte McCaskey.

»Ganz im Gegenteil, ich bin froh, Sie zu sehen«, antwortete Rodgers. »Ich wollte sowieso gerade bei Ihnen anrufen.«

»Aus welchem Grund?«

»Maria hat sich bei mir gemeldet.«

»Und?«

»Kein Grund zur Aufregung.«

»Besseres haben Sie nicht zu vermelden?«

»Wirklich, es geht ihr gut«, versicherte Rodgers. Dieses Gespräch ließ sich nicht so an, wie er sich das vorgestellt hatte. Die Situation war ungemütlicher als manch eine, die er in bewaffneten Auseinandersetzungen erlebt hatte.

McCaskey beäugte den General misstrauisch. »Habe ich da eben ein unausgesprochenes ›Aber‹ gehört, Mike?«, fragte er.

»Sie hören einen frustrierten Mann, Darrell, der sich fühlt wie ein eingesperrter Flaschengeist.«

»Zum Teufel, wovon reden Sie?«

»Ich meine damit, dass unsere Situation durch äußere Umstände beeinflusst wird, für die wir nichts können«, sagte Rodgers. »Man reibt an der Flasche, wir stehen sofort mit all unseren Möglichkeiten Gewehr bei Fuß – und haben trotzdem sehr wenige Einflussmöglichkeiten.« Er atmete tief durch. »Ja, Maria geht es gut. Aber sie war auf dem Flugplatz von Maun, als ein Sicherheitsbeamter – oder jemand, der sich als ein solcher ausgab – den amerikanischen Bischof ermordet hat.«

»Wie bitte?«, fragte McCaskey. »Sie haben den Bischof getötet, der gerade erst dorthin geflogen ist?«

»Ja.«

»Wie ist das denn passiert?« McCaskey machte es sich in einem Sessel bequem. Seine Stimme klang ausdruckslos und professionell, zumindest im Augenblick.

»Er wurde aus nächster Nähe durch einen Pistolenschuss getötet«, sagte Rodgers. »Als der Killer ein Kleinflugzeug erreichen wollte, dass offensichtlich auf ihn wartete, hat dessen Pilot ihn erschossen.«

»Ein gutgläubiger Trottel, den sie schön hereingelegt haben«, sagte McCaskey.

»Ohne jeden Zweifel.«

»Und Maria?«

»Obwohl sie sich im Hintergrund gehalten hat, ist sie

ziemlich sicher, einen der Männer am Tatort identifiziert zu haben«, sagte Rodgers. »Sie hält ihn für ein Mitglied der Brush Vipers und verfolgt ihn in einem Taxi.«

»War dieser Mann an dem Geschehen beteiligt?«, fragte McCaskey.

»Sie hat nichts davon bemerkt.«

»Verstehe. Hat Maria irgendwelche Unterstützung vor Ort?«

»In Kürze werden Aideen Marley und David Battat in Gaborone landen«, antwortete Rodgers. »Dann sind sie in ungefähr drei Stunden in Maun. Ich habe Aideen eine Nachricht auf die Mailbox ihres Handys gesprochen. Anrufe werden über unser Konsulat in Gaborone weitergeleitet. Noch bevor sie in das Flugzeug nach Maun steigen, wird Aideen sich bei mir melden, und dann kann ich sie auf den neuesten Stand bringen.«

»Wie sieht's mit der lokalen Polizei aus?«, fragte McCaskey.

»Am Tatort war keine Polizei, und sie hatte keinerlei Kontakt zu ihr«, sagte Rodgers. »Die Polizei hätte ungefähr eine halbe Stunde benötigt, um zum Ort des Geschehens zu gelangen.«

»Aber Sie werden ihr doch mitteilen, wo Maria ist?«

»Das will sie nicht.«

»Spielt das eine Rolle?«, fragte McCaskey.

»Ja«, antwortete Rodgers. »Offensichtlich hofft Maria, dass dieses Mitglied der Brush Vipers sie zu Dhamballa und Pater Bradbury führt. Deshalb wird sie alles tun, damit niemand etwas von ihrer Anwesenheit erfährt.«

»Es ist völlig egal, was sie will, Mike«, stellte McCaskey fest. »Schließlich wird diese Operation nicht von ihr geleitet. Auch die Polizei von Maun kann sich diesen Brush Viper schnappen und dieselbe Information aus ihm herausholen wie Maria. Wenn sie wollen, können Polizisten aus Botswana ganz schön aggressiv werden.«

»Und wie kommen *wir* dann an diese Information?«, konterte Rodgers.

»Wofür benötigen wir sie denn?«, fragte McCaskey. »Die dortige Polizei kann Pater Bradbury genauso gut finden.«

»Nicht, wenn die Zielperson sie kommen sieht und ihren Komplizen Bescheid gibt. Stellen Sie sich nicht so dumm an, Darrell, Sie wissen es doch besser.«

McCaskey starrte Rodgers an. Ganz der alte FBI-Beamte. Fester Blick, unbewegter Mund. Dieser Gesichtsausdruck sollte bei einer Gegenüberstellung oder einem Verhör den anderen darüber im Ungewissen lassen, ob der Agent eine schwache Stelle getroffen zu haben glaubte oder ob der Verhörte versehentlich ein wichtiges Detail ausgeplaudert hatte. Zwar glaubte Rodgers nicht, dass der ehemalige FBI-Beamte seine Gefühle zu verbergen suchte. Aber zumindest gab er sich Mühe, sie in Schach zu halten. Was er gerade über seine Frau vernommen hatte, konnte McCaskey nicht gefallen.

»Und was ist mit Ihnen, Mike?«, fragte McCaskey.

»Ich kann nicht ganz folgen«, antwortete Rodgers.

»Was wollen Sie?«

»Dass Maria in Sicherheit ist. Außerdem will ich, dass sie ihren Auftrag erfolgreich erledigt.«

»In der Reihenfolge?«, hakte McCaskey nach.

In seinem Tonfall klang so etwas wie eine Anklage durch, und das gefiel Rodgers gar nicht.

»Ja, exakt in der Reihenfolge, Darrell«, antwortete der General. »Für dieses Jahr reicht's, ich habe schon genug Leute verloren.«

McCaskey wirkte, als hätte man ihm einen Schlag ins Genick versetzt. Plötzlich hing eine merkwürdige, tödliche Stille im Raum. McCaskey senkte den Blick. Ein Teil seines Zorns schien schon verraucht zu sein.

Dagegen war Mike Rodgers noch immer ziemlich sauer, und zwar nicht aus dem Grund, weil der ehemalige FBI-Beamte gefragt hatte, wo seine Prioritäten lagen. Wäre er in McCaskeys Lage gewesen, hätte er dieselbe Frage gestellt, und das vermutlich nicht auf eine so diplomatische Weise. Er hätte sie aus zwei Gründen gestellt. Zuerst, um sicherzustellen, dass seine Frau keine unkalkulierbaren Risiken einging. Und zweitens hätte er Dampf ablassen wollen, weil man ihn vom Entscheidungsprozess ausgeschlossen hatte.

Nein, Rodgers war aus einem derselben Gründe beunruhigt wie McCaskey. Maria war gezwungen, bei einer umfassenden Aufklärungsoperation zu improvisieren. Es gab kein Drehbuch, an das sie sich halten konnte, und keinerlei Strategie für einen Rückzug. Sie konnten aber zumindest ihre Chancen etwas verbessern.

»Lassen Sie uns zum Thema zurückkommen«, schlug Rodgers vor.

McCaskey nickte matt.

»Ich wollte Sie unter anderem anrufen, weil wir mit Maria eine Agentin vor Ort haben, die völlig ohne Unterstützung agiert«, sagte Rodgers. »Wen kennen sie da drüben?«

»Niemanden, den wir für unsere Zwecke einspannen könnten«, antwortete McCaskey. »Ich habe das bereits überprüft. In Johannesburg gibt's ein Interpol-Büro, aber da ist nichts zu machen.«

»Weil sie niemanden abstellen können oder weil sie uns nicht helfen wollen?«, fragte Rodgers.

»Interpol South Africa braucht eine Genehmigung der dortigen Behörden, um innerhalb der Grenzen von Botswana aktiv zu werden«, sagte McCaskey. »Das wird Tage dauern.«

»Auf inoffiziellem Weg können Sie da nichts ausrichten?«, hakte Rodgers nach.

»Sie werden es nicht tun«, antwortete McCaskey. »Gesetzwidrige Polizeiaktionen auf fremdem Territorium sind schwer wiegende Vergehen, die im günstigsten Fall mit einer lebenslänglichen Gefängnisstrafe geahndet werden. Von einem Gericht in Botswana können Südafrikaner keine besonders gute Behandlung erwarten. Das geht noch auf die Zeit des Apartheidregimes zurück.«

»Und sonst gibt es niemanden, den wir fragen könnten?«

»Wenn ich irgendetwas mit der Region zu tun hatte, habe ich immer mit der südafrikanischen Interpol-Dependance zusammengearbeitet. In Botswana waren die Nachrichtendienste nie besonders aktiv.«

»Und gerade das könnte einer der Gründe sein, warum die Täter dort zugeschlagen haben«, spekulierte Rodgers.

»Das erste Gesetz jeder Revolution besteht darin, nur dort zu beginnen, wo man die besten Chancen hat. Da wir gerade davon reden: Bob hat mir erzählt, der Sicherheitsdienst des Vatikans habe verdeckte Ermittler in die Gegend entsandt. Mitglieder des Grupo del Cuartel General.«

»Stimmt.«

»Können wir die dazu bringen, dass sie Maria helfen?«

»Paul wird Kline darum bitten«, antwortete Rodgers. »Wir wissen nicht genau, worin ihr Auftrag eigentlich besteht. Außerdem bin ich mir nicht sicher, wie weit wir ihnen vertrauen können. Was den Schutz des Bischofs angeht, haben sie jedenfalls keine besonders gute Arbeit geleistet.«

»Wohl wahr«, stimmte McCaskey zu.

»Sollte das mit den Spaniern nicht klappen, brauche ich ein paar Alternativen«, fuhr Rodgers fort. »Wie sieht's denn mit dortigen Zeitungsredaktionen aus? Kennen Sie jemanden in Maun?«

»Vielleicht könnte ich jemanden auftreiben, der jemanden kennt«, antwortete McCaskey. »Warum fragen Sie?«

»Direkt nach den Schüssen hat Maria auf dem Flugplatz Fotos geschossen, und ich will sie haben«, sagte Rodgers. »Wir brauchen jemanden in Maun, der über einen Computer mit Modem verfügt. Beides muss mit der Software von Marias Digitalkamera kompatibel sein.«

»Ich werde mich darum kümmern«, sagte McCaskey. »In der Zwischenzeit könnten Sie es vielleicht mit der örtlichen Kirche versuchen, die wahrscheinlich einen PC hat und somit durch einen Internetzugang mit dem Vatikan verbunden ist. Ich bin mir sicher, dass Ihr Freund Kline Ihnen da Zugang verschaffen kann.«

»Eine gute Idee«, bemerkte Rodgers, der sich sofort zu seinem Computer umwandte und Hood eine Nachricht schickte.

»Danke für das Kompliment, General«, sagte McCaskey. »Wollen Sie noch einen wirklich guten Vorschlag hören?«

»Aber sicher.«

»Rufen Sie Maria zurück.«

Offensichtlich war es McCaskey damit ernst.

»Glauben Sie, dass Maria aussteigen würde, wenn ich das täte?«, fragte Rodgers. »Würde sie nicht vermuten, dass Sie dahinter stecken?«

»Ist mir egal«, antwortete McCaskey. »Wenigstens wäre sie dann wieder hier.«

»Oder auch nicht«, bemerkte Rodgers. »Ein guter Schütze, der siebentausend Meilen weit weg etwas ins Visier genommen hat, schaltet das Zielfernrohr nicht einfach ab.«

»Ein guter Schütze pariert«, erwiderte McCaskey.

Das hörte Rodgers gar nicht gern, aber er ließ den Gedanken nicht zu nah an sich herankommen. Statt nachzudenken, reagierte McCaskey nur. Wenn Rodgers sich genauso verhielte, würde ihre Unterhaltung noch gereizter verlaufen.

»Sehen Sie, Darrell«, sagte Rodgers. »Niemand weiß von Marias Aufenthalt in Botswana, und ich bin sicher, dass sie alles tut, um keinerlei Aufmerksamkeit zu erregen.«

»Das weiß ich selbst«, erwiderte McCaskey, dessen Gesichtsausdruck, Stimme und Körperhaltung seine Verärgerung verrieten. »Zum Teufel, Mike. Maria ist nicht einmal bewaffnet. Als sie ihren Job bei Interpol quittierte, hat sie ihre Pistole zurückgegeben. Selbst wenn sie eine Waffe hätte, würde sie es nie riskieren, sie im Reisegepäck herumzutragen. Nicht ohne Waffenschein. Sie hätte bei der Sicherheitsüberprüfung am Flughafen erwischt werden können. Dann hätte man ihr Fragen gestellt. Sie hätte ihre Identität preisgeben müssen und vielleicht sogar etwas ausgeplaudert. Als echter Profi würde sie nie zulassen, dass es so weit kommt.«

Mittlerweile wusste Mike Rodgers nicht mehr, was er noch sagen sollte. Selbst wenn er es gewusst hätte – es blieb nicht mehr viel Zeit. Rodgers hatte nicht vor, weitere Minuten mit Händchenhalten zu verplempern. Stattdessen wollte er mit Bob Herbert und Stephen Viens sprechen, damit sie alles nur Erdenkliche in die Wege leiten konnten, um Maria zu unterstützen.

»Wir werden alles tun, um ihr zu helfen, Darrell«, sagte der General. »Aber wir sind jetzt in diesen Fall involviert und müssen sehen, wie sich die Dinge entwickeln.«

»Wir? Außer ihr ist niemand vor Ort. Sie ist ganz auf sich allein gestellt.« McCaskey stand auf und wandte sich ab.

»Darrell?«

McCaskey blieb stehen und drehte sich um.

»Ich habe keines Ihrer Worte vergessen und werde Maria so schnell wie möglich dort herausholen«, sagte Rodgers.

»Ich weiß«, sagte McCaskey. Einen Augenblick lang dachte er nach. »Tut mir Leid, dass ich so aggressiv war.«

»Ich werd's überleben.«

»Ja«, sagte McCaskey mit dem Anflug eines Lächelns. »Wie auch immer, mittlerweile ist Ihr Job nicht mehr militärischer, sondern nachrichtendienstlicher Natur. Ich musste Ihnen sagen, wie ich über die Geschichte denke.«

»Schon in Ordnung«, sagte Rodgers.

Nachdem McCaskey das Büro verlassen hatte, wollte Rodgers Paul Hood anrufen, aber Bugs Benet sagte, Hood telefoniere noch mit Edgar Kline. Rodgers bat Benet, er möge dafür sorgen, dass Hood noch vor dem Ende seines Telefonats einen Blick auf seine Eilnachricht warf.

Der General entschied sich, Matt Stoll anzurufen, um sich zu vergewissern, dass Software zum Konvertieren vorrätig war, die später nach Botswana überspielt werden konnte. Marias Digitalkamera musste mit jedem Computer kompatibel sein, den sie dort vielleicht benutzen konnte.

Während er telefonierte, drängte sich ihm eine unbehagliche Vision der Zukunft auf. Er sah sehr deutlich vor sich, dass alle Kriege der Zukunft auf diese Weise ausgefochten wurden. Nicht von Soldaten, die sich mit der Reichweite ihrer Artilleriegeschütze befassten. Nicht einmal von riesigen Armeen und kooperierenden Finanzinstitutionen und Diplomaten, wie es im Krieg gegen den Terror geschehen war. Die Kriege der Zukunft würden von Schreibtischhockern geführt werden, die nach der richtigen Software suchten, um sie gegen den Feind einzusetzen. Der Krieg der Zukunft würde eine Kombination von Attacken im Cyberspace, nachrichtendienstlichen Operationen und mikrochirurgischen Schlägen sein.

Mike Rodgers war sich nicht sicher, ob er für diese Zukunft gewappnet war. Eine Zukunft, in der jede Nation eine Supermacht sein konnte.

Selbst Botswana.

40

Okavangobecken, Botswana – Freitag, 16 Uhr 39

Seit fast vierundzwanzig Stunden war Pater Bradbury in einer kleinen Hütte eingesperrt, in der es nur ein Feldbett mit Aluminiumrahmen, eine von der Decke herabbaumelnde Lampe und eine Strohmatte gab. Der linke Fußknöchel des Priesters war an einen Bettpfosten gekettet. Im Verlauf des vergangenen Tages hatte man ihm dreimal einen Eintopf gebracht und einmal eine Feldflasche mit warmem Wasser. Zweimal war er zum Außenabort geführt worden. Die Fensterläden waren noch immer geschlossen. Obwohl auch hier eine furchtbare Hitze herrschte, war sie nicht so drückend wie in seiner ersten Zelle. Beschäftigen konnte sich der Priester eigentlich nur mit einer schmalen Broschüre, in der Dhamballa seine Gedanken zusammengefasst hatte.

Er lag in durchgeschwitzter Unterwäsche auf dem Feldbett. Seine anderen Kleidungsstücke stanken dermaßen nach Schweiß und Sumpfwasser, dass er sie lieber ausgezogen und auf den etwas kühleren Boden gelegt hatte, wo sie hoffentlich trocknen würden.

Gelegentlich kamen an der Hütte Menschen vorbei, deren Worte aber kaum zu verstehen waren. Pater Bradbury fragte sich, ob er der einzige Gefangene auf der kleinen Insel war und was wohl in der für ihn unerreichbaren Welt jenseits davon vorgehen mochte. Wie hatten die Kirche und die Diakone auf seine Entführung reagiert? Er hoffte, dass es seinem Freund Tawana Ndebele gut ging. Jetzt, da Bradbury Zeit hatte nachzudenken, wurde ihm klar, wie viele Menschen sich wegen ihm Sorgen machten.

Außerdem blieb ihm Zeit, über die Leiden Jesu und christlichen Heiligen und Märtyrer nachzudenken: über Johannes den Evangelisten, der geschlagen, vergiftet und in einen Kessel mit siedendem Öl geworfen, über die junge Konvertitin Felicitas, die zum Tod durch wilde Tiere in einem Amphitheater verurteilt, über den heiligen Blasius, dem mit eisernen Wollkämmen das Fleisch von den Knochen gerissen und der anschließend enthauptet worden war. Und über die Leiden vieler anderer. Im Johannesevangelium sprach Jesus von der Bedrängnis, die diese Welt beherrsche. Pater Bradbury würde sich nicht über seine Leiden beklagen.

Schließlich nahm sich der katholische Priester auch Zeit, Dhamballas Broschüre über Vodun mehrere Male zu lesen. Er war glücklich, das Büchlein in Händen zu halten – vielleicht würde es ihm helfen, sich besser mit Dhamballa verständigen zu können. Bei ihren bisherigen Gesprächen hatten Pater Bradburys Worte keinerlei Eindruck hinterlassen. Wenn er bei der Bibellektüre irgendetwas über Zeloten gelernt hatte, dann dass sie vernünftigen Argumenten nur selten zugänglich waren. Vielleicht gab es einen anderen Weg, der eine Kommunikation ermöglichte. Wenn sie mehr über den Glauben des jeweils anderen wussten, würden sie vielleicht doch irgendeine Gemeinsamkeit entdecken.

Dann holten sie ihn wieder. Zwei Bewaffnete in Tarnanzügen kamen. Diesmal schienen sie es eiliger zu haben als sonst. Einer der Männer hielt ihn am Arm fest, während der andere ihn loskettete. Bradbury leistete keinen Widerstand.

»Bitte, lassen Sie mich meine Kleider anziehen«, bat er. Als er darauf zeigte, griff der zweite Mann schon nach seinem anderen Arm.

Doch schließlich erfüllten sie ihm seinen Wunsch. Nachdem er sich angekleidet hatte, zerrten sie ihn zur Tür.

»Die Broschüre ...« Pater Bradbury zeigte auf das Pamphlet, das zu Boden gefallen war. Die Männer ignorierten seine Worte.

Er fragte nicht, wohin man ihn brachte. Trotz des unter dem dichten Laubdach herrschenden Zwielichts konnte er die besorgten Minen seiner Bewacher erkennen, und bald fielen ihm hektische Aktivitäten auf. In den Hütten rafften Männer ihre Sachen zusammen, und am hinteren Ende der Insel wurden Moos, belaubte Zweige und Planen von den bis jetzt gut getarnten Motorbooten gerissen. Dahinter wurde ein Kleinflugzeug beladen.

Offensichtlich wurde das Camp aufgegeben, und zwar in aller Eile. In Filmen hatte der Priester gesehen, wie Okkupanten besetzte Städte und Schergen Konzentrationslager verließen. In solchen Fällen wurden Papiere, Vorräte und Beweise für Verbrechen vernichtet, Zeugen und Häftlinge exekutiert. Plötzlich war er davon überzeugt, dass ein Erschießungskommando auf ihn wartete. Er begann das Dankgebet vor sich hin zu murmeln. Nie hätte er gedacht, dass er sich selbst die Sterbesakramente spenden würde. In seinem bisherigen Leben war meistens alles ruhig und vorhersagbar verlaufen.

Die beiden Männer führten Pater Bradbury in Dhamballas Hütte, die nur von ein paar Kerzen erleuchtet wurde und eine Atmosphäre wie ein Grab verströmte. Dort ließen sie seine Arme los. Der Vodun-Priester stand in einer Ecke des Raums, wie immer in kerzengerader Körperhaltung. Diesmal war ein kleiner, stämmiger Mann mit Glatze bei ihm, der sich nicht so gerade hielt wie Dhamballa. Beide hatten eine düstere Miene, und Dhamballas Gast schwitzte stark. Bradbury konnte nicht sagen, ob es an der Hitze oder an Furcht lag. Wahrscheinlich war beides im Spiel.

Die beiden Wachmänner verließen die Hütte und schlossen die Tür. Körperlich und seelisch fühlte Pater Bradbury sich heute stärker als bei seinen ersten beiden Besuchen.

Sie werden mich nicht töten, dachte er mit einiger Erleichterung. *Zumindest noch nicht.*

Er fragte sich, was Dhamballa wohl diesmal von ihm wollte. Die Missionare hatte er bereits abberufen, und weitergehende Entscheidungen lagen nicht in seiner Kompetenz.

Jetzt trat Dhamballa so dicht vor den Priester, dass ihre Gesichter nur noch wenige Zentimeter voneinander entfernt waren. Sein Blick wirkte entschlossen. Er zeigte auf das auf dem Tisch liegende Telefon und sagte: »Sie werden jetzt Ihre Diözese anrufen.«

»Die Erzdiözese in Kapstadt?«, fragte Pater Bradbury.

»Genau.«

Irgendetwas musste passiert sein. Die Stimme des Vodun-Predigers klang angespannt und zornig. Dhamballa zeigte erneut auf das Telefon, dann auf Pater Bradbury.

»Was soll ich sagen?«, fragte der.

»Dass Sie noch am Leben sind.«

»Warum? Glauben meine Vorgesetzten, dass ich tot bin?«

Der andere Mann stieß Pater Bradbury an. »Wir führen keine Verhandlungen«, drohte er. »Rufen Sie endlich an!«

Bradbury glaubte einen französischen Akzent erkannt zu haben. Er blickte den Fremden an. Sie hatten ihn fast verhungern lassen und so oft geschlagen, dass sein Körper kaum noch zu existieren schien. Jetzt blieb ihm nur noch sein Verstand, dem physische Gewalt so leicht nichts abhaben konnte.

»Warum?«, fragte er.

»Ich werde es Ihnen sagen«, erwiderte Dhamballa. »Ihr Nachfolger wurde unmittelbar nach der Landung seiner Maschine auf dem Flugplatz von Maun exekutiert.«

»Der *Bischof*?«, fragte Pater Bradbury.

»Ja.«

»Wegen meines Anrufs bei dem Diakon?«

»Nein«, antwortete Dhamballa. »Wir hatten nichts damit zu tun.«

Der Priester fühlte sich plötzlich schwach. In der Geschichte hatte es immer wieder bewundernswerte Märtyrer gegeben. Aber wenn man diese Rolle selbst übernehmen musste, war daran nichts romantisch.

Weil er nichts mehr hören wollte, stieß der Priester Dhamballa zur Seite und trat einen Schritt zur Seite.

»Alle sollen wissen, dass es Ihnen gut geht«, sagte Dhamballa. »Außerdem sollen Sie ihnen mitteilen, dass nicht wir für diese Tat verantwortlich waren.«

»Natürlich sind Sie und Ihre Leute dafür verantwortlich«, erwiderte Pater Bradbury. Seine Äußerung kam einer Beschuldigung nahe.

»Idiot!« Der andere Mann versetzte dem Priester einen Schlag.

»Schluss jetzt!«, befahl Dhamballa lautstark.

»Er weiß nichts, aber er beschuldigt uns!«

»Ich weiß, dass Sie die Menschen unterdrücken wollen, die unserer Kirche angehören«, sagte Pater Bradbury. »Vielleicht haben Sie andere aufgehetzt, die nicht an unsere Grundsätze glauben ...«

»Und ich weiß, dass wir niemanden umgebracht haben«, erwiderte Dhamballa, dessen Tonfall jetzt zwar etwas moderater, aber trotzdem noch bedrohlich klang.

»Doch wenn man uns zwingt, werden wir alles tun, um unser Erbe zu schützen.«

Oft war der Grat zwischen übermäßigem Selbstvertrauen und Kontrollverlust schmal. Im Beichtstuhl hatte der Priester das immer wieder erlebt. Er wusste, wann er es mit einem reumütigen Individuum zu tun hatte, das sich vor der Verdammnis fürchtete, und er erkannte auch, wenn jemand bloß so tat, als wäre er zur Buße bereit. Dhamballa und der andere Mann waren verzweifelt. Pater Bradbury hatte keine Ahnung, auf welche Weise sie den Einfluss des Vodun vergrößern wollten. In Momenten, in denen er klar denken konnte, hoffte er, dass sie zu friedlichen Mitteln Zuflucht nehmen würden, zu jener weißen Magie, über die Dhamballa in seiner Broschüre schrieb. Aber jetzt ging es nicht mehr nur darum. Vielleicht war ihr Leben in Gefahr. Pater Bradbury durfte diese Möglichkeit nicht außer Acht lassen. Andererseits gab es keinen Grund, warum er nicht anrufen und die Wahrheit sagen sollte, denn er lebte ja tatsächlich noch.

»Wenn ich die Erzdiözese anrufe, wird man mir Fragen stellen«, sagte er. »Man wird wissen wollen, wie es mir geht und wie man mich behandelt hat.«

»Abgesehen davon, wer wir sind, können Sie alles erzählen«, entgegnete Dhamballa. »Man muss dort verstehen, dass wir trotz aller zwischen unseren Religionen bestehenden Differenzen friedfertige Menschen sind.«

»Sie werden antworten, dass friedfertige Männer nicht mit Gewalt Menschen entführen«, bemerkte Pater Bradbury.

»Männer *Ihres* Glaubens haben während der Inquisition friedliebende Menschen verfolgt«, sagte Dhamballa. »Wie heißt es bei Ihnen? ›Wer von euch ohne Sünde ist, werfe den ersten Stein.‹«

Der Vodun-Führer hatte offenbar mit dieser Antwort

gerechnet. Doch dies war nicht die Zeit, um Debatten zu führen.

Pater Bradbury blickte erst auf das schnurlose Telefon, dann auf Dhamballa. »Ich habe Ihre Broschüre gelesen. Sie schreiben, es gebe für alle Platz.«

»Das ist richtig«, erwiderte Dhamballa. »Aber nicht in Botswana.«

»Für solche Gespräche bleibt uns keine Zeit«, knurrte der andere Mann. »Rufen Sie endlich an.«

Während der Priester über die kühle, feuchte Erde auf den Tisch zuging, fielen ihm die im trüben Tageslicht auf dem Telefon glänzenden Schweißtropfen auf. Kein Zweifel, hier hatte sich jemand schlechte Nachrichten anhören müssen. Er sprach ein stilles Gebet für den ermordeten Bischof.

»Länger als zwei Minuten darf das Gespräch nicht dauern«, warnte Dhamballa. »Ich werde den Behörden nicht die Zeit lassen, den Anruf zurückzuverfolgen. Außerdem werden wir mithören.«

Dhamballa schaltete die Freisprechanlage ein, und sofort ertönte ein lauter Wählton. Bisher war es Pater Bradbury nicht aufgefallen, aber das Freizeichen klang extrem klar. Diese Leute mussten einen eigenen Sender haben, um die Verbindung zu einem Satelliten herzustellen.

Pater Bradburys Konzentrationsfähigkeit hatte unter der schweren Prüfung gelitten, und es dauerte ein paar Augenblicke, bis er sich an die Telefonnummer der Erzdiözese erinnerte. Als er zu wählen begann, vernebelten ihm Schweißtropfen den Blick. Da seine Finger schmerzten, gab er die Zahlen nur langsam ein. Erst jetzt bemerkte er, wie geschwollen sie waren. Zweifellos ging das auf die Hitze und die Luftfeuchtigkeit zurück, vielleicht aber auch auf das Salz in dem Eintopf.

So viele Dinge haben sich hier geändert, dachte er. Trotzdem wurde er von einer wunderlichen Erkenntnis getroffen: Das Wechselbad der Gefühle und Gedanken, aber auch die körperlichen Torturen hatten seinem Glauben nichts anhaben können.

»Beeilung!«, schnauzte ihn der Mann an, der möglicherweise aus Frankreich stammte.

Pater Bradbury blickte zu dem Fremden hinüber, dessen Miene äußerst erregt wirkte. Dann schaute er auf die Uhr.

Die hektischen Aktivitäten auf der Insel, dachte er. *Und dann der Europäer, der es so eilig hat.* Jetzt wurde ihm klar, dass diese Leute plötzlich unter Zeitdruck standen.

Als er gewählt hatte, lehnte er sich gegen den Tisch. Dhamballa stand direkt neben ihm. Pater Bradburys Schweißtropfen benetzten den schwarzen Hörer. Während er darauf wartete, dass jemand abnahm, fragte er sich, was der Europäer hier zu suchen hatte. Seine Sprache und sein Benehmen deuteten nicht darauf hin, dass es ihm um Religion ging. Die Gründe für seinen Aufenthalt in Botswana mussten politischer oder wirtschaftlicher Natur sein. Ungläubige wandten sich einer Religion nur dann zu, wenn es um Macht und Reichtum ging. Da machte selbst Pater Bradburys Kirche keine Ausnahme.

Am anderen Ende meldete sich ein Sekretär. Nachdem Bradbury seinen Namen genannt hatte, bat er darum, ihn so schnell wie möglich mit dem Bischof zu verbinden.

»Sind Sie's wirklich, Powys?«, fragte Erzbischof Patrick.

»Ja.«

»Gott sei Dank.« Der Erzbischof seufzte erleichtert. »Geht es Ihnen gut?«

»Ich bin ...«

»Hat man Sie freigelassen?«

»Noch nicht, Eure Eminenz«, antwortet Pater Bradbury. »Meine Entführer stehen neben mir.« Der Erzbischof sollte wissen, dass sie nicht frei sprechen konnten.

»Ich verstehe. Sollten Sie zuhören, Gentlemen, dann reden Sie bitte mit mir. Was müssen wir tun, um die Freilassung unseres geliebten Bruders zu erwirken?«

Dhamballa reagierte nicht. Er stand nur da und funkelte Pater Bradbury ungeduldig an.

»Ich rufe nicht wegen meiner Freilassung an«, sagte der katholische Priester. »Man hat mich gebeten, Euch eine Botschaft zu überbringen, Eminenz.«

»Gut, ich höre«, sagte der Erzbischof.

»Meine Entführer sagen, sie seien nicht für den Mord an dem amerikanischen Bischof verantwortlich.«

»Und glauben Sie ihnen?«

»Ich habe keinen Grund, an ihren Worten zu zweifeln.«

»Und haben Sie einen Grund, ihnen zu glauben?«, fragte der Erzbischof.

Der Priester schaute den dunkeläugigen Vodun-Prediger an. »Sie haben mir etwas zu essen, zu trinken und eine Unterkunft gegeben«, antwortete er. »Es sieht nicht so aus, als wollten sie ihren Glauben durch Blut beflecken.«

»Ich verstehe«, entgegnete Erzbischof Patrick. »Wenn es sich wirklich um gute Menschen handelt, wie Sie sagen, wann dürfen wir dann mit Ihrer Rückkehr rechnen?«

In Dhamballas Blick stand keine Antwort zu lesen. Offensichtlich gab es in diesem Punkt keine Hoffnung.

»Ich bete, dass es bald so weit sein wird«, antwortete Pater Bradbury.

Dhamballa nahm dem Geistlichen das Telefon aus der Hand und unterbrach die Verbindung.

»Danke«, sagte der Vodun-Prediger, dessen Blick aber nichts von seiner Härte eingebüßt hatte.

»Also gut«, murmelte der Europäer. »Da das jetzt erledigt ist, werde ich mal draußen nachsehen, wie weit sie mit den Vorbereitungen sind.«

Der Mann mit dem französischen Akzent verließ die Hütte. Pater Bradbury wandte sich von Dhamballa ab. Er stützte sich mit hängenden Schultern auf den Tisch und schüttelte traurig den Kopf. Einen Augenblick später glitten seine Hände in seine Taschen. Dann drehte er sich um.

»Ich weiß nicht, was Sie planen, und ich will es auch gar nicht wissen«, sagte er mit leiser, aber fester Stimme. »Doch ich sehe es, wenn ein Mensch Angst hat, Dhamballa.«

Der Vodun-Führer schwieg.

»Sie haben Angst, und bei Ihrem Freund verhält es sich genauso.« Der Priester wies mit einer Kopfbewegung auf die Tür, durch die der Europäer gerade verschwunden war. »Reden Sie mit mir. Nicht wie mit einem Gefangenen, sondern wie mit einem Freund.«

»Wie mit einem Beichtvater?«, fragte Dhamballa.

»Wenn Sie möchten.«

»Ich möchte nicht.«

»Es ist mir egal, was Sie mit mir vorhaben, Dhamballa, aber ich mache mir Sorgen um ihre Anhänger. Sie sind auch meine Landsleute, und ihr Schicksal liegt mir am Herzen.«

»Wenn Ihnen Botswana am Herzen liegt, dann machen Sie mir keine Scherereien.«

»Ich habe doch versucht, mich kooperativ zu zeigen, oder etwa nicht?«, fragte Pater Bradbury.

»So kooperativ wie eine Termite, die aus einem Dachbalken herausschaut und sagt: ›Wenigstens habe ich nicht deinen Tisch gegessen‹«, erwiderte Dhamballa.

»Aber begreifen Sie denn nicht?«, fragte Pater Bradbury. »Durch Gespräche kann man mehr erreichen als durch Gewalt. Erzwingen Sie doch keine Konfrontation, aus der Sie nicht als Sieger hervorgehen *können*.«

Jetzt kamen die Soldaten zurück, um Dhamballas Befehle entgegenzunehmen. Der Vodun-Prediger schaute Pater Bradbury an.

»Wir sind diejenigen, die gezwungen werden«, sagte er. »Zuerst hat man uns gezwungen, unsere Wurzeln zu vergessen, und jetzt sind wir gezwungen, uns von einem maßvollen, friedlichen Plan zu verabschieden. Im Augenblick haben wir nichts zu verlieren, Pater.«

Dhamballa befahl den Soldaten, den Priester wieder in den Schuppen zu bringen. Dann verließ er die Hütte.

Seufzend nahm Pater Bradbury zur Kenntnis, dass die Männer seine Arme packten. Er leistete keine Gegenwehr, als sie ihn abführten. Draußen war die Sonne bereits untergegangen. In dem dämmrigen Licht kam es dem Priester so vor, als wären noch mehr hektische Aktivitäten im Gange als vor ein paar Minuten. Vielleicht wirkte das aber auch so, weil jetzt nur noch beim Licht batteriebetriebener Lampen gearbeitet wurde, die an Ästen oder den Wänden der Hütten befestigt waren. Das Gesicht jedes Soldaten war von einem hellen Heiligenschein umgeben, und die offenen Uniformblusen flatterten wie Flügel in der sanften, vom Sumpf herüberwehenden Brise.

Die Vodun-Engel bei der Arbeit, dachte Pater Bradbury.

Er wurde in die Hütte zurückgebracht, wo sein linker Fußknöchel erneut an den Bettpfosten gekettet wurde. Während die Männer die Hütte verließen und hinter sich abschlossen, blieb er stehen. Er lauschte. Als er sicher war, dass die Wachmänner verschwunden waren, griff er in seine Tasche.

Er hatte die Schritte gezählt. Seiner Schätzung nach musste die Entfernung zwischen Dhamballas und seiner Hütte etwa fünfzig Meter betragen. Das konnte zu viel sein.

In ein paar Sekunden würde er es wissen. Wenn er verhindern wollte, dass diese Menschen eine Katastrophe erlebten, musste er schnell handeln. Wegen der Dunkelheit in Dhamballas Hütte war Pater Bradburys Tat nicht bemerkt worden. Aber es würde nicht lange dauern, bis es Dhamballa auffiel.

Im Licht der Laterne blickte Pater Bradbury auf das Telefon. Während er Dhamballa den Rücken zugekehrt hatte, hatte er seine Hand auf das schnurlose Gerät gelegt. Es war nicht schwer gewesen, das Telefon unbemerkt in seine Tasche gleiten zu lassen.

Als er das Telefon ans Ohr hob, hörte er den Wählton. Er war also nicht zu weit von der Basisstation entfernt.

Sein Herz pumpte Blut in sein Gehirn, wodurch seine Sinne bis aufs Äußerste geschärft wurden. Selbst seine Finger schienen beweglicher zu sein als zuvor. Er drückte auf die Taste für die Wahlwiederholung und presste das Telefon ans Ohr.

Die Ironie dessen, was er hier tat, entging ihm keineswegs. Eben noch waren ihm die Soldaten wie Engel erschienen. Und nun war er der Krieger, der sie ausmanövrierte.

Als er den Sekretär der Erzdiözese bat, ihn mit Erzbischof Patrick zu verbinden, bemerkte Pater Bradbury nicht, wie melancholisch seine Stimme klang.

Einen Augenblick später hatte er einen Weg eingeschlagen, auf dem es kein Zurück mehr gab. Er betete, dass er sich richtig entschieden hatte.

41

Gaborone, Botswana – Freitag, 16 Uhr 40

Kurz vor der Landung der Maschine der South African Airways in Gaborone trat der Flugbegleiter vor die Passagiere, um sie über die Anschlussflüge zu informieren. Wer nach Kapstadt in Südafrika oder nach Antananarivo in Madagaskar wollte, musste keine Verspätung in Kauf nehmen. Doch der Start der Maschine nach Maun war auf unbestimmte Zeit verschoben worden.

Als der Flugbegleiter sich auf den Rückweg zur Bordküche machte, trat ihm Aideen Marley in den Weg und fragte, was für Probleme es in Maun gebe.

»Der Flugplatz wurde geschlossen«, antwortete der Flugbegleiter, ein Mann in mittleren Jahren.

»Aus welchem Grund?«, hakte Aideen nach.

»Das hat man uns nicht gesagt.«

»Aber unsere Familie wartet dort auf uns«, log Aideen.

»Sie wird bestimmt durch eine Lautsprecheransage informiert«, beschwichtigte der lächelnde Flugbegleiter sie. Dann entschuldigte er sich und ging weiter.

Aideen schaute zu Battat hinüber, der ziemlich frustriert dreinblickte.

»Vielleicht gibt es Probleme mit irgendwelchen Tieren«, spekulierte er. »Störche, Gazellen oder ein Insektenschwarm oder so was. Dann wird's nicht lange dauern.«

»Die Sprüche von Flugbegleitern kann ich ziemlich gut interpretieren«, antwortete Aideen. »Solche Statements werden immer dann abgegeben, wenn es ein langwieriges Problem gibt. Etwa einen Brand oder eine Bombendrohung. Außerdem habe ich den Flugbegleiter genau beobachtet. Meiner Ansicht nach kennt er den Grund für den Aufschub des Flugs selbst nicht.«

»Aber er *würde* ihn kennen, wenn es um meteorologische Probleme oder Tiere ginge«, sagte Battat.

»Genau«, antwortete Aideen.

Zehn Minuten nach der Landung stand Aideen in dem großen, offenen Terminal. Als sie die Mailbox ihres Handys überprüfte, fand sie eine Nachricht von Mike Rodgers, der ihr aber nur den Zugangscode für die Mailbox des Op-Centers hinterlassen hatte. Offensichtlich hatte der General seine Informationen nicht der Mailbox von Aideens Handy anvertrauen wollen. Wenn jemand anders irrtümlich ihren Zugangscode benutzte, wäre die Information in falsche Hände gelangt, und das hätte die Sicherheit der Operation beeinträchtigen können.

Als sie Rodgers' Botschaft abrief, erfuhr Aideen den Grund für die Schließung des Flugplatzes von Maun. Außerdem erhielt sie die Anweisung, sich so schnell wie möglich auf den Weg nach Maun zu machen. Maria Corneja, deren Handynummer Rodgers ihr gleichfalls mitteilte, verfolgte zwei Mitglieder der Brush Vipers und agierte dabei ohne jede Unterstützung.

Aideen ließ ihr Handy in der Tasche verschwinden und informierte rasch David Battat. Am Ausgang und in den Korridoren waren Sicherheitsbeamte postiert, und Aideen hatte nicht vor, Aufmerksamkeit zu erregen. Wenn es auf dem Flughafen von Maun einen Mordanschlag gegeben hatte, musste sie davon ausgehen, dass auch hier eine erhöhte Sicherheitsstufe galt. Während sie mit Battat sprach, zeigte sie auf einige Anzeigetafeln, als würden sie darüber diskutieren, welchen Weg sie einschlagen sollten.

Battat schien die Nachricht von dem Mord nicht überrascht zu haben. Aideen fragte nach dem Grund.

»Hinter dieser ganzen Geschichte scheint sehr viel mehr zu stecken, als man uns erzählt hat«, erwiderte er.

»Inwiefern?«

»Belgier, Chinesen, Japaner, der Vatikan und wir... Viel zu viele Leute haben Interesse an dieser vermeintlich sehr kleinen Krise. Wie damals in Vietnam.«

»Eine Art Bühne für Supermächte?«

»Zumindest vermute ich das.«

»Und warum?«, fragte Aideen.

»Genau weiß ich es nicht«, sagte Battat, »doch ich würde darauf wetten, dass Dhamballa oder einige Leute aus seinem direktem Umfeld ein paar Antworten parat haben.«

Aideen bat Battat, er möge vorgehen und einen Leihwagen mieten. Die beiden hatten nur Handgepäck. Aideen versicherte, sie könne die kleinen Rollkoffer auch allein durch den Zoll bringen und werde sich anschließend mit ihm vor dem Flughafen treffen.

Sie zog die beiden Koffer durch den modernen, mit einer Klimaanlage ausgestatteten Terminal. Ohne den Grund dafür zu kennen, fühlte sie sich angespannt und unbehaglich. Dabei ging es um mehr als nur ihren gefährlichen Auftrag. Irgendetwas an ihrer Umgebung beunruhigte sie.

Sie blickte sich um.

Zunächst war ihr ein Verhalten des Security-Personals aufgefallen, das sie bei ihren Reisen durch Europa so noch nie bemerkt hatte. Die Körperhaltung der Sicherheitsbeamten war perfekt, ihre scharf gebügelten Uniformen waren makellos. Obwohl sie äußerst aufmerksam wirkten, hatte alle einen ruhigen, fast vergeistigten Gesichtsausdruck. In den Unterlagen des Op-Centers hatte sie gelesen, die Situation in Botswana erinnere in gewisser Weise an den Nahen Osten. Es gab keine Trennung zwischen Kirche und Staat. Religion war ein integraler Bestandteil des nationalen politischen und des individuellen Lebens.

Aideen war diese Vorstellung völlig fremd, und sie

fühlte sich in dieser Umgebung auf eine schwer zu beschreibende, unangenehme Weise fehl am Platz. Obgleich sie offiziell Protestantin war, glaubte sie nicht. Es war nicht so, dass ihr der Wille gefehlt hätte, aber sie hatte noch nie an etwas geglaubt, das man nicht wahrnehmen oder messen konnte. Jetzt wurde ihr klar, dass sie keine Ahnung hatte, wie sie mit diesen Menschen umgehen sollte, und das machte ihr Angst.

Hinter den Drehkreuzen gab es engere Gänge, durch die die Passagiere den Zoll erreichten. Während Aideen den Gang hinabschritt, blickte sie durch das große Panoramafenster, wo sich ihr ein grandioser Anblick bot. Die untergehende Sonne näherte sich dem absolut flachen Horizont. Noch nie zuvor hatte sie eine so große, so karmesinrote Sonne gesehen. Im Norden erblickte sie blaugraue, gezackte Berge, die abgesehen von den Stellen, wo die Sonne ihre schneebedeckten Gipfel traf, unauffällig wirkten. Einen Moment lang wirkte es, als hüpften die bernsteinfarbenen Strahlen von einem Fels zum andern.

Eine blutrote Sonne und ein in Flammen stehender Berg, dachte Aideen. Wäre sie gläubig oder abergläubisch gewesen, hätte sie darin böse Vorzeichen sehen können.

Hinter der nächsten Biegung des Gangs fand sich Aideen in der Gepäckausgabe wieder. Hinter drei umlagerten Drehkreuzen wartete der Zoll, wo sich bereits Menschen drängten, die ebenfalls nur mit Handgepäck gereist waren. Aideen blickte sich nach Battat um, sah in aber bereits nicht mehr.

Gut, dachte sie. Da Battat auf diese Weise noch vor dem Ansturm der Menge den Leihwagen mieten konnte, würden sie schon bald auf dem Weg nach Maun sein.

Aideen stellte sich an einer der vier Warteschlangen vor dem Zoll an. Hier war alles anders als in dem ruhigen Flugzeug und in dem weiten, offenen Terminal.

Fremde Sprachen prasselten auf sie ein, und was sie

sah, kam ihr vertraut und fremdartig zugleich vor. Einige Menschen in Anzügen oder T-Shirts unterschieden sich nicht von Amerikanern, andere trugen farbenfrohe afrikanische Kleidung. Alle schienen in Bewegung zu sein. Die Leute fächelten sich mit den Heften für ihre Tickets oder der offenen Hand frische Luft zu. Kinder rannten um ihre Mütter herum, als wären sie Maibäume. Hinter der Zollabfertigung verkauften Straßenhändler mit kleinen Handkarren Zeitungen, Süßigkeiten und Getränke.

Während Aideen auf die Abfertigung wartete, stellte sie überrascht fest, dass ihre Zuversicht zurückkehrte, und bald begriff sie auch den Grund. Trotz der neuartigen Anblicke und Geräusche befand sie sich jetzt wieder in einer verständlichen Welt, die derjenigen glich, die sie vor einigen Stunden verlassen hatte.

In einer Welt des organisierten Chaos.

42

Maun, Botswana – Freitag, 17 Uhr 22

Als das klapprige Taxi in Maun eintraf, wurde es in den Straßen der Stadt schnell dunkel. Leon Seronga war dankbar dafür. Laternen gab es nur an der Hauptstraße, so dass vorbeischlendernde Passanten Njo Finn und seinen Lastwagen nicht bemerken würden. Finn hatte gesagt, er wolle seinen LKW in einer engen Seitenstraße neben dem Kino parken, das erst um halb sieben öffne. Anschließend wollte Finn eigentlich zu dem am nördlichen Stadtrand gelegenen Fußballplatz fahren, wo um diese Tageszeit bei trübem elektrischem Licht nur noch ein paar Leute spielten. Dort hätte er auf einem kleinen Picknickplatz parken und unbemerkt warten können.

Aber Seronga hatte sich gegen den Fußballplatz entschieden. Dort hätten vielleicht andere gesehen, was er tun würde.

Er bat den Taxifahrer, sie an dem Platz im Zentrum der Stadt abzusetzen, wo gerade die Geschäfte geschlossen wurden. Busse rumpelten über die Durchgangsstraße. Die neueren, grün gestrichenen Fahrzeuge brachten Touristen nach Gaborone zurück, die älteren – rostige und nur notdürftig gestrichene Vehikel – karrten ihre Fahrgäste in die entlegenen Gebiete der Flussniederung.

Das alte Kino von Maun lag auf der anderen Straßenseite. Seronga erkannte Finns im Schutz der Dunkelheit abgestellten Lastwagen.

»Sind Sie sicher, dass Sie mich nicht mehr brauchen, Hochwürden?«, fragte der Taxifahrer.

»Ganz sicher.« Seronga stieg aus, ging zur Vordertür des Taxis und bezahlte. Der Preis betrug siebzig Pulas, etwa siebenundzwanzig amerikanische Dollar. Seronga gab dem Fahrer fünfundzwanzig Pulas mehr, als das Taxameter anzeigte.

»Besten Dank, Hochwürden«, sagte der Fahrer mit einem breiten Grinsen. »Sie sind äußerst großzügig.«

Obwohl er eigentlich keine Zeit zu verlieren hatte, studierte Seronga das sonnengegerbte Gesicht des Fahrers eingehend, dessen blutunterlaufene Augen von Überstunden und einem langen, harten Leben kündeten. Aber was für ein beeindruckendes Gesicht es war! Das Gesicht eines echten Mannes, eines würdigen Vertreters Botswanas und ihrer Rasse. Dieser Taxifahrer war einer jener hart arbeitenden Menschen, für die die Brush Vipers kämpften.

»Sie verdienen es, und Sie hätten noch viel mehr verdient«, antwortete Seronga herzlich.

Der Taxifahrer fuhr los. Seronga trat auf den Bürgersteig, wo Pavant hinter einer Telefonzelle wartete, um nicht von den Scheinwerfern des Taxis erfasst zu werden, das ihnen vom Flugplatz hierher gefolgt war. Mit finsterem Blick beobachtete er das sich nähernde Auto mit der Spanierin auf dem Rücksitz.

»Sie kommt«, sagte er.

Mittlerweile stand Seronga neben ihm. Gemeinsam beobachteten sie die zweispurige Straße, auf der nur ein paar Fahrräder unterwegs waren – wahrscheinlich Arbeiter, die auf dem Heimweg waren. Autos fuhren hier praktisch gar nicht mehr. Das Taxi, dessen rötlich glühende Nummer auf dem Dach zu erkennen war, kam langsam näher.

»Ich möchte, dass du vor dem Taxi die Straße überquerst«, sagte Seronga. »So, als hättest du es eilig. Aber sorg auf jeden Fall dafür, dass sie dich im Licht der Scheinwerfer erkennen können.«

»Und dann?«, fragte Pavant.

»Dann verschwindest du in der Seitengasse und wartest mit Finn hinter seinem Lastwagen«, sagte Seronga. »Ich werde hier bleiben. Sollte die Frau dir folgen, werde ich mich an ihre Fersen heften. Andernfalls bin ich in ein paar Minuten bei euch.«

»Wird sie unsere Geisel oder unser Opfer?«, fragte Pavant beiläufig.

Diese Frage war nicht leicht zu beantworten. Seronga musste alle Möglichkeiten abwägen. Es ging um das Leben einer Frau. Doch der Anführer der Brush Vipers musste in erster Linie die Zukunft Botswanas im Auge behalten.

»Wenn sie in die Seitenstraße kommt«, sagte er, »bringst du sie irgendwie zum Schweigen und sorgst dafür, dass wir so schnell wie möglich von hier verschwinden können.«

»Und was ist, wenn sie uns weiterhin in dem Taxi folgen will?«, fragte Pavant.

»Dann werden wir uns um sie kümmern, wenn wir aus der Stadt raus sind. Aber ich glaube nicht, dass sie sich für diese Möglichkeit entscheidet.«

»Und warum nicht?«

»Sie weiß noch nicht, dass wir sie bemerkt haben«, antwortete Seronga. »Auch von dem Lastwagen hat sie keine Ahnung. Sie wird herausfinden wollen, warum wir hier sind.«

Pavant nickte. Er ließ das Taxi noch etwas näher kommen und trat dann rasch auf die Straße hinaus. Das Taxi hielt, um ihn vorbeizulassen, und Pavant wandte sich zu dem Fahrer um, damit sein Gesicht vom Licht der Scheinwerfer erfasst wurde.

Unterdessen war Seronga von der alten, verbeulten Telefonzelle zu einer bereits geschlossenen Bäckerei hinübergegangen, deren tiefer Eingang ihm Schutz bot. Etwa fünfzig Meter weiter fuhr das Taxi an den Bordstein heran, und zwar auf derselben Straßenseite, an der auch das Kino lag. Die Frau stieg aus, sprach noch einen Moment lang mit dem Fahrer und schlenderte dann auf das Kino zu. Der Taxifahrer fuhr los. Die Frau ging etwa dreißig Meter an dem Kino vorbei. Dann machte sie auf dem Absatz kehrt und spazierte zurück.

Seronga konnte es gar nicht abwarten, bis es endlich losging. Er ließ sich auf sein linkes Knie herabsinken und zog das lange Jagdmesser aus der an seinem rechten Schienbein befestigten Scheide. Damit sich nicht das Licht einer Straßenlaterne oder eines vorbeifahrenden Autos darauf spiegelte, beschirmte er die Klinge mit der linken Hand. Das Messer hinter dem Rücken verbergend, richtete er sich langsam wieder auf. Jetzt hieß es abwarten.

Wieder ging die Frau an dem Kino vorbei, doch diesmal ließ sie ihren Blick über die Straße gleiten. Seronga war es egal, ob sie bemerkte, dass da jemand war. Wichtig war nur, dass sie ihn nicht deutlich sah. Wenn sie herausfinden wollte, ob er einer der ›Diakone‹ und in Begleitung seines ›Kollegen‹ war, musste sie sich schon zu ihm bemühen. Auf der Lauer zu liegen war einer Offensivstrategie vorzuziehen. Ein Angreifer agierte aus der Position der Stärke heraus. Doch wenn seine Elan versiegte, traten auch Schwächen zutage und ermöglichten es dem Verteidiger zuzuschlagen.

Als die Frau an einer Straßenlaterne vorbeiging, sah Seronga zum ersten Mal ihr Gesicht. Er schätzte sie auf Mitte dreißig. Sie schien nicht ängstlich zu sein, aber es sah auch nicht so aus, als hätte sie Rückendeckung. Vielleicht hatte sie keine Ahnung, dass sie bald Probleme bekommen würde.

Vielleicht ist sie auch cleverer, als ich geglaubt habe, dachte Seronga.

Die Frau blieb stehen und blickte auf das von Hand beschriftete Schild im Fenster des Häuschens für den Kartenverkauf. Dann sah sie auf die Uhr. Sie verhielt sich ganz so, als hätte sie eine Verabredung.

Als würde sie jemand ins Kino ausführen, dachte Seronga.

Die Frau hatte nur einen ›Diakon‹ gesehen, musste aber zwei Gestalten in dem vor ihr fahrenden Taxi erkannt haben. Vielleicht wartete sie auf den zweiten Mann. Vielleicht wollte sie auch erst dann zu der Seitenstraße gehen, wenn die ersten Kinozuschauer eingetroffen waren.

Wie auch immer, Seronga hatte keine Zeit, auf ihre Entscheidung zu warten. Manchmal musste eben auch ein vorsichtiger Soldat in die Offensive gehen.

Das Messer weiterhin hinter dem Rücken verbergend, trat er aus dem Eingang der Bäckerei und schlenderte auf die Seitengasse zu.

43

Maun, Botswana – Freitag, 17 Uhr 31

Als langjährige Interpol-Beamtin wusste Maria Corneja, wann man sie hereinzulegen versuchte.

Während der Fahrt hatte sie Paul Lebbards Telefonat mit seinem Kollegen verfolgt. Anschließend hatte er ihr mitgeteilt, was ihn sein Kollege gefragt hatte. Nun war Maria zweierlei klar. Die beiden ›Diakone‹ hatten ein Ziel und wollten nicht, dass man ihnen folgte. Und sie würden Maria beobachten.

Als ihr Taxi in Maun eintraf, verflüchtigten sich ihre letzten Zweifel daran, dass die beiden Männer sich einen Plan für sie zurechtgelegt hatten. Im Laufe ihrer Jahre bei Interpol hatte Maria Dutzende von Profiling-Seminaren besucht. Anfangs war das noch eine in den Kinderschuhen steckende Methode gewesen, die ›psychologische Evaluierung‹ genannt wurde. Ihr zufolge hatten Menschen, die Verbrechen begangen hatten oder befürchteten, eines Verbrechens bezichtigt zu werden, kein Interesse daran, sich ihren Verfolgern zu zeigen. Eine Ausnahme waren nur geistig gestörte Personen, die geradezu nach einer Konfrontation lechzten. Auf dem Flugplatz hatten die beiden Männer auf Maria aber nicht besonders aggressiv oder sorglos gewirkt. Trotzdem war es einem der beiden ›Diakone‹ wichtig gewesen, ihr beim Überqueren der Straße sein Gesicht zu zeigen, und das konnte nur eines bedeuten: Er wollte, dass sie ihm folgte.

Die beiden wollten sie aus dem Weg schaffen. Die Tatsache, dass sich einer von ihnen demonstrativ gezeigt hatte, legte den Schluss nahe, dass sie nicht viel Zeit zu verlieren hatten. Ihr Vorgehen verriet Maria, wie sie reagieren musste: Sie würde so tun, als hätte sie jede Menge

Zeit. Das würde die beiden schon aus ihrem Versteck hervorlocken.

Offensichtlich wollte der ›Diakon‹ testen, ob sie ihm durch die Straße neben dem Kino folgen würde, in der ein Stück weiter unten ein Lastwagen geparkt war. Vielleicht gehörte er ihnen. Oder sie wollten in dem Kino jemanden treffen. Der Mann, der vor dem Taxi die Straße überquert hatte, war nicht Leon Seronga gewesen. So wie es aussah, stand Seronga auf der anderen Straßenseite und beobachtete sie. Offensichtlich hielten die beiden Maria nicht für einen erfahrenen Profi.

Sie beschloss, weiter vor dem Kino zu warten. So konnte sie zugleich die Seitengasse und den Mann auf der anderen Straßenseite im Auge behalten. Aber ihr blieb nicht beliebig viel Zeit. Da sie den Anschlag mit den Anfangszeiten der Filmvorführungen studiert hatte, war ihr klar, dass bald die Angestellten des Kinos kommen würden. Botswanas Gesetze in Bezug auf Frauen, die allein an einer Straße herumstanden, waren strikt. Wenn bis sechs Uhr nichts geschah, musste sie in der Seitengasse verschwinden und darauf hoffen, dass niemand auf sie aufmerksam wurde. Das Risiko, Bekanntschaft mit der hiesigen Polizei zu machen, wollte sie auf keinen Fall eingehen. Falls die ›Diakone‹ zu entkommen versuchten, konnte sie ihnen nicht folgen.

Glücklicherweise musste Maria nicht bis sechs Uhr warten.

Der Mann, der sich in dem Gebäudeeingang auf der anderen Straßenseite verborgen hatte, kam plötzlich auf sie zu. Einer seiner Ärmel war mit Blut verschmiert. Als er unter einer Straßenlaterne durchkam, wusste Maria mit Sicherheit, dass dies Leon Seronga war.

Seronga ging zielstrebig auf sie zu und fixierte sie dabei. Ihr war klar, dass er bewaffnet war. Sein Arm schwang nicht hin und her, sondern war steif gegen den

Körper gepresst. Aber sie wusste nicht, ob er eine Pistole oder ein Messer bei sich trug.

Neben dem Kino wartend, gab Maria vor, ihm keinerlei Aufmerksamkeit zu schenken. Wäre sie auf ihn zugegangen, hätte er sich vielleicht herausgefordert gefühlt, was zu einer unberechenbaren Reaktion hätte führen können. Vielleicht war er sich auch nicht sicher, ob sie überhaupt Interesse an ihm hatte. Möglicherweise wollte er sie testen, indem er so entschlossen auf sie zukam.

Wenn es so war, hatte Maria eine Überraschung für ihn parat. Dabei ging es nicht um die kleine Sprühdose mit Pfefferspray, die sie in ihrer hohlen Hand verbarg. Im Notfall konnte sie sich damit schützen. Aber es würde ihr nicht helfen, ihr eigentliches Ziel zu erreichen. Sie musste Seronga sorgfältig an den Punkt führen, wo sie ihn haben wollte: Er musste ihr den Aufenthaltsort von Pater Bradbury anvertrauen.

Ein Lastwagen rumpelte vorbei, gefolgt von zwei Fahrrädern. Seronga ging etwas langsamer, kam aber weiter auf Maria zu.

Sie blickte zu der Seitengasse hinüber. Soweit sie es von hier aus sehen konnte, schien dort niemand zu stehen. Das war wichtig, weil sie nicht von zwei Seiten in die Zange genommen werden wollte. Sie vermutete, dass die beiden einen oder mehrere Komplizen hatten, die in einem Gebäude oder in einer anderen Seitenstraße auf sie warteten.

Jetzt war Seronga noch ungefähr fünf Meter entfernt. Maria wartete, bis die Distanz noch einmal um die Hälfte verringert war. Jetzt würde sie dafür sorgen, dass Seronga mit ihr in der Seitenstraße verschwand, ohne ihr etwas zu tun.

»Ich weiß, dass Sie den Bischof nicht ermordet haben«, sagte sie.

Seronga blieb stehen. »Wer war es?«, fragte er.

»Keine Ahnung.« Maria wollte ihm nichts von den Fotos erzählen, die sie am Flughafen gemacht hatte. Noch nicht.

»Gehören Sie zu den spanischen Soldaten?«, fragte Seronga.

»Nein.«

»Wer sind Sie dann? Warum folgen Sie uns?«

»Ich will Ihnen helfen.«

»Und warum?« Seronga wirkte angespannt und wurde langsam ungeduldig.

»Ich glaube an das, was Sie tun«, log Maria.

Seronga zögerte. Maria hatte nicht vor, noch viel mehr zu erzählen. Aber sie musste ihn so neugierig machen, dass er sie mitnahm, und ihn dann so weit bringen, dass er ihr vertraute.

»Obwohl Sie beide versucht haben, mich in diese finstere Gasse zu locken, will ich Ihnen helfen«, sagte sie. »Auch ungeachtet der Tatsache, dass Sie eine Waffe hinter Ihrem Rücken verbergen.«

»Sind *Sie* denn unbewaffnet?«, fragte Seronga herausfordernd.

Maria öffnete die Hand. »Nur zur Selbstverteidigung«, sagte sie. Dann hob sie die Arme. »Überprüfen Sie's. Außer dem Spray habe ich nichts dabei.«

Seronga blickte zu der Seitengasse hinüber. »Okay«, sagte er. »Gehen Sie vor mir her, und tun Sie, was ich sage.«

Maria nickte und ging dann auf die Gasse zu.

Ihr Nicken hatte nicht Leon Seronga gegolten.

44

Washington, D. C. – Freitag, 11 Uhr 18

Maria Corneja hatte Mike Rodgers versichert, sofort Kontakt mit ihm aufzunehmen, sobald sie Leon Serongas Ziel kannte, und sie hatte Wort gehalten. Der General studierte gerade die Landkarte auf seinem Computer. Wenn er die Entfernungen richtig einschätzte, musste Maria mittlerweile eigentlich in Maun sein. Da sie ein Profi war, versuchte Rodgers, sich keine Sorgen zu machen. Unglücklicherweise war sie im Moment ein Profi, der auf sich allein gestellt war.

Nach Marias Anruf hatte sich Rodgers mit McCaskey und Herbert beraten. Auch Lowell Coffey war anwesend, um die anderen auf eventuelle Verstöße gegen internationales Recht aufmerksam zu machen.

Die Männer diskutierten darüber, ob sie die Hilfe von FBI, Interpol oder CIA in Anspruch nehmen konnten. Letztlich blieb nur ELINT, eine für elektronische Nachrichtenbeschaffung zuständige Spezialabteilung der CIA, die bei der Überwachung der drahtlosen Kommunikation in der Region behilflich sein konnte. Rodgers bat Herbert, sich um die Gewährung dieser Unterstützung zu kümmern. Für diesen Job gab es in den Botschaften der Vereinigten Staaten in Gaborone und Kapstadt eigens eingerichtete Lauschposten. Aber für die Abhöraktionen stand jeweils nur ein Mitarbeiter zur Verfügung. Trotzdem war denkbar, dass dabei etwas Interessantes zutage gefördert wurde.

Obwohl Rodgers für die neu eingerichtete HUMINT-Abteilung des Op-Centers verantwortlich war, war es ihm lieber, wenn Herbert diese Hilfe telefonisch einforderte.

»Sie sind der bessere Mann, wenn's darum geht, jemanden zu überreden, alles andere stehen und liegen zu lassen«, sagte er.

»Das ist ganz einfach«, erwiderte Herbert. »Man muss so tun, als würde man zu Kreuze kriechen, gleichzeitig aber einen stahlharten Unterton in der Stimme mitschwingen lassen.«

»Erstaunlich, über welche diplomatischen Kniffe unser Bob verfügt«, bemerkte Coffey.

»Ich habe nur diesen einen, Lowell«, erwiderte Herbert. »Vielleicht ist es manchmal auch noch ganz nützlich, wenn man damit droht, im Fernsehen aufzutreten und einige von diesen Scheißkerlen beim Namen zu nennen, die sich nur um Abstimmungen und Posten kümmern, statt an ihre Wähler zu denken.«

»Im Fernsehen?«, kicherte Coffey. »Wo stotternde Moderatoren ihren Gästen nach drei Worten das Mikrofon abschalten?«

»Mehr als drei Worte bräuchte ich auch nicht«, verkündete Herbert. »›Barbara Fox, Bürokratin‹, das reicht schon. So was nennt man ein gezielt eingesetztes diplomatisches Mittel. Man muss nur eine Idee in die Welt setzen, dann wird sie schon von selbst Wurzeln schlagen. Wenn ein Rechtsanwalt in einem Verfahren etwas behauptet und der Richter die Jury dann auffordert, das Gesagte zu ignorieren, bleibt es nur umso stärker haften. Genau so wird's gemacht. Die Leute müssen nur kurz meine gelassene Stimme hören, bevor der Moderator wieder zu schwafeln beginnt.«

Coffey lachte.

Dagegen hatte sich Rodgers noch nie für einen talentierten Diplomaten gehalten. Er war ein Taktiker und Kommandeur, doch im Moment fühlte er sich auch auf diesen beiden Gebieten nicht handlungsfähig.

In erster Linie beunruhigte Rodgers, dass Maria in Botswana immer noch auf sich selbst gestellt war. Zwar waren Aideen Marley und David Battat in Gaborone gelandet, aber Aideen hatte ihn telefonisch informiert, dass die Autofahrt nach Maun mehrere Stunden dauern würde.

Außerdem fürchtete Rodgers, dass Aideen und Battat schließlich am falschen Ort landen würden. Alle gingen davon aus, dass Leon Seronga nach Maun wollte, aber was war, wenn er es sich anderes überlegt hatte?

Kurz nach dem Ende des Treffens erhielt Rodgers einen Anruf aus Botswana, bei dem Marias Telefonkarte benutzt wurde. Der Anrufer musste die richtige Identifikationsnummer nennen, durch die man mit dem privaten Telefonverzeichnis des Op-Centers verbunden wurde. Gab er dann Mike Rodgers' Namen an, wurde automatisch die Durchwahl gewählt. Ohne die Identifikationsnummer wurde der Anruf über die Telefonzentrale vermittelt, wodurch es möglich war, ihn zu orten. Durch dieses System war praktisch ausgeschlossen, dass die führenden Mitarbeiter des Op-Centers unnötig belästigt wurden.

Trotzdem meldete sich nicht Maria.

Der Mann am anderen Ende stellte sich als Paris Lebbard vor. Der Name sagte Rodgers gar nichts. Aber der Akzent Lebbards ließ fast an einen Ägypter denken.

»Was kann ich für Sie tun, Mr Lebbard?«, fragte Rodgers. Dann schwieg er. Da Marias Telefonkarte verloren gegangen oder gestohlen worden sein konnte, wollte er den Anrufer nicht gleich wissen lassen, mit wem er sprach oder wer Maria war.

»Ich bin Maria Cornejas Fahrer in Botswana«, sagte Lebbard. »Sie hat mir ihre Telefonkarte und Ihre Nummer gegeben.«

»Geht's ihr gut?«, fragte Rodgers.

»Ja. Sie hat mir zugenickt«, antwortete Lebbard.

»Genickt? Ich kann nicht ganz folgen.«

»Das war das Zeichen, das wir vereinbart hatten. Ich habe sie abgesetzt, weil sie mit diesem Mann vom Flugplatz reden wollte. Nachdem ich mein Taxi hinter der nächsten Ecke geparkt hatte, bin ich vorsichtig zurückgeschlichen. Ich habe gesehen, wie sie mit dem Mann sprach. Hätte sie nicht genickt, wäre ich sofort zur Polizei gefahren, um eine Entführung anzuzeigen.«

»Verstehe«, sagte Rodgers. Jetzt spürte er wieder jenes brennende Gefühl in der Magengegend, das er auch in Kaschmir empfunden hatte. Damals hatte es ihm gesagt, dass er möglicherweise leichtsinnig gewesen war. Mittlerweile sehnte er sich geradezu verzweifelt danach, Maria vor Ort irgendeine Unterstützung zukommen lassen zu können.

»Sie hat gesagt, dass Sie sich bestimmt Sorgen machen«, fuhr Lebbard fort. »Aber ich mag sie. Ich weiß, dass sie einen Mann hat, der sie liebt, und ich weiß auch, dass sie in Botswana den Frieden zu erhalten versucht. Wenn ich irgendwelche Zweifel daran hätte, dass es ihr gut geht, hätte ich mich sofort um Hilfe bemüht.«

Noch war Rodgers nicht völlig von den Worten des Mannes überzeugt. Andererseits musste er sich auf Leute verlassen, die vor Ort waren. Und im Moment sah es ganz so aus, als wäre Paris Lebbard seine einzige erreichbare Kontaktperson.

»Danke, Mr Lebbard«, sagte Rodgers, während er sich zu seiner Tastatur herumdrehte. »Können Sie mir beschreiben, wie der Mann aussah?«

»Es war dunkel, und ich war zu weit entfernt, deshalb konnte ich sein Gesicht nicht erkennen«, antwortete Lebbard. »Aber er war wie ein christlicher Geistlicher gekleidet.«

»Und wohin sind die beiden gegangen?«

»Zu einem Lastwagen, der in der Bath Street geparkt war. Dann sind sie losgefahren.«

»Wann genau ist Maria mit dem Mann verschwunden?«

»Das ist noch keine fünf Minuten her.«

»Können Sie den Lastwagen beschreiben?«, fragte Rodgers.

»Ja. Sie sind direkt an mir vorbeigefahren. Es war ein Chevrolet, etwa zehn Jahre alt. Das Fahrerhäuschen war, glaube ich, olivgrün gestrichen. Der LKW war ziemlich verbeult und verrostet und der Laderaum mit einer Plane überspannt. Eine Beschriftung habe ich nicht gesehen.«

»Konnten Sie das Nummernschild erkennen?«, fragte Rodgers, der die ganze Zeit mittippte.

»Nein«, antwortete Lebbard. »Das war völlig verdreckt.«

»Haben Sie irgendeine Ahnung, wohin die beiden gefahren sein könnten?«

»Schwer zu sagen. Sie haben nicht den Highway genommen, sondern eine nicht asphaltierte Straße.«

»Was bedeutet das?«

»Dass der Fahrer kein Interesse daran hatte, dass ihm jemand folgt. Da es dunkel ist und die schmale Straße nur durch nicht beleuchtete Dörfer führen, würde er es sofort merken, wenn ihm jemand im Nacken sitzt.«

»In welche Richtung fuhr der LKW?«

»Nach Norden. Es gibt da noch etwas, das mir aufgefallen ist.«

»Und zwar?«

»Hier unten hat es seit über einer Woche nicht mehr geregnet«, sagte Lebbard. »Nicht nur das Nummernschild war mit Schlamm verschmiert. Auch die Kotflügel, die Reifen, die Seitenwände und die Heckklappe waren total dreckig. In der Sumpfregion im Norden gibt's reichlich Schlamm.«

Rodgers schrieb mit. Dann leitete er die Beschreibung

des Lastwagens, die Fahrtrichtung und das mögliche Ziel sofort via E-Mail an Stephen Viens vom National Reconnaissance Office weiter. Vielleicht bestand eine Chance, dass das NRO den Lastwagen über Satellit entdeckte. An Aideen Marley schickte er eine Kopie dieser E-Mail.

»Sie haben uns sehr geholfen, Mr Lebbard«, sagte Rodgers. »Gibt es sonst noch etwas, das Sie mir mitteilen möchten?«

»Ja«, antwortete der Taxifahrer. »Maria hat mir noch andere Instruktionen gegeben.«

Das überraschte Rodgers. Ein leichtes Lächeln umspielte seine Lippen. Dieser Taxifahrer schien ein aufgeweckter und verlässlicher Mann zu sein. Irgendwie fühlte sich Rodgers jetzt etwas erleichtert. Es war doch richtig gewesen, Maria mit diesem Auftrag zu betrauen. Offenbar hatte sie großen Eindruck auf den Taxifahrer gemacht.

»Erzählen Sie«, sagte Rodgers.

»Sie hat mir eine Kamera und eine Diskette gegeben«, fuhr Lebbard fort. »Dann hat sie gesagt, ich soll Ihnen die Fotos überspielen. Außerdem wüssten Sie vielleicht, wo ich den dafür erforderlichen Computer finde.«

»Das weiß ich tatsächlich«, antwortete Rodgers. »Wo genau sind Sie jetzt?«

»In einer Telefonzelle in der Nhabe Road, etwa zwei Straßen vom Ostufer des Thamalakane entfernt.«

Rodgers ließ den Stadtplan von Maun auf seinem Monitor erscheinen. »Großartig. Kennen Sie die Kapelle in der Stadtmitte von Maun, die von den Gläubigen verschiedener Religionen benutzt wird?«

»Natürlich«, antwortete Lebbard. »Sie meinen die Kapelle der Gnade, westlich vom Einkaufszentrum.«

»Genau. Fahren Sie dorthin. In der Zwischenzeit werde ich mit jemandem telefonieren, der Ihnen Zugang zu

oder nicht. Heute konnte er das nicht mehr selbst entscheiden. Dennoch musste er Entscheidungen treffen, die wichtiger waren als die, was er aus dem brennenden Pfarrhaus retten sollte. Denn diesmal ging es nicht darum, ob er fliehen, sondern darum, ob er sein Schicksal akzeptieren sollte.

Weder Dhamballa noch der Europäer hatten eine Andeutung gemacht, dass Pater Bradburys Leben in Gefahr war. Aber die Soldaten und ihre Anführer gaben das Lager auf. Er hatte Leute gesehen, die in aller Eile Vorbereitungen zu einem überstürzten Aufbruch trafen. Die Rufe, die jetzt von draußen in seine Hütte drangen, deuteten darauf hin, dass sich an dieser Absicht nichts geändert hatte.

Jetzt war er für sie nur noch eine Belastung, die sie sich wahrscheinlich vom Hals schaffen wollten.

Von tiefer Finsternis umgeben, hätte der Priester eigentlich über religiöse Dinge nachdenken sollen. Doch er reflektierte über das Problem des Körpers. Für geistliche Dinge blieb ihm die Ewigkeit. Jetzt war es an der Zeit, sich der sterblichen Hülle bewusst zu werden, die Gott ihm geschenkt hatte. Es war an der Zeit, das Wunder der menschlichen Sinne zu genießen, den simplen Akt des Atmens, der als Geschenk Gottes durch Adam auf die Menschen gekommen war. Die Schönheit des regelmäßigen, verlässlichen Herzschlags. Das Zusammenspiel aller körperlichen Funktionen. Kein Mensch hatte das Recht, dieses Meisterstück der göttlichen Schöpfung zu zerstören.

Trotzdem foltern und töten sich die Menschen tagtäglich, dachte er. Und genau aus diesem Grund wurden Menschen wie er gebraucht. Nur der Frieden Gottes konnte der Gewalt Einhalt gebieten.

Der Geistliche begann Mitleid mit den Männern zu empfinden, denen man vielleicht den Befehl erteilt hatte, ihn zu töten. Indirekt waren sie die Verursacher des Leids anderer, die er vielleicht hätte retten können. Aber er vergab den Soldaten. Da sie wahrscheinlich nicht verstanden, was sie taten, konnten sie auch keine Reue empfinden und nicht gerettet werden.

Seine Gedanken lösten sich von der ihn umgebenden Welt. Er dachte darüber nach, wie wohl seine letzten Minuten verlaufen mochten. Jetzt fiel ihm das Eingeständnis leicht, dass er nicht sterben wollte. Selbst die Umgebung dieser elenden Hütte konnte er nun genießen. Er bewunderte die Weisheit Gottes, die sich unter anderem darin niederschlug, dass er die Menschen altern ließ. Gottes Schöpfung sah vor, dass die Sinne und die Körper der Menschen nach und nach erloschen und ihre Erlebnisfähigkeit immer stärker eingeschränkt wurde. Was ihre erlöschenden Sinne nicht mehr sehen, hören, schmecken, riechen oder fühlen konnten, konnten sie auch nicht mehr genießen. Diese Wahl traf Gott für sie. Er zeigte den Menschen auf diese Weise, wie sie noch die bescheidensten Dinge in ihrer unmittelbaren Umgebung genießen konnten. Aber es lag nicht in Gottes Absicht, dass ein Leben schlagartig und gewaltsam beendet wurde. Deshalb hatte er in einem Gebot verfügt, der Mensch solle nicht töten. Pater Bradbury wollte das von Gott vorgesehene langsame Verlöschen erleben.

Die Tür der Hütte flog auf, und die beiden Soldaten traten ein. Im trüben Licht einer fernen Lampe konnte er nur ihre Silhouetten erkennen. Die Körperhaltung der Männer wirkte anders als zuvor. Ihre Knie waren leicht angewinkelt, die Schultern hochgezogen. Sie schienen jetzt deutlich aggressiver zu sein.

Beide hielten Pistolen in den Händen.

Einer der Männer trat vor, um ihn loszuketten. Dann stieß er ihm den Lauf seiner Pistole in die Rippen, ohne ein einziges Wort zu verlieren.

Mühsam stand der Priester auf. Erschöpfung und Angst ließen seine Beine nachgeben, und er fiel gegen die Schulter des Soldaten, der aber nicht zurücktrat und ihn auf diese Weise stützte.

»Danke«, sagte der Geistliche.

Es dauerte einen Augenblick, bis er wieder halbwegs sicher auf den Beinen stand. Trotz seiner zitternden Knie und schwachen Oberschenkel gelang es ihm, sich aufrecht zu halten.

Eine Wahl treffen, dachte er. Jetzt konnte er nicht mehr an die Zukunft, sondern nur noch an den Augenblick denken. Sein Herz schlug wie wild, er begann zu schwitzen, seine Beine drohten nachzugeben. Dennoch wurde er schlagartig von der Größe des göttlichen Geschenks an die Menschen überwältigt. Als er aus der Hütte getreten war, legte ihm ein Soldat eine Hand auf die Schulter und drückte ihn auf die Knie. Dann trat er hinter ihn.

Plötzlich fror Pater Bradbury. Jetzt fühlte er nur noch seinen hämmernden Herzschlag, und dass er weinte. Er blickte auf die am abendlichen Himmel stehenden Sterne. Er empfand Dankbarkeit für sein eigenes Leben und das Leben in all seinen Erscheinungsformen. Wenn man eine außerkörperliche Erfahrung machen konnte, obwohl man noch lebte, dann glaubte Pater Bradbury dieses Gefühl jetzt zu empfinden. Er fühlte sich mit allem versöhnt. Vielleicht war dies Gottes Art, den Menschen sanft in den Tod zu geleiten.

»Nein!«

Der Schrei zerriss die Stille. Pater Bradbury ließ seinen Blick über die kleine Insel schweifen. Dhamballa kam auf sie zu. Er musste herausgefunden haben, dass der Priester das Telefon gestohlen hatte.

Oder war etwas anders passiert? Etwas, das Dhamballa abgelenkt hatte? Dhamballa ging schnell, aber er wirkte nicht feindselig.

»Nehmt die Waffen runter«, befahl der Vodun-Prediger. »Der Priester kommt mit uns.«

Als der Soldat hinter ihm zurücktrat, fiel Pater Bradbury ein Stein vom Herzen. Jetzt glaubte er nicht mehr, dass jeder Atemzug der Letzte sein konnte.

Dhamballa blieb neben ihm stehen. »Was soll das?«, fragte er streng.

»Wir befolgen nur unsere Anweisungen«, antwortete der Soldat.

»Und wer hat diese Anweisungen gegeben?«

»Leon Seronga.«

»Seronga?«

»Ja.«

»Ist er hier?«

»Nein. Vor fünf Minuten hat er sich über Funk gemeldet.«

»Hat er das Codewort benutzt?«

»Ja.«

»Und er hat die Exekution des Gefangenen angeordnet?«, fragte Dhamballa.

»Seronga hat mich persönlich damit beauftragt, die Sache noch vor unserem Aufbruch zu erledigen«, antwortete der Soldat.

»Hat er das begründet?«

»Nein, *Houngan*.«

Trotz der Dunkelheit konnte Pater Bradbury erkennen, dass Dhamballa überrascht zu sein schien. Seine Körperhaltung wirkte steif, und er schwieg für einen langen Augenblick.

»Und Sie haben es nicht für nötig befunden, mit mir darüber zu sprechen?«, fragte er schließlich.

»Sie sind unser religiöser Führer, Seronga ist unser militärischer Befehlshaber«, antwortete der Soldat mit einem etwas trotzigen Unterton.

»Sie haben seinen Befehl nicht in Frage gestellt?«

»Ich habe ihn gebeten, ihn zu wiederholen.«

Dhamballa trat einen Schritt auf den Mann zu. »Wissen Sie, was heute in Maun passiert ist?«

»Ja, *Houngan*. Ein katholischer Geistlicher wurde ermordet.«

»Und zwar durch einen Schuss in den Hinterkopf, genau wie Sie es gerade beinahe getan hätten«, sagte Dhamballa. »Dadurch ändert sich für uns einiges. Wenn wir in Orapa einziehen, müssen wir der Welt demonstrieren, dass wir keine Mörder sind. Deshalb muss dieser Mann bei uns sein.«

»Ich verstehe«, antwortete der Soldat.

»Dann werden Sie sich persönlich darum kümmern, dass er unversehrt in Orapa ankommt?«

»Ja, *Houngan*.«

»Wenn Seronga noch einmal Kontakt zu Ihnen aufnimmt, lassen Sie mich es wissen«, fügte Dhamballa hinzu. »Wir brechen in einer Stunde auf.«

Dhamballa verschwand, und die beiden Soldaten halfen Pater Bradbury wieder auf die Beine.

Während sie auf das Ufer der Insel zugingen, empfand der Priester es als seltsam, sich in seinem Körper wieder ganz und gar heimisch zu fühlen. Er schwitzte erneut, und er war erschöpft. Hunger und Durst meldeten sich zurück. Er hatte keine Ahnung, ob Gott ihn durch diese Erfahrung tapfer machen oder zu größerer Frömmigkeit anregen wollte. Doch eines wusste Pater Bradbury mit Sicherheit.

Gott hatte ihn aus einem ganz bestimmten Grund an den äußersten Rand der irdischen Existenz geführt.

46

Okavangobecken, Botswana – Freitag, 18 Uhr 42

Als Dhamballa die Tür seiner Hütte hinter sich schloss, stellte er überrascht fest, dass er ein Schwächegefühl in den Unterarmen empfand. Mit zitternden Fingern schaltete er die Lampe ein. Er fühlte sich einsam und verwirrt.

Der Vodun-Prediger wollte einfach nicht glauben, dass Leon Seronga die Exekution des Priesters angeordnet hatte. Der Seronga, den Dhamballa kannte, hätte nie so einen Befehl erteilt, der nicht nur blutrünstig war, sondern auch gegen alle Prinzipien jener friedlichen Revolution verstieß, die sie gemeinsam herbeiführen wollten.

Aber kennst du Seronga wirklich?, fragte er sich düster. *Er ist Offizier, und Offiziere lechzen nach Beförderungen und Macht.*

Doch darüber brauchte Dhamballa jetzt nicht nachzudenken. Nun war es an der Zeit, die materielle Welt zu vergessen und die Götter sprechen zu lassen.

Er nahm ein kleines Kästchen aus einer Schublade seines Schreibtischs, stellte es auf die Matte, kniete daneben nieder und öffnete den Deckel. Dann zog er behutsam ein weißes Tuch aus dem Kästchen und entfaltete es auf der Matte. Darauf lagen fünf Hühnerknochen, Knochen jener heiligen Tiere, die für Anhänger des Vodun eine Quelle der Nährkraft und der Fruchtbarkeit waren. Zu Beginn seines Studiums der Künste eines Vodun-Priesters hatte Dhamballa diese Knochen selbst in der Sonne und heißem Sand so lange getrocknet, bis ihnen jede Feuchtigkeit entzogen war und sie hart wie Elfenbein waren.

Dhamballa griff erneut in das Kästchen, nahm einen Beutel heraus, zog das Band auf und streute dann eine Prise jenes Puders auf das Tuch, der *ma-veve* genannt wurde und eine direkte Verbindung zu der heilsamen und fruchtbaren Erde ermöglichte. Anschließend legte er drei der Knochen darauf, von denen der größte von oben bis unten mit kleinen Löchern versehen war. Dann nahm er die beiden anderen Knochen und rollte sie mit geschlossenen Augen zwischen seinen Handtellern hin und her. Der Lärm der Soldaten, die sich für den Aufbruch rüsteten, schien aus weiter Ferne zu kommen. Das Rollen der Knochen zwischen den Handflächen versetzte einen Vodun-Priester häufig in einen tranceartigen Zustand. Dhamballas *Houngan*, der ihn einst in diese Künste eingeweiht hatte, pflegte zu sagen, dass der Mensch das Medium sei. Die Knochen waren einfach ein Totem, durch den der Geist des *Houngan* fokussiert und geleitet wurde. Während dieser kurzen Prozedur gaben sie keine detaillierten Informationen über die Zukunft preis. Eher deuteten sie Strömungen im Fluss der menschlichen Bestrebungen und sagten dann voraus, wohin diese Strömungen führen würden. Für einen *Houngan* waren die Details durch Meditation zu entdecken.

Dhamballa ließ die beiden Knochen los. Solange sich diese in der Luft befanden, traf sie der Atem der Götter, den auch Dhamballa spürte. Dann fielen die beiden Knochen auf die anderen drei.

Der Vodun-Priester öffnete die Augen und studierte die Anordnung der Knochen, die seine Befürchtungen bestätigte.

Bis zum heutigen Abend waren die Knochen nach dem Wurf immer so gelandet, dass sie Prüfungen für Dhamballa und seine Widersacher vorhersagten, die aber keine Gewalt nach sich zogen. Prüfungen der religiösen Entschlossenheit, der Lebensphilosophie, der Standhaftigkeit. Die Knochen zeigten auf den Mond oder die Sonne, umso zu verraten, ob die Prüfungen tagsüber oder nachts kommen würden. Die Himmelsrichtung, auf die sie wiesen, verrieten Dhamballa, von wo die Herausforderung kam.

Aber jetzt hatte sich etwas verändert.

Die Knochen waren so gefallen, dass sie aufeinander lagen und sich kreuzten. Das bedeutete, dass der Vodun-Führer sich auf Chaos gefasst machen musste.

Zwei weitere Male mussten die Knochen geworfen werden. Der erste Wurf verriet Dhamballa, wie die Zukunft aussehen würde, wenn sich die Strömungen nicht veränderten. Der zweite Wurf offenbarte, ob sich die Abfolge der Ereignisse möglicherweise ändern würde. Wenn die Knochen in exakt der gleichen Anordnung landeten wie zuvor, stand die Zukunft unwiderruflich fest. Aber vorher war etwa anderes zu erledigen.

Dhamballa griff nach dem größten, mit Löchern versehenen Knochen. Dann riss er sich ein Haar aus, führte es behutsam erst durch einen kleinen Schlitz am unteren Ende des Knochens, dann durch die anderen Löcher hindurch. Die Löcher symbolisierten die Augen, das Herz, den Magen und die Lenden. Das freie Ende des Haars nestelte Dhamballa durch den Schlitz am oberen Ende des Knochens hindurch. Anschließend warf er die restlichen vier Knochen hoch.

Sie landeten auf dem mit dem Haar.

So verrieten die Götter Dhamballa, dass es nur eine Möglichkeit gab, den Ausbruch des Chaos zu verhindern. Er musste die ganze Last allein schultern, sich über die Probleme klar werden und schließlich eine Lösung finden.

Der Vodun-Priester hob die Knochen auf und warf sie ein letztes Mal. Dieser abschließende Wurf würde ihm verraten, ob es überhaupt noch eine Möglichkeit gab, das Chaos zu verhindern. Außerdem würde er erfahren, ob es einen friedlichen Weg gab oder ob Gewalt unvermeidlich war. Auf Gebete verzichtete er. Die Aufgabe der Götter war es, Ratschläge zu erteilen, und nicht, ihm zuzuhören.

Er beugte sich vor und wartete, bis die Knochen reglos vor ihm lagen. Hätte es keinerlei Berührung gegeben, wäre Friede möglich gewesen. Doch das war nicht der Fall. Zwei der Knochen lagen voneinander getrennt da, und das bedeutete, dass zwei Personen der Konfrontation mit dem jeweils anderen, aber auch der mit Dhamballa ausweichen wollten. Die anderen beiden Knochen jedoch lagen gekreuzt auf dem, der Dhamballa repräsentierte. Auf diese Weise teilten ihm die Götter mit, dass eine friedliche Lösung zwar grundsätzlich nicht ganz ausgeschlossen sei, dass diese beiden Personen aber dagegen opponieren würden.

Jetzt sah sich Dhamballa die Lage der Knochen auf dem Tuch genauer an. Der kleinere Knochen lag direkt über jenem Loch des Dhamballa-Knochens, das das Herz symbolisierte. Auch das offenbarte ihm etwas Wichtiges.

Sein schlimmster Feind war jemand, bei dem er dies bisher für völlig unwahrscheinlich gehalten hatte. Bis jetzt hätte er an Leon Seronga gedacht. Doch wenn der ihn nicht verraten hatte, musste es jemand anders gewesen sein. Genet war nicht mehr hier und würde auch bei der Veranstaltung vor der Diamantmine nicht anwesend sein. Trotzdem hatten er und seine Partner sehr viel zu verlieren, wenn Dhamballa scheiterte. Im Erfolgsfall sollten sie Botswanas Diamanten exklusiv auf dem Weltmarkt handeln dürfen. Die Hälfte der fünfhundert Millionen Dollar, die die Edelsteine auf dem internationalen Markt einbringen würden, war ihnen zugesagt worden.

Dhamballa griff nach dem Knochen mit seinem Haar, zog es behutsam heraus und warf es zur Seite. In seiner gegenwärtigen Form war der Knochen eine Art primitive Puppe, die Einfluss auf sein Leben nehmen konnte. Hätte er ihn zerbrochen oder irgendwo verschwinden lassen, dann hätte er die Heimsuchung geradezu auf sich gezogen. Nachdem er das Puder von dem Tuch geschüttelt hatte, wickelte er die Knochen wieder ein und legte sie in das Kästchen. Gleich würde er die Hütte verlassen, um zu seinen Soldaten zu stoßen. Doch vorher kniete er auf der Matte nieder, um sein inneres Gleichgewicht wiederzufinden. Er durfte es nicht zulassen, dass Zorn oder Angst ihn aus der Balance brachten.

Dhamballa hatte nicht erwartet, dass sich die Dinge auf diese Weise entwickeln würden. Aber eine der grundlegenden Lehren des Vodun bestand darin, dass nichts von vornherein garantiert war. Bei einem unkonzentrierten oder abgelenkten Vodun-Priester war unter Umständen auch auf Weissagungen oder Magie kein Verlass.

So ist die Lage, dachte er.

Es würde ihm nicht genug Zeit bleiben, eine größere Zahl von Anhängern um sich zu scharen oder die Aufmerksamkeit der Medien in ausreichendem Maße zu erregen. Er würde der Regierung keine starke, geeinte Anhängerschaft präsentieren und somit auch nicht fordern können, dass das Volk von Botswana nicht von neuen Göttern geleitet werden dürfe. Er würde auch nicht verlangen können, dass die einheimische Industrie statt von Ausländern von seinen Landsleuten kontrolliert würde. Er wusste nicht einmal, ob ihn der Anführer seiner eigenen Soldaten verraten hatte.

Nichts ist garantiert, aber eines ist sicher, dachte Dhamballa. Er musste sich zu der Diamantmine begeben und dort wie geplant predigen. Noch bestand eine Chance, dass er loyale Anhänger um sich scharen konnte. Vielleicht konnte er einen Flächenbrand auslösen, der auch andere in sein Lager treiben würde. Mit etwas Glück würden es genügend Menschen sein, um dem Militär auf friedliche Weise Einhalt zu gebieten. Wenn sie scheiterten, würde man ihn ermorden. Doch falls er nicht getötet wurde, würde nicht Dhamballa, sondern Thomas Burton verhaftet und vor Gericht gestellt werden. Politiker würden seine Botschaft ersticken, die Anwälte der Regierung seine Argumente verdrehen. Dann würde es Jahre dauern, bis die Vodun-Bewegung eine neue Chance bekam.

Dhamballa selbst würde keine Chance mehr bekommen.

47

Washington, D. C. – Freitag, 12 Uhr 00

Vor einiger Zeit hatte Matt Stoll dem Direktor des Op-Centers etwas von einem ›Elektron-Faktor‹ erzählt. Paul Hood wäre nie auf die Idee gekommen, dass ihm dieses Wissen eines Tages nützlich sein könnte. Doch wie bei so vielen anderen Dingen irrte er auch hier.

Die Nachhilfestunde in Sachen Wissenschaft lag jetzt zwei Monate zurück. Anlässlich von Hoods Geburtstag war dieser von seinen wichtigsten Mitarbeitern zum Abendessen eingeladen worden. Nach dem Essen hatte Ann vorgeschlagen, eine Bar in der Nähe des Ford's Theater aufzusuchen. Bob Herbert, Stephen Viens und Lowell Coffey saßen mit in der Nische der leeren Bar, und auch Matt Stoll war anwesend. Der trank zwar keinen Alkohol, behauptete aber stets, anderen gern beim Trinken zuzusehen.

Ann fragte ihn nach dem Grund.

»Ich beobachte, wie die Menschen sich unter Alkoholeinfluss verändern«, antwortete Stoll.

»Das ist nicht gerade die feine Art«, bemerkte Ann.

»Aber nein. Beim Trinken geschieht etwas Unvermeidliches«, erwiderte Stoll. »Jeder Mensch hat zwei Seiten.«

»Sie auch?«, fragte Herbert.

»Natürlich.«

»Wie Superman, der in Wirklichkeit Clark Kent ist?«, fragte Herbert.

»Genau. Jeder Held hat eine verletzliche Seite, jeder Wohltäter eine bestialische. Es gibt zahllose Yins und Yangs.«

»Tatsächlich?«, fragte Herbert, der sein Glas in Richtung Kapitol erhob. »Ich kenne ein paar Leute, die immer nur zum Kotzen sind, etwa unsere verehrte Senatorin Barbara Fox, diese Mrs Hyde, die uns laufend das Budget kürzt.«

»Auch die war mal eine liebevolle Mutter«, bemerkte Stoll.

»Ich weiß«, antwortete Herbert. »Deshalb haben wir ihr damals ja auch geholfen, als sie herausfinden wollte, was ihrer Tochter zugestoßen war. Schon vergessen?«

»Ich erinnere mich.«

»Sie scheint es vergessen zu haben.«

»Nein, diese Janusgesichtigkeit ist eine Tatsache unseres Lebens«, meinte Stoll. »Das zeigt schon die Physik.«

»Die Physik?«, fragte Hood. »Nicht die Biologie?«

»Letztlich lässt sich alles auf die Physik zurückführen«, antwortete Stoll. »Ich nenne das den Elektron-Faktor.«

»Ist das Ihre eigene Theorie?«, fragte Herbert.

»Es ist überhaupt keine Theorie.«

»Er hat doch eben auch von einer ›Tatsache unseres Lebens‹ gesprochen«, sagte Liz grinsend, während sie Herbert scherzhaft aufs Handgelenk schlug. »Bei Tatsachen geht's nicht um Theorie.«

»Sorry«, sagte Herbert. »In Ordnung, Matthew, dann erzählen Sie mal von Ihrem Elektron-Faktor.«

»Es ist ganz einfach«, antwortete Stoll. »Wenn ein Elektron um einen Atomkern herumwirbelt, wie es das normalerweise tut, wissen wir eigentlich nichts von seiner Existenz. Es ist nur eine nebelhafte Kraft. Aber wenn wir ein Elektron anhalten, um es in Augenschein zu nehmen, studieren wir genau genommen gar kein Elektron mehr.«

»Was denn?«, fragte Hood.

»Ein ›Mr Hyde‹-Elektron«, antwortete Stoll. »Ein Elektron ist nicht durch sein Aussehen oder Gewicht, sondern durch seine Funktion definiert. Entbindet man das Elektron von seinem Spin, ist es nur noch ein nutz- und beschäftigungsloses Partikel.«

Anschließend führte Stoll aus, dass seiner Ansicht nach in der Natur alles zwei Gesichter habe. Jeder Mensch könne liebevoll oder zornig, wach oder schlafend, nüchtern oder betrunken sein, aber niemals beides gleichzeitig. Ihm mache es Spaß, die Veränderung zu beobachten, und er wolle sehen, ob es irgendwann nicht doch noch jemand schaffe, zwei Gesichter gleichzeitig zu präsentieren.

»Schon möglich«, bemerkte Herbert. »Vielleicht sind Sie ja nervig und langweilig zugleich.«

Stoll behauptete, auch dies sei nicht gleichzeitig möglich. Da offensichtlich sei, dass er Herbert nerve, könne er ihn nicht zugleich langweilen.

Ann tat es schon Leid, Stoll durch ihre Nachfrage zu diesen Ausführungen ermuntert zu haben. Sie bestellte sich noch einen Martini, Herbert orderte das nächste Budweiser.

Hood blieb bei seinem alkoholfreien Bier. Ihn hatte diese Diskussion fasziniert.

Nun erinnerte sich Hood an dieses Gespräch, weil *er selbst* jetzt dieses Elektron zu sein schien. Das Elektron, das sich nicht mehr bewegte und keine Funktion mehr hatte.

Hood stand in dem kleinen Waschraum hinter seinem Büro. Die Tür war geschlossen. Er war physisch isoliert und fühlte sich auch psychisch so. Mit nassen Händen rieb er sich das Genick und blickte in den Spiegel auf dem kleinen Schrank. Es war unglaublich, aber im Moment musste er nur eine Entscheidung treffen, nämlich die, ob er in dem kleinen, schmuddeligen Lokal oder in der Pizzeria zu Mittag essen sollte. Dabei hatte er nicht einmal Hunger. Es war einfach etwas, das getan werden musste.

Isoliert und nutzlos, dachte er. *Und das schon mit fünfundvierzig Jahren.*

Die Operation in Botswana wurde von Mike Rodgers geleitet, für die Informationsbeschaffung und die Zusammenarbeit mit Edgar Kline war Bob Herbert zuständig. Die elektronische Informationsbeschaffung lag in den Händen von Matt Stoll, und Liz Gordon war wahrscheinlich gerade damit beschäftigt, ihre Persönlichkeitsprofile von Dhamballa und Leon Seronga zu perfektionieren.

Selbst der ehemalige Finanzmanager in Hood war arbeitslos. Für die Budgetkürzungen hatte Senatorin Fox höchstpersönlich gesorgt. Wahrscheinlich hätte er den ganzen Tag in dem Waschraum bleiben können, ohne dass das den reibungslosen Ablauf der Arbeit des Op-Centers beeinträchtigt hätte. Selbst Bugs Benet hatte alles im Griff. Hoods Assistent kümmerte sich um etliche operationelle Details, um den Papierkram und die E-Mails des Direktors und fand sogar Zeit für einen Teil der Pressearbeit, die früher von Ann Farris erledigt worden war.

Aber nicht nur im Op-Center fühlte Hood sich plötzlich von allem abgetrennt. Genau in diesem Augenblick verschlangen seine Kinder wahrscheinlich das Essen, das ihre Mutter ihnen auf den Tisch gestellt hatte. Es hatte eine Zeit gegeben, als Hood wusste, womit die Sandwiches belegt waren, welcher Saft im Kühlschrank war und welche Chips sie am liebsten aßen. Er wusste, welcher Mitschüler neben ihnen saß. Heute kannte er nicht einmal ihren Stundenplan.

Mittlerweile gingen seine Kinder nicht mehr in die Grundschule. Dass Hood so wenig über sie wusste, lag auch daran, dass er nicht mehr bei ihnen lebte. Hätte er jeden Morgen dort angerufen, um sich nach dem Speiseplan zu erkundigen, hätten seine Kinder darin wohl kaum den Versuch gesehen, den Kontakt nicht abreißen zu lassen. Eher hätten sie ihn für ein bisschen verrückt gehalten.

Ob er nur einen momentanen Durchhänger hatte oder ob künftige Ereignisse schon sein Gemüt verfinsterten – Hood musste einfach etwas tun. Das personell abgespeckte Op-Center tastete sich auf seinem neuen Weg vor, und auch Hoods Familie suchte eine neue Identität. Beide Herausforderungen musste auch er annehmen. Sollte an diesem Nachmittag im Op-Center nichts los sein, könnte er vielleicht Harleigh und Alexander von der Schule abholen. Oder er sah seinem Sohn beim Fußballspielen zu – wenn er denn damit beschäftigt war.

Als Hood sich gerade kaltes Wasser ins Gesicht spritzen wollte, piepte das in dem Waschraum angebrachte Wandtelefon. Vielleicht war Lowell Coffey ja gelangweilt und wollte mit ihm essen gehen.

Aber es war Mike Rodgers.

»Haben Sie Zeit?«, fragte der General.

»Ja«, antwortete Hood.

»Vielleicht müssen wir die Lage in Botswana künstlich etwas eskalieren lassen«, sagte Rodgers. »Wir treffen uns in zwei Minuten im Tank.«

»Bin schon unterwegs«, sagte Hood. Nachdem er den Hörer eingehängt hatte, trocknete er sich den Hals ab und zog den Knoten seiner Krawatte fester. Dann öffnete er die Tür des Waschraums.

Paul Hood war dankbar, dass es für ihn wieder etwas zu tun gab.

48

Maun, Botswana – Freitag, 19 Uhr 00

Die Lichter von Maun verschwanden, verschluckt von dem Dreck, den der dahinrumpelnde Lastwagen auf der nicht asphaltierten Straße hinter ihnen aufwirbelte.

In der Fahrerkabine des LKW war es dunkel. Maria hatte sich zwischen Njo Finn und Leon Seronga gezwängt, Pavant saß hinten auf der Ladefläche. Er war mit einem Gewehr bewaffnet und trug eine Nachtsichtbrille.

Schon bald würde Seronga Kontakt zu ihrem Camp aufnehmen, und zwar dann, wenn sie die Gabelung der Straße erreichten, die anschließend in nördlicher Richtung in die Sumpfregion und in westlicher Richtung zur Diamantmine führte. Seronga musste wissen, wo Dhamballa sich mit ihm treffen wollte. Ein Mitglied der Brush Vipers beobachtete Militär- und Polizeieinheiten, und Seronga war sicher, dass der Vodun-Priester mittlerweile von dem Mord an dem amerikanischen Bischof erfahren hatte. Außerdem musste Seronga Dhamballa davon überzeugen, dass er nichts mit diesem Mord zu tun hatte.

Während der Lastwagen durch die Finsternis raste, wandte sich Seronga der neben ihm sitzenden Frau zu.

»Soll ich mich vorstellen?«, fragte Seronga. »Oder wissen Sie, wer ich bin?«

»Sie sind Leon Seronga, der Kommandeur der Brush Vipers«, antwortete Maria Corneja.

»Und woher wissen Sie das?«

»Das kann ich Ihnen nicht sagen.«

»Sie sind nicht gerade sehr kooperativ.«

»Das ist auch nicht meine Aufgabe«, antwortete Maria. »Trotzdem kann ich Ihnen helfen. Mehr brauchen Sie im Augenblick nicht zu wissen.«

»Sagen Sie mir, wer den Bischof ermordet hat.«

»Ich habe einiges veranlasst, um herauszufinden, wer für den Mord verantwortlich war.«

»Und was?«

»Nachdem ich auf dem Flugplatz ein paar Fotos geschossen hatte, habe ich alles in die Wege geleitet, damit diese Bilder analysiert werden«, antwortete Maria. »Vielleicht werden meine Kollegen die Identität der an dem Mord Beteiligten herausbekommen.«

»In Spanien arbeitende Kollegen?«, hakte Seronga nach.

Maria schwieg.

»Werden Sie diese Informationen verwenden, um uns zu helfen?«, fragte Seronga.

»Ich werde die Information so verwenden, dass Sie nicht weiter unter Mordverdacht stehen«, antwortete Maria. »Mehr ist nicht drin.«

»Das wäre schon hilfreich«, bemerkte Seronga.

Maria tat so, als hätte sie nichts gehört. »Aber ich werde es nur tun, wenn Sie mir das geben, was ich brauche.«

»Und das wäre?«

»Sie müssen Pater Bradbury freilassen«, sagte Maria.

»Und was, wenn das nicht möglich ist?«, fragte Seronga.

»Nichts ist unmöglich.«

»Aber Ihre Kooperationsbereitschaft hängt davon ab?«

»Absolut.«

»Unglücklicherweise bin ich nicht befugt, Ihnen zu sagen, was möglich ist und was nicht.«

»Dann sorgen Sie dafür, dass Sie befugt sind.«

»Das wird nicht so einfach sein.«

»Wenn politische Umwälzungen leicht zustande zu bringen wären, würde sich jeder daran versuchen«, sagte Maria. »Ohne meine Hilfe wird Ihre Bewegung in ein paar Tagen erledigt sein.«

»Sind Sie da sicher?«

»Ganz sicher.« Maria blickte Seronga direkt in die Augen. »Wer immer den Mord an dem amerikanischen Bischof angeordnet hat, will den Untergang Ihrer Bewegung sehen. So ein Mord ist ein ziemlich rüder Eröffnungszug. Ich mag mir kaum vorstellen, was noch kommen wird, wenn es nicht nach deren Willen läuft.«

»Aber Sie behaupten, keine Idee zu haben, wer genau dahinter steckt?«

»Ja.«

»Würden Sie es mir sagen, wenn Sie es wüssten?«, fragte Seronga.

»Das weiß ich nicht«, antwortete Maria.

Seronga lehnte sich zurück und schaute durch das verschmutzte Fenster auf der Seite des Beifahrersitzes, durch das der Mond nur undeutlich und verschwommen zu erkennen war. Irgendwie passte das. Im Moment war nichts klar und deutlich zu erkennen. Außer dieser Frau, die das Überlegenheitsgefühl eines Geparden ausstrahlte.

Erneut wandte sich Seronga seiner Gesprächspartnerin zu. »Was wissen Sie über unsere Bewegung?«, fragte er.

Maria zuckte die Achseln. »Nicht viel.«

»Dann lassen Sie mich Ihnen etwas erzählen.«

»Und warum?«

»Vielleicht sind Sie danach von der Rechtschaffenheit unseres Tuns überzeugt«, sagte Seronga. »Bei mir war das so.«

»Mr Seronga, ich komme aus Madrid«, erwiderte Maria. »Die Argumente der baskischen Separatisten und der Monarchisten aus Kastilien sind mir bestens vertraut. Sie tragen sie sehr leidenschaftlich und manchmal auch überzeugend vor, aber wenn sie Gesetze brechen, kümmert es mich nicht, was sie zu sagen haben. Dann bringe ich sie zur Strecke.« Maria blickte Seronga in die Augen. »Ich bin hier, um Pater Bradburys Freilassung zu bewirken. Das ist meine Aufgabe, und auch die ist rechtschaffen. Nichts wird mich aufhalten. Wenn Sie meine Hilfe wollen, werden Sie diesen Preis schon zahlen müssen.«

»Und was wäre, wenn ich Ihnen versicherte, dass Sie diese Nacht nur überleben, falls Sie mit uns zusammenarbeiten?«, fragte Seronga, dem es gar nicht gefiel, von jemandem herumkommandiert zu werden, den er bis jetzt noch nicht respektierte.

Die Frau blickte starr geradeaus, aber nur einen Augenblick später trat sie mit links auf den Fuß des Fahrers, so dass das Gaspedal bis zum Anschlag niedergedrückt war und der LKW beschleunigte. Schreiend bemühte sich Njo Finn, den Wagen auf der Straße zu halten. Zugleich bohrte Maria Seronga einen ihrer langen Fingernägel in die Mulde unter seiner Kehle, direkt über dem Brustbein. Seronga versuchte, sie zurückzustoßen, doch sie stützte sich mit dem freien Arm gegen die Schulter des Fahrers, der gegen die Tür gepresst wurde. Je härter Seronga drückte, desto gnadenloser wurde Finn gegen die Tür gequetscht. Eingreifen konnte der Fahrer nicht, da er sich auf das Lenkrad konzentrieren musste.

Maria bohrte Seronga den Fingernagel noch fester in die Kehle. Er gab ein würgendes Geräusch von sich. Dann spürte er, wie der lange Fingernagel in seine Haut schnitt.

Er hob die Hände. Maria gab die beiden Männer frei und nahm den Fuß vom Gaspedal.

»Sind Sie wahnsinnig?«, schrie Finn. »Ich wäre fast gegen einen Baum geknallt!«

Auf der Ladefläche knallte Pavant mit einem dumpfen Geräusch auf den Boden. »Was ist los? Alles in Ordnung da vorne?«

»Ja, ja!«, brüllte Finn über die Schulter. Dann blickte er Seronga an. »Stimmt doch, oder?«

Seronga nickte stumm.

Finn schaute Maria an, aber auch die sagte nichts.

»Ich interpretiere das mal als ein ›Ja‹ seitens der Lady«, verkündete der Fahrer.

Jetzt herrschte Stille. Seronga hob langsam seine rechte Hand. Er hatte kein Interesse daran, die Frau durch eine schnelle Bewegung zu beunruhigen. Mit einem Finger seine Kehle betastend, fühlte er das Blut. Er ließ die Hand wieder sinken.

»Ein Killer einer spanischen *familia* hat mir mal dieselbe Frage gestellt wie Sie eben, Mr Seronga«, sagte Maria. »Seine Frage war eine kaschierte Drohung. Nun, ich sitze jetzt hier neben Ihnen, er schmort in der Hölle.«

Der Tonfall ihrer Stimme klang genauso wie zuvor. Diese Frau war so abgebrüht wie die härtesten Männer, die Seronga begegnet waren. Doch er war schon sehr lange Soldat. Er musste weder sich noch ihr etwas beweisen. Er hatte sie unterschätzt, und sie hatte impulsiv reagiert und war töricht genug gewesen, ihm eine Lektion zu erteilen. Ein zweites Mal würde er das nicht zulassen.

Der Befehlshaber der Brush Vipers ließ seine rechte Hand in die Ledertasche an der Innenseite der Tür gleiten, wo Njo Finn seine Pistole aufbewahrte. Seronga wollte sich vergewissern, dass die Waffe da war. So war es.

Er entspannte sich und blickte durch die Windschutzscheibe. In ein paar Minuten würde er im Camp anrufen, um seine Anweisungen entgegenzunehmen.

Er hielt es für durchaus möglich, dass diese Frau tatsächlich in der Lage war, ihnen zu helfen, und wollte diese Chance nicht verspielen, indem er sie attackierte. Andererseits stand zu viel auf dem Spiel, als dass er sich sein Vorgehen von ihr hätte diktieren lassen können.

Einmal hatte er bereits im Namen seines Glaubens getötet. Gemeinsam mit Pavant hatte er die beiden Diakone umgebracht.

Und falls es nötig sein sollte, würde er auch vor einem weiteren Mord nicht zurückschrecken.

49

Washington, D. C. – Freitag, 12 Uhr 05

»Paul Hood ist gerade gekommen, Edgar«, sagte Bob Herbert. Der Leiter der Aufklärungsabteilung sprach in ein Telefon mit Freisprechanlage. Er saß im Konferenzraum des Op-Centers, dem Tank.

»Guten Morgen, Paul«, sagte Kline.

»Hallo.« Hood blieb hinter Herbert stehen. Außer den beiden waren Mike Rodgers, Darrell McCaskey und Lowell Coffey anwesend. Alle hatten einen ernsten Gesichtsausdruck.

Herberts Rollstuhl war mit einem Computer ausgestattet, der aus der Armlehne geklappt werden konnte und den er – wie auch sein Telefon – im Tank an eine Festnetzleitung anschließen konnte. Nachdem er den Monitor so gedreht hatte, dass auch Hood ihn sehen konnte, zeigte er auf den Bildschirm, auf dem das Bild eines Kleinflugzeugs zu erkennen war. Herbert begann auf seiner Tastatur zu tippen: *»Foto wurde gerade aus Maun überspielt. Fluchtmaschine des Mörders des Mörders. Bitte sofort Kennnummer überprüfen.«*

Hood klopfte dem Leiter der Aufklärungsabteilung auf die Schulter.

»Paul, ich habe Mike und den anderen gerade erzählt, dass der Vatikan jetzt gegen die Entführer von Pater Bradbury vorgehen will«, sagte Kline. »Wir stehen unter starkem Druck, endlich zu handeln.«

»Ihre Organisation oder der Vatikan?«, fragte Hood.

»Meine Organisation«, antwortete Kline. »Offiziell ruft der Vatikan zur Geduld und zu einer friedlichen Lösung der Krise auf. Inoffiziell will er, dass die Mörder gefasst werden und dass Pater Bradbury so schnell wie möglich befreit wird. Die Entführer sollen unverzüglich verhaftet und vor Gericht gestellt werden.«

»Der Grund dafür ist mir klar«, bemerkte Hood.

»Wir haben den Taxifahrer aufgetrieben, der die beiden falschen Diakone nach Maun gebracht hat«, fuhr Kline fort. »Seine Beschreibung hat unseren Verdacht bestätigt. Mit Pater Bradburys Kirche hatten die beiden nichts zu tun. Jetzt überprüfen wir die Aufenthaltsorte aller Diakone, die noch in Botswana arbeiten oder dort gearbeitet haben. Trotzdem sind wir uns ziemlich sicher, dass wir die beiden ›Diakone‹ aus dem Taxi nicht unter ihnen finden werden. Es sieht ganz so aus, als hätte Ihre Agentin Recht gehabt. Sie könnten verkleidete Mitglieder der Brush Vipers sein.«

»Könnten sie die Soutanen aus einem Pfarrhaus gestohlen haben?«, fragte Hood.

»Mit Leichtigkeit«, antwortete Kline. »Vielleicht verfügen wir schon bald über nähere Informationen. Der Taxifahrer hat uns erzählt, wo er die beiden abgesetzt hat, und jetzt ist die ganze spanische Spezialeinheit dahin unterwegs. Außerdem hat der Taxifahrer den Kontakt zu einem seiner Kollegen hergestellt, der Ihre Agentin nach Maun chauffiert hat. Allerdings will der uns nichts erzählen.«

»Vielleicht weiß er ja nichts«, bemerkte Hood.

»Glaube ich nicht«, sagte Kline unverblümt. »Er will uns nicht einmal sagen, wo er Ihre Agentin abgesetzt hat – und das weiß er mit Sicherheit.«

»Ich kann nicht beurteilen, was er weiß oder nicht weiß«, sagte Hood. »Vielleicht will er einfach nur nicht in die Geschichte hineingezogen werden. Möglicherweise hat er Angst.« Doch das hätte Hood überrascht. Wahrscheinlicher als die Annahme, dass Maria ihm Angst eingejagt hatte, war die, dass sie ihn betört hatte. Wie auch immer, reden würde er in beiden Fällen nicht.

»Ich habe Ihnen Zugang zu dem Computer der Kapelle verschafft, damit Sie Ihre Daten überspielen konnten, Paul«, sagte Kline. »Was wir wissen, habe ich mitgeteilt. Wie ich gerade schon zu Mr Herbert sagte: Ich war der Meinung, dass wir bei diesem Fall zusammenarbeiten.«

»Mr?«, murmelte Herbert. Diese Anrede hatte er von seinem alten Bekannten nicht erwartet. Er zog eine Grimasse.

»Wir arbeiten auch zusammen, Edgar«, versicherte Hood.

»Dann stelle ich Ihnen jetzt dieselbe Frage, die mir Ihre Mitarbeiter nicht beantworten wollten, Paul«, sagte Kline. »Wo hält sich Ihre Agentin im Augenblick auf? Ist sie noch in Maun, oder hat sie sich an die Fersen dieser beiden ›Diakone‹ geheftet?«

Hood blickte Rodgers an.

»Hier ist Mike Rodgers, Mr Kline«, sagte der General. »Wie ich bereits sagte, wir wissen selbst nicht, wo Maria steckt. Noch hat sie keinen Kontakt zu uns aufgenommen.«

»Sie haben eine Agentin vor Ort, die ganz nah dran ist, und jetzt wollen Sie mir erzählen, dass sie sich nicht gemeldet hat, um Sie über ihren Aufenthaltsort zu informieren?«, fragte Kline.

»Ich muss wohl davon ausgehen, dass sie sehr beschäftigt ist«, bemerkte Rodgers.

»Entweder hat sie viel zu tun, oder ihre augenblickliche Situation lässt es nicht zu, dass sie mit uns kommuniziert«, ergänzte Herbert. »Vielleicht hat sie sich gerade in einem Schrank versteckt, um ein Gespräch zu belauschen.«

»Aus welchem Grund sollten wir Ihnen Informationen vorenthalten, Edgar?«, fragte Hood.

Für einen Augenblick schwiegen alle. Hood konnte sich viele Gründe vorstellen, warum man Informationen zurückhalten wollte, und bei Kline war es zweifellos nicht anders. Aber das war jetzt nicht der richtige Zeitpunkt, dieses Thema zu vertiefen, und genau deshalb hatte Hood die Frage gestellt.

»Sie haben noch andere Agenten in Botswana, die in die Gegend unterwegs sind«, sagte Kline. »Wie werden sie sich mit ihr treffen?«

»Wir hoffen, dass sie bald Kontakt aufnehmen wird, damit wir Informationen an sie weiterleiten können«, erwiderte Rodgers.

»Nun, während Sie untätig warten, werden wir die Brush Vipers finden«, verkündete Kline.

»Viel Glück, Edgar«, sagte Hood. »Das wünsche ich Ihnen wirklich.«

»Wir werden sie finden und alles Nötige veranlassen, damit sie unsere Missionare nicht weiter terrorisieren«, sagte Kline. »Schließlich möchte ich nicht, dass Ihre Leute – *noch mehr* Ihrer Leute, General Rodgers – in einem fremden Land ins Kreuzfeuer geraten.«

Mit dieser letzten Bemerkung spielte Kline auf das Fiasko an, das die Strikers in Kaschmir erlitten hatten. Der General nahm den Affront mit ungerührter Miene zur Kenntnis. Bei Hood war das allerdings anders.

»Wenn Sie Interesse an unserer Kooperationsbereitschaft haben, sollten Sie meine Mitarbeiter etwas taktvoller behandeln, Edgar«, sagte der Direktor des Op-Centers.

»Ich konzentriere mich darauf, die Leute zur Strecke zu bringen, die unsere Kirche attackieren«, bemerkte Kline. »Wenn mir dabei jemand in die Quere kommt, muss er es sich schon gefallen lassen, ein bisschen taktlos behandelt zu werden. Wer immer es auch sein mag, er wird's überleben.«

»Was wäre denn, wenn Pater Bradbury ins Kreuzfeuer geriete?«, fragte Herbert.

»Diese Frage werde ich nicht beantworten«, sagte Kline.

»Nein, natürlich nicht«, bemerkte Rodgers. »Nämlich aus dem Grund, weil Sie und ich wissen, mit welchen Methoden die Unidad Especial del Despliegue arbeitet.«

»Erklären Sie es uns«, sagte Hood.

»Diese Elitesoldaten schlagen hart zu«, erläuterte Rodgers. »Sie beschützen ihre Kameraden und würden eher alle aus der Schusslinie bringen, als Opfer in den eigenen Reihen zu riskieren. Wenn Sie tatsächlich die offizielle Linie des Vatikans verfolgen würden, Geduld zu bewahren und sich um eine friedliche Konfliktlösung zu bemühen, könnten unsere Leute vielleicht Pater Bradbury befreien, ohne dass ihm ein Haar gekrümmt wird.«

»Und was ist mit den Brush Vipers?«, fragte Kline. »Wie halten wir die davon ab, uns weiter anzugreifen?«

»Dafür ist die Regierung von Botswana zuständig«, antwortete Hood. »Unsere Administration wird darauf drängen, dass die dortige Regierung wegen des Mordes an dem Bischof einschreitet, der immerhin unser Landsmann war. Irgendwelche Scharmützel sind absolut überflüssig.«

»Unglücklicherweise wird der Einsatzbefehl für die spanischen Soldaten nicht von mir, sondern vom Vatikan erteilt«, sagte Kline. »Und dort glaubt man, unübersehbar reagieren zu müssen, damit nicht auch noch Missionare in anderen Ländern in Gefahr geraten. Mein Job besteht darin, ihnen so viel Unterstützung wie möglich zukommen zu lassen, und deshalb muss ich wissen, ob Sie diese Unterstützung leisten werden.«

Hood blickte die anderen an. Ihren Blicken konnte er nicht entnehmen, dass es hier einen Konsens gab. Durch einen Knopfdruck stellte er sicher, dass Kline für einen Augenblick nicht mithören konnte.

»Müssen wir darüber reden?«, fragte der Direktor des Op-Centers.

»Allerdings«, antwortete Herbert.

»Haben wir Klines Nummer?«

Herbert nickte.

Hood deaktivierte die Mithörsperre. »Gedulden Sie sich zehn Minuten, Edgar, dann rufen wir zurück.«

»Ich warte.« Kline legte auf.

Hood verließ seinen Platz hinter Herberts Rollstuhl und stützte sich auf den Tisch. »Also, das Wichtigste zuerst«, sagte er. »Wo steckt Maria?«

»Sie ist in Richtung Norden unterwegs, abseits der großen Straße, mit unbekanntem Ziel«, antwortete Herbert. »Paul Lebbard – ihr Taxifahrer – hat gesehen, in welche Richtung sie verschwunden ist.«

»Folgt er ihr?«, fragte Hood.

»Nein«, antwortete Herbert. »Wie gesagt, Lebbard hat noch gesehen, für welche Straße sie sich entschieden haben. Mehr brauchten wir nicht zu wissen, damit Viens sie über den GOSEE-9-Satelliten suchen konnte.«

GOSEE-9 war ein geostationär über dem südlichen Afrika positionierter Beobachtungssatellit, wuchtig wie ein Bus, der zugleich über technisch ausgereifte Abhörsysteme mit großer Bandbreite verfügte. Maria, Aideen und Battat waren mit einem Orbiter Locator Beacon –

kurz OLB – ausgerüstet. Dieses winzige Gerät erinnerte an einen Stift und verursachte bei Zollkontrollen keine Probleme. Alle dreißig Sekunden sendete es ein Hochfrequenzsignal, das der Computer des Satelliten sofort in eine geografische Position auf einer Karte umsetzte. Die exakte Positionsbestimmung wurde dann direkt an eine identische Karte des NRO übermittelt.

»Wo wurde Maria zuletzt geortet?«, fragte Hood.

»Ungefähr vier Meilen entfernt von der Stelle, wo Lebbard sie zuletzt gesehen hat«, antwortete Herbert. »Wir haben diese Information via Voicemail an Aideen und Battat übermittelt, die in Gaborone einen Leihwagen gemietet haben. Mit ihren Mobiltelefonen können sie das Op-Center nicht direkt erreichen.«

»Das wäre auch verdammt teuer«, warf Coffey ein.

»Die Sendemasten des Mobilfunknetzes in Botswana sind zu weit voneinander entfernt, als dass sie uns direkt erreichen können«, sagte Herbert. »Wie auch immer, sie konnten die Satellitenverbindung in unserer Botschaft in Gaborone erreichen. Dort werden sie mit einer Fernleitung in die Vereinigten Staaten verbunden, so dass sie ihre Voicemails abrufen können.«

»Warum können sie Mike dann nicht auf diese Weise direkt anrufen?«, fragte Coffey.

»Können sie ja«, antwortete Rodgers. »Aber unter Umständen halten sie sich an einem Ort auf, wo sie zwar zuhören, aber nicht frei sprechen können. Möglicherweise wollen sie auch nicht, dass ihre Stimmen von irgendwelchen elektronischen Abhörsystemen aufgeschnappt und aufgezeichnet werden.«

»Jedes länger als zwei Minuten dauernde Gespräch kann durch Triangulation relativ einfach geortet werden«, erklärte Herbert.

Das überzeugte Coffey.

»Durch das OLB-Signal vom NRO wissen wir, dass

Aideen und Battat vor Maun in westlicher Richtung abgebogen sind«, fuhr Herbert fort. »Offenbar wollen sie Maria abfangen.«

»Damit besteht also tatsächlich die Möglichkeit, dass sie zu Dhamballa und Pater Bradbury gelangen«, sagte Hood.

»Schwer zu sagen, solange man nicht weiß, wo der Priester gefangen gehalten wird«, bemerkte Rodgers. »In der Theorie haben Sie Recht, und deshalb wollen wir auch, dass Maria auf eigene Faust aktiv wird, bevor die spanische Eliteeinheit einschreitet.«

»Aber eine saubere Befreiungsaktion, wie Sie Ihnen offenbar vorschwebt, kommt den Wünschen des Vatikans wohl kaum entgegen«, bemerkte Hood.

»Nein. Der Vatikan engagiert sich mit Hilfe der spanischen Soldaten, um eine Rebellion im Keim zu ersticken«, sagte Rodgers. »Dagegen sind wir dort, um einen Priester zu befreien und einem Verbündeten zu helfen.«

»Dennoch wird vielleicht alles auf einen Krieg hinauslaufen«, gab Herbert zu bedenken, während er mit einem Finger auf das Bild des Kleinflugzeugs auf seinem Monitor tippte. »Bisher wissen wir immer noch nicht, wer hinter dem Mord an Bischof Max steckt. Auch das Motiv des Anschlags kennen wir nicht.«

»Lassen wir die ethischen Fragen noch mal einen Moment beiseite«, sagte Hood. »Falls verhindert wird, dass die Brush Vipers und Dhamballa aus Botswana vertrieben werden – würde das den Ausbruch eines Krieges hinausschieben oder beschleunigen? Könnten wir so Zeit gewinnen?«

»Sie meinen, falls eine dritte Partei involviert sein sollte?«, fragte Herbert.

»Genau.«

»Meiner Ansicht nach würde das den Ablauf der Dinge verlangsamen. Wer immer auch hinter dem Mord an

Bischof Max stecken mag – offensichtlich wollte er, dass Dhamballa dafür verantwortlich gemacht und vernichtet wird.«

»Dann würde von einem Angriff der spanischen Soldaten auf die Brush Vipers also der profitieren, der hinter dem Mord an dem Bischof steckt«, folgerte Hood.

»Das Ganze ist hochgradig spekulativ, aber grundsätzlich sieht es so aus«, sagte Herbert. »Nach allem, was wir wissen, hätten auch die Spanier selbst dahinter stecken können. Vielleicht hat auch die Regierung in Gaborone die Killer geschickt, weil sie einen Vorwand suchte, um Dhamballa des Handwerk zu legen.«

»Entschuldigen Sie, wenn ich unterbreche, aber sind wir nicht verpflichtet, die rechtmäßig gewählte Regierung zu unterstützen?«, fragte Coffey, der Berater des Op-Centers für internationales Recht.

»Rechtmäßig gewählt mag sie sein, aber wenn die Regierung einen unschuldigen amerikanischen Bischof umbringen lässt, nimmt sie es mit dem Recht wohl nicht so genau«, bemerkte Rodgers.

»Damit unterstellen Sie, dass die dortige Regierung in seinen Tod verwickelt ist«, sagte Hood.

»Ich habe ja auch nur gesagt, dass die Regierung rechtmäßig gewählt wurde, und nicht, dass sie *gesetzestreu* ist«, erläuterte Coffey. »Uns allen dürfte nicht unbekannt sein, dass auch rechtmäßig gewählte Regierungen manchmal ungesetzlich handeln.«

»Das ist ja schockierend«, bemerkte Herbert ironisch.

»Auf dieses Minenfeld möchte ich mich eigentlich nicht begeben, wenn's nicht unbedingt sein muss«, sagte Hood. »Im Augenblick möchte ich mich ganz auf unsere Mitarbeiter konzentrieren.«

»Hört, hört«, bemerkte McCaskey.

»Lassen wir sie auf eigenen Faust agieren, steigen wir aus der ganzen Geschichte aus, oder gestatten wir es ihnen, die spanischen Soldaten ans Ziel zu führen?«, fragte Hood.

»Falls die Spanier botswanische Soldaten töten, wollen wir damit ja wohl nichts zu tun haben«, sagte Coffey.

»Warum nicht?«, fragte Herbert. »Vielleicht würde unser Präsident darin ein sinnvolles Bündnis sehen.«

»Spanien und die Vereinigten Staaten sollen sich verbünden, um Botswana zu attackieren?«, fragte Rodgers ungläubig.

»Ich rede nur von zwei Nationen, die sich kurzzeitig zusammenschließen, um einen Präzisionsschlag gegen Rebellen zu führen, die einen katholischen Priester als Geisel halten«, antwortete Herbert. »Die Regierung von Botswana wird uns dankbar sein, dass sie nicht selbst gegen ihre eigenen Bürger einschreiten muss.«

»Da bin ich mir nicht sicher«, gab Rodgers zu bedenken. »Keiner von uns ist von der dortigen Regierung zu irgendwelchen Aktionen autorisiert worden.«

»Wenn erst mal Fakten geschaffen sind, werden sie die Aktion nur zu gerne nachträglich autorisieren«, sagte Herbert.

»Ich bin geneigt, Bob zuzustimmen, Mike«, sagte Hood, der auf das Bild des Flugzeugs blickte. »Wenn auch nicht aus den von ihm angeführten Gründen. Für den Mord an Bischof Max ist eine vorerst noch unbekannte dritte Partei verantwortlich. Vielleicht Spanien, vielleicht die Regierung in Gaborone, eventuell auch jemand anders. Und mich beängstigt, dass *tatsächlich* jemand anders dahinter stecken könnte. Speziell aus dem Grund, weil Beaudin hinter den Kulissen die Strippen ziehen könnte. Das würde den Gedanken nahe legen, dass der Fall eine größere Dimension hat. Je schneller der Vatikan und die Brush Vipers aus dieser Gleichung verschwinden, desto schneller können wir herausfinden, wer hinter dem Mord steckt.«

»Damit unterstellen Sie, dass die Brush Vipers aus der Gleichung herausgenommen werden *können*«, sagte Rodgers.

»Sie haben schon seit Jahren nicht mehr gekämpft«, bemerkte Herbert.

»Stimmt. Aber sie haben dutzende, wenn nicht gar hunderte Mitglieder«, sagte Rodgers. »Außerdem werden sie auf vertrautem Terrain kämpfen.«

»Ja, aber wir haben einen Vorteil, über den sie nicht verfügen«, sagte Herbert.

»Und der wäre?«, fragte der General.

»Wir haben jemanden in ihren Reihen untergebracht«, sagte Herbert. »Jemanden, von dessen wahrer Identität sie nichts wissen.«

»Und der nicht sein Leben riskieren wird, um eine Revolution zu verhindern, mit der wir nichts zu tun haben und die uns völlig egal sein kann«, schaltete sich McCaskey ein.

»Sie hat auch keinerlei Auftrag, irgendwie einzuschreiten, Darrell«, sagte Hood. »Ich versprechen Ihnen, dass wir alles ganz genau im Auge behalten werden.«

Die Arme fest vor der Brust verschränkt, wippte McCaskey auf seinem Stuhl hin und her. Hood dachte schon darüber nach, McCaskey nach Hause zu schicken, entschloss sich dann aber, erst einmal abzuwarten, wie sich die Dinge entwickelten.

»Ein Thema vermisse ich hier«, meldete sich Coffey zu Wort. »Inwiefern hilft es uns eigentlich, dass Maria dicht dran ist, wenn wir sie nicht erreichen können?«

»Aideen und Battat werden dazu bald in der Lage sein«, sagte Herbert. »Und wir werden sicherstellen, dass sie via Voicemail umfassend informiert werden. Bevor sie irgendetwas tun, werden sie überprüfen, ob es neue Anweisungen oder Informationen gibt.«

»Verstehe«, sagte Coffey.

»Wir werden sie wissen lassen, dass die Spanier einschreiten«, erläuterte Rodgers. »Ihr Job wird es sein, irgendwie zu Pater Bradbury zu gelangen und ihn zu befreien. Damit wäre unser ursprüngliches Ziel erreicht und unsere Position gerechtfertigt.«

»Unsere Leute werden also schon wieder verschwunden sein, bevor die Schießerei beginnt«, sagte Coffey.

»Ja. Wenn nicht, werden sie sich auf jeden Fall weit zurückziehen«, stellte Herbert fest.

Rodgers starrte eingehend seine vor ihm auf dem Konferenztisch gefalteten Hände an. »Ich möchte eines festhalten«, sagte er. »Anfangs ging es um verdeckte Ermittlungen, um das Sammeln von Informationen. Jetzt haben wir es mit einem potenziell politischen Ziel und einer Krise mit militärischen Aspekten zu tun. Hier werden Soldaten zum Einsatz kommen, die weder Zeit noch Lust haben, zuerst Pässe zu überprüfen, bevor sie das Feuer eröffnen. Unsere Leute in Botswana sind für die Teilnahme an einer solchen Operation nicht ausgebildet. Ich will nicht, dass sie in irgendeiner Weise in diese Geschichte hineingezogen werden.«

»Maria spricht doch Spanisch, oder?«, fragte Coffey.

»Ja«, antwortete McCaskey. »Trotzdem hat Mike Recht. Sie sollten keinen Kontakt zu den spanischen Soldaten aufnehmen.«

»So habe ich das nicht gemeint«, bemerkte Coffey. »Mir ging's nur darum, dass sie mit den Spaniern kommunizieren können, wenn es hart auf hart kommt.«

»Kommunizieren ja, kollaborieren nein«, sagte Rodgers, der dann den Direktor des Op-Centers anblickte. »Sind wir uns da einig?«

»Soweit ich mich erinnere, ist dies Ihre Operation«, sagte Hood.

Herbert verzog das Gesicht. »Da habe ich auch noch ein Wörtchen mitzureden, Mike. Auch wenn es Darrell nicht gefallen wird: Wenn wir die Frage der Sicherheit unserer Leute mal beiseite lassen, besteht doch kein Zweifel daran, dass sie das einzige Pfund sind, mit dem wir in der Region wuchern können.«

»Sie sollten nur Informationen sammeln«, beharrte McCaskey.

»Ja, schon, aber wir dürfen ein anderes Thema nicht weiter ausklammern.«

»Was meinen Sie?«, fragte Hood.

»Die Frage, ob unsere Leute Blutvergießen verhindern können«, sagte Herbert. »Wir sind nicht nur in Botswana, um den Ruhm des Op-Centers zu mehren. Meiner Meinung nach besteht unser Auftrag zum Teil auch darin, Menschenleben zu retten.«

»Wobei hoffentlich das Leben der Mitglieder unseres Teams an erster Stelle steht«, bemerkte McCaskey. »Sie haben gehört, was Kline gesagt hat. Ihm geht es darum, dass unsere Leute seine Soldaten zu Dhamballa führen.«

»Das heißt nicht notwendigerweise, dass es zu einem Blutbad kommen muss«, sagte Herbert. »Unsere Leute können eine Vermittlerrolle spielen, und die spanischen Soldaten können sie dabei beschützen.«

»So wie sie den Bischof beschützt haben?«, fragte McCaskey.

Hood hob die Hände. »Das sind alles gute Argumente, aber ich persönlich bin der Ansicht, dass wir beides tun können.«

»Was genau meinen Sie?«, fragte McCaskey.

»Dass wir zugleich den Frieden erhalten und Pater Bradbury befreien können«, antwortete Hood.

»Und wie?«, hakte McCaskey nach.

»Es dauert nicht mehr lange, dann werden Aideen und Battat zu Maria stoßen«, erläuterte Hood. »Nehmen wir mal an, dass sie Maria und Seronga erzählen, was passieren wird. Wenn Sie ihn davon überzeugen können, dass der Erfolg von Dhamballas Mission ernsthaft gefährdet ist, können sie ihn vielleicht auch davon überzeugen, dass sie sich besser aufteilen. Zwei unserer Leute machen sich mit Seronga auf den Weg, um den Priester zu befreien, der dritte Mitarbeiter des Op-Centers sorgt dafür, dass die spanischen Soldaten einen falschen Weg einschlagen. Unterdessen versuchen wir gemeinsam mit Kline, die Regierung in Gaborone davon zu überzeugen, dass die Brush Vipers nicht für den Mord an Bischof Max verantwortlich sind.«

Für einen Augenblick herrschte Stille.

»Nicht übel«, bemerkte Herbert.

»Und was ist, wenn Seronga vernünftigen Argumenten gegenüber nicht so aufgeschlossen sein sollte, wie Sie es unterstellen?«, fragte Rodgers. »Der Mann ist Soldat. Sollte er zum Kampf entschlossen sein, könnten wir durch unsere Entscheidung dafür verantwortlich sein, dass die spanischen Soldaten und unsere eigenen Leute in einen Hinterhalt geraten.«

»An einem solchen Show-down kann Seronga kein Interesse haben«, gab Hood zu bedenken. »Vor allem dann nicht, wenn Maria ihn davon überzeugen kann, dass wir demjenigen auf der Spur sind, der für den Mord an Bischof Max verantwortlich ist.«

»Ohne Risiken ist dieser Plan nicht, aber er scheint mir doch gut durchdacht zu sein«, sagte Herbert, dessen in den Rollstuhl integriertes Telefon gerade zu piepen begann. »Mir gefällt er jedenfalls besser als die Vorstellung, einfach Reißaus zu nehmen.« Er nahm den Hörer ab und bugsierte seinen Rollstuhl etwas von dem Konferenztisch weg.

Hood wandte sich Rodgers zu. »Wie denken Sie darüber?«

»Es gibt immer noch eine Menge Unwägbarkeiten«, sagte der General nach kurzem Nachdenken.

»Wann wäre das nicht so?«

»Schon wahr, aber die größte Frage ist, wie sich drei Männer verhalten werden – Seronga, Dhamballa und Beaudin. Falls Beaudin etwas mit der Geschichte zu tun hat. Religiöse Zeloten sind nicht gerade bekannt dafür, sich rational zu verhalten. Selbst dann nicht, wenn ihr eigenes Überleben auf dem Spiel steht. Und Industrielle pflegen in der Regel gigantische Expansionspläne nicht einfach aufzugeben. Wenn es das ist, was Beaudin vorhat.«

»Ja, sicher ist hier gar nichts«, pflichtete Hood bei.

»Außerdem dürfen wir nicht vergessen, dass nicht *wir* an der Front da unten unseren Arsch riskieren«, fügte Coffey hinzu.

»Nein, aber wir werden dafür sorgen, das unsere Leute mit heiler Haut davonkommen«, sagte Hood, während Herbert in seinem Rollstuhl zurückgefahren kam. »Rufen Sie Kline jetzt zurück, Bob?«

»Gleich.« Herbert tippte auf das Bild auf seinem Monitor. »Das war gerade ein guter Bekannter vom militärischen Nachrichtendienst der Airforce, der sich um die Nummer des Flugzeugs gekümmert und herausgefunden hat, wo es registriert ist.«

»Und?«, fragte Hood.

»Die Cessna wurde bei einem örtlichen Unternehmen namens SafAiris gemietet«, antwortete Herbert. »Das Flugzeug ist auf einem Feld gelandet und dann einfach zurückgelassen worden.«

»Wer hatte es gemietet?«, fragte Rodgers.

»Die Firma sprach von einem Don Mahoney aus Gaborone, aber ich würde darauf wetten, dass es einen Mann mit diesem Namen nicht gibt«, sagte Herbert.

»Fingerabdrücke?«

»Wenn es welche geben sollte, können wir sie wahrscheinlich erst untersuchen, wenn die Armee von Botswana das Flugzeug abgeschleppt hat«, erwiderte Herbert. »Die örtliche Polizei hat die Maschine bereits entdeckt. Wahrscheinlich wäre es aber sowieso sinnlos. Solche Profis vergessen die Handschuhe nicht.«

Hood kannte den Leiter seiner Aufklärungsabteilung zu gut, als dass ihm entgangen wäre, dass Herbert noch an etwas anderes dachte. »Spucken Sie's schon aus, Bob. Sie verschweigen uns doch was.«

»Der Rest ist ein echter Hammer«, sagte Herbert. »Die Abhörabteilung des Nachrichtendienstes der Airforce hat ein Telefongespräch registriert, das genau von dieser Stelle aus geführt wurde, und zwar exakt um sechzehn Uhr einunddreißig Ortszeit.«

»Warum haben sie sich überhaupt mit der Region befasst?«, fragte Rodgers.

»Haben sie gar nicht. Aufgeschnappt haben sie nur was, weil sie unsere ausgehenden Anrufe überprüft haben«, antwortete Herbert.

»Wie bitte?«, fragte Coffey irritiert.

»Es sieht ganz so aus, als hätte die Abhörabteilung der Airforce seit dem Show-down in Kaschmir unsere gesamte Kommunikation mit Leuten im Ausland verfolgt«, erläuterte Herbert.

»Und was soll das?«, fragte Coffey. »Wollen die kontrollieren, ob wir beim Telefonieren unflätige Ausdrücke benutzen?«

»Offiziell wollen sie wahrscheinlich sichergehen, dass wir keine militärischen Aktionen starten, durch die sie eventuell Scherereien bekommen könnten«, antwortete Herbert. »Wahrscheinlich haben sie Angst, dass wir Ereignisse auslösen, in die noch mehr amerikanische Soldaten verwickelt werden.«

»Bisher haben wir nichts dergleichen getan«, bemerkte Coffey.

»Das ist doch ein absolut unsinniger Grund«, sagte

Rodgers. »Die Airforce tut das nur, weil sie Angst hat, dass wir sie mal bloßstellen könnten.«

»Das wäre der inoffizielle Grund«, sagte Herbert. »Die Tatsache, dass unsere eigenen Leute uns ausspionieren, überrascht mich nicht weiter. Überrascht hat mich bloß, was für ein Signal sie aufgeschnappt haben.«

»Spucken Sie's schon aus«, drängte Hood.

»Die Abhörabteilung des Nachrichtendienstes der Airforce überprüft routinemäßig den Funk- und kabellosen Datentransfer mit allen großen Nachrichtendiensten dieser Welt«, sagte Herbert. »Selbst wenn sie den Code nicht dechiffrieren können, werden diesbezügliche Aktivitäten an sich weiterverfolgt. Dabei geht's nicht nur um den Inhalt, sondern auch um die Länge und die Häufigkeit der Telefonate.«

»So wie Alarm ausgelöst wird, wenn eine Kreditkarte plötzlich extrem häufig benutzt wird?«, fragte Coffey.

»Genau. Das ist ein wichtiges Kriterium«, bestätigte Herbert. »Vom Einmarsch der Russen in Tschetschenien haben wir erfahren, weil die Kommunikation sprunghaft zunahm. Der Anruf, der von dem Ort in Botswana getätigt wurde, wo die Cessna gelandet ist, wurde von dem Computer der Airforce registriert, weil er an einen Nachrichtendienst ging, mit dem auch wir kürzlich telefoniert haben.«

»Und zwar?«, fragte Hood.

»An die nachrichtendienstliche Abteilung des japanischen Außenministeriums. Shigeo Fujima.«

50

Trans-Kalahari-Highway, Botswana – Freitag, 20 Uhr 07

Battat saß hinter dem Steuer des gemieteten Jeeps Wrangler Sahara, als er gemeinsam mit Aideen Marley Gaborone verließ. Bald hatten sie den Trans-Kalahari-Highway erreicht. Aideen war von der Weite der Landschaft hingerissen. Battat kannte Texas und war auch schon mit der Transsibirischen Eisenbahn gefahren. Als Teenager hatte er auf der Jacht eines international erfolgreichen Ölmagnaten gejobbt und den Ozean überquert, doch eine so unendliche und monotone Ebene war auch für ihn neu. Zu beiden Seiten der Straße gab es nichts als gelbbraune Erde, Gesteinsbrocken und Zwergsträucher. Gelegentlich streifte die untergehende Sonne die schneebedeckten Gipfel der in der Ferne liegenden Berge, die aber bald schon wieder außer Sicht gerieten, weil der Wind dichte Sandwolken aufwirbelte.

Während die beiden Amerikaner in Richtung Maun fuhren, rief Aideen die amerikanische Botschaft in Gaborone an, damit diese den Zugang zur Mailbox des Op-Centers vermittelte. Überrascht nahm Battat zur Kenntnis, dass sie neue Anweisungen erhalten hatten. Jetzt war nicht mehr vorgesehen, dass sie sich mit Maria Corneja in Maun treffen sollten.

»Stimmt was nicht?«, fragte Battat.

»Irgendwie hat Maria es geschafft, sich an Leon Seronga dranzuhängen und mit ihm zu verschwinden«, antwortete Aideen. »Im Op-Center glauben sie, dass Seronga sie zu Dhamballas Camp führen wird.«

»Verdammt, die Frau kommt wirklich weit rum.«

»Das ist noch nicht alles. Als Touristen getarnte spanische Soldaten suchen ebenfalls nach Seronga und Dhamballa. Offensichtlich ist das Op-Center geneigt, ihnen Unterstützung zu gewähren.«

»Sollte es sich nicht vorrangig darum kümmern, Maria zu unterstützen?«, fragte Battat. »Schließlich haben wir eine Agentin vor Ort, die nah dran ist und die Situation vielleicht entschärfen könnte.«

»Hier kommt internationale Politik ins Spiel«, sagte Aideen. »Meiner Ansicht nach unterstützen wir nicht Spanien, sondern den Vatikan. Die Vereinigten Staaten müssen die guten Beziehungen zum Vatikan pflegen und mit seiner Hilfe versuchen, den Frieden in Afrika zu wahren. Schließlich haben wir kein Interesse an einem neuen Somalia.«

»Wem immer wir auch helfen mögen, was zählt, ist, dass Maria bei Seronga und deshalb in der Schusslinie ist«, sagte Battat.

»Vielleicht auch nicht«, entgegnete Aideen. »Hood möchte den Einsatz der spanischen Eliteeinheit hinauszögern. Deshalb müssen wir zuerst zu Maria gelangen. Anschließend werden wir uns trennen, um jemand bei Seronga zu haben, und jemand, der die spanischen Soldaten erst mal an der Nase herumführt. Wer von uns auch in Dhamballas Camp gelangen mag – er muss versuchen, Pater Bradbury zu befreien. Und das muss passieren, bevor die Spanier eintreffen und ihn mit Gewalt zu befreien versuchen. Ideal wäre es, wenn wir die Brush Vipers davon überzeugen könnten, kein Theater zu machen.«

»Verzweifelte und in die Ecke getriebene Männer agieren nicht immer so, wie man es gern hätte«, gab Battat zu bedenken.

»Aber es besteht die Chance, dass sie es doch tun.«

»Na klar, und es besteht auch die Chance, dass eine Elefantenherde durchgeht und uns wie Tarzan rettet.«

»Wenn Seronga oder Dhamballa keinen anderen Ausweg mehr sehen, halten sie sich vielleicht zurück«, sagte Aideen.

»Wissen wir eigentlich genau, wo Maria sich im Moment aufhält?«

»In ein paar Minuten wird das Op-Center die Koordinaten über die Botschaft auf meinen Laptop überspielen.«

»Gott sei Dank gibt's die drahtlose Kommunikation«, meinte Battat.

»Bei der Übermittlung derselben Daten an den Sicherheitsdienst des Vatikans werden sie sich etwas mehr Zeit lassen«, fügte Aideen hinzu.

»Hat Rodgers irgendwelche Andeutungen gemacht, wer von uns die Spanier an der Nase herumführen soll?«

»Nein, aber meiner Meinung nach wird Maria die Spanier begleiten. Wahrscheinlich werden ihre Landsleute ihr williger auf die falsche Fährte folgen.«

»Warum? Nur weil sie Spanierin ist?«

»Nein«, antwortete Aideen. »Weil sie hübsch ist.«

»Dann wollen wir Gott auch dafür danken, dass es die männliche Libido gibt«, bemerkte Battat kopfschüttelnd. »Hat unser Op-Center-Braintrust auch gesagt, wohin wir die spanischen Soldaten umleiten sollen?

»General Rodgers hat gesagt, die Leitung dieses Einsatzes liege bei mir«, erwiderte Aideen. »Er will, dass dem Team, das mit Seronga geht, mindestens zwei Stunden Zeit bleiben, um auf Dhamballa einzuwirken.«

»Na großartig.«

»Was?«

»Vergessen Sie's.«

»Gefällt Ihnen der Plan nicht?«, fragte Aideen.

»Doch, doch, er ist in Ordnung«, log Battat, der keine Lust hatte, das Thema zu vertiefen. Lamentieren half auch nicht weiter.

»Wenn Sie wollen, können wir Rodgers über die Botschaft anrufen«, sagte Aideen. »Ich werde ihn bitten, die Dinge zu klären.«

»Nein«, antwortete Battat. »Er wird ohnehin nur sagen, dass er sich auf unsere Eigeninitiative verlässt, und damit hat er auch Recht.«

»General Rodgers hat versprochen, die Koordinaten von Marias Position ab halb neun auf meinen Computer zu überspielen«, sagte Aideen. »So haben wir die Sicherheit, dass wir sie abfangen können. Außerdem hat der General zugesagt, die Daten alle halbe Stunde zu aktualisieren.«

Battat blickte auf die Uhr des Armaturenbretts. Bis zum Download blieb noch etwas mehr als eine Viertelstunde.

»Abschließend hat Rodgers gesagt, das Op-Center wolle einen SSB inszenieren«, fuhr Aideen fort. »In meinen Unterlagen ist mir diese Abkürzung nicht aufgefallen. Haben Sie eine Ahnung, was damit gemeint sein könnte?«

»SSB ist in unserem Fall die Abkürzung für ›Simulated Systems Breakdown‹, also für einen simulierten Computerabsturz«, erläuterte Battat. »Die LOB-Technik zur Übermittlung von Koordinaten zur Positionsbestimmung wird nicht nur von den amerikanischen Geheimdiensten, sondern von verschiedenen anderen Nachrichtendiensten benutzt, zu denen auch Interpol zählt, und Interpol hat eine spanische Dependance. Offensichtlich hat Rodgers kein Interesse daran, dass die Spanier oder der Vatikan sofort über diese Information verfügen. Er braucht mindestens eine halbe Stunde, in der die Links zu unseren Verbündeten abgeklemmt sein müssen. Das Schöne an der SSB-Software ist, dass wir unsere Partner aussperren können, ohne dass es nach böser Absicht aussieht. Es gibt ein ganzes Menü künstlicher Komplikationen: Mal sieht es nach Unterbrechung der drahtlosen

Verbindung durch atmosphärische Störungen aus, dann wieder passieren Software-Abstürze. So gibt es kein böses Blut und kein Misstrauen bei zukünftigen Kooperationen.«

»Verstehe«, sagte Aideen. »Das vermittelt einem mal eine Ahnung davon, mit wie vielen verschiedenen Aufgaben sich unsere Leute da drüben befassen müssen.«

»Während wir es glücklicherweise nur mit einem Problem zu tun haben«, bemerkte Battat.

»Mit Pater Bradbury.«

»Halt, es gibt doch zwei Probleme«, korrigierte sich Battat. »Pater Bradbury ist Nummer zwei. Das vorrangige Problem ist, lebend aus Botswana rauszukommen. Bei diesem Auftrag sollte es um simple Aufklärungsarbeit gehen, nicht darum, einen entführten Geistlichen zu finden und zu befreien. Oder darum, spanische Elitesoldaten zu narren.«

Angesichts von Battats Skepsis runzelte Aideen die Stirn. »Ich werde mir deswegen jedenfalls keine Sorgen machen. Wir haben die Unterlagen und die Karten studiert, sind also auf alles vorbereitet.«

»Sind wir das?«

»So gut wie eben möglich.«

»Genau«, sagte Battat skeptisch. »Aber dann gibt's da immer wieder die Probleme, die man nicht einplanen kann. Da habe ich einige Erfahrungen. Vor ein paar Monaten habe ich einen der weltweit geschicktesten Terroristen gejagt, der sich immer wieder einer Festnahme entzogen hat.«

»Den Harpooner.«

»Stimmt, so wird der Dreckskerl genannt, und ich wollte derjenige sein, der ihn zur Strecke bringt. Ich musste einen Fehler wieder gutmachen. Also habe ich alle Informationen gesammelt und den Scheißkerl da gesucht, wo er sein musste. Ich habe die ganze Gegend auf den Kopf gestellt, Quadratmeter für Quadratmeter. Dann habe ich gewartet. Tatsächlich aber hatte ich mich um einhundertachtzig Grad geirrt, und er hat mich kalt erwischt. Hätte er mich nicht lebend gebraucht, dann hätte er mich umgelegt. Wir improvisieren auf einer Bühne, wo man sich keinen Patzer leisten darf.«

»Dann werden wir uns eben keinen leisten.«

»Wie können Sie sich da so sicher sein? Beantworten Sie mir eine Frage. Könnten Sie diesen Jeep auch fahren, wenn er keine Automatik-, sondern eine Knüppelschaltung hätte?«

»Was soll das denn jetzt?«, fragte Aideen. »Ich sehe den Zusammenhang nicht.«

»Antworten Sie einfach.«

»Nein, kein Mensch in den USA lernt das Autofahren noch mit einer Knüppelschaltung. Könnten Sie ihn fahren?«

»Ja.«

»Also, wo liegt dann das Problem?«

»Es geht um Folgendes: Selbst *wenn* man einen Plan hat, kann man jeden Augenblick neuen Problemen gegenüberstehen«, antwortete Battat. »Und ohne Plan sind die Risiken natürlich extrem groß.«

»Dann müssen wir eben noch sehr viel wachsamer sein«, sagte Aideen. »Wir haben uns gut vorbereitet und kennen unsere Fähigkeiten. Und genau deshalb lässt General Rodgers uns hier zusammenarbeiten. Offensichtlich hält er uns für ein gutes Team.«

»Wir waren die Einzigen, die Zeit hatten, sofort nach Botswana zu fliegen«, sagte Battat.

»Das war nicht der einzige Grund«, beharrte Aideen.

»Ach ja?«

»Wenn Mike Rodgers nicht der Meinung gewesen wäre, dass wir diesen Job erledigen können, hätte er uns nicht hergeschickt.«

»Rodgers ist General, und ein General muss Leute ins Feld schicken, weil er sonst nichts zu tun hat«, sagte Battat.

»Nein, so ist das nicht«, widersprach Aideen. »Außerdem finde ich sowieso, dass Sie diese ganze Geschichte falsch sehen. Wir haben Alternativen, und wir haben das Recht, eigene Entscheidungen zu treffen.«

»Tatsächlich? Wenn ich plötzlich Lust hätte, nach Gaborone zurückzufahren, würden wir das dann tun?«

»Sie würden es tun.«

»Und Sie?«

»Ich würde zu Fuß weitergehen.«

»Und den nächsten Morgen wohl kaum erleben«, bemerkte Battat. »Wir sind in Afrika, und hier gibt's jede Menge Raubtiere, die auch Leute mit amerikanischem Pass nicht verschonen.«

»Ich würde das Risiko eingehen. Haben Sie's immer noch nicht kapiert?«

»Offensichtlich nicht.«

»Für die Art von Freiheit, die man uns hier draußen einräumt, würden die meisten Menschen töten.«

»Wo wir gerade schon bei dem Thema sind – vielleicht werden wir das auch tun müssen.«

»Was?«, fragte Aideen.

»Menschen töten«, antwortete Battat. »Sind Sie darauf vorbereitet? Werden Sie jemandem ein Messer in den Rücken stoßen oder ihm mit einem Stein den Schädel einschlagen, wenn es sein muss?«

»Die Frage hat sich mir in Spanien auch schon gestellt.«

»Und?«

»Wenn's um mein eigenes oder ein anderes Leben geht, ist der Angreifer tot.«

»Und wenn's um *mein* Leben geht?«

»Dieselbe Antwort. Schließlich sind wir ein Team.«

»Ich bin froh, das zu hören.«

»Zweifeln Sie bloß nicht an meiner Entschlossenheit«, warnte Aideen mit fester Stimme. »Ich bin hier und werde alles tun, was der Job von mir verlangt.«

»So sollte es sein«, sagte Battat. »Und was ist mit dieser Maria Corneja? Ist sie wirklich so tough, wie alle behaupten?«

»Anfangs habe ich im Op-Center für Martha Mackall gearbeitet, und die war absolut tough. Glauben Sie's mir, sie hatte ein extremes Selbstvertrauen und war stahlhart.«

»War sie diejenige, die damals in Madrid ermordet wurde?«, fragte Battat.

»Ja, sie wurde aus einem vorbeifahrenden Auto erschossen«, antwortete Aideen. »Dann schaltete sich Interpol ein, und Maria bekam den Fall. Mich hat man dann gebeten, sie bei der Suche nach den Mördern zu unterstützen. Wenn Martha hart wie Stahl war, ist Maria wie Eisen. Nicht ganz so glänzend, aber auch nicht zu brechen. Ich kann mir nicht einmal vorstellen, dass sie an irgendetwas zerbricht.«

»Dann wird sie alle Entscheidungen selbst treffen wollen, wenn wir zu ihr stoßen«, bemerkte Battat.

»Ja, aber letztlich wird sie den Befehlen aus dem Op-Center folgen«, sagte Aideen. »Inklusive der Anweisung, wer bei uns das letzte Wort hat.«

»Befehle«, sagte Battat kopfschüttelnd. »In einer Computersimulation, da bin ich mir sicher, würde sich diese ganze Sache ausnehmend gut machen, zumindest würde sie als plausibel erscheinen. In Washington haben wir die fortschrittlichste Simulationstechnologie, vor Ort arbeiten respektable Agenten, und das Ziel der Operation ist relativ bescheiden. Zum Teufel, das hört sich fast an, als wäre alles fast ein Kinderspiel. Trotzdem lauert da immer das Unbekannte. In Aserbaidschan habe ich Schwein

gehabt. Wenn sie dich hier kaltmachen, bleibt nicht mal ein Tatort, weil dich die Raubtiere auffressen.«

»Als ob das dann noch eine Rolle spielen würde«, sagte Aideen.

Battat kicherte. »Vermutlich haben Sie Recht.« Er schüttelte den Kopf. »Eben haben Sie mich gefragt, warum ich mich beschwere. Ich werde es Ihnen sagen. Eigentlich haben wir hier keine Freiheit, sondern es wird uns nur die perfekte Chance geboten, auf die Schnauze zu fallen. ›Freiheit‹ in diesem Fall: ›Wenn du Scheiße baust, musst du dran glauben‹.«

»So denkt man im Op-Center nicht«, sagte Aideen.

»Weshalb sind Sie sich da so sicher? So lange sind Sie schließlich auch noch nicht dabei.«

»Jedenfalls lange genug, um zu wissen, dass Paul Hood, Mike Rodgers und die anderen keine sturen Bürokraten sind«, antwortete Aideen.

»Wenn Sie's sagen.« Offensichtlich hatte Battat immer noch seine Zweifel.

»Andernfalls wäre ich nicht hier. Mit meiner Arbeit als politische Beraterin war ich zufrieden, und ich war in Sicherheit. Niemand hat auf mich geschossen.« Sie schwieg kurz. »Zumindest nicht mit Kugeln.«

Bei ihren letzten Worten klang Aideens Stimme nachdenklich. Battat lächelte. Jetzt schienen sie endlich doch noch etwas gemeinsam zu haben.

»Haben die Scharfschützen der Washingtoner Presse Sie oft ins Visier genommen?«, fragte Battat.

»Weniger mich als meine politischen Ideen«, antwortete Aideen. »Das schmerzte noch mehr, weil sie mir so teuer wie anderen Frauen ihre Babys waren.«

»Vermutlich nicht eben angesagte liberale Ideen?«

»Eher unbequeme Ideen. Meistens ging's um die Rechte von Frauen in anderen Ländern.«

»Entschuldigen Sie, aber das scheint mir nicht ganz

dazu zu passen, dass wir hier Maria als eine Art Mata Hari einsetzen«, bemerkte Battat.

»Es geht nicht darum, ob man Sexappeal für seine Zwecke einsetzt«, sagte Aideen. »Die Frage ist doch, ob man überhaupt die Möglichkeit hat, es zu tun.«

»Hört sich für mich immer noch etwas widersprüchlich an«, stellte Battat fest. »Wollen Sie zu diesem Thema mal eine kuriose Geschichte hören?«

»Na klar.«

»Mich hat die Presse ins Visier genommen, weil ich einer Frau zu viel Freiheit gelassen habe.«

»Sie meinen Annabelle Hampton?«

»Sie sagen es, so hieß die Frau, die für die Terroristen spionierte«, antwortete Battat. »Damals gab es Vorschläge, man solle ›ihre Vorgesetzten‹ einer Untersuchung unterziehen, ob hier nicht ein Fall von Hochverrat vorliege. In der konservativen Presse erschienen verleumderische Artikel, natürlich immer ohne Nennung von Namen. Trotzdem wusste jeder, wer gemeint war. Speziell nachdem sie herausgefunden hatten, dass ich mich damals in Moskau aufhielt.«

»Trotzdem hatten Sie die Willensstärke, die Sache zu überstehen«, sagte Aideen. »Ziemlich beeindruckend.«

»Vielleicht war's Willensstärke, vielleicht aber auch nur Angst«, entgegnete Battat. »Mit so einem Makel in meiner Personalakte wollte ich den Dienst bei einem der Regierung unterstellten Nachrichtendienst einfach nicht quittieren.«

»Meiner Meinung nach war's Charakter«, sagte Aideen. »Während meiner Zeit auf dem College habe ich etwas gelernt. Damals machte ich eine Radiosendung, die von Mitternacht bis zwei Uhr morgens ausgestrahlt wurde und *Aideen's Late Night Talk* hieß. Ich bekam mindestens zwei Morddrohungen pro Woche und begriff, dass man einfach seinen Job tun muss, und zwar unabhängig davon, was die Leute denken, sagen oder tun mögen. Wenn man das nicht will, muss man sich für einen sicheren und langweiligen Job entscheiden. Das hatte ich noch nie vor.«

»Na, langweilig wird's hier bestimmt nicht werden«, bemerkte Battat. »Die Spanier und die Brush Vipers werden keine journalistische Schlammschlacht eröffnen und uns mit zweideutigen Artikeln bombardieren, sondern eher mit Neun-Millimeter-Kugeln.«

»An meiner Einstellung wird das nichts ändern«, stellte Aideen fest.

Battat hoffte es. Wenn auf einen gefeuert wurde, wie seinerzeit in Baku auf ihn, fühlte man sich nämlich gänzlich anders, als wenn man gemütlich in einem CIA-Büro in New York saß und die Vereinten Nationen ausspionierte. Flog man in einer Situation wie der in New York auf, bekam man eben einen anderen Job. In Baku dagegen hatte er gewusst, dass jeder Fehler tödlich sein konnte. Einige Leute blühen förmlich auf, wenn sie unter Beschuss geraten, und Battat war einer von ihnen. Andere gingen unter. Aideen hatte behauptet, schon Erfahrungen mit bewaffneten Feinden gesammelt zu haben, und offensichtlich hatte sie sich gut geschlagen. Ansonsten hätte Mike Rodgers ihr keinen zweiten gefährlichen Auftrag im Ausland anvertraut.

Bis halb acht sagten die beiden nichts mehr. Aideen studierte die Karte auf dem Monitor ihres Laptops und aktivierte dann das Entschlüsselungsprogramm.

»Der Download läuft«, verkündete sie.

Der Datentransfer aus dem Op-Center dauerte nicht einmal eine Minute, und Aideen tüftelte schnell ihre neue Route aus, die abseits der großen Straßen verlief. Es würde nicht gerade eine Fahrt werden, auf die man sich gerne nachts begab, aber bei der Planung solcher Operationen war der Komfort der Agenten noch nie ein Kriterium gewesen.

Sie blieben auf dem Trans-Kalahari-Highway, bis sie den Meratswe erreicht hatten. Der breite Strom, der in dieser Jahreszeit nur noch wenig Wasser führte, verlief am Rande des Kalahari-Wildschutzgebiets, und dort bog Battat von dem ausgebauten Verkehrsweg auf eine nicht asphaltierte Straße ab. Wenn sie ihre Chance wahren wollten, den Lastwagen mit Maria und Seronga abzufangen, mussten sie die unfruchtbare Salzpfanne durchqueren. Es war schwer zu sagen, ob der vor ihnen liegende Weg durch Busse oder Tierherden entstanden war. Wahrscheinlich durch beides.

Sie fuhren mit offenem Verdeck. Zu hören waren nur das Geräusch des bestens gewarteten I-6-Motors, der vorbeirauschende Wind und gelegentlich ein dumpfes Geräusch, wenn der Jeep durch einen flachen Graben fuhr. Glücklicherweise war der Wagen so gut gefedert, dass der untere Teil der Wirbelsäule nicht allzu viel auszuhalten hatte.

Das hier war etwas ganz anders als eine Autofahrt durch New York, Moskau oder selbst Baku. Irgendwie fühlte sich Battat an eine Segelpartie erinnert. Zum einen lag das daran, dass die Dunkelheit in der flachen Salzpfanne sehr schnell hereinbrach. Vielleicht wirkte es auch nur so, weil das riesige, ebene Terrain schlagartig schwarz wurde. Dazu kam aber, dass Battat auch hier ein ähnliches Gefühl der Freiheit empfand. Er konnte weiter auf dem mit Pfosten markierten Weg in Richtung Norden fahren, aber auch jederzeit in östliche oder westliche Richtung abbiegen, was wegen der niedrigen Gräser problemlos möglich gewesen wäre. Dennoch lauerte allerorten stets eine unübersehbare Gefahr.

Die Finsternis.

Außerhalb des Lichtkegels der Scheinwerfer wirkte der Himmel heller als die Erde. In gewisser Hinsicht schien er auch näher zu sein, was daran lag, dass die

Milchstraße so klar erkennbar war. Battats Augen mussten sich nicht einmal umstellen, um sie deutlich sehen zu können. Noch heller waren die anderen Sterne und gelegentlich auftauchende Sternschnuppen. Wann immer Aideen eine sah, wünschte sie sich, dass es heller wäre, aber ihr Wunsch ging nicht in Erfüllung. Deshalb wagte Battat es auch nicht, schneller als fünfzig oder sechzig Stundenkilometer zu fahren. Man konnte nie wissen, wann einem ein Graben, ein flacher Felsbrocken oder ein Schild mit der Aufschrift WILDWECHSEL in die Quere kam. Auf diesen Schildern, die einem hier ständig begegneten, waren die Umrisse von Elefanten, Rhinozerossen oder Löwen zu sehen. Und tatsächlich mussten sie auch ständig auf wilde Tiere achten. Zwar befanden sich die meisten größeren in Wildschutzgebieten, aber trotzdem gab es wilde Hunde, Hyänen und andere nächtliche Jäger.

Andererseits hatten die Finsternis und das absolut flache Gelände auch den Vorteil, dass man ein anderes Fahrzeug mühelos erkennen konnte.

Folglich gab es ein Problem, das Battat stärker beunruhigte als die Angst vor Gräben, Felsbrocken oder dem Orientierungsverlust. Er fragte sich, was passieren mochte, falls Seronga sie zuerst erblickte.

Und wie er in diesem Fall reagieren würde.

51

Washington, D. C. – Freitag, 13 Uhr 08

Darrell McCaskey tauchte unerwartet und ohne jede Ankündigung in Mike Rodgers' Büro auf. Er wollte Informationen, doch später sollte er begreifen, dass es ihm eigentlich um etwas anders gegangen war. Um Streit.

Er bekam ihn.

McCaskey war wütender als am Vortag. In der letzten Nacht hatte er nicht viel Schlaf bekommen, und je mehr er über die Ereignisse nachgedacht hatte, desto zorniger war er geworden. Die ihm nahe stehenden Menschen hatten das getan, was ihnen vorteilhaft erschien, nicht das, was richtig war. Auf Rodgers war er wütend, weil der Maria den Job im Ausland angeboten hatte, auf Maria, weil sie seine Offerte akzeptiert hatte. Und Hoods Entscheidung, ihre Entsendung nach Botswana zu genehmigen, widerte McCaskey geradezu an. Er hatte Maria gerade erst geheiratet, und sie hatte ihren Job bei Interpol aufgegeben. *Was zum Teufel haben sie sich bloß dabei gedacht?*, fragte er sich. An welchem Punkt spielte der menschliche Faktor bei der Entscheidungsfindung eine Rolle? Wo blieb die Loyalität gegenüber alten Freunden, die Sorge um ihr Wohlergehen?

McCaskey war unangekündigt in Rodgers' Büro aufgetaucht, weil er sich den Gesichtsausdruck des Generals nicht entgehen lassen wollte. Rodgers gehörte nicht zu den Leuten, die über ihre Sorgen sprachen. Sowohl seinen Mitarbeitern als auch seinen Freunden gegenüber schwieg er sich darüber aus. McCaskey hatte gehört, der General vertraue nur seinem Offizierskollegen Colonel Brett August, einem alten Freund aus Kindertagen. Trotzdem war Rodgers kein Mann, der seine Gefühle verbergen konnte. Man konnte sie am Ausdruck seiner Augen und seiner Miene ablesen. Und McCaskey hatte kein Interesse daran, dass der General ihn mit sorgsam geglätteter Miene empfing.

Rodgers saß an seinem Computer und warf McCaskey einen flüchtigen Blick zu, als dieser das Büro betrat. Als langjähriger Mitarbeiter des FBI hatte McCaskey gelernt, sein jeweiliges Gegenüber blitzschnell einzuschätzen. Er deutete den Gesichtsausdruck, die Körperhaltung oder wie stark jemand zu schwitzen begann. Rodgers' Miene zeugte von beträchtlichen Sorgen.

»Bringen Sie mich auf den letzten Stand der Dinge«, forderte McCaskey.

»Ich war gerade dabei, Matt Stolls Bestätigung zu lesen«, sagte Rodgers, dessen Gesichtsausdruck mittlerweile schon nichts mehr verriet. Der General hatte sich wieder unter Kontrolle. »Der Datentransfer mit den Koordinaten von Marias Position ist problemlos über die Bühne gegangen. Aideen und Battat sind auf dem Weg zu Ihrer Frau.«

»Und wann rechnen sie damit, zu ihr zu stoßen?«, fragte Battat.

»Vermutlich in etwa zwei Stunden«, sagte Rodgers. »Womit beschäftigen Sie sich gerade?«

»Paul hat mir die Fotos gezeigt, die Maria auf dem Flugplatz geschossen hat«, antwortete McCaskey. »Außerdem befasse ich mich mit der Frage, ob Shigeo Fujima möglicherweise in diese Geschichte verwickelt sein könnte. Ich soll für Paul herausfinden, was der japanische Nachrichtendienst gewinnen könnte, wenn er einen amerikanischen Bischof umbringt oder wenn er zumindest dafür sorgt, dass Dhamballa in die Sache mit dem Mord hineingezogen wird.«

»Und?«

»Bis jetzt Fehlanzeige«, antwortete McCaskey. »Die Japaner haben keinerlei Interesse an Afrika im Allgemeinen und an Botswana im Besonderen. Mit Sicherheit können sie sich nichts davon versprechen, ins Diamantengeschäft einzusteigen. Die Summe, die dabei herausspringen würde, wäre angesichts von Japans Bruttosozialprodukt verschwindend gering. Meine Leute überprüfen gerade andere Möglichkeiten, wobei sie auch Beaudin und Genet in Betracht ziehen. Wir werden ja sehen, was sie dabei zutage fördern.«

»Wäre denn denkbar, dass die Japaner den Mord für jemand anders ausgeführt haben, den wir bis jetzt überhaupt noch nicht in unsere Gedanken einbezogen haben?«, fragte Rodgers.

»Das ist eine der Möglichkeiten, die ich überprüft habe«, antwortete McCaskey. »Hilfreich wäre, wenn wir genau wüssten, wer durch den Mord getroffen werden sollte – der Bischof selbst, der Vatikan oder Botswana.«

»Man hat's leichter, wenn sich Nationen wegen Grenzstreitigkeiten, Handelskonflikten oder uralter Animositäten bekriegen«, bemerkte Rodgers. »In diesem Fall wissen wir gar nicht, worum es eigentlich geht. Meiner Meinung nach allerdings nicht um Religion.«

»Und wie geht's jetzt weiter?«

»In Botswana?«

McCaskey nickte.

»In etwa zehn Minuten wird Paul an Edgar Kline dieselben Daten übermitteln, die Matt auch an Aideen geschickt hat«, erwiderte Rodgers. »Ein paar Minuten später werden sich dann auch die spanischen Soldaten auf den Weg machen.«

»Haben Sie neue Nachrichten aus Afrika?«

»Von Aideen?«

McCaskey nickte.

»Fehlanzeige.«

»Haben Sie den beiden zusätzliche Anweisungen gegeben?«, hakte McCaskey nach.

»Nein«, antwortete Rodgers.

McCaskey ließ dem General noch ein bisschen Zeit, damit dieser seiner einsilbigen Antwort etwas hinzufügen konnte, aber der sture Dreckskerl schwieg einfach. Rodgers seinerseits wusste genau, was McCaskey hören wollte. Für ihn war der Augenblick gekommen, wo Maria aussteigen sollte.

»Wissen die Spanier, dass Maria mit diesem Leon Seronga unterwegs ist?«, fragte McCaskey.

»Kline hat's jedenfalls erfahren und wird die Information schon weitergeben«, versicherte der General. »Für den Sicherheitsdienst des Vatikans ist es von Vorteil, eine Verbündete vor Ort zu haben, die die Sprache der spanischen Soldaten beherrscht. Vor allem dann, wenn sie sich bei Seronga aufhält.«

»Da ist noch etwas, Mike.«

»Schießen Sie los.«

»Ich nehme doch an, dass Maria entscheidet, ob die Aktion abgeblasen wird. Oder sind dafür etwa die Greenhorns zuständig?« McCaskey wurde wieder wütend. Er spürte es in seinen Schultern, Armen und Fingern, auch an seinem aggressiv vorgereckten Unterkiefer. Er wollte sich bewegen und hätte am liebsten zugeschlagen.

»Für das Team hat Aideen das Sagen, aber Maria kann für sich selbst entscheiden«, antwortete Rodgers. »Noch etwas, Darrell: Ich möchte, dass Sie endlich aufhören, auf David und Aideen herumzuhacken.«

»Und warum?«, fragte McCaskey. »Als ich zum letzten Mal meine Kontoauszüge überprüft habe, wurde mein Gehalt immer noch vom Op-Center überwiesen. Auch ich habe hier eine Stimme.«

»Haben Sie auch, aber im Moment ist sie ausschließlich von Gefühlen bestimmt, was uns kein bisschen weiterhilft«, bemerkte Rodgers. »Battat und Aideen sind gute Leute.«

»Sie sind unerfahren«, beharrte Battat.

»Darrell ...«

»Ich habe ihre Dossiers studiert«, fuhr Battat fort. »Beide haben nicht lange genug allein im Einsatz vor Ort agiert, um auch nur einen untergeordneten Posten bei der CIA zu bekommen.«

»Battat schon«, widersprach Rodgers.

»Meinetwegen. Dabei hat er sich aber vom Harpooner ganz schön an der Nase herumführen lassen.«

Rodgers wirkte gar nicht zufrieden, doch McCaskey war das egal.

»Aideen hat ein paar Tage mit Maria zusammengearbeitet«, fuhr McCaskey fort. »Ein paar *Tage*. Weniger als sechsundneunzig Stunden, und auch das nur in unterstützender Funktion. Und Battat? Meinetwegen, formal gesehen war er lange genug dabei. Zumindest dann, wenn man seine ganze Laufbahn in Betracht zieht. Zwischendurch hat er ziemlich lange einen Bürojob in New York gehabt. In den letzten fünf Jahren hat er noch weniger Zeit im Einsatz verbracht als Aideen, nämlich ganze drei Tage. Und auch er hatte nur einen Handlangerjob.«

»Sie haben sich in beiden Fällen ausgezeichnet bewährt.«

»Wie kommen Sie denn darauf? In Spanien hat Maria den größten Teil der Arbeit erledigt, und Battat ist in Baku gerade noch mit dem Leben davongekommen.«

»Dagegen ist Battats Widersacher *nicht* mit dem Leben davongekommen«, stellte Rodgers mit Nachdruck fest. »Ich würde das als einen Sieg verbuchen. Und Aideen hat unter Beweis gestellt, dass sie schnell dazulernt. Ihre Arbeit in Europa hat Maria höchstpersönlich gewürdigt.«

»Warum flößt es mir dann trotzdem so wenig Vertrauen ein, dass die beiden mit meiner Frau in Botswana sind?«

»Diese Frage werde ich nicht beantworten.«

»Dann tue ich es eben für Sie. Weil ich Maria kenne. Wenn Sie sie nicht aus Botswana zurückbeordern, wird es darauf hinauslaufen, dass Maria *auf die beiden* aufpasst und nicht auf sich selbst!«

»Ich bin anderer Meinung, aber diese Diskussion bringt uns sowieso nicht weiter.« Rodgers stand auf. »Was diese Operation betrifft, waren Sie von Anfang an auf Streit aus, Darrell, aber ich spiele da nicht mit. Ich muss jetzt in Pauls Büro, um ...«

»Sie müssen mir einen Gefallen tun, Mike.«

»Ich werde sie nicht zurückrufen, Darrell.«

»Sie müssen«, beharrte McCaskey. »Mittlerweile hat Maria genug getan, und ich will, dass Sie sie da rausholen.«

»Ich kann nicht«, sagte Rodgers energisch.

»Und warum?«, fragte McCaskey gereizt. Er stützte sich auf Rodgers' Schreibtisch. »Auf meine Frau sind Sie in Botswana nicht angewiesen, Mike. Meinetwegen kann Maria noch die spanischen Soldaten informieren, doch dann können Sie die bitten, sie da rauszubringen. Die Spanier können das Ding auch mit unseren anderen beiden Leuten schaukeln.«

»So einfach ist das nicht.«

»Man muss es nur wollen.«

»Hier geht's um mehr als nur die Zahl der Mitarbeiter«, widersprach Rodgers. »Wir müssen Zeit gewinnen. Irgendjemand muss zu Dhamballa gelangen und ihn überreden, Pater Bradbury freizulassen. Gelingt das nicht, werden die Spanier dort eventuell sofort mit Waffengewalt einschreiten. Schließlich müssen sie alle warnen, die vielleicht weitere Angriffe auf Priester vorhaben.«

»Und warum sollen nicht Aideen und Battat die Botschaft an Dhamballa überbringen?«, fragte McCaskey.

»Natürlich könnten sie das tun, aber wir brauchen auch noch jemanden, der die Spanier von Dhamballas Camp fern hält«, antwortete Rodgers.

»Allmählich bin ich wirklich verwirrt, Mike. Was Sie da sagen, ergibt keinen Sinn. Das Ganze ist doch ein einfaches Rechenexempel: Aideen übernimmt einen Job, Battat den anderen. Ihre Worten nach sind das fähige Leute. Maria ist überzählig und kann wieder abreisen. So einfach ist das.«

»Noch einfacher wird's, wenn ich statt zwei Leuten drei zur Verfügung habe. Außerdem habe ich Aideen und Battat gegenüber die Verpflichtung, ihnen jede nur erdenkliche Unterstützung zukommen zu lassen. Schließlich halten sie ihren Kopf hin. Überdies wird Maria sowieso nicht zurückkommen, bevor sie ihren Auftrag erledigt hat. So etwas würde sie nie tun.«

»Vielleicht doch – nämlich für mich«, sagte McCaskey. »Wenn nicht, würde sie es vielleicht tun, wenn Sie sie darum bitten. In dem Moment, wo die Spanier bei ihr sind, können Sie ihr die Rückkehr auch *befehlen*.«

»Ich habe doch schon gesagt, dass ich das nicht tun werde«, erwiderte Rodgers. »Es sei denn, ich weiß genau, dass sie in Gefahr schwebt.«

»Vergessen Sie Ihren Job doch nur mal für eine Minute, Mike!«, flehte McCaskey. »Wir reden hier über meine Frau!«

»Ich verstehe Sie ja, Darrell, aber ...«

»Guter Gott, wissen Sie eigentlich, dass ich sie seit unserer Hochzeit kein einziges Mal gesehen habe?«, fragte McCaskey. »Sie wollte hierher kommen, um mit mir zusammen zu sein. Von Afrika war keine Rede. Sie reden davon, jemandem gegenüber verpflichtet zu sein? Sie schulden *mir* etwas.«

»Ich Ihnen?«, fragte Rodgers. »Warum denn?«

»Aus Gründen der Freundschaft.«

»Mit Freundschaft hat diese Sache nichts zu tun. Wir brauchten jemanden, und Maria ist eine verdammt gute Agentin. Ende der Geschichte.«

»Nein, Mike, die Geschichte beginnt gerade erst ...«

»Für mich nicht«, beharrte Rodgers. »Ob Maria Ihnen ein Versprechen gegeben und es gebrochen hat, weiß ich nicht, und ich weiß auch nicht, ob es richtig war von Ihnen, sie überhaupt um so ein Versprechen zu *bitten*. Ob Bob und ich damals erst mit Ihnen hätten sprechen sollen, das war Ansichtssache. Unglücklicherweise hatten wir aber nicht genug Zeit, um lange hin und her zu überlegen. Allerdings weiß ich mit Sicherheit, dass dies eine Angelegenheit zwischen Ihnen und Ihrer Frau ist. Wenn Maria wieder hier ist, können Sie ja mit ihr darüber reden.«

»Das ist Ihre Antwort?«, fragte McCaskey.

»Viel mehr fällt mir dazu nicht ein«, antwortete Rodgers.

»Die gute alte ›Ich tue ja nur meinen Job‹-Nummer?«

»Genau, und ziehen Sie das nicht in den Dreck«, warnte Rodgers. »Allmählich kotzen Sie mich wirklich an.«

»Ich kotze Sie an?«, fragte McCaskey, der am liebsten zugeschlagen hätte. »Seit acht Jahren haben wir hier gemeinsam alle kriegerischen Auseinandersetzungen mit durchgestanden. Wir haben Krisen durchgemacht, Verluste hinnehmen und uns mit üblen Geschichten jeder Art herumschlagen müssen. Jetzt brauche ich einen Freund, der mir einen Gefallen tut, aber offensichtlich ist das vergebliche Liebesmüh.«

»Das ist doch alles Unsinn«, sagte Rodgers. »Bitten Sie mich um etwas anderes, und ich werde nicht zögern. Aber hier verlangen Sie zu viel. Ich bin auf sämtliche Aktivposten angewiesen.«

»›*Aktivposten*‹«, echote McCaskey. »Sie klingen ganz wie Stalin, der seine Bauern gut ausgebildeten deutschen Soldaten opferte.«

»Ich will das noch einmal überhört haben, Darrell«, sagte Rodgers. »Das ist für uns beide gesünder.« Der General kam hinter seinem Schreibtisch hervor. »Entschuldigen Sie mich jetzt bitte.«

»Aber sicher doch«, sagte McCaskey. »Gehen Sie nur zu unserem Papst Paul, er wird Ihnen bestimmt die Absolution erteilen. Außerdem wird er Ihnen versichern, dass alles im Dienst der ›guten Sache‹ ist, dass der Job immer zuerst kommt und dass es richtig ist, Maria in Botswana zu belassen. Und ich? Ich sorge mich mehr um das Leben meiner Teamkameraden als um das eines Priesters, der wusste, welche Risiken mit seiner Arbeit verbunden waren. Und für den wir zu Beginn der Operation angeblich auch gar nicht zuständig waren!«

Rodgers ging um McCaskey herum, doch der packte ihn am Arm. Der General bedachte McCaskey mit einem funkelnden Blick.

McCaskey ließ Rodgers' Arm los, aber nicht etwa, weil er Angst gehabt hätte. Er sah nur ein, dass eine Prügelei Maria auch nicht zurückbringen würde.

»Bitte, Mike.«

Rodgers schaute ihn an, jetzt schon mit einem etwas sanfteren Blick. »Glauben Sie wirklich, dass ich mich nicht um meine Leute sorge, Darrell?«

»Ich weiß es nicht«, antwortete McCaskey. »Ich weiß es wirklich nicht.«

Rodgers trat auf Tuchfühlung an McCaskey heran, und der konnte sich nicht daran erinnern, jemals einen solchen Blick gesehen zu haben. Den Blick eines Mannes, der sich von einem Freund verraten fühlte.

»Sagen Sie das noch einmal, Darrell«, forderte der General. »Wiederholen Sie, dass ich mich nicht um meine Leute sorge. Sagen Sie, dass sie mir egal waren: Bass Moore, Charlie Squires, Sandra DeVonne, Walter Pupshaw, Pat Prementine und all die anderen, die in Kaschmir ihr Leben gelassen haben. Ich will es hören, aber dann, wenn Sie nicht mehr hier herumbrüllen. Erst dann, wenn Sie tatsächlich wieder darüber nachdenken, was Sie sagen.«

McCaskey schwieg. An die Mitglieder der Strikers, die im Laufe der Jahre ums Leben gekommen waren, hatte er nicht gedacht. Der Gedanke an seine Frau hatte jeden anderen absorbiert.

Jetzt wurde Rodgers laut. »*Wiederholen Sie es!*«

McCaskey brachte die Wörter nicht über die Lippen und blickte niedergeschlagen zu Boden. Plötzlich waren alle Gefühle wie weggeblasen, die sich während der letzten vierundzwanzig Stunden aufgebaut hatten. Unglücklicherweise hatte er sich dazu hinreißen lassen, vor jemandem Dampf abzulassen, der es nicht verdient hatte, und in diesem Augenblick wurde ihm klar, auf wen er wirklich wütend war: nicht auf Mike Rodgers, sondern auf Maria. Außerdem war er wütend auf sich selbst, und zwar aus haargenau demselben Grund, den der General angeführt hatte: McCaskey hätte nie versuchen sollen, seine Frau zur Aufgabe ihrer Arbeit zu bewegen.

»Es tut mir Leid, dass Sie meine Worte so aufgefasst haben, Mike«, sagte McCaskey. »Mist, es tut mir wirklich sehr Leid.«

Noch immer fixierte Rodgers sein Gegenüber. Die beiden Männer schwiegen noch einen Augenblick, dann wandte der General den Blick ab und ging erneut auf die Tür des Büros zu.

»Nach dem Datentransfer an Kline finden Sie mich wieder hier«, sagte Rodgers leise. »Lassen Sie es mich wissen, wenn Sie etwas über die Japaner herausgefunden haben.«

»Natürlich«, sagte McCaskey. »Mike?«

Rodgers blieb stehen und drehte sich noch einmal um. »Ja?«

»Wirklich, ich hab's nicht so gemeint«, sagte McCaskey. »Ich weiß, wie Sie sich fühlen müssen.«

»Und ich weiß, dass Sie tief in Ihrem Herzen nicht so denken, Darrell«, sagte Rodgers. »Wir haben alle eine harte Zeit hinter uns. Im Augenblick sind wir beide dafür verantwortlich, Ihre Frau so gut wie möglich zu unterstützten. Lassen Sie uns zusehen, dass wir das hinbekommen.«

Ohne sich noch einmal umzublicken verließ der General das Büro, in dem es plötzlich sehr, sehr still zu sein schien.

McCaskey ballte die Rechte zur Faust und schlug auf den Handteller seiner Linken. Das Klatschen erinnerte an das Donnern nach einem Blitz, und das schien irgendwie zu passen. Er war gekommen, um aufgestaute Energie abzulassen. Allerdings hatte er dadurch eine alte Freundschaft gefährdet, und jetzt befürchtete er, dass sie nie wieder so wie früher sein würde.

52

Maun, Botswana – Freitag, 22 Uhr 09

Während der Lastwagen über das unebene Terrain holperte, herrschte in dem Fahrerhäuschen Schweigen. Seronga beschwerte sich nicht über die Attacke der Spanierin, die jetzt starr geradeaus blickte. Auch Njo Finn, der krampfhaft das Lenkrad umklammerte, hielt lieber den Mund. Nach dem Zwischenfall mit Maria schien Njo zufrieden zu sein, mit seinem LKW wenigstens etwas unter Kontrolle zu haben.

Die Fenster waren heruntergekurbelt, und die hereinströmende Nachtluft war zwar nicht wirklich kühl, aber doch angenehm auf der Haut. Vor einer halben Stunde war hinter ihnen Pavant mit einem Sixpack Coca-Cola aufgetaucht, und Seronga hatte auch Maria eine Dose angeboten. Aber die Spanierin lehnte ab. Mittlerweile schlürfte Seronga seine zweite Dose. Jeder Schluck des warmen Gebräus brannte in seinem Mund, doch das Koffein trug wenigstens dazu bei, dass ihm nicht die Augen zufielen. Auf seinen Oberschenkeln lag eine auseinander gefaltete Landkarte, auf der seine linke Hand ruhte, damit sie nicht vom Wind erfasst wurde. Seronga hatte auf der Karte einen Kreis eingezeichnet, dessen Radius einhundertzwanzig Kilometern entsprach und in dessen Mitte Dhamballas Camp lag.

Während der Fahrt durch das in Finsternis getauchte Grasland hatte Seronga Zeit zum Nachdenken, und jetzt erschien es ihm sehr seltsam, dass er hier war. Dabei dachte er nicht an die weite Ebene, sondern daran, dass er sich auf einem potenziellen Kriegsschauplatz befand. Bisher hatte er nie den Eindruck gehabt, einen Religionskrieg zu führen. Stattdessen hatte er geglaubt, im Krieg für sein Heimatland Botswana zu sein. Dennoch begann er jetzt allmählich darüber nachzudenken, dass Dhamballa vielleicht Recht hatte und dass er sich möglicherweise irrte. Trotzdem war das kein schlechtes Gefühl. Ganz im Gegenteil, es war ein angenehmer Gedanke, dass eine zehntausend Jahre alte religiöse Tradition vielleicht noch großartiger war als der Kontinent selbst und die afrikanischen Zivilisationen.

Vor Jahrzehnten, zur Zeit der stillen Revolution, an deren Ende die Vertreibung der Briten stand, hatten die Brush Vipers alles getan, was für die Befreiung Botswanas unerlässlich war. Damals orientierten sich Serongas Methoden an einer klaren Vision der Zukunft. Alles war von einem Ziel bestimmt – der Sehnsucht nach Freiheit. Dahinter standen die Geduld der Freiheitskämpfer und die Waffen, die sie nur im Notfall benutzen wollten.

Als Seronga später zum ersten Mal eine Rede Dhamballas hörte, empfand er wieder das Gefühl, dass hier jemand energisch ein Ziel verfolgte. Von Religion war bei der Veranstaltung noch keine Rede. Stattdessen sprach Dhamballa über Afrika und die Afrikaner. In Leon Serongas Leben hatte es für Religion bis dahin auch keinen Platz gegeben.

Seit seiner Kindheit war Afrika selbst Serongas Gott gewesen. Nichts auf dieser Welt ließ sich vergleichen mit der Großartigkeit seiner Landschaft, der schrecklichen Schönheit der Raubtiere und der ruhigen Gelassenheit ihrer Beute. Die Launen der Natur waren unergründlich. Manche Tage waren von einer grandiosen Klarheit, was das Leben zu einer Freude machte, an anderen schlug das Wetter unberechenbar zu. Manchmal schienen Wind und Regen aus dem Nichts zu kommen, manchmal wurden sie durch eine sanfte Brise oder kalten Nieselregen angekündigt. Es gab wochenlang andauernde, extrem heiße Trockenperioden und schreckliche Überschwemmungen, die so plötzlich kamen, dass sie die Menschen im Schlaf hinwegrafften. Und dann waren da noch die Nächte. Gelegentlich, wie in dieser, wirkte der Himmel so riesig und intensiv, dass man selbst gewichtslos zu sein und zu schweben schien. In anderen Nächten spürte man eine so erstickende Enge, dass Seronga sich wie der einzige Mensch auf Erden fühlte. In solchen Nächten schienen selbst die Grillen nicht von dieser Welt zu sein.

Wenn Afrika Serongas Gott gewesen war, dann waren das Leben und die Leistungen seiner Mitmenschen seine Religion. Wenn die Menschen andere Götter erfanden, so glaubte Seronga, ging das auf ihre Todesangst zurück. Für ihn selbst war der Tod dagegen immer ein normaler und hinzunehmender Bestandteil des Lebens gewesen. Da ihm das Glück zuteil geworden war, selbst ein Teil Afrikas zu sein, musste er akzeptieren, in den Kreislauf des Werdens und Vergehens eingebunden zu sein. Nie hatte er dagegen aufbegehrt, nie um eine Verlängerung des Lebens gebettelt. Man konnte auch zu viel Lebenszeit damit vergeuden, sich auf den Tod vorzubereiten.

An der Rechtschaffenheit seines gegenwärtigen Tuns hatte Leon Seronga keine Zweifel. Selbst wenn er keinen Erfolg haben sollte, würde er sein Handeln nicht in Frage stellen. Doch jetzt dachte er zum ersten Mal in seinem Leben darüber nach, ob er sich hinsichtlich des Problems der Religion nicht vielleicht geirrt hatte. Er fragte sich, ob hinter dem Geist Afrikas und seiner Menschen nicht vielleicht die Götter des Vodun standen.

Vielleicht auch eine Hoffnung, dachte Seronga.

Zum ersten Mal in seinem Leben hatte Seronga ein Gefühl, als wären die Dinge aus dem Gleichgewicht geraten. Er fühlte sich wie ein Fremder im eigenen Land. Spanische Soldaten in Maun, katholische Priester aus einer südafrikanischen Diözese. Verbündete aus Belgien, Frankreich, selbst aus China. Immer mehr Touristen, die die Straßen und die Landschaft bevölkerten. Sein altes Afrika existierte so nicht mehr. Der Kontinent war ein Freizeitpark für die Reichen, ein Schlachtfeld für die Ehrgeizigen. Ein Ort, wo die Proselytenmacher Leute bekehren und ihr Einkommen mehren konnten. Und Seronga glaubte, dass man Afrika erniedrigte, wenn man es zu einem Experimentierfeld für Umweltschützer und zu einem Laboratorium für Ethnologen machte. Ganz so, als benötigte dieser Kontinent Hilfe und wissenschaftliche Erkenntnis, um Afrika zu bleiben.

Aber wenn Dhamballa Recht haben sollte, hatte Seronga sein Afrika vielleicht an der falschen Stelle gesucht und gefunden. Vielleicht waren das Land und seine Menschen nur die Offenbarung einer höheren Persönlichkeit.

Vielleicht wird der Kämpfer auch nur alt und müde, dachte Seronga.

Dieser Gedanke ließ ihn lächeln. Er sah sich selbst nicht gern auf diese Weise, doch vielleicht war jetzt der Zeitpunkt gekommen, wo er es tun musste. Seronga hatte alte Löwen gesehen, die aus dem Unterholz heraus junge Artgenossen beobachteten, die ein Rudel bei der Jagd anführten. Oft fragte er sich, was diese älteren Raubtiere wohl denken mochten. Wollten sie nicht zeigen, wie langsam sie mittlerweile waren? Waren sie zu müde, um sich noch in den Kampf zu stürzen?

Vielleicht hatten sie auch einen anderen Grund.

Vielleicht riet eine innere Stimme dem alten Löwen, den Zeitpunkt und den Ort der letzten Jagd selbst zu bestimmen. Es würde einen geeigneteren Zeitpunkt geben, wo der alte Krieger zur Legende werden konnte. Oft fragte sich Seronga, ob Tiere – wie die Menschen – ebenfalls durch Legenden inspiriert wurden. Und vielleicht waren diese Legenden das wahre Wesen eines Volkes.

Das führte Seronga zu der Frage, ob Dhamballa Recht hatte.

Möglicherweise waren die Götter, von denen Dhamballa sprach, nicht mehr – aber auch nicht weniger – als uralte vorzeitliche Krieger, die im Kampf gefallen und dann in Legenden verewigt worden waren. Waren Götter letztlich nicht auch nur idealisierte menschliche Wesen? Sie konnten nicht herausgefordert werden und waren unangreifbar, doch der Sinn ihrer Existenz war klar und eindeutig. Ob es sich hinsichtlich ihrer Existenz nur um eine bloße Einbildung der Menschen handelte, spielte letztlich keine Rolle. Indem diese Erinnerungen lebendig gehalten wurden, blieb auch die Identität eines Volkes erhalten. Selbst wenn ein Land erobert und die Einwohner versklavt und auf fremde Kontinente verschifft wurden, konnten die uralten Geschichten nicht ausgelöscht werden. Götter waren unzerstörbar.

»Wir sind fast da«, sagte Finn.

Seronga hatte über Götter und unermessliche Zeiträume nachgedacht, doch die sehr reale Stimme des Fahrers katapultierte ihn wieder in die Gegenwart zurück.

»In Ordnung.« Nach einem weiteren Schluck Coca-Cola konzentrierte sich Seronga erneut auf die Landkarte.

Die Stelle, der sie sich jetzt näherten, lag innerhalb der Reichweite von Dhamballas Funkgerät. Selbst wenn er sein Lager mittlerweile verlassen haben sollte, würde er sich noch innerhalb des von Seronga auf der Karte eingezeichneten Radius bewegen. Wenn der Lastwagen die Peripherie dieses Kreises durchbrach, konnte Seronga endlich Kontakt zu Dhamballa aufnehmen.

Seronga war sich nicht sicher, was er dann zu hören bekommen würde. Er hatte keine Ahnung, wie Dhamballa auf den Mord reagiert hatte und wie das seine Pläne hinsichtlich der nächsten Kundgebung beeinflussen würde.

Jetzt kamen sie an einem kleinen See vorbei, dessen Form an eine Niere erinnerte und auf dessen Wasseroberfläche sich die Sterne reflektierten. Ein paar Minuten später erblickte Seronga die dunkle Silhouette des nordöstlich gelegenen, sechshundert Meter hohen Berges Haddam, der sich teilweise vor die Sterne schob und der letzte markante landschaftliche Punkt auf seiner Karte war. Mittlerweile befand sich der Lastwagen innerhalb der Funkreichweite, und Seronga öffnete die verrostete Klappe des Handschuhfachs. Nachdem er die Karte hineingelegt hatte, zog er ein schmales schwarzes Funkgerät hervor, ein belgisches Modell vom Typ Algemene-7, das vom Nachrichtendienst Veiligheid van de Staat benutzt wurde. Es war ein abhörsicheres Modell mit einer Reichweite von hundertzwanzig Kilometern, und Dhamballa verfügte über das einzige Empfangsgerät.

An der unteren Seite des Funkgeräts befanden sich ein grüner Knopf für die Inbetriebnahme, ein roter für den Sprechbetrieb und ein blauer zum Abschalten.

Nachdem Seronga den grünen Knopf gedrückt hatte, schob er seinen Daumen auf den roten. Dann hob er das Funkgerät an die Lippen.

Plötzlich ließ ihn irgendetwas innehalten, und er blickte aus dem Fenster. »Was ist das?«

Auch Finn uns Maria spähten in die Finsternis.

»In welche Richtung schaust du?«, fragte der Fahrer.

»Geradeaus, dann ein kleines Stück nach rechts.« Seronga zeigte mit dem Funkgerät auf die Stelle.

»Ich sehe nichts«, bemerkte Finn.

»Ich schon«, sagte Maria. »Das ist ein Jeep.«

Sie hatte Recht. Im Lichtkegel der Scheinwerfer ihres Lastwagens schimmerte ein kleineres Fahrzeug, das etwa einhundert Meter entfernt war.

Finn nahm Gas weg.

»Erwarten Sie jemanden?«, fragte Seronga.

»Ja«, antwortete die Spanierin.

Seronga warf ihr einen funkelnden Blick zu. »Halt an«, befahl er dem Fahrer.

Obwohl Finn mit aller Kraft auf die Bremse trat, kam der LKW nur mühsam zum Stehen. Der Laster drehte sich etwas, so dass Seronga durch das offene Fenster direkt auf den Jeep blickte.

Nachdem er das Funkgerät in seinen Schoß gelegt hatte, ließ er seine rechte Hand neben den Sitz gleiten. Er umklammerte den Griff der Pistole, ließ sie Maria aber nicht sehen. Noch nicht.

Von der Ladefläche aus fragte Pavant: »Stimmt was nicht?«

»Direkt vor uns«, sagte Seronga.

»Ja, ich seh's«, bemerkte Pavant. »Soll ich die Nachtsichtbrille aufsetzen und mich darum kümmern?«

»Noch nicht.« Seronga blickte die Spanierin an. »Wer sitzt in dem Jeep?«

»Zwei Kollegen«, antwortete Maria.

»Und was wollen die hier?«, fragte Seronga.

»Helfen.«

»*Wem* helfen? Ihnen?«

»Nein. Sie wollen Ihnen und Ihren Leuten helfen, diese Nacht zu überleben.« Es war beängstigend, mit welch ruhiger Stimme sie von der möglichen Katastrophe sprach.

Ein weiterer Blick durchs Fenster verriet Seronga, dass der Jeep stand.

»Woher wussten sie, dass sie uns hier treffen würden?«, fragte Seronga. »Haben Sie irgendeinen Sender dabei?«

»Das ist unwichtig«, antwortete Maria.

»Für mich nicht«, beharrte Seronga.

»Wichtig ist nur, dass eine spanische Spezialeinheit das Camp Ihres religiösen Führers sucht«, sagte Maria. »Möglicherweise haben meine beiden Kollegen Neuigkeiten über diese Soldaten. Meiner Ansicht nach sollten wir uns anhören, was sie zu sagen haben.«

Seronga bemerkte, dass Finn nervös an seinem Lenkrad herumspielte.

»Keine Panik, Njo, es wird keine Probleme geben«, versicherte er.

»Ich würde gern aussteigen«, sagte der Fahrer. »Ich *muss* aussteigen.«

»Ich verspreche, dass es keine Probleme geben wird«, versicherte jetzt auch Maria. »Aber Sie müssen mir vertrauen. Und zwar möglichst schnell.«

Seronga hob seine Pistole, hielt sie in einer gewissen

Entfernung zu Maria und achtete darauf, dass sie die Waffe sah. Offensichtlich war sie eine ausgebuffte Kämpferin. Auf so engem Raum wäre es ein Leichtes für sie, die Bedrohung dadurch abzuwenden, dass sie Seronga auf die Pelle rückte, und er wollte nicht feuern, ohne zielen zu können.

»Wir werden alle aussteigen und gemeinsam zu dem Jeep gehen«, verkündete Seronga. »Pavant?«

»Ja?«

»Sieh mal nach, ob dir neben oder hinter uns etwas auffällt.«

Pavant blickte sich um. »Nichts zu sehen«, antwortete er. »Außerdem könnte man sich da sowieso nirgends verstecken.«

»Gut. Du bleibst hier und gibst uns Feuerschutz.« Seronga öffnete die Tür und stieg aus. Seine Schuhsohlen knirschten auf dem steinigen Boden. »Vorwärts«, sagte er zu Maria.

Als die Spanierin ausgestiegen war und neben ihm stand, trat Seronga einen Schritt zurück. Dann ließ er sie erst einmal ein paar Meter vorgehen. Auf der anderen Seite sprang Finn aus dem Lastwagen. Seronga war froh, dass der Fahrer nicht bewaffnet war. Zwar war Finn ein guter und loyaler Mann, aber er hatte keinerlei Kampferfahrung. Das Problem war, dass auch Seronga nicht damit gerechnet hatte, dass es zu einer bewaffneten Auseinandersetzung kommen könnte. Er war immer von einer friedlichen Revolution ausgegangen. Allenfalls von einem Krieg der Ideen, der aber keinerlei Blutvergießen nach sich ziehen würde.

Als die drei auf den Geländewagen zugingen, kam Seronga nicht auf die Idee, die Worte der Frau anzuzweifeln. Weder das, was sie über die spanischen Soldaten gesagt hatte, noch ihre Versicherung, die Insassen des Jeeps wollten ihnen helfen. Es war bemerkenswert, wie sie mit so wenigen Worten so viel Vertrauen mobilisieren konnte.

Auch Finn ging hinter der Spanierin, dicht neben Seronga, der sich in alle Richtungen umblickte, ob sich irgendwo etwas bewegte. Er fragte sich, ob die Leute in dem Jeep genauso abgebrüht waren wie ihre Kameradin.

Ihm war klar, dass er selbst nicht so abgebrüht war. Auch er hatte Angst, doch im Gegensatz zu Njo Finn ließ er sich nichts anmerken. Aber er sorgte sich nicht um sich selbst, sondern um ihre Sache. Und zugleich kam ihm ein Gedanke, der neu für ihn war.

Es ging nicht um Hoffnung, sondern um eine Herausforderung.

Wenn die Vodun-Götter tatsächlich existierten, war dies ein sehr guter Zeitpunkt für sie, sich bemerkbar zu machen.

53

Washington, D. C. – Freitag, 15 Uhr 10

»Hier geht etwas Merkwürdiges vor, Chef.«

Als Bob Herberts Anruf einging, konferierte Paul Hood gerade mit dem Rest der Belegschaft. Im Op-Center gab es auch noch andere, unabhängig agierende Abteilungen, die nicht direkt mit dem Krisenmanagement befasst waren. Es gab eine kleine Abteilung für Finanzfragen, ein Personalbüro und eine für Kommunikationsüberwachung zuständige Gruppe, die direkt Bob Herbert unterstellt war.

Letztere verfolgte aus der Ferne Faxsendungen, Mobilfunktelefonate und Satellitenaktivitäten in den Regionen, wo Personal des Op-Centers aktiv war. Hood war glücklich, dass unter seiner Regie eine große Anzahl ehrgeiziger junger und erfahrener älterer Kollegen arbeitete. Jeder lernte vom anderen, und die Meetings mit diesen Mitarbeitern waren immer beruhigend. »Sie sind das Fundament, auf dem wir großen, alten Titanen schreiten«, hatte Bob Herbert einst halb im Scherz gesagt. Hood war dankbar für diese echte Unterstützung, die ihm als Bürgermeister von Los Angeles nicht zuteil geworden war. Im Gegensatz zu den dortigen Mitgliedern des Stadtrats und den Mitarbeitern verschiedener städtischer Abteilungen waren hier alle auf seiner Seite.

»Was ist los?«, fragte Hood.

»Bei den Luftstreitkräften der Armee von Botswana ist ein sprunghafter Anstieg des Funkverkehrs zu verzeichnen«, antwortete Herbert.

»Das ist allerdings ungewöhnlich«, stellte Hood fest.

»Üblicherweise haben wir pro Stunde einen Durchschnitt von zehn bis fünfzehn Gesprächen über Funk, jetzt sind es mehr als dreihundert«, präzisierte Herbert.

In den Vereinigten Staaten würde ein solcher Anstieg signalisieren, dass hinsichtlich der Verteidigungsbereitschaft Alarmstufe eins herrschte.

»Uns ist das hier im Haus aufgefallen, aber auch der CIA ist es nicht entgangen«, fuhr Herbert fort. »Deren Frequenzscanner schlagen nur Alarm, wenn es bei der Kommunikation einen Anstieg von mindestens hundert Prozent gibt.«

»Wissen wir denn, worauf dieser extensive Funkverkehr zurückgeht?«, fragte Hood.

»Noch nicht«, antwortete Herbert. »Die Signale sind verschlüsselt. Wir sammeln das Material und knacken die Dechiffrierung dann später hier im Haus. Viens versucht, an ein paar Satellitenbilder der Militärstützpunkte heranzukommen. Er kratzt alle verfügbaren Zeitkontingente für die Satellitennutzung zusammen, um uns zu helfen. Eben hat mir Jody Cameron vom Naval Sea Systems Command mitgeteilt, inzwischen seien die Aktivitäten auch auf ihren Radarschirmen zu verfolgen. Einer ihrer Zerstörer kreuzt in der Straße von Mosambik.«

Die für Informationsbeschaffung zuständige Abteilung des Naval Sea Systems Command – NAVSEA – verließ sich auf ein weltweites Netz von Zerstörern und Tendern dieser Kriegsschiffe, die Aktivitäten zu Lande und zur See beobachteten, welche von Militärstützpunkten der Vereinigten Staaten oder ihrer Verbündeten aus nicht zu verfolgen waren. Unter Verwendung der so zusammengetragenen Informationen wurde dann entschieden, ob Schiffe der Maritime Prepositioning Force in eine Region entsandt werden mussten. Dies waren Schiffe, die vor dem Eintreffen der Kriegsschiffe logistische Unterstützung leisteten. Die in der Straße von Mosambik patrouillierenden Schiffe waren für den Bereich von Südafrika bis Somalia zuständig.

»Und worauf deutet der Befund auf den Radarschirmen hin?«, fragte Hood.

»Auf Hubschrauber«, antwortete Herbert. »Auf mehr Helikopter, als wir in dieser Region je beobachtet haben.«

»Drehen sie irgendwo ihre Kreise, oder haben sie ein festes Ziel?«, fragte Hood.

»Die Helikopter starten auf einem Flugplatz außerhalb von Gaborone und fliegen dann in nördlicher Richtung«, antwortete Herbert. »Laut Auskunft des NAVSEA handelt es sich entweder um einen Einsatz oder um ein Manöver.«

»Das mit dem Manöver können wir uns meiner Ansicht nach aus dem Kopf schlagen«, bemerkte Hood.

»Natürlich, so sehe ich das auch«, pflichtete Herbert

bei. »Bleiben Sie einen Moment dran, Matt Stoll schickt mir gerade ein paar entschlüsselte Informationen.«

Es war nur eine kurze Gesprächspause, doch Hood erschien sie sehr, sehr lang.

»Scheiße«, sagte Herbert. »Verfluchter Dreckskerl.«

»Was ist denn?«

»Sie haben ein Ziel. Das Okavangobecken.«

»Mist«, kommentierte Hood.

»Außerdem heißt es hier, Edgar Kline habe ihnen dieses Ziel genannt«, fügte Herbert hinzu.

»Wie zum Teufel kann Kline dieses Ziel vorgegeben haben?«, fragte Hood. »Wir kannten es doch selbst nicht.«

»Keine Ahnung«, gab Herbert zu.

Mittlerweile war es über eine Stunde her, seit Hood Kline über dessen Mobiltelefon erreicht und ihm die geografische Position durchgegeben hatte, wo sich die Op-Center-Mitarbeiter mit der Unidad Especial del Despliegue treffen sollten. Es war völlig ausgeschlossen, dass Kline Dhamballas Aufenthaltsort aus Hoods Informationen gefolgert haben konnte. Im Op-Center wusste man ja selbst nicht mit Sicherheit, wo sich das Camp des Vodun-Führers befand.

»Sehen Sie zu, dass Sie Kline an den Apparat bekommen«, sagte Hood.

»Mit Vergnügen«, erwiderte Herbert wütend.

Während er Mike Rodgers anrief, war Hood ungewöhnlich ungeduldig. Nachdem er den General auf den letzten Stand gebracht hatte, bezog er ihn in die Konferenzschaltung mit ein. Die beiden Männer warteten, bis sich die Mailbox von Klines Handy meldete.

»Zum Teufel mit ihm!«, fluchte Herbert. »Er drückt sich.«

Auch Hood war frustriert und wütend, aber er zwang sich, weiter ruhig und konzentriert zu bleiben.

»Gehen wir eigentlich davon aus, dass Kline sich immer noch in der Gesandtschaft des Heiligen Stuhls in New York aufhält, Bob?«, fragte der Direktor des Op-Centers.

»Es gibt keinen anderen sicheren Ort, von dem aus Kline eine militärische Aktion verfolgen könnte«, antwortete Herbert. »Sollte sich dort tatsächlich etwas zusammenbrauen, würde Kline die Gesandtschaft mit Sicherheit nicht verlassen.« Noch bevor Hood selbst den Vorschlag machen konnte, kam ihm der Leiter der Aufklärungsabteilung zuvor. »Ich rufe sofort da an. Den kriege ich schon an den Apparat.«

»Wenn Sie's geschafft haben, werde ich aber mit ihm reden«, sagte Hood.

»Okay«, erwiderte Herbert. »Aber nur, wenn ich ihm persönlich seine beschissene Fresse einschlagen darf, wenn das hier vorbei ist. Sich vor Telefonanrufen drücken, das ist so verdammt billig. Wenn man nicht kooperieren will, dann verhält man sich wie ein Mann und nutzt diplomatische Zweideutigkeiten, anstatt zu kneifen.«

Hood sparte sich einen Kommentar. Es kam häufig vor, dass irgendetwas Herbert in Rage geraten ließ – er hatte eben das hitzige Temperament eines Mannes aus Mississippi. Diesmal musste Hood allerdings einräumen, dass er gute Gründe hatte, vor Wut zu kochen.

Herbert geriet an eine automatisierte Telefonzentrale, hatte aber keine Ahnung, in welchem Büro sich Kline aufhielt. Als er schließlich einen Mann von der Vermittlung an der Strippe hatte, war diesem der Name Edgar Kline unbekannt. Herbert legte auf und drückte dann die Taste für Wahlwiederholung. Diesmal ließ er sich mit der Buchhandlung der Stiftung ›Wege zum Frieden‹ verbinden.

»Kann ich Ihnen helfen?«, meldete sich die Stimme eines anscheinend noch jungen Manns.

»Ja«, antwortete Herbert. »Wie heißen Sie?«

»Hotchkiss«, antwortete der Buchhändler. »Kann ich etwas für Sie tun?«

»Ja, können Sie, Mr Hotchkiss«, antwortete Herbert. »Haben Sie das Buch mit den Sterbesakramenten?«

»Ja, aber die finden Sie in mehreren Büchern. Am häufigsten verlangt wird die *Konkordanz der Katholischen Liturgie* ...«

»Die nehme ich. Außerdem möchte ich, das genau an der Stelle mit den Sterbesakramenten ein Lesezeichen in den Band gelegt wird.«

»Denken Sie an ein spezielles Lesezeichen?«

»Nein. Das Buch muss jemandem übergeben werden, der sich in Ihrem Gebäude aufhält.«

»In unserem Haus?«

»Genau. Arbeitet außer Ihnen noch jemand in der Buchhandlung, Mr Hotchkiss?«

»Ja ...«

»Dann bitten Sie ihn, das Buch zu überbringen, während ich ihnen die Nummer meiner Kreditkarte gebe«, sagte Herbert. »Oh, fast hätte ich's vergessen, ich wünsche noch eine Widmung auf dem Vorsatzblatt.«

»Aber natürlich, Sir.«

»Die Widmung lautet so: ›Gehen Sie ans Telefon, sonst brauchen *Sie* die Sterbesakramente.‹ Unterzeichnen Sie mit ›Bob H.‹«

»Wie bitte ...?«

»Tun Sie einfach, was ich sage. Im Augenblick hängen etliche Menschenleben von Ihnen ab.«

Beeindruckt nahm Hood zur Kenntnis, wie viel Sorge und Überzeugungskraft Herbert bei diesem Satz in seine Stimme zu legen verstand. Der Mann war einfach der Beste.

»Wird sofort erledigt, Sir«, antwortete der Angestellte. »Wem soll die Konkordanz gebracht werden?«

»Einem Mann namens Edgar Kline«, antwortete Herbert. »Fragen Sie sich auf den Fluren der Gesandtschaft durch, irgendjemand wird ihn schon kennen.«

»*Ich* kenne ihn.«

»Tatsächlich?«

»Er war eben hier in der Buchhandlung und hat einen Reiseführer gekauft«, sagte der Angestellte.

»Einen über das südliche Afrika?«, fragte Herbert.

»Genau.«

»Wollte er auch Karten sehen?«

»Ja! Aber woher wissen Sie das?«

»Reiner Glückstreffer. Ich kann mich doch auf Sie verlassen, Mr Hotchkiss?«

»Können Sie«, antwortete der Angestellte. »Da ich ja weiß, wie er aussieht, werde ich ihm das Buch persönlich überreichen.«

»Besten Dank«, sagte Herbert.

Der Angestellte gab den Hörer an seinen Kollegen weiter, und Herbert nannte diesem die Nummer seiner Kreditkarte. Unterdessen legte Hood bereits auf, um auf seinem Monitor eine Karte des nördlichen Botswana zu studieren. Der für Maria, Aideen und Battat vorgesehene Treffpunkt lag knapp fünfzig Kilometer von dem Sumpfgebiet entfernt. Von Hood hatte Kline keine Information bekommen, die die Armee von Botswana in diese Region geführt haben könnte. Diese Information musste Kline aus einer anderen Quelle zugeflossen sein. Aber wer hätte überhaupt auf die Idee kommen können, Kline zu kontaktieren? Der Sicherheitsdienst des Vatikans war eine Organisation, die höchsten Wert auf Geheimhaltung legte und nicht zu allzu vielen Nachrichtendiensten Beziehungen unterhielt. Etwa zu den Spaniern, den Amerikanern und ... In diesem Augenblick fiel es Hood wie

Schuppen von den Augen. Die Information war nicht von außen gekommen. Das Offensichtliche war ihnen entgangen.

Mike Rodgers betrat das Büro. »Wie denken Sie darüber, Paul?«, fragte der General.

»Meiner Meinung nach war es Pater Bradbury«, antwortete Hood.

Rodgers wirkte irritiert. »Was?«

»Nur er weiß, wo Dhamballa sich aufhält«, erklärte Hood. »Vielleicht hat der Sicherheitsdienst des Vatikans seinen letzten Anruf lokalisiert, aber wahrscheinlicher ist, dass er selbst einen Weg gefunden hat, um ihnen die Information zu geben.«

»Dhamballa muss ein Funkgerät oder ein Telefon haben«, sagte Rodgers. »Möglich wär's also schon.«

»Gentlemen, die Lage ist ernst«, sagte Hood. »Wir müssen unsere Leute am Eingreifen hindern.«

»Ich kann nicht ganz folgen«, bemerkte Rodgers.

»Die Regierung von Botswana glaubt, Dhamballas Leute hätten unseren Bischof umgebracht«, erläuterte Hood. »Jetzt muss sie etwas tun – die Luftstreitkräfte werden sie ausschalten.«

»Aber nicht, bevor die Spanier Pater Bradbury befreit haben«, sagte Rodgers.

»Vielleicht«, erwiderte Hood. »Wenn die Regierung der Meinung ist, die Vodun-Anhänger hätten bereits einmal gemordet, kann sie ihnen auch die Schuld an einem zweiten Mord in die Schuhe schieben. Wer wird denn beweisen können, dass sie nicht auch Pater Bradbury umgebracht haben?«

»Niemand«, sagte Herbert.

»Wir müssen Gaborone das Foto zukommen lassen, das Maria auf dem Flugplatz geschossen hat«, bemerkte Rodgers.

»Möglicherweise wird sie auch das nicht mehr aufhalten können«, gab Herbert zu bedenken. »Durch das Foto wird ihnen klar werden, dass sie noch ein größeres Problem und andere Feinde haben. Dennoch werden sie dieses Problem zuerst lösen wollen, und zwar so schnell wie möglich.«

»Trotzdem glaube ich nicht, dass der Vatikan Pater Bradbury opfern wird«, sagte Rodgers. »Ich will das einfach nicht glauben, zumindest so lange nicht, wie sie noch eine Alternative haben.«

»Vielleicht haben Sie Recht«, sagte Hood. »Aber was für Alternativen haben Sie denn?«

»Die Unidad Especial del Despliegue«, antwortete der General. »Die Regierung kann die Spanier in einem ihrer Militärhubschrauber in die Sumpfregion bringen, damit sie Pater Bradbury befreien.«

»Damit wären die Spanier der Notwendigkeit enthoben, sich mit unseren Leuten zu treffen«, bemerkte Herbert.

»Das wäre zu verschmerzen«, sagte Rodgers. »Unsere Leute sind ja trotzdem mit Seronga in das Sumpfgebiet unterwegs. Ich habe hier eine Karte von Botswana vor mir. Wenn meine Schätzung halbwegs korrekt ist, werden sie ungefähr zur gleichen Zeit dort eintreffen wie die Luftstreitkräfte Botswanas.«

Rodgers griff nach Hoods Telefon. Er rief die amerikanische Botschaft in Gaborone an und bat darum, ihn sofort mit Aideen Marley zu verbinden.

54

Maun, Botswana – Freitag, 22 Uhr 31

Aideen Marley und David Battat hatten beschlossen, sich erst einmal nicht zu zeigen und abzuwarten, wie Maria mit der Situation umging. Von den drei Mitarbeitern des Op-Centers hatte sie am meisten Erfahrung, und sie kannte Seronga bereits.

Als sie die Scheinwerfer gesehen hatten, waren Aideen und Battat aus dem Jeep ausgestiegen. Jetzt lagen sie bäuchlings auf einer drei bis vier Meter hohen Erderhebung, etwa fünfzehn Meter hinter ihrem Fahrzeug. Sie konnten nicht ausschließen, dass Seronga den Jeep mit Kugeln durchsiebte, bevor er sich zu ihnen auf den Weg machte. Aber natürlich war den beiden klar, dass es nachts in dieser Wildnis draußen auch nicht viel sicherer war. Sie hatten keine Ahnung, was für Raubtiere es hier geben mochte. Da sie aber nicht mit Sicherheit wissen konnten, in was für einem Geisteszustand sich Seronga befand, glaubten sie eine vernünftige Vorsichtsmaßnahme getroffen zu haben.

Aideen und Battat beobachteten, wie Maria und zwei Männer aus dem Lastwagen ausstiegen und sich vorsichtig dem Jeep näherten. Zwar zeichneten sich im Licht der Scheinwerfer ihre Silhouetten ab, aber Einzelheiten konnte Aideen natürlich nicht erkennen. Trotzdem glaubte sie unscharf zu sehen, dass einer der Männer mit einer Pistole bewaffnet war und sie auf Maria richtete, die einige Schritte vor ihm ging. Aideen versuchte, Marias Körpersprache zu deuten, doch ihr Gang war völlig unverändert. Wie damals in Spanien, als Aideen den Eindruck gewonnen hatte, dass sich diese Frau durch nichts einschüchtern ließ. Sollte sie jetzt in Gefahr schweben, ließ sie es sich jedenfalls nicht anmerken.

»Hallo?«, fragte Maria schließlich. »Wo sind Sie?«

Es war so finster, dass Aideen Battat nicht sehen konnte. Die beiden hatten sich auf eine Reihe von Zeichen verständigt, und jetzt spürte sie, dass Battat über ihren Handrücken strich. Das hieß, dass sie sich zunächst nicht vom Fleck rühren würden. Aideen war derselben Meinung und berührte ebenfalls Battats Handrücken.

Das Trio kam näher.

»Leon Seronga und Mr Finn sind bei mir«, sagte Maria mit energischer, fester Stimme. »Auf der Ladefläche des Lastwagens befindet sich ein weiterer Mann. Niemand wird Ihnen etwas tun. Wir müssen reden.«

Aideen kannte Marias Stimme, deren Tonfall ihr sofort ein beruhigendes Gefühl vermittelte. Da sie glaubte, dass die Spanierin die Wahrheit sagte, klopfte sie Battat auf den Handrücken, womit sie ihm zu verstehen gab, dass sie etwas sagen wollte. Nach kurzem Zögern kam Battats Bestätigung, und Aideen erhob sich langsam.

»Ich bin hier«, rief Aideen, während sie mit seitlich ausgestreckten Armen ein paar Schritte vortrat. »Ich bin unbewaffnet.«

»Gibt es Neuigkeiten?«, fragte Maria.

»Ja«, antwortete Aideen. »Wir haben mindestens eine Stunde Vorsprung vor einer Gruppe spanischer Soldaten, die uns allen im Nacken sitzt. Wir müssen uns in zwei Gruppen aufteilen. Eine wird dafür sorgen, dass die spanische Eliteeinheit Dhamballas Camp nicht findet, die andere macht sich dorthin auf den Weg.«

»Und warum?«, rief ein Mann.

Aideen vermutete, dass das Leon Seronga gewesen war.

»Wir glauben, dass es nur einen Weg gibt, eine kriegerische Auseinandersetzung zu verhindern«, erwiderte sie und trat hinter dem Jeep hervor. »Dhamballa und seine Anhänger müssen Pater Bradbury freilassen.« Das Trio war jetzt keine fünfzig Meter mehr von ihr entfernt.

»Wer ist ›wir‹?«, fragte Seronga.

»Ich habe Mr Seronga gesagt, dass wir unsere Identität nicht preisgeben werden«, schaltete sich Maria ein.

Das war ohnehin nicht Aideens Absicht. Trotzdem war sie froh, dass Maria die harte Linie fuhr. Dadurch hatte sie ihrerseits die Möglichkeit, Entgegenkommen zu signalisieren.

»Es hat keinen Sinn, über unsere Identität zu diskutieren«, sagte Aideen. »Wichtig ist nur, dass wir Menschenleben retten wollen.«

»Ich glaube Ihnen ja«, rief Seronga. »Trotzdem kann ich es mir nicht leisten, Ihnen zu vertrauen, wenn Sie nicht einmal Ihre Namen nennen wollen.«

»Falls Ihnen etwas zustoßen sollte, läge es nicht in unserer Absicht, dass diese Information nach draußen dringt«, sagte Aideen.

»Sie meinen, falls man mich gefangen nehmen und foltern sollte?«, fragte Seronga.

»Genau.«

»Halten Sie dieses Land etwa für primitiv und degeneriert?«, fragte der Anführer der Brush Vipers.

»Nein, aber wir leben in gefährlichen Zeiten«, stellte Aideen fest. »Und in solchen Zeiten neigen Menschen zu übertriebenen Reaktionen.«

»Manche sogar zu Entführungen«, meldete sich Battat zu Wort, während er neben Aideen trat. »Je länger wir hier herumstehen und palavern, desto größer ist die Wahrscheinlichkeit, dass etwas passiert.«

Das Trio blieb ein paar Meter vor dem Jeep stehen, und der Anführer der Brush Vipers beäugte Aideen und Battat aus der Nähe.

Plötzlich ertönte ein leises Piepen.

»Was ist das?«, fragte Seronga.

»Mein Mobiltelefon«, antwortete Aideen, die selbst überrascht war. Außer der Botschaft konnte sie hier draußen niemand erreichen. »Ich werde drangehen.« Sie zog das Handy aus einer Tasche an ihrem Gürtel.

»Geben Sie das Telefon her.« Seronga streckte seine linke Hand aus.

»Ich muss mich erst melden«, sagte Aideen. »Wenn ich nicht zuerst das Codewort durchgebe, wird am anderen Ende sofort aufgelegt.« Das war zwar eine Lüge, aber Aideen wollte das Handy nicht hergeben. Zumindest so lange nicht, bis sie wusste, wer aus welchem Grund anrief. »Ja, hier Barley«, sagte sie und hoffte, dass der Anrufer trotzdem von ihrem richtigen Namen ausgehen und die leichte Veränderung einer Schwankung der Verbindung zuschreiben würde.

»Aideen?«, fragte der Anrufer.

»Ja.«

»Hier ist Mike Rodgers. Können Sie mich verstehen?«

»Ja.«

»Auch frei reden?«

»Nicht wirklich.«

Jetzt kam Seronga auf sie zu und gab durch eine Handbewegung erneut zu verstehen, dass Aideen ihm das Handy reichen sollte.

»Ich gebe Ihnen Leon Seronga«, sagte Aideen.

»Nein!«, antwortete Rodgers. »Sind Maria und David bei Ihnen?«

»Ja.« Aideen trat ein paar Schritt zurück und forderte Seronga durch eine Geste auf, dasselbe zu tun.

Jetzt richtete Seronga seine Pistole auf sie, doch Aideen blieb nicht stehen. Ihr ging es in erster Linie um die Sache, nicht um ihre persönliche Sicherheit.

Battat trat dazwischen. »Lassen Sie sie in Ruhe telefonieren. Schließlich sind wir hier, weil wir Ihnen helfen wollen.«

Zwar ließ Seronga die Waffe nicht sinken, aber er drückte nicht ab und kam auch nicht näher.

Aideen sprach weiter. »Brauchen Sie Maria oder Battat aus einem bestimmten Grund?«

»Nein«, antwortete Rodgers. »Ich will, dass Sie diese Operation sofort abbrechen. Alle drei.«

»Warum?«, fragte Aideen.

Seronga musste ihr besorgter Tonfall aufgefallen sein. Er trat wieder vor.

»Offenbar sind Helikopter der Luftstreitkräfte Botswanas zu Dhamballas Camp im Okavangobecken unterwegs«, sagte Rodgers. »Sie haben da nichts zu suchen und halten sich raus, verstanden?«

»Ja«, antwortete Aideen.

»Was ist los?«, wollte Seronga wissen.

Aideen antwortete nicht.

»Ich werde jetzt auflegen, bevor das Militär diesen Anruf lokalisieren kann«, sagte Rodgers. »Dies ist ein Befehl, der nicht hinterfragt oder in Zweifel gezogen wird. Verschwinden Sie, und zwar sofort.«

Seronga stieß Battat zur Seite und trat auf Aideen zu. »Ich habe Sie etwas gefragt!«

Als Battat Serongas Arm packte, wirbelte eine Kugel vor seinen Füßen Dreck und kleine Steinchen auf. Der Schuss war aus dem LKW abgefeuert worden.

»Wenn ich das nächste Mal abdrücke, geht die Kugel direkt in Ihr Herz!«, warnte eine Stimme aus der Richtung des Lastwagens.

Battat ließ Serongas Arm los, und der riss Aideen das Handy aus der Hand und hob es ans Ohr.

»Hallo?«, sagte er. »Hallo!« Einen Augenblick später bedachte er Aideen mit einem funkelnden Blick. »Da ist niemand mehr.«

»Nein«, erwiderte Aideen. »Mein Vorgesetzter wollte nicht, dass die Luftstreitkräfte der Armee den Anruf lokalisieren.«

»Die Luftstreitkräfte?«, fragte Seronga. »Warum sollten sie?«

»Offensichtlich haben sie Ihr Camp im Okavangobecken entdeckt und sind auf dem Weg dorthin«, antwortete Aideen.

Einen Augenblick lang stand Seronga reglos da. Dann wandte er sich um. »Hol das Funkgerät aus dem Handschuhfach, ruf das Camp an und finde heraus, wie die Lage aussieht!«, rief er in Richtung Lastwagen.

Der Mann im LKW bestätigte, dass er den Befehl verstanden hatte. Seronga wandte sich wieder den anderen zu. »Was wissen Sie noch?«

»Nichts«, antwortete Aideen.

Seronga fuchtelte bedrohlich mit seiner Pistole herum. »In den Jeep, alle drei.«

»Warum?«, erkundigte sich Battat.

»Wir werden zum Camp fahren.«

»Und was tun wir da?«

»Sollte ein Angriff geplant sein, müssen wir dafür sorgen, dass es nicht so weit kommt«, sagte Seronga.

»Und wie?«, fragte Battat.

»Sie beide sind doch vermutlich Amerikaner«, sagte Seronga. »Wir werden die Armee unseres Landes kontaktieren und die Militärs wissen lassen, dass Sie hier sind. Wenn Ihr Leben auf dem Spiel steht, wird das ihre Angriffslust bremsen.«

»Wir dürfen niemandem erzählen, dass wir hier sind«, bemerkte Battat.

»Aus welchem Grund?«

»Weil wir offiziell *nicht* hier sind.«

»Aber Sie *sind* hier, und es stehen Menschenleben auf

dem Spiel. Ihr Argument, dass Sie offiziell nicht hier sind, ist lächerlich.«

»Nicht, wenn Gaborone Dhamballa Einhalt gebietet«, widersprach Battat.

»Aber diese Frau hier weiß, dass nicht wir den Bischof ermordet haben«, sagte Seronga.

»Solange Sie den Priester nicht freilassen, ist das unerheblich«, warnte Battat. »Ich habe da so eine Ahnung, dass die Armee ihn, wenn sie denn angreifen sollte, tot zwischen den Trümmern von Dhamballas Camp finden wird.«

Der bloße Gedanke ließ es Aideen kalt den Rücken hinablaufen. Aber denkbar war diese Möglichkeit durchaus.

»Ich habe sie erreicht!«, brüllte der Mann aus dem Lastwagen. »Von den Luftstreitkräften ist nichts zu sehen!«

»Wo sind sie jetzt?«, rief Seronga.

»Sie haben die Sumpfregion verlassen und sind auf dem Weg zur Diamantmine«, antwortete der Mann, dessen Stimme seltsam flach und gedämpft klang, da es in dieser weiten Ebene keinerlei Echo gab.

»Sag ihnen, dass sie ihre Route ändern und sich zu uns auf den Weg machen müssen«, befahl Seronga. »In einer Minute gebe ich ihnen die Koordinaten unserer Position durch.«

»Und was ist, wenn sie nicht auf dich hören wollen?«

»Dann werden sie sterben!«, rief Seronga. »Es geht jetzt nicht mehr um eine Kundgebung, sondern ums Überleben. Sag ihnen das!«

»Wird gemacht.«

Seronga wandte sich wieder Aideen zu und wurde dabei kurz vom grellen und irgendwie beunruhigenden Licht der Scheinwerfer geblendet. »Sie wissen nicht, wann der Angriff kommen soll?«

»Nein«, antwortete Aideen.

»Schwören Sie es?«

»Ich will keine Menschenleben auf dem Gewissen haben«, antwortete Aideen mit ausdrucksloser Stimme.

Das schien Seronga zu überzeugen. Er blickte sich um, als suchte er nach Antworten oder Inspiration.

»Sie müssen Helikopter benutzen«, sagte er einen Augenblick später. »Aus Kampfflugzeugen würde man unsere Leute zwischen den Bäumen kaum entdecken.«

»Könnten die da überhaupt landen?«, fragte Aideen.

»Nicht, wenn sie glauben, dass wir uns immer noch in der Sumpfregion aufhalten«, antwortete Seronga. »Da können Flugzeuge nirgendwo aufsetzen.«

»Und was ist, wenn sie wissen, dass Dhamballa nicht mehr dort ist?«, fragte Aideen.

»Wenn es nötig sein sollte, können wir uns dann immer noch zerstreuen und verstecken«, antwortete Seronga. »Außerdem könnten wir das Feuer auch erwidern. Meine Leute sind daran gewöhnt, in kleinen Gruppen zu arbeiten, aber sie können auch als Einzelkämpfer agieren.«

»Mir ist gerade etwas eingefallen«, schaltete sich Maria ein. »Was wäre, wenn die Spanier zuerst angreifen?«

Seronga und Aideen starrten sie an.

»Erklären Sie das«, sagte der Anführer der Brush Vipers.

»Wir müssen davon ausgehen, dass die spanischen Soldaten auch über diese Information verfügen«, sagte Maria. »Dann werden sie vielleicht nicht hierher kommen. Möglicherweise hat man sie auf dem Flugplatz von Maun abgeholt.«

»Stimmt«, sagte Aideen. »Die Spanier könnten uns in der Luft überholt haben. Vielleicht haben sie das Camp mittlerweile schon gestürmt und Pater Bradbury befreit.«

»Hätte Mike uns denn nicht informiert, wenn so etwas im Gange sein sollte?«, fragte Battat.

»Wahrscheinlich – falls er es gewusst hätte«, antwortete Aideen.

»Wenn es um militärische Aktionen geht, sind die Spanier nicht besonders mitteilsam«, sagte Maria. »In Spanien selbst könnten separatistische Splittergruppen solche Informationen zur Planung von Terrorakten verwenden.«

Seronga kam mit gezückter Pistole auf Maria zu. »In den Jeep, alle drei«, sagte er nachdrücklich.

»Warum?«, fragte Battat.

»Wir werden zu meinen Leuten stoßen«, verkündete Seronga.

»Den Teufel werden wir ...«

»Vorwärts!«, brüllte Seronga. »Mir ist egal, ob Sie offiziell hier sind oder nicht. Jetzt sind Sie meine Geiseln. Man wird die Regierungen Ihrer Länder informieren. Dadurch werden wir Zeit gewinnen.«

»Ich habe eine bessere Idee«, sagte Aideen.

»Für Diskussionen fehlt die Zeit!«, brüllte Seronga.

»Außer Ihnen kommt hier ja niemand zu Wort«, schrie Aideen zurück. »Ich brauche mein Telefon, Mr Seronga.«

»Und was haben Sie damit vor?«

»Ich werde meine Leute anrufen und sie bitten, falsche Informationen zu streuen, damit die Botswaner hingehalten werden.«

»An was denken Sie?«, fragte Seronga.

»Keine Ahnung, aber da wird mir schon etwas einfallen«, sagte Aideen. »Sie verplempern nur unnötig Zeit. Was immer ich auch tun mag – im Vergleich zu dem, was bereits passiert, kann's doch gar nicht schlimmer werden.«

Seronga zögerte, aber nur kurz. Dann reichte er Aideen

das Handy. »Rufen Sie aus dem Jeep an«, sagte er. »Ich gehe zum Lastwagen zurück, weil ich so schnell wie möglich bei meinen Leuten sein will.«

Aideen blickte in Battats Richtung, doch sie konnte ihn nicht besonders gut erkennen. Allerdings entging ihr nicht, dass er unruhig von einem Bein aufs andere trat. Sie fragte sich, ob er mitspielen oder Seronga zu entwaffnen versuchen würde.

Trotzdem konnte Aideen eine Entscheidung treffen. Sie wandte sich um und ging zum Jeep. »Ich werde zu Dhamballa fahren.«

Battat zögerte.

Zuerst war es auch bei Maria nicht anders, doch sie änderte ihre Meinung sehr schnell. Auf dem Weg zum Jeep blieb sie vor Battat stehen.

»Aideen hat Recht«, sagte die Spanierin. »Falls es dem Op-Center gelingt, den Angriff hinauszuzögern, können wir vielleicht noch eine Möglichkeit finden, einer fatalen Entwicklung Einhalt zu gebieten. Wenn wir jetzt die Operation abbrechen, werden viele Menschen ums Leben kommen.« Sie wies mit einer Kopfbewegung in die Richtung des Scharfschützen in dem Lastwagen. »Vielleicht auch wir selbst.«

Maria ging zum Jeep, ergriff den Überrollbügel und schwang sich über die Tür auf die Rückbank. »Kommen Sie?«, fragte sie Battat.

Wütend starrte Battat zu dem Lastwagen hinüber.

Aideen war bereits beim Jeep. Nachdem sie die Nummer der Botschaft in Gaborone gewählt hatte, blickte sie sich noch einmal um. Während Seronga auf den Lastwagen zuging, ließ er seine Pistole sinken. Da der Mann in dem LKW wahrscheinlich immer noch seine Waffe auf die drei gerichtet hatte, war das zwar nur eine Geste, aber immerhin eine kluge Geste.

Schließlich kam auch Battat zum Jeep. Maria saß auf

der Rückbank hinter dem Beifahrersitz, mit geschlossenen Augen, den Kopf an die Stütze des Überrollbügels gelehnt. Aideen hielt das Handy ans Ohr. Der Mann von der Vermittlung hatte bereits geantwortet, und sie hatte ihn gebeten, sie mit Terminal 82401 zu verbinden. Während sie wartete, kletterte Battat hinter das Lenkrad.

»Das musste mal gesagt werden«, bemerkte er in einem defensiven Tonfall.

»*Sie* mussten es sagen«, erwiderte Aideen.

»Okay, Sie haben ja Recht«, flüsterte Battat heiser. »Ich weiß nicht, ob ich mit Ihrer Entscheidung einverstanden sein soll. Wenn wir bei Seronga bleiben, können wir es uns auf keinen Fall leisten, dass unsere Identität enttarnt wird. Das ist Ihnen doch wohl klar.«

»Allerdings«, antwortete Aideen.

»Warum bleiben Sie dann nicht einfach hier?«, fragte Maria. »Wir werden später jemanden schicken, der Sie abholt.«

»Weil es mir nicht um *meine* Sicherheit geht«, antwortete Battat aggressiv. »Ursprünglich hat niemand auch nur daran gedacht, dass wir so tief in diesen Schlamassel hineingeraten könnten. Unsere Operation ist in keiner Weise autorisiert – weder vom Kongressausschuss für die Überwachung der Geheimdienste noch vom Präsidenten. Wir sind völlig schutzlos, und die Konsequenzen für das Op-Center könnten verheerend sein. Speziell dann, wenn man uns dabei erwischen sollte, dass wir Rebellen unterstützen.«

»Sie haben Recht«, antwortete Maria. »Aber bei dieser Art von Arbeit, bei *unserer* Arbeit, muss man immer Risiken eingehen, und damit meine ich nicht nur den Einsatz des eigenen Lebens. Auch mit einem politischen Nachspiel muss man jederzeit rechnen. Was wir auch tun mögen, die Vereinigten Staaten werden es schon überleben. Meine Sorge gilt in erster Linie den Menschen, die diese

Situation möglicherweise nicht überleben werden, falls wir sie im Stich lassen.«

»Deshalb komme ich ja auch mit«, bemerkte Battat. »Wenn ich schon was Falsches tue, soll wenigstens eine anständige Motivation dahinter stehen.«

Aideen war sich nicht sicher, ob sie auch der Meinung war, dass sie eine falsche Entscheidung getroffen hatten. Doch jetzt blieb ihr ohnehin keine Zeit, darüber nachzudenken.

Einen Augenblick später meldete sich Mike Rodgers.

55

Washington, D. C. – Freitag, 15 Uhr 13

Kurz nach Bob Herberts Telefonat mit Hotchkiss, dem Angestellten des im Gebäude der Gesandtschaft des Vatikans untergebrachten Buchladens, rief Edgar Kline Paul Hood an. Grund dafür war angeblich nicht Bob Herberts ›Morddrohung‹. Er rufe an, beteuerte Kline, weil er nicht tun wolle, was Hood und Herbert getan hätten. Er behauptete, die Wahrheit sagen zu wollen.

Nach dem Gespräch mit der Buchhandlung waren Mike Rodgers, Bob Herbert und Paul Hood um den Schreibtisch des Direktors des Op-Centers sitzen geblieben. Als Klines Anruf einging, schaltete Hood die Freisprechanlage ein.

»Hier ist Paul, Edgar«, meldete sich Hood.

»Ich habe Ihre Botschaft erhalten, Bob«, sagte Kline.

»Gut, Sie Mistkerl.«

»Es sieht so aus, als stünden wir alle unter Zeitdruck«, schaltete sich Hood ein. »Also, bringen Sie uns auf den letzten Stand.«

»Sorry, aber mir waren die Hände gebunden«, beteuerte Kline. »Ich konnte Sie nicht über die laufenden Ereignisse informieren, weil wir nicht wollen, dass Seronga etwas erfährt. Irgendjemand hätte Ihren Leuten in Botswana erzählen können ...«

»Ich bin nicht beleidigt, und nachträgliche Erklärungen sind jetzt auch überflüssig«, unterbrach Hood. »Sagen Sie einfach, wie die Lage im Moment aussieht.«

»Pater Bradbury hat es irgendwie geschafft, ein Telefon in die Finger zu bekommen und die Erzdiözese in Kapstadt anzurufen«, begann Kline. »Es war nur ein kurzer Anruf, aber der Pater hat über seine Verschleppung berichtet – über die Richtung der Reise, ihre Dauer und den Ort, wo er gefangen gehalten wird. Immerhin war seine Schilderung detailliert genug, um der Armee von Botswana zu verraten, wohin ihn die Entführer mit hoher Wahrscheinlichkeit verschleppt haben. Er musste sich kurz fassen, weil er Angst hatte, dass Dhamballa etwas merkt. Die Entscheidung, diese Spur sofort aufzunehmen, wurde von der dortigen Regierung getroffen, nicht von uns.«

»Und was ist, falls Dhamballa nicht für den Tod des Bischofs verantwortlich ist?«, fragte Hood.

»Er kann nicht beweisen, dass er nichts damit zu tun hatte«, bemerkte Kline.

»Erwirken Sie einen Aufschub, damit wir das überprüfen können«, schlug Hood vor.

»Ich wünschte, ich könnte, Paul«, sagte Kline. »Wenn es nur an uns läge, würden wir die Sache ganz der Unidad Especial anvertrauen. Wir sind an einer Rückkehr Pater Bradburys und an der Wiederherstellung der Ordnung in Botswana interessiert.«

»Vergessen Sie die überflüssigen Erklärungen, Edgar«, unterbrach Herbert. »Also, wo sind die spanischen Soldaten?«

»Das kann ich Ihnen nicht sagen«, antwortete Kline.

»So viel zum Thema Vertrauen«, bemerkte Herbert.

»Dass ich wahrheitsgemäß antworte, heißt noch lange nicht, dass es mir gestattet wäre, alles zu offenbaren«, sagte Kline.

»Wissen Sie, wo die spanische Eliteeinheit im Moment ist?«, fragte Hood.

»Ja«, gab Kline zu. »Aber unter den augenblicklichen Umständen kann ich Ihnen diese Information nicht mitteilen. Das war auch teilweise der Grund dafür, warum ich nicht angerufen habe, um Ihnen von Pater Bradburys Telefonat zu erzählen. Ich wollte nicht, dass die Information irgendwie zu Seronga gelangt – weder absichtlich noch zufällig.«

»Das wäre nicht passiert«, stellte Hood fest. »Wir hatten von Anfang an dasselbe Ziel, und unsere Leute sind in Botswana, weil sie Ihnen helfen wollen.«

»Nun, auf dieser Welt kann sich alles sehr schnell ändern«, bemerkte Kline.

»Aber nicht die Loyalität«, sagte Rodgers. »Zumindest bei uns nicht.«

»Geändert hat sich nur, dass unsere Agenten von Spionen zu Zielscheiben wurden und jetzt tief in der Scheiße sitzen«, sagte Herbert.

»Dann ziehen Sie sie doch ab«, schlug Kline vor.

»Ja, vielleicht tun wir das«, sagte Herbert.

»Lassen Sie uns beim Thema bleiben, Gentlemen«, mahnte Hood. »Bei diesem Gespräch geht es doch darum, dass wir alle den Priester befreien wollen und an einer sicheren Rückkehr unserer Leute interessiert sind. Darüber hinaus sollten wir noch Menschenleben zu retten versuchen. Gibt es irgendeine Möglichkeit, wie wir die Luftstreitkräfte davon abhalten können, sich die Brush Vipers vorzuknöpfen?«

»Zum gegenwärtigen Zeitpunkt bezweifle ich das

sehr«, sagte Kline. »Sie wollen an den Vodun-Anhängern ein Exempel statuieren.«

»Aber was wäre, wenn das gar nicht notwendig sein sollte?«, fragte Hood. »Wenn wir dazu beitragen könnten, dass der Priester ohne jede Gewaltanwendung befreit wird?«

»Und wie stellen Sie sich das vor?«, fragte Kline.

»Ich spreche mit unseren Leuten in Botswana, Sie reden mit der Regierung in Gaborone«, schlug Hood vor. »Bitten Sie sie um einen Aufschub.«

»Und was ist, wenn die Brush Vipers die Verzögerung missbrauchen, um erneut zuzuschlagen?«, fragte Kline. »Was wäre, wenn weitere Menschen ums Leben kämen, Paul? Was, wenn die Brush Vipers Geiseln nehmen? Oder andere Priester und Diakone töten?«

»Ausschließen kann ich das natürlich nicht«, räumte Hood ein. »Aber solche Entwicklungen sind nicht sehr wahrscheinlich. Besonders dann nicht, wenn sie wissen, wer sie angreifen wird.«

»Wir wollen ja nur, dass unsere Leute einen Versuch starten dürfen«, sagte Herbert. »Verdammt, Edgar, vergessen Sie alles, was zwischen uns vorgefallen ist, und versuchen Sie, den Angriff hinauszuzögern. Das entspräche nur simplem staatsmännischem Verhalten und würde auch noch einem anderen christlichen Grundwert Rechnung tragen.«

»Und zwar?«

»Der humanitären Gesinnung«, antwortete Herbert.

Kline seufzte. »Ich wünschte, es wäre so einfach.«

»Es könnte alles einfach sein«, bemerkte Hood.

»Was ist denn aus der schönen Maxime geworden, auch die andere Wange hinzuhalten?«, hakte Herbert nach.

»Seit aus Ohrfeigen Schüsse wurden, gilt sie nicht mehr«, antwortete Kline. »Im Übrigen ist es ja nicht so, als müssten wir hier nur mit einer Beleidigung fertig werden. Wir reden von der Entführung eines Priesters und der Ermordung eines Bischofs. Wer es auch gewesen sein mag, hier steht das Überleben der katholischen Kirche in Botswana und ganz Afrika auf dem Spiel. Unsere Kirche muss Stellung beziehen, und die Regierung von Botswana muss unter Beweis stellen, dass sie das Ruder fest in der Hand hält. Und vergessen Sie bitte eines nicht: Die Kirche hat sich diese Situation nicht gewünscht. Dafür sind einzig und allein die Vodun-Rebellen verantwortlich.«

»Vielleicht«, sagte Hood. »Aber der Mord an Bischof Max wurde von jemandem angeordnet, der Interesse an einer Eskalation der Lage hatte. Jetzt handeln Sie genauso, indem Sie den Krieg gegen die Vodun-Anhänger eskalieren lassen. Somit unterstützen Sie diejenigen, die Ihre Kirche attackiert haben.«

»Das wird sich im Laufe der Zeit noch herausstellen«, erwiderte Kline. »Bei uns kommt das Wichtigste zuerst. Vorerst beschäftigen wir uns mit Dhamballa, seinen Anhängern und Pater Bradbury. Anschließend werden wir herausfinden, wer die Kirche und Botswana attackiert hat.«

In diesem Augenblick begann Rodgers' Handy zu läuten. Ein Blick auf die Nummer verriet ihm, dass es die Botschaft in Gaborone war, und das hieß, dass die Uhr bereits tickte. Es blieb keine Zeit, um den Raum zu verlassen. Wenn der Anruf von der Botschaft nur weitervermittelt wurde und von Aideen kam, konnte er innerhalb von zwei Minuten lokalisiert werden. Rodgers zog einen Finger über seine Kehle und gab Hood mit dieser Geste zu verstehen, dass er Kline zum Schweigen bringen sollte. Hood zog es allerdings vor, Kline höflich darum zu bitten, die Leitung noch für ein paar Minuten zu halten.

Kline war einverstanden, und Hood drückte auf die Stummschaltung.

»Ich bin überrascht, dass dieser elende Hurensohn sich darauf eingelassen hat«, bemerkte Herbert.

»Für ihn wird sich das Warten möglicherweise lohnen«, sagte Hood. »Vielleicht entschließe ich mich ja, die eingehende Information mit ihm zu teilen.«

Unterdessen nahm Rodgers den Anruf an, und Hood und Herbert verstummten.

»Ja?« Da Aideen ihr Handy verloren und ein anderer es gefunden haben könnte, meldete sich der General nicht mit seinem Namen.

»Wir brauchen Hilfe.«

Es war tatsächlich Aideen. Ihre Worte wirkten eindringlich, aber ihre Stimme klang trotzdem ruhig.

»Reden Sie.«

»Wir sind gemeinsam mit Seronga zu einem Rendezvous mit Dhamballa unterwegs«, sagte Aideen.

»Sie bleiben in Botswana?«, fragte Hood.

»Wir müssen«, antwortete Aideen. »Die Vodun-Rebellen ändern ihr Ziel, um mit uns zusammenzutreffen. Auch Pater Bradbury wird bei ihnen sein, und wir werden uns bemühen, seine Freilassung zu erwirken. In ungefähr zwei Stunden sollten wir bei ihnen sein. Haben Sie eine Ahnung, wo sich die spanischen Soldaten aufhalten?«

»Nein«, erwidert Rodgers. »Aber wir vermuten, dass sie ebenfalls zu Pater Bradbury zu gelangen versuchen.«

»Das glauben wir auch«, sagte Aideen. »Wir brauchen Zeit, General. Seronga scheint geneigt zu sein, uns zu helfen, und unserer Meinung nach gibt es eine Möglichkeit, diese Geschichte ohne Blutvergießen zu beenden. Können Sie das der Regierung in Gaborone verkaufen?«

»Keine Ahnung«, gestand Rodgers. »Offensichtlich hat die Regierung kein Interesse daran, diese Krise geräuschlos zu entschärfen. Ihr geht es um eine Demonstration ihrer Macht.«

»Können Sie nicht einfach sagen, wir hätten den Priester bereits befreit?«, fragte Aideen.

»Das würde die Lage nur verschlimmern«, gab der General zu bedenken. »Die Luftstreitkräfte würden Dhamballa und seine Leute trotzdem erledigen wollen.«

»Dann müssen wir einen anderen Weg finden, um ihre Ankunft hinauszuzögern.«

»Ich werde mit Paul und Bob darüber sprechen«, sagte Rodgers. »Wir versuchen, uns was einfallen zu lassen.«

»Danke.«

»Machen Sie unter der Prämisse weiter, dass wir alle an einer friedlichen Lösung interessiert sind«, sagte Rodgers. »Sollte es Probleme geben, werde ich es Sie wissen lassen. Sie alle haben bislang sehr gute Arbeit geleistet.«

Aideen bedankte sich erneut, und Rodgers legte auf. Das Gespräch hatte etwas länger als eine Minute gedauert.

»Also, wie sieht's aus?«, fragte Hood. »Nein, warten Sie noch einen Augenblick.« Er aktivierte die Leitung zu Kline. »Sind Sie noch dran, Edgar?«

»Ja.«

»Mike Rodgers hat gerade einen Anruf von einer unserer Agentinnen in Botswana erhalten, die sich bei Seronga aufhält«, sagte Hood. »Sie bleiben zugeschaltet und können mithören, was Mike zu sagen hat.«

»Danke, aber ich wüsste nicht, was das bringen sollte«, bemerkte Kline.

»Geht's noch ein bisschen *weniger* zuversichtlich, Sie elender südafrikanischer Miesepeter?«, fragte Herbert gereizt.

»Schluss jetzt, Bob«, sagte Hood. »Wenn auch sonst nichts dabei herauskommen sollte, Edgar, so könnten wir zumindest den Geist der Partnerschaft zu erneuern versuchen, den wir bei dieser Operation eigentlich an den Tag hätten legen sollen.«

»Könnte nicht schaden«, meinte Kline.

»Also, Mike?«

Rodgers gefiel Hoods Taktik, denn er hatte dreierlei erreicht, wodurch sich das Op-Center jetzt in einer in jeder Hinsicht vorteilhaften Situation befand. Zunächst hatte er Klines Anschuldigung entkräftet, nach der Hood sich als nicht entgegenkommend gezeigt habe. Zweitens war die Idee einer Allianz zwischen dem Op-Center und dem Sicherheitsdienst des Vatikan wiederbelebt worden. Am wichtigsten aber war, dass die Verantwortung für den nächsten Schritt jetzt auf den Schultern von Edgar Kline lastete.

»Mittlerweile begleiten unsere drei Agenten Seronga, Gentlemen«, begann der General. »Seronga wirkt müde, und es hat den Anschein, als wäre bei dieser religiösen Bewegung plötzlich die Luft raus. Zumindest ist sicher, dass ihre Anhänger verängstigt sind. In weniger als zwei Stunden wird unser Team mit Dhamballa und den Brush Vipers zusammentreffen, und unsere Agenten sind der Ansicht, dass sie nicht nur Pater Bradburys Freilassung erwirken, sondern vielleicht sogar erreichen können, dass Serongas paramilitärische Einheit sich auflöst. Unsere Mitarbeiter in Botswana haben darum gebeten, dass wir einen Weg finden, der es ihnen ermöglicht, ihre Chance wahrzunehmen. Kurzum, sie bitten darum, dass wir ihnen einen Zeitgewinn von zwei Stunden verschaffen.«

Nach kurzem Abwarten wandte sich Hood an den zugeschalteten Kline. »Irgendwelche Vorschläge, Edgar?«

Der Südafrikaner schwieg.

»Ich habe es bereits gesagt, und ich werde es wiederholen«, verkündete Hood. »Ursprünglich ging es bei dieser Operation darum, Menschenleben zu retten. Wir können nicht einfach untätig herumsitzen und uns mit dem Gedanken beruhigen, dass wir ohnehin keinen Einfluss auf die Situation haben.«

»Und ich habe Ihnen erklärt, dass die Brush Vipers selbst ihren Weg gewählt haben«, sagte Kline. »Wir sind nicht dafür verantwortlich, was ihnen zustoßen könnte.«

»Doch, sind wir«, widersprach Hood. »Durch die eben eingegangene Information *sind* wir verantwortlich. Wir haben Alternativen und sind in die Pflicht genommen. Unser Job ist das Krisenmanagement, und wir können nicht einfach passiv herumsitzen und zusehen, wie das Pulverfass explodiert. Ihr Job besteht, wenn ich darauf hinweisen darf, in der Wiederherstellung der Normalität. Wir können es schaffen. Es ist keineswegs unmöglich.«

»Die verbrecherische Entführung Pater Bradburys schreit nicht danach, mit Massenmord zu reagieren«, sagte Rodgers. »Die Entführung war ein Fehler, sie war kriminell, aber man muss es auch nicht schlimmer machen, als es ist.«

»Und dann wäre da noch etwas, das mir gerade erst eingefallen ist«, sagte Hood. »Wir wissen doch gar nicht, wer mit Dhamballa unterwegs ist, Edgar. Was ist, wenn Kinder bei ihm sind, die mit dieser ganzen Geschichte nichts zu tun haben? Sollen die auch bestraft werden?«

Hood schwieg einen Augenblick, um diesem Gedanken den nötigen Nachhall zu verschaffen.

»Wir verfügen nicht über genügend Informationen, um einem Luftschlag tatenlos zusehen zu können, Edgar«, folgerte Hood. »Das Mindeste – das *Allermindeste* – ist, dass wir unseren Leuten Zeit einräumen, wenigstens den Auftrag zu erledigen, wegen dem wir sie ursprünglich nach Botswana entsandt haben.«

»Ich weiß nicht, Paul«, sagte Kline. »Selbst wenn ich wollte ... Ich habe keine Ahnung, ob ich das durchsetzen kann.«

»Versuchen Sie es einfach«, bemerkte Herbert.

»Wenn Sie die Order geben, wird das die spanischen Soldaten dazu bewegen, ihren Angriff aufzuschieben«, sagte Hood. »Falls die sich zurückhalten, werden Botswanas Luftstreitkräfte schon aus dem Grund nicht zuschlagen, weil sie Angst haben müssten, versehentlich Pater Bradbury zu töten.«

»Sie können ihnen ruhig sagen, dass Dhamballa mit seinen Leuten unterwegs ist«, sagte Rodgers. »Das stimmt ja auch. Vielleicht entdecken sie die Gruppe gar nicht.«

»Womöglich haben sie ihn schon entdeckt und sind bereits bei den Brush Vipers, Paul«, gab Kline zu bedenken.

»Dann können wir es uns erst recht nicht leisten, noch mehr Zeit zu verschwenden«, unterstrich Hood.

Jetzt entstand ein angespanntes Schweigen. Das leise Summen der Computerlüftung erinnerte fast an eine Turbine.

Schließlich ergriff Kline das Wort. »Ich werde tun, was ich tun kann, und um einen Aufschub bitten. Aber für die Armee von Botswana kann ich nicht sprechen.«

»Vielleicht greift die ja nicht an, solange nicht gewährleistet ist, dass Pater Bradbury in Sicherheit ist«, sagte Rodgers.

»Ich bete dafür, dass Sie Recht haben.«

Damit legte Kline auf.

»So. Wir haben drei Leute und viele moralische Argumente gebraucht, um ihn zum Einlenken zu bewegen«, stellte Herbert fest.

»Bei Ihnen musste ich mir da manchmal schon mehr einfallen lassen«, bemerkte Hood.

»Ja, aber ich habe in der Regel auch Recht«, sagte Herbert.

Unterdessen hatte sich der Leiter der Aufklärungsabteilung wieder etwas beruhigt. Er verließ das Büro, um zu eruieren, ob Darrell McCaskey etwas über die Japan-Connection herausgefunden hatte.

Rodgers blickte Hood an.

»Auch ich bete dafür, dass wir Recht haben«, sagte der.

»Ja«, bestätigte Rodgers. »Meinen Sie das wörtlich?«

Hood lächelte. »Und Sie?«

Rodgers nickte.

»Ist schon lange her«, bemerkte Hood.

»Dann mache ich den Anfang«, sagte Rodgers.

Der General glitt aus seinem Sessel und ließ sich auf ein Knie sinken. Hood folgte seinem Beispiel. Rodgers murmelte, Gott möge über die Menschen in Botswana wachen, speziell über jene, die ihr Leben für andere aufs Spiel setzten. Von zahllosen anderen Operationen wusste er, dass es weniger auf die konkreten Worte als auf das dahinter stehende Gefühl ankam, und er war definitiv mit Herz und Seele dabei. Und zwar nicht nur, weil er glaubte, dass sie Recht hatten, sondern auch, weil er begriff, mit was für einer politischen Krise Botswana konfrontiert war.

Seiner Meinung nach konnte jetzt nur noch eine göttliche Intervention verhindern, dass Dhamballa und seine Brush Vipers abgeschlachtet wurden.

56

Okavangobecken, Botswana – Freitag, 23 Uhr 19

Stunden wie diese machten das Leben lebenswert – Herausforderungen, auf die Hauptmann Antonio Abreo durch seine militärische Ausbildung vorbereitet worden war. Er musste sich mit einer ihm nicht vertrauten Umgebung und einem neuen Feind auseinander setzen.

Diese Stunden waren eine Chance, das Leben zu genießen, indem man es aufs Spiel setzte.

Abreos Freunde und Verwandte, soweit sie keine Militärs waren, sagten ihm stets, das sei eine verrückte Art und Weise, sich seinen Lebensunterhalt zu verdienen. Diese Leute waren Bauern, Fischer oder Reiseführer und lebten ein beschauliches Leben. Aller Wahrscheinlichkeit nach würden sie ziemlich alt werden. Aber achtzig Jahre Langeweile waren für Abreo keine aufregende Zukunftsperspektive.

Er liebte das Risiko – und die Vorbereitung auf riskante Situationen.

Hauptmann Abreo war die Idee gekommen, dass es wahrscheinlich Erfolg versprechender war, wenn er den Priester statt mit einer kompletten Einheit nur mit einem weiteren Vertrauten zu befreien versuchte. Abreo und Feldwebel Vincente Diamante trugen grüne Tarnanzüge und hatten beschlossen, mit dem Fallschirm über der von Bradbury beschriebenen Stelle abzuspringen.

Das Flugzeug mit den beiden Männern war in Maun gestartet. Die Maschine brasilianischer Herkunft, eine EMB-110 mit zwei Turboprop-Triebwerken, war eigens nach Gaborone gebracht worden und gehörte dem Botswanischen Meteorologischen Forschungsinstitut. Botswanas Regierung hatte das Flugzeug an die Unidad Especial del Despliegue ausgeliehen. Zwar machte es sie nicht gerade glücklich, dass ausländische Soldaten auf ihrem Territorium agierten, aber ihr Einsatz würde ein Geheimnis bleiben. Wichtiger war die Wiederherstellung der Ordnung. Die restlichen Mitglieder der Unidad Especial waren gemeinsam mit einheimischen Soldaten auf dem Weg in das Sumpfgebiet.

Das Meteorologische Forschungsinstitut verfügte über detaillierte Karten der Region, die Abreo geholfen hatten, den wahrscheinlichen Aufenthaltsort Pater Bradburys zu lokalisieren. Dann waren Abreo und Feldwebel Diamante mit dem Fallschirm abgesprungen und auf einer kleinen Insel gelandet, die etwa eine Viertelmeile von der entfernt war, auf der Bradbury ihrer Meinung nach gefangen gehalten wurde. Die beiden Männer hatten ein Schlauchboot, Nachtsichtgläser, ein Funkgerät, zwei M-82er und zwei lange Jagdmesser dabei.

Während Diamante das Schlauchboot aufpumpte, ließ Hauptmann Abreo die Fallschirme hinter ein paar Kletterpflanzen verschwinden. Angestrengt in die Finsternis spähend, gelang es ihm problemlos, das Camp zu entdecken. Lichter, Geräusche, hektische Aktivitäten. Dafür war wirklich kein Nachtsichtgerät erforderlich gewesen. Nachdem die beiden spanischen Soldaten ihre Hände und Gesichter mit Schlamm eingerieben hatten, ließen sie das Schlauchboot zu Wasser. Dann paddelten sie schnell und fast geräuschlos auf das verwaiste nördliche Ufer der kleinen Insel zu. Es war offensichtlich, dass die Vodun-Anhänger ihr weiter südlich gelegenes Lager abbrachen. Auf der Insel standen mehrere Hütten, und Abreo erblickte eine, die verlassen dalag. Trotz der Hitze waren die Fensterläden geschlossen. Wahrscheinlich war das der Schuppen, in dem man Pater Bradbury eingekerkert hatte. Wenn die beiden Soldaten den Priester befreit hatten, wollten sie mit ihm in nördlicher Richtung aufbrechen und nach einer halben Meile über Funk den Kommandeur der Eingreiftruppe der botswanischen Armee benachrichtigen, die bald darauf zuschlagen würde. Wenn alles erledigt war, würde einer der Hubschrauber die beiden Spanier und den Priester an Bord nehmen.

Der Feldwebel kauerte hinten im Schlauchboot und paddelte abwechselnd mal auf der einen, mal auf der anderen Seite, ohne dabei zu viel Wasser aufzuwirbeln. Der Hauptmann blickte geradeaus und ignorierte die Stechmücken, die es offenbar auf seine Ohren und Wangen abgesehen hatten. Hätte er sie mit einer Handbewegung verscheucht, dann hätte ihn das allenfalls abgelenkt. Hier draußen war es überraschend still. Nur von der Insel drangen ein paar Geräusche an sein Ohr. Die Sinne des Offiziers nahmen alles gleichzeitig wahr – Geräusche, Gerüche, das sanfte Plätschern des Wassers an den Wänden des Schlauchboots. Wenn eine Operation erst einmal begonnen hatte, verschmolz Hauptmann Abreo förmlich mit seiner Umgebung. Er war wachsam und geduldig und operierte lieber aus der Defensive als aus der Offensive heraus. Da er als Sohn eines Schafzüchters im Baskenland aufgewachsen war, hatte er von den Füchsen eine simple Lektion gelernt: Nur diejenigen, die man nicht kommen sah, kamen mit heiler Haut davon.

Während die beiden sich ihrem Ziel näherten, begann auf dem Funkgerät ein dunkles, nur stecknadelgroßes, bräunliches Licht zu blinken, das schon ein paar Schritte weiter nicht mehr zu sehen war. Abreo griff nach dem Funkgerät, befestigte das runde Spezialmikrofon an einem um seine Kehle gewickelten, eng anliegenden elastischen Band und stöpselte es ein. Der winzige Receiver nahm die Vibrationen direkt an Abreos Kehlkopf ab, so dass dieser auch dann verstanden werden konnte, wenn er nur leise flüsterte.

»Abreo.«

»Hier ist CHQ, Hauptmann.« Das war der Codename von Unteroffizier Enrique Infiesta, dem Funker der spanischen Spezialeinheit. Da Infiesta fließend Englisch sprach, fungierte er als Verbindungsmann zur Armee von Botswana.

»Sprechen Sie«, sagte Abreo.

»Der Mann vom Sicherheitsdienst des Vatikans hat uns gebeten, den Einsatz zu verschieben«, sagte Infiesta.

»Für wie lange?«, fragte Abreo. Diese überraschende Nachricht hatte seinen inneren Motor abgewürgt, und er musste ihn erst wieder in Gang bringen. Schließlich hielten sie sich immer noch in einer gefährlichen Gegend auf.

»Zwei Stunden«, antwortete Infiesta.

»Und aus welchem Grund?«, erkundigte sich der Hauptmann.

»Zur gleichen Zeit wie unsere läuft eine weitere Operation, und der hat man eine höhere Priorität eingeräumt.«

»Und wer hat ihr eine höhere Priorität eingeräumt?«

»Das weiß ich nicht.«

»Hier ist außer Anhängern des religiösen Kults niemand zu sehen«, bemerkte Abreo. »Wissen Sie, ob die andere Gruppe die Brush Vipers unterwandert hat?«

»Auch das weiß ich nicht, Hauptmann.«

»Kommen diese Leute aus Spanien oder Botswana?«

»Ich muss erneut passen, Hauptmann. Möchten Sie, dass ich nachfrage?«

»Nein, dadurch ändert sich auch nichts«, antwortete Abreo.

Der Hauptmann ließ seinen Blick über die Insel schweifen, wo die Vodun-Anhänger im Laufschritt ihre Boote beluden. Sie hatten es so eilig, dass sie ihre Flanke aus dem Auge ließen. Exakt das war das Problem mit unerfahrenen Leuten. Ihr Chefstratege war offensichtlich Leon Seronga, aber der war nicht hier. Wer auch immer sein Stellvertreter sein mochte, für einen geordneten Rückzug verfügte er nicht über die notwendige Erfahrung. Aber möglicherweise war es auch so, dass diese Leute einfach nicht mit einem Angriff rechneten.

Vielleicht lässt sich ihre Eile aber auch so erklären, dass sie doch etwas von einer bevorstehenden Attacke gehört haben, dachte Abreo.

»Schließt der Befehl auch Aufklärung ein?«, fragte Abreo.

»Nein, Hauptmann«, antwortete Infiesta. »Es gab nur

diese kurze Anweisung, über die ich Sie bereits informiert habe.«

»Sehr gut«, frohlockte Abreo.

»Möchten Sie auf den Befehl antworten?«

»Erzählen Sie unserem Mann vom Vatikan, dass ich von dem Befehl erfahren habe. Darüber hinaus sagen Sie nichts.«

»Verstanden«, antwortete Infiesta.

Damit war das Gespräch beendet. Nachdem Abreo Funkgerät und Mikrofon verstaut hatte, wandte er sich Diamante zu. »An der Befreiungsaktion ist noch ein anderes Team beteiligt«, flüsterte er. »Der Vatikan will, dass wir mit unserem Einsatz warten.«

»Sind es Einheimische?«, fragte Diamante.

»Kein Ahnung.«

»Aber wir bräuchten nur noch ein paar Minuten, bis wir den Priester befreien können ...«

»Ich weiß«, sagte Abreo, in dessen Stimme ein Unterton von Verärgerung mitschwang. Er schüttelte seine schlechte Laune ab. Sie waren immer noch im Einsatz, und Verärgerung lenkte einen Soldaten nur ab. »Wir haben unsere Befehle und werden sie befolgen. Wie auch immer, die Anweisung erstreckt sich nur auf den Aufschub unserer Operation. Deshalb werden wir zur Insel paddeln und dort die Lage erkunden. Wenn wir dabei zufällig auf den Priester stoßen und der uns um Hilfe bittet, werden wir sie ihm nicht verweigern.«

»Damit würden wir aber dem Befehl zuwiderhandeln«, bemerkte Diamante.

»Allerdings.«

Diamante paddelte wieder los, und Abreo beobachtete weiterhin die vor ihnen liegende Insel.

Je eingehender er durch sein Nachtsichtgerät die verlassen daliegende Hütte betrachtete, desto mehr war er davon überzeugt, dass es sich um ein Gefängnis handelte. Das Fenster war zugewachsen, und offensichtlich wurde es auch nie geöffnet, da sonst die dichten Kletterpflanzen entfernt worden wären. Als sie dem Ufer näher kamen, sah er einen außen vor der Tür angebrachten Riegel.

Bald waren sie nur noch einhundert Meter vom nördlichen Ufer entfernt, und Diamante ließ das Boot treiben. Obwohl sie von der Insel her laute Schreie hörten, durften sie nicht durch Paddelgeräusche auf sich aufmerksam machen.

Ein paar Minuten später befanden sie sich an Land. Während Diamante das Schlauchboot an einem dicht am Wasser stehenden Banyanbaum festmachte, kroch Abreo bereits in Richtung Hütte, die etwa sechzig Meter weiter südöstlich lag. Er setzte sein Nachtsichtgerät auf und blickte sich um. Alle hatten es eilig, die Insel so schnell wie möglich zu verlassen, und es sah so aus, als stünde der Aufbruch unmittelbar bevor. Viel Zeit würde ihnen nicht bleiben, um diesen Job zu erledigen.

Vor der Hütte war kein Wachtposten zu sehen, aber vielleicht hielt sich einer in dem Schuppen auf. Möglicherweise befand sich der Priester gar nicht dort. Denkbar war auch, dass die Brush Vipers mitten in der Sumpfregion nicht mit einer Befreiungsaktion rechneten. Hauptmann Abreo würde alle Möglichkeiten überprüfen müssen.

Bald wurde ihm klar, dass sich definitiv jemand in der Hütte aufhielt, denn durch die Fensterläden und Ritzen in den Bretterwänden sickerte etwas Licht. Nachdem Abreo das Nachtsichtgerät in einer an seinem Gürtel befestigten Tasche verstaut hatte, gab er Diamante ein Zeichen. Die beiden Männer zogen ihre Messer und öffneten den Druckknopf der Klappe ihres Pistolenhalfters. Sollte ihnen ein Brush Viper über den Weg laufen, würden sie ihn möglichst lautlos umbringen und weiter nach Plan vorgehen. In gebückter Haltung schlichen die Spanier auf die Hütte zu.

Ihre Stiefel versanken tief im Schlamm, und jeder ihrer Schritte wurde von einem schmatzenden Geräusch begleitet. Geckos rannten über ihre Stiefel und um ihre Füße herum, aber Abreo löste seinen Blick nicht von dem Schuppen.

Nach etwas vier Minuten standen die beiden Männer an der hinteren Wand der Hütte, wo der Hauptmann und der Feldwebel sich trennten, um die Seitenwände zu überprüfen. Vor der Hütte trafen sie sich wieder. Hier war niemand zu sehen. Bald standen sie erneut vor dem Fenster der hinteren Wand, und Abreo blickte sich nach einem Stein um. Als er einen gefunden hatte, warf er ihn auf das Dach. Es gehörte zu den obligatorischen Aktionen bei solchen Einsätzen, ein überraschendes, lautes Geräusch zu verursachen und dann die Reaktion abzuwarten.

Der Stein fiel auf das Blechdach und rollte auf der anderen Seite hinunter. Aus dem Inneren der Hütte war nichts zu hören. Es war denkbar, dass ein Entführungsopfer nicht auf ein solches Geräusch reagierte, aber Wachtposten waren in der Regel auf der Hut oder zumindest neugierig. Trotzdem waren keine Schritte zu vernehmen. Niemand ging zur Tür und steckte den Kopf hinaus. Falls der Priester sich in der Hütte aufhielt, bestand eine gute Chance, dass er allein war.

Was nun kam, war schon etwas verzwickter. Abreo richtete sich neben dem Fenster auf und klopfte mit dem Griff seines Messers an den Fensterladen. Jetzt waren deutlich gedämpfte Geräusche zu hören. Geräusche, wie sie ein geknebelter Mann verursacht.

Diamante und Abreo tauschten einen bedeutungsvollen Blick aus. Irgendjemand war in dem Schuppen – aller Wahrscheinlichkeit nach der entführte Priester. Während

Abreo dicht vor das Fenster trat, ließ Diamante das Messer in der Scheide verschwinden, um seine Pistole zu ziehen.

Es war kein zweiflügeliger Fensterladen, sondern einer, der nach oben angehoben wurde. Der Riegel befand sich unten, in der Mitte. Abreo bedeutete Diamante, dass er den Fensterladen gleich anheben würde. Da der Feldwebel seine Pistole bereits gezückt hatte, konnte er sofort reagieren, während er seinen Blick durch den Raum schweifen ließ. Falls die Luft rein war, würden sie in die Hütte eindringen und sich den Priester schnappen.

Während Abreo langsam den Riegel nach oben zog, griff er mit der anderen Hand nach einem am Boden liegenden Ast, um damit den Fensterladen anzuheben. Der Hauptmann kauerte sich neben dem Fenster nieder. Wenn jemand auf ihn feuern wollte, befand er sich nicht in der Schusslinie.

Die beiden Spanier warteten. Wieder hörten sie die erstickten Geräusche. Diamante blickte Abreo an, und der nickte. Der Feldwebel richtete sich langsam mit gezückter Waffe auf.

Auch Abreo zog seine Pistole aus dem Halfter. Falls dem Feldwebel etwas zustoßen sollte, wollte er jederzeit bereit sein, das Feuer sofort erwidern zu können.

Diamante steckte den Kopf durch das Fenster, blickte sich rasch um und hockte sich dann wieder vor der hinteren Wand der Hütte nieder. Abreo ließ den Fensterladen wieder nach unten gleiten, und kauerte sich neben seinen Kameraden.

»Da ist ein Mann«, flüsterte Diamante. »Er ist ans Bett gefesselt und trägt eine Kapuze. Außer ihm ist niemand da.«

»Eine Kapuze?«, fragte Abreo erstaunt. »Warum ist dann das Licht an?«

»Wahrscheinlich kommen sie bald zurück«, vermutete Diamante.

Abreo nickte. Das ergab einen Sinn. Offensichtlich wollte man sich in der Eile des Aufbruchs jeden überflüssigen Handgriff ersparen.

Jetzt kam der schwierige Teil der Befreiungsaktion. Wenn sie sich leise davonstehlen konnten, würden sie es tun, gab es irgendwelche Probleme, würden sie jede sich bietende Chance zur Flucht nutzen. Sollte die Flucht unmöglich sein, würden sie zu einem Plan greifen, an den die beiden Männer jetzt lieber noch nicht dachten.

Abreo und Diamante hatten ein altes Foto von Pater Bradbury gesehen, und daher wussten sie, dass der entführte Priester ein Weißer war. Sie kannten sein Alter und waren darüber informiert worden, dass er Englisch und Bantu sprach. Aber der dreckige und verwahrloste Mann auf dem Bett kam ihnen dünner vor als der auf dem Foto. Möglicherweise war das gar nicht Pater Bradbury. Doch das würden sie erst wissen, wenn sie in der Hütte waren und Diamante mit dem Gefangenen sprach.

»Alles klar?«, fragte Abreo.

Der Feldwebel nickte.

Der Hauptmann ließ den Ast fallen, trat dicht vor den Fensterladen und hob ihn an. Der Geknebelte war an das Feldbett gefesselt, das dem Fenster gegenüberstand. Er lag reglos da. Der Hauptmann kletterte über das niedrige Fensterbrett, und Diamante folgte ihm. In der Hütte rannte der Feldwebel direkt zur Tür und presste das Ohr dagegen.

Nachdem Abreo sich im Schein der einzigen Lampe schnell umgeblickt hatte, wusste er, dass sich sonst niemand in dem Schuppen befand. Er eilte zu dem Feldbett hinüber.

Der Gefangene hatte den Kopf abgewandt. Seine Hände waren hinter dem Rücken gefesselt, seine Kleidungsstücke dreckig und zerrissen. Als Abreo dem Mann die schwarze Kapuze vom Kopf zog, blickte er auf ein ausgemergeltes, bleiches Gesicht. Er nahm dem Gefangenen den Knebel aus dem Mund.

»Padre Bradbury?«, fragte der Spanier.

»Ja.«

Einen Augenblick lang betrachtete der Hauptmann den vor ihm liegenden Mann eingehend. Offensichtlich hatte er die Hölle durchgemacht. Sein Blick war sanft, und seine Hände waren ganz offensichtlich nicht die eines Soldaten oder Arbeiters.

Abreo schleuderte die Kapuze in eine Ecke. Weiterhin die Pistole in der rechten Hand haltend, zog er mit der Linken sein Messer und begann, die Fesseln durchzuschneiden, zuerst die der linken, dann die der rechten Hand des Gefangenen. Der Priester setzte sich auf.

In diesem Moment hörte Abreo das leise, zischende Geräusch, dessen Ausgangspunkt unter dem Bett zu sein schien. Auch Diamante war es nicht entgangen.

Jetzt fiel dem Hauptmann ein an der rechten Hand des Priesters befestigter Draht auf, der hinter dem Kopfbrett des Feldbetts verschwand, unter dem jetzt Rauch hervorzuquellen begann. Offensichtlich hatte die Kapuze verhindern sollen, das der Priester sah, welche Überraschung seine Entführer für potenzielle Besucher vorbereitet hatten.

Jetzt begriff Abreo auch schlagartig, warum das Licht angelassen worden war. Wenn das Tränengas auszuströmen begann und die afrikanischen Kämpfer zu der Hütte eilten, würden sie die beiden Spanier sofort sehen.

Nun blieb keine Zeit mehr, die Befreiungsaktion zu Ende zu führen. Schon jetzt war das Fenster durch den gelblich-orangefarbenen Rauch kaum noch zu erkennen. Diamante stand immer noch an der Tür, und sie würden sich wohl für diesen Ausgang entscheiden müssen.

Abreo brüllte dem Feldwebel zu, er solle die Tür öffnen und verschwinden. Diamante gehorchte, und der Hauptmann stürmte hinter ihm nach draußen, wobei er aufpassen musste, dass er nicht gegen die Wand oder den Türpfosten stieß.

Draußen wurden sie von Schreien empfangen. Obwohl der Hauptmann die Sprache nicht verstand, konnte er dem Tonfall unschwer entnehmen, was man von ihnen wollte.

Wegen des Tränengases war Abreos Blick völlig vernebelt, und er rieb sich verzweifelt die Augen. Jetzt musste er innerhalb eines Sekundenbruchteils entscheiden, wie es weitergehen sollte.

Es schien nur noch eine Möglichkeit zu bleiben.

In erster Linie ging es bei dieser Operation nicht nur um die Befreiung des Priesters, sondern darum, dass die Rebellen sich nicht mehr vor einem Angriff in Sicherheit wiegen konnten. Solange die Brush Vipers den Priester in ihrer Gewalt hatten, würde die Armee von Botswana nicht zuschlagen. Da die Ernährung vieler Dorfbewohner von katholischen Wohltätigkeitsorganisationen abhing, würde die Regierung in Gaborone diese Unterstützung erst dann aufs Spiel setzen, wenn ihr keine andere Wahl mehr blieb. Ging sie aber nicht gegen die Brush Vipers vor, konnten diese sich an anderer Stelle neu formieren und ihre Rebellion gegen die Regierung und die katholische Kirche fortsetzen. Und das durfte Abreo auf gar keinen Fall zulassen.

Vielleicht war sein Plan ein bisschen gewagt, aber sie mussten es einfach versuchen. Schließlich entschied man sich nicht für eine Eliteeinheit, um Gefahren aus dem Weg zu gehen. Irgendwie fühlte sich Abreo in diesem Augenblick lebendiger als je zuvor. Dass sein Leben jetzt am seidenen Faden hing, versetzte ihn in einen fast schon euphorischen Zustand.

»Gib mir Feuerschutz!«, brüllte Abreo.

Diamante gehorchte ohne jeden Widerspruch und eröffnete das Feuer auf die heranstürmenden Rebellen. Abreo hörte das Geräusch der Schüsse im westlicher Richtung verhallen. Der Feldwebel wollte um die Hütte herumlaufen und im Sichtschutz der Nebelschwaden des Tränengases das Ufer der Insel erreichen.

Auch Abreo feuerte, dann wandte er sich zu der Hütte um. Da er nichts sehen konnte, würde er einfach in die Richtung des Feldbetts schießen.

Doch daraus sollte nichts werden. Eine Kugel durchschlug seinen rechten Oberschenkel, und in seinen Schreien mischten sich der Schmerz und das Gefühl einer seltsamen Heiterkeit. Er hatte alles auf eine Karte gesetzt und war im entscheidenden Moment nicht davongelaufen.

Die Wucht der Kugel schleuderte ihn durch die Tür der Hütte, und er landete mit dem Gesicht nach unten auf dem Boden. Bei dem Sturz verlor er seine Pistole. Irgendwo zu seiner Linken hörte er einen Schrei. Das musste Diamante gewesen sein. In Gedanken grüßte Abreo seinen loyalen Kameraden ein letztes Mal.

Über ihm pfiff eine Kugel durch die Luft. Abreo blinzelte angestrengt. Als er wieder halbwegs sehen konnte, erblickte er seine Pistole, die ein paar Schritte weiter weg auf dem Boden lag. Er versuchte, sie zu erreichen, doch sein rechtes Bein spielte nicht mehr mit. Es fühlte sich sehr kalt an. Zum Teufel damit! Auf die Ellbogen gestützt, begann Abreo langsam nach vorne zu robben.

Er kam noch ein paar Zentimeter voran, doch dann war Schluss. Eine aus dem Türrahmen abgefeuerte Salve traf den Hauptmann in den Rücken und die Schulterblätter.

Abreo spürte nicht mehr, wie die heißen Kugeln Fleisch, Muskeln und Knochen durchbohrten. Der junge

Hauptmann war schon tot, bevor die Impulse sein Gehirn erreichten und sein Kinn auf den Boden prallte.

Einen Augenblick später wurde das Feuer eingestellt, und über der Insel lag wieder Stille.

57

Makgadikgadi-Salzpfanne, Botswana – Freitag, 23 Uhr 40

Leon Seronga war körperlich und seelisch erschöpft. Was er gerade gehört hatte, setzte ihm noch mehr zu.

Neben dem Anführer der Brush Vipers saß Njo Finn, der den Lastwagen fuhr und dem Jeep durch die finstere Ebene folgte. Als nach Serongas Schätzung nur noch weniger als eine Stunde bis zu dem Treffen mit Dhamballa blieb, hatte sich über Funk jemand aus dem Camp im Okavangobecken gemeldet. Mit zitternden Fingern griff Seronga zum Funkgerät. An schlechten Nachrichten hatte er keinen Bedarf.

Doch dann stellte sich heraus, dass die als Köder in Dhamballas Camp verbliebenen Männer ihm zugleich willkommene und verstörende Neuigkeiten zu melden hatten.

Die Mitglieder der Brush Vipers, die auf der Insel geblieben waren, um die Spanier an einer Verfolgung Dhamballas zu hindern, hatten ihren Job erledigt. Sie hatten die Spanier absichtlich auf die Insel gelangen und in den Schuppen eindringen lassen, wo ein weißes Mitglied der Brush Vipers Pater Bradburys Part mimte. Zugleich war die Entladung eines Kanisters mit Tränengas vorbereitet worden. Wenn die Eindringlinge sich ergeben hätten, wären sie lediglich gefangen genommen worden.

Stattdessen hatten die beiden Spanier sich für ein Feuergefecht entschieden, bei dem nicht nur sie selbst, sondern auch zwei Mitglieder der Brush Vipers ums Leben gekommen waren.

Trotzdem begrüßte Leon Seronga die Neuigkeiten. Mittlerweile wurde ihm zunehmend klarer, dass Pater Bradbury der Schlüssel für ihr Überleben sein konnte, und zwar nicht als ihre Geisel, sondern als ihr Fürsprecher. Er hatte mit Dhamballa gesprochen und wusste, dass der Vodun-Priester kein Mörder war.

Allerdings musste Seronga auch betrübt zur Kenntnis nehmen, dass zwei seiner Soldaten gefallen waren, was im Laufe der Jahre nur sehr selten passiert war. Er hatte die beiden nicht gut gekannt, und es machte ihn traurig, dass sich das jetzt nicht mehr ändern lassen würde. Einer der beiden Männer hatte Kinder und Enkelkinder gehabt, der andere war gerade einmal achtzehn Jahre alt gewesen.

Die Vodun-Anhänger hatten mit dem Priester das Camp verlassen, um zu Dhamballa und dem Rest seines Gefolges aufzuschließen. Jetzt war es Sache der Amerikaner, diese Information an ihre Vorgesetzten weiterzugeben, ohne dabei jedoch eine konkrete Ortsangabe zu nennen. Anschließend würden diese Vorgesetzten die Armee von Botswana darüber informieren müssen, dass Pater Bradbury weiterhin als Geisel gehalten wurde. Und das würde dazu führen, dass Gaborone statt auf einen Angriff auf Verhandlungen setzen musste.

Seronga befahl Finn, den Jeep einzuholen. Als sie neben ihm fuhren, forderte er die Insassen auf anzuhalten. Er öffnete die Tür und verlangte Aideen zu sprechen. Mit ihr würde er besser reden können als mit den anderen. Die ganze Zeit über richtete Pavant sein Gewehr auf die Insassen des Jeeps.

Sobald Aideen im Lastwagen saß, forderte Seronga die

anderen zum Weiterfahren auf, und auch Finn gab wieder Gas.

»Sie sehen nicht allzu glücklich aus«, bemerkte Aideen.

»Es hat ein Feuergefecht gegeben«, sagte Seronga.

»Zwischen wem?«

»Meine Leute hatten einen Zusammenstoß mit Mitgliedern der spanischen Spezialeinheit.«

»Wo?«

»Spielt das jetzt noch eine Rolle?«, fragte Seronga resigniert.

Einen Moment lang schaute Aideen Seronga mit einem funkelnden Blick an. Dann stieß sie einen Fluch aus. »Das war Ihre Idee, richtig?«

Eine Antwort erübrigte sich.

»Sie haben Ihre Leute im Camp gewarnt, dass die Soldaten da draußen sind!«, schrie Aideen. »Warum? Das war nicht Teil unserer Abmachung.«

»Meine Männer mussten vorbereitet sein«, sagte Seronga.

»Ihre Leute sollten aus der Gegend verschwinden, die das Zielgebiet war!«, entgegnete Aideen. »Sie sollten sich vor den Hubschraubern in Sicherheit bringen. Deshalb haben wir Ihnen die Information gegeben!«

»Dhamballa hätte den Spaniern unterwegs begegnen können«, bemerkte Seronga. »Die beiden Soldaten, die in unser Camp eingedrungen sind, agierten unabhängig von ihrer Einheit.«

»Schon möglich«, räumte Aideen ein. »Trotzdem hätten Sie uns wenigstens von Ihren Plänen unterrichten können.«

»Hätten die Spanier uns nicht angegriffen, dann hätten Sie auch nie etwas davon erfahren«, sagte Seronga.

»Und wenn Sie nicht Pater Bradbury entführt hätten, wäre niemand von uns in dieser üblen Lage!«, erwiderte Aideen gereizt.

»Mit Streiten kommen wir jetzt auch nicht weiter!«

»Sie haben Recht«, lenkte Aideen ein. »Wir müssen mit der Situation klarkommen. Hat es Verletzte gegeben?«

»Nein, aber vier Tote«, antwortete Seronga. »Die beiden Spanier und zwei von meinen Leuten.«

Im grünlichen Lichte der Instrumente des Armaturenbretts konnte Seronga erkennen, dass die Amerikanerin ihn mit einem kalten Blick musterte.

»Halten Sie an«, befahl Aideen dem Fahrer.

»Was haben Sie vor?«, fragte Seronga.

»Ich will hier *raus*!«, schrie Aideen, die sich in der engen Fahrerkabine umdrehte und die Tür öffnen wollte. Dann streckte sie die Hand aus dem offenen Fenster und versuchte es von außen.

Seronga packte ihr Handgelenk.

»Lassen Sie mich los!«, rief Aideen. »Ich werde sofort mit meinen Leuten von hier verschwinden.«

»Warten Sie!«, sagte Seronga wütend. »So hören Sie doch zu!«

»Sie behandeln Menschen wie Insekten«, sagte Aideen. »Wenn sie Ihnen lästig werden, schlagen Sie sie einfach tot. Nein, ich werde Ihnen nicht zuhören. Damit wollen wir nichts zu tun haben.«

»Aber es war doch ganz anders«, protestierte Seronga. »Die Spanier sind schwerbewaffnet in unser Camp eingedrungen. Sie wollten mit Pater Bradbury verschwinden.«

Aideen wandte sich wieder Seronga zu. »Wie bitte?«

»Sie sind in die Hütte eingedrungen, wo Bradbury eingesperrt war«, sagte Seronga. »Wir haben Tränengas eingesetzt und sie lebend festzunehmen versucht. Wenn die Spanier sich ergeben hätten, wäre niemandem etwas passiert. Sie wären gefangen genommen und dann zu einem geeigneten Zeitpunkt wieder auf freien Fuß gesetzt worden. Stattdessen haben sie sich den Weg freizuschießen versucht.«

»Wollen Sie damit sagen, dass es ein vorzeitiger Befreiungsversuch war?«, fragte Aideen »Obwohl wir ausdrücklich um einen Aufschub gebeten hatten?«

Seronga nickte.

»Ich kann's nicht glauben«, sagte Aideen.

»Wenn Sie möchten, können Sie ja selbst mit Pater Bradbury reden.« Seronga hielt ihr das Funkgerät hin. »Er wird Ihnen bestätigen, dass man ihn weggebracht und dass ein anderer seinen Part übernommen hat.«

»Ich würde ja nicht einmal wissen, ob ich tatsächlich mit Pater Bradbury spreche«, bemerkte Aideen.

»Ich habe mit Ihrer Skepsis gerechnet«, sagte Seronga und zog ein Stück Papier aus der Brusttasche seines Hemdes. »Deshalb habe ich mir von meinen Männern die Seriennummern der Star-30PK-Pistolen geben lassen, mit denen die spanischen Soldaten bewaffnet waren. Sie können die Nummern an Ihre Vorgesetzten weitergeben, damit diese sie mit den Nummern der Waffen vergleichen können, die an die Soldaten ausgegeben wurden. Dann werden Sie sehen, dass ich die Wahrheit sage.«

Aideen nahm das Papier an sich. »Ich werde das veranlassen. Trotzdem würde das nicht beweisen, dass Ihre Soldaten sie nicht doch gejagt und zu fassen versucht haben.«

»Warum hätten wir das tun sollen?«, fragte Seronga. »Da wir den Priester bereits in unserer Gewalt haben, brauchen wir keine weiteren Geiseln. Und mit Sicherheit sind wir nicht scharf darauf, der Armee einen weiteren Grund für einen Angriff auf uns zu liefern.«

»Wer weiß«, bemerkte Aideen. »Vielleicht leiden Sie und Ihr religiöser Führer an einem Märtyrerkomplex.«

»Da liegen Sie falsch«, sagte Seronga. »Für mich wäre es dafür zu spät, für Dhamballa zu früh. Er steht gerade erst am Anfang, und vielleicht versuche ich ihn deshalb zu schützen. Bisher ist seine Gemeinde noch nicht groß genug, um ihn vor Vergeltungsmaßnahmen bewahren zu können.«

»Sie hätten uns das alles erzählen sollen«, sagte Aideen. »Sie hätten uns ins Vertrauen ziehen können.«

»Manchmal hören Menschen besser zu, wenn schon etwas passiert ist«, erwiderte Seronga. »Was bereits geschehen ist, spielt jetzt keine Rolle mehr. Jetzt zählt nur noch, wie es weitergeht. Dhamballa hat die Sumpfregion verlassen. Damit müssen die Soldaten in den Hubschraubern ihn erst einmal suchen, aber sehr lange wird es nicht dauern, bis sie ihn gefunden haben.«

»Wir müssen sie davon überzeugen, dass sich Pater Bradbury noch immer in der Gewalt Ihrer Leute befindet und dass sie ihm nichts tun werden«, sagte Aideen. »Trotzdem, würden Sie ihn freilassen?«

»Das ist Dhamballas Entscheidung«, antwortete Seronga. »Aber wenn Sie sie aufhalten können, werde ich *mein* Versprechen einlösen und eine friedliche Lösung für diese Krise finden. Doch weder die Armee meines Landes noch die Spanier dürfen meine Leute angreifen.«

»Sie waren doch auch mal bei der regulären Armee. Kennen Sie da nicht noch Leute?«

»Ein paar«, sagte Seronga.

»Könnten Sie nicht mit denen reden?«

Seronga lächelte traurig. »Dhamballa steht für den Wandel. Selbst wenn ich mit meinen alten Freunden reden könnte, darf man nicht außer Acht lassen, dass sie unter einer neuen Regierung sehr viel zu verlieren hätten. Das sind keine Idealisten, sondern Soldaten.«

»Verstehe«, sagte Aideen.

Seronga entschuldigte sich dafür, dass er gehandelt hatte, ohne Aideen ins Vertrauen zu ziehen. Dann bat er Finn, wieder zu dem Jeep aufzuschließen. Aideen wechselte den Wagen wieder, und die beiden Fahrzeuge setzten ihre Fahrt zum vereinbarten Treffpunkt fort.

Der Anführer der Brush Vipers wusste nicht, ob eine friedliche Lösung noch im Bereich des Möglichen lag. Das Militär hatte ein Ziel, und vielleicht war das beim Vatikan genauso. Dieses Ziel war die Eliminierung möglicher Kontrahenten.

Es gab nur eine Möglichkeit, wie sie das erreichen konnten, doch Seronga würde das nicht zulassen.

Dafür würde er auch sein eigenes Leben hingeben. Nicht als Märtyrer, wie Aideen vermutet hatte, sonders als das, was er immer gewesen war – als Soldat.

58

Washington, D. C. – Freitag, 16 Uhr 41

Bob Herbert und Mike Rodgers saßen noch immer mit Paul Hood in dessen Büro, wo sie gemeinsam auf eine Nachricht aus Botswana warteten. Der General hatte in der Zwischenzeit Computerdateien mit Informationen über die Armee von Botswana studiert. Für den Fall, dass seine Leute auf militärische Informationen angewiesen sein sollten, wollte Rodgers genau über die technischen Möglichkeiten und Waffensysteme der Helikopter informiert sein. Die Erkenntnisse waren nicht gerade ermutigend. Die Luftstreitkräfte der botswanischen Armee verfügten über französische Aerospatiale AS 332 Super Puma-Helikopter, die jeweils fünfundzwanzig Soldaten befördern und mit den unterschiedlichsten Waffen ausgerüstet werden konnten. Die Hubschrauber hatten aufgetankt eine Reichweite von knapp sechshundertfünfzig Kilometern, und das genügte, um das Okavangobecken zu erreichen und dann eine Suchaktion zu starten. Falls das Geschwader die Möglichkeit haben sollte, die Hubschrauber in der Luft zu betanken, konnte es fast sofort wieder in eine andere Richtung aufbrechen.

Hood telefonierte gerade mit dem Nationalen Sicherheitsberater des Präsidenten. Jetzt hielten sich amerikanische Staatsbürger an einem potenziellen Kriegsschauplatz auf, und somit war es an der Zeit, das Weiße Haus zu informieren.

»Wo genau sind die Helikopter jetzt?«, fragte Hood seine Mitarbeiter, nachdem er den Präsidenten kurz persönlich über die Situation ins Bild gesetzt hatte.

Herbert studierte Radarbilder, die auf seinen in den Rollstuhl integrierten Computer überspielt wurden. »Sie halten ihre Position am Rande des Sumpfgebiets«, antwortete der Leiter der Aufklärungsabteilung. »Vermutlich hat es sie überrascht, dass Dhamballa seine Pläne geändert hat.«

»Heißt das, dass die Helikopter umkehren müssen, Mike?«, fragte Hood.

»Nicht unbedingt«, antwortete Rodgers.

Der General informierte seinen Chef über die technischen Möglichkeiten der in Botswana eingesetzten Helikopter, und Hood gab die Informationen an den Präsidenten weiter. Dann verabschiedete er sich vom Oberbefehlshaber der amerikanischen Streitkräfte mit der Versicherung, ihn über Neuigkeiten auf dem Laufenden zu halten. Damit war das Telefonat beendet. Hood atmete tief durch.

»Wie hat er's aufgenommen?«, fragte Herbert.

»Er will nicht, dass einer von unseren Leuten auch nur einen einzigen Schuss abfeuert«, antwortete Hood. »Sollten sie aus irgendwelchen Gründen von dortigen Armeeangehörigen geschnappt werden, sollen sie sich ohne Gegenwehr abführen lassen.«

»Um im Gefängnis zu landen, damit die Regierung von Botswana nicht das Gesicht verliert«, sagte Herbert. »Wenn sie Glück haben, wird man ihnen abnehmen, dass sie Touristen waren und sich verirrt haben.«

»So ungefähr«, bemerkte Hood.

»Werden Sie das Aideen mitteilen?«, erkundigte sich Rodgers.

»Was würden Sie tun?«, fragte Hood zurück. »Schließlich ist dies Ihre Operation.«

»Ich würden ihnen raten, alles in die Wege zu leiten, damit sie überleben und von dort verschwinden können«, antwortete Rodgers. »Mit Sicherheit würde ich sie nicht schutzlos ihrem Schicksal überlassen.«

»Ganz meine Meinung«, sagte Hood. »Aideen würde nur im äußersten Notfall Gewalt anwenden, und falls das unumgänglich sein sollte, werden sich die Vereinigten Staaten eben mit der Situation auseinander setzen müssen. Wie immer die auch aussehen mag.«

»Da sind wir uns alle einig«, bemerkte Herbert. »Aus dem Chaos entsteht neue Ordnung.«

»Oder noch größeres Chaos«, kommentierte Rodgers. »Hier war ich schon immer anderer Meinung als Nietzsche.«

Herbert verzog das Gesicht. Er dachte immer noch darüber nach, als Darrell McCaskey das Büro betrat.

»Neuigkeiten über die Japaner?«, fragte Hood.

»Ja, aber ich bin mir nicht sicher, ob sie etwas mit den Ereignissen in Botswana zu tun haben«, antwortete McCaskey.

Der ehemalige FBI-Beamte schien etwas von der Härte seines früheren Lebens zurückgewonnen zu haben, und Hood nahm es mit Freude zur Kenntnis.

»Vor drei Tagen hat der Zoll in Gaborone kurzfristig eine Gruppe japanischer Touristen festgehalten, die jede Menge Elektronik ins Land schaffen wollten. Die Behörden haben sie schließlich einreisen lassen. Laut den Unterlagen ihres Hotels sind zwei der Touristen jedoch nie dort eingezogen. Ich habe sie anderswo ausfindig zu machen versucht, aber es war vergeblich. Wie auch immer, zwei japanische Touristen sind aufgetaucht, als sie in Maun einen Leihwagen mieteten. Aber es war nirgends aktenkundig, dass die beiden überhaupt nach Botswana eingereist sind.«

»Glauben Sie, dass es sich um dieselben Leute handelt?«, fragte Hood.

»Wenn sie den Nachmittagsbus von Gaborone nach Maun genommen haben, käme das zeitlich hin«, antwortete McCaskey.

Der ehemalige FBI-Beamte verstummte, da Rodgers' Handy zu piepen begann. Der General nahm den Anruf sofort entgegen.

»Ja?«

»Hier ist Aideen. Zwei spanische Soldaten haben gewaltsam jemanden zu entführen versucht, den sie für Pater Bradbury hielten. Dafür mussten sie mit dem Leben bezahlen.«

»Guter Gott«, sagte Rodgers.

Die anderen Männer blickten den General an.

»Auch die Brush Vipers haben zwei Männer verloren«, fuhr Aideen fort. »Pater Bradbury befindet sich nach wie vor in Dhamballas Gewalt.«

»Wann ist das passiert?«, fragte Rodgers.

Dem General fiel auf, dass McCaskeys harte Fassade bereits abzubröckeln begann. Er tat Rodgers Leid. Wenigstens konnte er ihm versichern, dass seiner Frau nichts zugestoßen war.

Noch nicht.

»Die beiden spanischen Soldaten haben ungefähr um 23 Uhr 30 Ortszeit zugeschlagen«, antwortete Aideen.

»Nach unserem Anruf bei Kline«, bemerkte Rodgers.

»Genau«, bestätigte Aideen. »Seronga hatte den angeblichen Priester und ein paar Männer als Köder auf der Insel zurückgelassen, und die Spanier haben angebissen. Als Beweis für den Angriff habe ich die Seriennummern ihrer Waffen.«

Während Rodgers die Nummern notierte, sagte ihm das Präfix ›PK‹ sofort, dass es sich um die Star-Pistolen des spanischen Militärs handeln musste. Er bestätigte Aideen, dass ihre Nachricht über den Angriff der beiden spanischen Soldaten plausibel klinge. Dann bedeckte er die Sprechmuschel mit der Hand, um Hood zu bitten, sich sofort mit Edgar Kline in Verbindung zu setzen.

»Was ist denn los?«, fragte Herbert.

Rodgers hielt einen Finger hoch, da Aideen ihren Bericht noch nicht abgeschlossen hatte.

»Die Brush Vipers werden es der Armee von Botswana oder dem Sicherheitsdienst des Vatikans gestatten, mit Pater Bradbury zu reden«, fuhr sie fort. »So wollen sie beweisen, dass er noch bei ihnen ist. Wir bemühen uns um eine friedliche Lösung des Problems.«

»Müssen Sie sich unbedingt da hineinziehen lassen?«, fragte Rodgers.

»Meiner Ansicht nach wird Seronga das allein nicht schaffen«, antwortete Aideen. »Außerdem glaube ich, dass die Armee, falls sie denn auftauchen sollte, erst schießen und ihre Taten rechtfertigen wird, wenn sie bereits Fakten geschaffen hat. Aber wenn die Militärs wissen, dass Pater Bradbury hier ist und dass auch wir ...«

»Schon verstanden«, sagte Rodgers. »Wie viel Zeit brauchen Sie?«

»Ungefähr zwei Stunden«, antwortete Aideen.

»Ich versuche, das zu arrangieren«, versicherte Rodgers.

»Wahrscheinlich wird es nicht einmal mehr eine Stunde dauern, bis wir bei Dhamballa sind«, sagte Aideen. »Kurz darauf wird Pater Bradbury gebracht, und dann werden wir uns über dieses Telefon bei Ihnen melden. Anschließend müssen Sie Pater Bradbury an die botswanischen Behörden durchstellen, damit sie sich davon überzeugen können, dass es ihm gut geht. Sollte es uns gelingen, den Angriff hinauszögern, werden wir auch beweisen können, dass die Brush Vipers mit dem Mord an Bischof Max nichts zu tun hatten.«

»Mir gefällt der Plan«, sagte Rodgers. »Allerdings wissen wir nicht, ob er auch den Wünschen der Regierung in Gaborone gerecht wird.«

»Meine Hoffnung ist, dass wir die Brush Vipers überreden können, ihre paramilitärische Organisation aufzulösen«, sagte Aideen. »Ich habe mit Seronga gesprochen und glaube, dass er und seine Truppe mittlerweile die Nase voll haben.«

»Okay«, sagte Rodgers. »Wir werden hier unser Bestes tun. Geht's Ihnen allen gut?«

»Bis jetzt schon«, antwortete Aideen.

»Dann machen wir jetzt Schluss, und ich werde Kline benachrichtigen«, sagte Rodgers. »Aideen?«

»Ja?«

»Falls unser Plan nicht funktionieren und die Lage haarig werden sollte, machen Sie sich alle drei aus dem Staub«, befahl der General.

Aideen versprach es ihm.

Rodgers unterbrach die Verbindung und blickte dann McCaskey an. »Es geht allen gut.«

Der ehemalige FBI-Beamte entspannte sich sichtlich.

Der General wandte sich Hood zu. »Haben Sie ihn am Apparat?«

»Er ist gerade unterwegs.«

Rodgers bat Hood, die Freisprechanlage einzuschalten. Während sie warteten, brachte der General die anderen auf den neuesten Stand. Als er gerade fertig war, meldete sich Kline.

»Worum geht's, Paul?«

»Nein, hier spricht Mike Rodgers, Mr Kline«, sagte der General. »Vor ungefähr einer Dreiviertelstunde haben zwei Mitglieder der Unidad Especial Pater Bradbury gewaltsam zu befreien versucht.«

»Sind Sie sicher?«, fragte Kline.

»Ja«, antwortete Rodgers. »Sie wurden getötet. Auch zwei Mitglieder der Brush Vipers sind ums Leben gekommen.«

»Verdammt.«

»Das kann man wohl sagen.«

»Sie müssen mir glauben, General Rodgers«, sagte Kline. »Von der Aktion dieser beiden spanischen Soldaten hatte ich keine Ahnung. Sie hatten den Befehl, sich von dort fern zu halten. Dieser Befehl hat sie erreicht und wurde von ihnen bestätigt. Ich weiß nicht, was da passiert ist. Vielleicht waren ja die Brush Vipers die Aggressoren.«

»Mir hat man eine andere Geschichte erzählt, aber im Moment ist das auch nicht wichtig«, sagte Rodgers. »Ich will, dass Sie sowohl die spanischen als auch die einheimischen Soldaten von Dhamballa fern halten. Sie wissen, dass wir Leute vor Ort haben, und die brauchen zwei Stunden. Sie hoffen die Brush Vipers davon überzeugen zu können, dass sie sich auflösen sollen.«

»Offensichtlich habe ich ja selbst bei meinen eigenen Leuten nichts zu sagen – aber ganz sicher ist, dass ich bei der Regierung in Gaborone nicht viel zu melden habe«, sagte Kline. »Keiner von uns hat da viel zu melden, und genau deshalb mussten wir uns ja an die Spanier wenden. Ich weiß nicht, ob die Regierung von Botswana einen Aufschub oder selbst die Kapitulation Dhamballas akzeptieren würde. Hier geht es mittlerweile darum, dass die Regierung Stärke zeigen will. Sie kann es sich nicht leisten, als handlungsunfähig dazustehen, besonders dann nicht, wenn tatsächlich die Brush Vipers die beiden spanischen Soldaten getötet haben.«

»Verstehe«, bemerkte Rodgers. »Deshalb müssen Sie die Regierung in Gaborone davon überzeugen, dass Pater Bradbury im Fall eines Angriffs sterben wird. Auch meine Leute würden ums Leben kommen. Vielleicht könnte es hilfreich sein, wenn Sie der Regierung erzählen, die Brush Vipers hätten auch noch drei amerikanische Touristen in ihre Gewalt gebracht.«

Herbert schüttelte energisch den Kopf. »Die Regierung Botswanas könnte versucht sein, eine solche Lage publizistisch ausschlachten«, gab er zu bedenken. »Vielleicht würde sie gerne demonstrieren, wie geschickt sie mit Geiselnehmern verhandeln kann.«

»Wenigstens würde das den Angriff aufschieben und unseren Leuten eine Chance bieten, sich aus dem Staub zu machen«, bemerkte McCaskey.

»Vielleicht«, räumte Herbert ein. »Aber grundsätzlich bin ich Edgars Meinung. Meiner Ansicht nach wird die Regierung glauben, Stärke demonstrieren zu müssen. Wenn sie uns die Geschichte von drei neuen Geiseln abkauft, würde sie wissen wollen, wer diese Amerikaner sind und wie sie ins Land gekommen sind. Das dürfen wir nicht riskieren.«

»Dann setzen Sie sich doch endlich mit unseren Leuten in Verbindung und sagen Sie ihnen, dass sie verschwinden sollen«, sagte McCaskey. »Welche Möglichkeit bleibt denn sonst noch?«

»Sie durch die Wildnis rennen zu lassen, während die Piloten der Luftstreitkräfte nach Leuten suchen, die durch die Wildnis rennen, scheint mir keine brauchbare Alternative zu sein«, gab Rodgers zu bedenken.

»Vielleicht haben Sie Recht«, sagte Kline. »Trotzdem

glaube ich eigentlich nicht, dass sie auf Leute schießen würden, die offensichtlich schon aufgrund ihrer Hautfarbe nicht zu den Brush Vipers gehören.«

»Aideen wird sich eine Geschichte einfallen lassen, dass sie Touristen auf einer Safari sind«, sagte Herbert.

»Der Jeep spricht jedenfalls dafür.«

»Ich werde mein Bestes geben, um die Sache zu regeln, und dabei Ihre Leute mit keinem Wort erwähnen, Gentlemen«, versprach Kline. »Sobald ich eine Antwort habe, rufe ich Sie an.«

»Und sorgen Sie dafür, dass *dieser* Befehl nicht auch missachtet wird«, sagte Herbert.

Hood hatte die Verbindung sofort unterbrechen wollen, doch da er offensichtlich damit gerechnet hatte, dass Herbert noch etwas sagen wollte, hatte er mitten in der Bewegung kurz innegehalten. Zwar glaubte Rodgers nicht, dass der Mann vom Vatikan Herberts spitze Bemerkung noch gehört hatte, aber es war ihm ohnehin egal. Schließlich hatte sich Kline bisher wahrlich nicht als besonders loyaler Partner erwiesen.

»Das ist ja eine schöne Bescherung«, sagte McCaskey, dessen Stimme jetzt eher resigniert als wütend klang. »Das Militär rückt vor, und zwar offensichtlich um jeden Preis.«

»Bis jetzt noch«, bemerkte Rodgers.

»Wir müssen der Tatsache ins Auge sehen, dass eine Flucht in der gegenwärtigen Situation für unsere Leute mit Risiken verbunden wäre«, gab Herbert zu bedenken.

»Sie wissen, welche Befehle ich Aideen gegeben habe, Darrell«, sagte Rodgers leise. »Falls irgendetwas schief geht, *werden* sie sich zurückziehen. Ich bin sicher, dass sie dann einen Ort finden werden, wo sie sich so lange verschanzen können, bis diese Krise überstanden ist.«

»Vielleicht«, sagte McCaskey. »Möglicherweise werden Aideen und Battat tatsächlich so handeln. Bei meiner Frau bin ich mir da nicht so sicher.«

»Sie werden sich alle drei in Sicherheit bringen«, beharrte Rodgers. »Sollte es brenzlig werden, gebe ich einen entsprechenden Befehl raus.«

»Etwas nachdrücklicher als bisher?«, fragte McCaskey.

»Ja«, antwortete Rodgers. »Bisher habe ich mich auf das Urteil der Person verlassen, die diese Operation vor Ort leitet. Jetzt hat sich die Lage geändert. Außerdem lassen Sie etwas Wichtiges außer Acht, Darrell.«

»Was denn?«

»Dass Maria Sie liebt«, antwortete Rodgers. »Sie liebt sie und will zu ihnen zurückkommen. Wenn etwa schief geht, wird sie bestimmt nicht aus bloßer Halsstarrigkeit in Botswana bleiben.«

»Nein«, räumte McCaskey ein. »Für Selbstmord hat sie nichts übrig.«

»Sie ist eben noch nicht lange genug mit Ihnen verheiratet«, meinte Herbert.

Hood zog eine Grimasse, Herbert zuckte nur die Achseln, aber Darrell lächelte seit zwei Tagen zum ersten Mal.

»Ich werde Ihnen sagen, wovor ich Angst habe«, sagte er. »Wir haben keine Ahnung, wie die Regierung in Gaborone denkt. Vielleicht ist ihnen ein toter Pater Bradbury lieber als ein lebender, und die Luftstreitkräfte können immer noch behaupten, sie hätten erst zugeschlagen, nachdem die Brush Vipers Pater Bradbury bereits umgebracht hatten. Und der Regierung wird sein Tod als Entschuldigung dafür dienen, künftig bei Kontrahenten jeder Art hart zuzuschlagen. Wenn das so sein sollte, wird es ihnen egal sein, wer sich bei Dhamballa aufhält. Die Luftstreitkräfte werden eingreifen und alle auslöschen.«

»Ich werde Aideen über Ihre Sorgen unterrichten«,

sagte Rodgers. »Wir können uns dagegen wappnen, indem sich unsere Leute nicht unbedingt in Serongas Nähe aufhalten.«

»Ich würde gerne etwas anders tun, Mike«, sagte McCaskey.

»Was denn?«

»Mit Maria reden.«

»Ich glaube nicht, dass das eine gute Idee ist«, sagte Rodgers. »Bei jedem Gespräch gehen wir das Risiko ein, dass der Anruf lokalisiert wird. Schließlich wollen wir den Hubschrauberpiloten nicht freiwillig den Weg zu unseren Leuten zeigen.«

»Ich werde mich kurz fassen«, versprach McCaskey. »Oder gibt's noch einen anderen Grund, warum Sie dagegen sind?«

»Ehrlich gesagt ja«, antwortete der General. »Ich will nicht, dass Maria sich aufregt oder abgelenkt wird. Das ist jetzt nicht der richtige Augenblick.«

»Ich könnte sie aufmuntern«, sagte McCaskey. »Vielleicht kann sie etwas Zuspruch gebrauchen.«

»Ein Gespräch mit Ihnen wird sie kaum kalt lassen, und Sie wissen das auch«, sagte Hood. »Lassen Sie uns erst einmal abwarten, wie sich die Dinge entwickeln. Vielleicht können wir später noch einmal darüber nachdenken.«

McCaskey schien durchaus zu einem Streit aufgelegt zu sein, doch dann überlegte er es sich anders. Stattdessen erhob er sich, um das Büro zu verlassen.

»Übrigens, Darrell, was ist den nun mit diesen Japanern, die nach Botswana gereist sind?«, fragte Hood. »Besteht eine Chance, dass wir ihre Identität herausbekommen?«

»Wir stehen mit jemandem aus Tokio in Verbindung, der im Bereich der gesamten Pazifikküste mit gefälschten Pässen handelt«, antwortete McCaskey. »Die Pässe dieser Leute hat er nicht fabriziert, aber er glaubt den betreffenden Passfälscher ermitteln zu können. Den müssen wir zur Kooperation überreden.«

»Diesen Ärger kann ich Ihnen ersparen«, sagte Herbert. »Ich habe da so ein Gefühl, dass diese Leute mit Fujima zusammenarbeiten.«

»Das könnte zutreffen«, sagte Hood. »Womit wir auch schon bei der nächsten auf der Hand liegenden Frage wären: Warum zum Teufel sind die Japaner so an Botswana interessiert?«

»Keine Ahnung«, antwortete Herbert. »Aber von einem Umstand bin ich fest überzeugt.«

»Und zwar?«, fragte Hood.

»Dass etliche Leute ein sehr großes Geheimnis vor uns verbergen.«

59

Makgadikgadi-Salzpfanne, Botswana – Samstag, 0 Uhr 30

Maria Corneja war klar, dass sie besser nicht zu viel nachdachte, wenn sie müde war, denn dann wurde sie zynisch, und ihre Gedanken färbten sich pessimistisch. Eine solche Stimmung war im Augenblick völlig fehl am Platz.

Trotzdem konnte sie sich einfach nicht helfen – sie war nun einmal so, wie sie war.

Sie saß hinten auf dem Jeep und starrte in die undurchdringliche Finsternis. Der Fahrtwind hielt sie wach. So beeindruckend die Sterne auch sein mochten, ihre Gleichgültigkeit beunruhigte Maria. Sie waren schon dieselben gewesen, als durch diese Salzpfanne noch Affen gezogen waren, denen jeglicher menschliche Ehrgeiz abging. Und sie würden auch dann noch da sein, wenn auf der Erdkugel jedes Leben erloschen war.

Aus welchem Grund sind wir dann eigentlich hier?, fragte sie sich. *Ob wir hier Erfolg haben oder nicht, die Sterne sind ewig, die Erde dreht sich unbeirrbar, das Leben geht weiter. Wenn wir jetzt sterben, würde sich absolut nichts ändern.*

Aber so gleichgültig das Universum auch sein mochte, Maria musste sich immer noch jeden Morgen im Spiegel betrachten, und dabei wollte sie das Gefühl haben, sich selbst treu geblieben zu sein. Unglücklicherweise war sie sich nicht ganz sicher, was das in diesem Fall bedeutete. Eigentlich hielt sie Leon Seronga nicht für einen schlechten Menschen. Soweit sie es beurteilen konnte, war er in der Wahl seiner Mittel nicht bis zum Äußersten gegangen. In moralischer Hinsicht schienen seine Ziele durchaus akzeptabel zu sein, nur ließen sie sich leider nicht mit dem Gesetz vereinbaren.

Dennoch fragte sich Maria, wie sie handeln würde, wenn die Zeit gekommen war. Trotz ihrer langjährigen Arbeit für Interpol hatte sie nie zu denen gehört, die sich rückhaltlos mit ihrem Auftraggeber identifizierten. Ihr war es immer nur um die Frage gegangen, ob etwas richtig oder falsch war, und glücklicherweise hatte Interpol in der Regel auf der richtigen Seite gestanden.

Und dann war da noch Darrell, der wahrscheinlich vor Wut, Ärger und Sorge halb krank war. Vielleicht war er auch ein bisschen stolz auf sie, obwohl das wahrscheinlich ein tief in seinem Inneren verborgenes Gefühl war. Sie weigerte sich, jetzt über ihn nachzudenken. Wenn sie sich von Darrells Gefühlen beeinflussen ließ, würde sie nur ihre eigenen Emotionen anfachen. In dieser Situation waren keine Gefühle gefragt, sondern ein möglichst kühler Kopf.

Während Maria ihren finsteren Gedanken nachhing,

durchbohrten ihre Augen weiterhin auch die reale Finsternis. Sie hielt nach Dhamballa und seinen Brush Vipers Ausschau. Doch deren Ankunft wurde nicht etwa durch Scheinwerfer am Horizont angekündigt, sondern dadurch, dass Serongas Lastwagen plötzlich schneller fuhr und sich kurz darauf neben dem Jeep befand.

»Meine Leute sind ganz in der Nähe!«, schrie Seronga. »Sie sind am Septone-See, keine vier Meilen von hier. Wir werden sie dort treffen.«

»Sind alle Brush Vipers dort?«, fragte Aideen.

»Ja!«, rief Seronga. »Sie beziehen hinter den Felsbrocken am See Position. Vielleicht können Sie das an Ihre Vorgesetzten weitergeben, damit sie die Regierung in Gaborone informieren.«

»Das halte ich nicht für ratsam«, bemerkte Battat. »Unter Umständen hält die Regierung das nicht für eine Defensivstrategie, sondern für eine Provokation.«

Maria wusste, dass den Brush Vipers beide Optionen offen standen. Selbst wenn sie nicht die Absicht hatten, die Hubschrauber anzugreifen, hatten sie doch Position bezogen, um es jederzeit tun zu können. Wäre sie an Serongas Stelle gewesen, hätte sie genauso gehandelt.

Der Lastwagen schoss nach vorn, und der Jeep folgte ihm. Offensichtlich machte sich Seronga über eine Flucht des Op-Center-Teams mittlerweile keine Gedanken mehr. Vielleicht hatte er beschlossen, Maria, Aideen und Battat zu vertrauen. Andererseits wurden einem Entscheidungen auch leicht gemacht, wenn man keine Alternativen mehr hatte.

In weniger als zehn Minuten hatten sie den See erreicht. Maria hatte sich den Ort ganz anders vorgestellt, mehr wie eine Festung, wo sich Serongas Leuten überall Deckung bot. Stattdessen sah sie weniger als ein Dutzend Felsbrocken, die irgendeine Flut vor Ewigkeiten angeschwemmt haben musste und die etwa so hoch wie

Bürostühle waren. Der See selbst war vielleicht gerade mal anderthalb Quadratkilometer groß und schien nicht besonders tief zu sein. In seiner Mitte glaubte Maria Schilfrohr aus dem Wasser ragen zu sehen.

Während sie sich dem Ufer näherten, schaltete Njo Finn die Scheinwerfer aus. Nur das Standlicht blieb an. Aideen folgte dem Beispiel. Es war ein merkwürdiges Gefühl, so durch eine fast undurchdringliche Finsternis zu fahren. Das Motorgeräusch der Fahrzeuge erzeugte kein Echo wie etwa an den Wänden eines Canyons, schien aber dennoch kaum zu ersterben. Es rollte über die Ebene und erlosch nur sehr langsam.

Der Lastwagen und der Jeep blieben stehen, und am Ufer des Sees wurden gleichzeitig mehrere Lampen eingeschaltet. Leute kamen näher. Auch Seronga knipste seine Taschenlampe an und ging dann auf seine Soldaten zu.

Battat trat neben Maria, und dann stieß auch Aideen zu ihnen.

»Wie wollen Sie mit dieser Situation umgehen?«, fragte Battat.

»Meiner Ansicht nach ist das Serongas Sache«, antwortete Aideen.

»Sollten wir uns nicht besser in die Diskussion einmischen?«, hakte Battat nach.

»Ja«, stimmte Maria zu. »Bevor alles unumstößlich feststeht.«

Die Spanierin marschierte forsch los, und die anderen beiden folgten ihr. Maria kam der Gedanke, dass vor tausenden Jahren wahrscheinlich Krieg führende Stämme so aufeinander zumarschiert waren. Ihr war nicht ganz klar, ob sie es faszinierend finden sollte, ein Teil dieser Geschichte zu sein, oder ob es nicht einfach nur traurig war, dass die Menschheit in dieser Hinsicht seit Jahrhunderten keine Fortschritte gemacht hatte.

Jetzt nahm Maria ein in der Luft liegendes Geräusch war, eine extrem tiefe Vibration, die an die dumpfen Schwingungen eines Basslautsprechers denken ließ. Die Vibrationen schienen vom Boden auszugehen, doch das war nicht der Fall. Trotzdem erbebte die Erde leicht.

Maria blieb stehen und blickte zum Himmel auf. »Spüren Sie das auch?«, fragte sie.

Aideen und Battat hielten ebenfalls inne.

»Ja«, sagte Battat. »Man könnte an einen Panzer denken.«

»Nein«, widersprach Maria.

Sie hörten ein dumpfes Summen. Als Maria erneut zum Sternenhimmel aufblickte, fiel ihr eine Bewegung auf. »Ein Aufklärungshubschrauber. Sie schicken Aufklärungshubschrauber vor.«

Sie lief auf das Ufer des Sees zu. »Seronga!«, schrie sie.

»Ich sehe ihn auch!«, brüllte Seronga zurück. »Alle Lampen ausschalten!«

Serongas Leute befolgten den Befehl, doch als das Licht am Himmel größer und das Motorgeräusch lauter wurde, hatte Maria den Eindruck, dass es zu spät gewesen war.

60

Makgadikgadi-Salzpfanne, Botswana –
Samstag, 0 Uhr 45

Seronga war klar, was jetzt getan werden musste. Seine einzige Aufgabe bestand darin, Dhamballa zu retten, und es gab eigentlich nur einen Weg, wie er dieses Ziel erreichen konnte.

Der Anführer der Brush Vipers lief auf das Wohnmobil

zu. Ab und zu riefen sich Seronga und seine Männer etwas zu, um sich in der Finsternis orientieren zu können. Noch war das Dröhnen des Rotors nicht laut genug, um die Rufe zu ersticken. Serongas Männer gaben ihm die Richtung vor.

Er musste vor allem sicherstellen, dass die Vodun-Religion eine Zukunft hatte, denn nur in ihr waren Herz und Seele der Menschen Botswanas noch aufgehoben. Der Glaube musste lebendig gehalten werden, und deshalb musste Seronga um jeden Preis verhindern, dass Dhamballa gefangen genommen oder getötet wurde. Folglich musste er den Angriff irgendwie hinauszögern, um Dhamballa die Flucht zu ermöglichen. Allerdings war er sich nicht sicher, ob dieser Plan Dhamballas Zustimmung finden würde.

Seronga hatte den nächsten Felsbrocken erreicht. Einen Augenblick später stießen Pavant und Njo Finn zu ihm.

»Hinter uns kommen drei Leute«, sagte Seronga zu seinen Männern. »Lasst sie durch.«

Pavant und Finn bestätigten den Befehl.

Ein Dutzend Meter weiter sah Seronga im Schein eines aufflackernden Feuerzeugs das Gesicht von Nicholas Arrons, des Fahrers von Dhamballas Wohnmobil. Seronga rannte auf ihn zu. Als er nur noch ein paar Schritte von ihm entfernt war, erlosch das Feuerzeug. Schwer atmend blieb Seronga vor dem Wohnmobil stehen.

»Hörst du das auch?«, fragte er den Fahrer.

»Natürlich«, antwortete Arrons. »Ein Aufklärungshubschrauber?«

»Wahrscheinlich. Wo sind die Leute, die den Köder für die Spanier gespielt haben?«

»Sie haben das Sumpfgebiet verlassen und sind eben zu uns gestoßen«, antwortete Arrons. »Jetzt ruhen sie sich am See aus. Zumindest war das eben noch so. Aber sie müssen den Helikopter auch gehört haben.«

»Falls wir im Tiefflug mit Bordwaffen angegriffen werden sollten, werden wir sie brauchen«, sagte Seronga.

»Die Raketenwerfer sind gleich einsatzbereit«, berichtete Arrons.

»Wo ist der Priester?«

»In dem anderen Wohnmobil.«

»Terrence soll ihn herbringen«, sagte Seronga.

»Der Priester hat im Sumpf eine schwere Zeit durchgemacht«, gab Arrons zu bedenken. »Auch die Fahrt hierher war ziemlich anstrengend. Außerdem hat er kaum geschlafen und fast nichts gegessen.«

»Dafür wird er bald genug Zeit haben«, sagte Seronga. »Bring ihn sofort her.«

»In Ordnung.«

Arrons verschwand, und Seronga trat vor die Seitenwand des Wohnmobils. Obwohl er nur über Funk mit Arrons gesprochen hatte, seit dieser aus dem Camp aufgebrochen war, hatte seine Stimme jetzt verändert geklungen. Seronga konnte sich nicht des Eindrucks erwehren, dass er etwas verbarg.

Nachdem er angeklopft hatte, öffnete Seronga die Tür.

Dhamballa saß im Schneidersitz auf einer Matte. Da die Lampen durch Klebeband abgedunkelt waren, wurde der Innenraum des Wohnmobils nur notdürftig durch trübes Licht erhellt.

Es gab keine Vorschrift, wie ein *Houngan* zu begrüßen war, aber Seronga machte eine kleine Verbeugung. Er glaubte es Dhamballa schuldig zu sein, ihm seinen Respekt zu erweisen.

»Ich bin froh, dass Sie in Sicherheit sind«, sagte Seronga.

»Was ist am Flugplatz passiert?«, fragte Dhamballa. Das Geräusch des Rotors wurde lauter, und Seronga blickte durch die offene Tür des Wohnmobils zum Himmel auf. Mittlerweile war das Positionslicht des Helikopters dreimal heller als das Licht der Sterne.

»Darüber können wir später reden«, sagte Seronga.

»Ich muss es wissen«, beharrte Dhamballa.

Das permanente Dröhnen des Hubschraubers ließ es jetzt als ziemlich sicher erscheinen, dass sie gesichtet worden waren.

»Ich weiß es nicht«, sagte Seronga. »Als Pavant und ich auf den Bischof warteten, hat ihn jemand erschossen. Wir haben keine Ahnung, wer es war.«

Dhamballa stand auf, trat dicht vor Seronga und blickte erst auf seine Stirn, dann auf die Mundwinkel. »Die Knochen haben mir gesagt, dass mich jemand aus meiner unmittelbaren Nähe verraten wird, und deshalb muss ich meine Frage wiederholen«, sagte er. »Sind Sie für den Tod des amerikanischen Bischofs verantwortlich? Haben Sie die Tat ausgeführt oder geplant?«

»Weder ich noch meine Soldaten haben irgendetwas mit diesem Mord zu tun«, antwortete Dhamballa. »Was strategische Entscheidungen betrifft, waren wir nicht immer einer Meinung, *Houngan*. Ich würde es Ihnen aber sagen, wenn es anders gewesen wäre.«

Der Vodun-Priester betrachtete Serongas Gesicht noch einige Sekunden lang eingehend. »Ich glaube Ihnen«, sagte er dann.

Seronga bedankte sich für das Vertrauen. Er war glücklich, da er nicht die Absicht gehabt hatte, seiner Antwort noch etwas hinzuzufügen. »Vielleicht werden Sie von jemandem außerhalb unseres innersten Zirkels betrogen. Von den Männern, die Sie unterstützt haben.«

»Wenn es so sein sollte, werde ich es herausfinden«, sagte Dhamballa.

Jetzt tauchten hinter Seronga Maria, Aideen und Battat auf. Pavant und Njo Finn waren bei ihnen.

»Wir müssen ein paar Entscheidungen treffen, Mr Seronga«, sagte Aideen.

»Ja.« Seronga wies auf die hinter ihm stehende Gruppe. »Während der letzten Stunden haben diese Leute uns mit Informationen geholfen und bei der Planung unterstützt, *Houngan.*« Er zeigte auf die Spanierin. »Maria war mit mir am Flugplatz. Sie war Augenzeugin des Mordes und hat Beweise sichergestellt, die den Behörden die Suche nach den Hintermännern des Mordes erleichtern werden.«

»Arrons hat mir von der Unterstützung durch diese Leute erzählt«, sagte Dhamballa. »Ich danke Ihnen allen.«

»Sie können uns danken, indem Sie und Ihre Leute hier die Zelte abbrechen und so schnell wie möglich verschwinden«, sagte Battat zu dem Vodun-Priester.

»Und was sollen wir dann tun?«, fragte Dhamballa.

Aus der Finsternis kamen Schritte auf sie zu. Arrons tauchte mit Pater Bradbury neben dem Wohnmobil auf.

»Wir glauben, dass es noch eine Chance gibt, unsere Bewegung zu retten«, sagte Seronga zu Dhamballa. »Aber dafür benötigen wir Zeit. Es gibt zwei Wege, Zeit zu gewinnen. Zunächst müssen wir den Priester freilassen, ihn diesen Leuten übergeben und anschließend die Regierung darüber informieren, dass er auf freiem Fuß ist. Und dann müssen Sie verschwinden.«

»Wohin sollte ich gehen?«, fragte Dhamballa, für den dieser Vorschlag sehr überraschend zu kommen schien.

»Sie müssen aus dieser Gegend verschwinden, und zwar schnell«, beharrte Seronga. »Bald werden wir hier Gesellschaft haben.«

»Wir haben eine Kundgebung angesetzt und dürfen unsere Anhänger nicht enttäuschen«, sagte Dhamballa. »Außerdem würden sie glauben, wir wären Feiglinge. Jetzt, da wir alle hier sind, sollten wir kehrtmachen und darauf vertrauen, dass die Götter uns schützen werden.«

»Sie würden den Ort nicht erreichen, wo Sie die Kundgebung abhalten wollen«, wandte Maria ein. »Die Götter mögen ja Ihren Geist beschützen, aber ich würde nicht darauf wetten, dass sie etwas gegen eine aus einem Helikopter abgefeuerte Rakete ausrichten können.«

»Seronga und seine Männer werden bei mir sein«, sagte Dhamballa. »Sie sind bewaffnet. Außerdem wird die Regierung kein Interesse an einem Massaker haben. Für den Fall, dass die abschreckende Wirkung unserer Waffen nicht ausreicht, haben wir immer noch den Priester.«

»Das wird Ihnen nichts mehr nützen«, warnte Maria. »Für die Öffentlichkeit ist der Vorfall am Flughafen der Auslöser des Chaos. Und die Schuld daran wird man Ihrer Bewegung in die Schuhe schieben.«

»Wir haben nichts damit zu tun«, betonte Dhamballa.

»Unglücklicherweise werden Sie keine Gelegenheit mehr haben, Ihre Argumente vorzubringen«, bemerkte Battat. »Die Regierung in Gaborone muss jetzt dafür sorgen, dass dieser Schlamassel bereinigt wird.«

»Schlamassel?«, fragte Dhamballa konsterniert. »Redet man so abschätzig über die älteste Religion der Welt?«

»Wir reden nicht von Ihrem Glauben, sondern von den Taten Ihrer Anhänger«, sagte Battat. »Ob Sie für den Tod des Bischofs verantwortlich sind, spielt jetzt keine Rolle mehr, aber Ihre Leute haben Pater Bradbury entführt und dadurch diese Krise ausgelöst. Ich kenne mich ein bisschen damit aus, was passiert, wenn man einem die Schuld in die Schuhe schiebt. Und glauben Sie mir – man wird Ihnen die Schuld in die Schuhe schieben.«

»Wir verschwenden unsere Zeit«, schaltete sich Maria ein. »Wenn der Helikopter Sie und Ihre Leute gesehen hat, wird er die anderen Hubschrauber benachrichtigen. Es wird keine Stunde dauern, bis sie hier sind. Dann wird man Sie alle festnehmen oder töten. Die Kundgebung fällt aus.«

Dhamballa wandte sich Seronga zu. »Was meinen Sie?«

»Ich fürchte, dass dies sehr reale Risiken sind, *Houngan*«, antwortete Seronga. »Wenn wir alle tot sind, wird niemand mehr in der Lage sein, der Darstellung der Regierung zu widersprechen. Wir dürfen ihr nicht die Möglichkeit geben, uns endgültig loszuwerden.«

Jetzt trafen Arrons und der Priester bei den anderen ein.

»Sie bitten mich davonzulaufen«, sagte Dhamballa zu Seronga.

»Sie sollen nicht davonzulaufen, sondern würdevoll diese Leuten begleiten. Sie und Pater Bradbury. Maria weiß, dass wir den Bischof nicht umgebracht haben. In dem Moment, wo die Salzpfanne hinter Ihnen liegt, werden alle sehen, dass Pater Bradbury vielleicht nicht gerade von einer Vergnügungsreise zurückkommt, aber insgesamt doch gesund und munter ist.«

Pater Bradbury ließ seinen Blick über die Anwesenden schweifen und fixierte schließlich Seronga. »Die Kleidungsstücke«, sagte er plötzlich. »Wo haben Sie die her?«

Seronga schwieg.

»Wo haben Sie diese Kleidungsstücke her?«, wiederholte Pater Bradbury. »Nein, Sie brauchen es mir gar nicht zu sagen. Ich weiß es. Sie müssen von einem meiner Diakone stammen. Hätten sie Botswana verlassen, dann hätten sie auch ihre Soutane mitgenommen. Was haben Sie ihnen angetan? Geht es ihnen gut?«

Maria blickte Seronga an. »Waren die Diakone noch im Pfarrhaus neben der Kirche, als Sie dort eingetroffen sind?«

»Ja.«

»Und wo sind sie jetzt?«

Seronga wünschte, genügend Zeit zu haben, um seine Tat erklären zu können. Dann hätte er klargestellt, dass dies ein Krieg war und dass es keinen Krieg ohne Opfer gab. Er hätte erklärt, dass er Informationen über Bischof

Max benötigt und schließlich keinen anderen Weg mehr gesehen hatte, an sie heranzukommen. Er hätte darauf hingewiesen, dass alle Mühen ihres Kampfs vergeblich gewesen wären, wenn er in diesem Moment Mitleid gezeigt hätte.

Aber am meisten hätte er sich gewünscht, Dhamballa seine Antwort ersparen zu können.

»Die Diakone sind bei ihrem Gott«, sagte Seronga.

»Durch Ihre Hand?«, flüsterte Dhamballa ungläubig.

»Ja«, antwortete Seronga. »Pavant und ich haben sie umgebracht. Uns blieb keine andere Wahl.«

»Mein Gott«, sagte Pater Bradbury, der sich sofort bekreuzigte und dann die Hände faltete. »Wie viele Menschen wird dieser krankhafte Kreuzzug denn noch das Leben kosten?«, fragte er. Seine Hände begannen zu zittern. Er bedachte Dhamballa mit einem funkelnden Blick. »Wie können Sie sich für einen religiösen Mann halten, wenn Sie solche Taten zulassen?«

»Im Namen aller Religionen wird getötet!«, rief Seronga wütend. »Welcher Weg bleibt denn, wenn die Vernunft nichts gegen die Unterdrückung ausrichten kann?«

»Der Weg der Geduld«, antwortete Pater Bradbury.

»Wir waren schon viel zu lange geduldig«, sagte Dhamballa. »Trotzdem wollte ich nie, dass wir unsere Hände mit Blut besudeln.«

»Nein, das wollten Sie nicht!«, rief Seronga. »Aber Sie haben gewusst, dass es nicht auszuschließen ist, als Sie sich mit Soldaten umgaben. Wir alle hier haben in Kauf genommen, dass Mord für die Umsetzung unserer Idee womöglich nötig ist.«

Der Helikopter verlor an Flughöhe und schwebte dann auf der Stelle. Ein Suchscheinwerfer flammte auf. Gleich würden die Soldaten hinter den Felsbrocken entdeckt werden.

»Wir müssen verschwinden, Dhamballa«, sagte Maria

nachdrücklich. »Sie und der Priester müssen mitkommen.«

»Sie hat Recht«, stimmte Seronga zu.

Dhamballa betrachtete den Anführer der Brush Vipers. »Und was werden Sie tun? Kämpfen?«

»Nein«, gelobte Seronga. »Ich werde die Hubschrauber weglocken.«

»Wie?«, fragte Dhamballa.

»Mir bleibt keine Zeit für Antworten«, sagte Seronga. »Maria, werden Sie die beiden von hier wegführen?«

»Ja«, antwortete die Spanierin.

Seronga blickte Dhamballa an. »Vielleicht hätten wir alles anders machen können. Wir alle. Vielleicht haben wir uns auf eine zu große Herausforderung eingelassen. Möglicherweise hätten wir unseren Glauben weiterhin im Untergrund propagieren sollen. Ich weiß es nicht. Aber *eines* weiß ich mit Sicherheit. Sie müssen fortsetzen, was hier fast seinen Ausgang genommen hätte. Sie müssen anderen unsere Botschaft bringen, und um unseren Glauben verkünden zu können, müssen Sie am Leben bleiben.«

»Und für uns beten«, fügte Pavant hinzu, dessen Blick auf den Himmel gerichtet war. »Bitte tun Sie es.«

Dhamballa nickte traurig. »Ich verspreche es. Ich werde diese Leute mit Pater Bradbury begleiten.« Er blickte Seronga an. »Denn wir müssen unseren Blick in die Zukunft richten, nicht in die Vergangenheit.«

Maria trat um Seronga herum und streckte Dhamballa die Hand entgegen, doch der zögerte noch. Dann ergriff er sie und schritt in die Nacht hinaus.

»Ich hole den Jeep«, sagte Battat.

Links von Seronga, im Westen, kam eine sanfte Brise auf, die aber nicht auf den Rotor des Helikopters zurückging. Dhamballa blickte in diese Richtung, und irgendwie hatte der Augenblick etwas Ergreifendes. Der Vodun-Priester schien gleichzeitig Abschied zu nehmen und auch schon in die Zukunft zu blicken.

Aideen ergriff Pater Bradburys Arm und geleitete ihn zum Jeep. Pavant und Arrons gingen davon, um zu den anderen Rebellen zu stoßen. Maria blieb zurück. Sie wandte den beiden Männern den Rücken zu, wartete aber.

Dhamballa küsste Seronga leicht auf beide Wangen. Dann berührte er mit seinem linken Zeige- und Mittelfinger Serongas Stirn und zog die Finger bis zu seiner Nasenspitze hinunter. »Mögen die Götter auf dich hinabblicken und dich beschützen«, sagte er, während er mit der anderen Hand seine Augen bedeckte. »Mögen die Götter dir vergeben.«

»Danke«, sagte Seronga.

Dhamballa ließ seine Hand sinken, streckte sie dann mit der Innenseite nach oben aus und warf Seronga einen wissenden Blick zu. Schließlich wandte er sich um und verschwand mit Maria. Seronga folgte Pavant, drehte sich aber noch einmal um.

»Maria!«, rief er.

»Ja?«

»Kommen Sie gut nach Hause. Sie alle. Und vielen Dank.«

»Ich hoffe, dass wir uns eines Tages wiedersehen«, sagte Maria.

Seronga machte sich auf den Weg, um Pavant einzuholen. Er glaubte nicht, dass er Dhamballa oder einen von den anderen jemals wiedersehen würde.

Der Suchscheinwerfer des Helikopters glitt über das Terrain und verweilte auf den Felsbrocken. Mit großer Wahrscheinlichkeit hatte die Crew die Brush Vipers entdeckt.

In ein paar Minuten würde Seronga seine Männer fortschicken und die Aufmerksamkeit der Crew des Helikopters auf sich ziehen. Er glaubte an Dhamballa und sein Tun, weil er an Botswana und Afrika glaubte. An die Menschen, mit denen er gelebt, gekämpft und gelacht hatte. Mehr konnte man vom Leben nicht verlangen. Oder, falls es so weit kam, vom Tod.

Prinz Leon Seronga ging zu seinen Soldaten, die sich in kleinen Gruppen verteilt hatten, und gab ihnen die Anweisung, zu den Fahrzeugen zurückzukehren und in Richtung Norden zu verschwinden. Dann sollten sie sich zerstreuen, um der Armee die Verfolgung zu erschweren.

»Und was machen wir, falls wir beschossen werden?«, fragte Arrons.

»Am liebsten wäre es mir, wenn ihr euch versteckt halten und fliehen würdet, wenn sich die Gelegenheit bietet«, antwortete Seronga. »Wenn es notwendig ist, kämpft. Und wenn es keinen Ausweg mehr gibt, kapituliert.«

»Und was wirst du tun?«, fragte Pavant.

Bevor er antwortete, dachte Seronga einen Moment lang nach. »Ich muss Dhamballas Hand von der schwarzen Magie reinwaschen.«

»Den Morden?«, fragte Pavant.

»Ja.«

»Wie ist das möglich?«

Seronga lächelte. »Das kann nur ich erledigen, nur ich allein. Geh jetzt zu den anderen, bevor die Helikopter eintreffen.«

Einen Augenblick lang zögerte Pavant, dann salutierte er vor seinem Kommandeur. Soweit Seronga sich erinnern konnte, hatte Pavant das noch nie zuvor getan. Pavant und Arrons verschwanden in der Finsternis. Seronga hörte den Propeller des Helikopters, dann die anspringenden Motoren der Lastwagen und der beiden Wohnmobile.

Er kauerte sich neben einem Felsbrocken nieder, griff

aber nicht nach einer der herumliegenden Waffen. Er beobachtete den Helikopter und stellte dann sicher, dass er für einen Augenblick gesehen wurde. Bald darauf leuchteten in der Ferne andere Positionslichter auf. Das Geschwader näherte sich. Einer der Hubschrauber würde landen müssen, damit sich seine Besatzung vergewissern konnte, dass sich hier keine Rebellen mehr aufhielten.

Sehr bald würde es so weit sein.

Während Seronga seine Pistole zog, dachte er über sein Land, die Nacht und sein Leben nach.

Er bereute nichts. Tatsächlich stellte er überrascht fest, dass er Frieden mit sich selbst gemacht hatte. Wenn das hier erledigt war, würde sein Körper immer noch ein Teil dieses großartigen Kontinents sein, sein Geist Teil eines überzeitlichen Kollektivs.

Mehr konnte man letzten Endes nicht verlangen.

Nach ein paar Minuten landete der Aufklärungshubschrauber. Im Licht des grellen Suchscheinwerfers sah Seronga die Silhouetten von Soldaten auf sich zukommen.

Er zählte zehn Männer, die systematisch von einem Felsbrocken zum anderen eilten. Sie waren clever, diese jungen Soldaten. Sie bewegten sich geschickt. Seronga fragte sich, wie er sich wohl im Vergleich zu ihnen geschlagen hätte, wenn er noch in ihrem Alter gewesen wäre.

Dann fielen den Soldaten die Reifenspuren auf. Sie zeigten in Richtung Norden und Nordwesten.

Schließlich kamen sie auf Seronga zu.

Der Anführer der Brush Vipers feuerte, ohne jemanden töten oder auch nur verwunden zu wollen. Er wollte die Soldaten lediglich aufhalten. Die Männer ließen sich fallen, rollten hinter Felsbrocken und gaben sich gegenseitig Feuerschutz. Tatsächlich, der Nachwuchs der Armee war sehr gut. Die Soldaten robbten auf neue Verstecke zu, damit sie Serongas Position von drei Seiten unter Feuer nehmen konnten.

Nach ein paar Minuten war Seronga klar, dass es mit der Hinhaltetaktik vorbei war. Er wusste nicht, ob sie ihn lebend gefangen nehmen wollten. Möglicherweise würden sie versuchen, ihm Informationen aus dem Leib zu prügeln. Vielleicht würden sie ihn auch unter Drogen setzen. Nur davor fürchtete er sich. Außerdem war ihm klar, welche Strafe ihn für die mit Pavant begangenen Morde an den beiden Diakonen erwartete.

Mit einem Gefühl der Dankbarkeit, dass er dieses Leben hatte leben können, presste sich Prinz Leon Seronga den Lauf der Pistole an seine Schläfe.

Dann drückte er ab.

61

Washington, D. C. – Freitag, 18 Uhr 19

Paul Hood glaubte, bisher noch nie eine so angespannte Atmosphäre in seinem Büro erlebt zu haben. Er wartete gemeinsam mit Rodgers, Herbert, McCaskey und Lowell Coffey. Alle schwiegen. Im Augenblick schien auch jedes Wort überflüssig zu sein. Weder von den Japanern noch von den Europäern gab es Neuigkeiten, und alle konzentrierten sich ganz auf die Lage in Botswana.

Hood spürte, dass Herbert sich unbehaglich fühlte. Es widersprach seinem geselligen Wesen, stumm mit seinen Freunden herumzusitzen. Er rutschte unruhig in seinem Rollstuhl herum, und schließlich ergriff er das Wort. »Als Junge habe ich mal einen Film namens *Die letzte Fahrt der Bismarck* gesehen«, sagte er. »Ich erinnere mich nicht mehr, ob der Film exakt den historischen Tatsachen entsprach, aber es gab da eine Szene, die mir im Gedächtnis geblieben ist. Geleitet wurde die Jagd auf die *Bismarck* vom Oberbefehlshaber der britischen Seestreitkräfte, und der saß in einem unterirdischen Hauptquartier in London. Nachdem er vom Untergang der *Bismarck* gehört hatte, blickte er auf seine Armbanduhr. Sie zeigte sechs an. Da er acht Tage lang ohne Unterlass gearbeitet hatte, wollte er in einem Restaurant zu Abend essen, aber er musste feststellen, dass es sechs Uhr *morgens* war. In dem Bunker war seine Zeitwahrnehmung völlig durcheinander geraten, und er hatte sich total geirrt.«

Einen Augenblick lang sagte niemand etwas.

»Wollen Sie damit sagen, dass Sie sich irgendwie auch total geirrt haben?«, fragte Lowell Coffey schließlich.

»Nein«, antwortete Herbert. »Ich glaube nur, dass wir uns in einer Krisensituation nicht mehr hundertprozentig auf unser Wahrnehmungsvermögen verlassen können. Wir sitzen hier, völlig gegen irgendwelche Eindrücke abgeschirmt. Keine Fenster, keine Nachrichten aus der Außenwelt, keine Anrufe von Freunden oder Familienangehörigen. Ich bin mir nicht sicher, ob das so gut ist.«

»Gut oder schlecht, was für eine Wahl haben wir denn?«, fragte Coffey.

»Keine Ahnung, aber wir sollten mal mit Liz darüber reden«, antwortete Herbert. »Vielleicht kann sie mit irgendeiner Beschäftigungstherapie, Musik oder mit einem Feng-Shui-Dekor dazu beitragen, dass unser Wahrnehmungsvermögen auch weiterhin zuverlässig funktioniert.«

»Zum Beispiel durch geblümte Tapeten«, bemerkte Hood.

»So weit würde ich nicht gehen.«

»Ich habe mich mal durch eine Partie Blackjack gegen den Computer abzulenken versucht«, sagte Hood. »Und prompt verloren. Besser habe ich mich danach wirklich nicht gefühlt.«

»Der tiefere Sinn einer Niederlage besteht ja auch nicht darin, dass man sich gut fühlen soll«, bemerkte Herbert.

»Immerhin blieb Ihnen ja noch ein Trost«, warf Rodgers ein.

»Und welcher?«, fragte Hood.

»Bei Computerspielen braucht man immer nur auf einen Button zu klicken, um das Spiel neu zu starten«, sagte Rodgers mit einem leisen Unterton von Bitterkeit.

»Ich halte diese ganze Diskussion für irrelevant«, verkündete McCaskey. »Unser Wahrnehmungsvermögen funktioniert perfekt, wir haben eine bestimmte Richtung eingeschlagen und auch die Mittel, unsere Linie zu verfolgen. Jetzt fehlt uns nur noch eine gottverdammte Lösung für unser Problem. Und genau das macht mich wahnsinnig.«

McCaskey hatte noch nicht ausgesprochen, als Rodgers' Handy zu piepen begann. Er meldete sich und notierte dabei sorgfältig die Zeit. »Ja?«

»Gute Neuigkeiten«, sagte Aideen. »Der Priester ist bei uns, und wir sind bereits auf dem Rückweg nach Maun. Dhamballa ist auch dabei.«

»Das ist ja großartig!«, sagte Rodgers. »Geht es allen gut?«

Der General sah, dass McCaskey sich angespannt vorbeugte und kurz seine gefalteten Hände an die Stirn legte. Dann lehnte er sich wieder zurück und blickte Rodgers an.

»Alles bestens«, antwortete Aideen.

Rodgers fiel ein Stein vom Herzen, und er signalisierte McCaskey mit erhobenem Daumen, dass alles in Ordnung sei. McCaskey warf mit geschlossenen Augen den Kopf in den Nacken und lachte leise.

»Wir haben aber eben Schüsse gehört«, fuhr Aideen fort. »Wir glauben, dass das Leon Seronga war, der zurückgeblieben ist, um unseren Rückzug zu decken.«

»Und wie geht es Pater Bradbury?«, fragte Rodgers.

»Er ist ein bisschen wackelig auf den Beinen und meint, er könne eine Dusche gebrauchen, aber sonst scheint alles in Ordnung zu sein.«

»Ist Dhamballa freiwillig mitgekommen?«

Diese Frage des Generals rief im Op-Center allgemeine Überraschung hervor.

»Er ist *bei ihnen*?«, murmelte Herbert.

Rodgers nickte.

»Seronga hat ihn davon überzeugen können, uns zu begleiten«, sagte Aideen. »Allerdings weiß ich nicht, was für Pläne er jetzt hat.«

»Glauben Sie, dass er Immunität vor Strafverfolgung zugesichert haben will?«, fragte Rodgers, der sofort Lowell Coffey ein Zeichen gab. Als Experte für internationales Recht konnte Coffey dieses Problem am kompetentesten beurteilen.

»Meiner Ansicht nach will er in Botswana bleiben und einen zweiten Anlauf nehmen«, antwortete Aideen.

»Lowell wird sich trotzdem für alle Fälle mit dem Problem befassen«, sagte Rodgers. »Dann haben wir schon vorsorglich alles in Bewegung gesetzt.«

Coffey nickte zustimmend und zog sein Handy aus der Tasche.

»Was ist mit den Brush Vipers?«, fragte Rodgers.

»Als wir aufbrachen, wollten sie sich tiefer in die Salzpfanne zurückziehen«, antwortete Aideen. »Der Plan war, die Helikopter von uns wegzulocken.«

Rodgers blickte auf seinen Monitor. »Laut Radarbild des NRO bewegen sie sich immer noch in Richtung Norden.«

»Das höre ich gern«, sagte Aideen. »Noch vor Sonnenaufgang werden wir wieder in Maun sein. Dann sind wir aus der Sache raus.«

»Wir drücken die Daumen«, versicherte der General. »Sie alle haben großartige Arbeit geleistet. Danke.«

»Im Augenblick sind wir ziemlich zufrieden«, sagte Aideen.

»Sagen Sie Maria, dass ich sie liebe«, murmelte McCaskey vor sich hin.

»Ist Maria zu sprechen, Aideen?«, fragte Rodgers.

»Ja.«

»Dann sagen Sie ihr, dass ihr Mann gern mit ihr reden würde«, bat Rodgers, während er erneut die Uhrzeit kontrollierte. Das bisherige Gespräch mit Aideen hatte knapp über eine Minute gedauert. Rodgers warf McCaskey schnell einen Blick zu. »Aber maximal dreißig Sekunden, mehr ist nicht drin«, fügte er hinzu.

McCaskey stand schnell auf, und Rodgers warf ihm das Handy zu. Nachdem er es aufgefangen hatte, verschwand McCaskey mit dem Telefon im Flur.

»Eine nette Geste«, sagte Hood. »Danke.«

Herbert war sichtbar ungeduldig. Schon sonst war er nicht gerade gefühlsselig, während einer Krise aber noch weniger. »Was ist da los, Mike?«

Während der General die anderen auf dem Laufenden hielt, kehrte McCaskey in das Büro zurück. Als er an dem General vorbeiging, drückte er sanft seine Schulter. Einen Augenblick lang schien auf dieser Welt alles im Lot zu sein.

Plötzlich blickte Herbert irritiert auf seinen Monitor. »Mist, die Helikopter haben ihren Kurs geändert«, sagte er.

Die anderen versammelten sich um ihn Computer.

»Sehen Sie die beiden hier?«, fragte er, während er auf zwei Lichtflecken zeigte. »Sie bewegen sich nach Südwesten, und das ist die Richtung, in der unsere Leute unterwegs sind.«

»Vielleicht wollen sie nur kurz etwas erkunden«, überlegte Coffey.

»Vielleicht hat aber auch das Telefongespräch ein bisschen zu lange gedauert«, sagte Herbert. »Womöglich haben sie den Ausgangspunkt des Anrufs lokalisiert.«

Möglich war es. Ihre Selbstgefälligkeit hatte sie nachlässig werden lassen. Vielleicht hatte McCaskey tatsächlich ein paar Sekunden zu lange telefoniert.

»In dieser Gegend sind nachts nicht viele Fahrzeuge unterwegs«, sagte Herbert. »Und einen großen Vorsprung haben unsere Leute auch nicht.«

Rodgers nahm McCaskey das Mobiltelefon aus der Hand.

»Hat jemand eine Idee?«, fragte Hood.

»Wenn die Armee unsere Leute mit Dhamballa erwischt, sitzen sie ganz schön in der Scheiße«, sagte Coffey. »Vor Gericht in Gaborone wird man die Unterstützung eines Revolutionärs schwerlich als Kavaliersdelikt ansehen.«

»Völlig ausgeschlossen, dass sie geschnappt werden«, sagte McCaskey.

»Man wird sie nicht schnappen«, versicherte auch Rodgers, der bereits Aideens Nummer wählte.

»Was haben Sie vor?«, fragte Hood.

»Meiner Ansicht nach gibt es eine Möglichkeit, wie wir dies zu unserem Vorteil ausnutzen können«, antwortete Rodgers.

62

Makgadikgadi-Salzpfanne, Botswana –
Samstag, 1 Uhr 56

Aideen Marley saß zwischen Pater Bradbury und Dhamballa auf der Rückbank, Battat hinter dem Steuer, Maria auf dem Beifahrersitz. Der Jeep holperte mit hohem Tempo über das unebene Terrain. Nur ein einziges Mal hatten sie kurz angehalten, um das Benzin aus einem Reservekanister in den Tank zu füllen.

Das grelle Licht der Nebelscheinwerfer bleichte die Erde und das Gestrüpp, so dass die ausschnittweise erleuchtete Landschaft fast an eine Schwarzweißfotografie erinnerte.

Überrascht nahm Aideen zu Kenntnis, dass ihr Handy zu piepen begann. Sie schickte ein kleines Stoßgebet zum Himmel, um darum zu bitten, dass nichts schief gelaufen war. Der letzte Anruf hatte ein bisschen länger gedauert als die vorherigen Gespräche, aber doch nicht lange genug, um lokalisiert werden zu können. Zumindest hoffte sie das.

»Hallo?«

»Unserer Meinung nach hat man Ihr Team entdeckt«, sagte Mike Rodgers.

Da der Jeep lautstark über das unebene Gelände donnerte, hielt Aideen sich mit der freien Hand das andere Ohr zu. Sie wollte sichergehen, dass sie alles richtig verstand.

»Können Sie das bitte präzisieren?«

»Mehrere Helikopter sind in Ihre Richtung unterwegs.«

»Was haben sie vor?«

»Wir wissen es nicht genau, aber wahrscheinlich nichts Gutes.«

»Reden Sie weiter!«

»Ihr Team muss mit Dhamballa aussteigen«, sagte der General. »Überlassen Sie den Jeep Pater Bradbury. Haben Sie mich verstanden?«

»Ja.«

»Wenn die Armee den Priester findet, muss er erzählen, dass ihm die Flucht gelungen sei«, fuhr Rodgers fort. »Von Ihnen und Dhamballa weiß er nichts. Die Spur des gemieteten Jeeps wird sich nicht zurückverfolgen lassen. Allerdings werden die spanischen Soldaten die Lorbeeren ernten.«

»Sollen sie ruhig«, antwortete Aideen. Als sie zum Himmel aufblickte, hatte sie den Eindruck, als würden sich drei Sterne fast unmerklich bewegen. Möglicherweise waren es Satelliten. Oder kleine Flugzeuge.

Vielleicht auch Helikopter.

»Sie müssen einen anderen Weg finden, wie Sie aus der Salzpfanne herauskommen«, sagte Rodgers. »Wir versuchen, unser Bestes zu tun.«

»Da wird uns schon was einfallen«, versicherte Aideen. »Ich halte Sie auf dem Laufenden.«

»Viel Glück«, sagte Rodgers.

Nachdem Aideen die Verbindung abgebrochen hatte, tippte sie Battat auf die Schulter. Sie bat ihn, sofort anzuhalten, und Battat trat auf die Bremse. Dann schaltete er den Motor und die Scheinwerfer ab. Die Welt versank in Finsternis, und die Geräusche der nachtaktiven Insekten wirkten seltsam bedrohlich. Aideen blickte sich um. Die sich bewegenden Lichter erinnerten an die des Aufklärungshubschraubers. Sie lauschte.

»Stimmt was nicht?«, fragte Battat.

»Hören Sie das?«

»Das sind nur Grillen.«

»Nein, ich meine das Geräusch, das vom Himmel kommt.«

Aideen hörte ein schwaches Brummen, das aus weiter, weiter Ferne zu kommen schien. Es musste von den sich bewegenden Lichtern ausgehen. Helikopter. In ungefähr zwanzig Minuten würden sie hier sein.

Nachdem Aideen den anderen kurz die Lage erklärt hatte, blickte sie Pater Bradbury an.

»Sind Sie einverstanden«, fragte Aideen. »Fahren Sie allein weiter?«

Der Priester wandte sich Dhamballa zu. »Schwören Sie bei Ihren Göttern, dass Sie nichts mit dem Mord an meinen Diakonen zu tun haben?«, fragte Pater Bradbury.

»Mord ist mit meinen religiösen Anschauungen unvereinbar und das Gegenteil der weißen Künste«, antwortete Dhamballa. »So eine Tat würde ich niemals billigen.«

»Dann werde ich tun, worum Sie mich bitten«, sagte Pater Bradbury zu Aideen.

Nachdem Aideen sich bei dem Priester bedankt hatte, stieg sie aus. Dhamballa folgte ihrem Beispiel.

»Wie verhindern wir, dass wir diesen Plan mit dem Leben bezahlen?«, fragte Battat. »Ich habe mich beim Fahren etwas umgesehen. Im Licht der Scheinwerfer konnte ich einige funkelnde Augen im Gestrüpp erkennen.«

»Ich werde dafür sorgen, dass nichts passiert«, versicherte Dhamballa.

»Und wie?«, fragte Battat.

»Haben Sie eine Taschenlampe?«

»Ja.«

Battat zog die Taschenlampe aus dem Handschuhfach, schaltete sie ein und reichte sie Dhamballa.

»Wir werden uns mit Benzin helfen«, sagte der Vodun-Priester.

»Wie das?«, fragte Battat.

Während die anderen aus dem Jeep kletterten, fand

Dhamballa hinter dem Ersatzreifen auf der offenen Ladefläche einen Reservekanister. Er schraubte den Deckel ab.

»Raubtiere mögen keinen Benzingeruch, weil er sie an verwesendes Fleisch erinnert«, sagte Dhamballa. »Wenn sie sich damit die Achseln und die Vorderseite der Oberschenkel einreiben, werden alle Raubtiere verschwinden. Außer den Aasfressern, aber die sind feige. Die können Sie verscheuchen.«

»Durch Geschrei?«, fragte Aideen.

»Genau«, antwortete Dhamballa, der bereits auf dem Weg zu Battat war. »Nur ein bisschen unter die Arme und auf die Oberschenkel«, wiederholte der Vodun-Priester.

Battat zog ein Taschentuch hervor und knüllte es zusammen. Dann träufelte Dhamballa Benzin darauf, und Battat benetzte die genannten Körperteile. Danach war Aideen an der Reihe, die schließlich die neben dem Jeep stehende Spanierin anblickte.

»Maria?«

»Ich habe nachgedacht«, antwortete die ehemalige Interpol-Beamtin. »Unter Umständen werden wir nicht lange hier draußen bleiben müssen. Gibt es hier einen bekannten Ort, Berg oder Fluss, Dhamballa?«

»Wir sind etwa zwei Meilen vom Wraith's Point entfernt«, antwortete der Vodun-Priester. »Das ist ein ausgetrockneter Geysir, der bei fallenden Temperaturen nach Sonnenuntergang pfeifende Geräusche von sich gibt.«

Maria bat Aideen um das Handy. Während die Spanierin telefonierte, setzte sich Pater Bradbury bereits hinter das Steuer des Jeeps, um sich mit den Bedienungselementen und dem Armaturenbrett vertraut zu machen.

Aideen stand hinter dem Fahrzeug und betrachtete den Himmel. Da ihr von dem Benzingestank schwindlig wurde, atmete sie nur noch durch die Nase. Mittlerweile waren die Lichter, die ihr eben aufgefallen waren, schon doppelt so groß, und auch das brummende Geräusch war lauter geworden. Sie warf Maria einen besorgten Blick zu. Aideen hatte keine Ahnung, was die Spanierin vorhatte. Was immer es auch sein mochte, sie hoffte inständig, dass danach sehr schnell etwas passieren würde.

Maria klappte das Handy zu und ging zu den anderen. Dann nahm sie Dhamballa den Kanister aus der Hand und träufelte etwas Benzin auf ihren Handteller.

»Wir sollten uns aus dem Staub machen«, sagte sie. »Das sind definitiv Helikopter.«

»Wen haben Sie angerufen?«, fragte Aideen.

»Einen Chauffeur. Lasst uns verschwinden.«

In Spanien hatte Aideen die Erfahrung gemacht, dass es sinnlos war, Informationen aus Maria herauslocken zu wollen. Da ihr ohnehin keine andere Wahl blieb, würde sie der Spanierin nicht widersprechen. Battat schien zu müde zu sein, um an Diskussionen Interesse zu haben, für die sowieso keine Zeit mehr blieb. Sie mussten sich auf den Weg machen.

Aideen wandte sich Dhamballa zu. »Wohin?«

»Südwesten«, antwortete der Vodun-Priester. »Die hier überlasse ich Ihnen.« Er reichte Aideen die Taschenlampe.

»Kommen Sie nicht mit uns?«

»Nein. Ich werde einen anderen Weg einschlagen.«

»Und welchen?«, fragte Maria.

»Den Weg eines neuen Anfangs«, antwortete Dhamballa.

»Das wird nicht nötig sein«, bemerkte die Spanierin. »Ich werde bezeugen, dass Sie mit dem Mord an dem Bischof nichts zu tun hatten.«

»Die Knochen haben mir verraten, dass uns jemand betrogen hat«, sagte Dhamballa. »Ich muss herausfinden, wer das war. Und Sie müssen verschwinden!«

»Okay«, sagte Maria. »Passen Sie gut auf sich auf.«

Dhamballa bedankte sich und trat dann auf Pater Bradbury zu. Aideen, Maria und Battat gingen schon los, konnten den Wortwechsel aber noch verstehen.

»Es tut mir Leid, dass all dies so geschehen musste«, sagte Dhamballa.

»Dem wahrhaft reuigen Sünder wird vergeben«, antwortete Pater Bradbury.

»Ich bin nicht darauf angewiesen, dass Sie oder sonst jemand mir vergeben«, sagte Dhamballa selbstsicher. »Aber beim nächsten Mal werde ich die Dinge anders angehen.«

»Das will ich hoffen«, entgegnete der Priester. »In diesem Land können Ihr und mein Glaube in friedlicher Koexistenz miteinander leben.«

»Weder in diesem Land noch irgendwo in Afrika«, widersprach Dhamballa.

Mit diesen Worten verschwand der Vodun-Priester in der Finsternis.

Pater Bradbury ließ den Motor an, schaltete die Scheinwerfer ein und entschwand in die Nacht. Schnell war das Motorgeräusch nur noch ein schwaches Summen. Von den Lichtern des Jeeps war nichts mehr zu sehen.

Jetzt waren die Geräusche der Helikopter schon fast so laut wie die Heuschrecken. Doch dann änderte sich etwas.

Battat blickte in Richtung Osten. »Vielleicht sind wir noch mal davongekommen«, sagte er. »Die Hubschrauber scheinen abzudrehen.«

Aideen sah, dass Battat Recht hatte, und atmete erleichtert tief durch. Ihre innere Anspannung war ihr gar nicht bewusst gewesen. Der Druck wich erst, als sie nun die Helikopter dem Jeep folgen sah.

Es war schon ein seltsames Gefühl. Gemessen an seinem ursprünglichen Auftrag hatte das Op-Center-Team jetzt weitaus mehr erreicht. Dennoch kam Aideen nicht gegen das Gefühl an, dass sie eine Niederlage erlitten hatten.

Dabei dachte sie nicht nur daran, dass Menschen ums Leben gekommen waren. Irgendwie konnte sie sich des Gefühls nicht erwehren, dass im Verlauf der letzten paar Tage eine reine und zerbrechliche Idee zersetzt worden war. Eine Vision, ein *Ideal*. Vielleicht war es zu alt oder noch zu jung, um das Gewicht zu tragen, dass man ihm aufgebürdet hatte. Vielleicht war das Ideal aber auch durch Politik, Geldgeschäfte und die Rekrutierung von Soldaten zugrunde gerichtet worden.

Aideen wusste es nicht. Sie wusste nur, dass dies kein Sieg war.

Hier hatte niemand gesiegt.

63

Makgadikgadi-Salzpfanne, Botswana – Samstag, 3 Uhr 19

Licht.

Im Lauf dieser langen und turbulenten Nacht hatten alle Gefahren etwas mit Licht zu tun gehabt. Der Suchscheinwerfer des Helikopters, die hungrigen Augen der im Gestrüpp verborgenen Raubtiere im Licht der Scheinwerfer des Jeeps. Und jetzt, nach einem langen Fußmarsch, schwebten Maria und ihr Team erneut in Gefahr, weil die Taschenlampe nicht mehr funktionierte.

Eine halbe Stunde vor ihrer Ankunft an dem erloschenen Geysir hatten die Batterien den Geist aufgegeben. Glücklicherweise war Wraith's Point auch in der Finsternis leicht zu finden. Aus dem Geysir stieg ein tiefes, dumpfes Heulen auf, an dem sie sich orientieren konnten und das Maria an den heftigen Wind in den Schluchten der Pyrenäen erinnerte. Das Geräusch ertönte in regelmäßigen Abständen, ungefähr einmal pro Minute. Verursacht wurde es durch unterirdische, im Lauf des Tages erhitzte Gase, die jetzt nach oben entwichen. Die Gruppe brauchte nur diesem Geräusch zu folgen, und das war relativ leicht, da es in dieser Ebene nichts gab, was ein Echo verursachen konnte. Hier und da brachten sie Steine oder Rinnen ins Stolpern. Falls es hier Raubtiere geben sollte, hielt Dhamballas Trick sie fern.

Aideen hatte Maria gefragt, warum sie sich für den Geysir entschieden habe, und Maria hatte es ihr gesagt. Aideen nahm die Antwort kommentarlos hin. Maria hatte keine Ahnung, ob Aideen ihr glaubte. Tatsächlich wusste sie noch nicht einmal, ob sie selbst daran glaubte. Was Menschen und ihre Versprechen anging, war sie im Laufe der Jahre skeptisch geworden. Aber Zynismus war nicht dasselbe wie Hoffnungslosigkeit. Und sie hatte eine Hoffnung.

Als sie den Geysir erreicht hatten, tasteten sie sich nacheinander vorsichtig an seinem Rand entlang vor. Aus der Nähe klang das Heulen, als würde jemand in eine riesige Flasche blasen. Überrascht stellte Maria fest, dass aus dem Geysir nur sehr wenig Gas aufstieg. Spektakulär war in erster Linie das akustische Phänomen.

Nachdem sie den Geysir umrundet hatten, setzten sie sich. Jetzt gab es nichts mehr zu tun. Das Handy hatten sie Pater Bradbury überlassen, der mittlerweile wahrscheinlich sicher in einem Hubschrauber saß. Maria glaubte, dass sie damit sehr viel erreicht hatten. Doch der Gedanke an Dhamballa stimmte sie traurig. Er war ein junger Mann mit einer Vision, aber vielleicht noch zu jung, um so ein ehrgeiziges Unterfangen schon zu einem erfolgreichen Ende führen zu können. Doch wenn ihm seine religiösen Anschauungen wirklich so wichtig waren, wie er behauptet hatte, würde er mit Sicherheit nicht aufgeben.

Auch bei dem Gedanken an Leon Seronga wurde es Maria ein bisschen schwer ums Herz. Sie glaubte nicht, dass er diese Nacht überlebt hatte. Irgendjemand musste die Schuld für die Morde an den beiden Diakonen und den beiden spanischen Soldaten auf sich nehmen. Und wahrscheinlich hatte Seronga vermeiden wollen, dass die Brush Vipers dafür bezahlen mussten. Vermutlich würden Serongas Soldaten wieder das Leben aufnehmen, das sie vor der Entstehung der Vodun-Bewegung geführt hatten. Maria war sich nicht sicher, ob sie das gut oder schlecht finden sollte. Manchmal profitierte eine Nation davon, wenn verkrustete Strukturen gründlich erschüttert wurden. Auch in ihrem Land gab es eine aktive separatistische Bewegung. Solange die Herausforderung nicht in Anarchie abglitt, hielt sie es für förderlich, wenn der Status quo infrage gestellt wurde.

Maria war zufrieden mit dem, was sie und ihre Kollegen erreicht hatten. Sie genoss es, in einer fremden Umgebung in Aktion zu treten. Dennoch hatte auch diese Erfahrung eine verstörende Seite. Sie war mit einer mittlerweile vertrauten Einsamkeit verbunden, mit einer Belastung, einer schweren Verantwortung. Man musste Freund und Feind gleichermaßen dazu bringen, das zu tun, was sie tun mussten. Jetzt stellte sich Maria dieselbe Frage wie damals, als Darrell ihr zum zweiten Mal einen Antrag gemacht hatte: War es eine gute Idee, weiterhin diese Last zu tragen? Die Herausforderung war stimulierend und aufregend. Aber wenn die Verantwortung eine zu schwere Bürde wurde und sie sich entschloss, sie nicht mehr länger zu tragen, wollte sie nicht allein sein.

Und damit wären wir wieder genau an dem Punkt wie damals, als du Darrell das Jawort gegeben hast, dachte sie.

Maria, Aideen und Battat blieben noch vierzig Minuten lang schweigend sitzen. Außer den Geräuschen des Geysirs war nichts zu hören, am Himmel bewegten sich keine Lichter mehr. Ihre Augen hatten sich an die Finsternis gewöhnt, und der Anblick der Sterne war atemberaubend. Es tat gut, eine Weile Frieden zu haben.

Dann tauchten plötzlich am Horizont zwei Lichter auf, die allmählich näher kamen. Wenn Maria Recht behielt, verband sich mit diesen Lichtern keine Gefahr. Ein paar Minuten später hörten sie einen Motor.

»Ich glaub's nicht«, sagte Aideen, die sich bereits erheben wollte.

»Sitzen bleiben«, befahl Battat. »Wir wissen nicht, wer das ist.«

»David hat Recht«, sagte Maria, erhob sich aber und ging langsam auf die näher kommenden Lichter zu. Sie glaubte nicht, dass es ein Militärfahrzeug war. Solche Fahrzeuge waren mit größter Wahrscheinlichkeit immer zu zweit unterwegs. Aber es konnte ein Aufseher sein, der auf der Jagd nach Wilderern war. Oder eine Gruppe Touristen, die einer echten Safari den Vorzug vor einem dieser Luxustrips gegeben hatte. Vielleicht waren sie zu einem Ort unterwegs, von dem aus man den Sonnenaufgang besonders gut beobachten konnte.

Aber es war ein Taxi.

Paris Lebbards Taxi.

Der Wagen bremste kurz vor dem Geysir. Maria ging zu Lebbard, während dieser die Fensterscheibe herunterkurbelte. Im Licht der Scheinwerfer konnte sie sein breites Grinsen erkennen.

»Ich danke Ihnen sehr«, sagte Maria.

»Sie sind mir immer willkommen«, antwortete Lebbard strahlend. »Das wird Sie eine Stange Geld kosten.«

»Ist die Fahrt nicht durch die Tagespauschale abgedeckt, die ich schon bezahlt habe?«

Der Botswaner schüttelte den Kopf. »Dies ist bereits ein neuer Tag, meine Freundin.«

»Wohl wahr«, antwortete Maria. »Natürlich bezahle ich. Und ich danke Ihnen noch einmal. Sie haben uns das Leben gerettet.«

»Nicht zum ersten Mal«, sagte Lebbard stolz, aber nicht angeberisch.

Mittlerweile waren auch die anderen zu ihnen getreten, und Maria stellte sie Lebbard mit ihrem Vornamen vor. Der Taxifahrer bat sie einzusteigen.

»Sie stinken nach Benzin«, sagte er, als Maria auf dem Beifahrersitz Platz genommen hatte.

»Um die wilden Tiere abzuschrecken«, erklärte Maria. »Gut, dass ich das Rauchen aufgegeben habe.«

Lebbard wendete das Taxi, und Maria sank tiefer in ihren Sessel. Sie war erschöpft, und ihre Gedanken lösten sich sofort von dem, was sie so viele Stunden lang in Atem gehalten hatte. In ihrer Träumerei versunken, glaubte sie die anderen nicht wiederzuerkennen. Die vertrauten Gesichter ihrer Kollegen von Interpol waren das nicht. Und überhaupt, wo war sie hier? Die Salzpfanne und Maun hatten nichts mit den vertrauten Straßen von Madrid zu tun, auch nichts mit der Umgebung der spanischen Hauptstadt und den Straßen in den Bergen. Und noch nie in ihrem Leben hatte sie so gerochen.

Sie war völlig desorientiert. Sie hatte noch nie einen Acht-Stunden-Arbeitstag gehabt, sondern immer nur auf Auftragsbasis gearbeitet. Aber vielleicht war eine feste Struktur in ihrem Leben jetzt wichtiger, als sie es sich je hatte vorstellen können.

Du wirst genug Zeit haben, um über all das nachzudenken, dachte sie. Zeit, um über die Vergangenheit und die Zukunft nachzudenken. Im Moment brauchte sie erst einmal Ruhe.

Obwohl sie die Augen nicht geschlossen hatte, koppelte sich ihr Gehirn von allem ab, und im Augenblick hatte sie keinen anderen Wunsch.

64

Gaborone, Botswana – Samstag, 6 Uhr 09

Henry Genet betrachtete den Sonnenaufgang.

Der belgische Diamantenhändler saß in einem bequemen Lehnstuhl in seinem Hotelzimmer. Er war im Gaborone Sun Hotel and Casino abgestiegen, das am Julius Nyerere Drive lag, und trank jetzt eine Tasse Kaffee, den er selbst mit der Kaffeemaschine zubereitet hatte. Sein Stuhl stand so, dass er zugleich die Sonne und das imposante, etwas weiter südöstlich gelegene National Stadium sehen konnte.

Hier gab es keine Insektenschwärme und stechenden Moskitos, auch keine singenden Vögel oder Amphibien. Da war nur das Summen der voll aufgedrehten Klimaanlage. In diesem Hotel ließ es sich weitaus besser leben als in der Hütte mit dem Feldbett, die er im Sumpf hatte ertragen müssen.

Wenn sich die Dinge doch nur anders entwickelt hätten.

Genet war mit seinem Kleinflugzeug nach Gaborone zurückgeflogen, wo er sich in dem Hotel einquartiert hatte, um auf einen für Montag angesetzten Flug nach London zu warten. Schon beim Aufbruch aus dem Camp hatte er seine Zweifel gehabt, ob Dhamballa es zu seiner Kundgebung vor der Diamantmine schaffen würde. Nachdem er sein Hotelzimmer bezogen hatte, schaltete er das Radio ein, wo in den Nachrichten über einen Schusswechsel in der Salzpfanne berichtet wurde. Der Sprecher sagte, der entführte katholische Priester sei befreit worden. Dann wurde der militärische Befehlshaber aus Gaborone mit den Worten zitiert, die Brush Vipers seien in alle Himmelsrichtungen auseinander getrieben und ihr Anführer getötet worden. Schließlich verkündete der Armeeoffizier, ein ›unbedeutender Führer eines religiösen Kults mit Namen Dhamballa‹ sei spurlos verspunden. Man nehme an, dass er sich versteckt halte und versuchen werde, Botswana zu verlassen. Die Regierung wolle allen Landsleuten versichern, dass die Ordnung wiederhergestellt sei.

Natürlich haben sie die Ordnung wiederhergestellt, dachte Genet.

Aber sie täuschten sich.

Genet nahm einen weiteren Schluck Kaffee aus seiner weißen Porzellantasse und dachte darüber nach, was er und seine Partner wohl in den nächsten Monaten unternehmen würden. Mit einer Revolution in Botswana hätten sich ihre Vorhaben schneller und einfacher abwickeln lassen. Mit einer Umwälzung, die sich bald auch auf Südafrika und die anderen Nationen des Kontinents ausgedehnt hätte. Sie hatten auf einen Krieg gehofft, in dem Albert Beaudin beide Seiten mit riesigen Waffenkontingenten und Munitionsmengen beliefert hätte. Auf einen Krieg, in dem Genet und seine Partner nicht nur die Diamantminen, sonder auch zahllose Erzhütten in ihren Besitz gebracht hätten.

Dieser Krieg hätte ihnen die nötigen finanziellen Mittel verschafft, um einen noch viel größeren Krieg zu entfesseln, auf den sie alle hofften und der ihnen die Ausgangsbasis verschaffen konnte, zu einem der mächtigsten Konsortien des militärisch-industriellen Komplexes zu werden, das die Weltgeschichte je gesehen hatte.

Jetzt mussten sich Beaudin und seine Leute etwas anderes einfallen lassen.

Obwohl Genet müde war, konnte er nicht einfach ins Bett gehen. Zuerst musste er seine Partner in Paris anrufen, damit diese nicht durch die Nachrichten erfuhren, dass ihr Versuch gescheitert war, eine Marionette an die Macht zu bringen. Da Genet für diese Operation verantwortlich war, musste er sich erst innerlich auf den unangenehmen Anruf vorbereiten. Beaudin und die anderen würden alles andere als zufrieden sein.

Sie hatten es nicht geschafft, Dhamballa an einer Schaltstelle der Macht zu installieren. Doch noch mehr beunruhigte Genet, was stattdessen passiert war. Nicht die Brush Vipers hatten den amerikanischen Bischof ermordet, und seine eigenen Leute waren es auch nicht gewesen. Theoretisch hätte der Vatikan verantwortlich sein können, um auf diese Weise Unterstützung für die katholische Kirche zu mobilisieren. Das hätte aber nicht nur gegen Gottes Gesetz verstoßen, sondern wäre in politischer Hinsicht der nackte Wahnsinn gewesen. Wäre die Verantwortung des Vatikans für eine solche Tat jemals aufgedeckt worden, hätte die Kirche damit für Jahrzehnte jede Glaubwürdigkeit verloren. Vielleicht hatten die Chinesen eine Idee, wer für den Mord verantwortlich war. Beaudin würde seine chinesischen Kontaktpersonen fragen müssen. Wenn sie denn überhaupt noch mit ihm sprachen. Auch die Chinesen hatten durch das Scheitern der Vodun-Bewegung eine Niederlage einstecken müssen, da sie von der Expansion von Beaudins Imperiums profitiert hätten. Viele der neuen Waffen- und Munitionsfabriken wären in China errichtet worden, und Peking hätte nicht nur Geld gescheffelt, sondern auch von der Entwicklung neuer Waffen profitiert.

Genet blickte auf die Uhr auf dem Nachttisch, die halb sieben anzeigte. Um Punkt sieben würde er in Paris anrufen. Um diese Uhrzeit stand Beaudin auf, um sich über die Kurse der Börsen in Asien zu informieren.

Der Diamantenhändler trank einen weiteren Schluck Kaffee, und dabei fiel sein Blick auf die Dose. Ironischerweise war es französischer Kaffee.

Henry Genets Welt schien auf eine seltsame Weise durcheinander geraten zu sein. Er hatte keine Ahnung, wie Beaudins Gruppe in Zukunft verfahren würde. Doch eines wusste er.

Wie die Sache ausgehen würde.

65

Washington, D. C. – Samstag, 0 Uhr 52

Nachdem Rodgers Aideen angerufen hatte, gab in Hoods Büro der Ventilator den Geist auf.

»Wahrscheinlich ist er mit unserem Schweiß, Gestank und Testosteron nicht mehr fertig geworden«, bemerkte Herbert trocken.

Wahrscheinlicher war, dass man den Ventilator nicht gründlich überholt hatte, als das ehemalige Kommandozentrum aus der Zeit des Kalten Krieges für den Einzug des Op-Centers renoviert worden war. Hood, Rodgers, Herbert, McCaskey und Coffey zogen in den Tank um. Der Konferenzraum war ohnehin geräumiger und mit mehr Telefonen ausgestattet. Eigentlich hätte Hood ihr Treffen sofort hierher verlegen sollen, doch sie waren alle zu sehr mit den aktuellen Ereignissen beschäftigt gewesen. Sie zogen Sandwiches aus einem Automaten im Flur und sprachen dann über andere Themen, während sie auf einen Anruf aus Botswana warteten. Der eine oder andere überprüfte eingegangene E-Mails. Das Warten wurde noch schlimmer, weil sie mittlerweile wussten, dass Aideen ihr Handy Pater Bradbury überlassen hatte.

Vermutlich würden sie nichts hören, bis ihr Team in Maun eingetroffen war. Wenn alles gut lief, würde das etwa um halb drei morgens der Fall sein.

In Hoods Posteingang fand sich eine E-Mail von Alexander. Wenn der Direktor des Op-Centers zu sehr beschäftigt war, kommunizierte er auf diese Weise mit seinem Sohn. Online hatten sie eine andere Beziehung als dann, wenn sie zusammen waren. Sie erörterten andere Dinge und sprachen gleichsam eine andere Sprache. Alexander war ernsthafter, Hood aufgekratzter. Es war schon seltsam. Hood antwortete schnell, damit der Junge am Morgen etwas in seinem Posteingang fand.

Der erste Anruf seit ihrem Umzug in den Tank kam von Edgar Kline. Hood schaltete die Freisprechanlage ein. Der Mann vom Vatikan erklärte, Pater Bradbury sei von einem botswanischen Militärhubschrauber entdeckt worden und in Sicherheit.

»Ich möchte allen danken, ganz besonders Ihnen und Bob«, sagte Kline. »Mir ist klar, dass es ein paar Meinungsverschiedenheiten gab, die einer zukünftigen Zusammenarbeit aber hoffentlich nicht im Wege stehen werden.«

»Streit gibt's in den besten Familien«, erwiderte Hood. »Wichtig ist nur, dass wir immer noch eine Familie sind.«

Herbert zog eine Grimasse und schüttelte die Fäuste. Seine Reaktion war berechtigt, aber so wurde dieses Spielchen nun einmal gespielt, und er wusste das. Letztlich zählten nur die Resultate.

»Trotz aller Widrigkeiten haben Ihre Leute es geschafft, Pater Bradburys Freilassung zu erwirken«, fuhr Kline fort. »Wahrscheinlich haben sie ihm da Leben gerettet.«

»Besten Dank, aber wir wussten gar nicht, dass Pater Bradburys Leben in Gefahr war«, bemerkte Hood.

»Vielleicht wäre ihm das Schicksal des Bischofs erspart geblieben«, räumte Kline ein. »Aber man hat mich informiert, dass er gefoltert wurde und schon eher tot als lebendig wirkte. Natürlich kann niemand sagen, dass er ohne Ihre Intervention gestorben wäre. Aber jetzt steht zweifelsfrei fest, dass er alles unbeschadet überstanden hat.«

»Ja, so ist es«, sagte Hood. »Ich werde den anderen Ihren Dank übermitteln.«

»Dann wollte ich Ihnen noch mitteilen, dass eine Patrouille der Armee von Botswana Leon Seronga gefunden hat«, fuhr Kline fort. »Er ist tot.«

»Wer war es?«, fragte Hood.

»Er hat sich selbst das Leben genommen«, antwortete Kline.

»Ist das sicher?«, schaltete sich Herbert ein.

»Fast hundertprozentig«, erwiderte Kline. »Er hat eine Schusswunde an der Schläfe. Ihm muss klar gewesen sein, dass das Spiel verloren war. Vielleicht wollte er auch vermeiden, dass er von der Regierung verhört und vor Gericht gestellt wird.«

Hood blickte Herbert und Rodgers an, denen offensichtlich derselbe Gedanke durch den Kopf schoss. Seronga hatte sich das Leben genommen, aber er hatte es für Dhamballa getan und sich der Regierung von Botswana damit als Sündenbock präsentiert. Jetzt konnte sie alles ihm in die Schuhe schieben und öffentlich verkünden, durch seinen Tod sei die bedrohliche Situation bereinigt, und deshalb könne man sofort zur Normalität zurückkehren.

Damit hatte Kline gesagt, was er zu sagen hatte. Zu guter Letzt bat er darum, so schnell wie möglich mit den Op-Center-Agenten reden zu dürfen. Dem Vatikan sei es ein Anliegen, sich persönlich bei ihnen zu bedanken, und er sei sich sicher, dass Pater Bradbury denselben Wunsch habe. Hood versprach, das zu arrangieren.

»Jetzt sind Sie an der Reihe«, sagte Kline. »Haben Sie

irgendwelche neuen Informationen über den Mord an Bischof Max? Wissen Sie etwas darüber, wo Dhamballa geblieben ist?«

»Da muss ich passen«, antwortete Hood. »Keine Ahnung.«

Es entstand eine kurze Gesprächspause. Mittlerweile beherrschte Hood die Kunst, das Schweigen ausländischer Geheimdienstler zu deuten: Sie glaubten einem nicht, hatten aber zu viel diplomatischen Takt, um das zuzugeben.

Nachdem er sich erneut bedankt hatte, beendete Kline das Telefonat.

»Das wäre ja noch schöner, mein Freund, wenn wir einfach ausplaudern würden, dass Dhamballa mit unserem Segen verschwinden konnte«, murmelte Herbert.

»Wenn ich ganz ehrlich sein soll, bin ich mir nicht so sicher, ob wir in Botswana richtig gehandelt haben«, sagte McCaskey.

»Wir haben uns Ziele gesteckt und sie erreicht«, verkündete Rodgers, als wollte er bereits einen Schlussstrich unter den Einsatz ziehen. »Unsere Leute sind in Sicherheit und praktisch schon auf dem Heimweg. Wir haben alles richtig gemacht.«

»Wir haben die Gelegenheit verpasst, enge Beziehungen zur botswanischen Regierung zu knüpfen, die uns sehr nützlich hätten sein können«, bemerkte McCaskey.

»Besonders dann, wenn sich herausstellen sollte, dass es in der Region noch andere beunruhigende Entwicklungen gibt«, pflichtete Herbert bei.

»Dann hätten wir der Regierung aber klar machen müssen, warum wir in Botswana waren und wie wir ins Land gelangt sind«, gab Hood zu bedenken.

»Und das wäre keine gute Basis gewesen, um ein Vertrauensverhältnis zu begründen«, stellte Rodgers fest.

»Es geht nicht in erster Linie um Vertrauen, Mike, sondern darum, dass die Regierung uns vielleicht einmal *brauchen* wird«, widersprach McCaskey. »Wenn sie uns braucht, spielt der Rest keine Rolle.«

»Wenn diese Sache ausgestanden ist, können wir immer noch neue Annäherungsversuche machen«, bemerkte Hood. Der Direktor des Op-Centers zwinkerte McCaskey zu. Zwischen dem ehemaligen FBI-Beamten und Rodgers begannen sich schon wieder neue Spannungen zu entwickeln, und Hood wollte die Situation entschärfen. »Das können Sie ja erledigen, wenn Sie Maria in Botswana abholen, Darrell. Sehen Sie es als eine verspätete Hochzeitsreise an.«

»Das wäre schön«, sagte McCaskey.

»Schön wäre es, wenn wir herausfinden könnten, was für eine Rolle die Japaner in dieser Geschichte gespielt haben«, bemerkte Herbert.

»Ja, irgendwie müssen wir das herausbekommen«, bestätigte Coffey. »Wir müssen alle wissen lassen, dass die Brush Vipers nichts mit dem Mord an Bischof Max zu tun hatten. Ich bin mir nicht sicher, ob ich Sympathie für Dhamballa und Leon Seronga empfinden soll. Was sie getan haben, gefällt mir ganz und gar nicht. Dennoch sollte man ihnen nicht eine Tat in die Schuhe schieben, für die sie nicht verantwortlich waren.«

»Ich bin hundertprozentig Ihrer Meinung«, stimmte Hood zu. »Wir müssen versuchen, sie von diesem Verdacht zu befreien, und gleichzeitig anhand von Beweisen herausfinden, wie und warum die Japaner in diese Geschichte verstrickt sind.«

»Was für ein Pech, ausgerechnet jetzt ohne Pressestelle dazustehen«, bemerkte Herbert. »Ann hätte sich was Hübsches einfallen lassen, um das durchsickern zu lassen.«

»Um die Medien kann sich auch meine Mannschaft kümmern«, bot McCaskey an.

»Schon möglich, aber Ann hatte einen wunderbaren Elan«, sagte Herbert. »Sie hat die Medien aus zehn verschiedenen Richtungen gleichzeitig informiert. Aus dem Op-Center, über Zeitungen und Radio-Talkshows. Das waren immer gut koordinierte Aktionen.«

»Uns wird schon etwas einfallen, wie wir das organisieren können«, bemerkte Hood.

»Vielleicht sollten wir Ann um Rat fragen«, schlug Herbert vor.

»Wir schaffen das schon allein«, versicherte Hood. Der Direktor des Op-Centers wandte den Blick ab. Er hatte keine Lust, an Ann Farris zu denken, da dieses Thema nicht nur eine berufliche, sondern auch eine persönliche Komponente hatte. Im Moment fehlte ihm ganz einfach die Zeit, sich mit diesem heiklen Problem zu befassen.

Das Telefon piepte, und Hood nahm ab und meldete sich mit seinem Namen.

»Hier ist Aideen, Paul.«

»Schießen Sie los«, sagte Hood.

»Wir haben es geschafft und sind wieder in Maun.«

Bis zu dieser Nachricht war Hood gar nicht aufgefallen, wie angespannt er gewesen war. Die anderen brachen in Jubel aus.

»Haben Sie das gehört?«, fragte Hood.

»Allerdings«, antwortete Aideen.

»Wie geht es Ihnen?«, fragte Hood. »Und wo genau sind Sie jetzt?«

»Paris Lebbard hat uns vor einem Hotel abgesetzt, dem Sun and Casino. Wir werden uns dort Zimmer mieten.«

»Setzen Sie es auf die Spesenrechnung.«

»Da können Sie sicher sein.«

»Geht es wirklich allen gut?«, erkundigte sich Hood.

»Wir sind etwas müde, aber das war's dann auch

schon«, antwortete Aideen. »Bleiben Sie dran, Maria würde gern mit ihrem Mann reden.«

Nachdem Hood die Freisprechanlage ausgeschaltet hatte, stellte er den Anruf zu McCaskeys Apparat durch. Damit der ehemalige FBI-Beamte ungestört reden konnte, verließen die anderen den Raum.

Coffey und Herbert gingen nach Hause. Auch Rodgers wollte sich schon auf den Weg machen, als Hood ihm eine Hand auf die Schulter legte.

»Sie haben großartige Arbeit geleistet, Mike«, sagte er. »Vielen Dank.«

»Sie müssen sich bei unseren Leuten in Botswana bedanken«, antwortete der General.

»Sie haben sie ausgesucht, instruiert und von hier aus die Operation geleitet«, beharrte Hood. »Dieses Modell hat Zukunft. Unser HUMINT-Team wird noch manchem Kopfzerbrechen bereiten.«

»Da haben Sie vermutlich Recht«, antwortete Rodgers.

»Gehen Sie jetzt nach Hause, und ruhen Sie sich etwas aus«, empfahl Hood. »Bei der morgigen Abschlussbesprechung müssen wir alle fit sein.«

Der General nickte. Als Hood ihn den Flur hinabgehen sah, fiel ihm etwas auf. Rodgers mochte müde sein, aber sein Gang war genauso aufrecht, wie er es einst bei dem neunzehnjährigen Rekruten gewesen sein musste.

Als Hood in sein Büro zurückgehen wollte, tauchte McCaskey aus dem Konferenzraum auf. Er wirkte so glücklich wie ein Kind vor der Weihnachtsbescherung.

»War es ein gutes Gespräch?«, fragte Hood.

»Sehr gut«, antwortete McCaskey. »Maria wirkt zwar völlig erschöpft, scheint aber mit ihrer Arbeit sehr zufrieden zu sein.«

»Dazu hat sie auch allen Grund. Sie hat sich außergewöhnlich gut geschlagen.«

»Sie möchte so schnell wie möglich zurückkommen. Ich werde nach London fliegen und sie dort abholen.«

»Großartig.« Hood selbst war etwas traurig. Auf ihn wartete nur eine leere Wohnung.

Jetzt drückte McCaskeys Blick Bedauern aus. »Hören Sie, es tut mir Leid, wie ich mich bei dieser Geschichte verhalten habe. Aber ich habe einen wunden Punkt ...«

»Sie brauchen sich nicht zu entschuldigen«, versicherte Hood. »Auch ich habe einen wunden Punkt. Wir alle haben einen.« Er lächelte. »Wichtig ist doch nur, dass wir alle etwas sehr Wichtiges gelernt haben.«

»Was meinen Sie?«

»Dass wir in Zukunft unsere HUMINT-Agenten *nicht* so anwerben werden wie in diesem Fall Maria.«

McCaskey lächelte und machte sich auf den Heimweg. Hood kehrte in sein stickiges Büro zurück, wo er einen alten Ventilator aus dem Schrank holte, ihn neben seinen Stuhl stellte und einschaltete. Es war ein gutes Gefühl. Wenn er die Augen schloss, konnte er sich vorstellen, wieder an jenem Strand in Carlsbad in Kalifornien zu sein, den er früher oft mit Harleigh und Alexander besucht hatte. Sie waren über den etliche Meilen langen Deich geschlendert und gelegentlich zum Strand hinuntergegangen, um sich zu setzen, etwas zu trinken und nach Delfinen Ausschau zu halten.

Wohin waren diese unbeschwerten, unschuldigen Tage entschwunden? Wie hatte es so weit kommen können, dass er jetzt ganz allein war? Wie war er in diesem fensterlosen Keller eines ehemals von der Armee genutzten Gebäudes gelandet, als Chef eines Teams von Militärs, Diplomaten und Geheimdienstlern, die überall auf der Welt ein Feuer nach dem anderen auszutreten versuchten?

Damals wolltest du der Politik den Rücken kehren, aber trotzdem weiterhin etwas Wichtiges tun, dachte er.

Nun, er hatte seinen Plan in die Tat umgesetzt. Doch damit war er auch dem Druck und den hohen Anforderungen ausgesetzt, die das mit sich brachte.

Andererseits bringt es auch eine tiefe Befriedigung mit sich, so wie in diesem Augenblick, musste er zugeben.

Aber jetzt galt es, noch etwas zu erledigen. Bevor er nach Hause ging, wollte er Emily Feroche eine E-Mail senden, um sich bei ihr zu bedanken und ihr zu versichern, dass sie die Sache Stiele für den Augenblick auf sich beruhen lassen könne.

Dann, nach einem langen, erholsamen Schlaf, würde er versuchen müssen, den Mann an den Apparat zu bekommen, der wahrscheinlich sehr viel mehr über diese ganze Geschichte wusste, als er bisher zugegeben hatte: Shigeo Fujima.

Hood vermutete, dass das Gespräch bestenfalls so wie das Telefonat mit Edgar Kline verlaufen würde. Obwohl das Thema feststand, würde das Gespräch trotzdem nicht besonders erhellend sein.

Doch diesmal würde Paul Hood die sorgfältig platzierten Gesprächspausen einlegen.

66

Tokio, Japan – Montag, 15 Uhr 18

In Shigeo Fujimas Büro im japanischen Außenministerium begann das rote Telefon zu piepen.

Der Geheimdienstchef hatte nicht die Absicht, den Anruf entgegenzunehmen. Andere Gespräche würde er erst dann wieder führen, wenn ein bestimmter Anruf über eine geheime, private Verbindung eingegangen war. Von diesem Telefonat erwartete Fujima eine Information, ohne die alle anderen Gespräche sinnlos waren, und deshalb waren sie jetzt nicht von Interesse. Darum konnten sich seine Stellvertreter kümmern.

Der junge Geheimdienstler mit den scharf geschnittenen Gesichtszügen rauchte eine filterlose Zigarette. Er hatte sich das Headset des Telefons aufgesetzt und studierte auf seinem Computermonitor eine Karte von Botswana. Symbole markierten Bereiche mit wichtigen Bodenschätzen: Kupfer, Kohle, Nickel, Diamanten. Darüber hinaus war die elektronische Karte mit roten Fähnchen versehen, die die Orte markierten, wo Fujimas Leute in Aktion getreten waren: am Flughafen von Maun und in Dhamballas Camp im Okavangobecken, wo seine Agenten ein Meisterstück in psychologischer Kriegsführung abgeliefert hatten. Fujimas Leute hatten über Funk durchgegebene Botschaften Serongas aufgezeichnet und die Worte dann auf ihrem Laptop zu einer neuen Nachricht zusammenmontiert. Dabei hatten sie auch das Passwort in Erfahrung gebracht. Schließlich hatten sie Dhamballa die Botschaft übermittelt, dass Seronga den amerikanischen Bischof ermordet hatte.

Das hatte Dhamballa an Leon Serongas Loyalität zweifeln lassen. Wenn die Regierung Botswanas Dhamballa nicht zur Strecke gebracht hätte, wäre es Fujimas Aufgabe gewesen, die Vodun-Bewegung zu destabilisieren. Er hätte nie zulassen dürfen, dass Dhamballa seine Pläne erfolgreich in die Tat umsetzen konnte.

Jetzt blieben nur noch zwei Probleme.

Zuerst musste er dafür sorgen, dass auch die beiden Europäer scheiterten. Das war die leichtere Aufgabe.

Dann war da noch das Problem mit den Chinesen. Diese Aufgabe würde mehr Zeit beanspruchen, musste aber erledigt werden. Peking und Taipeh waren eine noch größere Bedrohung.

Während das rote Telefon immer noch piepte, zündete

sich Fujima mit seiner Kippe gleich die nächste Zigarette an. Dann schaute er auf die Uhr. In Botswana war es jetzt etwa acht Uhr morgens. Mittlerweile mussten seine Agenten eigentlich ihre Zielperson gefunden haben. Sie waren ihr vom Okavangobecken aus gefolgt, zuerst in einem Boot, dann mit einem Flugzeug.

Endlich kam der Anruf. Ohne die Zigarette aus dem Mund zu nehmen, drückte Fujima auf den Knopf. Er inhalierte schnell und blies den Rauch aus.

»Mach zwei«, sagte er. Das Codewort wurde täglich gewechselt. »Schießen Sie los.«

»Auch ohne das Codewort hätte ich Sie daran erkannt, wie Sie den Zigarettenrauch ausblasen«, bemerkte der Anrufer. »Vielleicht gelänge das auch einem Feind, wenn er mein sicheres Telefon benutzen könnte.«

»Schon verstanden«, sagte Fujima. Es war schon eine Krux mit diesen Agenten, die sich vor Ort fast immer verstecken und schweigen mussten. Durften sie dann wieder einmal reden, ließen sie sich diese Chance nicht entgehen. Agent Kaiju war da keine Ausnahme.

»Wir haben ihn gefunden.«

»Wo?«, fragte Fujima, während er ein Drop-Down-Menu mit den Städten von Botswana anklickte.

»Stadt Nummer eins, Sektor sieben«, sagte Kaiju.

»Ich habe es.« Der Belgier hielt sich in Gaborone auf, in der Nähe des Leichtathletik-Stadions. Fujima zog behutsam an seiner Zigarette und ließ den Rauch aus dem Mundwinkel entweichen.

»Er ist in einem Hotel«, informierte Kaiju seinen Auftraggeber. »Der Name ist auf Englisch geschrieben, ich kann ihn nicht lesen.«

»Das Sun and Casino«, sagte Fujima, der jetzt den Stadtplan von Gaborone studierte. »Ein anderes Hotel gibt es da nicht.«

»Sehr gut«, sagte der Anrufer. »Wie gehen wir vor?«

»Ausquetschen und neutralisieren«, antwortete Fujima nach kurzem Nachdenken.

Kaiju wiederholte die Anweisung, und Fujima bestätigte sie noch einmal. Der Agent versprach, sofort zurückzurufen, wenn er und sein Partner im Besitz weiterer Informationen waren. Damit war das Gespräch beendet.

Fujima nahm einen tiefen Zug aus seiner Zigarette und stieß dann verärgert den Rauch aus. Es gefiel ihm nicht, Morde autorisieren zu müssen. Aber manchmal musste man gezielt Gegner eliminieren, um zu verhindern, dass in der Zukunft mehr Menschen ihr Leben verloren. In diesem Fall wurde ihm der Entschluss etwas erleichtert, da das Opfer tatkräftig daran mitgewirkt hatte, das augenblickliche Chaos anzurichten.

Doch auch wenn dieses Problem sehr bald aus der Welt geschafft war, konnte sich Fujima nicht vorstellen, dass sich dadurch die drohende Krise abwenden ließ. Nach dem Verhör des Belgiers hatten sie nur ein paar Informationen mehr in der Hand und etwas Zeit gewonnen, um einen Gegenschlag zu planen.

Das Telefon piepte noch immer. Fujima ignorierte es weiterhin. Seit über vierundzwanzig Stunden hatte er kein Auge mehr zugetan, und jetzt war er wirklich müde. Er wollte keinen Fehler riskieren und womöglich etwas sagen, das er später bereuen würde.

Fujima drückte seine Zigarette aus, um sich dann mit geschlossenen Augen in dem hohen Ledersessel zurückzulehnen. Er wartete auf die Nachricht, dass dieser Teil der Operation endlich erfolgreich abgeschlossen worden war.

Doch er befürchtete, dass ihm auch dann allenfalls eine kurze Atempause vergönnt sein würde.